Un paradis de glace

Gretel Ehrlich

Un paradis de glace

Avec les Inuits du Groenland

*Traduit de l'américain
par Laurent Bury*

Ouvrage traduit avec le concours
du Centre National du Livre

LATITUDES

Collection dirigée par Francis Geffard

© Éditions Albin Michel, 2004
pour la traduction française

Édition originale :
THIS COLD HEAVEN
© Gretel Ehrlich 2001
Publié en accord avec Pantheon Books, filiale de Random House, Inc.

*Pour ceux qui voyagent
sur le chemin des glaces.*

> Je ne suis rien.
> Je vois tout.
>
> RALPH WALDO EMERSON

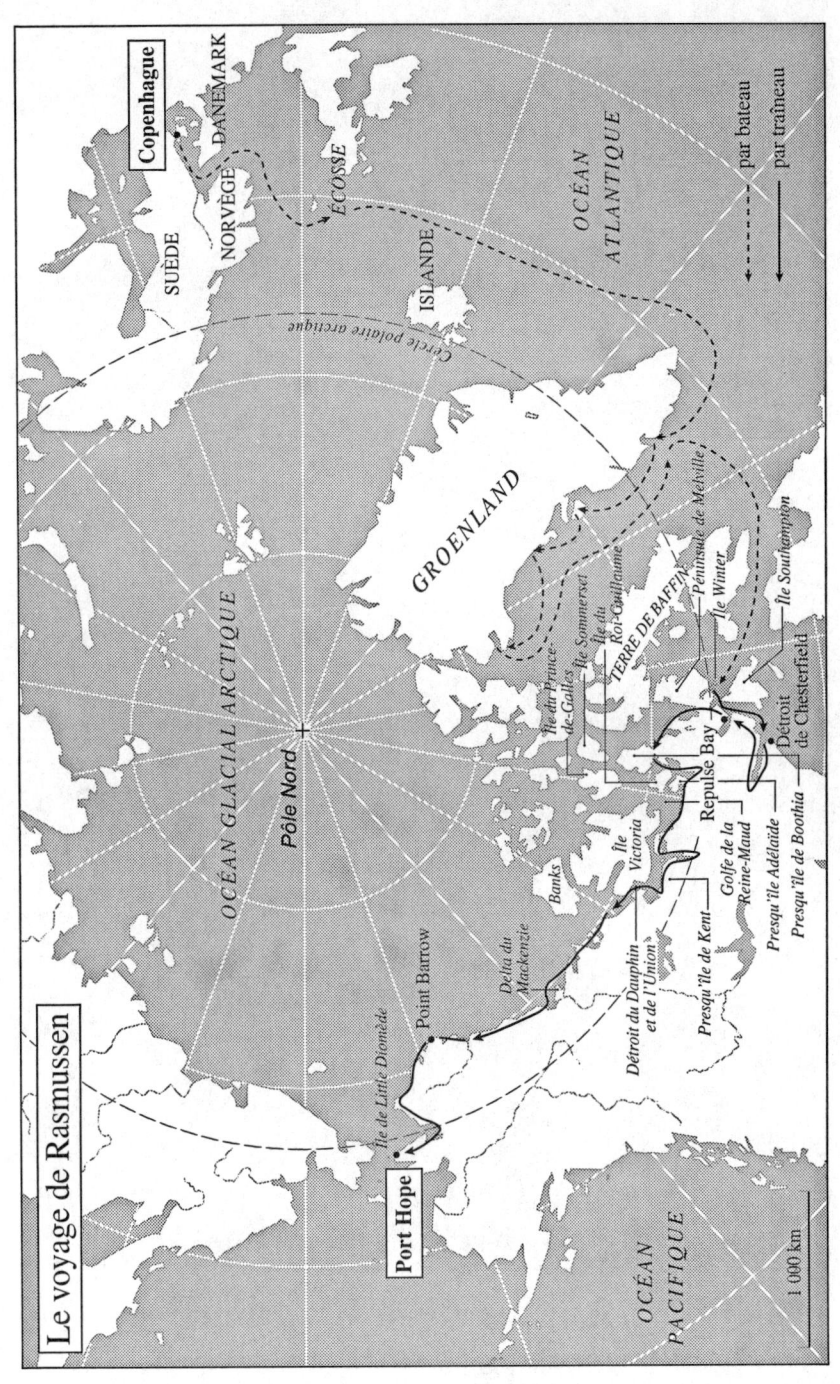

Préface

C'est à la fin de l'été 1993 que je suis allée pour la première fois au Groenland, non pour écrire un livre mais pour me rendre au-delà de la limite des arbres. Encore en convalescence après un accident cardiaque, j'avais du mal à trouver une altitude où je me sentais à l'aise. J'ai appris que la limite des arbres était une question de latitude, et pas seulement d'altitude (c'est une frontière biologique créée par le froid) et j'en suis venue à envisager le pôle Nord vierge de tout arbre comme le sommet d'une montagne couchée sur le côté.

La première fois que j'ai survolé le Canada arctique en direction du Groenland, j'ai soupiré d'aise quand les sapins rabougris ont enfin disparu ; à l'est de la baie d'Hudson, les arbres ont cédé la place aux rochers polis et ondulants des Barren Grounds. Ces landes, qui avaient jadis été des montagnes, étaient couvertes d'une couche de glace ; ce n'était plus qu'une plaine parsemée de lacs. En continuant vers le nord, les montagnes de l'île de Baffin sont devenues visibles, puis le puzzle de glace de la baie de Baffin, et enfin les murailles de pierre qui forment les côtes du Groenland. Des étendues sans arbres, un air vif, une flore alpine au niveau de la mer : je n'avais jamais cru une telle combinaison possible.

Je me suis bientôt retrouvée à quatre pattes sur une moraine latérale, à passer les mains dans un champ de fétuque alpine, à humer le parfum des campanules, tandis que des icebergs grands comme des immeubles dérivaient tout près. D'un blanc étincelant, ils étaient le négatif de la frange montagneuse noire du Groenland.

Cette première idylle estivale a marqué le début de sept ans de pérégrinations arctiques. L'Arctique me fascinait parce que, contrairement à l'Antarctique, il est peuplé depuis des milliers d'années. L'histoire du Groenland est inuit (esquimau) et, malgré toute l'attention accordée aux mésaventures des Européens au pôle Nord, les Inuits en furent les premiers explorateurs et les premiers habitants. Ils en sont les véritables héros.

Issus de peuples d'Asie centrale, les chasseurs inuits et leurs familles ont commencé à emprunter le passage de Béring depuis la Sibérie il y a peut-être 30 000 ans et se sont lentement avancés vers le Pôle. Ils ont atteint le Groenland il y a 5 000 ans. Leur culture boréale, adaptée au froid, formant une entité spécifique, se déploie sur 9 500 kilomètres, à travers les calottes glaciaires, la glace de pression, les terres désolées, les fleuves, les montagnes, les fjords et les océans gelés. Le chasseur de Qaanaaq, au Groenland, raconte à ses enfants les mêmes histoires, dans le même paysage, que le chasseur de Pelly Bay dans les Territoires du Nord-Ouest du Canada, ou à Point Hope, en Alaska. Le plus incroyable, c'est que ces gens aient pu vivre et prospérer dans le climat le plus rigoureux au monde, alors que le village le plus proche se trouvait parfois à un mois et demi de voyage en traîneau.

Le Groenland est la plus grande île au monde (l'Australie est considérée comme un continent). Sa surface se compose à 95 % de glace. L'année y est divisée en quatre mois de nuit, quatre mois de jour, et deux périodes de crépuscule, quand le soleil reste suspendu à l'horizon comme hésitant entre deux possibilités. A Qaanaaq, ville située à l'extrême nord de l'île, le soleil se couche le 24 octobre et ne revient que fin février. Selon la saison, le paysage se modifie du tout au tout : de neige et de glace durant les mois de nuit, liquéfié lors du dégel général durant les mois de jour. Ces saisons forment un courant alternatif dont les élans contraires se résolvent en un tout.

La couche de glace continentale du Groenland est un vestige de la dernière période de glaciation, tout comme les habitants de la partie nord de l'île qui se déplacent encore en traîneau, portent des peaux de bêtes et pêchent au harpon. Nous connaissons le mode de vie et la culture des Esquimaux du Pôle grâce à Knud Rasmussen. Né en 1879 à Ilulissat, au Groenland, descendant d'Inuits et

PRÉFACE

de Danois, il devint l'ethnographe autoproclamé des Inuits, mot qui signifie « être humain ».

En 1910, avec son ami Peter Freuchen, Rasmussen établit un comptoir commercial arctique à Thulé qui allait devenir la base de sept grandes expéditions. Au cours de l'une d'elles, Rasmussen traça la carte du nord du Groenland ; quatre ans après, il parcourut en traîneau toute la zone polaire, jusqu'à Nome, en Alaska. Le voyage dura trois ans et demi.

S'arrêtant à chaque village, parfois pour y passer plusieurs mois, Rasmussen transcrivit fidèlement le mode de vie, les croyances, les chants et les idées des Inuits. Des chamans, des veuves âgées, des chasseurs et des orphelins venaient s'installer dans ses campements. Il ne refusait de parler à personne. Sans lui, nous ne saurions presque rien d'une culture qui a survécu aux glaciations, inchangée pendant un millier d'années.

Près d'un siècle après, je me suis mise à arpenter le Groenland, tout en dévorant les six mille pages de notes laissées par Rasmussen lors de ses expéditions. Dans mon errance, le récit au présent s'interrompt souvent pour insérer ses notes au milieu des miennes.

Mon premier voyage au Groenland eut lieu en été ; le second voyage se déroula en janvier-février, durant la saison de nuit, quand les jours noirs succèdent aux nuits noires. Mes visites devinrent ensuite chroniques, comme si l'obscurité tombée sur la glace renfermait des secrets que je ne pouvais encore pénétrer. J'ai vu l'île à chaque saison et durant les transitions, mais je préfère désormais la glace et le soleil déficient à la chaleur et à l'eau de l'été.

C'est sur la glace que j'ai vu le génie sauvage et le don de double vue des Esquimaux lorsqu'ils voyagent en traîneau et chassent tous les jours pour nourrir leur famille et leurs chiens, qui sont généralement une vingtaine au moins. Les dangers de la glace ont appris aux chasseurs à combiner la menace de la famine et de la mort avec une joie insolente d'être en vie. Le paysage même, avec sa glace qui se déplace et fond, ses mirages, ses glaciers, ses icebergs à la dérive, est moins une image de désolation qu'une ode à la beauté de l'éphémère.

J'ai vu avec quel art les familles de chasseurs refusent l'appauvrissement du matérialisme au profit d'une vie naturelle communautaire, partageant la nourriture, l'amour, les bavardages, les querelles et les chiens, ainsi que des semaines entières passées à ne rien faire, quand il fait trop froid pour sortir. L'individualisme forcené est très mal vu ; le groupe est plus important. « Tout le monde veut être différent. Nous portons notre différence à l'intérieur. »

Au Groenland, j'ai pris l'habitude de voyager seule, sans jamais savoir tout à fait comment j'irais d'un endroit à l'autre, dans un pays dépourvu de routes, où la solitude est perçue comme une forme d'échec. J'ai fait mon chemin lentement, malgré la barrière linguistique et les retards habituels liés au climat, en traîneau, en canot, en bateau de pêche, en hélicoptère et en avion. Dans les moments difficiles, les autochtones ont eu pitié de moi : on me passait d'ami en ami, de village en village, de ville en ville, et j'ai lentement gravi l'échelle de glace qui remonte la côte ouest, jusqu'à Avannaarsua, jusqu'au Grand Nord.

Un jour, à plus de 76° de latitude nord, j'ai ressenti l'euphorie que je n'avais éprouvée jusque-là qu'à plus de 3000 mètres. Des fjords profonds entourés de roches, des océans de glace, des pans de lumière changeante composaient l'horizon. C'est là que j'ai voyagé avec ceux qui chassent pour vivre, l'élite qui vit au sommet du monde, la seule société boréale qui utilise encore des traîneaux à chiens, qui porte des peaux et chasse au harpon. Comment leur civilisation adaptée au froid est-elle apparue ? Comment la glace changeante a-t-elle modelé leurs esprits et leur société ?

Bien que les Esquimaux polaires du Groenland aient renoncé à une grande partie de leur mode de vie ancestral, ils ont aussi appris à lutter pour défendre ce qui reste de leur héritage. Privés de leurs cérémonies publiques au XVIIIe siècle, ils se sont accrochés aux pratiques traditionnelles de chasse et ont gardé en mémoire l'art de résister aux rigueurs de l'Arctique et de goûter ses plaisirs. Ce n'était pas seulement une vie de froid, de crasse, de gel mordant, de neige aveuglante et de famine, mais aussi une vie d'intimité et de camaraderie, de débrouillardise et de magie, quand les chamans en transe faisaient voler leur âme sous la glace, quand les parents racontaient aux enfants des contes effrayants à la lumière d'une lampe à huile de phoque, quand les hommes taillaient des harpons dans les cornes de narval et les défenses de morse, quand ils voyageaient dans des traîneaux fabriqués en os de baleine, avec des patins recourbés en

PRÉFACE

tourbe gelée, quand la glace était découpée avec des couteaux dont la lame était taillée dans une météorite.

L'esprit inuit est aiguisé par la vulnérabilité. C'est une vivacité qui leur montre où aller et comment vivre. Courageux, alertes, calmes, pleins d'humour et de sang-froid, ils ont tiré les leçons de la glace : sa constance réside dans son mouvement, sa solidité masque ce qui ne peut durer.

La calotte glaciaire avait sur moi l'effet du chant des sirènes et m'incitait à revenir au Groenland, sans cesse attirée par ses murailles de saphir bleu et tout simplement par son immensité. Joyau, regard, phare, monolithe allongé, la glace brille d'un éclat sans égal sur la partie supérieure du globe, là où on a serré les cordons de cette bourse qu'est la planète, rapprochant le haut de trois continents. L'été, elle brûle au soleil ; la nuit, elle stocke le clair de lune. J'aimais l'aspect quasi inhabitable de l'île ; la glace avait chassé les hommes vers les côtes, où ils vivaient en villages serrés sur un morceau de rocher ; sur les cartes topographiques, les massifs blancs étaient « inexplorés ».

Je voulais savoir comment les Esquimaux s'étaient fait un univers moral de leur empire froid de « l'âge de pierre », comment fêtes et tabous servaient à la fois de voie d'accès et de rempart, comment la glace faisait effet de silex pour enflammer leur imagination.

Un printemps, à la lisière des glaces, j'ai vu des narvals. Leur dos lisse surgissait de l'eau avant d'y disparaître à nouveau, et leur défense de licorne perçait l'air comme une rapière. Cette corne semblait provenir de quelque élément constitutif du centre de la terre. Avec tous ces sabres dressés au-dessus de la surface de l'eau, ces lances en tire-bouchon bruyantes et agitées, je croyais voir une bataille où s'étaient perdus des êtres qui, comme moi, cherchaient à traverser les apparences pour atteindre le réel. Pendant sept ans j'ai observé l'île, comme on regarde à travers une vitre, comme on se regarde dans un miroir.

Gretel Ehrlich, 2001.

Au bout de la nuit :
Uummannaq, Groenland, 1995

Notre pays a de larges frontières ; aucun homme n'en a fait le tour. Et il contient en son sein des secrets dont nul homme blanc ne rêve. Ici nous vivons deux vies différentes ; l'été, sous le flambeau du Chaud Soleil, l'hiver, sous le fouet du Vent du Nord. Mais c'est la nuit et le froid qui nous font le plus réfléchir. Et quand la longue Nuit s'étend sur le pays, beaucoup de choses cachées sont révélées, et les pensées des hommes suivent des chemins tortueux.

Ambrosius l'aveugle

« Vous voyez ce qui arrive ? demanda la vieille Arnaluaq.
— Quoi ?
— Là-bas, sur la mer. C'est la Nuit qui arrive, la grande Nuit ! »

Knud Rasmussen

Les glaciers sont des rivières, le ciel s'est solidifié, l'eau est d'encre, les montagnes sont des lumières clignotantes. Parfois je m'étends dans mon sac de couchage et je répète indéfiniment ce vers d'un poème de Robert Lowell : « L'étonnante clarté qui vient nous aveugler ».

Je dors près d'une fenêtre que j'ai entrouverte. L'air glacial parcourt la colline rocheuse avec un parfum minéral. Dans un rêve,

UN PARADIS DE GLACE

j'entends le craquement du krill sous l'eau. Tout à l'heure, le fragment de glacier que j'ai laissé tomber dans un verre d'eau a fait le même bruit.

Le glaçon venait du sommet d'une grande langue qui se répand à la pointe de ce fjord, comme la bosse d'une papille qu'on aurait découpée, ou comme un morceau de discours. Maintenant il a fondu et a un air farineux, comme un mot superflu qui rend l'idée moins nette. Mais quand je bois, l'eau a un goût vif, presque poivré, qui reflète une clarté d'esprit que j'éprouve rarement mais à laquelle j'aspire.

En ce matin de janvier, il y a un « faux soleil » (un parhélie, c'est-à-dire un anneau autour du soleil, comme un arc-en-ciel) tellement grand qu'il semble encercler le monde visible. Il se déplace en même temps que moi. Je le regarde glisser contre un obstacle immobile : un bateau pris dans la glace de Frobisher Bay. Je décolle d'Iqaluit, une ville du Canada arctique où je suis bloquée depuis plusieurs jours. Tandis que mon avion roule sur la piste, le faux soleil tremble, ondoie, se traîne à travers la glace noire, trop lourd pour quitter le sol. L'avion finit par décoller, et le halo du soleil en fait autant, un grand hublot dans la nuit permanente de l'hiver arctique.

Les Esquimaux disent parfois que cet anneau représente le tambour utilisé par les chamans pour invoquer les autres mondes. Ils

AU BOUT DE LA NUIT : UUMMANNAQ, GROENLAND, 1995

pensent qu'il existe de nombreux royaumes à l'intérieur de celui-ci, sous la mer de glace, au plus profond des montagnes, au bord de la calotte glaciaire, et dans le ciel, où d'autres êtres vivent et sont en relation avec nous. Certains de ces êtres sont mi-animaux, mi-humains ; certains sont transparents, ce sont de purs esprits. Les récits sont considérés comme des choses vivantes, et la transe du chaman résulte du battement du tambour et du lent stroboscope saisonnier de la nuit et du jour.

Mon avion reliant l'île de Baffin à Kangerlussuaq, au Groenland, décolle à une heure anormalement matinale. La cargaison est accrochée sur tous les sièges sauf deux ; le steward et moi, nous sommes les seuls passagers. Il fait – 30°, et le froid est aggravé par un violent vent de nord-ouest. Dans la cabine, emmitouflés dans des couvertures de laine, nous sirotons du café en attendant le décollage, tandis qu'un employé déblaie la neige sur les ailes. Lorsqu'il s'élève enfin au-dessus du sol, l'avion traverse le cercle vacillant et le « faux soleil » se brise.

En dessous, la baie de Baffin est un puzzle éparpillé. On voit des ronds, des ovales, des plaques, des cristaux, du frasil, de la soupe de glace, des gâteaux de glace : des étendues de lys arctique à travers lesquelles bondissent des phoques, des ours polaires et des chasseurs. Entre les îles minuscules, de larges pans de glace grands comme des panneaux d'affichage se dressent comme la *Vague* de Hokusaï.

Les gens me demandent toujours pourquoi j'ai envie d'aller au nord durant la saison de nuit ? Il n'y a rien à voir. Mais les Groenlandais savent que c'est le contraire qui est vrai : « L'été est ennuyeux. Les chiens n'ont rien à faire. En hiver et au printemps, les fjords et les baies sont gelés. On part pour de longs voyages en traîneau, on chasse tous les jours, on vit où on veut, on rend visite à ses amis dans les villages. C'est à ce moment-là qu'on est heureux. »

Sous l'avion, un labyrinthe complexe de socles flottants. Les nuages se multiplient, la lumière faiblit, et pourtant c'est le matin. Un rougeoiement marque l'endroit où le soleil tente de se lever, mais nous prenons un virage au nord et nous nous en éloignons. Derrière nous, dans les montagnes, les ondulations rapides d'une rivière ont gelé sur place. Partout, la glace mouvante est safran, puis rose, puis indigo : l'austérité de l'Arctique est à la fois limpide et voluptueuse.

Les chasseurs avec lesquels je devais voyager avaient dit que le voyage en traîneau jusqu'à Thulé prendrait un mois ou plus. *Imaqa*. Peut-être. Horloges et calendriers sont toujours considérés comme inutiles dans le Grand Nord, où il n'existe pas de routes, seulement des fjords et des mers gelés qu'on traverse en traîneau, où le climat mesure le temps au compte-gouttes, où, dans un dialecte esquimau, le mot « hiver » signifie aussi « un an ». Là-haut, l'éphémère est la seule constante ; le temps n'a pas été décimé par l'aiguille des secondes, cette épine étrangère pressée de rejoindre l'arbre d'où elle est venue.

Deux ans auparavant, en 1993, lors d'un vol similaire, j'ai rencontré un jeune couple, Ann et Olejorgen, qui sont devenus des amis. Maintenant, je reviens au Groenland passer une partie de l'hiver arctique avec eux avant de partir en traîneau vers le nord.

Olejorgen est inuit mais il est né à Nuuk, la capitale sous le cercle arctique ; Ann est une native des îles Féroé qui a immigré au Groenland il y a plusieurs années. Ils rentraient à Uummannaq, petite ville située sur une île minuscule, au milieu de la côte ouest du Groenland. Quand ils m'ont demandé ce qu'une Américaine solitaire faisait dans l'avion, j'ai brandi un épais volume de Knud Rasmussen, l'un des dix recueils de notes ethnographiques correspondant à l'une de ses expéditions. Mi-inuit, mi-danois, Rasmussen avait accompli un épique voyage en traîneau de trois ans et demi pour tâcher de retrouver l'itinéraire qu'avaient suivi les Esquimaux lors de leur migration originelle depuis la Sibérie. En chemin, il avait transcrit leur histoire matérielle et culturelle, témoignage de première main sur la façon dont ils voyageaient, vivaient et chassaient, sur les rituels, chants, rêves, dessins et récits des chamans, sans lequel nous ne saurions pas grand-chose sur les Esquimaux du Groenland, de Netsilik, de Caribou, de Copper, de Mackenzie et d'Alaska tels qu'ils vivaient il y a un siècle.

Olejorgen est surpris que je connaisse Rasmussen. Il s'exprime lentement, d'une voix douce. Avec sa peau foncée et ses yeux en amande, il a assez de sang danois mêlé à ce qu'il appelle ses gènes esquimaux pour être de grande taille. Ces gènes le rattachent à Rasmussen par l'une des plus illustres familles du Groenland.

AU BOUT DE LA NUIT : UUMMANNAQ, GROENLAND, 1995

« C'est à cause de Rasmussen que je vais m'installer dans le nord », déclare Olejorgen. Il n'a jamais remonté la côte aussi loin, il n'a jamais conduit de traîneau, il n'a jamais utilisé de harpon, il n'a jamais tué de phoque. « J'ai arrêté mes études de droit et je veux apprendre à devenir un chasseur. Je suis Esquimau de naissance ; il est temps que j'apprenne à en être un. »

« Rasmussen... *ya*... c'est le héros national », dit Ann. Bien en chair et volubile, elle parle d'une voix forte, passant sans effort du danois à l'anglais, du féroéen au groenlandais, une aubaine pour moi qui suis une voyageuse timide. Elle rapporte du Danemark un énorme sac de cadeaux. Elle aime collectionner et offrir, transformant toujours en largesse généreuse ce qui aurait pu se changer en avarice. Assistante sociale dans un foyer pour enfants et un orphelinat régional à Uummannaq, elle a fait du don un véritable mode de vie. « Ma famille aux îles Féroé était riche, des armateurs.... c'est pour ça qu'à l'université, mes professeurs disaient que je ne ferais rien de bon. Mais comme je leur répondais, si je n'avais jamais connu l'amour, comment aurais-je pu en donner ? »

Ann regagne Uummannaq avec son nouveau compagnon. Elle a rencontré Olejorgen durant son année sabbatique à Copenhague et elle est tombée enceinte. Olejorgen la suit à Uummannaq, une ville qu'il n'a jamais vue, mais où elle s'est installée depuis cinq ans.

Quand nous débarquons à l'aéroport de Nuuk, je me rends compte que je n'ai pas d'argent, c'est-à-dire pas de couronnes danoises, et qu'il n'y a aucun bureau de change. Les gros volumes de Rasmussen s'avèrent la seule monnaie dont j'aie besoin : Ann insiste pour que je les accompagne chez les parents d'Olejorgen.

Nous gagnons la capitale du Groenland dans un pick-up Toyota qui fait office de taxi. Il pleut des cordes. Pas de traîneaux tirés par des chiens à Nuuk, qui se trouve bien en dessous du cercle polaire. La ville n'offre que des immeubles, un hôtel, un musée d'esquimologie et le Parlement. Division administrative danoise outre-mer, le Groenland a obtenu une indépendance limitée en 1979 et son gouvernement jouit à présent d'une certaine autonomie.

Les parents d'Olejorgen, Motzflot et Maritha Hammekin, ont près de quatre-vingts ans et ne parlent pas l'anglais. Le groenlandais est une langue esquimau, c'est la première langue du pays. Motzflot est pasteur, il a la peau claire, le regard vif, et s'exprime avec douceur. La mère d'Olejorgen est petite, légèrement voûtée, elle a la peau brune, mais les mains épaisses et solides. En me déchargeant de mes volumes, elle m'apprend qu'elle est apparentée à Rasmussen par la famille Fleischer, d'origine polonaise, juive, danoise et groenlandaise. Elle veut me montrer les trésors qu'elle a rassemblés, avec son mari, durant leurs voyages à travers l'île. Les petites pièces sont remplies de sculptures en stéatite et en ivoire de morse, et de peintures de fjords obstrués par la glace. Dans la salle à manger, derrière le siège du pasteur, est accrochée la longue corne d'un narval.

Le Groenland occidental a été colonisé par les Danois en 1721 et toute la population a été christianisée par des Luthériens scandinaves zélés. Les fréquents mariages mixtes ont permis l'intégration, et même si la population de l'île est à 85 % inuit, peu de gens peuvent prétendre à la pureté du sang. Ce qui rend la pointe nord du Groenland unique, c'est que la colonisation s'est arrêtée à Tasiusaq : les Esquimaux polaires qui habitaient dans la presqu'île de Melville, jusqu'à Siorapaluk, ont ainsi été épargnés par l'européanisation pendant deux siècles de plus.

Sous le lustre, nous buvons de l'authentique bordeaux, pour accompagner un repas de phoque bouilli avec des pommes de terre. Après tout, nous sommes dans une capitale prospère, avec quelque 14 000 habitants. La sœur d'Olejorgen, Esther, aux yeux de biche et aux pommettes saillantes, nous rejoint avec son ami danois, Poul. Elle est sage-femme et a déjà aidé à naître 285 bébés depuis le début de l'année ; elle est sur le point de partir en canot visiter des villages isolés afin d'apprendre aux femmes comment aider à l'accouchement. Poul la regarde, fumant sa pipe d'un air satisfait. Il a quitté sa famille danoise pour rejoindre les Hammekin et il n'a plus aucune envie de rentrer au pays ; il est très content de son métier de rédacteur en chef du journal groenlandais bilingue, et de sa compagne inuit.

Le lendemain matin, Ann me demande où je vais, et je lui montre la carte. « Oh... tu ne peux pas aller là-bas », dit-elle en faisant la grimace. « Non, non. Il faut venir dans le nord avec nous, en bateau jusqu'à Uummannaq, c'est le vrai Groenland, celui dont parle Knud Rasmussen. » Et c'est ce que je fais.

Nous prenons le bac (qui ne transporte pas de voitures, puisqu'il

AU BOUT DE LA NUIT : UUMMANNAQ, GROENLAND, 1995

n'y a pas de routes entre les villages) et nous avançons lentement vers le nord. A bord, les femmes fument et jouent aux cartes, les enfants courent, la cafétéria propose de la nourriture danoise. Je passe mon temps sur le pont. A mi-chemin du détroit de Viagut, nous croisons un iceberg creusé d'un trou en son centre, comme un télescope par lequel j'ai le sentiment de voir l'origine du vert et du bleu, de la glace même.

La glace est ce que les Groenlandais aiment et attendent. Nous voguons entre des pavillons et des amphithéâtres de glace, des plateaux divisés et resoudés par la chaleur de l'été, découvrant une crevasse centrale qui n'est que décombres d'azur. A mesure que nous montons vers le nord, le sillage du navire semble se refermer sur ce qu'il reste du temps.

Il y a mille ans, le monde du chasseur se composait de glace et de nuit, d'eau et de lumière, de viande consommée crue ou séchée, et de peaux : chien, phoque, ours polaire, renne, lièvre arctique, eider, cousues pour fabriquer des vêtements, des tentes et des sacs de couchage. Les saisons se succédaient, la glace était en mouvement constant : l'extrême nord du Groenland est bordé par 130 000 kilomètres carrés d'océan Arctique, essentiellement composé de glace. Les polynies, ces étendues d'eau libre, étaient créées par les courants maritimes qui brisaient la glace, et restaient ouvertes en hiver comme des blessures non refermées. La terre était un océan qui se brisait contre les masses aquatiques, s'éparpillant en îles grandes ou petites. Les marées se colletaient au pack jusqu'à ce que la banquise se replie en accordéon, finissant par retomber sur la rive. Les glaciers perdaient d'énormes blocs, grands comme un palais des congrès, découpés comme le Taj Mahal, qui dérivaient dans les fjords pendant tout l'été ; sous l'effet de la brusque chaleur, leurs arches, leurs tours et leurs contreforts s'effondraient brusquement comme un éclat de rire.

Sur le pont, une vieille dame qui somnolait me demande si je parle le danois. Je réponds *Nye*. Je parle l'américain. La banquise explose à tribord et des morceaux de glace tombent en avalanche dans l'eau qui écume et bouillonne. « Nous voilà partis pour le nord », dit la vieille dame, appuyée au bastingage, le menton encore luisant de graisse : elle vient de manger des côtelettes de phoque avec son petit-fils. Les blocs de glace se heurtent à la coque avec un bruit sourd et le bateau vire de bord. « Ce n'est pas le même monde que celui d'où vous venez. Ne vous fiez pas aux apparences. Dans l'ancien temps, on disait que la terre était mince et que l'on pouvait parler avec les objets et les animaux parce que tous les êtres étaient pareils ; tout était interchangeable. » Un groupe de phoques annelés surgit de l'eau et y replonge, laissant à leur place un morceau de glace verte en forme de harpon.

Peu avant l'aube, en montant sur le pont, je trouve Olejorgen debout à la proue. Il a les joues rouges et paraît agité, nerveux. Je me demande s'il a de la fièvre. Il se plaint de « migraine polaire » et m'explique que « Rasmussen en souffrait aussi ». Une tour de glace pourrie s'écroule. « En arrivant à Uummannaq, il faudra que je trouve un ancien qui m'enseignera les choses, qui sera patient et qui m'expliquera la glace, les chiens, la chasse. » Nous ne pouvons alors imaginer ni l'un ni l'autre tout ce qu'il devra apprendre pour simplement survivre à ses années d'initiation.

Olejorgen a quitté son épouse, son fils et ses études de droit pour commencer une nouvelle vie avec une autre femme, bientôt un autre enfant, animé par le désir irrépressible de mener la vie de chasseur inuit dont il a été privé pour des raisons géographiques.

Pendant la nuit, la proue du bateau a fendu de profondes étendues d'eau, puis nous avons glissé sur la surface lisse du fjord d'Uummannaq. L'arête rouge de l'île, en forme de cœur, se dresse devant nous. C'est presque la pleine lune. « J'ai l'impression de rentrer chez moi », dit Olejorgen.

La ville est perchée sur un rocher qui s'est détaché du Groenland, près de la pointe d'un fjord. Le ferry accoste dans le port et une foule d'enfants nous acclame quand Ann et Olejorgen descendent la passerelle, chargés de cadeaux. Ann revient après un an d'absence ; Olejorgen n'est jamais venu ici. En mettant pied à terre, il se protège les yeux du soleil pour contempler la colline et les maisons rivées au rocher. Il a conclu un pacte avec la mémoire de feu Rasmussen, qui avait lui aussi renoncé à une éducation européenne pour mener la vie d'un Esquimau. « Donnez-moi l'hiver, donnez-moi des chiens, et je vous laisse tout le reste », disait Rasmussen. Bientôt Olejorgen apprendra l'art de conduire les chiens, de déchiffrer la glace, de survivre aux tempêtes et au froid. Du moins, il essaiera.

AU BOUT DE LA NUIT : UUMMANNAQ, GROENLAND, 1995

Légèrement voûté, les doigts effilés et le visage pâle, Olejorgen grimace lorsque nous descendons la passerelle, se frotte le front, puis sourit. On voit bien qu'Ann a jeté son dévolu sur un homme de la ville.

Un an après. Notre avion se dirige vers un bloc noir triangulaire enfoncé entre la mer et le ciel. Derrière nous, le soleil a sombré, laissant sur l'eau un anneau lumineux, pour guider nos pensées. La lune me tombe dans les bras, comme une tête coupée au front raboté, et en contrebas la glace continue à se briser. Je vois des blocs de lumière, des trouées de nuit : sous-exposition et surexposition chroniques. Les pans de clarté et d'obscurité, sans cesse en mouvement, sont comme des couteaux empilés dans un tiroir : ce sont les instruments avec lesquels l'art sculptera dans la mort pour créer de la vie.

Cette île, la plus grande du monde, les Inuits l'appellent Kalaallit Nunaat, la terre blanche. Sa surface est composée de glace à 95 %, soit 1,9 million de kilomètres carrés ; sur ses 2600 kilomètres de côtes, 1900 kilomètres se situent au-dessus du cercle polaire. Elle est chevauchée par la plus vaste couche de glace continentale, vestige de la dernière période glaciaire. La neige s'accumule depuis si longtemps sur ce dôme blanc, gelée et regelée, que son point culminant s'élève à 3300 mètres, tandis que sa masse a enfoncé la terre à 360 mètres en dessous du niveau de la mer. Si la calotte glaciaire fondait un jour, nous aurions une deuxième baie d'Hudson.

Puisque l'essentiel de l'île est une montagne de glace, les Groenlandais vivent sur les seules terres habitables : la frange rocheuse qui borde les côtes. Sur un total de 60 000 habitants, 85 % sont des Inuits, les autres sont des Danois. Les Inuits se divisent en trois groupes qui parlent différents dialectes apparentés à la langue esquimaude polysyllabique qu'on appelle le groenlandais. Il y a les Groenlandais occidentaux, les Groenlandais orientaux et les Esquimaux polaires. La température moyenne, l'hiver, est de − 30°.

Autrefois, avant que les colons danois n'introduisent des générateurs diesel dans les villages, la chaleur et la lumière, entre octobre et février, venaient de récipients en pierre où l'on enflammait de la graisse de phoque ou de baleine parce qu'il n'y avait rien d'autre à brûler : aucun arbre, presque aucune végétation. Les villages se déplaçaient avec les saisons, les familles s'installaient dans des abris de pierre, de glace et de peau de phoque, dormant sur une plate-forme couverte de peau de caribou ou de bœuf musqué. Les voyages se faisaient et se font encore en kayak et en traîneau à chiens.

Les Inuits furent les premiers à explorer l'Arctique, et à être capables de vivre et de prospérer dans le climat le plus rigoureux au monde. Leurs traversées du Grand Nord par de minces bandes de terre et de glace étaient motivées autant par leur désir de changer de décor avec les saisons que par leur besoin de nourriture ; il y a partout de quoi manger en abondance, quand le temps et la glace permettent d'y accéder. Contrairement aux étrangers, chercheurs d'or, baleiniers et explorateurs soutenus par le gouvernement, qui ont emprunté la côte est du Canada arctique pour gagner l'Asie (c'est le chemin qu'avaient parcouru à pied les Inuits venus de Sibérie sans carte, sans financement, sans appuis), les Esquimaux ont affronté l'adversité sans se vanter de leurs exploits. La vanité était inconnue dans la vie communautaire de ceux qui chassaient pour survivre. C'était un peuple de la période glaciaire, adapté à la glace, qui savait vivre dans le froid, se procurer de quoi manger, s'habiller chaudement et éviter le scorbut ; la plupart des voyageurs venus en Arctique furent trop arrogants pour imiter cette faculté d'adaptation vitale.

Aucun être humain n'a jamais habité l'Antarctique. Ses côtes et ses îles sont trop éloignées des autres continents pour rendre une migration possible. Seul l'Arctique a pu accueillir la culture humaine. Il y a vingt mille ans ou davantage, les habitants du nord de l'Asie ont commencé à dériver vers la zone polaire, par petits groupes familiaux, ancêtres, bébés et chiens compris. Ils chassaient le caribou et le renne avec une lance en silex, les mammifères marins au harpon, et ils nettoyaient les peaux de toute la chair et de toute la graisse pour en faire des vêtements.

Ils venaient des régions glaciales du nord de la Sibérie et ont pris le passage de Béring pour gagner les étendues gelées situées au nord du Brook Range en Alaska, continuant à travers les détroits, par les îles et les blocs de glace qui parsèment le Canada arctique. Finalement, ils ont suivi le gibier jusqu'aux Eureka Uplands de l'île

AU BOUT DE LA NUIT : UUMMANNAQ, GROENLAND, 1995

d'Ellesmere et, de là, ont traversé la banquise permanente du détroit de Smith pour atteindre le nord du Groenland.
C'est alors que leurs voies se séparent. Certains ont suivi la piste des bœufs musqués, au nord de la terre de Peary, où ils ont passé l'été avant de se diriger vers la côte ouest du Groenland, montagneuse et battue par les tempêtes. D'autres se sont aventurés vers la côte ouest, plus chaude, plus calme, pour chasser le phoque, le morse, le narval et l'ours polaire jusqu'à la baie de Melville, et plus au sud encore, jusqu'à la zone des fjords, vivant isolés par les glaces pendant plusieurs millénaires.

Mon avion bourdonne quelque part au-dessus de la baie de Baffin. Si nous ralentissons encore, j'ai l'impression que nous allons tomber. En dessous, de minces nuages forment une cage thoracique garnie de tendons de chair rose. En apercevant la côte ouest du Groenland, je ressens l'euphorie que j'ai déjà éprouvée en arrivant la première fois et je demande s'il existe un mythe originel, un récit des commencements. « Cela remonte trop loin. On dit qu'il faisait tellement noir alors, trop noir pour que l'on sache. »
Nous survolons les 170 kilomètres du long fjord de Kangerlussuaq. L'eau est noire, les montagnes sont brunes, couronnées de pics neigeux. Les rivières se faufilent dans les plis de rochers vieux de trois milliards d'années, nés du magma qui, en refroidissant, s'est changé en gneiss gris moucheté, dont la surface a ensuite été pulvérisée par les météorites. L'eau est à présent retenue par des bassins de réception ; là où il y a assez de terre pour nourrir des touffes de fétuque alpine, on voit paître les bœufs musqués. Quelque chose brille, très haut dans le ciel : c'est la calotte glaciaire, inflorescence scintillante qui surmonte l'île comme l'unique lumière du monde.
Le Groenland est présent dans l'imaginaire européen depuis dix-sept siècles. Au IVe siècle, le philosophe, mathématicien et navigateur grec Pythéas, parti de France, remonta vers le nord et entrevit une côte brumeuse et glacée près du détroit de Scoresby.
Au VIe siècle, le moine irlandais saint Brendan utilisa un bateau en bois de saule, couvert de peau de bœuf, pour partir en quête de refuges possibles à l'ouest, où fonder de nouveaux monastères. Il vit notamment un iceberg, qu'il décrit comme « un château de cris-

tal flottant, de la couleur d'un voile d'argent, mais dur comme le marbre ; tout autour, la mer était lisse comme le verre et blanche comme le lait ».

Trois cents ans plus tard, les Vikings, ou Normands, débarquèrent en Islande pour n'y trouver que des pirates irlandais et quelques moines solitaires qui y avaient déjà trouvé asile. Quand Eric le Rouge fut exilé de la nouvelle colonie pour avoir commis un meurtre, il partit avec son fils Leif pour la grande île située au nord-ouest. Elle était presque entièrement couverte de glace, mais il la baptisa Groenland ou terre verte pour attirer des compagnons dans son exil. Le stratagème réussit. Au printemps 985, vingt-cinq navires tentèrent la traversée. L'Atlantique encombré de glace était dangereux : onze vaisseaux disparurent ou firent demi-tour. Les autres colonisèrent les prairies alpines de la pointe sud, ignorant que les chasseurs inuits habitaient la région nord depuis plusieurs milliers d'années. Quatre cents ans plus tard, lors d'une période de refroidissement, les colons normands disparurent.

Entre-temps, le Groenland fait son apparition dans les livres, d'abord en 1075, dans l'*Historia Hammaburgensis* d'Adam de Brême ; il est inscrit sur les cartes en 1424. Vers le milieu du XVIe siècle commence la recherche du passage du Nord-Ouest. John Davis, explorateur et navigateur britannique, appelle le Groenland « terre de la Désolation ». Comme les autres explorateurs européens, il ne sait pas que le passage qu'il cherche est déjà utilisé par les Inuits depuis des millénaires.

Tandis que de plus en plus de navires jettent l'ancre sur la côte ouest du Groenland, alors que de très occasionnels contacts avec les chasseurs inuits s'établissent, les maladies se propagent, et l'on voit se développer une pratique aberrante. En 1576, Martin Frobisher ordonna à son équipage de kidnapper un Inuit qui passait en kayak le long du bateau. Deux autres furent amenés en Angleterre, où ils moururent peu après leur arrivée. En 1660, trente Esquimaux avaient déjà été capturés. En 1906 encore, l'explorateur américain Robert Peary ramena à New York Minik et son père en guise de « spécimens vivants » pour le musée d'Histoire naturelle.

Nous atterrissons sur la vieille base aérienne de Kangerlussuaq (anciennement Söndre Strömfjord), établie comme ligne de défense

AU BOUT DE LA NUIT : UUMMANNAQ, GROENLAND, 1995

contre les Allemands durant la Seconde Guerre mondiale. A l'entrée de la vallée, des bœufs musqués paissent et une falaise de glace (le bord de la calotte) scintille vaguement dans le noir. Cette vallée encaissée était jadis appréciée pour ses rennes. Une vieille dame me dit : « Chaque été nous allions vivre à Kangerlussuaq. Nous remontions depuis Illorsuit et Uummannaq, à la pagaie, en *umiak*. La chasse était bonne. Il y avait toujours des fleurs partout. Nous y étions heureux. Tant de rennes ! Nous en mangions certains, nous faisions sécher une partie de la viande. Il y en avait beaucoup, et quand on repartait au village, les bateaux étaient remplis de viande, le sang coulait sous nos *kamiks* [bottes] comme l'eau d'un fjord. »

Je prends un plus petit avion pour m'envoler vers Ilulissat, au nord. Là-bas, dans l'après-midi, le soleil est comme un feu brûlant à l'horizon, mais il disparaît après quelques heures à peine. Le climat se dégrade et l'hélicoptère pour Uummannaq est bloqué au sol. Je fais un tour en ville, où je dois séjourner tout près de l'hôpital, dans une maison jaune appartenant à un médecin, Elisabeth Jul, une amie d'Ann que j'ai rencontrée l'année précédente.

Ilulissat, juste au-dessus du cercle polaire, est une ville active, qui résonne des aboiements de quelque 8000 chiens de traîneau. Elisabeth vient d'être nommée chef de service à l'hôpital régional. Tout l'hiver, elle rend visite à ses patients en traîneau. « Au Danemark et au Groenland, les médecins ne gagnent pas beaucoup, ce n'est pas comme en Amérique. On fait ce travail parce qu'il nous intéresse », déclare-t-elle. Elle rougit lorsqu'elle parle d'elle-même, mais elle a l'aplomb et la rapidité abrupte des docteurs. Un peu garçon manqué, assez forte, elle porte ses cheveux blonds noués en deux petites nattes. Sa pointe d'accent new-yorkais me surprend, puisqu'elle a grandi au Danemark. Explication : « Mes parents travaillaient pour l'Organisation mondiale de la santé, c'est comme ça qu'ils se sont rencontrés. Mon père était danois et ma mère new-yorkaise. »

Elle me fait faire la visite guidée de l'hôpital. « La première chose que j'ai remarquée en arrivant ici, c'est qu'au Groenland, les malades refusent qu'on les laisse seuls ou qu'on ferme la porte. Ils ont toujours vécu en communauté et ils ne veulent pas mourir seuls. Si une porte est fermée, c'est que le malade est un Danois. »

Nous prenons un café devant une fenêtre qui donne sur le fjord où le glacier le plus productif au monde, le Sermeq Kujalleg, engendre 10 % de tous les icebergs que l'on rencontre entre le Groenland et le Canada. « L'iceberg qui a coulé le *Titanic* venait probablement d'ici. »

Elisabeth apprécie la diversité que crée dans son travail l'isolement géographique, et elle se décrit elle-même comme « docteur-à-tout-faire » : spécialiste des maladies organiques, chirurgienne, obstétricienne, psychiatre, officier de santé publique. « Je distribue des pilules, des préservatifs, je fais des opérations, des autopsies, je vaccine, j'accouche les femmes enceintes. J'essaye de sauver le malade avec l'équipement dont nous disposons et grâce à notre expérience, à lui et à moi. »

Un jour, elle a dû procéder à une opération qu'elle n'avait jamais faite. Ils l'ont raccordée par des écouteurs à l'Hôpital royal de Copenhague, où un chirurgien lui a parlé pendant tout le temps. « Le malade souffrait d'hémorragie interne, il allait mourir si je ne faisais rien... Eh bien, finalement, dit-elle en rougissant, il a survécu. Les Groenlandais sont durs, c'est pour ça qu'ils tiennent bon. » Elle me raconte d'autres anecdotes tandis que nous rentrons chez elle : « Un de mes patients avait un ulcère perforé. Ça s'était aggravé alors qu'il était sur le fjord, à deux heures d'ici en traîneau. Avant de faire quoi que ce soit, il a trié son poisson et nourri ses chiens. Et seulement après, il est venu à l'hôpital. Un ami l'a amené ; le lendemain de l'opération, il est rentré chez lui à pied. »

Une odeur déplaisante flotte dans la maison d'Elisabeth : elle récupère les restes de cuisine de l'hôtel pour nourrir ses chiens. Elle a horreur des tâches ménagères : « La partie propre de ma vie, c'est l'hôpital. » Quand il y a de la glace, elle harnache ses chiens et se rend seule dans les villages isolés le long de la côte pour soigner ses patients et pour faire des vaccinations. « A l'époque où j'apprenais à conduire les chiens, les gens sortaient de la banque ou de l'épicerie pour venir me regarder. Ils rigolaient bien, parce qu'il y avait souvent de la casse. Ça les a aidés à m'accepter. »

De la fenêtre, elle peut observer ses chiens, attachés non loin de là. Au Danemark, elle a formé des chiens d'aveugle. « J'aime les avoir près de moi. Comme ça, je peux voir de quoi ils discutent entre eux. »

La glace ne s'est pas encore formée sur les eaux tourmentées de la baie de Baffin. Un encombrement d'icebergs se dresse comme des tours étincelantes, là où le fjord débouche dans la baie. Il est difficile de croire que le Groenland était autrefois couvert d'arbres séculaires, peupliers, marronniers, chênes, lauriers, noyers et magnolias, qui ont tous gelé au pléistocène et sont restés gelés. « Ici, nous vivons encore à la période glaciaire », me rappelle Elisabeth.

Knud Rasmussen est né à Ilulissat. Dès que j'ai accroché mon sac chez Elisabeth, je traverse la rue pour aller visiter la maison où Rasmussen a passé son enfance, aujourd'hui transformée en musée. En montant l'escalier étroit, je regarde par la fenêtre de la bibliothèque, qui donne sur une ville flottante faite d'icebergs. Rasmussen doit s'être tenu là bien des fois, en attendant que l'océan gèle pour partir avec ses chiens.

Partout où je vais, on parle de Rasmussen comme s'il était encore en vie, parti quelque part avec son traîneau. Une femme d'Ikerasak raconte que sa mère avait cousu ses *kamiks* ; celui-ci s'avère être son petit-fils ; celle-là est la petite-fille de Qavigarssuaq, avec qui Rasmussen a voyagé pendant trois ans.

Tout à l'heure le soleil était un petit feu brûlant à l'horizon, mais maintenant la baie est plongée dans l'obscurité. Je n'ai ni le vertige ni la migraine, mais j'ai l'impression d'avoir une tête en plomb. Je me demande si c'est à ça que ressemblaient les « migraines polaires » de Rasmussen, si elles étaient causées par les orages magnétiques ; je me demande si Olejorgen en souffre encore.

Les migraines de Rasmussen sont légendaires. Peut-être résultaient-elles du gouffre qu'il y avait entre le nomade arctique, carnassier, agité, qu'il était à l'origine, et l'Européen instruit et cultivé, mari, père et héros qu'il était devenu. On a dit que Rasmussen était en réalité deux hommes en un, un gentleman danois et un bandit esquimau, mais que la fissure était comblée par son rire, son énergie et son charme ; la patrie de son cœur a toujours été le Groenland.

Né le 7 juin 1879, Rasmussen était le fils d'un pasteur danois et d'une mère de sang mêlé danois-inuit. Il eut un fouet à la main dès qu'il sut marcher ; à dix ans, il conduisait son propre traîneau. Il était bilingue, parlant le danois avec son père et le groenlandais avec sa mère et tous ses camarades de classe. Son grand-père maternel était issu de la famille Fleischer. Le premier Fleischer arrivé au

Groenland était un Juif norvégien d'origine polonaise venu créer un comptoir commercial et commencer une nouvelle vie, ce qu'il fit en épousant une jeune Inuit du village de Qasigiannguit (juste au sud d'Ilulissat), orpheline, illettrée et affamée. Le jeune Knud grandit bercé par les histoires de son grand-père : chasse au phoque, danse au son du tambour, vie communautaire, légendes venues du fond des temps, après cinq mille ans de vie sur la glace, histoires de géants, de nains et d'esprits qui habitaient l'île.

Enfant, Rasmussen était ravi par tout ce qu'il voyait autour de lui : les icebergs à la dérive, les tentes en peau de phoque dans les camps d'été, sur les îles désolées qui parsèment la côte, puis la glace qui recouvre les fjords, les chasseurs partis avec leurs chiens pendant plusieurs semaines, plusieurs mois de suite.

La mère de Knud comprenait sa passion pour la vie des Esquimaux. Lorsque sa sœur May est née, la famille accueillit aussi une petite orpheline groenlandaise : la mère partageait son lait entre les deux bébés.

Le milieu scolaire et les complexités de la vie à l'européenne lui échappaient. Il fallait le traîner en classe et il préférait l'école buissonnière. Il recherchait la compagnie des vieilles femmes d'Ilulissat pour écouter les étranges histoires d'Esquimaux de pure race qui vivaient plus au nord, s'habillaient de peaux d'ours, et tuaient au harpon morses, ours polaires et baleines.

A douze ans, Knud partit avec son père rendre visite à son oncle Carl Fleischer, qui habitait un village de chasseurs au nord d'Ilulissat. C'est là qu'il entendit des récits plus curieux encore : l'histoire d'un *kivitog*, d'un homme qui avait abandonné sa famille pour aller vivre seul au bord de la calotte glaciaire, et qui n'avait jamais pu revenir à la vie normale. S'il avait essayé, les villageois l'auraient abattu. Une autre histoire concernait une femme disparue depuis qu'un iceberg s'était effondré sur son kayak. De douleur, son mari était devenu fou et il s'était mis à errer dans les montagnes. Dix jours après, on l'avait retrouvé mort, les jambes et les bras couverts de poils bruns ; au bout d'une de ses jambes atrophiées, il y avait un sabot fourchu en guise de pied.

Knud attendait impatiemment le retour des chasseurs à la fin du printemps, avec leurs traîneaux chargés de phoque, de baleine et de morse. La viande était partagée, puis de grands banquets avaient

AU BOUT DE LA NUIT : UUMMANNAQ, GROENLAND, 1995

lieu, auxquels il participait, en écoutant les récits de chasse. L'hiver, le jeune Rasmussen se promenait en traîneau. Il savait s'y prendre avec les chiens, il les comprenait, ce qui lui permettrait plus tard de voyager avec eux sur des milliers de kilomètres.

Quand son père fut rappelé au Danemark, Knud fut privé de son paradis glacé. Ils s'établirent à Copenhague, ville plate, pluvieuse et ombragée, tout le contraire du Groenland. Knud se débattait avec les disciplines scolaires, les mathématiques en particulier, et il était dernier de la classe. Parallèlement à ses études à l'université, il fit du théâtre et travailla comme journaliste, mais tout le rappelait dans son pays natal.

En 1902, âgé de vingt-trois ans, il trouva le moyen de repartir. Ludvig Mylius-Erichsen lui demanda de se joindre à « l'Expédition littéraire » pour parcourir le Groenland occidental. Knud accepta aussitôt et pria un ami groenlandais, Jorgen Brönlund, d'être du voyage. Leur première aventure au Groenland eut lieu sur son ancien terrain de prédilection : ils tentèrent d'escalader la calotte glaciaire de l'île Disko, mais en vain.

D'Ilulissat, ils prirent ensuite le train pour Uummannaq, franchissant les montagnes de la presqu'île de Nuussuaq. Lors d'une étape dans l'île de Ikerasak, Rasmussen passa quelques semaines chez son autre oncle, Jens Fleischer, dresseur de chiens réputé, parfait mentor pour le jeune explorateur.

Quand la glace fut prise, ils partirent pour Upernavik, bien plus au nord qu'Uummannaq. En chemin, ils passèrent quelques nuits à Illorsuit, où le peintre américain Rockwell Kent passerait plus tard une année. Upernavik devint leur quartier général. Après le passage de Rasmussen, la ville ne serait plus jamais la même. « Le rire le précédait partout », disait-on. Tous les prétextes lui étaient bons pour organiser une petite fête : mascarades esquimaudes, chants, danses, festins.

Finalement, l'expédition partit en remontant la longue côte quasi déserte, jusqu'au cap York. Le rêve de Rasmussen devenait réalité : pour la première fois, il allait rencontrer les Esquimaux du Pôle. La route fut difficile. La vie dans la glace et la férocité du climat dépassaient de loin tout ce qu'ils avaient connu à Ilulissat. Ils faillirent geler dans leurs tentes de toile et les chiens mangèrent leurs harnais en peau de phoque. L'un des membres du groupe, Harold Moltke, tomba gravement malade et les chiens eurent également des problèmes. C'est Rasmussen qui les sauva tous, en fonçant vers un village d'où il put rapporter nourriture et vêtements chauds pour lui et les autres. Quand Moltke fut guéri, ils construisirent leur quartier général sur l'île Saunders, au large de Thulé, dans la partie habitée la plus septentrionale du Groenland.

Au retour de cette première expédition, Rasmussen s'éprit de Dagmar Andersen, la fille calme et songeuse d'un riche homme d'affaires danois. Mais il était déjà déchiré : aucun amour terrestre ne pourrait limiter son désir de Grand Nord. Knud et Dagmar furent mariés en 1908, après quoi elle attendit patiemment le retour d'un mari qui était presque toujours en voyage.

En 1910, Rasmussen invita son ami Peter Freuchen à le rejoindre à Thulé, où ils construiraient une station arctique : un comptoir commercial, une banque, une clinique et une base d'où ils pourraient partir explorer le cœur de la culture esquimaude.

Peter était jeune, bien charpenté, sociable, stable et téméraire. Selon ses dires, son enfance avait fait de lui le candidat idéal pour la vie dans l'Arctique. « Chez nous, presque rien n'était interdit, et notre jardin était le lieu de rencontre de tous les enfants du quartier. D'où une disposition d'esprit qui m'a suivi toute ma vie. Je préfère appartenir à un groupe. »

Comme Rasmussen, Freuchen n'avait pas trouvé l'université à son goût. Il avait entrepris des études de médecine mais il s'ennuyait. Sa volonté de vivre selon sa fantaisie fut renforcée par une crise de tuberculose. Il travaillait comme chargeur de chaudière à bord d'un paquebot à destination du Groenland ; il était prêt pour Thulé.

On parlait alors beaucoup de l'Arctique depuis le voyage de Robert Peary au pôle Nord en 1909, et avec l'appui du gouvernement danois Rasmussen et Freuchen partirent pour Thulé comme prévu. A Dundas Village, sur la North Star Bay, ils construisirent un comptoir commercial et une banque. De là, ils lancèrent six expéditions à travers le Groenland. Entre 1921 et 1924, la Cinquième Expédition Thulé emmena Freuchen au Canada arctique et Rasmussen jusqu'en Alaska en traîneau.

Rasmussen prenait à cœur ce que lui avait dit un esquimau Caribou : « On ne trouve la véritable sagesse que loin des demeures des hommes, dans les grandes solitudes ; et on ne l'atteint que par la

AU BOUT DE LA NUIT : UUMMANNAQ, GROENLAND, 1995

souffrance. Souffrance et privation sont les seules choses qui puissent ouvrir l'esprit de l'homme sur ce qui est caché à ses semblables. »

Entre deux voyages, Rasmussen retournait au Danemark voir Dagmar. Il réussit à lui faire deux enfants, deux filles, et à acheter une ferme à l'ouest de Copenhague. Chaque retour était une fête, mais les charmes de la vie en société s'épuisaient vite et il repartait pour le nord. Il avait encore le goût du théâtre : durant la Septième Expédition Thulé, il tourna sur la côte est du Groenland un film intitulé *Le mariage de Palo*, prenant les autochtones pour acteurs.

Satisfait du résultat, il prévoyait d'en réaliser d'autres, mais il fut brusquement frappé par la salmonellose après avoir mangé un grand bol de *kivioq*, délice arctique à base d'alques morts cousus dans un boyau de phoque et qu'on laisse faisander pendant deux mois. Les antibiotiques n'existaient pas encore. Sa santé s'améliora pendant quelques semaines, il fut rapatrié à l'Hôpital royal de Copenhague, mais il mourut en 1933. Il avait cinquante-quatre ans.

Rasmussen a décrit midi en hiver comme une « obscurité blanche ». A présent, soixante-deux ans après sa mort, le ciel d'Ilulissat est bleu foncé, mais une lumière diffuse émane de la neige, comme si le soleil y était enterré et cherchait à sortir. Après trois jours d'attente, je monte dans un vieil hélicoptère Sikorsky. Il décolle dans une averse de neige qui rend grises les quelques heures de jour auxquelles Ilulissat peut prétendre. Au-dessus des eaux de la baie de Disko, le soleil brûle un trou à l'horizon, et son long sillage lumineux forme une torche au milieu des ténèbres où nous nous enfonçons.

Je commence à concevoir la lumière groenlandaise comme multiple : une échelle de soleils qui, comme des bougies, sont soufflés un par un, et qui se rallument tout aussi lentement. Le Groenland lui-même est une échelle qui monte jusqu'au pôle Nord, chaque échelon s'accompagnant de froids plus rigoureux et de cieux plus obscurs.

J'ai gravi un échelon et je me dirige maintenant vers Uummannaq, où m'attendent Olejorgen et Ann. Au loin, au sud, j'aperçois encore les dernières lueurs du crépuscule, un rougeoiement métallique et vacillant, qui tente de percer la nuit enveloppante, mais en vain. Les icebergs glissent comme autant de continents miniatures, avec leurs criques turquoises, leurs fjords effilés, leurs pics acérés et leurs plaines en pente douce. L'un d'eux s'est effondré sur lui-même ; ses fragments figés flottent dans l'eau noire. Ailleurs, le sol de glace s'est brisé en longs rectangles, comme des blocs basaltiques.

Au lieu de survoler les montagnes, nous contournons la presqu'île de Nuussuaq, l'idée étant qu'en cas d'urgence, il serait plus sûr d'atterrir sur la glace que sur une montagne enneigée. Après avoir longé la pointe de la presqu'île, nous suivons le fjord, avec le village de Niaqornat à l'ouest. Le père de mon amie groenlandaise Aleqa Hammond s'est noyé dans ce fjord lorsqu'elle avait sept ans. Il chassait lorsqu'il est tombé à travers la glace avec tous ses chiens. « J'ai demandé à ma grand-mère pourquoi les gens doivent mourir, et elle m'a dit que c'était quelque chose d'arrangé par les esprits. Certains ont une longue bougie qui dure longtemps. La sienne n'était pas aussi grande. Donc il est descendu là où vit la déesse de la mer. » Quand la tempête nous rattrape, des vents violents attaquent l'hélicoptère. Son unique pale d'espoir nous retient au-dessus de la glace, de l'océan, de la déesse de la mer et d'une mort certaine dans les eaux arctiques.

Autrefois, il n'y avait pas de lumière et les gens ne mouraient pas. Puis un jour ils sont devenus trop nombreux, et deux vieilles femmes en ont parlé entre elles. « Passons-nous du jour si nous pouvons en même temps éviter la mort. » « Non, fit l'autre, nous aurons à la fois le Jour et la Mort. » Et cette parole fut exaucée. La lumière vint, et avec elle, la mort.

Si la lumière apporte la mort, alors je ne crains rien. Nous volons dans le noir, dans un ciel perdu, à travers le néant. Puis je distingue des étoiles. Les Inuits pensaient jadis que les étoiles étaient des trous à travers lesquels se répandaient la neige, la pluie et les âmes des morts. Je voudrais casser les vitres de l'hélicoptère pour empêcher les crânes de tomber, pour laisser entrer plus de lumière.

Dans l'hélicoptère, tout tremble. Nous continuons pourtant. Comment avons-nous pu glisser si loin du soleil ? Qu'est-ce qui empêche le pôle Nord chargé de glace de basculer davantage ? Ce

AU BOUT DE LA NUIT : UUMMANNAQ, GROENLAND, 1995

n'est pas seulement une tempête hivernale, qui passera vite, mais l'ombre de la terre qui s'abat sur le toit du monde.

Nous survolons la longue étendue noire du fjord d'Uummannaq. Les falaises couvertes de neige arborent les blessures et les cicatrices laissées par le passage des glaces sur leur flanc rocheux. Une demi-lune s'élève par-dessus la tempête, comme pour nous saluer. Puis nous plongeons en vrille dans le chaos neigeux, vers une eau sombre et tumultueuse, où devrait se trouver un sol de glace parfaitement lisse.

Me revoilà à Uummannaq, où vivent 1400 hommes et 6000 chiens, à 72° de latitude nord. La ville est perchée sur une île rocheuse, coupée du Groenland à l'entrée d'un fjord. Il y a bien longtemps, le soleil a cessé de se lever ici, et je me demande s'il pourrait revenir. Il est quinze heures et toutes les lumières sont allumées dans les rues. Ce qu'on appelle ici « jour », c'est autre chose ; ici, le ciel n'est pas encore devenu la lampe des humains. Je n'ai qu'une envie : dormir.

Ann et Olejorgen m'accueillent à l'héliport. Un minuscule visage émerge d'un anorak en peau de phoque : c'est Pipaluk, leur fille, qui a maintenant deux ans. Ludwig, dix ans, le fils d'Olejorgen venu du Danemark vivre avec son père, me serre la main. Nous entrons dans la ville ; la neige est épaisse. Le port est gelé, mais tout autour de l'île, l'eau est encore libre de glace.

Ann m'a trouvé un logement. On y accède par d'interminables escaliers branlants. Au sommet, deux pièces fixées au rocher. La maison n'a aucune isolation thermique, n'a pas l'eau courante, et donne sur le port, en contrebas. De ma fenêtre je vois l'épicerie, la poste, l'entrepôt, le bâtiment administratif et la boulangerie ; par une autre, je vois l'Hôtel Uummannaq, le Grill Baren (une baraque à hot dogs) et une clinique. Au loin, la pêcherie royale groenlandaise. Les bateaux de pêche sont gelés et les canots des chasseurs de phoques sont éparpillés, pêle-mêle, sur la glace.

A seize heures, on se croirait à minuit, et les chiens font un bruit épouvantable. Emmitouflée dans un pantalon de laine, une parka de duvet et des moufles de peau de phoque bordées de poil de chien, je me traîne à travers le village parsemé de petites maisons danoises peintes en jaune, en bleu, en rouge ou en vert. Il y a encore quarante ans, les Groenlandais vivaient dans des maisons de tourbe et de pierre, avec une charpente en côtes de baleine. L'hiver, les pièces étaient tapissées de givre ; quand le soleil revenait, on enlevait le toit pour que l'intérieur dégèle.

Partout règne un capharnaüm typiquement arctique : traîneaux empilés, chiens attachés par de longues chaînes, crottes de chien, râteliers où sèche le flétan, peaux de phoque et d'ours polaire tendues sur des cadres posés contre les maisons. Les chiens groenlandais descendent des premiers immigrés canins venus de l'île d'Ellesmere. Aucune autre race n'est autorisée. Ainsi, l'espèce reste pure. Un peu plus petits que le husky d'Alaska, dotés d'une ossature plus fine, ils ont la même tête, les mêmes oreilles, et la même queue retournée. Certains sont brun foncé avec le poitrail blanc, d'autres sont d'un blond blanc, couleur ours polaire. Ils vivent en groupe et semblent avoir leur propre société. Quand je passe près d'eux, ils ne m'accordent pas même un regard. Ils ne s'intéressent qu'à celui qui les nourrit ; autrement, ils ne prêtent aucune attention aux affaires humaines.

Des enfants déboulent, à quatre dans une luge, et évitent de peu la collision avec un traîneau qui remonte en sens inverse. Hommes et femmes poussent des voitures d'enfants dans lesquelles les bébés tendent les mains pour toucher des mobiles où dansent baleines et phoques. Des chiennes en chaleur courent en liberté, comme tous les chiots, et lorsqu'elles traversent un quartier où des chiens sont enchaînés, on entend hurler et gémir, des cris de désir et d'excitation. Je me sens assez inutile dans ce monde de chiens. Les taxis parcourent les collines pour ramener chez eux les clients de l'épicerie. Par la fenêtre d'une minuscule boutique d'ébéniste dont les lumières sont encore allumées, impossible de manquer deux superbes affiches accrochées à l'intérieur : des photos affriolantes de femmes blanches déshabillées.

Le matin, la température descend à −25°. Le ciel est encore noir. Tout le monde s'approche de l'eau pour voir si la glace arrive. « On peut le dire en regardant au loin, si l'eau est parfaitement immobile. C'est à ça qu'on voit que la glace arrive. » Le problème, c'est que les fjords ne sont pas encore gelés. Les tempêtes brisent sans cesse la glace. Sans glace, pas moyen de se rendre dans les autres villages.

AU BOUT DE LA NUIT : UUMMANNAQ, GROENLAND, 1995

Nous sommes prisonniers de notre Alcatraz esquimau, et je me demande si mon voyage en traîneau vers le Grand Nord n'est pas condamné.

Très loin, près de l'entrée du fjord, je distingue un bloc de glace en forme de cœur, dans une trouée d'eau noire également en forme de cœur. Mon propre cœur (qui s'est déjà arrêté une fois et qui est reparti de lui-même) est maintenant presque trop froid pour battre. Dans l'eau vit Nerrivik, la déesse de la mer. Ses longs cheveux emmêlés sont pleins de poux et personne ne veut les lui peigner. Elle est malheureuse, disent les anciens, et il n'y a plus d'*angakoks*, de chamans, pour l'apaiser. C'est pour ça qu'il n'y a pas de glace.

Autrefois, la vie nomade des Esquimaux s'inscrivait dans un univers moral placé sous l'autorité de diverses puissances. Les « Puissances » étaient une troupe d'esprits tracassants. Et il y avait aussi Sila. En groenlandais, *sila* désigne à la fois le climat et la conscience. Le temps même était conçu comme un organisme, une puissance dotée d'une personnalité et d'une forme constamment changeantes, qui attaque, tue ou ressuscite les hommes. Certains chamans disaient que Sila avait d'abord été un bébé géant tombé de l'*amaut* de sa mère (le capuchon dans lequel on porte les bébés). En le voyant à terre, des femmes s'étaient assemblées et avaient joué avec le pénis du bébé. Il était si grand que quatre femmes pouvaient s'y asseoir à la fois. Tout à coup, le bébé géant fut soulevé dans les airs et regagna le ciel. C'est là qu'il devint Sila, le climat. Lorsqu'il desserre sa couche en peau de caribou, le vent et la neige se déchaînent. Pour apaiser Sila, l'*angakok* devait s'envoler pour aller resserrer la couche.

Pour les chasseurs inuits, le climat était roi. Les humains étaient des êtres dérisoires vivant dans un pays d'hivers éternels et voraces. La vivacité intellectuelle était aussi importante que l'agilité physique. A la vitesse du corps devait se joindre la persévérance de l'esprit. La peur de Sila imposait aux Esquimaux une discipline d'acier. Bien que souvent masquée sous l'aspect d'un mépris nonchalant de l'ordre, c'était la force qui cimentait les événements climatiques internes et externes.

Le respect des rituels locaux était essentiel : « C'est notre manière de nous tenir et de tenir le monde, pour ne pas offenser les puissances », dit un vieux chasseur. Les tabous sont des lignes de vie : il fallait verser de l'eau au coin de la gueule d'un phoque récemment abattu ; il fallait boucher la narine gauche d'une femme après l'accouchement. Si on négligeait ces prescriptions, les choses pouvaient aller mal.

Le climat arctique a son propre esprit, et l'esprit humain a un climat fort peu tempéré. Contre le pouvoir de Sila, les hommes avaient appris à agir en groupe. L'expression individuelle n'avait pas sa place dans les stratégies de survie communautaire. Le vent pouvait souffler à 240 kilomètres/heure, emportant les gens et les chiens, qu'on ne reverrait plus ; le froid dévorait les membres et la pensée. La chaleur soudaine et les courants océaniques brisaient la glace ; les traîneaux disparaissaient dans les trous. Les neiges printanières dissimulaient les crevasses des glaciers, la brume estivale noyait les côtes et pouvait désorienter les chasseurs, comme une drogue.

Les saisons passaient comme un clignotement, d'abord le jour, puis la nuit, et l'esprit divisé en deux cases clignotait en même temps. Sila était une multitude à lui seul : le climat arctique était une divinité majeure, omnisciente, et l'esprit associait à une étiquette stricte une imagination folle qui se développe en proportion avec l'extravagance du froid, des tempêtes et de la beauté du Pôle.

Nerrivik (parfois appelée Neqivik) était la déesse des eaux. Elle était belle, hautaine, méprisait les humains et se mettait facilement en colère. Dans son enfance, elle avait été maltraitée, comme c'est souvent le cas des orphelins. Elle devait lutter pour sa survie, manger les restes laissés par les chiens, et rapiécer ses vêtements en haillons. Le jour où les chasseurs avaient décidé de partir, ils avaient attaché leurs kayaks ensemble pour former un radeau, y avaient chargé tous leurs biens et s'étaient mis en route. Nerrivik leur avait couru après mais ils l'avaient abandonnée, condamnée à mourir de faim. Désespérée, elle s'était jetée à l'eau pour nager derrière le radeau. Elle avait fini par les rattraper, s'était accrochée au bord du kayak, avait essayé de s'y hisser, mais l'un des hommes lui avait coupé les doigts et elle était retombée dans l'eau. Ce crime contre elle était si grand qu'elle était devenue le plus puissant des esprits. Ses doigts coupés s'étaient changés en phoques, en morses et en baleines. C'est ainsi que furent créés les mammifères marins, qu'elle protégeait jalousement, la vengeance au cœur ; quand un humain insultait l'âme des animaux ou enfreignait une règle, elle rassemblait les bêtes et les cachait sous sa maison au fond de la mer. Les gens mouraient de faim et il fallait envoyer le chaman pour l'apaiser.

La maison de Nerrivik ressemblait à une habitation humaine, le toit en moins. Devant l'entrée se dressait un mur que le chaman devait traverser. Quand elle était en colère, ses longs cheveux s'emmêlaient, et comme elle n'avait pas de doigts, le devoir du chaman était de caresser ses mèches pour les lisser, en disant : « Ceux d'au-dessus ne peuvent plus aider le phoque à sortir de la mer. » Et elle répondait : « Ce sont vos crimes qui barrent le passage. » Quelquefois sa chevelure grouillait de vermine. Le chaman devait l'épouiller et promettre que les humains qui l'avaient offensée regrettaient leurs actes et ne pêcheraient plus. Une fois sa colère apaisée, elle libérait les animaux un par un. Après une violente secousse, ils remontaient à la surface pour respirer. Ils s'offraient ainsi en proie aux chasseurs.

Plus tard dans la journée, les murailles rocheuses d'Uummannaq ruissellent d'eau noire et le fjord d'encre vient lécher les falaises. Il fait trop chaud pour la glace. Je consacre quelques heures à étudier le groenlandais, langue polysyllabique qu'ont en commun les Inuits, du Pôle à l'Alaska. Les mots s'agrègent les uns aux autres jusqu'à former une phrase complète impossible à prononcer. Considérer l'un de ces géants suffisait d'abord à me décourager. C'est seulement plus tard que j'ai commencé à reconnaître les différents mots au sein de ces blocs. Les dialectes varient, mais tous se comprennent. J'ai appris des listes de mots en groenlandais occidental mais je ne comprends pas où je dois mettre les verbes pour donner des ailes à la phrase, si du moins je suis capable d'en articuler une. Après, je pars en promenade.

Ce jour-là, je rencontre un homme qui sait tout sur les arbres sans jamais en avoir vu pousser un seul. C'est le fabricant de traîneaux. Chaque district a son propre style : à Ilulissat et Uummannaq, les traîneaux sont courts, avec des poignées recourbées pour manœuvrer dans les montagnes ; à Thulé, tout au nord, ils sont longs, avec des montants droits à l'arrière, et des patins recourbés.

La boutique du menuisier est haute de plafond, garnie d'élégants établis danois, modernes, où l'on fabrique les traîneaux. Il m'explique que, pour les patins, qui doivent être solides mais flexibles pour glisser sur la glace et les rochers rugueux, il achète des arbres entiers au Danemark, qu'il fait fendre en deux puis sécher à l'air. Lorsqu'il les découpe et les met en forme, il prend soin d'associer le côté gauche du bois, convexe, au côté gauche du traîneau, et de même pour le côté droit. Sans quoi les patins se casseraient.

La taille des traîneaux varie selon leur fonction et la période de l'année. Ceux qui servent au printemps pour chasser le narval quand la glace se brise sur la mer, sont longs de 5,50 mètres, alors que les traîneaux destinés aux déplacements locaux et à la chasse au phoque, dans le district d'Uummannaq, mesurent entre 2 et 2,50 mètres. Pour les traîneaux destinés à de longs voyages, comme celui qu'il fabrique pour Olejorgen, il renforce les poignées et les jointures avec de la tôle, et les planches qui forment la base ne doivent pas toutes être clouées à la même distance du bord, sinon le patin se briserait selon le grain du bois.

Nous sommes un vendredi après-midi, les menuisiers boivent de la Tuborg tiède. J'étale au sol une carte topographique du district d'Uummannaq et de la presqu'île de Nuussuaq. Ils se réunissent tout autour pour me montrer par quel chemin ils franchissent le sommet des montagnes, où ils dorment la nuit et où des chasseurs ont été récupérés par un hélicoptère, l'an dernier, quand le morceau de glace sur lequel ils se trouvaient s'est brisé durant une tempête. Ils me montrent aussi les endroits où des amis ont disparu dans la glace, avec leurs chiens et leur traîneau.

Quand je demande au fabricant de traîneaux si le fjord va geler, il regarde par la fenêtre et hausse les épaules. « Entre la pleine lune et la nouvelle lune, c'est à ce moment-là que la glace arrive. Le temps devient calme et très froid. S'il n'y a plus de tempêtes de neige, il y aura de la glace. » En partant, je lui demande s'il a jamais eu envie de voir pousser un arbre. Il me regarde et fait un grand sourire. « Je suis heureux où je suis. »

Qilaq taatuq. Le ciel est noir. *Segineq.* Le soleil. *Siku.* La glace. *Tarraq.* L'ombre. *Aput.* La neige tombée. *Tartoq.* L'obscurité. *Kisi-*

miippunga. Je suis seule. Voilà ma leçon de vocabulaire pour la journée. En lisant les notes d'expédition de Knud Rasmussen, j'apprends que les mots utilisés pour le spiritisme n'étaient pas ceux de la vie quotidienne, de sorte que le mot chamanique pour désigner la mer est *aquitsoq* (la douce), au lieu du plus courant *imaq*. L'effort mental et spirituel était inextricablement lié au climat : *silanigtalerarput* signifie « s'efforcer d'obtenir une grande sagesse ».

En rentrant de la boutique du fabricant de traîneaux, je remarque que la pellicule de glace qui s'était formée a disparu et que le chemin menant au bloc de glace permanente qui fournit l'eau potable s'est liquéfié. Près du port, dans le centre-ville, je m'arrête pour regarder la seule maison traditionnelle en pierre et en tourbe qui subsiste à Uummannaq. Le vieil homme qui y réside m'invite. A l'intérieur, l'air est humide et la tourbe sent comme de la bruyère brûlée. Une fenêtre, jadis en boyau de phoque, à présent vitrée, est garnie de bougies. L'homme s'assied sur la plate-forme où il dort et m'observe en silence. Un fusil est suspendu au dossier de la chaise et un vieux harpon posé dans un coin. Je lui demande s'il a connu Rasmussen et il hoche la tête : oui, Knud est venu ici quand il était enfant. A quel âge ? Il baisse la main à environ un mètre du sol et éclate d'un rire édenté.

Dehors, il y a un traîneau mais pas de chiens ; ils sont tous morts de vieillesse. Mais l'homme a l'air prêt pour la chasse. Plus tard, j'apprendrai qu'il est né en plein voyage, sur un traîneau, loin de la maison ; les gens nés ainsi ont toujours envie de voyager, ils ne supportent pas de rester longtemps au même endroit.

Les paléo-Esquimaux, connus sous le nom de « peuple Indépendance I », qui sont venus à pied de l'île d'Ellesmere jusqu'au fjord Bronlund, sur la terre de Peary, il y a cinq mille ans, étaient des chasseurs de bœufs musqués ; ils se sont aventurés à l'extrême nord du Groenland et le long de la côte est. Leur outillage comprenait des fers de lance, des lames de couteau, des grattoirs, des pointes de flèche et des éclats de silex, ainsi que des aiguilles en os pour coudre avec du fil en tendon de baleine.

Ce groupe a cédé la place aux Saqqaq, colonie d'environ quatre ou cinq cents chasseurs qui vécurent entre 2000 et 1500 av. J.-C. Egalement utilisateurs d'objets en pierre et en os, ils vivaient dans des maisons ovoïdes faites de tourbe et de pierre, avec des peaux tendues en guise de toiture, bâties sur des promontoires bas surplombant l'eau.

Après un silence de six à huit siècles, arrive le peuple du Dorset, venu du bassin de Foxe et du détroit d'Hudson. Ils descendent la côte ouest du Groenland et se nourrissent de caribou, de phoque, de baleine et de grand alque, espèce aujourd'hui disparue. Le peuple du Dorset est connu pour ses élégantes figurines taillées dans l'ivoire de morse, esprits de l'ours ou des hommes, hommes-phoques et hommes-ours ; ils pensaient qu'humains et animaux étaient incomplets les uns sans les autres. Ils ont disparu au milieu du IXe siècle de notre ère.

Le dernier groupe — les Thulé, qui vivent encore à l'âge de pierre — est arrivé en 1050, alors que les Normands s'apprêtaient à envahir les îles britanniques. La glace et le climat les ont maintenus isolés. En 1450, ils étaient parvenus sur la côte est et s'étaient installés à Ammassalik, chassant le bœuf musqué et fabriquant des vêtements avec des peaux de renard, de phoque, d'ours polaire et de caribou, tout comme les chasseurs groenlandais d'aujourd'hui. De l'Arctique canadien ils ont apporté toute une technologie nouvelle : arcs à tendon, kayaks, umiaks et traîneaux à chiens. Le refroidissement du climat les a poussés vers le sud, le long de la côte ouest.

La dernière migration de Thulé originaires de l'île de Baffin remonte à 1865, l'année où Tolstoï écrivit *Guerre et Paix*. Ils réintroduisirent des objets perdus et oubliés : le kayak, l'arc et les flèches. Ce dernier groupe est arrivé en 1862 par Pond Inlet et l'île d'Ellesmere, mené par Qidlaq, chaman local qui avait fait un rêve à propos du Groenland. Il leur fallut sept ans pour faire le voyage. Leur premier camp fut établi à Etah, au nord de la moderne Qaanaaq. Certains sont restés, mais ceux qui sont retournés à Pond Inlet furent poursuivis par la malchance. Les familles qui se sont installées sur la côte nord du Groenland ont eu un sort plus enviable. La chasse était bonne et le climat meilleur qu'au Canada oriental. Beaucoup des habitants actuels de Siorapaluk et de Qaanaaq sont les descendants de ces pèlerins de l'âge de glace.

Ann et Olejorgen m'ont invitée à dîner. Avant de passer à table, j'aide Olejorgen à nourrir ses chiens. Il a hérité de ceux du défunt

AU BOUT DE LA NUIT : UUMMANNAQ, GROENLAND, 1995

compagnon d'Ann, et ils sont enchaînés derrière la maison. Au Groenland, on ne nourrit les chiens de traîneaux que tous les deux ou trois jours, parce que s'ils mangent régulièrement, dit-on, ils perdront leur capacité à survivre les jours où la chasse est mauvaise et où il n'y a pas de nourriture. On les maintient à demi sauvages, constamment affamés.

Quand Olejorgen apparaît portant des seaux de flétan, une salve d'aboiements et de jappements explose tandis que les morceaux de poisson volent en l'air. Les chiens se précipitent, tendent leur chaîne au maximum et lancent les pattes en l'air pour en obtenir davantage. Quand la glace viendra, les chiens seront installés dans un enclos sur le fjord gelé.

Dans la maison, nous buvons de l'eau gazeuse avec des fragments de glacier. L'été, les fenêtres percées de deux côtés du salon laissent entrer des flots de lumière. A présent, ces fenêtres sont noires, vides, mais la flamme des bougies votives vacille sur le rebord. Olejorgen a commencé à conduire son propre traîneau, il a abattu quelques phoques, mais il a encore la silhouette gracile d'un érudit, légèrement voûté, avec de longs doigts effilés et retroussés au bout ; il ne ressemble guère aux chasseurs trapus aux mains larges.

Non sans cruauté, les gens d'Uummannaq désignent parfois Olejorgen comme le *kifak* d'Ann, son homme de ménage. Elle a un emploi, tandis qu'il cuisine et s'occupe des enfants, ce qui serait parfait au Danemark mais qui est inouï ici. Sur la glace, il n'est encore qu'un débutant, et qui ferait mieux à sa place ? Son rêve de trouver un ancien qui deviendrait son mentor ne s'est pas réalisé. Mais il a rencontré un chasseur qui l'emmène avec lui, le mari d'une femme qui travaille avec Ann au Foyer pour enfants.

Durant le dîner, Pipaluk, du nom de la fille de Peter Freuchen (qui, comme elle, était prématurée), chante et danse pour nous. Puis elle m'entraîne dehors pour aller voir les chiens qui dorment dans la neige, le nez glissé sous la queue. Nous sentant un peu fiévreux, nous partons tous faire un tour à minuit dans la petite voiture russe d'Ann, une boîte orange sur quatre roues minuscules. Elle a poussé l'un des chasseurs locaux à passer son permis, car elle ne conduit pas. Quand elle était enfant, elle avait un chauffeur. « Tous les gens m'auraient demandé de les promener » ; en fait, c'est elle qui demande aux autres de la promener.

La route qui dessert la ville est un chemin rocheux en pente, couvert de neige. Une fois entassés tous les cinq dans la petite voiture, nous avons bien du mal à arriver au sommet. La voiture fait des embardées, patine, glisse en arrière. Nous finissons pourtant par y arriver. Il y a des chiens enchaînés partout, des milliers de chiens qui attendent la glace avec autant d'impatience que nous. Nous passons devant la maison du maire, la maison du banquier, la maison de l'administrateur, et tout au bout de la ville, sur une falaise qui surplombe l'embouchure du fjord, nous nous arrêtons devant une maison bleue en construction, qu'Olejorgen aimerait bien acheter. Mais pas Ann. « C'est une maison de rêveur », dit-elle. Olejorgen sourit.

En redescendant, nous dérapons devant l'église, longeons le quai, puis nous nous engageons dans la colline qui nous ramène à la maison. En chemin, nous faisons un arrêt devant un petit cimetière. « Les gens viennent au Groenland pour deux raisons, dit Ann. Par amour ou à cause des impôts. Pour moi, c'était l'amour. » Elle avait suivi son compagnon, un jeune médecin, à Uummannaq. Peu après, l'hélicoptère dans lequel il voyageait est tombé dans le fjord et tous les passagers se sont noyés. « On n'a retrouvé qu'une botte, que j'ai enterrée dans sa tombe. Dans l'Arctique, tout est provisoire. La glace et notre vie. »

Cette nuit-là, une petite fille est amenée au Foyer pour enfants et Ann est appelée. La fillette vient de voir sa mère tuer son père avec un couteau à dépecer. L'agent de police qui s'est rendu sur la scène du crime est un ami de la famille, et comme dans toutes les villes du Groenland, il n'y a pas de prison pour incarcérer les coupables ; les regards réprobateurs du voisinage sont assez pesants. On a simplement suggéré que la petite fille passe la nuit ailleurs.

Ann quitte sa propre fille, grippée, pour aller accueillir la nouvelle venue. On donne à la fillette traumatisée du chocolat chaud et des biscuits, une chemise de nuit et une brosse à dents, et un lit propre dans une chambre pimpante, avec vue sur les montagnes. Ann passera presque toute la nuit au Foyer, au cas où la petite fille se réveillerait et aurait peur.

Les Groenlandais savent depuis toujours qu'il est difficile de naviguer dans l'âme humaine, autant que sur la glace, et qu'il faut y prendre de grandes précautions. Ils font preuve de tolérance envers les personnes désemparées. *Perleroneq*, l'hystérie arctique, peut apparaître quand la nuit arrive, l'écume monte parfois à la bouche des chiens et des hommes qui tentent alors de tuer des témoins innocents ou de se suicider. Dans l'un des textes de Rasmussen, un explorateur raconte qu'il suffit de caresser les chiens pour les soulager de leur anxiété ; il ne donne pas de remède pour les humains.

Les journées polaires ressemblent aux nuits polaires : en ville, les lampadaires restent toujours allumés. Derrière les maisons du village, le mur du mont Uummannaq se dresse comme un cœur pâle dans un corps trop grand pour qu'on le voie. J'essaye de m'en tenir à un programme : café le matin, dîner la nuit, puis sommeil. Mais ce programme ne résiste pas à la perception qu'a le corps de l'obscurité constante. Je dors au moment où je devrais manger, et je mange en pleine nuit.

Une étude récente suggère que l'œil a sa propre horloge biologique, distincte de celle du cerveau. On peut envisager l'œil comme une horloge circadienne, avec un rythme quotidien pour la rétine, qui orchestre le flux et le reflux de la mélatonine. Dans le noir et dans la quasi-obscurité, je me demande quelle danse mène le rythme de mes yeux et si je deviendrai aveugle à mon retour dans le monde où il fait clair toute la journée.

Le matin et l'après-midi, le ciel est noir. Je lis Rasmussen, je travaille mon groenlandais et je visite le Foyer pour enfants. La fillette arrivée la nuit précédente raconte qu'elle a vu en rêve des gens qui n'étaient pas vraiment des gens, mais des esprits qui vivent sous terre et ne laissent aucun trou lorsqu'ils surgissent, qui détestent les humains, qui passent à travers eux sans laisser de trace et qui les tuent.

Un jour, je me promène sur la frange rocheuse de la ville, je longe la crique où une vague, engendrée par un glacier qui a vêlé, a fait s'échouer sur la route quinze bateaux pourtant ancrés. Les Danois sont si occupés à sauver leurs bateaux de plaisance qu'ils oublient les chiens attachés au rivage et les chiens noyés. « C'est comme ça, de nos jours, dit une vieille femme. Autrefois, les gens n'osaient pas se conduire comme ça. »

Mes promenades quotidiennes sont la seule constante. Je vérifie ma montre et j'essaye de faire comprendre à mon corps qu'il fait jour. Après l'héliport, j'arrive à la décharge. De là, j'ai vue vers l'intérieur des terres, sur les falaises noires et humides, à l'entrée du fjord.

En franchissant l'éboulement au pied de la pointe rouge du mont Uummannaq, je me rends compte que son épaisseur m'empêche de faire le tour de l'île. Je commence à le gravir, mais très vite, il s'élève à la verticale, et je dois rebrousser chemin. La ville est à la fois sombre et claire, avec tous les lampadaires dans les rues ; les bureaux du gouvernement grouillent de gens qui, il y a une centaine d'années, auraient été vêtus de pantalons en ours polaire et se seraient déplacés en traîneau. A présent, ils s'auto-gouvernent, avec un conseil de treize membres : six habitants de la ville, et un de chaque village alentour. Le temps qu'on passait jadis à chasser le phoque est maintenant consacré à des assemblées. L'hélicoptère qui arrive chaque semaine d'Upernavik atterrit et redécolle. Il y a quelques semaines, alors que j'arrivais d'Ilulissat en survolant les nuages, j'ai pu voir comment les tempêtes et les amours ne sont que des éléments du climat local, comment, avec un peu de patience, on finit toujours par trouver un trou par où voler... Sur le flanc abrupt du mont Uummannaq, en baissant les yeux, je vois que l'île forme un cercle dessiné dans l'eau profonde, et que l'eau forme un cercle dont un trou a été bouché par une île rocheuse.

Mes deux pièces sont givrées. La neige que j'ai rapportée sous mes semelles ne fond pas. Je garde des bougies allumées sur la table de bois nu où je lis et écris, comme l'électricité s'arrête et redémarre selon les caprices du générateur diesel de la ville. J'ai acheté de la nourriture à l'épicerie : des côtelettes de phoque, des pommes de terre, du thé. Tous les deux ou trois jours, un vieil homme que je ne connais pas monte des seaux d'eau dans les escaliers et remplit le petit chauffe-eau à mazout, près du canapé qui est devenu mon lit. Il me parle en danois, puis en groenlandais ; me croyant muette, il hausse les épaules et s'en va, pour escalader la colline qui mène à une autre maison, très semblable à la mienne.

C'est le soir. Ma fenêtre encadre une partie de la ville comme la

AU BOUT DE LA NUIT : UUMMANNAQ, GROENLAND, 1995

scène d'un théâtre : un chasseur traverse le paysage, muni d'un fusil. Il marche sur la glace du port pour gagner son canot, qu'il transporte jusqu'à l'unique point d'eau (une fissure dans la glace). Il fait démarrer le moteur et part vers le fjord noir d'encre. Je vais dîner chez Ann et Olejorgen. Leur couple repose sur un mariage à l'inuit, sans cérémonie, sans alliance, avec le simple engagement tacite de vivre « de manière à ne pas faire de peine à l'autre ».

Tous les trois, nous terminons rapidement un ragoût de renne, après quoi nous nous étendons paresseusement sur le canapé, pour siroter du café et grignoter des chocolats. Le vent secoue les fenêtres et la température chute. La porte s'ouvre en grinçant et je vois dans l'encadrement ma vieille amie Aleqa Hammond. Nous nous sommes rencontrées l'année précédente. Née à Uummannaq, elle vient de rentrer après des études de linguistique et d'esquimologie à l'université. Grande et solidement bâtie, ses longs cheveux retenus par un chignon, elle découvre ses dents blanches dans un sourire éclatant. « J'ai appris que tu venais », dit-elle.

L'histoire de l'Arctique est inscrite dans le nom et sur le visage d'Aleqa : le patronyme Hammond lui vient de son arrière-grand-père, un Anglais arrivé à bord d'un baleinier dans les années 1880. Dans l'un des ports, suite à un flirt avec une femme inuit, il fut exclu du bateau en guise de punition. Son exil fut en fait une bénédiction : il s'établit bientôt dans le village avec sa maîtresse, apprit la chasse au harpon et eut beaucoup d'enfants. « Je pense qu'il était heureux de ce qui lui est arrivé », dit Aleqa en souriant.

Deux générations plus tard, le schéma s'est inversé. La vie au village ne suffit pas pour Aleqa, toujours en voyage. Elle a guidé des chasseurs au Québec, étudié la linguistique à l'Université arctique d'Iqaluit, a vécu avec un Allemand en Europe et avec un Danois à Copenhague. Puis elle est revenue. « C'est important que les gens sachent que nous ne sommes pas seulement des glaçons. Notre culture est très précieuse. Ici, au Groenland, nous ne sommes plus de purs Esquimaux et nous ne sommes pas des Danois. Nous sommes une race intermédiaire. Nous formons une nouvelle frontière. Nous sommes différents physiquement, et nous trouvons notre équilibre en vivant dans les deux mondes. Le gouvernement danois, après nous avoir colonisés, s'est montré tolérant. Pas au début, et c'est pour ça que nous avons tant perdu de notre vie spirituelle.

Mais à présent nous survivons. Personne n'a faim. Tout le monde est bien installé. On trouve facilement de l'aide. Et nous avons encore nos chiens et notre chasse traditionnelle. Au Canada, ils ont perdu tout ça : maintenant, ils utilisent des motoneiges. »

On refait du café, on rapporte des biscuits de la cuisine. Je demande s'il est possible que vingt mille ans de chamanisme ait disparu en moins d'un siècle. Olejorgen et Aleqa se regardent, haussent les épaules, et me répondent que non.

Le dernier chaman fut baptisé en 1900. Le premier à être christianisé fut converti le 3 juillet 1721 lors de la venue de Hans Egede au Groenland. Né en 1686, Egede était un prêtre norvégien, fils de marin. Quand le roi du Danemark approuva le projet de recolonisation du Groenland et lança une compagnie commerciale à Bergen pour financer la mission, Egede partit aussitôt avec sa famille et s'établit dans un village. Sagement, l'*angakok* local refusa de le laisser s'installer. Il dut partir vers la colonie plus importante de Nuuk.

Dans son effort d'éradiquer la vie cérémonielle des Groenlandais, Egede interdit aux familles étendues de vivre sous le même toit (c'est la vieille stratégie du « diviser pour régner »). Il détruisit ainsi le travail d'équipe nécessaire pour piloter un umiak, chasser en kayak, hisser à bord un phoque barbu. Sa plus grande réussite fut de transformer le mot *Toorianaarsuk*, qui signifie « esprit », en un juron. Mais cela n'avait aucun sens pour les Groenlandais, qui ne jurent pas. « Seuls les Blancs disent du mal de leurs voisins devant autrui, me confie Olejorgen. Les Groenlandais manifestent leur désapprobation en ne disant rien. »

Avec Aleqa, j'ouvre tout grand une fenêtre et nous passons la tête dehors : les lampadaires sont allumés, les chiens dorment en ronds serrés, deux adolescents remontent la colline bras dessus bras dessous, et les icebergs dérivent sur le fjord. « Je suis contente qu'il ne fasse pas chaud ici, dit Aleqa. J'adore les icebergs. Ils ont une odeur extraordinaire, et tous les jours ils changent de forme. » Quand nous sentons nos joues se couvrir de givre, nous rentrons la tête à l'intérieur. Le village d'Uummannaq était jadis un amas de maisons en pierre et en tourbe, avec des lampes à graisse de baleine aux fenêtres, agitant de pâles lueurs pour les passants. Umiaks et kayaks étaient à l'ancre sur le quai, il n'existait pas de hors-bord. Les traî-

AU BOUT DE LA NUIT : UUMMANNAQ, GROENLAND, 1995

neaux étaient rangés sur le pied de glace (la ceinture de glace qui se forme le long de la côte entre le niveau des hautes eaux et celui des basses eaux) et les chiens couraient partout librement. Durant les mois de nuit, on racontait des histoires sur la création de la terre, des hommes, des chiens et de la mort, comment, quand la famine menaçait ou quand la violence éclatait, certains villageois, des femmes surtout, pratiquaient l'*ilisineq*, la magie noire. La nature humaine et la nature animale se chevauchaient, se mêlaient, étaient considérées comme ne faisant qu'une, tout comme les objets animés et inanimés. Un homme pouvait devenir iceberg ; un chaman pouvait vivre en tant qu'ours, allaiter deux oursons, puis redevenir chaman. Les formes extérieures changeaient, mais pas la nature essentielle. Humains et animaux se parlaient, partageaient un langage commun et changeaient de peau selon leur fantaisie. Les amours entre espèces étaient fréquentes. Il y avait d'étranges couples et de curieuses progénitures : des filles épousaient des chiens, des hommes couchaient avec des renards, des ours enlevaient des femmes, des femmes allaitaient des chenilles et donnaient naissance à des chiens. « La manière de faire tout ça existe encore, mais peu de gens la connaissent encore », me dit Aleqa.

Un autre soir, Ann, Olejorgen et moi sommes invités à dîner chez un peintre. Un cendrier vole vers nous lorsque nous ouvrons la porte : notre hôte et sa femme se disputent. Ils insistent pour nous faire entrer. Comme le peintre vient d'avoir une attaque et ne peut pas marcher, il trône sur un lit de repos, entouré des débris de la maisonnée comme un roi déchu. Mais sa conversation est brillante.

Le dîner se compose d'une soupe traditionnelle, à base de viande de phoque et de pommes de terre. Le vin a le goût de vinaigre. Au milieu du repas, la femme du peintre va vomir dans l'évier de la cuisine ; elle a déjà bu trop de cet affreux vin. Il me montre certains de ses dessins d'icebergs et de glaciers au crayon et à la plume, et m'en fait cadeau. Il est doué et, quand la soirée se termine, je le remercie. Un camion de pompiers file vers la colline. Nous sortons en courant, craignant que la maison d'Ann ait pris feu, mais ce n'est pas le cas. Après avoir pris le café dans un silence morose, nous rentrons. Plus tard, seule dans ma maison verte, je m'emmitoufle dans mon sac de couchage sur mesure, je m'assieds à la fenêtre et je respire la tranquillité de la nuit perpétuelle.

Mi-janvier et toujours pas de glace. Il y a cent ans, le manque de glace aurait signifié la famine assurée : quand on ne pouvait voyager sur la glace, on ne pouvait pas chasser, trouver de nourriture. Rasmussen rencontrait souvent des gens affamés durant ses voyages. Les chasseurs n'avaient pas de hors-bord, pas de canot pour chasser le phoque en pleine mer, ils n'avaient que des kayaks, et quand la mer était agitée et parsemée de blocs de glace, quand il faisait nuit, trouver un phoque revenait à chercher une aiguille dans une botte de foin.

On pensait que Sila et Nerrivik œuvraient ensemble contre les humains : ce n'est pas seulement le mauvais temps qui tuait, mais aussi l'inconduite. Quand les règles de la société étaient violées, les choses tournaient mal. Les gens tombaient malades, mouraient, et les animaux dont ils dépendaient pour leur nourriture devenaient introuvables. C'est alors qu'il fallait appeler le chaman à l'aide. Certains essayaient la magie noire, que Rasmussen désigne comme « les machinations des Ténèbres ».

En regardant le fjord liquide, je me demande si quelqu'un ici connaît encore les formules magiques, les *serratit*, qui faisaient revenir la glace. Selon ce qu'une vieille femme déclara à Rasmussen, les *serratit* étaient « de vieux mots, l'héritage d'un ancien temps où la sève de l'homme était vigoureuse, où les langues étaient puissantes et servaient seulement en cas de nécessité terrible ou quand un danger menaçait directement ».

Ces formules étaient parfois des syllabes dépourvues de sens, entendues en rêve ; il pouvait s'agir de véritables mots transmis de génération en génération. On ne pouvait prononcer les *serratit* qu'au petit matin. Il fallait remonter le capuchon de son anorak. Juste avant de les prononcer, on plaçait l'annulaire dans la bouche jusqu'à s'étouffer, et c'est seulement alors que sortaient les mots magiques, qu'on pouvait dire deux fois. Les *serratit* étaient aussi employés pour chasser un *tupilait*.

Les mots magiques étaient efficaces, mais dans la société inuit, rien n'était aussi puissant qu'un *tupilait*. Certains pensaient que c'était un être vivant, mais il s'agissait d'un objet fabriqué par l'homme qui pouvait nuire ou apporter le malheur. C'étaient de minuscules sculptures associant divers matériaux d'origine animale : os de chien et de phoque, peau de phoque, d'ours et de chien, blocs

AU BOUT DE LA NUIT : UUMMANNAQ, GROENLAND, 1995

de mousse, longs morceaux de tendon. Le chaman ou son apprenti assemblait les matériaux, les plaçait dans un lieu secret (une grotte, le long d'un cours d'eau, sur la plage la nuit), puis se rendait à cet endroit avant l'aube et créait l'objet maléfique.

« Les manières de pratiquer l'*ilisineq* étaient aussi variées et grotesques que la fantaisie esquimaude est prolifique », écrivait Rasmussen. Une femme repoussée par son mari qui lui en préférait une autre allait voir une vieille sorcière qui lui disait qu'elle devait d'abord tuer un renard et un lagopède. Puis elle devrait attendre la nuit où son mari et sa nouvelle femme dormiraient face à face, et alors, sans les réveiller, placer le poitrail du renard sous un oreiller et le ventre du lagopède sous l'autre. L'odeur du renard et du lagopède entrerait dans leurs pensées sous la forme d'un désaccord et ils se sépareraient. Au cas où la femme serait incapable de ce geste, une autre possibilité, pour éviter que le mari ait des enfants de la rivale, consistait à attraper, mais sans le tuer, un moineau en été. Puis elle devrait dire ces paroles à l'oiseau captif : « Puisse-t-il ne jamais avoir d'enfants ; emporte chaque enfant de cette femme chaque fois qu'il en naît un, jusqu'à ce qu'il n'y en ait plus. »

Fabriquer un *tupilait* supposait une tout autre procédure. Le sorcier s'asseyait, enlevait son anorak pour l'enfiler à l'envers, avec le capuchon sur le visage. Il chantait un chant magique, puis avait un rapport sexuel avec les os, en se frottant sur eux et en insérant son pénis entre les morceaux. Peu à peu le *tupilait* se formait, comme s'il s'assemblait de lui-même en quelques jours. Finalement, le sorcier lui donnait vie. Il s'asseyait une fois encore sur les os et chantait jusqu'à ce que l'objet soit parcouru d'un frisson et commence à respirer, d'un « souffle haletant, gémissant », selon Rasmussen. Puis le *tupilait* s'animait, disparaissait à travers un rocher pour réapparaître dans un lac ou une rivière. Il changeait de forme : c'était un phoque, puis un chien qui ne cessait de plonger dans l'eau et d'en ressortir en disant : « Où dois-je aller ? » Le sorcier confiait enfin ses instructions au *tupilait*.

L'individu qui lançait de tels sortilèges devait être sûr de ses capacités car, en cas d'échec, le malheur destiné à la victime se retournerait contre le sorcier et le tuerait.

UN PARADIS DE GLACE

Je me promène au bord de la falaise, cherchant des objets étranges sur les rochers ou un homme forniquant avec un tas d'os, mais je ne trouve rien. La nuit semble plus noire durant ces heures sans lune. Quand les nuages arrivent, le ciel et le sol ne sont plus qu'une seule boule grise. Le tonnerre que j'entends au loin signifie qu'un iceberg roule comme un œil baladeur qui essaye de mieux voir ce qui n'est pas clair. Les vagues partent de la banquise troublée et ondulent vers le rivage. Je vais jusqu'à la pointe de l'île et je regarde l'entrée du fjord. Un point brillant attire mon regard : la pleine lune commence à se lever, une lune trop énorme pour les tours de rocher qui la flanquent. Je regarde, subjuguée. L'étonnante clarté qui vient nous aveugler...

La lune se lève si lentement que j'ai peur qu'elle retombe. Mais la lune n'est jamais trahie par la gravité. Elle finit par surmonter la falaise du fjord et devient plus brillante, rougeoie soudain, comme si on venait de la découper dans la glace et qu'on l'avait jetée en l'air, jumelle pâle du soleil absent.

C'est le matin. Je ne vis ni sur la terre ni sur la glace mais sur le rocher et sur la dent acérée du mont Uummannaq qui surgit derrière la ville comme un harpon. A onze heures, le sommet capture la lumière comme la pointe empoisonnée d'une flèche et les falaises qui ont engendré la lune la nuit dernière sont roses, écarlates et dorées. A midi, il y a un peu de lumière dans le ciel, mais pas assez pour lire.

A deux heures du matin, sur fond de conversation constante des chiens, sur des questions urgentes comme la nourriture, le sexe, la hiérarchie, leur ressentiment de se voir enchaînés dans des zones crasseuses de rochers et de neige, de ne pas être assez nourris, je suis seule dans mon lit. La lune est couchée. Incapable de dormir, je bois une bouteille de « blanc de noirs » bon marché, l'écume de la nuit, la lumière qu'on débusque dans les grappes sombres pour la faire pétiller. Mais comment tire-t-on le blanc du noir, comment les sépare-t-on ?

Peu importe désormais que je ferme les yeux ou non. Les opérations de l'esprit restent les mêmes : l'obscurité transforme l'état de veille en rêve. Je me demande à quoi ressemblerait la vie dans une maison faite de glace, je pense à la lumière filtrée par les écrans de

AU BOUT DE LA NUIT : UUMMANNAQ, GROENLAND, 1995

papier. La culture japonaise, comme celle des Esquimaux, évolue dans une relative obscurité sans lumière électrique. Proches par la race, ces deux cultures auraient pu produire le même théâtre : dans le théâtre Nô, l'acteur au visage blanc est censé être la seule lumière sur scène, les dents noircies comme pour réduire la physiologie humaine à un spectre lié à la mort ou à l'enfance édentée. Ici, le visage lunaire de l'Esquimau devient de plus en plus foncé avec le nombre de mois passés en plein air, sur la glace ; durant les lumineux jours printaniers, son visage est le négatif du soleil.

Une fois bu tout le blanc, je broie du noir, *obscurum per obscuris*, un chemin qui ne mène nulle part, sauf peut-être à la décharge municipale. Les Inuits ne se sont jamais beaucoup intéressés aux commencements et aux fins, et maintenant je sais pourquoi. Quoi qu'on fasse l'hiver, si profond que l'on plonge, il n'y a jamais de jour, on ne ressent jamais cet éclairage intellectuel qui vient avec la lumière du soleil. Il y a des fins partout, visibles au sein de l'invisible, et les jours et les nuits s'écoulent, atemporels.

Les Groenlandais disent que seuls les *qanuallit*, les Blancs, ont peur de la nuit, alors que les Esquimaux n'aiment rien tant que les longues journées d'hiver passées à raconter des histoires et à parler aux esprits. Rasmussen raconte l'aventure de deux Danois, Gustav et Olaf, qui passaient chaque hiver sur la côte ouest du Groenland, à chasser le renard, pour vendre les peaux au printemps. Un soir, Olaf prépara le dîner. Gustav déclara ensuite qu'il avait mal au ventre. Peu après, il mourut sur sa chaise. Dans son chagrin, sous le choc de la solitude totale, Olaf se sentit incapable de se séparer de son ami. Il plaça le cadavre dehors, sur sa chaise, pour qu'il gèle ; tous les soirs, il le rentrait pour avoir un compagnon à sa table. Au printemps, quand Gustav commença à dégeler, Olaf le rapporta au Danemark pour l'enterrer.

Dans ma chambre réfrigérée, je lis un livre sur les nébuleuses, ces immenses nuages formés par les débris d'étoiles mourantes. Les nébuleuses se composent d'hydrogène moléculaire, d'une forte concentration de gaz et de poussière dont l'effet sur l'univers est appelé « extinction visuelle ». Les nébuleuses sont pourtant détectables à cause de l'obscurité qu'elles créent. Je regarde le ciel : les taches sombres entre les constellations ne sont pas des vides mais d'épais nuages interstellaires à travers lesquels ne peut passer la lumière des étoiles lointaines. On les nomme le Serpent, la Tête de cheval, le Sac de charbon. L'obscurité n'est pas un néant, une négation, mais une obstruction épaisse et riche, une sorte de chocolat cosmique, une forêt d'événements stellaires dont la présence n'est connue que par leur invisibilité.

Une plaque de glace se forme, une peau de verre qui lisse les rides de l'eau. Quelque part dans la nuit, j'entends le ronronnement régulier du moteur diesel, puis un bruit de tôle qui s'effondre : c'est un bateau qui se fraye un passage à travers la glace. Dans le port, le capitaine manœuvre pour accoster. Il lui faudra de nouveau briser la glace avec sa proue s'il veut repartir.

Quand le calme est revenu dans le port, une fois l'équipage rentré chez lui, la glace commence à prendre autour de la proue du bateau. Une lumière reste allumée sur le pont. Son rayon dur me fait voir que la neige s'est mise à tomber. Quand je relève la tête un peu plus tard, le pont du bateau est devenu tout blanc.

L'hiver, les sources lumineuses s'inversent. La terre couverte de neige est une torche et le ciel un buvard qui absorbe tout ce qui est visible. Il n'y a pas de soleil, mais la lune vit de temps usurpé et de lumière empruntée. Rentrant tard de la chasse, deux hommes tirent un traîneau chargé de phoques fraîchement abattus, laissant une trace de sang dans la neige. En m'endormant, je rêve que tous les chemins sont rouges, que le ciel est de la glace, et l'eau du charbon. Je prends une poignée d'eau pour dessiner : sur le ciel gelé je trace un soleil noir.

Je n'arrive toujours pas à dormir. La demi-lune se lève lentement, comme épuisée, et la nuit tente de lui maintenir la tête sous l'eau. Elle émerge pourtant, et moi, spectatrice captivée, je reflète les falaises glaciales illuminées à la surface de mes yeux. Le clair de lune est une lumière réfractée, mais qui vient d'où ? Le soleil est un flot qui nous éblouit, un soleil qu'on ne peut pas voir. Quand je me recouche dans le noir, les pupilles de mes yeux s'ouvrent.

Chez un certain groupe d'Esquimaux, on présente le placenta fraîchement expulsé devant le visage du bébé comme si c'était un morceau de verre. De là vient la lumière et la capacité de voir à

AU BOUT DE LA NUIT : UUMMANNAQ, GROENLAND, 1995

l'intérieur. Je regarde par ma fenêtre : elle me renvoie mon image. Au-delà, je ne vois rien.

Un jour, Rasmussen a demandé à un chaman : « Que pensez-vous de la manière dont vivent les hommes ? » Et la réponse fut : « Ils vivent par saccades, ils mélangent tout ; faiblement, parce qu'ils ne peuvent faire une chose à la fois. »

J'essaye d'en faire de moins en moins chaque jour, j'essaye de me désherber l'esprit. L'accès à la conscience était un aspect essentiel de la personnalité, selon les Inuits. Les limites de la vie villageoise signifiaient jadis qu'il fallait adopter un comportement modéré. L'égalité d'humeur, le sourire et la modestie étaient très appréciés ; les récits édifiants enseignaient le danger qu'il y avait à se mettre en colère et à s'apitoyer sur son propre sort. Un jour, une femme trompée par son mari, éperdue de douleur, partit à sa recherche en s'envolant sur une peau d'ours et quand elle l'eut retrouvé, le mutila jusqu'à ce que mort s'ensuive. La peau d'ours se cousit alors sur son corps et elle ne put jamais s'en défaire.

Voir est l'acte suprême des *angakoks*. Qu'il s'agisse de discerner la cause d'une famine ou d'une maladie, il fallait voir à travers tous les obstacles. Au Groenland oriental et en Alaska, certains chamans et leurs apprentis portaient des masques. D'autres se cachaient le visage derrière une peau de phoque. Dans les deux cas, l'idée était de bannir ces obstacles que sont l'ego, la cupidité, le mépris ou l'orgueil. La neutralité du couvre-face offrait une voie d'accès à l'autre monde.

L'idée que l'âme était un écheveau mêlant les fils de nombreux êtres était tout à fait normale. Qu'attendre d'autre d'un peuple qui vit dans l'obscurité totale trois mois par an et qui passe sa vie à conduire des traîneaux sur la glace qui dissimule ce qu'ils ont précisément besoin de voir pour survivre ?

Les Inuits frottaient leur imagination à leur monde gelé comme à un silex : la lumière entrait dans leur corps, leur permettait de voir, de percer la glace, de voler sous l'eau, d'aller sur la lune. Un jour, lorsqu'un explorateur européen arriva dans un camp et installa un télescope, les chasseurs se moquèrent de lui ; leurs chamans pouvaient déjà aller dans la lune ou dans les étoiles sans aide extérieure.

Avec Olejorgen, nous avons commencé un compte à rebours en attendant l'arrivée du soleil. Les jours passent. J'essaye de distinguer l'ombre du chemin de l'ombre du monde, mais j'en suis incapable. Puis vient le mois de février.

Le réel est fragile et instable. L'irréel, c'est la glace qui ne fondrait pas au soleil. J'escalade à moitié le mont Uummannaq et je regarde vers le sud. Cette année, la première apparition du soleil aura lieu dans trois jours, mais pour l'instant, la lumière est couleur poisson : un gris pâle, argenté, comme la pâleur qui sépare la nuit du jour. Le froid semble augmenter à mesure que le soleil s'approche, comme poussé par une équation mathématique où la relativité a été reléguée à l'attraction des contraires. Je tente de me rappeler la sensation du soleil sur mon visage, mais cette masse noire, le bloc rocheux de la presqu'île de Nuussuaq, la dissipe.

La nuit, on ne ressent pas la vieille crainte que le soleil se couche pour ne jamais revenir, cette terreur qu'éprouvent les malades cardiaques, parce que le soleil a déjà disparu ; je suis en vie, et la nuit est un manteau qui me protège. Quand je descends la montagne, vers la décharge, des morceaux de givre, comme de petits soleils, luisent sur mes joues. Ils brûlent comme des lampes et je me demande si, plus tard, ils projetteront assez de lumière pour lire, s'ils m'aideront à y voir clair.

Ce soir, l'obscurité me réveille en sursaut. Je fais le tour de la pièce pour essayer de soulever le noir couvercle de la nuit, une lampe torche à la main, comme si son pâle rayon était une pelle. J'essaye de comprendre comment l'on passe de la cécité à la vue, de la vue à la vision. Je suis prise de transe, je patauge dans l'ennui jusqu'à la taille. Mais l'ennui peut être un ami. L'esprit se vide et refait le plein, se remplit très lentement d'un autre ordre de choses.

Le monde esquimau était autrefois plein d'esprits invisibles. Certains étaient des hommes ou des animaux morts brutalement. Il y en avait de malfaisants, de bienfaisants, et d'autres, simplement malicieux, qui habitaient des territoires spécifiques. Tous étaient des créatures étranges qui allaient et venaient aussi vite que la glace.

Les *innerssuit* aidaient les chamans : c'étaient des esprits qui ressemblaient aux humains mais n'avaient pas de nez, et qui sortaient

AU BOUT DE LA NUIT : UUMMANNAQ, GROENLAND, 1995

des étendues de sable. Les uns étaient des géants, les autres, des nains. Les *innerajuaitsiat* pouvaient se transformer en géants et couvrir d'immenses distances en quelques enjambées. Les *isserqat* vivaient sous terre et chatouillaient les gens jusqu'à ce que mort s'ensuive. Parmi les esprits, il y avait aussi une pierre animée qui aimait faire peur aux humains. Les *erqigdlit* avaient un corps d'homme et une tête de chien ; ils vivaient sur la calotte glaciaire et aimaient tuer les gens dans les villages. Ils effrayaient les enfants pour les obliger à ne pas s'éloigner de chez eux.

Il y a un siècle, le jeune chaman allait trouver le vieil angakok et disait : « *Takujumagama*. Je viens à vous parce que je désire voir. » Après s'être purifié par le jeûne et en endurant le froid et la solitude, il s'asseyait près du vieil homme sur un pantalon en ours polaire, caché aux yeux des villageois par un rideau de peau, comme pour se rendre invisible. A ce moment, l'apprenti recevait le *qaameneq*, une lumière soudain ressentie dans son corps, un inexplicable projecteur qui lui permettait de voir dans le noir.

Un jeune chaman a dit à Rasmussen que sa première sensation d'illumination était une impression de s'élever dans les airs, de sorte qu'il voyait à travers les montagnes, qu'il distinguait des choses au loin, même les brins d'herbe, et qu'il pouvait identifier toutes les âmes perdues sur la grande plaine de la terre.

Je ne sais pas où je suis. Le vent passe à travers les murs. Les murs sont peut-être tombés pour se fondre avec les murs de la galaxie. Il semble qu'il n'y ait ici que des distances indéfinies, qui augmentent sans cesse. Je ramasse un article scientifique que j'ai découpé dans le *New York Times* il y a deux semaines, et qui confirme cette idée. « De nouvelles images confirment l'hypothèse d'un univers en expansion », dit le titre. Depuis la réparation du télescope Hubble, qui donne des images détaillées de galaxies éloignées dans l'espace et dans le temps, les astronomes savent que l'univers est au moins cinq fois plus grand qu'ils ne le pensaient, et qu'il grandit encore. Grâce à la puissance du télescope, de nombreuses galaxies moins nettes peuvent à présent être comptabilisées pour la première fois.

A la fenêtre, je regarde l'espace indigo, et l'espace indigo, comme un œil aveugle, me regarde. Dogen, maître zen du XIIIe siècle, a écrit : « Dire que le monde repose sur la roue de l'espace ou sur la roue du vent n'est pas la vérité du soi, ni la vérité d'autrui. Cette affirmation ne reflète qu'une petitesse de vues. Les gens parlent ainsi parce qu'ils croient impossible d'exister sans lieu sur lequel reposer. »

Au port, on marche sur du cristal. La glace est enfin arrivée jusque-là. La nuit est transparente, la glace est la cataracte de l'œil qui refuse de voir. Seule la quille des bateaux de pêche touche l'eau sous la glace et les poissons regardent nos bottes pataudes à travers leurs lentilles froides.

Le crépuscule, puis la nuit. Je suis étendue, nue, insouciante, pas tout à fait désemparée sous une lune déclinante, par une nuit polaire. Les Groenlandais pensaient que la lune et le soleil étaient frère et sœur, et qu'ils avaient couché ensemble sans connaître leur lien de parenté. Ayant découvert cet inceste, ils partirent en bateau pour le ciel, une torche à la main, et vécurent dès lors dans deux maisons séparées. L'été, seule la sœur soleil sortait de sa maison ; l'hiver, le frère lune sortait, il devait même parfois s'en aller chercher des animaux pour nourrir les hommes. C'est pourquoi, quand vient la nouvelle lune, ceux-ci remercient la lune pour la chasse fructueuse et le retour de sa lumière.

A la fenêtre, de minces nuages couvrent le ciel, puis se brisent en une gaze et déploient leurs ombres opulentes comme des vêtements abandonnés. J'allume deux bougies et j'ouvre une bouteille de Fitou, vin rouge produit dans un village français que j'ai visité un jour ; curieusement, j'ai pu m'en procurer ici. Assise à la fenêtre, je dois ressembler au personnage d'un tableau de Hopper, immobile mais émue. Dans mon Alcatraz arctique, je ne sais pas ce qui m'émeut, sauf l'abus de boisson et la fureur de me sentir prisonnière. Mais dès que je prononce le mot « fureur », ma claustrophobie disparaît.

J'écris et je bois à la lumière de la bougie. Ni feuillage, ni ombre, ni sens épuisés qui trouvent enfin le repos, ni sommeil post-orgasmique. Seulement une pièce froide où la neige tombée de mes bottes ne fond pas ; dans l'entrée non chauffée, les toilettes puent car elles n'ont pas été vidées depuis des jours. Je songe que la seule ombre que j'ai vue depuis l'automne dernier est le vacillement d'une chandelle, projetant son incertitude sur le mur.

AU BOUT DE LA NUIT : UUMMANNAQ, GROENLAND, 1995

Plus tard dans la soirée, le vent retombe et une peau de glace durcit sur l'eau. Des groupes de villageois viennent au port regarder et attendre. Les vieux hochent la tête. On dit qu'ils savent en octobre comment sera la glace. S'il y a une couche de glace sur le rivage là où il rencontre l'eau, si elle se maintient, alors la glace sera bonne. Cette année, cette couche est là, mais ne reste que deux jours avant de disparaître. Ils savent déjà qu'elle ne viendra pas cette année ; ou si elle vient, elle sera dangereuse.

A côté de moi, une vieille femme dit : « Si les gens sortent, ils mourront. Ils tomberont à travers la glace et descendront jusqu'où habite la déesse de la mer. Personne ne connaît plus la glace. »

2 février. Tacite disait que le soleil grogne lorsqu'il se lève à l'est et crie à la fin de la journée, lorsqu'il se noie dans l'océan. Mais ici, le soleil se lève au sud, quand il se lève. Il semble plus important maintenant d'apprendre à voir dans le noir. Jorge Luis Borges reprochait à ses lecteurs de croire que les aveugles vivent dans le noir. Derrière ses paupières, il y avait toujours des couleurs. Milton, lui aussi aveugle, parle de lacs brûlants et de conflagrations intérieures.

Dans l'Arctique, il est souvent question d'aveugles et de voyants, de lumière et d'éclipse. Milton rendit un jour visite à Galilée, assigné à résidence par l'Inquisition, à Arcetri, près de Florence. Le savant était devenu aveugle, son monde étoilé lui avait été ravi ; Milton perdrait à son tour la vue, mais la calamité subie par l'astronome inspira le poète. Les deux hommes passèrent une nuit en plein air, tâchant de se rappeler les étoiles. Milton se lança ensuite dans son poème épique *Le Paradis perdu* :

> Salut sainte lumière !... Je te reviens sur de plus fortes ailes,
> J'échappe au marais stygien, bien que longtemps retenu
> En ce séjour obscur, cependant que mon vol
> Me transporte à travers la nuit et la pénombre...

Plus tard, dans *Samson Agonistes*, il écrivit :

O nuit, nuit, nuit, en plein éclat de midi,
Nuit irrémédiable, éclipse totale
Sans aucun espoir de jour !

Midi. Le bateau de ravitaillement glisse par une brèche dans la glace, comme la mine d'un crayon sur le papier blanc. Ses phares sont deux yeux de moins en moins nets. Il ne reste bientôt plus que le bruit du moteur, comme un tambour voilé. L'œil est une île, un morceau de glace bombé qui flotte sur l'os et la chair. C'est un organe conquérant, qui mesure la lumière et l'ombre, qui discerne les formes. Lorsqu'il n'a que les ténèbres à fouiller, quelles formes l'imagination crée-t-elle ? Les premiers théoriciens grecs considéraient que la vision résulte du mouvement constant des particules à la surface des corps, que l'œil était fait d'eau, que les rayons de lumière sortaient de l'œil de l'observateur pour fusionner au soleil.

Le soleil est un œil. Son arrivée signifie que le rocher bouchant l'accès de la caverne s'en va, que nous sommes libérés. Pourtant, je suis encore enfoncée dans la nuit, je reste si longtemps aveugle.

Plus tard. J'en ai fini de la lumière du jour. Elle sent les miettes carbonisées oubliées après le petit déjeuner, elle sent le décor superbe qui dissimule une incapacité congénitale à percevoir le réel. Aujourd'hui, dans ma maison, sans lumières, sans eau, avec uniquement le spectacle des ténèbres extérieures vues depuis les ténèbres intérieures, de la chambre de l'esprit, non éclairée, et de la chambre du cœur, non chauffée, je sais que le réel ne prend forme que dans les ténèbres, sous l'arche du capuchon émacié de la nuit.

Je songe aussi que le réel et l'imaginaire ont depuis longtemps fusionné ici. Les vérités sont relatives à l'imagination qui les invente. L'essentiel n'est pas le contenu de notre expérience, mais la structure de la connaissance.

Les jours suivants, il y a plus de lumière, au moins trois ou quatre heures. Pas très claire, mais suffisante pour lire, c'est ainsi que je mesure son intensité. Demain le soleil pointera par-dessus la montagne, et disparaîtra. Je ne veux plus qu'il vienne. Je me suis habituée à l'intimité, à la bizarrerie de la nuit. En plein jour, tout ce qu'on croyait connaître se révèle erroné. Durant une de mes siestes, je rêve que j'entends le soleil battre derrière la presqu'île comme un cœur impatient.

3 février. « Le jour naît dans la nuit du corps. » Mais le corps est lourd et gelé. Je viens de lire un livre sur la matière sombre et l'énergie sombre. Les astronomes savent que la matière sombre qui imprègne l'univers pèse soixante fois plus que les étoiles et sept fois plus que les baryons, la matière dont sont faites les étoiles, les planètes, les astéroïdes, les comètes et les humains. L'énergie sombre, également appelée quintessence, ou constante cosmologique, pèse presque deux fois plus que toute matière, sombre ou visible, et pousse si fort contre la gravité que tout pourrait s'envoler en tous sens et disparaître dans l'univers.

4 février. La constante cosmologique se brise. C'est le jour du soleil, Sontag, Sunday, Solfest. A dix heures du matin, la lumière se hisse. Il fait – 27°, et au-dessus de la presqu'île de Nuussuaq, le ciel est une lèvre rose et tremblante. Le vent est mordant. Ann et Olejorgen étendent une nappe jaune sur la table de la salle à manger pour notre banquet solaire. Ailleurs au Groenland, plus au nord, à 78 ou 82° de latitude, il fait encore nuit. Solfest n'atteindra Thulé que dans trois semaines.

Ici, à Uummannaq, c'est la panique. Les enfants ont-ils leurs moufles, leur bonnet, leurs bottes ? Gitte, la voisine qui travaille à la coopérative, vient nous prendre en pick-up pour nous emmener là d'où l'on a le point de vue le plus élevé sur l'île, c'est-à-dire chez elle. Nous courons jusqu'au bord de la falaise, qui donne sur le sud, par-delà les eaux agitées du fjord, vers les montagnes. A un moment, nous avons le souffle absolument coupé, puis une pâle lumière commence à se montrer dans le ciel, et elle se répand dans le village, partant du pic de la montagne en forme de cœur. Tous les éléments du capharnaüm arctique passent en un moment de l'obscur au luisant : traîneaux, harnais, chiens, séchoirs, fils à linge, peaux, voitures, poussettes, bouteilles vides, tombes. Une maison à la fois, les fenêtres mortes ressuscitent. Les chiens de traîneau se lèvent et s'étirent au soleil, secouant leur fourrure pour en chasser tous les secrets de l'hiver.

11h 47. Olejorgen lance le compte à rebours : cinq, quatre, trois, deux... Une vapeur de nuage se dissipe, un sourcil circonflexe s'éclaire par en dessous et s'empourpre, couleur de saumon. Entre les rochers de ce théâtre écroulé jaillissent des poignards incandescents qui dardent vers le ciel. Dans l'entaille carrée ménagée entre deux pics, un minuscule croissant de soleil paraît, jetant ses flammes au front du matin.

« Regarde, je vois mon ombre ! » s'exclame Olejorgen.

J'ai une ombre donc je suis ? « *Sono io* », crie Gitte à travers la montagne, comme elle chanterait une tyrolienne. « Je suis. »

Pendant six minutes, l'ongle de soleil brûle à l'intérieur de l'entaille comme un feu de joie. Lorsqu'il dépasse le rocher, nos ombres se réduisent à néant. Je ne suis pas moi.

Tout le monde rentre pour manger et boire : *kaffe*, thé, *mattak* (de la peau de baleine avec un demi-centimètre de gras), pain de seigle, fromage, saumon fumé, et une sombre liqueur danoise qui a le goût de la nuit. Dehors, le ciel brille encore et le soleil pousse vers l'ouest, derrière les montagnes, comme dans le dos d'un géant, se montre presque à une fissure, puis redevient blanc.

Nous buvons à la santé de Knud Rasmussen et de Peter Freuchen ; nous buvons au retour du soleil. Après tout, nous sommes encore en vie malgré tout ce qui nous est arrivé : cancer, dents perdues, divorce, mariage, accouchement, stérilité, et dans mon cas, illumination. En avalant ma liqueur, j'ai l'idée qu'il existe toutes sortes de cécités et toutes sortes de visions, qu'un monde obscur ne symbolise pas la mort mais une clarté farouche. Dans cette soudaine inondation de soleil, ai-je vu quoi que ce soit ?

Après-midi. La lumière rose s'en va, elle ne se couche pas mais s'élève, comme un rideau qui balaie la face du village, qui remonte la longue dent de la montagne-cœur, ne laissant sur son passage que les vieilles ténèbres. Les lampadaires de la ville, alimentés au diesel, s'allument alors que nous rentrons en titubant. On nourrit les chiens. Un vieil homme découpe un iceberg, emportant dans son seau un bloc qu'il fera fondre pour avoir de l'eau potable. Le monde

AU BOUT DE LA NUIT : UUMMANNAQ, GROENLAND, 1995

est revenu à la normale, à l'obscurité, et notre ombre ne réapparaîtra que le lendemain matin.

En regagnant ma maison haut perchée, je vois que sur la baie un iceberg effondré abrite en son centre un petit lac, un œil turquoise qui regarde vers le haut. La lune monte à l'est comme un lever de soleil, et pour la deuxième fois de la journée, les montagnes s'illuminent.

Aujourd'hui, l'hiver était un lac brûlant et je l'ai regardé prendre feu.

Elisabeth, 1995

Fin février, je me retrouve à nouveau à Ilulissat, sur le pas de la porte de la maison d'Elisabeth Jul. La clef de la porte du jardin est encore suspendue au crochet, dans la cabane à outils, et j'ouvre moi-même. Elle est surprise de m'entendre quand j'appelle l'hôpital. Pendant que j'étais à Uummannaq, elle a inscrit à son palmarès la naissance de jumeaux, une appendicectomie, deux cas de pneumonie et la vaccination de vingt-deux enfants dans un village voisin, où elle s'est rendue en traîneau.

Elle avait prévu de harnacher les chiens ce soir pour aller vérifier l'état de santé d'un patient et elle se demande si je serais prête à l'accompagner. Il n'y a pas encore de glace de mer, mais à Ilulissat, on peut remonter les longues vallées en traîneau.

« Il faut que tu viennes », insiste-t-elle, et j'accepte. Je passe une bonne partie de la journée à dormir. Le hurlement des chiens, des milliers de chiens, résonne contre un mur de basalte à l'autre bout de la ville. Elisabeth rentre si tard que je lui demande s'il est encore temps de nous mettre en route. « Pourquoi pas ? Quelle importance, l'heure qu'il est ? »

Les traîneaux d'Ilulissat sont petits. Leur taille les rend plus faciles à manœuvrer dans les montagnes. Nous enfilons plusieurs épaisseurs de vêtements, polaire plus fourrure, et nous commençons à attraper les chiens pour les harnacher. A l'idée d'être libérés de leurs chaînes, ils sont pris d'une joie frénétique. Ma tâche est de les empêcher de s'enfuir. « *Nye, nye* », c'est tout ce que je peux dire. J'agite le long fouet au-dessus des chiens mais leur soumission n'est guère convaincante, ils font semblant d'avoir peur. Dès qu'Elisabeth a attaché le dernier, ils se mettent à aboyer comme des fous, s'élancent et filent à toute allure.

Les voitures qui viennent vers nous s'écartent rapidement : au Groenland, les chiens de traîneau ont la priorité. Harnachés en éventail, selon la tradition, les chiens ne modifient leur parcours pour rien ni personne. Nous traversons le centre-ville, nous tournons à gauche après la maison rouge où est né Knud Rasmussen, nous passons à toute allure devant le *brottlet* (un marché découvert), la banque, la boutique à touristes tenue par un Italien expatrié, et le port, puis nous prenons de la vitesse sur la route couverte de neige. « On l'appelle la Boucle autour du monde », hurle Elisabeth tandis que nous heurtons un rebord de neige labourée en suivant le chemin qui mène vers les montagnes, au nord.

Au temps de Rasmussen, les traîneaux étaient parfois faits en os de morse, avec des patins en tourbe gelée, et des peaux roulées ou du poisson gelé en guise de poignées. Maintenant, les patins sont en plastique dur, bordé de métal qui jette des étincelles quand nous dérapons sur le rocher. Ce soir, ils chantent la délivrance de la prison sans glace d'Uummannaq. Le ciel s'éclaircit. En 1921 Rasmussen écrivit : « Une heure après minuit, la lumière avait disparu et nous traversions les ténèbres blanches de la nuit polaire. Les détails du paysage se mêlaient étrangement comme une brume gelée, et les petites collines couvertes de glace avaient l'air de montagnes. »

Loin des lampadaires allumés toute la nuit d'Ilulissat, nous progressons à travers les avant-monts, en nous guidant grâce aux étoiles. Le pôle Nord, à quelques centaines de kilomètres, est un point mathématique mouvant sur une mer de glace fondante, mais l'étoile polaire est une constante. « J'aimerais que tu aies une cabane ici pour qu'on ne soit jamais obligées de retourner en ville », dis-je à Elisabeth.

Le sol est irrégulier : rocher, neige, glace, rocher encore. Quand les chiens arrivent au sommet d'une arête, ils savent qu'ils doivent s'arrêter pour qu'Elisabeth trouve un chemin sans danger pour redescendre. Ils commencent à se fatiguer et sont plus faciles à diriger, c'est-à-dire qu'ils écoutent la voix d'Elisabeth. Quand nous

nous lançons dans la descente, en traînant les pieds pour freiner, les chiens se mettent au petit trot.

Une fois en bas, j'essaye de sauter du traîneau en marche et de me rétablir sur le côté, mais à cet instant précis nous heurtons une bosse et voilà que je roule dans la neige profonde, en riant. Je cours pour retrouver l'équilibre, levant les jambes au-dessus du terrain accidenté, empêtrées par des bottes beaucoup trop grandes, j'attrape la poignée du traîneau et je me laisse tirer jusqu'à ce que les chiens ralentissent. Elisabeth se repose sur le traîneau pendant que je conduis.

Nous nous arrêtons pour laisser les chiens reprendre haleine. Elisabeth a le visage et les cheveux couverts de givre, ses joues rondes sont rouge vif. Il fait − 29° mais nous avons presque chaud. Elisabeth ne porte ni gants ni bonnet : « Je n'en mets que s'il fait vraiment froid. » Les chiens se roulent, serrés les uns contre les autres, blanc et jaune pâle sur la neige. Dans le ciel, la Grande Ourse pose la patte sur nos têtes comme pour nous bénir.

Au bout de plusieurs heures, nous arrivons dans un village minuscule. Nous nous arrêtons à une maison éclairée par des bougies. Il y a un *kaffemik*, une fête d'anniversaire où l'on sert des gâteaux et du café. Elisabeth connaît les femmes qui sont là, elle a aidé à tous leurs accouchements. L'une d'elles est assise seule dans le coin de la pièce. Elisabeth murmure : « Elle est ici en prison. Elle a tué son premier et son deuxième mari. Le premier est rentré tard un soir et elle l'a abattu d'un coup de fusil. Le deuxième ne lui a pas rapporté du magasin ce qu'elle voulait, alors elle l'a abattu aussi. » La femme isolée manipule le bouton de la radio, qui n'émet que de la friture. Elisabeth s'agenouille près d'elle, mesure sa tension et lui demande comment elle se sent. « Bien, très bien. » Une semaine auparavant, un homme du village lui a proposé un rendez-vous. Il ne connaissait pas son mauvais caractère. Les femmes plus âgées l'ont mis dehors. En le voyant sortir de la pièce, gêné, sans comprendre ce qu'il avait fait de mal, les femmes ont ri.

Après les gâteaux et le café, nous repartons. Les chiens trottent avec entrain. Sur le traîneau, Elisabeth s'accroupit derrière moi, le bras autour de mon épaule pour éviter de tomber. Je ressens alors un extraordinaire sentiment de bien-être. Transformées en bibendums polaires, accroupies, liées l'une à l'autre, nous volons d'abîme en abîme. Nous levons les yeux : les lumières du nord flamboient, projecteurs concentrés sur d'obscures nébuleuses, de nouvelles planètes, et sur le néant. L'aurore se déploie et se contracte comme si l'on détendait puis resserrait les cordons de sa bourse blanche. Elle s'étend si haut dans le ciel qu'elle semble contenir tout l'univers.

Les ténèbres réconcilient tous les temps, toutes les disparités. C'est une sorte de ravissement, qui permet de ne plus vivre par saccades. Nous devenons des voyants sans yeux. La nuit polaire a un seul parfum, elle n'a ni passé ni avenir. C'est l'expression lisse du temps présent, d'un temps au-delà du temps, une rivière qui coule entre la veille et le rêve. Derrière les chiens, dans leur sillage, nous glissons sur le sol blanc. Le sol est vivant comme un torrent, une folle cataracte. Qu'est-ce qui bouge, lui ou nous ?

Au retour, nous prenons un itinéraire différent. « Je ne sais pas trop où nous sommes, dit Elisabeth, mais nous ne sommes pas perdues. C'est impossible de se perdre. Ça voudrait dire que nous ne sommes nulle part. » Nous franchissons des crêtes, nous dévalons des pentes glacées, nous survolons des étendues sans neige, avec des étincelles quand nous heurtons le rocher, comme si les patins du traîneau étaient des allumettes qui cherchent à éclairer notre chemin. Mais la lune s'en charge, et il n'est plus difficile de voir dans le noir.

A notre grande déception, les lampadaires d'Ilulissat s'embrasent bientôt au-dessus des chiens. Je supplie : « Ne rentrons pas. » Mais nous n'avons pas le choix. Elisabeth doit voir d'autres patients demain matin. Nous passons par-dessus la corniche de neige labourée et atteignons la route qui nous ramène en ville. Sur la glace, le traîneau fait une queue de poisson, dérape avec une sorte de joie muette, et tandis que les chiens accélèrent, je suis entraînée par-dessus l'œil de verre de la terre.

La station arctique, 1910-1917

Tout au nord du Groenland se trouve une oasis de terre libre de glace qui, durant le plus bref des étés (le mois de juillet, en gros), se couvre de végétation alpine et nourrit toute une population de bœufs musqués, d'oiseaux, d'insectes, de loups polaires et de lièvres arctiques. C'est à travers cette terre, dentelée par les fjords (St. George, Sherard Osborn, Victoria et De Long) que les premiers Esquimaux sont arrivés à pied jusqu'à la côte est de l'île.

Depuis l'enfance, Knud Rasmussen rêvait de fonder une station arctique à Dundas Village, sur une baie en fer à cheval, d'où il pourrait lancer des expéditions afin d'étudier la flore, la faune et le mode de vie des humains de tout le Nord polaire. A l'université de Copenhague, tout en prenant des cours de théâtre, Rasmussen avait appris l'empathie, il avait appris à écouter les autres. A cela s'ajoutaient des connaissances pratiques qui lui permettraient de concrétiser le rêve central de sa vie : vivre comme un Esquimau.

Il caressa longtemps son rêve avant de le réaliser. De 1910 à 1933, il lancerait sept expéditions pour étudier les origines, l'histoire, les trajets migratoires et les diverses cultures des peuples inuits. Il parcourut tout le Groenland, puis s'aventura à l'ouest, à travers l'Amérique arctique, lors d'un voyage épique allant du Groenland à la Sibérie, la « Cinquième Expédition Thulé ». On n'avait rien vu de tel depuis que Lewis et Clark étaient allés à pied de St. Louis jusqu'à l'océan Pacifique.

Un jour, alors qu'il habite encore Copenhague, Knud invite son ami Peter Freuchen à le rejoindre pour cette expérience ; Peter, qui

LA STATION ARCTIQUE, 1910-1917

a déjà renoncé à devenir médecin, ne tarde pas à accepter. La station arctique servira de banque, de foyer, de comptoir commercial, de point où planter le drapeau danois, pour revendiquer cette terre au profit du Danemark, ainsi qu'un quartier général pour les expéditions.

Manquant de fonds, les deux jeunes gens louent des salles dans tout le Danemark pour donner une série de conférences sur la vie au Groenland et dans l'Arctique. Charmants, brillants, affables, Freuchen et Rasmussen acquièrent tous deux une grande popularité. Pourtant, à la fin de la tournée, ils n'ont pas plus d'argent qu'au début car, dans leur exubérance, ils ont laissé les frais de voyage dévorer les bénéfices. Alors qu'ils sont à court d'idées pour collecter des fonds, deux riches amis viennent leur offrir l'argent nécessaire à commencer une extraordinaire aventure qui va durer plus de vingt ans.

Durant l'été 1910, Rasmussen et Freuchen partent pour le Groenland. En voyant la pointe sud de l'île, Freuchen écrit : « Nous vîmes les gigantesques montagnes de la côte, présage sinistre de l'austérité du pays. La mer montait très haut et les rochers n'avaient rien d'aimable : leur masse noire qui domine est impitoyable. Debout au gouvernail, je sentis pour la première fois que j'avais coupé les ponts et que j'entreprenais une tâche qui exigerait un suprême effort de ma part. »

Quand les deux hommes arrivent à Dundas Village, en bas de ce poing fermé qu'est le nord-ouest du Groenland, à 77° de latitude nord, où une langue de sable marquée par une colline au sommet plat s'avance dans un paisible bras de mer nommé North Star Bay, ils établissent un petit magasin et se mettent immédiatement au travail pour construire une maison, avec du bois importé du Danemark. Le district de Thulé a déjà été exploré : en 1818, l'Anglais John Ross est arrivé au cap York et dans l'île Saunders, où l'ont accueilli les chasseurs inuits, qui ont reconnu des dieux dans ses deux bateaux.

Quand Rasmussen déballe le globe offert par un bienfaiteur et l'installe dehors sur une caisse, un groupe de chasseurs curieux forme cercle. Un vieil homme le montre du doigt et se met à parler. En le voyant, Peter, qui ne comprend pas encore le groenlandais, s'avance parmi eux et tente de leur expliquer. Rasmussen intervient : « Inutile de l'interrompre. Il les renseignait simplement sur les conditions de vie dans l'Antarctique. »

Si leur station arctique, qu'ils appellent « Thulé », semble isolée, la solitude n'est pas un problème pour eux. Ils attirent un flux constant de visiteurs en traîneau, et quatre vieilles femmes viennent s'établir chez les deux célibataires, non seulement pour se charger du ménage, mais aussi pour leur raconter des histoires. Elles deviennent les informatrices de Rasmussen, qui cherche à connaître la culture inuit de toute la zone polaire, du Groenland à l'Alaska. « En somme, c'était l'Elsa Maxwell de l'Arctique, écrit Freuchen, car il n'était jamais si heureux que lorsqu'il pouvait célébrer un événement quelconque, et je n'ai jamais connu personne comme lui pour trouver des occasions. »

Quand vient l'hiver, lorsque la mer gèle, Rasmussen attache ses chiens et part à la chasse au bœuf musqué, dans le détroit de Smith, sur la terre d'Ellesmere. Freuchen et un couple groenlandais l'accompagnent sur une partie du chemin. La femme est enceinte. Près du camp de Neqe, ils sont surpris par une tempête. Atiak perd les eaux et l'accouchement se déclenche. Les hommes tentent de bâtir un igloo, mais en vain. Ils finissent par se tenir autour du traîneau, pour faire barrage contre le vent. Le mari d'Atiak lui fend le pantalon : il fait trop froid pour l'enlever complètement. Soutenue par son mari et par un autre homme, elle se met à genoux et pousse le bébé au-dehors. Elle le soulève, l'enveloppe dans des peaux et le pose contre sa poitrine. Peu après, la tempête s'apaise. Rasmussen donne son traîneau au couple et, le nouveau bébé glissé dans son *amaut*, ils partent à travers la mer gelée vers le village natal de la mère, sur la terre d'Ellesmere.

Après tout un hiver de chasse, Rasmussen et Peter regagnent Thulé. En route, Rasmussen s'arrête dans un village pour voir l'angakok local, une vieille femme nommée Sermiaq. Mais elle s'est perdue dans une tempête de neige, et ils se joignent aux recherches. La neige forme une couche profonde, et ils sont bientôt incapables d'avancer. Rasmussen franchit avec les chiens la barrière de glace, en quête d'un abri, et il arrive à l'entrée d'une grotte. Une fois son regard accoutumé à l'obscurité, il voit la vieille chaman assise dans la caverne.

Affamée, frigorifiée, elle n'a pas de sac de couchage et n'a mangé que les renards qu'elle a pris au piège pour faire un anorak pour son petit-fils. Knud et Peter la ramènent au village et paient quelques femmes pour lui fabriquer de nouveaux vêtements. C'est ainsi qu'elle est récompensée pour avoir raconté à Rasmussen toute une série d'histoires.

Les chiens de Rasmussen tombent malades. On fait venir Sermiaq. Elle regarde les pauvres bêtes et dit qu'ils sont malades parce qu'ils portent le harnais d'autres chiens, parce qu'une chose nuisible a été ainsi introduite. Le lendemain, elle apporte de nouveaux harnais qu'elle a confectionnés, et les chiens sont aussitôt guéris.

Le jour où Rasmussen et Freuchen s'apprêtent à partir, Sermiaq saute sur le traîneau de Rasmussen et refuse d'en descendre : « Il vous faut la protection d'une femme d'expérience. » Ils tentent de la persuader de rester dans son village, mais elle n'en démord pas, et ils sont bien obligés de l'emmener. Elle s'est invitée, mais elle s'avérera une source d'informations précieuses, vivant avec eux de nombreuses années, les suivant dans leurs voyages, restant à la station lorsqu'ils y restaient.

Pendant la saison de nuit, d'octobre à février, Sermiaq s'occupe à remplir ses boîtes et ses sacs. « Je ramasse les ombres et les ténèbres, pour que la lumière revienne sur le monde, et je les garde enfermées dans ces boîtes. » Chaque printemps, la lumière revient.

Rasmussen mène une double vie. Après l'Expédition littéraire au Groenland, en 1902-1904, et avant de repartir, il rencontre une jeune femme, Dagmar Andersen. Calme, instruite, aristocratique, elle admire Knud. Un homme qui a passé plusieurs années dans l'Arctique ne perd pas de temps en besogne lorsqu'il revient au pays. Il épouse Dagmar à l'automne 1908, et elle a accepté l'idée qu'il ne serait pas souvent à la maison. Et de fait, il n'y sera pas souvent. Quand une lettre de Dagmar arrive à Thulé (qui sait combien de mois après qu'elle a été écrite ?), Rasmussen apprend qu'il est le père d'une petite fille. Peter note : « Nous étions l'un et l'autre si émus que nous ne savions plus ce que nous faisions. » C'est l'occasion d'une grande fête.

Peu après, Rasmussen a un accident qui faillit lui coûter la vie. C'est l'été, on chasse le narval en kayak. Il harponne l'animal lorsqu'il passe à gauche du bateau (on lance toujours le harpon vers la droite). La lanière en peau de phoque accrochée à la vessie s'enroule autour de lui de Rasmussen et fait chavirer le kayak.

Knud est entraîné par l'animal et disparaît sous l'eau. Les autres chasseurs s'approchent rapidement, coupent la ligne et le hissent hors de l'eau glacée. Quand on lui demande s'il souhaite se changer, Rasmussen a l'air étonné. Pourquoi prendre le temps d'enfiler des vêtements secs alors qu'il a une chance de capturer un narval dont il a grand besoin ? La chasse se poursuit et la bête finit par être prise.

Début septembre, le navire de ravitaillement annuel n'est toujours pas arrivé du Danemark. Les provisions commencent à manquer et il n'y aura bientôt plus d'eau libre. Quand le schooner arrive, la glace est en train de se former : il faut débarquer la cargaison en moins de vingt-quatre heures, faute sinon de ne pouvoir repartir.

Peter attendait sa fiancée danoise parmi les passagers. Elle lui a écrit l'année précédente pour lui dire qu'elle le rejoindrait à Thulé. Il fouille le bateau sans la trouver. L'idée de passer encore un hiver seul lui est intolérable. Il est au désespoir... mais pas pour longtemps.

Au sud de Thulé, ils rencontrent Minik, célèbre pour avoir été capturé avec son père en 1897 par Robert Peary et emmené à New York. Peu après leur arrivée aux Etats-Unis, le père est mort, laissant Minik orphelin en pays inconnu. L'enfant est confié à un employé du musée d'Histoire naturelle. C'est là que Minik a un choc en voyant le squelette de son père exposé dans une vitrine. C'est plus qu'il n'en peut supporter. Minik survit encore douze ans en Nouvelle-Angleterre. En 1909, il demande à être ramené chez lui, mais Peary refuse. Quand le jeune homme est enfin autorisé à regagner son pays, il est sans ressources, sans culture, il se débat pour reconquérir sa propre langue et ses talents de chasseur.

Minik demande à Rasmussen et à Freuchen s'il peut s'installer avec sa femme dans leur comptoir commercial. Une petite maison est alors construite. Ce printemps-là, quand Rasmussen part vers le nord chasser l'ours polaire, Peter s'établit chez le jeune couple. Puis Minik part lui aussi, et une jeune femme, Navarana, vient tenir compagnie à son épouse.

Les semaines passent. Un soir, se trouvant seul avec Navarana, Peter lui demande de rester avec lui. « Je lui demandai simplement de se transporter de l'autre côté de la couchette près de moi : ce fut toute la cérémonie nuptiale nécessaire. » Quand Knud revient et apprend la bonne nouvelle, il organise trois jours de festivités.

La station de Thulé devait fonctionner comme point de départ pour des recherches sur la culture esquimaude, ses origines et la migration vers le Groenland, ainsi que pour des expéditions scientifiques axées sur la géologie, la botanique et la biologie de la zone polaire.

C'est dans cet esprit que Rasmussen et Freuchen se lancent dans ce qu'ils appellent la Première Expédition Thulé, au printemps 1912. Ils partent avec trente-quatre traîneaux et 375 chiens pour traverser la calotte glaciaire, entre le glacier Clements Markham à Pitoravik et le fjord Danmark, sur la côte est.

Le voyage aller est éprouvant : vent incessant, amoncellement de neige, provisions à peine suffisantes, et pour couronner le tout, Freuchen devient peu à peu aveugle. Lorsqu'ils arrivent à l'autre bout de la calotte glaciaire, la situation s'aggrave encore : ils doivent escalader un mur de glace haut de quinze mètres avec des lanières en peau de phoque ; sur le parcours, une pointe de harpon entre dans la cuisse de Freuchen.

La jambe de Peter guérit, mais sa cécité des neiges empire. Ils arrivent enfin au camp d'été de leur vieil ami Jorgen Brönlund qui vient de mourir, peu avant leur arrivée. Le camp est désert. Au retour, Rasmussen est atteint d'une grave crise de sciatique mais, endurcis à la douleur, gelés et affamés, ils reviennent sains et saufs à Thulé.

Rasmussen part pour le Danemark pour voir sa femme et ses enfants et pour rassembler des fonds pour le prochain voyage. Il est maintenant le père de deux filles, et il dispose du temps nécessaire pour travailler à son livre. Mais Freuchen, qu'il a persuadé de l'accompagner à Copenhague, ne pense qu'à retourner au Groenland. Au bout de cinq semaines, il repart vers son pays adoptif.

Dans sa hâte de revoir Navarana, Freuchen devient fou lorsqu'un moteur du navire le *cap York* tombe en panne. Ils doivent battre la glace de vitesse, mais le succès paraît compromis. En pleine nuit, des femmes font irruption dans sa cabine en criant : « Knud, Knud ! »

Peter ne comprend pas ce qui lui arrive. Et voilà qu'apparaît Rasmussen. Au Danemark, il a appris que le bateau avait du retard et s'est inquiété à l'idée que Peter n'arriverait pas avant la glace. Il est donc venu à bord d'un paquebot à destination du sud du Groenland, puis a acheté un petit bateau à moteur pour venir sauver Peter. Du pur Rasmussen. Personne d'autre que lui n'aurait pu comprendre les angoisses de Freuchen, personne n'aurait surmonté autant d'obstacles sans effort pour aider un ami. Ou peut-être s'ennuyait-il au Danemark...

Quand le schooner s'engage vers le nord pour apporter sa cargaison annuelle de ravitaillement, la baie de Melville est déjà prise par les glaces. Sans se laisser démonter, Rasmussen fait transporter les vivres par traîneau. « La baie de Melville cet hiver-là était une grand-route », note Freuchen dans son journal.

> L'ennui d'avoir à conduire des chiens fatigués dans l'obscurité, les tempêtes de neige, le froid perpétuel étaient décourageants. [...] Mais Knud Rasmussen s'épanouissait dans cette monotonie assommante. Je le vois encore, au milieu de la baie de Melville, de la marche pénible dans une neige épaisse ou sur une mauvaise glace, des chiens qui aboyaient, des Esquimaux déconcertés, sans nourriture pour les chiens, sans combustibles ni provisions, avec la maison loin, bien loin. C'est alors qu'il était le plus gai, le plus à son aise. (Freuchen, *Aventure arctique*, p. 284.)

Rasmussen retourna au Danemark alors qu'éclatait la Première Guerre mondiale. Pendant un an, plus aucun bateau de ravitaillement ne partit pour le Groenland et Rasmussen se retrouva prisonnier chez lui. Il était horrifié par les atrocités. Plus que jamais, il aspirait à une vie de chasseur dans le nord du Groenland. Il finit par embarquer sur le premier bateau autorisé à traverser l'Atlantique nord, pour rejoindre Peter et Navarana à Thulé. C'était en juin 1916.

Peter se rappelait le soir où Navarana était allée manger du *mattak*, du gras et de la peau de baleine, qui fournit toutes les vitamines et les sels minéraux nécessaires. Peter était resté à la maison pour écrire. En pleine nuit, Navarana rentre, se plaignant d'avoir mal au ventre. Quelques heures après, l'accouchement commence. « J'en perdis à moitié la tête de frayeur », note Peter. Il va chercher Knud, qui ne pense qu'à faire bouillir de l'eau, opération particulièrement longue au Groenland.

Quand la glace fondue consent enfin à bouillir, le fils de Peter est déjà né. A huit heures du matin, Navarana est sur pied et part en visites, avec l'enfant dans le dos, dans son *amaut*. Knud prépare une fête et Peter note que la jeune accouchée a ouvert le bal et dansé « avec entrain » toute la nuit.

La Deuxième Expédition Thulé, initialement prévue pour 1914, puis annulée, devait partir au cours de l'été 1916. Rasmussen voulait cartographier la côte nord et herboriser, mais le bateau qui devait leur apporter le ravitaillement annuel avait été coulé par un sous-marin allemand. Alors qu'ils avaient perdu l'espoir de voir arriver un bateau, pour la deuxième année consécutive, un navire apparut.

L'un des passagers était un botaniste suédois, Thorbild Wulff. Il était venu à Thulé recueillir des plantes et demanda s'il pouvait s'installer. Puisque Rasmussen et son cartographe Lauge Koch prévoyaient de passer l'hiver à Tasiusaq, au sud, il y avait de la place. De toute façon, Rasmussen ne disait jamais non.

Wulff avait beaucoup voyagé en Asie mais il traitait les « indigènes » avec mépris, ce qu'acceptaient mal Peter et Knud. En février, quand Wulff partit, avec Freuchen et plusieurs villageois, rejoindre Rasmussen à Tasiusaq, les ennuis commencèrent. Le 22 février, alors qu'ils traversaient la banquise, ils s'arrêtèrent afin d'observer le lever du soleil pour la première fois de l'année. Suivant la tradition, les Groenlandais ôtèrent leur capuchon et leurs moufles pour se placer face au soleil levant, le visage et les paumes tendues vers le ciel. Ils demandèrent à Thorbild d'en faire autant, mais il refusa en se moquant d'eux. Ulugatok, du cap York, le réprimanda : « Vous ne devriez pas vous moquer de nous [...]. Nous croyons, en faisant cela, nous assurer de ne pas mourir avant le retour du soleil l'année prochaine. Même si cela ne sert à rien, nous jouissons tellement de la vie, que nous faisons n'importe quoi pour la conserver. »

Wulff refusa tout de même. Tout le long du voyage, il continua à se montrer difficile, se plaignant du froid, insistant pour faire la grasse matinée alors que les autres étaient prêts à repartir. Un jour, les chasseurs partirent sans lui et descendirent la calotte glaciaire, à la baie de Parker Snow. Peter et son ami importun les suivirent, traversant « le grand glacier », comme on appelait la calotte. Ils prirent plusieurs jours de retard, bivouaquant entre des crevasses couvertes de neige, parce que Wulff se disait trop fatigué pour reprendre la marche. Mais une tempête approchait et il fallait quitter la glace. Une fois encore, Wulff refusa et se mit à décharger le traîneau malgré les protestations véhémentes de Peter. « Finalement, en désespoir de cause, je pris mon fouet et le fis claquer en l'air. [...] Il me regarda avec ahurissement et hurla que je ne pouvais pas le frapper. Je répondis : Non seulement je peux, mais c'est mon bon plaisir, et je vais le faire sur-le-champ si vous ne vous mettez pas en mouvement. » Wulff refusa de nouveau. Peter fit claquer le fouet de plus en plus près de lui, jusqu'à ce qu'il saute en l'air : « Il n'essaya pas une fois de se défendre, et j'éprouvai un profond écœurement. »

Début de la Deuxième Expédition Thulé, 1917

Au bout de trois années de faux départs, de retards, après que Peter Freuchen eut décidé de s'abstenir, lui à qui il arrivait toujours des accidents, la Deuxième Expédition Thulé démarre le 7 avril 1917. Comme d'habitude, Rasmussen est euphorique : « Il fait un temps superbe, le soleil est haut par-dessus la neige blanche. Sur le fjord, les icebergs brillent dans la lumière et le basalte des montagnes, vers le cap Parry, étincellent de joyeuses couleurs. »

La première nuit se passe au camp de Netsilivik (aujourd'hui la ville de Qaanaaq), trois maisons face à la baie de Kiatak et aux îles d'Herbert. Rasmussen rend visite à Iterfiluk, « une vieille bavarde, veuve depuis cinquante ans » qui est souvent venue à Thulé lui faire des kamiks, des bottes en peau de phoque.

Quand Rasmussen se faufile dans l'étroit corridor pour atteindre son domicile pavé de pierre graisseuse, elle couine de plaisir. « Sa maison est pleine de voyageurs ; pendant que ses visiteurs dorment, elle reste assise toute nue à côté de sa lampe, comme une de ces vierges saintes gardant le feu pour que la précieuse lumière ne s'éteigne pas pendant la nuit. »

Suivant l'usage, Rasmussen se déshabille et se glisse entre Iterfiluk et une de ses amies, « la grosse Kiajuk qui porte le même costume paradisiaque que l'hôtesse ». Ils parlent pendant des heures, jusqu'à ce que Rasmussen se couche, bien coincé entre les autres dormeurs.

A Ulugssat, un autre camp situé du côté sud de l'île d'Herbert, ils achètent de la viande pour les hommes et pour les chiens, et payent les kamiks que les femmes leur ont préparés. La maison

Ilanguaq résonne toute la nuit de chants accompagnés au tambour. Rasmussen se couche mais il est réveillé par des pas qui crissent dans la neige. C'est Simiaq (la Rebouchée), la plus vieille femme du camp, qui vient payer ses dettes : Rasmussen l'a autrefois sauvée d'une montagne désolée où son beau-fils l'avait abandonnée pour qu'elle y meure.

Elle a été la femme la plus désirable du nord du Groenland : grande, bien en chair, dotée d'un tempérament insouciant et de « cheveux épais qui, comme une cascade, tombent tout autour de son corps nu ». Rasmussen joue de son propre charme pour l'inciter à raconter des histoires.

Elle lui parle de ses jeunes années, avant que les Blancs n'arrivent, avant que Peary n'apporte les fusils, avant que les kayaks ne reviennent en usage. Il y avait alors souvent des famines, explique-t-elle. Un jour, son mari, dont le nom signifiait « Petite Gorge », a disparu de leur campement estival avec un sac plein de chiots. Quand elle l'a retrouvé, il avait mangé tous les chiens au lieu de les partager avec elles. Elle l'a quitté pour un autre homme.

Simiaq raconte à Rasmussen qu'elle est venue cette nuit-là pour le mettre en bons termes avec les esprits « qui règnent sur les montagnes et les abîmes ; la solitude aussi a ses puissances, dont l'homme, ce misérable, doit avoir conscience ». Il est allongé sur des peaux de caribous, elle s'assied près de lui et marmonne ces chants :

> Le jour se lève
> De son sommeil,
> Le jour s'éveille
> Avec les lueurs de l'aube.
> Toi aussi, lève-toi,
> Toi aussi, éveille-toi
> En même temps que le jour qui vient.

Elle chante d'autres chants pour disperser la brume, attirer du gibier, piéger les ours polaires, apaiser les montagnes et chasser la mort. Quand Rasmussen se réveille, la vieille femme est partie.

Les jours suivants, les traîneaux poursuivent leur route, avec des arrêts à Neqe et à Etah pour charger plus de viande et emmener

DÉBUT DE LA DEUXIÈME EXPÉDITION THULÉ, 1917

d'autres chasseurs. Quinze traîneaux continueront jusqu'au glacier Humboldt, treize jusqu'au cap Constitution, huit jusqu'au Port Dieu Merci sur le promontoire Polaris. Il ne restera que six traîneaux pour partir explorer le territoire situé entre le fjord Sherard Osborn et le fjord De Long, au nord du Groenland.

L'expédition a commencé dans l'enthousiasme et continue sur le même ton. A Etah, ils sont accueillis et divertis par l'expédition américaine Crockerland, qui a passé l'hiver sur place. De là ils remontent la côte jusqu'à Anoritoq, puis vers Port Renssalaer, où un camp de chasseurs nommé Aunartoq est établi dans une anse.

> La courbe de cette baie donne une impression extrêmement hospitalière. Les environs sont formés par de superbes collines rondes, en granit clair, où la mousse et l'herbe surgissent partout où la neige a été emportée par le vent. Le long de la côte, de hautes montagnes, élégantes et fières, se dressent des deux côtés de la baie comme un porche majestueux menant à la petite crique où les Esquimaux ont installé leur camp.
> (Rasmussen, *Greenland by the Polar Sea*, p. 48.)

Confortablement niché dans l'une des maisons de cette partie de la côte qu'il préfère, Rasmussen raconte l'histoire de Miteq (Eider), le dernier habitant d'Aunartoq. Personne ne vivait plus là depuis cinquante ans. Miteq s'y était installé pour fuir les soupirants de sa femme. Ils n'avaient pas eu de chance et ils allaient bientôt mourir de faim. Quand la famine arrivait, on commençait par sacrifier les enfants. C'était la règle de Darwin : les plus adaptés étaient ceux qui pouvaient contribuer activement à la survie du groupe, et non en tirer profit. Tous les enfants sauf un ont été enfermés dans une cabane, on a roulé une pierre devant l'entrée, les chiens ont été harnachés et, avec une profonde tristesse, ils sont partis. Mais la situation ne s'est pas améliorée et il a fallu abandonner aussi l'enfant favori. Ensuite, le couple s'est installé à Anoritoq, mais ils ne se supportaient plus, pas plus qu'ils ne supportaient les autres, donc ils sont partis vers le nord, vers un camp dont le nom signifie « Où le Printemps Arrive Tôt ». Ils y ont vécu seuls et ont fini par s'entretuer.

Parmi les ruines de la maison de Miteq, Rasmussen retrouve les fragments d'un vieux traîneau en côtes de baleine. L'un des buts de cette expédition est d'étudier les vestiges d'une civilisation boréale disparue : l'emplacement des habitations, des reliefs de nourriture, des vêtements et des outils pour prouver que les anciens Esquimaux venaient bel et bien de Sibérie et qu'ils s'étaient arrêtés là dans leur migration.

Les hommes de Rasmussen regarnissent les réserves alimentaires nécessaires à nourrir 185 chiens et trente-huit hommes. D'humeur joyeuse, Wulff déplie les pieds de la caméra et filme les pitreries des chasseurs ; puis le reste de la soirée est consacré à un festin à base de *kivioq*, d'alques pourris ou de phoque.

En remontant la côte, Rasmussen longe la base de la calotte glaciaire en suivant le bassin de Kane ; il dresse son camp à l'intérieur de la baie gelée, construisant des igloos avec vue sur les 120 kilomètres de large du glacier Humboldt. Il relit les notes prises par Elisha Kent Kane :

> La ligne de crêtes s'élevait comme un énorme mur de verre, à quatre-vingt-dix mètres au-dessus de la mer, avec à ses pieds les profondeurs inconnues et insondables ; sa surface arrondie, longue de près de 100 kilomètres, depuis le cap Agassiz jusqu'au cap Forbes, qui se perdait dans les espaces inconnus, n'était qu'à une journée de train du pôle Nord. (Rasmussen, *Greenland by the Polar Sea*, p. 59.)

Ils gagnent ensuite la terre de Washington et d'Akia, « le pays de l'autre côté du grand glacier », tout blanc, d'après les Inuits : des falaises de calcaire. Au cap Benton, il découvre les ruines de six maisons où ont hiverné les Paléo-Esquimaux, l'une carrée, les autres en forme de ruche, plus une maison de danse : deux maisons construites ensemble, reliées par un passage, avec des côtes de baleine en guise de charpente.

Près du cap Indépendance, ils dressent leur dernier campement important avant de renvoyer les autres traîneaux, mais pas avant que Rasmussen, Wulff et Koch n'aient écrit leur dernière lettre pour leurs proches. Leurs chasseurs les porteront à ceux d'Aumartoq, qui les confieront aux baleiniers du cap Seldon, qui les convoieront jusqu'à Upernavik, où elles seront envoyées au Danemark par bateau, au cours de l'été.

C'est le 26 avril que Rasmussen et les autres reprennent la route, se fiant pour leur survie à la chance, au temps et à leurs talents de chasseurs. Ils affrontent d'énormes dalles de glace de pression et de *sikussaq* dans le Kennedy Channel. Bloqués par une tempête de neige, ils se reposent pour la première fois depuis qu'ils ont quitté Etah.

La tempête fait rage pendant deux jours. Lorsqu'elle se dissipe, ils repartent pour le cap Morton, où ils découvrent un ancien dépôt datant de l'expédition Nares de 1875-1876, envoyée par la reine Victoria pour traverser la banquise jusqu'au pôle Nord. « Il s'agissait de six caisses, contenant chacune quatre boîtes de 9 livres de mouton australien, frais et délicieux comme s'il avait été déposé là la veille. » La nourriture qu'ils mangent appartient à des hommes morts avant la naissance de Rasmussen.

« Nord ! Nord ! » écrit Rasmussen en mémoire du capitaine Hall, mort en 1871 à bord du *Polaris* alors qu'il tentait d'atteindre le Pôle. Rasmussen campe au pied de la calotte et se rend à pied jusqu'à la tombe de Hall. Un ours a récemment griffé le monument en bois érigé en l'honneur du capitaine.

Tantôt ils voyagent, tantôt ils doivent chasser. Il fait si beau qu'ils renoncent à leurs tentes en peau de phoque pour dormir à la belle étoile. La traversée du bassin de Hall est rapide et facile. Des ondulations de gravier et de sable sont bordées par les montagnes sauvages qui soutiennent la bosse de l'île, d'où descendent les tempêtes.

Au nord de la tombe de Hall, la côte devient plus abrupte, tout comme les rides de pression entre le Groenland et la terre d'Ellesmere. « 2 mai. Nous démarrons à 10 heures. Nous nous attendions à une route difficile, et nous avions raison. » Passé le cap Lupton, les dalles de glace sont parfois hautes de dix à quinze mètres : « Il était parfaitement impossible de passer sur ces énormes blocs, empilés comme s'ils avaient été jetés ici par la main d'un géant. Nous avons dû nous arrêter pendant des heures afin de tailler un passage pour les traîneaux, avec nos pics à glace. » Ils plantent leurs tentes dans ce que Rasmussen appelle « une zone délicate », entre des rides de pression, afin de s'abriter de la tempête.

Il est assez décourageant de marcher sur les pas d'explorateurs qui sont venus jusque-là mais qui ont échoué, et cette expérience parle au côté européen de Rasmussen. Lorsqu'ils s'installent au cap Sumner, un vent de sud-est souffle si fort qu'il est impossible de se

UN PARADIS DE GLACE

tenir debout. Le tour de reconnaissance sur la calotte se fait sur les mains et sur les genoux. Ils cherchent à se réfugier derrière des monticules de glace. Là, pour la première fois, Rasmussen peut regarder à travers l'océan arctique vers le pôle Nord. « Les mots me manquaient pour exprimer le sentiment que m'inspire cette mer écrasante, vivante mais prise par les glaces. »

Durant l'une de ces périodes de repos, Rasmussen relate le sort de l'expédition Nares. Le deuxième navire de Sir George Nares, l'*Alert*, a passé l'hiver à Floberg Beach, sur la terre de Grant, en vue de l'endroit où Rasmussen est alors assis.

C'est en avril 1876 que Clarence Markham partit avec 19 hommes. Chacun tirait un traîneau chargé de 115 kilos et halait deux bateaux de bois trop lourds et trop encombrants pour le voyage. En moins d'une semaine, l'équipage se mit à souffrir de gelures (après tout, ils ne portaient que des bottes de cuir) et, très vite, ils furent atteints par le scorbut puisqu'ils ne mangeaient que de la viande salée au lieu de phoque frais. Le 19 avril, ils étaient à 83° de latitude nord. Le 10 mai, cinq des hommes ne pouvaient plus marcher et durent prendre place sur les traîneaux tirés par les hommes en bonne santé. Markham partit en avant, laissant les autres se reposer. Il arriva à 83° 26' de latitude, plus au nord que quiconque avant lui. Lorsqu'ils regagnèrent leur bateau le 5 juin, plusieurs hommes étaient morts en arrivant au port. (Rasmussen, *Greenland by the Polar Sea*, p. 94.)

La « zone délicate » de Rasmussen était « une étendue vierge de glace de pression », d'où il était impossible de s'échapper. Près de Port Repulse, ils trouvent un message laissé dans une bouteille vide par Robert Peary le 1er juin 1900 : « En chemin vers Ft. Conger. J'ai quitté Etah le 4 mars et Conger le 15 avril (...). Le 16 mai, suis arrivé à un point sur la banquise à 83° 50' de latitude nord ; et le 21 mai, à 83° sur la côte est. Ensuite, une semaine de brume, de vent et de neige, qui a rendu la marche très difficile et ralenti le retour. »

La glace rugueuse cède la place à une longue côte monotone, de sable, de neige et de gravier. Entre les falaises Blackhorn, le cap Stanton, la baie de Hands, la baie de Frankfield et le cap Bryant, ils voient des loups polaires et des lagopèdes, mais rien d'autre. Au cap Bryant, la vue s'ouvre sur un vaste paysage coupé en deux par

DÉBUT DE LA DEUXIÈME EXPÉDITION THULÉ, 1917

le fjord Sherard Osborn. « Le ciel était d'une clarté éblouissante, l'air frais, d'un bleu profond, comme si le vent lui-même avait d'autres chants ici que sur les côtes mortes d'où nous venions. A l'extrême horizon de l'océan de glace, on voit parfois des mirages soulevant dans les airs le pack baigné de soleil, ce qui change agréablement de la monotonie de l'océan gelé. »

Sur la glace lisse du fjord St. George, Rasmussen et son équipe mènent leurs chiens à Dragon Point où, « pour la première fois depuis longtemps, nous nous trouvons là où les rayons de soleil peuvent nous réchauffer tout le corps. Pas un souffle de vent ; dans le ciel, un drôle de drapeau minuscule nous accueille dans notre premier camp du printemps ».

Rasmussen laisse sur place la moitié de leurs provisions pour le voyage retour et reprend la route vers le fjord Victoria, avec six traîneaux et soixante-dix chiens pour sa partie de chasse. Le 12 mai, ils ont déjà abattu six bœufs musqués et deux lièvres. Les chiens sont rassasiés et repus, tout comme les hommes, qui se sont nourris des morceaux les plus riches : le gras autour du cœur et des rognons, dans les cavités situées derrière les yeux. Vingt-deux épaules de bœuf sont rapportées à Dragon Point au milieu d'une tempête ; la couche de neige fraîche est telle que les chasseurs doivent s'arrêter, pour les chiens. Le 19 mai, en revenant au fjord Sherard Osborn, ils voient un phoque, le manquent, mangent un lièvre et aperçoivent des loups.

Jusqu'à la fin du mois, le temps s'avère représentatif du printemps arctique : des fortes neiges, suivies de brumes. La chasse est mauvaise. Le voyage retour est précipité pour éviter la fonte des glaces, et comme ils n'ont que leur réserve de viande, ils sont bientôt à court de nourriture. Le jeune cartographe Lauge Koch est pris de diarrhée et Ajako, l'un des chasseurs, devient aveugle.

Une fois Koch rétabli, il part avec Rasmussen et skie pendant quatorze heures afin d'étudier le fjord Sherard Osborn. Rasmussen est apparemment infatigable, et il a du mal à comprendre ce que les autres ressentent dans l'adversité. Koch est tellement fatigué qu'il doit se coucher sur la glace pour ne pas s'évanouir. Ils manquent de vivres. Rasmussen finit par être puni : la faim qui les tiraille devient insupportable.

Le dimanche, le soleil apparaît. Les rayons du soleil ont sur Rasmussen l'effet d'une nourriture. Il écrit : « Nous baignons dans un océan de lumière qui nous aveugle, au milieu de ce printemps arctique qui ressemble à l'hiver, avec la neige fraîche et pure autour de nos pieds, l'horizon des glaciers dorés derrière les montagnes rousses. »

Les équipes sont divisées en deux : Rasmussen, Ajako et Koch partent pour la terre de Peary, le cap Glacier et le cap Morris Jesup, tout en haut du Groenland, tandis que Wulff et les autres s'en vont chasser dans le fjord De Long. Ils se retrouveront à Nordensfjord, d'où ils rentreront chez eux.

Rasmussen tient son journal :

> 4 juin [...] il fut tout de suite évident que nous étions sur la terre de Peary car nous n'avions pas encore vu d'oasis aussi fertiles. A certains endroits, nous avons trouvé une herbe épaisse et drue, et non plus les misérables touffes maigres auxquelles nous étions habitués. Partout, les saules polaires poussent en abondance, les pavots, la saxifrage, la cassiope, mais tout est encore flétri par l'hiver. Il y a ici, en tout cas, du combustible à foison, si seulement nous trouvions quelque chose à faire cuire. (Rasmussen, *Greenland by the Polar Sea*, p. 125.)

Ajako part chasser, Koch va cartographier les replis du fjord, et Rasmussen reste avec les chiens. Après avoir attendu quinze heures sans avoir de nouvelles de l'un ou l'autre des deux hommes, Rasmussen écrit : « La faim rend les chiens furieux ; à coups de dents, ils ont presque tous réussi à se détacher de leur harnais, et ils attaquent régulièrement la tente, là où un petit morceau de viande bouillie est conservé. »

Koch revient au bout de vingt-quatre heures, les mains vides. Une sensation d'accablement s'empare d'eux ; puis Ajako revient avec deux phoques et trois lièvres. « Notre joie... est si intense que nous avons l'impression de vagues chaudes qui s'agitent dans notre corps et que nous ne pouvons nous empêcher de pousser des cris inarticulés. »

Durant les semaines suivantes, de nouvelles difficultés se présentent. Ajako est complètement aveugle et Koch souffre de nouveau de nausées. Même les chiens tombent malades ; quand on abat des phoques dont on leur jette le gras, ils n'arrivent pas à manger. C'est

DÉBUT DE LA DEUXIÈME EXPÉDITION THULÉ, 1917

l'effet de la faim extrême. Il faut leur donner de la nourriture en quantités infinitésimales.

Mi-juin, ils s'installent au cap Salor. La chaleur soudaine est suivie de violentes tempêtes de neige. A un moment, il ne leur reste pour se nourrir, eux et leurs chiens, qu'un unique morceau de phoque et un peu de *mattiak*. Une fois encore, ils sont sauvés par Ajako, que Rasmussen décrit comme « léger, les muscles tendus, téméraire et habitué à la famine » : il y voit à peine, mais il arrive à abattre un gros phoque.

A aucun autre moment de sa vie, Rasmussen n'a ainsi souffert les rigueurs de la vie de chasseur. C'est cette expérience qui lui donnera les moyens intellectuels de comprendre la vie des gens du Pôle. A cheval sur deux cultures, lui-même métissé, il est maintenant l'un des leurs, par son vécu physique et spirituel.

Rasmussen et son équipe continuent leur étude de ce qu'on appelle aujourd'hui la terre de Nansen et du fjord De Long, une longue barre montagneuse immédiatement à l'ouest du cap Morris Jesup, qui marque la pointe du Groenland. C'est l'époque de l'année où les températures plongent et remontent de manière imprévisible, où les bancs de brume quittent le sommet des montagnes pour descendre sur la glace. Le soleil constant, lorsqu'il brille, chauffe tellement le dos des explorateurs qu'ils en pâtissent presque autant que du froid. Dès qu'ils enlèvent leurs pantalons en ours polaire, leurs anoraks et leurs kamiks d'hiver, une nouvelle tempête de neige se déchaîne, et ils doivent se rhabiller. Les bœufs musqués apparaissent et disparaissent, mais les lièvres et les lagopèdes sont omniprésents ; de temps en temps, ils abattent un phoque.

Au cap Mohn, promontoire bas situé sur le fjord De Long, Rasmussen trouve une petite balise contenant le rapport de l'explorateur américain James Lockwood sur l'expédition Greely de 1881. Le papier, glissé dans une boîte en fer blanc, est resté intact depuis trente-cinq ans.

Greely avait installé ses quartiers d'hiver dans la baie de Lady Franklin. Une maison avait été construite à Fort Conger, où ils passèrent leur premier hiver. Les navires de ravitaillement n'arrivèrent pas jusqu'à eux et ils vécurent là une deuxième année.

Le 3 avril 1881, Lockwood quitta le fort en traîneau, avec douze de ses hommes et deux chasseurs. Il atteignit le cap Britannia le

1ᵉʳ mai. Au lieu de s'arrêter là, il poursuivit vers le nord. Le 13 mai, il planta le drapeau américain sur une île (qui porte désormais son nom) du fjord De Long, à 83° 24' de latitude. Il regagna Fort Conger sain et sauf le 1ᵉʳ juin.

La situation ne s'était pas améliorée, depuis son départ. Comme aucun ravitaillement ne leur était parvenu depuis deux hivers, Greely et ses hommes étaient partis vers le sud avant qu'un nouvel hiver n'arrive, dans l'espoir de rencontrer le navire quelque part sur la côte de la terre d'Ellesmere. Ce voyage devait causer leur perte.

Au cap Sabine, à six cents kilomètres au sud, les hommes découvrirent un message laissé à leur intention, signalant que, sur les deux navires envoyés à leur secours, l'un avait fait naufrage et que l'autre avait tourné en rond sans pouvoir pénétrer la glace. Un troisième hiver approchait. Ils se construisirent un abri sur l'île Pim avec la carcasse du bateau échoué. Ils n'avaient pas assez de réserves de nourriture pour une année. Quand l'hiver commença, l'un des chasseurs inuits mourut de faim alors qu'il était parti à la chasse au phoque ; un autre se noya dans son kayak. Un homme qui partageait son sac de couchage avec un autre pour éviter les gelures découvrit au réveil son compagnon mort. Quand un navire arriva, en juin 1884, sur les vingt-quatre membres de l'expédition, les seuls rescapés étaient Greely et six autres hommes.

Le voyage retour, 1917

Partout où Rasmussen est allé à l'extrémité du Groenland, il a trouvé les traces de mésaventures européennes et américaines. Il savait combien il est facile de se retrouver à court de nourriture. Il suffit d'un changement du temps (une brume qui ne se lève pas, de la mauvaise glace, un blizzard aveuglant) pour que les animaux deviennent invisibles, quand il y en a, et que la chasse s'arrête. L'île est immense et la mer gelée qui sépare le Groenland du Canada est un pays en soi. La faune terrestre est relativement limitée. Les mammifères marins sont abondants, mais rarement visibles.

Rasmussen avait compris que le seul espoir de survie était d'adopter le style esquimau. Les explorateurs et les baleiniers qui ne l'ont pas fait se sont exposés à une mort quasi certaine, sauf chance exceptionnelle. Et dans l'Arctique, la chance est accordée à trop faible dose pour être utile.

Le 22 juin, lors du solstice d'été, Rasmussen, Koch et les autres décident de rentrer chez eux. Malgré la maladie, la cécité et la faim, ils ont réussi à explorer le sommet du Groenland, ils ont contredit l'hypothèse d'une voie navigable à l'intérieur des terres, formulée par Peary, et ils ont cartographié le fjord De Long dans le moindre détail. Maintenant, ils doivent affronter les rigueurs qu'entraîne le climat de l'été. Le soleil qui réchauffe et guérit le corps peut aussi grignoter la glace et rendre le voyage en traîneau difficile, voire impossible.

UN PARADIS DE GLACE

« C'est une période que redoutent à juste titre tous les voyageurs de l'Arctique ; car à tout moment, le traîneau peut être aspiré par la neige liquéfiée », note Rasmussen. Mais rien n'interrompt le banquet qu'il a décrété pour fêter le commencement de l'été : ils mangent une grosse bernache qu'ils ont abattue en plein vol.

Fin juin, la neige fond sur la côte et de grandes mares s'étendent sous le pied de glace parcouru de fissures. Tous les deux ou trois jours, la pluie et le brouillard interdisent d'avancer. Lorsqu'on y voit assez, on couvre les skis et les patins des traîneaux de peau de phoque, qui glisse facilement sur la neige, et l'on continue à chasser malgré la boue épaisse à travers laquelle les chiens peuvent à peine tirer les traîneaux.

Début juillet, Wulff et son groupe rejoignent les autres. Les fleurs alpines commencent à éclore, apparemment tout va bien. Mais bientôt la nourriture se fait rare. Rasmussen écrit que le Groenland septentrional est « une terre sans cœur où tout organisme vivant doit mener un dur combat pour survivre et se nourrir ».

Plus que toute autre chose, c'est l'humidité qui les rend fous.

> Nous voyageons à travers la neige fondue, c'est seulement de temps en temps que nous pouvons nous reposer un instant sur la « glace sèche ». La chaleur a transformé la rude glace polaire en un désespérant réseau de canaux et de lacs, d'où des blocs surgissent comme des îles, dans un vaste marais de glace. Au début, nous cherchions obstinément les meilleurs endroits où il était possible de passer en zigzag, mais il y a longtemps que nous avons renoncé à cette méthode, car tout est trempé malgré tous nos efforts. Tout le long de la journée, nous pataugeons jusqu'à la taille en nous débattant avec les traîneaux, qui se bloquent constamment dans des trous, et nos vêtements de rechange subissent le même sort. L'eau inonde les traîneaux par l'avant ou par l'arrière, selon la façon dont ils tombent dans les trous. (Rasmussen, *Greenland by the Polar Sea*, p. 166.)

Une semaine après, près de McMillan Valley, on aperçoit des bœufs musqués. Mais, après inspection, il s'avère qu'ils sont de l'autre côté d'une rivière de glace fondue que les voyageurs sont trop prudents pour traverser. La chasse est remise à un autre jour. La viande, s'ils en avaient, signifierait non seulement de la nourriture pour eux et pour les chiens, mais aussi quelques jours de repos dans une superbe vallée où ils pourraient faire sécher leurs vêtements.

Afin de reprendre des forces en vue de la chasse au bœuf musqué, il faut d'abord abattre et manger quelques lièvres. Au bout d'une heure de marche, ils se retrouvent devant cinq bœufs, couchés et ruminants. La chasse elle-même prend un air carnivore. Les chiens sont lâchés pour tenter de rabattre les animaux plus près du camp. Chargé par un bœuf, l'un des chiens est projeté par-dessus la tête de la bête et tué. Un autre disparaît par-dessus une falaise, dans un nuage de poussière. Finalement, deux bœufs sont abattus. Les hommes et les chiens mangent, se reposent, et mangent à nouveau.

Seul Ajako a la force d'aller poursuivre les trois autres bœufs. « Il a pris son fusil, a lâché le chien qui le suivait d'habitude dans toutes ses chasses, et a disparu derrière la crête la plus proche, souple et léger comme s'il venait de se réveiller après un long sommeil réparateur. Sa démarche et tout son être avaient cette beauté que seules donnent la jeunesse et la force. »

Il revient douze heures plus tard : il a abattu six bœufs et deux bernaches. Il dort ensuite vingt-quatre heures d'affilée. Les jours suivants, les explorateurs peuvent enfin offrir à leurs chiens des vacances bien méritées. Ils les lâchent le long d'un cours d'eau, leur apportent de la viande de bœuf musquée fraîchement découpée, les laissent dormir, vagabonder et boire à la rivière selon leur fantaisie. Sur les soixante-dix chiens avec lesquels ils sont partis, seuls dix-huit ont survécu, et pour ceux-là, il est grand temps de rentrer à la maison.

Lorsqu'ils quittent leur camp idyllique, il leur faut abandonner une partie de la viande durement acquise parce que les traîneaux sont trop lourds à pousser dans la neige fondue. Dix jours après, ils n'ont à nouveau plus rien à manger. « La faim et la mort nous poursuivaient de tous côtés », note Rasmussen. Ils se divisent en deux équipes : Wulff, Koch, les Groenlandais, Hendrick et Bosco iront à l'intérieur des terres, tandis que Harrigan, Ajako et Rasmussen traverseront la glace de mer. A la dernière minute, Hendrick demande à Rasmussen s'il peut changer de groupe, mais sa requête est refusée : on aura besoin de lui dans les montagnes, pour la chasse.

Quand les deux équipes se retrouvent, Hendrick manque à l'appel. Plusieurs jours s'écoulent sans qu'il revienne. Ils partent à sa recherche, lui consacrant un temps qui serait précieux pour leur trajet vers le sud : la glace pourrit de plus en plus, les lacs et les rivières s'élargissent. Ils finissent par abandonner. Hendrick a disparu. Le découragement s'abat sur les hommes. Ils ont faim, la glace est mauvaise, leur progression paraît d'une lenteur intolérable.

Un soir, Rasmussen rencontre trois loups. Ils viennent de là où Hendrick a été vu pour la dernière fois. L'un des loups a du sang sur la gueule. Rasmussen observe, ne dit rien et poursuit son chemin.

Forcés de voyager sur la glace, les hommes doivent marcher devant les traîneaux pour montrer aux chiens que la route est sûre, ce qui n'est évidemment pas vrai. Il faudrait peu de chose pour qu'un traîneau sombre tout entier, et faute de point d'appui au bord du trou, il serait impossible de le récupérer. Un phoque est abattu mais perdu derrière la banquise. Ils continuent à avancer, passant le dernier endroit où Hendrick aurait pu les retrouver.

La bruine alterne avec la neige et la brume. Il faut entre douze et quatorze heures pour faire dix kilomètres. Leurs vêtements ne sèchent jamais. Le dernier jour de juillet, manquant de vivres, ils tuent un chien. Rasmussen écrit : « Contrairement à notre habitude, nous prenons notre repas sans joie. »

Le vent et la pluie fouettent la tente. Rasmussen, dont les ressources de gaieté paraissaient inépuisables, est à présent inconsolable. Il note dans son journal ses « Pensées tempétueuses » : « Le cœur gros, nous remarquons comment chaque jour rend nos chiens plus maigres ; nous ne sommes guère plus vaillants, mais nous comprenons notre objectif, et nous serons donc bientôt passés maîtres dans l'art de mourir de faim. »

Après avoir mangé un autre chien, il écrit :

> Quand une petite poignée d'hommes comme nous vivent seuls, sur ces côtes austères et désolées, nous formons comme une petite société. Le vaste monde que nous avons quitté devient bientôt si lointain qu'il n'existe plus que dans nos pensées et nos désirs [...]. Nous vivons comme il faut vivre en ces lieux, de manière simple et primitive ; nous exécutons nos tâches aussi consciencieusement que possible, pour résoudre les problèmes que nous pose l'expédition, afin d'apprendre à

nous connaître les uns les autres plus intimement que ce n'est le cas dans la vie ordinaire. Les qualités de chacun rejoignent ses faiblesses, mais nous nous entraidons selon nos capacités. (Rasmussen, *Greenland by the Polar Sea*, p. 208.)

A la page suivante, son humeur a changé : il a du mal à accepter la perte de Hendrick l'orphelin, qu'il aimait tant, et le mauvais temps aggrave son chagrin. A six heures du matin, ils ne supportent plus la faim et fouillent les provisions pour se préparer du porridge. Après quoi ils mangent des crottes de lapin et du lichen.

« Le nouveau mois a commencé de façon plus désespérante que jamais. » En août, le soleil se montre. Ajako voit un phoque. Il se couche dans la glace fondue et tire. La chance lui sourit : il tue le phoque. Hommes et chiens mangent et dorment. Le matin, ils se réveillent sous « un ciel de flamme ». Les marins comprennent l'avertissement : la température monte, les herbes voltigent, et un anneau se forme autour du soleil, autant de signes qui indiquent que le temps va changer.

L'après-midi, la pluie se met à tomber. Durant une éclaircie, tandis que leurs vêtements sèchent, ils érigent un cairn en mémoire de Hendrick Olsen. Rasmussen prononce quelques mots : « Les Esquimaux ont un proverbe qui dit qu'aucun homme ne peut véritablement s'installer et prendre possession d'une nouvelle terre tant que la mort ne l'a pas rattrapé et tant qu'un tas de pierres ne lie pas son corps à cette terre. C'est seulement alors qu'il est possible d'attacher un homme à son pays. Je propose donc que nous adoptions cette idée, née de l'imagination ardente des chasseurs, et qu'à cette île où Hendrick a trouvé sa tombe, nous donnions son nom. »

Durant tout le mois d'août, les hommes et les chiens luttent. Il faut gravir l'intérieur des terres, revenir à la glace pourrie, monter et descendre sans cesse. Certains jours, ils mangent, d'autres, pas ; ils sont dans un état de demi-famine. Rasmussen soigne les diverses maladies (furoncles, entorses, déchirures) et rationne la nourriture de façon sévère mais juste, afin qu'ils gardent le moral.

Parfois, en pleine journée ou en pleine nuit, quand les hommes dorment, Rasmussen allume sa pipe et médite. Après des mois de

vie en groupe, à l'esquimaude, il sait trouver des moments de solitude.
Leur maison est la tente, et la tente se déplace constamment. Ils ont campé sur l'étendue infinie de la mer de glace, protégés du vent par les tours de glace de pression, dans les déserts rocheux de la côte septentrionale, dans les accueillantes oasis des vallées alpines taillées dans les glaciers. Ils ont regardé les rivières renaître après le long sommeil de l'hiver, ils ont vu la neige pourrir en vastes zones de grisaille. La plupart du temps, ils ont faim, mais dès que du gibier apparaît et qu'ils ont de quoi manger, ils se montrent reconnaissants et se rappellent comment rire et festoyer. « Les qualités de chacun rejoignent ses faiblesses, mais nous nous entraidons selon nos capacités. »
Malgré tout, Rasmussen éprouve encore le sentiment de vieille camaraderie. Malgré de grandes différences dans leur caractère et leur force physique, ils partagent le même sort et une intimité qui, sous l'effet de la vie communautaire, se change en solide affection.
Près du glacier Daniel Braun, ils descendent mille mètres dans ce que Rasmussen appelle « un chaudron » puis remontent. Les montagnes sont nues, brunes, vertigineuses, sans la moindre trace de vie, ni oiseaux ni plantes. Mais il découvre la beauté au milieu du désert arctique : « Nous trouvons de grandes branches de corail, superbes, qui prouvent que même ici, au cœur de l'hiver, il a jadis existé un climat tropical, où les vagues d'un océan vivant, agité par le souffle du vent, caressaient les vestiges obstinés d'un passé révolu. »
Le lendemain, ils trouvent le fossile d'une pieuvre, vieux de dix millions d'années, près du crâne centenaire d'un bœuf musqué.
Le 10 août, ils sont dans l'intérieur des terres, où la fraîcheur rend les choses plus faciles. Ils peuvent skier et, leur fardeau ainsi allégé, les chiens courent plus vite. Bientôt, la terre de Washington est en vue, mais s'estompe derrière une tempête qui les bloque dans leurs tentes pendant deux jours. Le 25 août, ils quittent la calotte glaciaire et atteignent la terre, où ils espèrent que la chasse sera meilleure. Ils sont encore à 200 kilomètres d'Etah, et tout ce qu'il leur reste comme nourriture, c'est une cuillerée de thé.
Rasmussen décide de partir avec Ajako pour Etah, afin de revenir avec des secours, mais non sans s'être rempli l'estomac de lièvres

nouvellement abattus. Ils se mettent en marche, n'emportant que leur fusil, des kamiks supplémentaires, et le précieux journal, mais ils ne prennent ni sac de couchage ni vêtements de rechange.

Les feuilles rouges des saules, la fraîcheur qui vient avant le froid de l'hiver, les rivières glaciales qui chassent la glace côtière, un océan plein de phoques, des traces de rennes, de petits lacs et le sol couvert de fétuque alpine, des moraines rocheuses, des vêtements humides, des journées sans manger, des prairies de saules et de bruyère, trois lièvres abattus et consommés, des jours gris, des kamiks usés, de la brume...

Au bout de quatre jours de marche, Ajako hurle : « *Inussuaq ! Inussuaq !* » Un être humain ! Ils bondissent et voient une silhouette s'approcher d'eux. Après cinq mois d'isolement complet, leur première pensée est qu'il doit s'agir d'un fantôme. Mais c'est Miteq, qu'ils connaissent bien et qui s'est installé, pour les chasses d'automne, à Kukat, sur le golfe d'Inglefield.

Après une longue marche, ils arrivent au campement de Miteq, où ils sont nourris et habillés, et où surtout ils reçoivent des nouvelles de Thulé. Un navire est venu chercher les Américains de l'Expédition MacMillan, tout va bien.

Mais Miteq leur parle aussi de la Première Guerre mondiale :

> Une terrible soif de sang s'est emparée de l'homme blanc. Personne ne chasse ou ne voyage plus [...]. L'homme blanc utilise toute sa ruse et sa grande sagesse pour détruire ses semblables. Sur leur terre, il n'y a plus d'abri, plus de sécurité nulle part ; ils s'attaquent de la surface du sol, du ciel, de la mer, et des profondeurs des grandes eaux. D'habitude, ils tirent en aveugles, de très loin, ils tuent des gens qu'ils n'ont jamais vus et auxquels ils n'ont rien à reprocher. (Rasmussen, *Greenland by the Polar Sea*, p. 240.)

Le lendemain, Rasmussen et Ajako empruntent quelques chiens, les harnachent et poursuivent vers Etah alors qu'il commence à neiger. Leur but est de repartir sans retard avec des secours. Les nouvelles de la guerre ont choqué Rasmussen. Leur vie nomade « primitive », leur bonne entente et les difficultés partagées, tout cela contraste avec les horreurs d'une guerre impersonnelle qui fait rage au sein du « monde ordonné » ; cette ironie ne lui échappe pas.

Le dernier jour d'août, à neuf heures du matin, ils arrivent à Etah alors qu'une tempête fait rage. Les villageois se sont tous installés dans la maison laissée vide par l'Expédition Crockerland. Dès qu'ils y entrent, les deux hommes sont assaillis par une foule bruyante. « Les questions pleuvaient sur nous, c'était comme si de grosses vagues se rejoignaient au-dessus de nous pour nous engloutir », note Rasmussen.

Ils s'attablent ensuite pour un vrai festin, confectionné grâce à la nourriture laissée par les explorateurs américains : pommes de terre, pemmican, biscuits, tomates en conserve, haricots et lard fumé, porridge à la mélasse, pain noir, lièvre sauté, phoque bouilli, mouettes en soupe au riz, avec navets séchés et épinards, thé, café, tabac à chiquer. Le tout accompagné par la musique jouée sur le phonographe Victrola de MacMillan : du Wagner et des tangos argentins.

« C'était une hallucination. Comme celles qui nous prenaient durant nos périodes de famine [...]. Nous avions peine à reprendre haleine face à une telle abondance. »

Le lendemain, les secours partent pour le cap Agassiz, où attendaient Wulff, Koch, Bosco et Harrigan. Les traîneaux arrivent le 10 septembre au soir. Quand Rasmussen apparaît sur la côte rocheuse, son jeune ami Koch s'assied sur un rocher et se met à pleurer. La prophétie lancée sept mois auparavant s'est réalisée : Wulff est mort.

Koch décrit les derniers jours qu'il a passés avec le botaniste. Ils ont fait cuire les lièvres laissés par Ajako, mais Wulff a refusé d'en manger. La chasse s'est ensuite avérée si décevante qu'ils ont décidé d'aller chercher ensemble du gibier. Au bout de vingt minutes de marche, Wulff a refusé d'avancer. Koch et lui se sont assis et ont bu une soupe préparée avec le dernier chien qu'ils avaient tué, puis ils ont dormi treize heures pendant que les autres chassaient.

Malgré tout, le lendemain, Wulff pouvait à peine marcher ; il lui a fallu trois heures pour faire quatre kilomètres. Il avait des hallucinations, il voyait de la nourriture imaginaire, et se plaignait de son cœur. Quand deux lièvres furent abattus et cuisinés, il refusa encore une fois d'en manger. Le surlendemain, ils continuèrent à marcher, à manger, à se reposer, mais Wulff devenait de plus en plus faible. Il poursuivait quand même ses observations botaniques, et se mit à dicter quand il fut incapable d'écrire :

LE VOYAGE RETOUR, 1917

25 août. Harrigan a pris deux autres lièvres, comme le premier, ils sont jeunes, avec la tête grise. L'un a été mangé cru, les deux autres bouillis. Potentilla nivea, rubicaulis, emarginata, Dryas, à feuilles larges, lisses, integrifolia typique, une sorte d'octopétale, et variante canescens. Beaucoup de Myrtillus uliginosa, de grands tapis un peu partout, Salix arctica, avec des feuilles larges et ovales, ou étroites et en forme de lance, très variable, Pedicularis hirsuita [...].

Ce soir, à dix-huit heures, Knud et Ajako sont partis à pied pour Etah, tout droit vers l'intérieur des terres, afin de nous envoyer des secours et des provisions [...]. Ai bu de l'eau chaude en guise de souper.

26 août. Ai jeté la théodite, les deux appareils photo, les pansements, les vêtements, tout ce dont nous pouvons nous passer. Reste le plus dur combat pour la survie. Impossible de penser désormais à collecter des plantes. Si nous arrivons à nous en tirer, c'est l'essentiel. Nous sommes quatre, il ne nous reste absolument rien de comestible, et la chasse s'annonce mauvaise. Tous faibles, mais le moral est bon. Cette impuissance, quand vos forces vous quittent, est horrible. Je ne suis plus qu'un squelette et je tremble de froid [...].

17 h 30. Nous nous préparons à continuer vers l'ouest. On laisse tout sur place. Je n'ai que ma peau de renne et une paire de kamiks en plus [...]. Ce sera une marche vers la mort, sauf miracle. On emporte fusils et cartouches.

Harrigan a abattu un petit lièvre, long de 7 cm. Lesquerella, Hesperis, Cerast. Alp. Kobresia, C. nard, Eriophe polyst. Poa cenisia. Triestum, Hierochloa, Luzula nivalis, Sax. opposit. Alsine verna, Silene acaulis.

Sommeil plutôt bon malgré furoncles. Midi. Brouillard gris et froid. [...] Pense surtout à visiter une ville de cures pour mon pauvre corps décharné et mon âme souffrante.

Me traîne pendant deux heures dans le brouillard froid, terrain lourd, pierreux, jusqu'à 21 heures. Moins 19 degrés. Campement sur la mousse. [...] Si seulement j'étais dans un sanatorium. Ce que je vis est pire que la mort.

27 août. Comme nous n'avons emporté que 2 fusils, 3 couvertures, mon manteau, 5 boîtes d'allumettes et une poêle, notre équipement pour une campagne d'automne de deux à trois semaines est très simple, très « esquimau ». Me couche à 23 h sur une pente moussue. La brume arrive. Moins 18 degrés et un peu de neige. Les Esquimaux, ces sauvages énergiques, encore à la chasse aux lièvres, reviennent.

16 h. Entrailles mangées crues comme d'habitude, le sang est mis dans la soupe, on fait de nouveau cuire un lièvre [...]. Un plongeon, des vols d'oies, de sternes, de bruants. Minuit sinistre, collines de gneiss, traces de rennes.

UN PARADIS DE GLACE

28 août. Bosco un lièvre pendant la nuit. Froid. Brume. Neige. Diarrhée. Désespoir. Départ à 13 h sous la neige. Colpodium, Cystopteris (com.), Lycopode. Selago, Rhododendron, sizerins enflammés en troupes, sternes, faucons, faune riche, plancton abondant dans plusieurs petits lacs. [...]
29 août. Je suis à moitié mort, mais j'ai trouvé du Woodsia ilv. Me suis couché à 19 h car je ne veux pas gêner les mouvements de mes camarades, leur salut en dépend. (Rasmussen, *Greenland by the Polar Sea*, pp. 280-283.)

Après un long repos, Rasmussen est reparti pour Thulé. Il sait déjà qu'il ne tentera plus jamais une expédition de ce genre. Les décès et les difficultés entachent sa célébrité. Il n'a pas fait ce voyage pour se mettre à l'épreuve, mais c'est pourtant ce qui s'est produit. Il a été profondément humilié par cette expérience, et son empathie pour les Esquimaux a considérablement augmenté. Il veut à présenter consacrer toute son attention à étudier la vie de ce peuple ; il veut s'immerger dans la culture boréale à laquelle il appartient désormais plus que jamais.

Rasmussen arrive chez lui, à sa station arctique, en pleine nuit. Il ouvre tout grand la porte de la maison de Peter Freuchen. Peter se réveille en sursaut. Plus tard, Freuchen dira de son ami : « Il portait sur son visage la marque du glacier, de mois de privations et d'épreuves. »

Nord-quart-nord-est :
Illorsuit, juillet 1996

Le soleil vingt-quatre heures sur vingt-quatre et je vis dans une peau retournée.
Toute intimité est extériorisée.
La lumière se répand sur le toit du monde et continue à se répandre.
Non pas une lumière satinée, mais une fulgurance poussée jusqu'à l'incandescence.
Parfois les murs blancs des îles flottantes se teintent de bleu.
Seule l'eau est noire, comme une flamme consumée.
Je rêve de pouvoir faire bouillir l'eau rien qu'en claquant des doigts.
S'orienter d'après l'horizon ; je me perds dans les éclats.
Une brise anime l'eau, argent martelé, lumière nervurée.
Droit au-dessus de nous, le soleil envoie des ombres droites comme des pieux.
Les ombres peuvent-elles « empaler » la glace ?
Même l'intemporel peut être gaspillé.
Une fois encore, je m'oriente d'après l'horizon ; aucun point de repère.
Ignorance est l'autre nom d'une journée d'été au Groenland.
La nuit se donne tout entière au jour comme une affection imméritée.
Pas moyen d'échapper à la surexposition. Rien que cette pâle brillance qu'on nomme l'air.

Un Danois envoyé au Groenland oriental s'ennuyait tellement qu'il a rempli son journal intime avec six mois d'avance, mais il est mort avant d'avoir fini.

Je frissonne. La froide passion du soleil.

Dans les « zones hadales de la mer », à mille brasses de profondeur, des êtres sans yeux vivent dans les ténèbres.

Même fermés, mes yeux sont frappés par la lumière.

L'horloge se divise en étendues d'eau : nous quittons un fjord, entrons dans une baie, la quittons pour un détroit, arrivons dans une baie en demi-lune, avec un village.

Quand un coin de pensée se brise, il n'y a pas de sang, seulement une lueur prise au piège.

L'été. A soixante-quinze kilomètres au nord-ouest d'Uummannaq, il y a une île appelée Ubekendt Ejland, l'île Inconnue. Presque entièrement inhabitée, elle forme une giclée brune dans un étroit passage. Son unique village, Illorsuit, occupe la pointe nord-est. Isolé et protégé, il est tourné vers l'intérieur, et non vers les eaux ouvertes de la baie de Baffin.

Il y a soixante-cinq juillets, Illorsuit a servi de refuge temporaire pour le peintre américain Rockwell Kent (1882-1971). Il est venu à Illorsuit sur le conseil de Knud Rasmussen et de Peter Freuchen, qui se trouvaient sur le même bateau que lui, dans la traversée de Nuuk à Copenhague. Kent essayait de regagner New York après que son voilier de dix mètres de long avait fait naufrage sur la côte

NORD-QUART-NORD-EST : ILLORSUIT, JUILLET 1996

sud-ouest du Groenland, escapade relatée et illustrée dans son livre *Nord-quart-nord-est*. Bien qu'il ait survécu aux eaux agitées de la Nouvelle-Ecosse et du Labrador, aux icebergs du détroit de Davis, le bateau avait chassé sur son ancre durant une soudaine tempête de juin et s'était brisé sur les rochers d'un fjord.

De l'épave, Kent avait sauvé ses tubes de peinture, ses pinceaux et quelques tableaux, ainsi que des morceaux de toile et de draps, mais le journal illustré de son voyage était perdu. Il était resté deux mois au Groenland, à peindre et à goûter l'hospitalité de jeunes femmes inuits peu farouches, et à parcourir les vallées, les glaciers et les montagnes entourant Nuuk. Il s'était pris de passion pour le Groenland (et pour ses femmes), au point qu'il avait juré d'y revenir. Et il y revint, par une nuit calme et ensoleillée de juillet 1931, il y passa l'hiver, et revint encore une fois en 1934-35.

La rencontre de Kent avec Rasmussen est le fruit du hasard. Tout dans la vie de Kent repose sur le hasard. Il voyage de manière impulsive, téméraire, poussé par le malaise qu'il ressent en société, par le désir fiévreux de découvrir des contrées lointaines, un appétit si vorace qu'il ne peut être satisfait que par les extrêmes géographiques. Ses périples l'ont emmené non seulement au Groenland mais aussi vers d'autres terres froides : il a franchi le détroit de Magellan, a passé l'hiver en Alaska, sur l'île Fox, il a peint à Terre-Neuve et en Irlande, et il s'est construit une maison sur l'île Monhegan, au large du Maine, comme si les espaces dépourvus d'arbres étaient les seuls qui convenaient à ces crises durant lesquelles il peint de jour comme de nuit.

Dans son livre *Salamina*, hommage à son compagnon inuit, Kent décrit ces soirs d'été :

> C'est une soirée tranquille, sans nuages, en juillet. L'ombre des collines d'Umanak se déploie sur le camp ; rochers marron, sol marron, maisons indigènes en tourbe marron, maisons danoises pimpantes. Tout autour, sur terre comme sur mer, sur la baie bleue parsemée d'îles de glace, sur les îles montagneuses, sur les cimes neigeuses à l'intérieur des terres, au sommet des collines proches et sur les flancs du pic d'Umanak, la lumière dorée de l'été groenlandais, avec son soleil qui ne se couche jamais. (Kent, *Salamina*, p. 3.)

Comme pour Kent, nous sommes en juillet, et je tente de gagner l'île Inconnue, à soixante-quinze kilomètres au nord d'Uummannaq. Je vois la maison verte où j'ai passé un hiver, mais les volets sont mis aux fenêtres, et la maison d'Ann et d'Olejorgen est fermée. Ils sont partis en vacances.

Je déambule dans la ville pour trouver de l'aide, mais je n'ai pas de chance. A la fin de la journée, on me donne le nom d'un pêcheur d'Illorsuit qui en vient et qui y repart sans doute ce soir. Peut-être pourra-t-il me prendre à bord. Il s'appelle Kristian Möller. Personne n'est sûr de l'heure à laquelle il arrive. Tout ce que je sais, c'est que son bateau est bleu, et que nous n'avons aucune langue en commun.

Si vous restez assis au même endroit assez longtemps, les ivrognes finissent par se rassembler autour de vous. Je passe toute la journée au port, à attendre sur un banc, en compagnie de deux jeunes hommes à l'haleine alcoolisée. Les bateaux arrivent un par un dans le petit port en forme de U. Je demande : « Kristian Möller ? » On me répond : « *Nye... Nye.* »

A dix-huit heures, un gros bateau de pêche bleu contourne le môle. L'équipage est composé d'Inuits, mais ils parlent le danois. Je leur demande le nom de l'embarcation : « *Navn ?* » Leurs yeux vitreux sont vides d'expression. Voient-ils seulement ? Le bateau tangue et se rapproche. « Kristian Möller », dit doucement l'un deux, en hochant la tête.

Je cours jusqu'au bout de la jetée où ils attachent le bateau. Sur le pont, à l'arrière, un Inuit relève la tête. La quarantaine, les cheveux noirs, le corps taillé dans le roc, il m'adresse un regard aimable. « Kristian Möller ? » Il me dévisage ; c'est ma prononciation qu'il ne comprend pas ? Je répète son nom, timidement. Il sourit. « Illorsuit... Hans Holm... » Avant que j'aie terminé, il tend la main pour m'aider à monter. En désignant sa montre, il m'indique que nous partirons à dix-neuf heures, *imaqa* (peut-être), ce qui veut dire que l'heure du départ est totalement aléatoire. Quelle importance ?

A vingt-deux heures, nous glissons hors du port. Le bateau est long de dix mètres, avec une haute proue faite de madriers entaillés par la glace, une timonerie étroite et un moteur diesel à deux cylindres qui ronronne en cadence. De longues bandes de phoque séché se balancent sur les étais entre le mât et le pont. Sur l'éperon, un vieux gant en caoutchouc rempli d'eau s'agite comme pour dire au

NORD-QUART-NORD-EST : ILLORSUIT, JUILLET 1996

revoir. Je ne suis pas sûre que Kristian m'ait comprise et je me demande si nous partons réellement pour Illorsuit. Peu m'importe ; l'essentiel, c'est d'être en route.

J'ai déjà pris le bac qui dessert la côte ouest, l'été. Je partageais ma cabine avec une voluptueuse cantatrice suédoise ; le capitaine, un Danois enjoué, passait ses douze heures à la barre en fumant des cigares et en écoutant du Mozart. Voilà que je me retrouve à la hauteur des phoques et des oiseaux marins, et mon point de vue change. L'immensité du Groenland paraît encore plus menaçante : de massives murailles noircies par l'eau jaillissent d'un miroir d'eau grand comme la mer.

Debout à l'avant, je frissonne. J'ai les bras et la tête nus, et je vois ma respiration se changer en vapeur. La compagnie aérienne a perdu tous mes bagages : parka, chaussures de marche, sac de couchage. Je n'ai rien pour me tenir chaud et je me demande comment je vais résister au froid d'un été groenlandais. Mais j'ai mes livres. Quand le bateau s'approche de la large ouverture du fjord d'Uummannaq, je tiens contre ma poitrine les récits illustrés de Kent (*Nord-quart-nord-est*, *Journal groenlandais* et *Salamina*) pour me protéger du vent glacial. Une fois de plus, je demande à Kristian si nous allons bien à Illorsuit. Il a un large sourire pendant que le bateau progresse avec une lenteur éléphantesque... Oui.

Je me suis embarquée sur un bateau de pêche en partance pour l'île Inconnue, sous le soleil froid qui brille toute la nuit.

« Nikolai », hurle Kristian. Le panneau d'écoutille se soulève et un homme apparaît. Je n'ai jamais vu personne comme lui : un Esquimau hirsute, le front épais, des cheveux de jais, le visage osseux et, c'est le plus étonnant, des yeux turquoise profondément enfoncés dans les orbites. Il ne dit rien. L'air sauvage, il fend l'air pour entrer dans la timonerie. Il prend la barre tandis que Kristian descend dans un canot accroché à l'arrière et attrape un fusil. Il va tellement vite que j'ai à peine le temps de le voir disparaître derrière un iceberg. Il est parti tuer un phoque.

Avec Nikolai à la barre, nous traversons d'interminables couloirs d'eau entre de hautes îles, laissant derrière nous un sillage qui s'ouvre comme une fleur. Des milliers de pétrels dérangés s'envolent en véritables rideaux d'oiseaux. Un bateau avec deux chasseurs à son bord nous dépasse à toute allure au moment où nous ralentissons : une troupe de phoques surgit de l'eau pour une cabriole parfaitement synchronisée. Puis le sillage de l'autre bateau ourle ses lèvres par-dessus la tête des phoques qui disparaissent.

Nous entrons dans une forêt d'icebergs, entre lesquels le chemin prend une couleur chrome et ardoise, comme un miroir qui ne reflète rien. L'eau est d'abord animée d'ondulations, puis s'apaise. Les icebergs craquent. Des débris de glace glissent le long des murs lisses. Les mouettes arctiques crient, volant plus haut pour mieux voir la nourriture. L'aile lustrée d'un iceberg prend la lumière. D'une arche transparente tombe une pluie de larmes bleues.

Lorsque le vapeur transportant Rockwell Kent, Knud Rasmussen et Peter Freuchen arrive à Copenhague en 1933, une amitié s'est nouée. Kent retrouve Frances, sa nouvelle épouse. Rasmussen invite le couple à visiter sa ferme, Hundstead, dans la banlieue de Copenhague. Il a déjà derrière lui un voyage de trois ans dans l'Amérique arctique et il a commencé à explorer la côte est du Groenland, encore méconnue. Il transcrit l'histoire intellectuelle et culturelle des chasseurs inuits. A Hundstead, Kent travaille sur les illustrations qu'on lui a commandées pour *Moby Dick*. En novembre, il a terminé 157 dessins. En échange, Rasmussen enverra par la suite Hanne, l'une de ses filles, chez Kent, dans sa ferme des Adirondacks, dans l'Etat de New York.

A chaque voyage, Kent tient un journal, qu'il transforme ensuite en livres illustrés. Tout en parcourant ces mêmes fjords, il écrit : « L'homme est moins une entité qu'une conséquence, et son être n'est que le dérivé d'un monde moins subjectif, une synthèse de ce qu'il appelle les éléments. »

Le vent tombe et fraîchit. Un nuage solitaire masque le soleil et un badigeon bleu se déverse. Nikolai sort de la timonerie et découpe un gros morceau de phoque séché. Il mange, ses grosses mains luisantes de graisse. Ce barbare aux yeux doux voit que je

NORD-QUART-NORD-EST : ILLORSUIT, JUILLET 1996

frissonne et il me fait signe d'entrer. Je me glisse sur un banc étroit à côté de lui. Au bout du fjord d'Uummannaq, nous traversons une partie de la baie de Baffin avant de virer au nord. Le vent tourne et la roue ne cesse de me cogner les genoux en tournant. Nikolai porte une salopette rouge et, par-dessus, un pull blanc. Ses ongles sont longs. Il ouvre une petite fenêtre et met la tête au vent. Une lumière pâle se répand sur son visage, comme visqueuse sur ses pommettes.

Une longue côte brune se dresse devant nous, c'est Ubekendt Ejland, toute de pics et d'escarpements effondrés qui, dans le passé géologique, ont été renversés : les pics étaient à la base et la base a été précipitée au sommet. Le fond de la mer, sculpté par le glacier, est à mille kilomètres et ressemble à ce que nous voyons en surface : un univers de montagnes sous-marines.

Ai-je dormi ? Ma tête repose contre la hanche de Nikolai. C'est la chaleur soudaine qui a dû m'assommer. Il me regarde en souriant. Le bateau entre dans le détroit d'Illorsuit.

Kristian réapparaît de derrière un iceberg, un phoque mort étendu à la proue de son canot. Je tiens la barre tandis que Nikolai l'aide à hisser l'animal à bord, puis Kristian reprend les commandes.

C'est une étendue de verre que fend le bateau alors que nous continuons vers le nord. La mer est indigo, elle tient lieu de nuit, puisque celle-ci a quitté le ciel. Une ligne argentée sépare l'eau bleue de la falaise bleue ; une mince bande de brume monte. Je me demande qui peut bien avoir eu l'idée de venir sur l'île Inconnue.

Quelque chose brise la surface de l'eau : une autre troupe de phoques. Kristian saisit son fusil, le blanc des yeux brillant lorsqu'il bondit sur le pont. Le panneau d'écoutille se soulève une fois encore : Nikolai sort des bas-fonds. Ce n'est pas Achab, c'est Caliban. Ses yeux bleus sont meurtriers. Détaché, morose, calme, il regarde Kristian tirer. Le phoque lui échappe. Indifférents à l'échec, les deux hommes regagnent la chaleur de la timonerie.

Pendant deux heures encore, le lent teuf-teuf du bateau est la seule voix qui se fait entendre. Dans la timonerie silencieuse, nous sommes tellement serrés que la barre me creuse le flanc en tournant. A notre entrée laborieuse dans le détroit d'Illorsuit, des murailles rocheuses surgissent à tribord, et l'île brune glisse sur le port.

Vu d'au-dessus, sur la carte, Ubekendt Ejland ressemble à un carrelet, avec la tête aplatie et une longue queue. Vue de la mer, c'est une falaise de soixante-quinze kilomètres où les ombres s'accrochent à d'étroits canyons, à des escarpements audacieux et à des crêtes en lame de rasoir, incurvées comme des dossiers de chaises. Un village nommé Ingia occupait jadis la pointe nord de l'île. Rockwell Kent y est allé chasser la baleine en octobre, durant la migration des bélougas vers le sud. Le village a aujourd'hui disparu. Je voudrais poser la question, mais les mots me manquent en groenlandais : pourquoi cette île est-elle « inconnue » alors que toutes les autres aux environs portent un nom ?

En arrivant à Illorsuit, Kent écrivit :

> Par son nom suggestif comme par sa position et son caractère, son isolement au milieu de la mer, la grandeur austère de son plateau et de ses pics couverts de neige, la sombre barrière de falaises qui forme sa côte ouest, l'île jouit du prestige d'un impénétrable mystère, même parmi ces paysages d'une majesté stupéfiante. Ses falaises, affirmant son inaccessibilité, rendent inconcevable toute colonisation humaine. (Kent, *Salamina*, p. 6.)

Tandis que nous voguons vers le nord, je me demande où se trouve la maison de Kent dans le village, où il peignait, ce qu'il est allé voir, ce que l'Arctique lui a appris sur la lumière. Deux mois auparavant, j'ai écrit à mon contact sur l'île (le seul à parler l'anglais) pour savoir si je pouvais louer la maison de l'artiste. La réponse était vague : « Venez. Vous êtes la bienvenue. » A Illorsuit, il y a quatre-vingt-dix-neuf Groenlandais et un Danois, Hans Holm, chez qui je dois séjourner.

A deux heures du matin, nous longeons une pointe de terre surmontée d'un cimetière et nous entrons dans une baie en demi-lune. Le village d'Illorsuit (prononcer *Is-slor-sluit*) est devant nous. Au fond d'un amphithéâtre aux parois brunes s'étend une rangée de maisons. La glace fait scintiller la plage de sable noir ; le fjord étroit est noir et, de l'autre côté, la muraille rocheuse qui en jaillit (une autre île, inexplorée, inhabitée) est surmontée par le liseré blanc mouvant de la calotte glaciaire.

J'escalade l'échelle métallique pour atteindre le quai. Kristian me tend mon sac et pointe vaguement le doigt vers l'autre bout du

NORD-QUART-NORD-EST : ILLORSUIT, JUILLET 1996

village, pour m'indiquer que j'y trouverai la maison de Hans. Comment la reconnaîtrai-je ? Faudra-t-il frapper à toutes les portes, à deux heures du matin, jusqu'à ce que je le trouve ? Je me mets en marche...

Je passe devant de petites maisons, avec l'habituel capharnaüm arctique. Dans la nuit ensoleillée, des vêtements congelés s'agitent sur des fils à linge, les chiens de traîneaux attachés à de longues chaînes dorment dans la terre, le nez glissé sous la queue. Des poissons et de la viande sèchent sur les râteliers fixés à hauteur suffisante pour que les chiens errants ne puissent y accéder. Les jouets d'enfants traînent dans le sable, les traîneaux sont empilés par trois, les marmites pour faire bouillir l'eau datant des chasses de l'hiver précédent sont encore suspendues aux poignées.

Tous les villages de l'Arctique ont la même odeur âcre : crottes de chien, entrailles de phoque, corps mal lavés. Mais dans le ciel nordique, le soleil offre une lumière si claire que toutes les impuretés sont éliminées. L'eau du fjord gifle le sable noir. Bientôt, le village proprement dit débouche sur un chemin de planches long de près d'un kilomètre, qui mène à quelques maisons, au bout de la langue de sable. Là où le plancher s'arrête, le sable commence, du sable auquel se mêlent de la glace, des crottes de chien et des os de phoque. Je ne vois pas trop à quoi j'identifierai la maison de Hans.

Une Groenlandaise solitaire s'approche. Stupéfaite, je n'arrive à dire que : « Hans Holm ? » Elle hoche la tête et je la suis. Je cherchais la maison la plus grande et la plus pimpante, mais j'avais tort ; Hans n'est pas le maître de la colonie. Il habite l'une des demeures les plus petites et les plus humbles.

Je suis accueillie par six chiots qui bondissent et me fouillent les poches en quête de nourriture. Puis les enfants (Hendrik, deux ans, et Marie Louisa, six ans) courent à ma rencontre, me prennent les mains et me tirent à l'intérieur. La pièce est jaune moutarde, presque vide. Deux fenêtres à rideaux de dentelle donnent sur le fjord encombré de glace et, au-delà, sur l'île aux murs de rocher.

Hans fait son entrée. La cinquantaine, il est grand, dégingandé. Les traits de son visage sont fins, son front est plissé de rides. Sa peau claire commence à afficher les ravages du climat polaire et de l'âge. Mais quand nous nous serrons la main, son air anxieux se métamorphose en sourire. La maison a un petit air bohème : lucarne artisanale au-dessus de la table de la cuisine, annexe inachevée, fenêtres à deux battants, pas de véritable salle de bains. L'un des murs est couvert de photos de famille : traîneaux, enfants, parents. Quand je lui demande pardon d'arriver si tard, Hans éclate de rire et dit : « Ça n'a pas d'importance. La dernière chose dont on se préoccupe en été, c'est de dormir. »

Les enfants m'assaillent de questions en groenlandais lorsque j'ouvre mes deux dictionnaires (anglais-danois et danois-groenlandais), et pendant quelques minutes, nous nous débattons avec les mots. La femme qui m'a accueillie sur le chemin s'appelle Arnnannguaq. Hans m'explique que ce n'est pas son épouse, mais la mère de ses enfants. A la fenêtre, quelque chose attire mon regard : le bateau de Kristian qui s'approche du rivage. Sur le pont, Nikolai se penche pour amarrer.

« Qui est-ce ?

— C'est le frère de Kristian, me répond Hans. Ce sont les meilleurs pêcheurs et chasseurs du village. Leur mère était très forte, très intelligente. J'ai même son portrait au mur. Quand je suis arrivé ici, je ne connaissais rien, et elle m'a appris ce que je sais sur les Groenlandais. »

Nikolai et Kristian débarquent. Leur maison se trouve à quelques mètres, elle est beaucoup plus imposante.

Il est deux heures trente du matin, mais les enfants sont déchaînés. Cheveux noirs, yeux foncés, ils sont petits, aimables, adroits. Nous sommes assis dans la petite cuisine. « Vous voulez du pain grillé ? me propose Hans. Je me rappelle, quand je travaillais à la base aérienne de Söndre Strömfjord, les Américains aimaient tous le pain grillé. » J'accepte de bon cœur.

Marie Louisa grimpe sur la table, ses petites jambes plantées comme des piliers devant moi, et elle soulève la lucarne. Elle saupoudre la glace de muesli. « Pour les oiseaux, m'explique Hans. Elle aime bien regarder les bruants des neiges manger les céréales. » Dans le coin, un rideau sépare le lit dans lequel Hans, Arnnannguaq, Marie Louisa et Hendrik dorment tous ensemble, à la groenlandaise. Est-ce là que je dormirai aussi ? Je ne vois aucun autre lit.

Nous sommes en pleine nuit, mais un gai soleil éclaire l'île et tout le monde est parfaitement réveillé. Je regarde l'horloge au mur de la cuisine. 12 heures 24. Midi ou minuit ? De toute façon, ce ne peut pas être la bonne heure. Il doit être au moins trois heures du matin. Hans glousse. « Cette horloge est cassée depuis dix ans. »

En matière de sentiments et d'opinion politique, Rockwell Kent était un vrai boulet de canon, qui partait dans toutes les directions à la fois, par amour ou pour défendre une cause. Il pouvait être hargneux ou passif, vindicatif ou généreux. Sa vie de famille était assez confuse : il avait une épouse et des enfants, mais se vantait d'avoir d'autres femmes dans sa vie et il aurait voulu qu'elles s'entendent bien toutes ensemble. Quand ses liaisons s'écroulaient l'une après l'autre, il fuyait en hâte vers des territoires lointains, dépourvus d'arbres, pour écrire, peindre et oublier tout. De retour, il s'enflammait pour mille causes, devenant tellement mécontent de l'art comme de la politique qu'il prit le parti de l'Allemagne durant la Première Guerre mondiale, puis de la Russie alors que Staline arrivait au pouvoir. Il légua une grande partie de ses œuvres au Musée Pouchkine de Saint-Pétersbourg, ce qui rendit son art quasiment invendable aux Etats-Unis.

Dans les années 1930, au Groenland, un étranger assez riche et intrépide pour conduire un traîneau et manger du phoque cru pouvait vivre comme un roi. Au village d'Illorsuit, Kent apporta de la musique, des outils de charpentier, de l'alcool, de la nourriture (des boîtes de fois gras truffé, des bouteilles de jus de fruit, des cigarettes, du café, des centaines de disques) en réponse à l'hospitalité qu'il savait lui être réservée.

Il n'était pas seulement peintre, il consacrait aux lieux de son errance des livres décousus, bavards, intimes. C'était un homme en guerre contre sa propre solitude : il adorait les paysages isolés mais ne supportait pas d'être seul. Dans *Salamina*, qui raconte une année dans un village groenlandais, il rend bien cette folle alternance entre les jours passés à ne rien faire, grouillant de médisances, et l'activité intensément physique de la chasse. On aime ses livres autant pour leur aspect « tranche de vie » que pour leurs sobres gravures sur bois, leurs dessins nerveux et leurs peintures lumineuses.

Un chien passe en courant. J'entends un cri. Hans regarde : « Ce chien vagabonde depuis des mois. Une fois qu'ils ont goûté à la liberté, on ne peut plus les rattraper. Je n'essaye pas d'attraper ce chien... il me ressemble trop. »

Hans est venu au Groenland durant l'été 1968, après avoir abandonné son école d'architecture à Copenhague, alors que son frère a terminé ses études de médecine avec succès. Il a pris un emploi saisonnier à Söndre Strömfjord (désormais désignée sous son nom groenlandais, Kangerlussuaq) ; dans cette ancienne base aérienne de l'US Air Force, une présence américaine a été maintenue pendant toute la guerre froide. Un ami français était en difficulté et avait besoin d'argent pour rentrer chez lui. Hans lui a donné son billet d'avion et un peu de liquide, ce qu'il avait en poche, en échange des cinq chiens, du traîneau et de la cabane du Français à Illorsuit, village qu'il dit avoir eu bien du mal à situer sur la carte ou dans sa tête.

Une fois son travail d'été terminé, Hans est parti pour Illorsuit avec un cousin, apparenté à Rasmussen. « Je suis allé voir les chiens dont j'avais hérité. Je devais m'assurer qu'ils étaient bien traités et bien nourris... J'imagine qu'on pourrait dire que je suis venu ici et que je n'en suis jamais reparti. » Il regarde par la fenêtre la plage noire où ses chiots courent et l'iceberg en équilibre instable, sous le soleil de minuit.

« Je n'étais pas préparé pour l'hiver. Je n'avais pas de vêtements, pas d'équipement pour chasser. Le bateau de ravitaillement n'était pas venu depuis longtemps et il ne restait presque rien au magasin, juste quelques boîtes de conserve. J'ai dû apprendre à chasser, pas seulement pour moi, mais aussi pour les chiens. Nous mangeons tous la même chose. Le voisin qui les nourrissait m'a appris. »

Avant de venir à Illorsuit, Rockwell Kent a fait envoyer du Danemark du bois et des matériaux de construction. Tout ce qu'il fallait pour bâtir une maison est arrivé par bateau : du ciment, un poêle, une cheminée, un tuyau de poêle, du papier peint, des portes et des fenêtres... mais pas de clous.

Les villageois l'ont aidé à construire une petite maison tout en haut de la colline surplombant la baie, face au fjord. Il ne fallut que quelques jours. Ils l'appelaient Kinte, et comme Gauguin à Tahiti, il s'est vite adapté à la vie du village. Au lieu de la chaleur des Tropiques, Kent cherchait son paradis dans un frigo. Aux Etats-Unis, il avait une femme et des enfants, mais Salamina, dont le mari était mort de tuberculose, est devenue sa femme esquimaude tout le temps de son séjour.

Hans est venu sur l'île Inconnue moins bien préparé, mais avec les mêmes résultats. Quand il a décidé d'agrandir la cabane achetée avec son billet retour pour le Danemark, il a dû attendre longtemps les matériaux. Le premier hiver, il utilisait de la graisse de requin pour allumer le feu, et dans son minuscule poêle danois, pour cuisiner et se chauffer, il brûlait des cageots cassés, laissés par le bateau de ravitaillement. Il n'avait pas de quoi se payer l'isolation ou le double vitrage. Comme Kent, il n'avait commandé que l'essentiel, mais avec le problème inverse : « Les clous sont arrivés au printemps, mais pas le bois. Et puis un matin, un morceau de bois flottant s'est échoué sur la plage. C'est maintenant la poutre principale de la maison. »

Un autre bateau de pêche jette l'ancre ; ce sont des amis d'Arnnannguaq, qui viennent de Saattut, un village à la pointe du fjord d'Uummannaq. La femme a les cheveux courts, l'air hommasse, et son mari est mince, presque féminin. Ils sautent dans leur canot, débarquent, frappent à la porte et font irruption dans la pièce. Leur sourire édenté indique qu'ils ont pris un phoque et qu'ils veulent le partager avec nous. Tout de suite. « C'est la coutume inuit », m'explique Hans.

Nous prenons le café, serrés autour de la minuscule table de la cuisine. Je songe qu'il faudrait que je me renseigne pour louer la maison de Rockwell Kent, mais je suis tellement fatiguée que ça paraît sans importance. J'ai voyagé cinq jours pour arriver ici, et je ne pense qu'à une chose : dormir.

Hans étudie mon visage : « Il faut vous coucher. Ça ne gênera personne. » Il pose au sol un vieux matelas en polystyrène et un édredon sale.

Mes vêtements puent après trois jours de voyage dans des climats chauds et froids, en avion, en hélicoptère, sur des bancs, dans un bateau, et il n'y a nulle part où me laver, nulle part où me déshabiller. L'un des livres de Kent s'ouvre à une page où je lis : « Me voilà libéré de l'enfermement du bateau par la bénédiction du désastre, privé de tout effet personnel, dépouillé de tout vêtement, errant, un batteur de grève, étranger, inconnu sur cette terre généreuse. » Je m'endors.

Un peu plus tard, les visiteurs regagnent leur bateau pour y dormir et la maison s'apaise. De mon matelas, au sol, je regarde le soleil froid inonder les fenêtres. Pendant un moment, cette lumière paraît une source de mort, et non de vie, comme si je voyais une dernière lueur au bout du tunnel, ou peut-être le commencement de quelque chose. Mais rien d'aussi noble ne me vient à l'esprit. Je suis seulement fatiguée. Avec toute cette lumière, il est facile de réduire le temps à un calcul mathématique. La lumière ne distingue pas les instants mais les amasse en une cellule unique ; peut-être sommes-nous tous ramenés au commencement, je ne sais pas. J'ai le vertige. Mon corps est devenu le temps, il a été précipité très loin à travers l'espace.

Kent avait loué les services de Salamina en tant que *kifak*, pour tenir sa maison à Illorsuit. Elle était née sur l'île d'Ikerasak, près d'Uummannaq, et appartenait à une famille importante. Elle avait très tôt appris à lire et à écrire, elle savait manier un fusil, traiter les peaux, coudre, cuisiner, dépecer un phoque et conduire un traîneau. Quand ses parents et sa sœur étaient morts de tuberculose, elle avait épousé un cousin germain, mais lui aussi avait succombé à la maladie après la naissance de leur troisième enfant. Quand Kent l'a rencontrée et lui a demandé de travailler pour lui, elle a refusé à cause de ses trois enfants. Kent a simplement ajouté : « Amenez-les avec vous. »

Très vite, Salamina et Kinte (comme elle l'appelait) s'étaient confortablement installés dans leur maison d'une seule pièce. Elle gouvernait la maisonnée et le lit, jalouse et protectrice. La vie était agréable malgré les colères furieuses de Salamina. Le seul travail de Kent consistait à aller où il lui plaisait avec son traîneau, pour peindre et écrire, et à coucher dans son sac en peau de chien, parfois avec Salamina, parfois avec une femme d'une île voisine. Il participait aux fêtes et à la vie du village quand il le voulait, il parcourait les fjords et les montagnes quand bon lui semblait.

A Illorsuit, Kent veilla à ce que soient organisées des fêtes incluant des danses et des chants esquimaux. Il fabriqua un arbre de Noël avec une défense de narval. Au printemps, il partait à la chasse au phoque, l'automne, à la chasse à la baleine ; l'été, il pêchait, ramassait des œufs et cueillait des baies. Et toute l'année, il y avait les visites entre amis. Durant les mois de nuit, Kent rassemblait les textes de son *Journal groenlandais*, dont chaque chapitre est précédé d'une gravure sur bois, comme autant de fenêtres ouvertes sur le village et ses environs, les montagnes et les glaciers, les traîneaux et les chiens, le ciel nocturne, les villageois jouant au soleil de minuit.

Kent écrivit, à propos de son *Journal groenlandais* : « La vie sans le luxe dont nous jouissons en Amérique, sans la plupart des gadgets que nous appelons maintenant nécessités, la vie dans un pays stérile où même la survie est précaire et dépend du hasard, voilà de quoi parle ce livre. »

Je suis réveillée par des rires. Hébétée, je regarde à la fenêtre. Arnnannguaq et la femme de Saattut ont traîné le phoque mort sur la plage. Chaussées de bottes en caoutchouc, la cigarette au bec, elles aiguisent leurs couteaux. La femme de Saattut brandit sa lame au soleil : le bord affûté brille. Une longue entaille du menton jusqu'aux nageoires arrière et la peau s'ouvre, doublée d'une épaisse couche de graisse. Une autre entaille, plus profonde, et quelque chose est extrait de la cavité béante, à la pointe du couteau : c'est le foie, fumant dans l'air glacé. Quand je rouvre les yeux, elles rient et mastiquent, la bouche et le menton ruisselant de sang.

Elles me font signe de les rejoindre et me proposent un morceau. Je reçois de leurs mains rouges la tranche caoutchouteuse, je mâche et je recrache ; un chiot accourt et dévore le morceau à belles dents. Elles rient, et en reprennent encore un peu.

Une autre sieste, et nous voilà au milieu de la journée. Je trace un calendrier au dos de mon carnet, résolue à fixer le passage du temps. Mais je somnole. Quand je me réveille, la maison est calme parce que les enfants sont partis. Les visiteurs de Saattut les ont

emmenés pêcher. Le soleil est maintenant dans la partie est du ciel. Quand je demande une nouvelle fois s'il est possible de louer la maison de Kent, Hans répond : « Ah, la maison a été abattue l'an dernier. On a construit une école à la place. » Soudain, je comprends que le matelas et les couvertures au milieu du salon seront ma résidence d'été.
J'ai voyagé à bord d'un bateau de pêche pour venir dans cet univers de lumière, de lumière sans ténèbres, sans lune, sans passage régulier à la nuit après les fatigues du jour. Ici, la lumière cède la place à plus de lumière encore, et le soleil est une torche montée sur roulements à billes, enflammant ce qui a déjà été oxydé.
Quand Hendrik et Marie Louisa reviennent, nous allons voir leur école. Marie Louisa me prend par la main et m'emmène à l'arrière, où nous nous accroupissons : je distingue les fondations en pierre de ce qui a été la maison de Kent. Le site se trouve aussi haut que possible sur la colline ; on a vue sur tout le village, le port, le détroit et les falaises désolées de l'île inhabitée, en face. Au loin, on aperçoit un point sur l'eau : un pêcheur qui rentre de la chasse, avec un phoque par-dessus la proue de son canot. Dans la baie, tout le reste est immobile ; un silence doré, argenté.

Kent était illustrateur avant tout ; ses gravures sur bois sont assurées, pleines d'une force physique et dramatique, proches de William Blake dans leur aspiration métaphysique, mais découpées dans la nuit et la lumière, les tendons et les muscles, et non dans l'or et l'illumination. Dans le paysage arctique, il trouvait ce qu'il voyait déjà mentalement, ces surfaces nues, dures, scintillantes. Il savait que, réduit à l'essentiel, tout avait plus de force. Il a vécu toutes les saisons, il a vu arriver la nuit en octobre, puis l'éclaircissement soudain quand le soleil revient en février. Il était chez lui dans l'Arctique.

Debout sur le promontoire d'Illorsuit, on croit voir la scène d'un immense théâtre. De cette scène, la plaine de la mer est le plancher, le grand cercle des cieux est le manteau d'arlequin, les deux avancées sont les coulisses (...). Malgré sa petitesse au milieu de la nature, l'homme doit monter sur cette scène, et aussi loin que l'œil puisse voir, les yeux

NORD-QUART-NORD-EST : ILLORSUIT, JUILLET 1996

le verront. Cette tache minuscule, c'est l'événement. (Kent, *Salamina*, p. 107.)

Le dimanche, nous chargeons le canot de nourriture et nous partons vers un groupe de minuscules îles inhabitées pour ramasser des œufs de sterne. Nous sommes une tache, un événement. Les îles sont si petites qu'elles ne sont que des points sur la carte topographique, mais elles accueillent des milliers d'oiseaux pour l'été, des sternes arctiques, venues de l'Antarctique pour pondre. Depuis longtemps, au Groenland, la coutume est de quitter le village pour aller camper, rite de purification pour se débarrasser de la fièvre des cabanes. Dans leur campement, les villageois chassent le phoque, pêchent, ramassent des œufs et cuisinent sur des feux de bruyère fumante, profitant de la chaleur du soleil de juillet.

Nous nous entassons dans le canot de Hans et nous faisons route vers le nord. Dans ses notes de la Quatrième Expédition Thulé, Rasmussen note que les œufs de sterne que Freuchen et lui ont trouvés sur une île déserte leur ont permis de survivre, un été où la chasse était mauvaise. Mais nous ne sommes pas affamés : nous avons des thermos de café et des sandwiches.

Arnnannguaq est en colère contre Hans. Je ne comprends pas pourquoi. Ils se disputent, et je reste à côté de Hendrik, endormi sur le banc. L'œil vif, Marie Louisa gigote et glisse son petit corps à la proue tandis que nous traversons le fjord. Les embruns viennent lui lécher le visage. Toutes les deux minutes, elle se retourne et me sourit. Je viens m'asseoir derrière elle et je me fais mouiller moi aussi.

Arnnannguaq n'arrive pas à décider sur quelle île elle veut aller. Nous nous arrêtons devant la première, nous débarquons, faisons le tour, puis nous partons pour une autre. Les îles sont creusées au centre comme des nids tapissés de plumes et d'herbe verte. Finalement, Arnnannguaq choisit l'île principale. En entrant dans l'anse, je vois le bateau de pêche bleu qui m'a amenée à Illorsuit. Nikolai, Kristian et le reste de la famille sont réunis autour d'un feu de tourbe, près d'une cabane. Eux aussi sont venus chercher des œufs. Tandis que nous amarrons le bateau aux rochers, Nikolai vient nous voir, tout sourire.

Le soleil est noir de sternes qui tournoient, plongent et crient.

Nous avons envahi leur sanctuaire. Les sternes migrent chaque année, parcourant près de 35 000 kilomètres, de l'Antarctique à l'Arctique, puis en sens inverse, en suivant le soleil. Elles passent plus de temps à la lumière du jour que n'importe quel autre oiseau. Les couples sont durables et sont fidèles à leur territoire habituel.

Me voilà en train de piller leurs nids, alors que je n'en ai aucune envie. Mais je n'ai pas le choix, avec Arnnannguaq qui me pousse par-derrière pour que je mette les œufs dans mon panier.

Les enfants se dispersent et scrutent l'herbe. Les œufs sont petits, vert olive moucheté de brun, et on les trouve sur les affleurements rocheux ou dans l'herbe. Les oiseaux piquent sur nous lorsque nous remplissons nos sacs de ce qui aurait pu être leur progéniture. J'essaye de calculer l'impact de nos larcins sur leur population. Je finis par être incapable d'en voler davantage, et je passe délibérément à côté des œufs, dans l'espoir que personne d'autre ne les verra.

Nous déjeunons dans le bateau puis nous repartons. En passant entre deux îles, nous croisons nos visiteurs de Saattut, qui nous invitent à bord. Puisqu'ils ont partagé leur phoque avec nous, nous partageons nos œufs, bouillis dans la minuscule cuisine. Nous cassons les coquilles olive sur le bastingage et nous gobons les œufs comme des billes. Très parfumés, ils ont le goût des œufs de cane. C'est le seul moment de l'année où les villageois mangent des œufs, mets très recherché. Au loin, j'entends encore les cris des sternes.

Quand le soleil quitte le sud et se tourne vers le nord, passant derrière les montagnes, il commence à faire froid dans le canot découvert. Hans me prête une salopette pour me tenir chaud sur le chemin du retour. Nous passons en trombe devant les îles et les bras de mer verdoyants peints par Kent.

Kent utilisait les images comme procédé narratif. Ses gravures, finement ciselées, fermes et élégantes, ont changé notre façon de concevoir le voyage. Nous n'avons pas à voir l'endroit en question, il nous en donne la quintessence. Ses images du Groenland sont pleines d'ombres et de clartés, c'est le monde noir, bleu et blanc de l'Arctique. Les tranches de vie villageoise évitent le spectaculaire. Ni sang, ni blizzard, ni fantôme, seulement l'immobilité obstinée d'une nuit d'été, ou la lumière fragile d'un jour d'hiver.

NORD-QUART-NORD-EST : ILLORSUIT, JUILLET 1996

Avant, il faisait toujours nuit ; maintenant, c'est le matin perpétuel. Je dors encore une fois et je me réveille dans les mêmes vêtements sales (il fait trop froid pour ne pas les porter la nuit), entourée de gens. Les amis d'Arnnannguaq nous ont suivis, ils parlent, fument, rient et mangent les restes de phoque bouilli. Dehors, les canots et les bateaux de pêche sont alignés dans la baie, attachés aux longs câbles sur la plage. Quand les icebergs s'écroulent, les câbles sont rallongés pour que les vagues formées par les chutes de glace ne poussent pas les bateaux sur le rivage. Dans l'après-midi, un iceberg se rapproche dangereusement ; Kristian et Nikolai amarrent plus solidement leur bateau en attendant que la glace dérive plus loin.

Dimanche soir, les villageois se promènent sur le rivage. Au moment où Hans, Arnnannguaq, les enfants et moi nous mettons en route, je pense aux grands parcs et aux avenues tracées pour ce genre de promenade : les Champs-Elysées, le Paseo de la Reforma, les places pavées d'Italie. Ici, nous parcourons un chemin de terre semé d'entrailles de phoque et de crottes de chien. Les chiens hurlent et vaquent à leurs occupations canines : renifler, grogner, jouer. Kristian donne le bras à sa femme Marie, et Nikolai, qui vient de prendre un bain, les suit à un mètre ou deux, vêtu d'une chemise blanche et d'un pantalon kaki.

Chez Hans, l'harmonie est restaurée, ou du moins une paix tendue. Le grand iceberg se soulève et bascule, mais ne tombe pas. Il en va de même pour nous autres humains. Arnnannguaq et Hans cessent de se quereller ; quand Hendrik pique une colère, Hans le prend dans ses bras et le promène tout autour de la pièce jusqu'à ce qu'il cesse de crier.

Hans habite Illorsuit depuis quinze ans et il vient de trouver un emploi à la pêcherie, où il répare les machines et décharge les cargaisons. Quand je lui demande pourquoi il est resté au Groenland, il hausse les épaules. « Je n'ai pas pu repartir. Je ne sais pas vraiment pourquoi je n'avais pas envie de repartir, je n'arrivais pas à m'y obliger. » Pendant des années, il a vécu seul. Cette vie tranquille lui convenait. Et comme Kent, il a pris une *kifak*. Arnnannguaq vient d'un petit village sur la côte. Elle avait dix-neuf ans quand ils se sont rencontrés, Hans en avait trente. Les enfants sont venus plus tard.

« Maintenant, il y a si longtemps que je suis ici, je ne supporte aucun village plus grand qu'Illorsuit ». Ce n'est pas par caprice que Hans est venu au Groenland. Son père, Mogen Holm, fut le premier médecin à diagnostiquer et à traiter la tuberculose dans les villages de la pointe nord.

Hans n'est jamais allé si loin au nord, et il ne semble pas avoir l'intention d'y aller. Il est devenu si fragile, dans son isolement : c'est une épreuve pour lui que de parcourir les soixante-quinze kilomètres qui le séparent d'Uummannaq, et il n'y va qu'une ou deux fois par an. L'instruction des enfants, après l'école primaire, posera un problème. Je lui demande s'il prévoit de déménager quand ils seront en âge d'aller au collège. Il ne sait pas s'il sera capable de partir, mais il sait qu'il faudra faire quelque chose.

Arnnannguaq fait cuire le pain et je découpe les concombres rapportés d'Uummannaq, mais Hans et moi sommes les seuls à les manger. Arnnannguaq n'aime pas les légumes. A la laitue, aux avocats et aux asperges, elle préfère le foie de phoque cru ; elle n'a jamais goûté aux épis de maïs.

Autrefois, les femmes inuits lavaient leurs longs cheveux avec de l'urine. Encore aujourd'hui, dans les villages comme Illorsuit, les maisons n'ont pas l'eau courante. Chez Hans, ce qui aurait dû servir de baignoire est occupé par des cartons pleins de vêtements d'hiver. On ne se baigne jamais vraiment. On remplit des seaux à la source, derrière la maison, près de l'endroit où les chiens sont attachés, et on utilise l'eau pour la vaisselle. Pour avoir de l'eau potable, on fait fondre sur le poêle la glace découpée dans des icebergs d'un an.

Après un dîner très tardif et une histoire, les enfants s'étendent sur le lit commun. Dans *Salamina*, Rockwell Kent décrit une chambre groenlandaise typique :

> De la cuisine, on avait vue sur la chambre à coucher ; on regardait parce que la porte était ouverte. Ouverte pour que la chaleur fétide de la cuisine pénètre et que le fumet familial s'échappe. Cette pièce-là aussi était pleine à craquer. Il y avait un grand lit pour toute la famille. Certains étaient dedans, d'autres étaient dessus, certains étaient assis autour sur des pots de chambre. Ane, l'épouse plantureuse, était assise au milieu, tendant sa poitrine de vache laitière à un orphelin qu'ils avaient pris en pitié.

NORD-QUART-NORD-EST : ILLORSUIT, JUILLET 1996

Le matin, nous vidons le seau hygiénique utilisé par les enfants en cas de besoin nocturne. Il y a des toilettes dans le coin proche de l'entrée, bien en évidence : la première chose que voit un visiteur peut être l'un des habitants occupé à déféquer. La vie, dans tous ses aspects, est communautaire et dénuée d'intimité.

Tous les matins, pour le petit déjeuner, encouragée par Hans, je fais griller du pain. Marie Louisa monte ensuite sur le toit pour remplir une mangeoire à oiseaux et redescend d'un seul bond. Je vois ses jambes arriver à la fenêtre, puis ses cheveux noirs. A quoi bon une échelle ? semble-t-elle dire. Durant nos promenades, elle ne tient pas dans sa peau, elle saute par-dessus les rochers, escalade les falaises et gambade en tous sens, tellement elle se sent bien dans son corps. Elle utilise ses yeux pour attirer mon attention, pour me montrer des choses curieuses, pour m'interroger, pour exprimer son plaisir à chaque découverte. Notre relation a quelque chose d'unique, parce que nous ne pouvons communiquer que dans un mélange limité de danois, d'anglais et de groenlandais. L'hilarité se mêle à une intensité inattendue.

Je lui apprends que le soleil est une étoile. On dirait qu'il bouge, qu'il se lève et se couche, mais ce n'est pas vrai. Nous tournons autour de lui comme s'il était un dieu. Elle me regarde d'un air intrigué, incapable de comprendre autre chose que le mot soleil. Nous examinons les fleurs rampantes qui viennent de s'épanouir. Je sors mon guide, *Gronlands Blomster*. Lorsqu'elle désigne une délicate fleur jaune, à terre, j'ouvre le livre à la page où figure une photographie de la potentille polaire ou quintefeuille arctique. Les rochers sont parsemés de fleurs rouges et d'épilobes à larges feuilles. Ça alors ! Comment les fleurs de son île peuvent-elles être dans un livre qui m'appartient ? Y a-t-il des fleurs dans les autres pays ? me demande-t-elle.

Elle ignore tout des arbres. Comme la plupart des Groenlandais, elle n'en a jamais vu, elle n'a jamais senti l'odeur vanillée d'un pin jaune, elle ne s'est jamais assise à l'ombre d'un peuplier, n'a jamais grimpé dans un séquoia, n'a jamais mangé de sirop d'érable frais, n'a jamais ouvert un gland tombé d'un chêne. Elle écarquille les yeux quand je dessine des arbres dans la terre, puis je me redresse pour lui montrer quelle taille un arbre peut atteindre.

Elle observe les rochers avec une curiosité insatiable. Sont-ils volcaniques ou sédimentaires, durs ou friables, de quelle profondeur ont-ils été propulsés, de quel côté se sont-ils inclinés, à quelle température ont-ils été comprimés, à quelle hauteur ont-ils été soulevés, il y a combien de temps...

Je lui montre les étoiles, même si nous ne les voyons pas. La ceinture d'Orion, la Grande Ourse, les Pléiades. Elles sont là, mais peut-elle me comprendre ? Si seulement elles étaient visibles... Mais il faut attendre l'hiver. Le pâle visage du ciel n'a ni lune, ni étoiles, il ne change pas.

Le village est tranquille. Les femmes qui ont des enfants en bas âge se rendent visite ; les autres travaillent dans les pêcheries. Celles qui sont mariées à des chasseurs attendent le retour de leur mari, puis le travail de dépeçage des phoques et de tannage des peaux commence. Il y a toujours des peaux à traiter, des vêtements à fabriquer, des harnais à réparer, de la nourriture à cuisiner.

En me promenant, je remarque qu'il n'y a pas d'adolescents à Illorsuit. Pour aller au lycée, il faut s'installer dans une ville plus importante, comme Uummannaq. Il existe deux écoles professionnelles dans les villes du sud, mais pour s'inscrire à l'université, il faut s'établir au Danemark. Dans un village comme celui-ci, la seule possibilité est d'être chasseur ou femme de chasseur, à moins de partir.

Arnnannguaq vient de Söndre Upernavik, plus haut sur la côte. Elle n'est pas allée beaucoup à l'école et ne sait pas vraiment lire. Parfois, le soir, quand l'unique chaîne télévisée propose un film sous-titré, elle coupe le son et regarde les images. Pour gagner de l'argent, elle fait le ménage chez deux célibataires et dépense son salaire en pintes de bière. Pendant mon séjour, elle évite de boire. Elle nettoie un peu et joue au solitaire. Nos excursions ne l'intéressent pas. Quand je sors avec Marie Louisa, elle reste à la maison avec le petit Hendrik.

Hans travaille à plein temps à la Pêcherie royale groenlandaise, il conduit leur unique chariot élévateur frontal. Les quais sont en cours de reconstruction et, de l'entrepôt, Hans apporte des piliers sur le site. Tous ceux qui n'ont pas d'emploi au village sont partis à la chasse. A n'importe quel moment du jour ou de la nuit, on entend un canot partir sur le fjord. Les femmes restent à la maison,

NORD-QUART-NORD-EST : ILLORSUIT, JUILLET 1996

s'occupent des enfants et discutent entre elles, en attendant de voir et d'entendre un bateau qui revient.

« Le nord est plus traditionnel, me dit Hans. Les femmes partent souvent pour de longues périodes avec les hommes, et l'été, on chasse encore au harpon, en kayak. Mais ici, il y a trop longtemps que nous sommes colonisés par les Danois. Au Groenland occidental, le nouveau se mélange beaucoup plus vite avec l'ancien. »

Avec les enfants, je parcours toute la longueur de l'île ; les autres petits villageois, flairant l'aventure, se mettent à nous suivre, parfois à huit ou dix. Nous partons de la maison située la plus à l'est, où une côte de baleine est plantée tout droit dans le sable, et nous traversons le village pour aller acheter des bonbons à la *butik* (la minuscule épicerie), nous remontons le chemin de planches, nous passons devant chez Hans, jusqu'à la pointe ouest de l'île. Là, de sombres falaises se dressent. Nous les escaladons, en collant le visage à la roche ou en rejetant la tête en arrière : du grand vide de l'été, la bruine scintillante d'eau fondue nous tombe goutte à goutte dans la bouche.

On dit que les peintures et les illustrations de Rockwell Kent représentent l'inviolabilité du moi, le rayonnement du monde naturel, la dignité de la création. Je regarde le paysage qu'il a peint si souvent : les toits du village descendent jusqu'au bord de l'eau, le fjord large de dix kilomètres rempli de montagnes de glace qui dérivent sous les murailles noires, immobiles, des autres îles, et la calotte glaciaire bombée.

Dans ses toiles intitulées *Hiver au Groenland* et *Neige fraîchement tombée*, la lumière tombe en oblique de quelque énorme source invisible et projette sur le sol blanc des ombres triangulaires, tournoyantes. La scène semble surgir d'un autre monde ; ce n'est pas le sublime vu par le XIXe siècle, mais le paradis d'un réaliste : nu et vif, avec un soleil dur et des ombres accusées, un peu comme le visage de Rockwell Kent.

Le Groenland n'offrait aucune pastorale colonialiste : ni champs labourés, ni vaches laitières, ni moutons. C'était une plaine lunaire, dépourvue de peau, comme si l'on voyait directement la chair de la lumière.

« Igdlorssuit, juillet, et personne ne fait quoi que ce soit. Les femmes ne sont pas à leur ménage, car il n'y a rien à faire. Les hommes ne chassent pas, car il n'y a rien à chasser. Les enfants ne sont pas à l'école, car c'est l'époque des vacances. Et tout le monde est dehors. C'est un après-midi ensoleillé, fiévreux. »

Loin de l'affairement prétentieux des Américains, Kent s'épanouit dans ce village de fortune. « Au Groenland, les moments de bonheur sont ceux où l'on n'a rien à faire du tout ; c'est peut-être partout pareil... Malgré les aléas de la vie de chasseur, la règle est l'absence d'événements, et les gens s'y épanouissent. Ils vivent en paix, et la paix, je crois, signifie le bonheur. Cette réflexion est amère pour nous autres, Américains ! »

Tout comme le village, le détroit a un rythme, mais quasi imperceptible. Le temps métronomique, le tic-tac officiel du balancier, n'a pas sa place ici. Il impose une efficacité puritaine au lieu d'obéir au climat et au pur besoin. J'essaye de visualiser la forme du temps mais je n'y arrive pas. Comme la calotte glaciaire, c'est une entité trop gargantuesque pour être envisagée d'un seul coup.

De mon perchoir en bois flotté, devant chez Hans, je vois le cerceau du soleil de juillet s'allonger en un arc elliptique. Sa persistance est la marque d'une fidélité fanatique envers la saison. Ce qui s'étend devant moi, c'est dix kilomètres de verre, barré à l'autre bout par des montagnes noires. Les icebergs à la dérive en sont comme les négatifs photographiques : de petites montagnes blanches passant devant les noires comme si elles en avaient été détachées, s'étaient transformées en fantômes, et s'enfuyaient.

La palette de Kent est faite d'un mélange de brume et de glace, de bleu marine et de gris. C'est le lait dont on a retiré la crème, et il ne reste que la blancheur aqueuse, veinée de bleu, d'un monde sans nuit. Les montagnes et les rochers ont des airs de monstres marins, des ombres dures pavent la glace de voiles noires, en diagonale. Il n'y a aucune respiration dans ces peintures, ni vent ni tempête, comme si le coup de pinceau était la seule vélocité nécessaire. Tous les rythmes du village s'y retrouvent : l'amour furtif dans un lit commun, le glissement des traîneaux sur une glace rugueuse, le trottinement et le reniflement incessants des chiens. Si le point immobile est mouvement, alors à quoi renvoie le mouvement ? Chaque fois que Kent balaie la toile d'un coup de pinceau, la coupe de glace du Groenland est lissée, débarrassée de ses crevasses.

Calme absolu, réfulgence. Seul le fjord vacille, agitant ses nappes d'encre et de bleu pâle, puis éclatant en verre incolore. A la surface de l'eau, le reflet d'autres îles montagneuses frémit et s'immobilise, acquiert une certaine réalité avant de disparaître en tremblant. Puis les fausses façades s'étendent sur l'eau, la tête en bas, découpées par un iceberg flottant.

A la fin de mon carnet bleu, je dessine des carrés sur une page lignée, j'ajoute des nombres et je barre les jours, les jours et les nuits de lumière. 3 juillet : anniversaire du débarquement de Hans Egede. 10 juillet : Rasmussen s'est arrêté ici au début de sa Cinquième Expédition Thulé. Aujourd'hui, prise de la Bastille. Mes bagages égarés arriveront-ils ? Je ne me soucie même plus d'avoir des vêtements propres. Peu m'importe désormais que tout soit perdu. Comme Kent, je suis « privée de tout effet personnel, dépouillée de tout vêtement, errante ». Je déchire ce calendrier et je jette la page.

Kent a décrit le temps groenlandais de la façon suivante : « Les jours de mars rampaient comme s'ils avaient peur de moi, chaque instant s'approchait en tremblant, puis s'arrêtait en chemin. Une fois passés, ils reculaient d'un bond, pour aller se perdre dans l'abîme des hiers. Le 1er février remontait à des siècles, des années avant ma naissance ; demain était à des siècles de distance. »

Ma tête s'est mise à tourner en suivant le soleil, comme un héliotrope. Je vois des bateaux, de la glace, des chiens, le drapeau danois planté par Hans, solitaire, des tonneaux, des chaussettes et des peaux de phoque qui sèchent sur le même fil à linge. Derrière le village, la montagne brune, haute de 1150 mètres, forme un bouclier terne. La lumière se déplace à travers la lumière et la glace s'ouvre sur elle-même en une succession de chambres bleues. Plus tard dans l'année, le ciel présente un autre type de vide : la nuit se répand sur la nuit. Puis, début mars, une allumette s'enflamme : la lumière se rallume.

UN PARADIS DE GLACE

Les scientifiques disent que les contours du soleil sont illusoires, qu'ils ne sont pas une frontière, mais un lieu éphémère où le gaz solaire devient transparent, où les vents solaires soufflent constamment. Juste en dessous, la couronne est un moteur qui chauffe à plusieurs millions de degrés et qui propulse le vent solaire et ses panaches polaires, dansants et pulsants.

Personne ne danse ici, mais à l'époque de Kinte, on dansait à chaque occasion. L'activité générale est constante. Nous passons plusieurs jours quasiment sans dormir jusqu'au jour où, un matin, le soleil disparaît derrière un nuage, et tout le monde se sent très fatigué et se couche, pour ne se réveiller qu'avec le retour des rayons du soleil.

Je me demande à quel point notre rythme circadien est affecté par l'ensoleillement continuel. Il n'existe pas une horloge centrale unique dans l'organisme, mais souvent plusieurs. L'œil de l'aplysie, un mollusque, et nos yeux ont leur propre cadence circadienne. Même les algues monocellulaires valsent selon leur propre pulsation. Différents rythmes peuvent battre simultanément au sein d'un même organisme, les feuilles et les pétales d'une plante ayant des emplois du temps différents.

L'horloge biologique humaine fonctionne selon un rythme de vingt-cinq heures par jour, et non vingt-quatre, et c'est pourquoi nous avons une tendance innée à laisser filer les horaires. La flèche du temps dévie comme un projectile incontrôlable, sa traînée de condensation est visible, spectrale, brillante et tordue. Durant ces jours sans nuits, je prends de nouvelles habitudes, je fais quatre ou cinq repas par jour, avec le dîner vers une ou deux heures du matin, puis une sieste entre cinq et neuf heures.

A mon insu, mon horloge biologique subit constamment de menus ajustements pour s'adapter au glissement inévitable. Le cycle de 24 heures est la partie centrale de l'ensemble biologique, qui gouverne notre sens du temps. C'est de la lumière que viennent les indices qui nous aident à décompter son passage. Les nuclei suprachiasmatiques, un groupe de cellules nerveuses spécialisées situées au-dessus des deux nerfs optiques, sont liés à la rétine ; ils veillent aux cycles de repos et d'activité, à la température de la peau et à la sécrétion des hormones. C'est la lumière solaire qui déclenche tout cela, en passant par l'œil pour atteindre le cerveau et remonter notre horloge.

Au revers, il y a la mélatonine, « hormone des ténèbres », sécrétée uniquement la nuit par la glande pinéale, dans le cadre d'un cycle lumière-obscurité qui accélère le rythme d'une enzyme nocturne. La mélatonine fournit des informations essentielles sur le temps, la succession du jour et de la nuit, ainsi que celle des saisons. En dessous du cercle polaire, la sève monte dans les arbres, les feuilles jaunissent, la fourrure de la belette passe du marron au blanc, et chez certains poissons, la peau dorsale devient plus claire la nuit. Les états d'inactivité et d'hibernation sont contrôlés par la glande pinéale ; plus elle produit de mélatonine, plus on passe d'heures, de jours, de mois à dormir.

Je suis couchée sur le sol, les yeux grands ouverts. Je manque incontestablement de mélatonine. Je manque de nuit. Je me sens éclairée de l'intérieur, transparente, aussi utilitaire qu'une ampoule électrique. La meilleure solution, en cette saison, est peut-être de dormir comme un cheval, debout, les yeux ouverts. Fermer les yeux face à la lumière, c'est aller contre le rythme. J'imagine mon corps comme un ensemble d'horloges, des centaines de mécanismes enterrés dans mes yeux, dans les cellules cardiaques, et sous ma peau, qui pointent tous vers le soleil, parfaitement synchronisés, et qui me tiennent éveillée.

Je mets la main derrière l'oreille et j'écoute. Tout ce que j'entends, c'est la glace qui grogne et gémit de temps en temps, les petites vagues qui frappent la plage noire, et ma propre horloge interne détraquée qui réclame la nuit, qui fuit l'obéissance au temps comme un canot qui s'est détaché de ses amarres et qui dérive vers le rivage. Dans le fjord, les icebergs déformés par le soleil ramollissent. Lissés par la chaleur, ils pleurent des larmes turquoise.

Durant l'une de mes promenades avec Marie Louisa, nous nous arrêtons pour toucher la longue courbe de la côte de baleine. L'os fait dix centimètres d'épaisseur. Les côtes de baleine servaient de charpente pour les maisons inuits à l'époque où l'on construisait des arcs-boutants en Europe. En 1931, Rockwell Kent utilisa une défense de narval en guise d'arbre de Noël.

J'étudie la côte des îles environnantes et je me demande où il a pu y avoir d'autres villages depuis cinq millénaires que cette région est habitée. « Partout où l'on voit aujourd'hui un camp, il y a sans doute eu un village auparavant », m'a dit John Pind, un jeune archéologue que j'ai rencontré au Musée national de Copenhague. Il passe l'été au Groenland pour cartographier les sites archéologiques ; dans le nord, presque tout reste à faire. « J'étudie la culture de Thulé parce que c'est la première fois que les Inuits sont entrés en contact avec des étrangers. Des baleiniers sont venus d'Ecosse et de Norvège, ainsi que des missionnaires et des explorateurs. Je m'intéresse particulièrement aux cultures en transition. »

Les Inuits vivaient traditionnellement en petits groupes, dans de longues maisons rectangulaires, mais les missionnaires danois les obligèrent ensuite à vivre séparément, par familles nucléaires. Pour les Inuits, isoler les couples était immoral, c'était un péché contre le bien de la communauté. Plusieurs groupes familiaux vivaient jadis ensemble dans la maison commune, chassaient ensemble et possédaient en commun un umiak utilisé par les femmes. La viande était cuisinée et consommée en commun. Il n'y avait pas de litiges territoriaux sur la répartition du sol. Les membres de la maisonnée formaient l'équipage du bateau ; la maison, l'umiak et la viande étaient propriété collective. Mais quand les familles furent séparées, plus personne ne savait qui possédait quoi. Il n'y avait plus d'équipage pour l'umiak, et personne ne savait à qui appartenait la viande après la chasse. C'est l'ensemble de la société qui a changé.

Quand Rasmussen et Freuchen passèrent par Illorsuit au début du XXe siècle, le versant était parsemé de petites maisons en pierre et en tourbe, qui accueillaient plusieurs générations d'une même famille, même si les enfants en excédent et les orphelins étaient parfois échangés, comme c'est encore le cas. On voit comment l'idéal socialiste des Danois pouvait s'accorder avec le communautarisme inuit. Au Groenland, la propriété privée n'existe pas pour la terre. Les habitants possèdent leur maison mais pas le terrain sur lequel elle est bâtie. Lorsqu'ils demandent un permis de construire, l'administration étudie la question : la construction risque-t-elle de boucher la vue que d'autres ont sur le port ? causera-t-elle des problèmes écologiques ? Le cas échéant, des modifications sont imposées. Les litiges sont quasiment inconnus. Il n'y a ni haie ni barrière, et rares sont les portes fermées à clef.

NORD-QUART-NORD-EST : ILLORSUIT, JUILLET 1996

Kinte, comme ils l'appelaient, adorait les enfants. Les filles de Salamina vivaient avec eux. Même si les familles vivaient en entités séparées, les portes étaient toujours ouvertes, les visites étaient une activité compulsive, et les enfants couraient librement. Ils allaient partout où on leur offrait un bout de *mattak* à grignoter, là où ils pensaient s'amuser. La vie villageoise convenait parfaitement à Kent. Il avait été un enfant capricieux et rebelle, et plus tard, il avait refusé la plupart des conventions sociales. Sa claustrophobie lui faisait préférer les paysages vides, sans arbres ; il avait besoin de panoramas immenses. Mais une fois arrivé dans ces paysages, il jouissait pleinement de la compagnie des autres.

Hans, Arnnannguaq, Hendrik, Marie Louisa et moi, nous marchons vers le cimetière, à l'entrée du village. De là, les morts voient qui s'approche d'eux, m'explique Arnnannguaq. Je me promène entre les tombes, à la recherche des amis de Kinte : Rudolph et Margreta Quist, Abraham Zeeb, Louisa Zeeb, Severin Nielsen, Henorich, Sophia et Elisabeth Lange. Tous sauf Salamina, qui fut enterrée sur l'île d'Ikerasak, près d'Uummannaq. Charmé par ses voisins groenlandais, Kent décrit un couple comme « incorrigiblement authentique, sans manières, à l'ancienne mode, débonnaire, admirable par leur insouciance ».

Une piste remonte la colline en serpentant entre les tombes. Quand je lui demande où elle mène, Hans répond : « Nulle part. » Nous la suivons jusqu'au bout.

« J'ai toujours voulu aller nulle part, dis-je.

— Vous y êtes déjà », riposte Hans.

Là-dessus, il part reprendre le travail, au village.

Du sommet, Marie Louisa et moi nous voyons tout le dos de l'île. C'est un désert polaire, composé de pics abrupts, gris, nus et secs. En contrebas, le courant d'ouest du détroit semble s'être invité, des infusions de sel se mêlent lentement à la farine glaciale vieille de plusieurs milliers d'années, les vagues roulent le tout en une paisible soupe géologique. Après la fin de la piste, une arête coupante jette de la poussière et des rochers dans d'étroits corridors. La fin, c'est là d'où nous sommes partis. Mais où pouvons-nous aller, d'ici ? En regardant mes pieds, je remarque que notre ombre a disparu.

La nuit, le soleil de juillet inonde les fenêtres. Il est difficile de dormir. Les chasseurs partent en canot à des heures indues, les enfants jouent, les icebergs fondants font un bruit de tôle. Des tourelles de glace s'écroulent. Le sommeil vient par à-coups, parce qu'en pleine lumière le corps n'a pas besoin de repos. Il est plein d'énergie, mais n'a nulle part où aller. Les heures passent, langoureuses, glaciales et baignées de soleil. Mes vêtements sont crasseux. Même si je les lave à la main, comment sécheront-ils ? Il y a du soleil, mais la température de l'air est trop basse.

La nuit, inaccessible pour le moment, paraît un luxe, un diamant noir. Dans un livre, je trouve l'image d'un soleil enterré dans la paume d'une main : c'est un œil extra-lucide. Pas besoin d'être aveugle pour voir. Assise, j'ai l'impression d'être debout ; quand je me promène sur la plage, j'ai l'impression d'être immobile.

Certains jours, je vais en canot, avec Hans, visiter les endroits qu'a peints Rockwell Kent. Les distances sont trompeuses, puisque l'air est si clair : il n'y a aucun indice visuel qui indique à quelle distance se trouvent les montagnes. Parfois, Hans coupe le moteur au milieu du fjord et nous dérivons vers des citadelles d'icebergs grêlés, rayés, striés, frangés, fendus, pointus, pliés, souillés par les mouettes, dentelés, triangulés. Véritables murs de dentelle mouvante, certains se sont détachés des glaciers dont le bord déformé s'était ouvert en crevasses.

Les grands icebergs peuvent peser jusqu'à dix millions de tonnes, mais ceux que je vois trempent depuis longtemps au soleil : nous ne voyons que des fibules écroulées, des clavicules cassées. Je me sens petite, perdue et heureuse. Si nous suivions la marée, nous serions pris par un courant qui nous entraînerait vers le sud, vers ce que Leif Eriksson appelait le Vinland, c'est-à-dire le Labrador.

Nous débarquons sur l'île Karrat, là où Kent adorait camper. C'est une petite île aux côtes découpées et herbeuses, pleines d'endroits où l'on peut quitter la glace ou sortir de l'eau et planter son chevalet. Sa toile *L'Artiste au Groenland* a été peinte sur la plage de Karrat, avec vue sur l'autre côté du fjord. Une tente blanche est maintenue au sol par des pierres et l'artiste lui-même se promène non loin de là, portant une toile inachevée. Kent traduit le silence en une peinture plate. Ni flux ni reflux : le fjord n'est qu'un miroir, une surface narcissique, où les montagnes se dédoublent, avec la brume d'été qui se blottit entre les cimes ; le peintre, sur cet autoportrait, est une petite silhouette, debout sur une toundra cuivrée que l'oxydation a rendue vert-de-gris.

Alors qu'il y peignait, il nota : « Assez de soleil pour voir clair, de glace pour voyager, et de travail à faire. Le travail, c'est peindre. C'est pour ça que je suis venu au Groenland ; c'est par le travail et peut-être pour le travail que je vis et que je me trouve bien presque partout, seul. »

C'est dans sa maison d'Illorsuit qu'il peignit *Hiver au Groenland*, où l'on voit, par-dessus les toits du village, les montagnes situées de l'autre côté du détroit, sous une lumière printanière. Son pinceau fin, jamais pris en défaut, donne le sentiment d'un espace illuminé et infini. Le fjord est pavé de glace, les icebergs y sont plantés, immobiles, comme des dents de requin projetant de longues ombres. Au premier plan, deux maisons inuits, un râtelier où l'on fait sécher du poisson, des villageois rentrant chez eux. Les formes sont massives, ondulantes, gracieuses. A propos des couleurs arctiques, Kent écrivait : « Ciel bleu, monde blanc, et lumière dorée du soleil qui fait tendre la blancheur vers le bleu illuminé. »

Une autre fois, je suis avec Marie Louisa les traces laissées par les corbeaux tout autour de la montagne, nous fabriquons un barrage et nous prenons un bain froid. Je viens d'une grande plaine d'argent, l'Amérique, où l'avidité a remplacé la régénération, où les litiges ont remplacé l'intimité, où l'envie a remplacé les aspirations de l'âme. Nous dissimulons la superbe désolation de nos paysages derrière des façades ostentatoires et des plantes exotiques qui exigent plus d'eau que nous n'en avons. Les contours de notre topographie intérieure et extérieure sont cachés. Mais ici, depuis ma niche dans ce mur d'amphithéâtre, je contemple une côte stérile qui n'est que richesse, où tout est révélé, où tout se mesure en immensités scintillantes.

Tout en marchant, je m'imagine qu'ici les cellules se meuvent librement, si tant est qu'elles en soient capables. Cela donne une idée de l'espace disponible. Les îles inhabitées, de l'autre côté du fjord, ne suscitent la convoitise de personne. Elles sont à moi, ou à qui voudra les explorer, y camper ou y chasser. Quoi qu'il arrive, c'est l'avancée d'un glacier qui aura le dernier mot.

La vie est simple ; la langue, en revanche, est complexe. Le groenlandais peut être compris à travers toute la zone polaire. C'est une langue polysynthétique : les mots sont créés à partir d'une base où s'ajoutent une ou plusieurs syllabes modifiantes, et une désinence. Les verbes ont entre trente-quatre et soixante-huit terminaisons, et il existe 420 syllabes qu'on peut ajouter aux bases. Les mots sont des agrégats d'une longueur invraisemblable.

Une arête de glace s'écroule dans la baie. Je joue avec l'orthographe, pour transformer « isolement » en « ice-olement ». Notre latitude (72° nord) est une façon de mesurer la solitude. *Imaqa*. Peut-être pas, après tout, car je ne suis pas seule du tout. Le détroit est une nuit liquide, les icebergs sont des continents à la dérive, des blocs de lumière qui me troublent. Le soleil grisant oblige mon esprit à se dérouler.

Je continue mes promenades avec Marie Louisa, d'abord timidement, puis avec de plus en plus d'enthousiasme. Elle est petite pour son âge, mais physiquement intrépide. Avec sa canne à pêche (un bâton, une ficelle et un crochet), elle prend un poisson qui ressemble à un crapaud cornu, elle le tient dans la main avec affection, puis le rejette à l'eau. Quelquefois, sur la plage, munie d'un bâton, elle tâte les rochers dans le sable noir. Le soleil de minuit lui donne une auréole.

Même au moment de la journée que la plupart des gens appellent l'aube, lorsqu'une brume se forme et passe derrière les icebergs comme la queue épaisse d'un renard polaire, il n'y a rien dans l'air qui pourrait se transformer en pluie ; durant la période qu'on appelle la nuit, lorsqu'il fait si froid que l'on peut voir sa respiration, il n'y a rien dans l'air vif qui pourrait se transformer en neige. Le soleil règne, chaud et froid. L'eau brûle. Le soleil enflamme la glace, y sculpte des perles ; le soleil fait éclater le rocher, y creusant de profondes entailles d'une brillance inattendue.

Rockwell Kent écrivait :

> Je peins ; je peins sans cesse. Je recherche la beauté, stupéfait par son abondance, désireux de saisir en une courte année la totalité de ce qui

pourrait émouvoir un homme en une vie entière. Comme si l'on voulait, en agitant un kaléidoscope, épuiser ses combinaisons en un seul jour. Je parle d'art pour montrer à quel point le temps est rempli, pas pour le plaisir d'en parler. Parler d'art, c'est là une vraie perversion de nos facultés. Nous avons parcouru les fjords, campé où cela nous plaisait le plus, et nous avons travaillé. (Kent, *Salamina*, p. 315.)

Ma respiration a changé. Mon souffle lent est haletant, grave, comme celui d'un couguar. L'orbe vibrant du soleil, halo en ruines, est rendu élastique par sa propre fatigue. Il brûle vingt-quatre heures sur vingt-quatre, comme pour dire que la vie n'est qu'une journée qui se consume lentement. En fin de soirée, un iceberg bascule et envoie des ondes de choc vers la maison. Les villageois sortent de leur maison, les enfants partent en courant pour mieux voir le spectacle. Les canots sont soulevés et ballottés par les eaux. Je hurle : « Oh la belle vague ! » mais personne ne comprend. Quand le calme revient, Kristian s'aventure seul, en canot. A ce moment de la nuit, quand le soleil quitte l'ouest pour gagner le nord du ciel, il baigne d'une lumière dorée toute la longueur du fjord, comme un chemin que suit Kristian.

Selon Rockwell Kent, « on découvre au Groenland "comme pour la première fois" ce qu'est la beauté. Dieu me pardonne pour avoir tenté de la peindre. J'ai essayé constamment. J'attachais une grande toile aux étançons de mon traîneau comme sur un chevalet ; j'accrochais mon sac de peintures et de pinceaux à la barre, je posais ma palette sur le traîneau. J'attrapais les chiens et je les harnachais. Puis, après la course folle pour descendre la colline, et sur la glace côtière, prélude inévitable au voyage, je me couchais sur ma peau de renne avec l'indolence d'un sultan et j'allais à mon rendez-vous. »

Tout l'après-midi, Marie Louisa saute par-dessus les rochers, sur les éboulis, enjambant de petits ruisseaux. Je suis éblouie par sa grâce et sa curiosité naturelles. Pour le dîner, j'ai fait du curry de phoque et elle en a mangé de bon appétit, sans jamais se plaindre.

Quand je lui montre des photos d'animaux africains et que je lui explique (de manière comique) la façon dont ils se déplacent dans la savane, elle bondit comme une gazelle à travers la pièce.

Elle dessine. En pensant au fonctionnement limité de nos yeux, à l'ouverture fovéale qui laisse entrer si peu de choses par rapport à nos ancêtres de Néanderthal, je m'interroge sur les yeux de l'esprit : où nous mène notre regard d'aveugle, comment l'esprit voit encore lorsqu'il n'a rien devant les yeux. Marie Louisa dessine une baleine, une maison, un iceberg et le soleil.

Le lendemain, Hans, Marie Louisa et moi repartons en canot vers l'île Karrat. Nous avons emprunté une tente, quelques sacs de couchage, un vieux poêle Primus et nous avons de la nourriture déshydratée que j'ai achetée en Amérique. Nous camperons dans l'un des endroits favoris de Kent, non loin d'un cours d'eau, d'où le regard embrasse tout le bout du fjord. Près de Karrat, le vent pousse les débris de glace contre les plages septentrionales et nous bouscule. Puis la marée descendante disperse la glace et dégage la voie.

Nous remontons un long affluent du détroit d'Illorsuit, le détroit de Kangerlussuaq. Un glacier vêle bruyamment et la prairie herbeuse où Kent a peut-être campé est inondée. Nous montons un peu plus haut. Une fois la tente plantée, et les sacs de couchage jetés à l'intérieur, l'excursion commence. L'île Karrat est un cil rocheux à l'embouchure d'un fjord où alternent de part et d'autre langues de terre et avancées de glace. Chacune des montagnes environnantes a son propre ensemble de lacs et de glaciers.

« Je suis un égoïste colossal. Je n'ai pas l'intention de faire les choses en petit. Je veux atteindre les étoiles. Je ne cherche pas une mesquine expression personnelle, je veux l'infini, l'élémentaire. Je veux peindre le rythme de l'éternité », écrivait Kent.

Nous grimpons, toujours plus haut. Les franges sont vertes, les parois rocheuses sont noires, les glaciers déversent le résultat de leur fonte. La lumière caresse les montagnes où a gelé la neige de l'hiver précédent, par-dessus les glaciers d'un autre millénaire. Un nuage tordu par le vent devient un escalier en colimaçon menant au sommet du pic de Karrat. Nous arrivons dans de grandes prairies, garnies de chapelets de lacs minuscules. Il y a ici assez de terre pour que poussent les fleurs sauvages : la quintefeuille arctique, la

NORD-QUART-NORD-EST : ILLORSUIT, JUILLET 1996

saxifrage, l'osier à feuille large, les campanules et, fait incroyable, des touffes de fétuque alpestre, la plus belle herbe au monde. Une végétation alpestre au niveau de la mer ! Et l'eau, vernie par le soleil, qui s'égoutte par-dessus de larges blocs de granit.

En redescendant la montagne, nous pataugeons dans des flaques et nous glissons sur des jardins suspendus, en soulevant le talon de nos bottes pour ne pas faire mal aux plantes. Comme dans toute flore alpestre, dès qu'il y a de la mousse, il y a aussi du lichen, comme je l'apprends à Marie Louisa. La mousse a de la chlorophylle dans ses cellules, mais les spores sont contenues dans de petites capsules ovales qui vacillent au sommet de longues tiges minces. Le lichen se compose de deux plantes qui ont l'air de n'en faire qu'une : un champignon et une algue verte. Le champignon fournit les sels minéraux nécessaires et l'algue synthétise la nourriture pour le champignon. Comme l'a dit un botaniste : « Un lichen est un champignon qui fait pousser en lui-même ses légumes. »

Différentes par bien des aspects, ces deux plantes ont en commun de ne pas avoir de racines. Elles absorbent simplement l'eau lorsqu'elle tombe sous la forme de pluie, de neige ou de rosée, et se mettent en état de sommeil quand l'eau manque. Nous sommes dans un désert polaire, après tout. Je m'arrête pour contempler les disques de lichen noir soulevés par le vent. On dirait des médaillons en papier, ou quelque monnaie ancienne réduite en cendres : voilà bien les seuls millions dont je dispose.

Nous montons jusqu'à un rebord de glace, qui se raccorde, comme un clapet, à la calotte glaciaire qui s'élève encore plus haut, avant de tourner et de redescendre brusquement. L'eau suinte du bord du glacier et ruisselle, scintillante, sous nos pieds. Nous marchons contre un vent si fort qu'il nous fait presque reculer. Cela amuse beaucoup Marie Louisa. En bas, il n'y a plus de tente. Elle a été emportée par le vent.

Un jour, je vois un vieil homme, Karl Ottosen, qui fume un cigare, assis sur les marches de la salle de bal construite par Rockwell Kent. Une plaque conçue par l'artiste est encore fixée au-dessus de la porte. Ottosen dit qu'il ne se rappelle aucun Américain du nom de Kent. Puis je lui demande s'il a connu « Kinte », et ses yeux s'illuminent.

« Oui, je me souviens très bien de lui. J'avais dix ans et j'ai participé à certains de ses voyages. Il emportait ses pinceaux et ses toiles, il prenait les chiens et il allait peindre. Le village de Nuugaatsiaq lui servait de base ; il adorait la petite île de Karrat, là-bas. » Karl désigne le nord-ouest. Quand je lui demande ce qu'est devenue Salamina, il ne se rappelle pas.

Karl s'était fait fabricant de kayaks et d'umiaks au village. Dans les années 1930, les kayaks étaient faits à partir de bois importé du Danemark. Il découpait d'étroites nervures, les courbait pour les mettre en place, puis recouvrait la coque de quatre peaux de phoque piquées et surpiquées, se chevauchant. Le fil était fait en ligaments de narval (plusieurs tordus ensemble) et les joints étaient taillés dans une peau où on avait laissé un peu de gras, pour que l'eau ne pénètre pas. Pour un umiak, il fallait vingt-quatre peaux, assemblées de la même manière. Les rames étaient sculptées dans le bois (souvent du bois flotté), avec une extrémité en os si bien polie qu'un phoque ne l'entendait pas entrer dans l'eau ; le papier de verre était en peau de requin. Karl fabriquait aussi les harpons avec lesquels il tuait les phoques, illustrant ainsi le proverbe inuit selon lequel le chasseur, ses outils et ses proies ne doivent faire qu'un.

Karl et sa femme fabriquaient eux-mêmes leurs vêtements pour la chasse. « Je portais un anorak en caribou, dont le bas était cousu avec le même fil en peau de phoque que pour les bateaux, un pantalon et des kamiks (les bottes) en peau de chien, avec des chaussettes en peau de phoque. Quand venait le froid, je mettais un anorak en renne, plus chaud, et un bonnet taillé dans une oreille de renne. J'avais fait un trou dedans pour ne pas transpirer. Je portais des gants en peau de phoque, et quand il faisait très froid, je mettais un pantalon en ours polaire fabriqué à Upernavik. Comme ça, je pouvais voyager par tous les temps sans jamais avoir froid. Idem pour ma femme. Elle me suivait souvent sur son traîneau et quand je revenais lui demander si elle avait froid, elle me répondait toujours : "J'ai aussi chaud que quand je suis partie."

« J'avais entre dix et quinze chiens, mais une dizaine suffisait. J'ai toujours élevé mes propres chiens et on disait qu'ils étaient parmi les meilleurs du village. C'est parce qu'ils sont comme les humains. Ils doivent être malins, futés et robustes. Je recherchais les mêmes qualités chez un chien que chez un homme ou une femme. Quand je sevrais les chiots, je leur donnais la meilleure nourriture pour qu'ils grandissent, mais pas trop, pour qu'ils ne deviennent pas gras. Ils n'étaient jamais méchants. Je n'avais pas besoin de ça. Ils ne mordaient pas. Ils travaillaient pour moi parce qu'ils en avaient envie. »

Karl nous raconte le voyage qu'il a fait en traîneau d'Illorsuit jusqu'à Thulé, un hiver. « Je suis parti en février et je suis revenu en mai. Dans la baie de Melville, on dormait sur les traîneaux. Plus on avançait vers le nord, plus c'était plat. A Thulé, il n'y avait pas de montagnes du tout. Ça me faisait peur. Il y avait quelque chose qui n'allait pas. »

Il s'arrête un moment, en regardant le long fjord. « Maintenant je n'ai plus de traîneau et ma femme est morte », dit-il, en tirant une bouffée de son cigare à bon marché. Et voilà. Il a tout dit.

En rentrant à la maison, Hans et moi nous rendons visite à Ann Hansen. Née en 1909 à Illorsuit, elle est l'une des huit femmes qui ramaient à bord d'un umiak durant la chasse aux rennes. Elle est petite et épaisse, avec de gros bras : c'étaient ses muscles de rameuse, m'explique-t-elle. De longs poils lui poussent au menton et ses yeux bleus pétillent.

« Nous allions jusqu'à Kangerlussuaq pour trouver les rennes. Il fallait plusieurs jours pour y arriver, et on passait la nuit dans des campements tout le long du chemin. Nous étions chaque fois six ou huit, toujours des femmes. Les hommes étaient dans leurs kayaks, mais les grands bateaux servaient à rapporter la viande. Parfois, nous partions vers les îles juste au nord d'Illorsuit pour aller chercher des œufs et chasser les oiseaux. C'était difficile de ramer ainsi, jour après jour. Nous étions très fortes. Mais c'était le meilleur moment de l'année pour vivre dans les campements et se préparer pour l'hiver.

« L'hiver, les hommes partaient en traîneau vers le côté ouest de l'île, où la chasse à la baleine était meilleure. Nous attendions à la maison. Je n'aimais pas tellement ça. Il y avait un homme ici qui jouait du violon et nous faisait danser sur sa musique dans la salle de bal construite par Rockwell Kent. C'était Karl Ottosen. J'entends encore sa musique. »

Tandis qu'elle parle, un épais brouillard s'installe sur le fjord, embrassant même les sommets pointus des icebergs. Douze corbeaux parcourent la petite plaine, à la base de la montagne. Je me sépare de Hans pour aller escalader la montagne, derrière le village, où je découvre une minuscule cascade. L'eau vient d'une source invisible et jaillit au milieu d'une falaise désolée, couleur chocolat. Je me déshabille rapidement, je m'asperge, je me brosse les dents et, tout en frissonnant, je remets mes vêtements crasseux.

A mi-chemin de la descente, je m'étends au soleil. Il s'est mis à briller à travers la trame du brouillard. L'eau est placide. Je rêve que le ciel est une branche de palmier formée de soleils qui s'agitent au-dessus de nous. Le soleil est une inondation mais, comme dans toute inondation, nous sommes entraînés, balayés, perdus. Il n'est qu'éclat aveuglant, chaos, et me rappelle combien nous sommes sourds et muets à la claire nature des choses. L'eau du fjord est noire ; je scrute sa noirceur d'ébène. Le soleil est la lampe du monde ; la terre en approche et en recule son front de géant, veillant dans la lumière, dormant dans l'ombre. Dans le *Denko-roku* (Transmissions de la Lampe), un sage du XIVe siècle a écrit :

> L'eau est claire jusqu'en bas.
> Rien ne l'a jamais polie.
> Elle est ainsi.
> Merwin, *Sun at Midnight*, xxvi

A la maison, tout le monde paraît nerveux : Hans se tient à l'écart, Arnnannguaq s'ennuie, Nikolai est sobre mais mélancolique, il fume la pipe. Puis je comprends que c'est sans doute parce que personne n'a assez dormi. Quand le brouillard arrive, nous nous couchons tous ; la lumière moins intense fait croire à notre corps que c'est le crépuscule. Plus tard, je partage avec Hans un thé de minuit, avec des biscuits. « Nous n'avons l'électricité [fournie par un énorme générateur diesel] que depuis 1984, et le téléphone que depuis un an. Je possède le seul téléphone international et le seul fax de tout le village. » Il sourit. « J'assure la liaison avec le monde extérieur. » Il rit. « Si seulement ils pouvaient me voir ! »

NORD-QUART-NORD-EST : ILLORSUIT, JUILLET 1996

La culture évolue constamment. Dans ce village, à la fin du XXᵉ siècle, les chasseurs accommodent innovation et tradition. Ils ne prennent de la technologie moderne que ce dont ils ont besoin et l'utilisent pour préserver leurs usages anciens tout en les améliorant. « Un vieil homme du village a hérité d'un moteur hors-bord pour son canot, me dit Hans. Le moteur était usagé et ne marchait plus. Quand il m'a demandé de commander de nouvelles pièces, l'entreprise a répondu qu'elle ne fabriquait plus ce modèle. Alors le vieux a fabriqué la pièce avec un bois de cerf. Et le moteur marche toujours !

« Un chasseur qui rentrait ici tout seul, un hiver, après une longue chasse, a découvert que le patin de son traîneau s'était fendu et qu'il ne pouvait plus avancer. Alors il a abattu un phoque, a roulé la peau et l'a attachée au traîneau en guise de patin. Ça lui a pris un peu plus longtemps pour rentrer chez lui, mais il y est arrivé. Sinon, il serait mort congelé ou affamé. C'est comme ça qu'on se débrouille, ici. »

Une autre semaine s'écoule et je me baigne dans ce qui reste de la rivière. L'été, tout se réduit à une permutation de lumière, et la lumière est une radiation électromagnétique dont seule une petite partie est perceptible par l'œil humain. Marie Louisa et moi, nous nous asseyons sur la pente rocheuse et nous tentons d'exercer nos yeux. Nous voulons voir ce que nous ne pouvons pas voir : la lune et les étoiles en plein jour.

En regagnant la maison, nous trouvons cinq géologues danois dans le salon. Ils sont arrivés en bateau et sont passés dire bonjour. L'humeur générale change. Ils parcourent tous les fjords de la côte nord-ouest en quête d'indices géologiques. Nous leur proposons du café et des biscuits, et ils nous expliquent la géologie locale : la muraille rocheuse, derrière le village, est faite de basalte, sur une base de grès. Les couches de pierre se superposent horizontalement, atteignant parfois 30 mètres d'épaisseur, mais parfois réduites à une mince pellicule. Elles sont séparées par des veines d'ardoise rougeâtre, et deviennent parfois plus massives et se dressent à la verticale, avant de retomber en plis incurvés.

Après leur départ, je pars avec Marie Louisa escalader un rocher composé de trois couches, jusqu'au point où la cascade s'enfonce dans la pierre avant de resurgir une centaine de mètres plus bas. Voilà les travaux de couture de la terre : un cours d'eau qui rentre et sort dans une falaise chocolat. Est-ce ainsi qu'une montagne fabrique la reliure de ses légendes ?

Arnnannguaq nous rejoint ensuite et nous rendons notre visite quotidienne à la *butik*, ouverte seulement quelques heures par jour. Nous achetons un sac d'oignons et un bouquet de tulipes en soie rouge. Une cargaison de légumes danois fatigués vient d'arriver, et les prix reflètent l'effort nécessaire à les acheminer. Nous avons le choix entre des courgettes à trois dollars et des laitues à cinq dollars, les feuilles molles et transparentes d'avoir gelé et dégelé.

Les nuages descendent. De l'autre côté du fjord, on ne voit plus que le pied des montagnes et la glace en débris qui s'y heurte. Au-dessus, les glaciers évoluent par ablation et accumulation, mais aucune avancée, aucun recul n'est immédiatement perceptible. Le soleil illumine la glace tombée à la base d'un lointain glacier ; plus près du rivage, un iceberg s'est fendu, ses organes internes et ses lacs intérieurs sont autant de corps turquoise appartenant à un autre ordre des choses.

En fin d'après-midi, je vais prendre mon bain quotidien, mais je trouve la rivière gelée. Je remarque que le bateau bleu de Nikolai et de Kristian a disparu. Comment ai-je pu manquer leur départ ? La pêche au flétan a été si bonne que l'usine d'Uummannaq n'a pas pu tout accueillir, et les pêcheurs doivent maintenant porter leurs prises jusqu'à Upernavik.

La baie semble vide. Là où le bateau était amarré, des icebergs se sont installés, des continents blancs, de nouveaux mondes glissants. Je m'imagine géographe et obligée de redessiner la carte. A peine ai-je fini que la glace change de disposition et qu'il me faut tout recommencer.

La glace quitte le détroit d'Illorsuit et flotte vers le nord, emportée par la marée descendante, avant de tomber dans la baie de Baffin. Elle s'échappe ensuite entre le Groenland et l'île de Baffin. Elle est capturée par le courant du Labrador et entraînée vers le sud, le long des côtes du Labrador et de Terre-Neuve, avant d'arriver finalement dans les routes de navigation de l'Atlantique Nord.

Un iceberg est une masse instable, anguleuse, volumineuse, parfois grande comme un terrain de football, et capable de générer son

NORD-QUART-NORD-EST : ILLORSUIT, JUILLET 1996

propre brouillard. Sous l'eau, ses pointes sont de véritables leviers, qui renversent tout ce qui se présente sur leur passage. Avec les huit neuvièmes de son immensité cachés sous la surface, il se traîne à travers les étendues de pack, souvent animé par des courants plus profonds, invisibles, la banquise poussant dans un sens et les tours de glace dans un autre, tordues et enveloppées de voiles de brume.

Une fois détachées de la côte de la terre d'Ellesmere, les blocs de glace partent à la dérive. Ces îles restent intactes pendant des années et peuvent servir de plates-formes mouvantes pour les stations de recherche scientifique, les ours pris au piège et les chasseurs inuits. Au sommet de l'iceberg, sur quelques mottes de terre et de gravier, des touffes d'herbe poussent parfois.

Durant l'Expédition Hall de 1871-1872, partie à la recherche de Sir John Franklin et de son équipe, comme on craignait que le vaisseau, le Polaris, soit écrasé par la glace, l'équipage déchargea des provisions importantes et un canot de sauvetage. Douze hommes, dont deux Inuits avec leurs femmes et leurs enfants, se retrouvèrent sur une banquise à la dérive. C'était en octobre. De 79° 35' de latitude nord, ils furent entraînés vers le sud par le courant du Groenland ; ils purent capturer des phoques en chemin et vivre confortablement. Les phoques fournissaient vitamine C et protéines ; le régime esquimau évite le scorbut. La graisse était utilisée pour s'éclairer et se chauffer.

En avril, ils arrivèrent sur les côtes du Labrador, mais le printemps rendait leur voyage plus dangereux : le pack commençait à se briser sur la mer agitée, le morceau de banquise devenait de plus en plus petit. Un enfant était né et se portait bien. Le 30 avril, les voyageurs furent recueillis, en parfaite condition physique. Ils avaient dérivé pendant 193 jours, sur 1300 milles.

Le détroit est une corde bleue dont un morceau a été enlevé. Il fait si froid, même en plein soleil, que j'ai les mains et les pieds engourdis. J'arpente la plage comme Rockwell Kent le faisait autrefois lorsqu'il attendait une lettre de sa femme. J'aimerais recevoir des nouvelles, quelque chose qui pourrait me reconnecter, même si je n'espère aucun courrier. Un fax arrive, mais il ne m'apprend rien de neuf. Les enfants utilisent le papier pour dessiner. A la radio, nous entendons qu'un avion américain a explosé en plein ciel. C'est un Paris-New York, mais Hans n'arrive pas à comprendre de quelle compagnie, ni le pourquoi de l'événement.
Sous l'effet du soleil, je me sens comme gonflée à l'hélium. C'est comme un gaz inodore, et je suis incapable de dire par où il s'est insinué en moi. La lumière est limpide, translucide, comme la porcelaine. Si je glisse les mains dans les rayons du soleil, dans ce paysage gazeux que les yeux souffrent de contempler, je suis lentement recouverte à la feuille d'or.
Des images récentes de l'observatoire *Soho*, en orbite autour du soleil, montre que la couronne gazeuse du soleil est à la fois violente et musicale. Les oscillations issues des profondeurs frappent les gaz en surface, les soulèvent et les font retomber comme des rideaux, en émettant dix millions de notes distinctes, dont aucune n'est audible pour nous parce qu'elles restent coincées à l'intérieur du soleil, sans pouvoir traverser le vide. Pendant ce temps, le magnétisme solaire fait des pirouettes, mû par une force qui se déplace plus vite à l'équateur qu'aux pôles, ainsi que par le débit de convection, chacune étant indépendante de l'autre et se déplaçant à la vitesse d'un kilomètre/seconde.
Cette nuit, pas un souffle de vent, le fjord est de verre. Les montagnes flottent, faites d'eau. Le large halo du soleil de juillet forme une orbite elliptique qui s'agrandit chaque jour. Les nuages venus du sud restent suspendus au-dessus d'un glacier encombré par sa progéniture de glace, transformant les icebergs en boucliers noirs surgis d'un miroir ténébreux.

NORD-QUART-NORD-EST : ILLORSUIT, JUILLET 1996

Une façade s'avance. J'aspire à partir à la dérive.
Quand Rockwell Kent avait la bougeotte, il prenait son traîneau ou son canot, il changeait d'épouse, de concubine ou de maison. Il construisait une cabane dans le Maine, avant de partir pour le Groenland, de réparer une ferme du Vermont ou de s'installer à New York. Ou bien il allait passer un an en Alaska ou en terre de Feu. Cette incapacité à rester au même endroit servait d'excuse à son donjuanisme et à son errance, mais lui permettait aussi de se rafraîchir l'œil, de l'ouvrir à davantage de lumière.
A la fenêtre, en pleine nuit, je sens qu'on touche mon épaule. Je me retourne : personne. Un fantôme, une souris ? Mais il n'y a pas de souris, ici. Je reste immobile et j'attends. Rien. Un iceberg gémit, ses entrailles s'effondrent. Plus tard, lorsqu'il fait grand jour, Kristian rentre avec un phoque.

Vers la fin de sa vie Kent s'est installé avec sa troisième épouse dans une ferme de l'Adirondack, dans l'Etat de New York. En 1969, un soir de printemps, ils lisaient dans leur salon lorsqu'un orage éclata. La foudre frappa un transformateur ; une boule de feu entra dans la maison et y alluma un incendie. Les toiles et les gravures, les livres et les carnets, tout ce que Kent avait rapporté de l'Arctique et d'Amérique du Sud fut réduit en cendres.
Plus tard, ses amis et ses voisins lui rebâtirent sa maison. Mais il avait quatre-vingt-sept ans ; quelques années après, il annonça un soir à Sally qu'il était très fatigué. Il se pencha pour ramasser ce qu'il avait pris pour des fleurs sur le tapis, et il s'écroula. Il mourut peu de temps après.

Au milieu de la nuit, je me réveille en sursaut, je me glisse jusqu'à la fenêtre et je m'y agenouille comme devant un autel. Je veux parler à ce fantôme, quel qu'il soit. J'attends, mais rien ne bouge. Avant moi, avant que Hans n'arrive, avant que Kent n'arrive, les habitants de l'île vivaient dans des mondes parallèles et savaient que la réalité est au moins aussi perméable que la glace, percée de vide. Je regarde dehors : le soleil polaire est une note tenue, il rend les murs transparents.

Je pose la question sans réponse de Stephen Hawking : est-il possible de se souvenir de l'avenir ? La lumière pénètre mes paupières et le paysage disparaît dans la courbe de l'espace-temps, pardessus la cascade, dans un tonneau. Parler d'avenir semble une erreur, liée à la vieille croyance en un temps linéaire, tout comme le fantasme chrétien selon lequel nous vivons une tragédie sacrée, une vie pécheresse pour laquelle nous devons obtenir la rédemption.

Le temps avance sans mesure ; il n'y a pas de péché originel, seulement une confluence d'eaux qui se mêlent, se séparent et se mêlent à nouveau. I = E. Instant égale Eternité. Peut-être est-il possible de se rappeler où nous ne sommes pas encore allés.

De l'autre côté du fjord, les glaciers lèchent de leurs pointes blanches les débris aplatis qu'ils ont déracinés. Le soleil disparaît devant de nouveaux nuages. Est-ce qu'un orage menace ? Prise en sandwich entre les hautes falaises, je ne vois pas l'horizon de l'horizon, je ne vois que ce que les montagnes veulent bien me laisser voir.

Je lis les potins mondains dans un vieux numéro du *New Yorker* que j'ai retrouvé roulé au fond de mon sac. Cette rubrique me ramène momentanément dans un monde perdu, un monde dont je me passais sans aucun mal. Mais à Illorsuit, il n'y a guère de potins, et encore moins de mondanités, et je me contente donc de ce qui fait office de bavardages locaux. Au bout de combien de semaines sans conversation perd-on toute agilité verbale ? En guise de verbiage, je place la glace et les rochers sur ma langue et j'avale des paysages d'une beauté intolérable.

Vers minuit, j'entends le teuf-teuf d'un moteur diesel dans la baie. De la fenêtre, je vois Nikolai à la barre, qui se faufile à travers des blocs de glace grands comme des maisons. Sa salopette rouge est un charbon tiré d'un vieux feu qui brûle encore

Au magasin, j'achète un nouvel arrivage danois de fromage et de pain de seigle, ainsi qu'une boîte de raisins secs de Californie, à cinq dollars, pour nos promenades. Nikolai est ivre, il est ivre depuis trois jours. Il fume la pipe, assis sur un tas de palettes, près

NORD-QUART-NORD-EST : ILLORSUIT, JUILLET 1996

de l'entrepôt. Je sens son regard peser sur moi quand je passe. Le col et les poignets de son pull blanc sont noirs de crasse ; le blanc de ses yeux turquoise est rouge. J'entends dire quelque chose à Arnnannguaq, qui me regarde et éclate de rire. Le soir, quand Hans rentre à la maison, il me traduit : Nikolai veut m'épouser.

Je passe le reste de la semaine dans ce qui ressemble à du mutisme, mais qui n'en est pas. Mon langage des signes avec Marie Louisa est devenu d'une efficacité extravagante. Je nous sens très attachées l'une à l'autre, beaucoup trop. Dès que je fais un geste, elle me comprend ; je me rappelle à peine l'époque où nous n'avions pas de langage commun. Nous ne sommes pas assez patientes pour nous embarrasser de dictionnaires. Nous avons autre chose à faire : marcher, chercher des insectes sous les roches, cueillir des fleurs, regarder les corbeaux, laisser la cascade duveteuse arroser notre peau.
Nous sommes portées par la force vitale de Sila, j'en suis sûre ; Nuna, la terre, conserve nos empreintes. Nous pourrions prononcer les mots secrets des angakoks si nous les connaissions, comme les chasseurs parlaient aux animaux qu'ils traquaient ou chantaient à ceux qu'ils tuaient. Autrefois, une femme qui parcourait les pentes arides d'Ubekendt Ejland pouvait être emportée par un ours qui voulait en faire sa compagne, enlevée par un nain ou violée par un chien.
Une culture peut devenir ce qu'elle choisit d'être ; elle n'est jamais qu'un aspect de la mémoire et de l'imagination. Mais alors que nous touchons au terme du millénaire, notre esprit semble rétréci. Comme le chaman l'a dit à Rasmussen, nous vivons par saccades, nous ne savons comment exister.
Comment dire tout cela à Marie Louisa ? Je demande à Hans de lui dire qu'elle devrait écouter quand elle se promène à pied ou en traîneau, l'hiver, qu'elle devrait essayer d'apprendre les mots et les chants secrets. Alors elle pourrait me les apprendre.
Le vent monte et j'entends quelque chose qui claque contre le mur. Je vais voir, avec Marie Louisa. Le bruit vient des lanières découpées dans des boyaux de phoque, qu'on utilise pour attacher les traîneaux ensemble et réparer les harnais des chiens. Elles sont

suspendues à côté des sangles en nylon achetées au magasin. Ce sera bientôt l'hiver. Le 14 novembre, à Illorsuit, le fjord sera de glace et le ciel se sera vidé de toute lumière.

Je consulte l'horloge. Toujours douze heures vingt. Sur Ubekendt Ejland, l'heure se compte en glace et en lumière, pas en minutes et en secondes. Le temps n'est pas une prairie clôturée qu'on peut tondre, ou une aiguille des secondes qu'on peut regarder. Avancer, c'est être immobile, et être immobile c'est danser pour l'homme qui jouait du violon il y a soixante ans. C'était l'époque avant que le temps ne commence, quand les gens parlaient aux animaux et les animaux aux gens, quand les angakoks volaient sous la glace. C'était l'époque avant que les ténèbres ne finissent, avant que le jour ne vienne et décide de rester. Maintenant, la lumière ne veut plus s'en aller.
Marie Louisa fait irruption dans la maison. Elle jouait seule sur la plage, elle s'est déshabillée pour nager dans l'eau arctique à 7°. Maintenant, elle frissonne sur le banc de la cuisine. Sa mère ne fait rien, à part lui lancer un édredon, mais ce n'est pas assez : la fillette se met à pleurer. Je lui touche les pieds, les bras, les joues : elle est glacée, elle bleuit, elle bafouille. Elle est en hypothermie. Je trouve des vêtements secs, des chaussettes, un bonnet de laine, et je l'habille, puis je l'enveloppe dans deux couvertures, comme dans un sac de couchage. Je porte à ses lèvres une tasse d'eau chaude sucrée, puis de la soupe, une barre chocolatée et une tisane. Les larmes cessent et les rires commencent. Elle relève la tête : deux bruants des neiges viennent picorer le muesli dont elle a saupoudré le toit.

Il est temps de quitter l'île. J'attends le bateau de la Pêcherie royale groenlandaise, dont l'équipage a promis de me prendre à la fin de l'été, lorsqu'ils repartent vers Uummannaq. Le bateau viendra du nord-ouest, de Karrat (l'île préférée de Kinte). Je passe mes journées à attendre. Marie Louisa et moi sommes assises sur la plage. Nous dessinons dans le sable noir. Elle court chercher sa canne à pêche et un filet. Pendant que je fais le guet, elle prend deux poissons minuscules et affreux, des crapauds cornus.
Nous ramassons des cailloux. J'en trouve un et je le lui donne ; à

NORD-QUART-NORD-EST : ILLORSUIT, JUILLET 1996

son tour, elle m'en donne un. Caillou après caillou, nous arpentons toute la demi-lune de la plage, jusqu'au quai, puis nous revenons. A 19 heures, le bateau apparaît finalement.

Portant toujours les vêtements que j'avais en arrivant, début juillet, j'enfile mon sac à dos plein de livres, je parcours l'étroite bande de plage que je connais maintenant si bien, et je pars vers le quai. Marie Louisa se met à hurler. Je me retourne et je l'embrasse, en lui disant que je reviendrai, mais elle ne comprend pas, elle ne veut pas comprendre. Hans revient du village et, en la voyant dans cet état, l'emmène au canot. Je suis. Au lieu d'y aller à pied, nous voguons vers le bateau.

C'est un yacht de croisière de dix mètres de long, avec six cabines, une cuisine et des toilettes. Quatre jeunes Groenlandais m'aident à monter à bord. Du canot, Hans et Marie Louisa me tendent mon sac. Derrière eux, près de l'entrepôt du village, assis sur des palettes, j'aperçois Nikolai, arborant son pull blanc fraîchement lavé, sous sa salopette rouge vif. Il nous observait.

Le jeune capitaine fait démarrer le moteur tandis que je regarde une dernière fois le village, en essayant de mémoriser chaque maison, chaque chien, chaque individu. Ai-je assez regardé dans toute cette lumière ? Ai-je été aveuglée par le soleil ? Ai-je vu quoi que ce soit de ce qui avait été révélé ?

Le jour où il quitta l'île, Rockwell Kent écrivit :

> Le lendemain matin, il pleuvait. Les adieux furent longs et tristes. Les gens entouraient la maison pour nous aider à transporter nos affaires à bord. Enfin, à treize heures, nous étions sur le rivage, prêts à partir. Nous avons serré la main à tous les hommes, toutes les femmes et tous les enfants. Rudolph et Abraham sont montés avec nous. Nous pleurions tous. Sur le quai, les gens se sont mis à chanter un cantique ; c'était la dernière note de beauté qu'il fallait pour rendre notre tristesse complète. La foule a accompagné le mouvement de notre bateau, le Naja, le long du rivage, avec de grands signes de la main, en agitant des mouchoirs, et en tirant des coups de feu. Adieu, Idglorssuit, adieu à la vie. (Kent, *Greenland Journal*, p. 300.)

C'était en 1932. Kent est rentré en Nouvelle-Angleterre, pour revenir en 1934 avec son fils Gordon. Salamina l'avait attendu ; à son arrivée, elle reprit sa place dans sa vie domestique. Par la suite, on dit qu'elle eut un enfant de Kent (la fille de Salamina vit à Ikerasak, et son petit-fils Jacob, à Uummannaq).

Le bateau quitte le quai. Je fais signe à Hans. Je fais signe à Nikolai, qui rit, puis détourne les yeux, par désintérêt, par cynisme ou par tristesse. Accroupie à la proue du canot, Marie Louisa pleure. Je répète constamment : « Je reviendrai bientôt », puis je me rappelle l'horloge arrêtée, dans leur cuisine. Pour un enfant, il n'y a ni passé ni avenir. Je suis là, ou j'ai disparu, et il n'y a aucun espoir entre les deux.

Tandis que le bateau s'éloigne peu à peu, Hans et Marie Louisa nous suivent dans le fjord. Il fait frais, ce soir-là. Pas de vent. Il n'a pas plu une seule fois depuis mon arrivée ; toujours le soleil omniprésent qui chauffe l'eau à blanc. Sur la colline, je vois les tombes de ceux qui avaient disparu avant moi. Tous les amis de Rockwell Kent y sont enterrés, et dans l'avenir, Hans, Kristian et Nikolai y seront peut-être aussi. De leur haut perchoir, ils voient qui arrive, qui part, qui a eu le droit de revenir. Serais-je parmi ceux-là ?

Le canot de Hans se rapproche et Marie Louisa se dresse comme un beaupré, ses cheveux aile de corbeau au vent. Elle rit et agite les bras, tout en essuyant ses larmes. Quand nous prenons de la vitesse, le canot accélère, puis nous les distançons, sur cette eau d'un noir de jais. Je reste longtemps à la poupe pour la regarder, en lui faisant signe comme s'il y avait réellement une fin au temps, à la glace et à la lumière. Un dernier coup d'œil vers le quai avant de contourner la pointe : la silhouette de Marie Louisa devient plus petite, Nikolai lève la tête, regarde dans ma direction et s'en va, Hans me fait signe. Et puis je ne les vois plus.

Tous les objets sont créés au service de la lumière. Ce sont les obstacles grâce auxquels la lumière prend une forme en s'y heurtant : des phoques à tête noire surgissent, puis disparaissent ; un canard plonge ; un iceberg s'écroule. La glace existe-t-elle parce qu'il y a de la lumière, ou est-ce l'inverse ? Je suis ici depuis si longtemps que je ne me souviens pas. Maintenant, je m'en vais. On

NORD-QUART-NORD-EST : ILLORSUIT, JUILLET 1996

dirait que je meurs, puisque je dois regagner un endroit où la nuit existe.

Il y a 80 kilomètres entre Illorsuit et Uummannaq. Au milieu du fjord, le capitaine coupe le moteur et nous avançons à peine. Quasiment immobiles sur l'eau immobile, nous consacrons sept heures à la chasse aux phoques et aux oiseaux de mer. A l'avant, trois hommes munis de fusils scrutent la surface de l'eau. Cinq phoques émergent. Les hommes font feu et, l'instant d'après, tout se déplace très vite. On jette les fusils pour ramasser des crochets à long manche, le bateau fait une embardée vers les animaux morts. C'est l'époque de l'année où les phoques sont maigres, ils ne flottent pas, et il est presque impossible de les récupérer. Nous repérons un phoque mort qui commence à sombrer. Les crochets descendent, mais trop tard : la bête a disparu.

L'agitation cesse. Nous reprenons notre dérive au ralenti. En bas, dans la cuisine, les jeunes hommes se nourrissent de foie de phoque cru. Un canard, un *lomvie*, a été abattu, pris dans un filet, on lui a tordu le coup et on l'a jeté dans la cale ; puis un autre, et encore un autre. A tribord, le flanc de l'île Inconnue, comme une baleine de 80 kilomètres de long. Du côté du port, les falaises et les presqu'îles rocheuses, hautes comme des tours. Je regarde les longs bras des fjords d'Inukaqsiak et de Kangerlussuaq. Etroits et tortueux, ils finissent comme un intestin, un boyau aveugle de glace.

Au-dessus des têtes, l'orbe circulaire du soleil de fin d'été est devenu presque trop grand pour le ciel, mais il brille encore. Le pied des montagnes est écarlate, la façade grêlée, fendue, en ruines de la calotte glaciaire se pare d'or. Un autre phoque est abattu et perdu, une autre pointe de vitesse qui ne dure qu'un temps. Nous avons l'air de soldats ou de pirates qui cherchent l'ennemi sur les berges d'un fleuve, mais nous ne cherchons que de la nourriture.

A Uummannaq, je prends un bain pour la première fois depuis un mois. Le lendemain matin, toujours vêtue de mon jean crasseux, j'entends frapper à ma porte. Un employé du port me jette mon sac marin que j'avais perdu. Il est incapable de me dire où et quand il a été retrouvé. Peu m'importe. Je peux enfin me changer.

L'hélicoptère m'emmène vers le sud. A Ilulissat, je vais danser avec Elisabeth. La discothèque est bondée et enfumée, tous ses amis sont là. Un bel homme (que j'appellerai H) s'assied à côté de nous. Mi-danois, mi-inuit, il est bâti comme un athlète, les cheveux courts, la chemise de coton amidonné ouverte jusqu'au milieu de la poitrine. Il danse avec exubérance, il bondit comme Noureïev. « C'est l'un des patients, à l'hôpital psychiatrique. Ne t'en fais pas, il est sous traitement, mais ne lui dis rien qui pourrait le choquer. S'il veut danser avec toi, danse », me conseille Elisabeth, très calme. Nous dansons donc.

Nous rentrons à la maison à deux heures du matin, en sueur. Mon avion part à six heures. En route vers l'aéroport, je m'arrête à la boulangerie où travaille H, mon cavalier, et je lui achète un pain aux céréales. C'est le meilleur que j'aie jamais mangé.

Les nuits noires m'attendent comme des bornes, mais je n'en veux pas. Les larmes de Marie Louisa pleuvent en moi, comme les phoques morts qu'on laisse couler ; on tord le cou des canards comme on remonterait une horloge. Pourquoi le temps doit-il recommencer ? A Illorsuit, l'horloge de Hans ne bouge toujours pas. Je regagne maintenant le monde du noir et blanc, la terre du paradoxe. Bientôt, les falaises sombres seront blanchies par la neige, et les icebergs ne seront plus des silhouettes à la dérive, mais des montagnes blanches qui jaillissent de la glace. Le soleil d'été se dissoudra dans les ténèbres.

A la fin du premier jour de voyage, j'ai retrouvé les arbres, la chaleur et la nuit. Un bateau est venu me chercher, puis un hélicoptère, puis un bi-moteur, puis un petit jet, puis un gros. Je survole l'univers en me rappelant l'avenir qui n'est rien que lumière, en me rappelant le passé qui est tout lumière, en respirant le présent dont on croit à tort qu'il avance de façon linéaire. Six mois auparavant, après avoir passé une partie de l'hiver au Groenland, je me suis accroupie aux toilettes, prise de migraine face à la lumière du jour ; à présent, je m'enfonce dans le désespoir parce que la nuit tombe. L'odeur de l'herbe qui pousse et l'humidité des corps humains me donnent la nausée.

Là où j'étais, il n'y a pas de routes, pas de chemin, le récit est un nuage errant qui arrive soudain au-dessus du fjord et s'agite dans le ciel comme une chevelure, passant d'une métamorphose à l'autre. L'histoire traditionnelle de l'esprit vagabond d'Arnattartqoq deve-

NORD-QUART-NORD-EST : ILLORSUIT, JUILLET 1996

nant un phoque, puis un renard, puis un ours, puis de nouveau un phoque, peut aussi être celle d'un homme ou d'une femme, de vous ou de moi. Par-dessus tout cela, la calotte glaciaire, un diamant long de 2700 kilomètres, accouche simultanément dans tous les canaux, sans verser une goutte de sang, et ses rejetons scintillent tout l'été. « Est-ce que le monde est plat ? » m'a demandé Marie Louisa. C'est ce qu'on dit, mais je n'en suis pas sûre, ai-je répondu. De la frange rocheuse de l'île, nous regardions le monde fondre sous un soleil dont le halo était devenu une ellipse et qui basculerait bientôt derrière le rebord de l'univers connu.

Nous passons, la beauté reste. C'est ce qu'a écrit Joseph Brodsky à propos de sa chère Venise. La beauté arctique réside dans son geste éphémère. Là haut, les plans de lumière et de ténèbres sont des sabres qui pourfendent l'illusion de la permanence, ce sont les feuilles mortes où nous écrivons le message désespéré que nous jetterons à la mer, mots d'extase et de désir pour ce que nous sommes sûrs de voir disparaître.

Encore un mot de groenlandais : *qarrtsiluni*. Il désigne les actes de création, l'esprit créatif au travail, mais se traduit littéralement par « attendre que quelque chose éclate ». Un dernier regard sur le Groenland : tandis que l'avion décolle. Des gâteaux de glace en fragments, des îles qui succèdent aux îles, comme autant de pierres de gué menant vers la montagne de glace centrale, ce nouveau soleil. Mes stylos et mon papier sont des flèches tordues, le temps est le carburant profondément enterré qui nous propulse vers notre extinction prévue.

Début de la Cinquième Expédition Thulé, 1921

« Quand j'étais enfant, j'entendais souvent une vieille Groenlandaise dire que, tout au nord, au bout du monde, vivait un peuple vêtu de peaux d'ours, qui mangeait de la viande crue. Leur pays était toujours fermé par la glace, et la lumière du jour n'atteignait jamais le haut de leurs grands fjords. Avant même de savoir ce que voyager voulait dire, j'avais décidé qu'un jour, je partirais à la rencontre de ces gens », écrivit Knud Rasmussen après son expédition de 1917.

C'est en 1921 que lui est enfin donnée l'occasion de rencontrer ces hommes, lorsque démarre la Cinquième Expédition Thulé, voyage épique de trois ans et demi, passés à parcourir 32 000 kilomètres en traîneau, à travers la zone polaire, du Groenland à la Sibérie.

Après avoir établi la station Thulé comme sa résidence, son comptoir commercial, sa banque, et son point de départ pour explorer la vie et la glace du Groenland septentrional, Rasmussen s'est mis à préparer un voyage si ambitieux qu'il lui a fallu douze ans pour amasser les fonds nécessaires, réunir une équipe de scientifiques et de chasseurs, construire un bateau, acheter les chiens et l'équipement.

Rasmussen conçut dès 1909 son premier *isumaluit*, son premier projet, pour la Cinquième Expédition Thulé. Contrairement à la plupart des explorateurs polaires (excepté Diamond Jenness et Vilhjalmur Stefansson), ce n'est pas pour s'enrichir ou se couvrir de gloire que Rasmussen s'intéressait à l'Arctique. C'est l'histoire et la

DÉBUT DE LA CINQUIÈME EXPÉDITION THULÉ, 1921

culture du peuple inuit qui l'obsédaient. « L'éthologie du Groenland comprend un matériau si colossal qu'il est impossible d'en toucher le fond en un seul voyage ; il faut une vie, et si possible davantage. »

On considère Rasmussen comme le fondateur de l'esquimaulogie. Son but était de décrire les Inuits par leur propre voix, leurs histoires, leurs rêves, leurs chants et leur art. « L'Esquimau est le héros », disait-il. Sa méthodologie était simple et discrète. Il était assez avisé pour ne pas en demander trop dès le premier contact. « J'avais résolu de commencer par ne rien faire, par vivre avec eux, simplement, en étant aussi communicatif que possible, et en attendant l'occasion où le désir de raconter l'emporterait sur leur réserve. »

Il voyageait généralement sans ostentation, avec une modestie digne des Inuits. En arrivant dans le village, il se liait d'amitié avec les chamans, les vieilles femmes, les jeunes chasseurs, les enfants, tous ceux qui étaient prêts à lui raconter des histoires ; il vivait avec eux, chassait et mangeait avec eux. Il collectait leurs récits, parfois en les mettant par écrit, parfois en les mémorisant mot pour mot, à la manière des Inuits, jusqu'à ce qu'il soit lui-même capable de les raconter correctement. Ils l'admiraient et lui faisaient confiance parce qu'il venait et repartait en traîneau, parce qu'ils savaient qu'il faisait un long voyage, qu'il transcrirait leur histoire selon leur point de vue et que, comme pour eux, ses déplacements étaient déterminés par Sila. Rasmussen était ambitieux, mais ambitieux pour eux. Il rassembla 20 000 objets et publia plus de 6 000 pages sur l'histoire naturelle et sur le folklore, la culture et les coutumes des Esquimaux, du Canada oriental jusqu'à l'Alaska occidental.

Tout voyage arctique se heurte à mille difficultés. Il faut de la patience et de l'argent pour affronter le mauvais temps, les naufrages et les accidents de traîneau, la maladie et les correspondances manquées. Avec son équipe comprenant sept Groenlandais, trois scientifiques et leurs deux assistants, l'expédition de Rasmussen connaît un départ lent. Le 18 juin 1921, à Copenhague, Rasmussen, Peter Freuchen, Therkel Mathiassen (un botaniste qui, ne sachant pas conduire un traîneau, parcourt toutes les distances à pied, à une vitesse immuable de 5 kilomètres/heure) et Kaj Birket-Smith embarquent sur le navire suédois le *Bele*, qui transporte l'essentiel de leur équipement. Ils font escale à Nuuk pour participer aux festivités du Jour de Hans Egede, jetant les amarres à côté du vaisseau du roi du Danemark, l'un des mécènes de l'expédition.

Le roi invite Rasmussen et Freuchen à bord. Après la fête, la femme de Freuchen, Navarana, tombe malade. On croit que ce n'était qu'un rhume, mais son état s'aggrave, et il s'avère que c'est la grippe espagnole. Peter passe des jours entiers à son chevet. Un soir qu'elle délire, fiévreuse, il va lui faire du thé à la cuisine. Quand il revient, elle est morte.

Pleurant Navarana, Freuchen confie à ses parents le soin d'élever sa fille Pipaluk. Puis il rejoint Rasmussen et les autres à bord de la goélette *Sokongen* et part vers le nord avec le *Bele*. Le 13 juillet, en route vers Upernavik, le *Bele* s'échoue dans la brume, près de Svartenhuk, à la pointe sud de l'île Inconnue. Le bateau commence à se désagréger et il faut récupérer le matériel qu'il transporte. Rasmussen, Freuchen et les autres poursuivent vers Thulé à bord du *Sokongen*.

A Thulé, ils retrouvent les chiens, les traîneaux et les membres groenlandais de l'expédition : Iggianguaq et sa femme Arnarulunguaq (Arn), Arqioq et sa femme Arnanguaq, « Bosco » et sa femme Aqatsaq, et le célibataire Qavigarssuaq (Qav), le cousin d'Arn. Plus au sud, Jacob Olsen les rejoint. Avant même d'entreprendre la traversée du détroit de Davis, il y a plusieurs morts. Le 6 septembre, Iggianguaq meurt. Quand on demande à sa veuve si elle veut rester ou poursuivre le voyage, Arn décide de continuer. Elle coud des vêtements de peau, fait la cuisine, aide à conduire les chiens et finit par devenir la compagne de Rasmussen. Le 7, le navire se dirige vers le Canada arctique.

DÉBUT DE LA CINQUIÈME EXPÉDITION THULÉ, 1921

Leur destination est l'île Winter, où Sir William Edward Parry a passé l'hiver, un siècle auparavant, durant l'une de ses tentatives malheureuses visant à découvrir le passage du Nord-Ouest. Près de l'île Southampton, se heurtant à de la glace dense en entrant dans le détroit de Foxe, ils changent d'itinéraire et partent vers le nord-ouest, vers la presqu'île de Melville. Lorsqu'ils voient terre, ils supposent que c'est l'île Winter, mais il s'agit en fait d'un plus petit point sur la carte, juste en dessous de l'île Vansittart. Ils jettent l'ancre et débarquent. Ce sera leur quartier général pour le premier tiers d'un voyage de trois ans. Lorsqu'ils comprennent qu'ils se sont trompés, ils surnomment l'endroit île des Danois.

En débarquant, Freuchen et ses assistants se sont aussitôt mis à bâtir une maison, pendant que Rasmussen et les Groenlandais sont partis à la chasse. Ils reviennent au bout de quelques jours, avec douze caribous et cinq phoques. Freuchen a déjà repéré des morses dans les eaux voisines. Cette fois, ils sont résolus à ne pas mourir de faim.

Rasmussen a hâte d'établir le contact avec les Esquimaux Iglulik de la baie d'Hudson. Voilà deux mois qu'ils sont arrivés sur leur île minuscule, et ils n'ont toujours rencontré personne.

Le 4 décembre, Rasmussen et Freuchen, chacun avec son traîneau, partent à la recherche de villages. Les gens qui ont eu faim et qui ont dû chasser pour se nourrir ont les sens aiguisés : alors qu'il s'est arrêté pour reposer les chiens et fumer sa pipe, Rasmussen entend un traîneau passer à quelques kilomètres.

Avec ses jumelles, il repère des chasseurs au loin. Ils se sont arrêtés pour voir qui est cet inconnu. Puis un membre du groupe s'est mis à courir sur la glace pour venir à sa rencontre. Knud donne à ses chiens le signal du départ. « Un instant encore, et ils vont l'atteindre. A présent, ils sont complètement déchaînés car tout en lui, son costume et son odeur, leur est étranger. Les contorsions qu'il fait pour échapper à leurs douze gueules béantes ne sont pas précisément de nature à les calmer. "Silence !" m'écriai-je, et bondissant au milieu des chiens, je serre l'inconnu dans mes bras. » Les deux hommes éclatent de rire. C'est le début de trois années de rencontres de ce genre, avec les Inuits du pôle Nord.

A Repulse Bay, sur le cercle polaire, juste en dessous de l'isthme de Rae, Ivaluartjuk, un vieil homme à la barbe blanche et aux yeux rougis, brûlés par la neige, dessine avec une précision surnaturelle une carte de la côte entre son village et Pond Inlet, à 800 kilomètres, du côté nord de l'île de Baffin. C'est le doyen de son groupe. Comme il a horreur de vivre seul, quand sa femme est morte, il a épousé l'une de ses filles adoptives et lui a acheté un enfant, contre une poêle à frire et un chien. Il se rappelle sa jeunesse : « Chaque jour était un commencement. » Maintenant, il se prépare à mourir. Il chante :

> Les moustiques et le froid
> Ces plaies
> Ne viennent jamais ensemble.
> Vois, je m'allonge sur la glace.
> Sur la glace et la neige je m'étends,
> Je me relève quand je claque des dents,
> Ça, c'est moi....

Comme toujours, le camp de l'île des Danois attire les voisins esquimaux, et pendant l'hiver, les gens commencent à apparaître. Akrat, un vieil homme, choisit de s'installer avec sa jeune épouse et leur fille. Il est apprécié pour ses capacités de bâtisseur d'igloos, dont certains sont assez grands pour servir de salles de danse.

Ils rencontrent Kutlok à qui l'on a un jour demandé de porter une lettre jusqu'à la baie d'Hudson ; il lui a fallu deux ans pour accomplir sa mission. Il est revenu juste à temps pour voir sa femme accoucher d'un enfant dont il n'était évidemment pas le père.

Quand le chaman Padloq et son épouse Takornaq viennent sur l'île des Danois, ils décident d'y rester, mais selon sa femme, Padloq ne sait ni travailler, ni penser, ni chasser. Quand une tempête de neige recouvre leur maison, Padloq n'essaye même pas de déblayer. Alors que les autres sont partis à la chasse, il sait que le mauvais temps les poussera à revenir et qu'ils déblaieront à sa place.

Unaleq, également chaman, et son épouse Tuglik arrivent par une nuit glaciale, pauvrement vêtus, avec des chiens malades, sans rien à manger. Rasmussen leur permet de rester en échange de leurs récits.

Unaleq raconte l'histoire des premiers hommes qui vivaient dans le monde qui a précédé le nôtre, du temps où la terre reposait sur des piliers. Quand les piliers se sont écroulés, « le monde a disparu dans le néant et le monde était vide ». Puis deux hommes sont sortis du sol. Quand ils ont voulu avoir des enfants, un chant magique a changé l'un d'eux en femme et des enfants sont nés, qui habitent aujourd'hui tous les pays.

Unaleq est aidé par une dizaine d'esprits. Le principal est un géant, un ours aux dents acérées. Il y a aussi deux femmes et deux hommes, deux esprits de la montagne, et Tuneq (Tunit), une paléo-Esquimaude mythique. Unaleq promet à Rasmussen d'organiser une séance de spiritisme en échange d'un couteau à neige. Il exige que la séance se déroule dans le minuscule bureau de Rasmussen, plongé dans l'obscurité. Il rampe sous la table, pendant que sa femme Tuglik accroche des peaux de phoque un peu partout. L'auditoire attend. Puis on entend des griffes gratter aux parois, un hurlement profond, des gémissements épouvantés et un cri perçant. Unaleq se met à parler aux esprits dans une langue connue des seuls chamans.

Il prend tantôt une voix de fausset, tantôt une voix de baryton grave. Entre les mots magiques se glissent les bruits de la nature : l'eau qui coule, le vent, l'océan, un morse, un ours. Puis le calme revient. Tuglik apprend à Rasmussen et aux autres que son mari est devenu un ours et qu'il parcourt la route que Rasmussen va emprunter pour traverser le Canada. L'esprit-ours a déblayé le chemin et aucun incident ne gênera leur voyage.

Anarqaq est un autre nomade de l'Arctique qui apparaît en hiver. Il vient d'une île située près du pôle magnétique. Là-haut, les femmes sont rares et la polyandrie est de règle, mais Anarqaq est parti furieux quand l'autre mari a loué leur épouse commune à un inconnu.

La spécialité d'Anarqaq est de soigner les indigestions. A part ça, il n'a guère de talents pratiques. Pour se nourrir, il harponne le saumon dans les rivières, mais il n'a pas grand-chose comme vêtements. Nerveux, voire caractériel, chaque fois qu'il part à la chasse au caribou, il est assailli de visions, et les esprits « entraînent ses yeux vers le centre des choses ». Rasmussen lui demande de dessiner ces esprits et il s'exécute.

UN PARADIS DE GLACE

Igtuk   *Nartoq*

Selon la description fournie par Anarqaq, « Igtuk, le tonitruant, a des jambes et des bras sur le dos, et son nez est caché dans sa bouche ; quand ses mâchoires remuent, on entend du vacarme dans tout le pays. [...] Nartoq (la femme enceinte, ou la femme au gros ventre) s'est précipitée d'un air menaçant vers [Anarqaq] mais a disparu alors qu'il s'apprêtait à se défendre. [...] La cause de ce courroux est qu'Anarqaq lui-même se met trop facilement en colère. A l'avenir, il n'aura plus à la craindre, si seulement il arrive à changer de tempérament. »

Au milieu de l'hiver, quand la lumière commence à revenir, l'expédition se divise en trois groupes. Birket-Smith part vers le sud pour étudier les contacts entre les Esquimaux et les Indiens (ils ont toujours été ennemis), Peter Freuchen et Mathiassen partent vers le nord pour cartographier la terre de Baffin, et Rasmussen se dirige vers les Barren Grounds.

Les traîneaux de la baie d'Hudson sont plus longs, plus étroits et plus lourds que ceux de Thulé, les patins sont plus larges, pour glisser sur la neige et non sur la glace. Au nord de Lyons Inlet, près du cap Elisabeth, où il chasse le morse, Rasmussen rencontre un traîneau tiré par quinze chiens et portant six hommes. Un petit homme à la longue barbe couverte de givre en descend et serre la main de Rasmussen, puis lui montre où ils vivent.

C'est un chaman nommé Aua, et il entraîne Rasmussen dans son village : cinq igloos reliés par des couloirs, de sorte qu'il n'est pas nécessaire de sortir pour aller voir ses voisins. Seize personnes vivent dans ces appartements étincelants. Orulo, l'épouse d'Aua, fait visiter les lieux.

Il y a un certain temps qu'ils se sont fixés en cet endroit. Grâce à une bonne chaleur, la paroi intérieure de neige a fondu, puis elle s'est

DÉBUT DE LA CINQUIÈME EXPÉDITION THULÉ, 1921

transformée en glace. De longs glaçons suspendus au-dessus des portes scintillent à la lueur pâle des lampes à huile. On se croirait plutôt dans une grotte à stalactites que dans une cabane de neige. L'effet produit serait assez réfrigérant si les nombreuses banquettes n'étaient garnies de peaux de renne épaisses et molles qui vous donnent une impression de chaleur confortable. A travers le dédale des couloirs éclairés par de maigres lampes à huile, on peut voisiner. (Rasmussen, *Du Groenland au Pacifique*, p. 35.)

Début mars, la famille d'Aua part chasser le morse au cap Elisabeth. Le jour du départ vers le camp printanier, tous s'affairent : il faut emballer les traîneaux avec leurs accessoires (couteaux à dépecer, ustensiles de cuisine, lampes en stéatite, récipients, fusils, arcs et flèches, harpons, vêtements de printemps, d'hiver et d'été), il faut glisser les peaux de caribou — sur lesquelles ils dorment — par un trou découpé sur le côté de l'igloo parce qu'il est tabou de les faire passer par la porte principale.

Aua dit une prière pour un bébé qui fait son premier voyage en traîneau : « Je me lève de ma couche avec des gestes qui ressemblent au battement d'ailes d'un corbeau rapide... » Selon la coutume, l'enfant doit également passer par un trou ménagé à l'arrière de l'igloo avant d'être déposé au sommet d'un traîneau où s'empile un mètre cinquante de bagages. Dès qu'ils arrivent sur leur nouveau terrain de chasse, de nouvelles maisons sont construites en quelques heures et ils s'installent.

Les journées sont courtes. Rasmussen, Aua et les autres villageois partent dans le noir vers la lisière des glaces. En leur absence, Orulo répare les kamiks, les anoraks, les pantalons de caribou et les moufles, elle met de la neige à fondre pour obtenir de l'eau potable (il n'y a pas de glacier), elle dégèle et découpe la viande pour nourrir les chiens à leur retour. Puis elle fait fondre de la graisse de baleine pour alimenter les lampes, dont il faut s'occuper constamment pour éviter qu'elles ne fument. La chaleur des lampes, qui restent allumées jour et nuit, fait fondre le toit de l'igloo, qu'Orulo doit replâtrer avec de la neige. Il faut gratter, tendre, sécher les peaux, et les mastiquer afin qu'elles soient assez molles pour être cousues. Elle passe son temps à fabriquer des moufles et des kamiks, car ces vêtements s'usent vite quand les hommes chassent le morse sur la lisière des glaces ou poursuivent le caribou à l'intérieur des terres.

Orulo se rappelle avoir vu des *ierqat*, des esprits de la montagne, quand elle était jeune. Ils étaient venus en messagers l'avertir de la mort imminente de son père. *Ierqat* signifie « ceux qui ont quelque chose dans les yeux » ; les esprits ont la bouche et les yeux placés verticalement sur le visage. Ils vivent dans des maisons de pierres, à l'intérieur des fissures des collines, et ils courent plus vite qu'un caribou. Leur pouvoir spécial réside dans l'objet qu'ils portent, une sorte de miroir qui brille comme le mica ; quand on y regarde, on voit tout sur un individu et son lieu de vie. C'est ainsi que les *ierqat* savent quand quelqu'un est sur le point de mourir.

Quand le père d'Orulo est mort, elle a aidé sa mère à coudre un linceul en peau de caribou et à traîner le cadavre sur la neige, à l'extérieur du village, où elles ont dit adieu à son corps, en attendant que son esprit se manifeste sous une forme nouvelle. Orulo a perdu son frère peu après. Lui aussi avait vu les *ierqat*, mais avait gardé le secret, ce qui est une erreur fatale. Si l'on ne parle pas des esprits, ils vous tuent. Ils veulent être connus.

Le soir, au camp des chasseurs, près de Lyons Inlet, où il fait nuit dès l'après-midi et jusqu'au milieu de la matinée, Rasmussen et Aua reviennent de la chasse au morse sur la lisière des glaces et au phoque dans leurs *allus*, les trous où ils viennent respirer. Ils nourrissent leurs chiens, mangeant des côtes de phoque et du morse bouilli, et parlent des lois et des tabous à la lumière des lampes en stéatite qui vacille sur les murs de glace. Mais Rasmussen veut en savoir plus.

Aua répond à la question de Rasmussen par une autre question : Pourquoi la vie est-elle si dure ? Puis il emmène Rasmussen faire le tour des igloos. Dans l'un, qui appartient à un chasseur qui n'a abattu aucun phoque, la lampe éclaire à peine, les enfants affamés frissonnent. « Pourquoi faut-il qu'ici on ait faim et froid ? » demande Aua. Dans un autre, une femme est couchée sur son *illeq* (la plate-forme où l'on dort), secouée de quintes de toux. « Pourquoi faut-il que les gens soient malades et souffrent ? Toutes nos coutumes viennent de la vie et retournent à la vie ; nous n'expliquons rien. »

Selon Aua, les Iglulik ne croient pas, ils craignent, parce qu'ils savent qu'il n'existe ni réponse, ni remède. Comme tous les habitants de l'Arctique, ils craignent le temps, la faim, la maladie, le froid, les mauvais esprits, l'âme des morts et des animaux qu'ils ont tués pour se nourrir ; ils craignent l'inconnu, les esprits invisibles tapis partout. Tout est vivant, chaque être connaît les autres êtres. Il est important de « conserver le juste équilibre entre l'humanité et le reste du monde ».

Les Iglulik ne sont pas théistes, ils appellent *ersigifavut* (ceux que nous craignons) toutes les forces qui influent sur leur vie. Il y a Sila, l'esprit du climat, de la conscience et de l'univers. Arnaluk Takanaluk (ou Takanapsaluk), la Vieille Femme de la Mer, a créé les poissons et les mammifères marins, sortis de ses doigts ; elle exerce une tyrannie vengeresse et punit quiconque brise les tabous en confisquant tous les animaux. Aningat (ou Tarqeq) est l'homme-lune qui vit avec sa sœur dans une double maison, au pays des morts, et qui protège des châtiments de Takanapsaluk et régule la fertilité ; il préside aussi aux marées et aux courants, il porte chance aux jeunes garçons.

Les êtres sensibles ont deux âmes, l'*inusia*, qui est l'esprit de vie, et le *tarnina*, qui donne vie et santé, mais qui est aussi le site où peut s'introduire la maladie. Il y a une vie après la mort et, dans les rêves, les morts redeviennent pleinement actifs. Le sommeil et la mort sont alliés. Quand quelqu'un dort, son âme est retournée et suspendue au corps par le gros orteil. La vie ne tient qu'à peu de chose, on peut la perdre à n'importe quel moment, dit Aua à Rasmussen.

L'un des villageois, Inugpasugjuk, raconte deux histoires de mort et de renaissance. Dans la première, Sereraut revient du Pays des Morts et part à la chasse avec un ami. Sereraut désire tellement la femme de son ami qu'il pousse celui-ci dans le trou du phoque barbu qu'il avait capturé. L'homme disparaît avec harpon, vessie, et tous ses instruments. Quelques mois plus tard, lors d'une fête où l'on chante, l'homme que Sereraut a tué surgit à travers le sol de la salle de danse, avec le phoque barbu, et crie : « Sereraut m'a tué, m'a attaché à un phoque que j'avais pris, et m'a envoyé au fond de la mer. » Là-dessus, il disparaît. Il resurgit ensuite, plus près de son meurtrier, et répète les mêmes mots avant de disparaître à nouveau. A sa troisième apparition, il se tient devant Sereraut, autour duquel s'enroule la ligne restée attachée au phoque ; en replongeant dans le sol, le fantôme entraîne à sa suite son assassin. Un instant après, le mort revient, ressuscité. Ses parents sont appelés ; Sereraut a disparu définitivement.

L'autre histoire d'Inugpasugjuk est celle d'un fantôme qui sort de sa tombe sous la forme d'une flamme et va chatouiller une mère et son enfant jusqu'à ce que mort s'ensuive. La femme est veuve, elle est venue avec ses deux fils visiter la tombe de son mari. Alors que l'on construit une cabane de neige pour y passer la nuit, le plus jeune des deux garçons, couché sur une peau, sur la neige, se met à rire et ne peut plus s'arrêter. La femme comprend que le coupable est le père. Ils sautent sur le traîneau et s'enfuient, mais le fantôme réussit à tuer l'enfant à force de le chatouiller et parvient également à tuer la mère. L'aîné des garçons continue à fuir, mais le père apparaît sur le traîneau sous la forme d'une torche enflammée. Le garçon la frappe avec son fouet et l'éteint chaque fois qu'elle revient. Il regagne leur maison. Le chaman local chasse la flamme et sauve la vie du jeune homme.

Orulo parle encore de la mort avec Rasmussen. Autrefois, avant que la mort n'existe, avant que la lumière et les ténèbres n'existent, quand il n'y avait pas de différence entre les humains et les animaux, entre le percepteur et le perçu, les esprits qui gouvernent la vie humaine étaient des êtres humains ordinaires, mais Orulo ne sait pas comment ils ont obtenu leurs pouvoirs. Elle rappelle qu'il est impossible d'aller au-delà de ces esprits. « Trop réfléchir n'amène que des ennuis. Tout ce dont nous parlons est arrivé en un temps si reculé que le temps n'existait pas du tout. »

Entre deux hivers, 1922

Durant cette période que Rasmussen appelle « l'entre-deux-hivers », les deux amis partent chacun de leur côté. Tandis que Freuchen transporte de Repulse Bay jusqu'à l'île des Danois les spécimens archéologiques, botaniques et géologiques recueillis par Mathiassen et Birket-Smith, Rasmussen part à la recherche des Esquimaux de l'intérieur des terres, qui n'avaient encore jamais rencontré d'étrangers.

De la côte ouest de Repulse Bay, Rasmussen se dirige vers le sud, le long de la baie d'Hudson. Au Chesterfield Inlet, il explore les ruines de maisons paléo-esquimaudes, puis se met à remonter le fleuve Kazan. Il s'arrête d'abord pour rencontrer les habitants des Barren Grounds, jadis de hautes montagnes qui avaient été « raplaties », usées et réduites à l'état de plaines rocheuses par une calotte glaciaire appelée glacier Keewatin, semblable à celui qui couvre encore le Groenland. Il a creusé sur son passage de petits lacs de glace qui luisent au soleil et où, au dégel, les caribous vont boire.

Rasmussen n'a encore jamais rencontré d'Esquimaux qui ignorent tout de la mer ou des mammifères marins. Ces peuples se nourrissent exclusivement de caribou, le seul animal qui puisse vivre de lichen et d'eau. Fin mai, les caribous quittent les Barren Grounds pour la côte, puis reviennent fin septembre. Quand le climat s'y oppose, retardant leur départ ou modifiant leur itinéraire, les chasseurs ne peuvent se rabattre que sur leurs réserves de nourriture. La famine est monnaie courante.

Du lac Baker, Rasmussen skie devant le traîneau pour alléger la charge à travers la neige dure du printemps, il s'arrête de temps en temps pour nourrir les affamés, prendre un guide ou se reposer et boire du thé. Les histoires suivent Rasmussen comme les mouettes derrière un bateau de pêche. Sur la rive sud-ouest du lac Baker, ils rencontrent un aveugle de la tribu des Qaernermiut, qui supplie Rasmussen de rester, puis, au bord du fleuve Kazan, un Harvaqtormiut famélique dont le nom signifie « le Gros ». C'est là que Rasmussen entend parler de l'époque où les maisons se déplaçaient toutes seules, et comment elles ont perdu ce pouvoir quand quelqu'un s'est plaint du vacarme qui lui faisait mal aux oreilles.

Plus loin, Rasmussen arrive dans un village dont un soupirant éconduit a transformé en pierre tous les habitants et même les chiens. En amont du fleuve vivent les deux sœurs qui avaient volé une peau de caribou et une pierre à feu (un morceau de pyrite) et qui ont dû s'enfuir en se transformant en tonnerre et en foudre.

On lui raconte l'histoire d'une mère qui a tué sa propre fille, l'a dépecée et a porté sa peau pour tromper son gendre Kivioq. Lorsque l'homme a découvert la supercherie, il a tenté de s'enfuir, mais chaque fois un obstacle lui barrait le passage. Il est entré dans une montagne et en est ressorti par une bouche qui s'ouvrait et se refermait. Il est passé à travers un mur de lanières en peau de phoque sous lequel étaient empilés des ossements humains, il s'est glissé par-dessus une marmite bouillante et a filé entre les mâchoires de deux ours qui se battaient, jusqu'au jour où il a rencontré une *tarpana*, une naine qui faisait la cuisine dans sa maison.

En la voyant par un trou du toit, Kivioq lui a craché dessus. Elle a levé la tête et a dit : « Qu'est-ce qui se tient devant ma lumière ? C'est de là que vient l'ombre ? » Il a de nouveau craché, elle s'est coupé la joue, puis le nez, et les a mis dans la marmite. Puis elle est sortie de la maison, son *ulo* (couteau) à la main, et s'est mise à couper en deux de gros rochers. Kivioq l'a tuée.

En continuant à voyager, Kivioq est arrivé dans une maison où vivait une femme dotée d'une queue de fer. Il y a passé la nuit, en se cachant soigneusement sous un rocher plat. En pleine nuit, la femme a essayé de le transpercer, mais sa queue s'est brisée sur le rocher et elle est tombée morte. Kivioq est ensuite passé en kayak à travers une moule géante et a pagayé jusqu'à ce qu'il arrive chez lui. Ses parents étaient assis sur deux rochers, et l'avaient attendu si longtemps que les rochers s'étaient usés. En le voyant, ils furent si heureux qu'ils tombèrent à la renverse et moururent de bonheur.

Parmi toutes ces histoires d'amour, Rasmussen et sa compagne Arn sont rapprochés par l'intimité, la difficulté et l'émerveillement du voyage en traîneau. Des liaisons se nouaient souvent durant ces longs voyages, indépendamment de la situation conjugale des participants. Une fois revenu de la chasse, chacun retrouvait son conjoint et les choses n'allaient pas plus loin.

Ils continuent à remonter le fleuve Kazan jusqu'à ce qu'ils atteignent le groupe le plus isolé, les Padlermiut. Une pluie torrentielle manque de les noyer. « Le campement est dans un état lamentable. Le sol n'est plus qu'une boue mouvante, sillonnée par le ruissellement d'une pluie qui n'en finit pas. »

Les igloos du village voisin sont encore plus atteints. « Les murs ne sont plus qu'une masse de sucre en poudre où la pluie creuse continuellement de nouveaux trous qu'on s'efforce de boucher avec de vieilles chaussures, des culottes ou des peaux. » Les toits en peau de caribou se sont envolés. Mais quand Rasmussen jette un coup d'œil à l'intérieur, il voit les Esquimaux trempés qui chantent, rient et jouent avec des cartes importées de Winnipeg.

Ils longent le Kazan par un « temps furieux », une pluie violente qui détruit la glace et transforme la neige en bourbier. Les caribous migrent en petits groupes, maintenant les chiens dans un état d'excitation constante.

Le 30 juin, Rasmussen atteint un grand lac nommé Hikoligjuaq. En haut d'un monticule, il voit un homme qui tend les bras en signe d'amitié. Sans perdre de temps, Rasmussen se dirige vers le village.

Cet homme est Igjugarjuk, « Petit Testicule », dont Rasmussen a déjà entendu parler. Il est célèbre pour avoir tué les parents de sa femme parce qu'ils s'opposaient à leur mariage. Une fois cet obstacle éliminé, elle l'a suivi bien volontiers.

Igjugarjuk invite les Groenlandais dans la tente de sa deuxième épouse, la plus jeune, qu'il a obtenue par des moyens plus pacifiques. Ils se régalent de caribou. Un mois auparavant, ils mouraient de faim, et c'est sa vieille épouse, Kibgarjuk, qui est partie avec son fils chercher de la nourriture, pendant une tempête de neige. Ils ont marché dans le blizzard pendant deux jours, sans sac de couchage, sans provisions, jusqu'à un petit lac dont elle avait vu en rêve qu'il contenait des *iqaluit*, des truites. Elle avait vu juste. Elle a pêché assez de poissons pour nourrir le village jusqu'au début de la migration des caribous.

Rasmussen remarque qu'ils se précipitent sur la viande « comme des chiens affamés », en détachant la viande des os avec leurs dents. Il n'a jamais vu personne dévorer de la sorte. Mais leur population a été décimée par la famine et, ironie du sort, par l'introduction du fusil, dont la détonation fait fuir les caribous.

Le village comptait jadis 600 habitants. Ils ne sont plus que 100. Ce n'est pas par manque de gibier, mais simplement parce que les caribous ont changé leur itinéraire de migration. Les Barren Grounds sont si difficiles à traverser que les animaux y passent souvent inaperçus, et que les chasseurs doivent attendre leur retour, à l'automne.

Toute la vie des Padlermiut s'articule autour des caribous, qui leur fournissent de la viande et des peaux pour fabriquer des vêtements, des tentes d'été et des sacs de couchage. Les chasseurs poussent les animaux vers des tumulus de pierre, derrière lesquels sont cachés des archers qui les criblent alors de flèches. Ou ils les poursuivent en kayak à travers les lacs, en les frappant avec une lance appelée *ipo*, ou ils les prennent au piège dans des fosses recouvertes d'une fine couche de neige et de mousse, imbibée d'urine de chien ou de loup.

Jusque fin mai, les Padlermiut vivent dans des maisons de neige non chauffées, puisqu'ils n'ont ni bois ni graisse. La température hivernale dans les Barren Grounds est plus froide qu'au Groenland, puisqu'elle est en moyenne de − 35°. En juin, ils s'installent dans des tentes en peau de caribou sans trou pour la fumée. Ils voyagent surtout à pied. Il n'est pas rare de voir un traîneau tiré par un homme et un ou deux chiens, avec une femme qui marche sur le côté.

Après le festin donné pour accueillir Rasmussen et ses compagnons, on chante et on joue du tambour. Rasmussen demande à une chaman nommée Kinalik « d'examiner la route qu'il faut prendre ». Elle a une trentaine d'années et porte une ceinture de chaman à laquelle est suspendue une crosse de fusil, parce que son initiation incluait une fusillade rituelle.

On l'a laissée pendant cinq jours dans le blizzard, suspendue à des pieux de tente, au-dessus du sol. Puis on l'a déposée sur une peau et Igjugarjuk lui a tiré dessus, en plein cœur, en remplaçant la balle par un petit caillou. Elle est morte et a passé toute la nuit étendue là. Le matin elle s'est réveillée. On lui a retiré du cœur la pierre, que sa mère a conservée. Elle était devenue chaman.

Kinalik se tient seule au milieu de la pièce, les yeux fermés, le corps tremblant. « C'était sa manière de "voir à l'intérieur", dans les secrets des jours à venir », note Rasmussen. Elle émet des sons étranges et son visage se tord, comme de douleur. On emmène Rasmussen dehors et on lui dit de prendre place là où il n'y a pas d'empreintes dans la neige. Kinalik dit ensuite qu'elle a parlé à Hila (c'est ainsi que les Padlermiut désignent Sila). Le puissant esprit du climat a garanti un voyage sans danger.

Igjugarjuk raconte à Rasmussen que les caribous sont sortis d'un trou dans le sol et qu'ils ont peuplé le monde à leur gré. Personne ne les a guidés. Ils appartenaient à la terre et ni les chamans ni les esprits ne peuvent influencer leur errance. C'est pour cela qu'en période de famine, le peuple d'Igjugarjuk n'a aucun recours, parce qu'il ne peut pas plonger à travers la glace pour aller apaiser Nerrivik et lui épouiller les cheveux.

Privé de ces pouvoirs, tout ce qu'un chaman Padlermiut comme Kinalik ou Igjugarjuk peut faire, c'est soigner les malades et protéger son peuple des mauvais sorts, généralement lancés par des femmes. La formation d'un chaman implique qu'il ait été exposé au froid, à la faim, à la noyade et à la « mort » par coups de feu.

Igjugarjuk a subi un entraînement particulièrement sévère. Il a passé cinq jours sans manger ni boire ; après avoir avalé une gorgée d'eau, il a de nouveau jeûné pendant quinze jours, puis une nouvelle gorgée d'eau, et de nouveau dix jours de jeûne. Puis son instructeur (qui était également son beau-père) l'a attaché à l'arrière d'un traîneau, en plein hiver, puis l'a entraîné de l'autre côté du grand lac.

Le vieil homme a construit une cabane de neige pour Igjugarjuk, puis l'a transporté à l'intérieur et l'a laissé là pendant trente jours, pendant lesquels le novice devait s'abandonner entièrement à Hila.

« C'est seulement vers la fin des trente jours qu'un esprit bienveillant est venu à moi, un esprit secourable et charmant, auquel je n'avais jamais pensé : c'était une femme blanche, qui est venue à moi alors que je m'étais effondré, affamé, et que je dormais. » Puis le beau-père est arrivé. Igjugarjuk était si faible et émacié qu'il a fallu le porter. Au village, il a été officiellement reconnu chaman. Pourtant, il reste humble : « Je ne crois pas savoir grand-chose, mais je ne pense pas qu'on puisse trouver la sagesse ou la connaissance des choses cachées de cette façon-là [par la magie]. La vraie sagesse ne se trouve que loin des hommes, dans la grande solitude, on ne la trouve pas dans le plaisir mais seulement dans la souffrance. La solitude et la souffrance ouvrent l'esprit humain, et c'est donc là que le chaman doit chercher sa sagesse. »

Au printemps 1922, Freuchen part pour Repulse Bay, où leurs collections seront embarquées par une goélette au cours de l'été, dès que la glace se brisera. Peter part durant une période de froid intense, avec « une température flottant autour de – 45° ». Au bout d'une semaine, ils atteignent la neige ramollie et les traîneaux s'avèrent trop lourds pour les chiens. Ils abandonnent une partie de leur chargement.

Freuchen revient ensuite chercher ce qui a été laissé en arrière. Alors qu'il vient de tout attacher sur le traîneau, un blizzard monte tout à coup. « Les rafales me couraient sous les pieds et il m'était impossible de suivre la voie. Le vent devint tempête et la tempête ouragan. »

Faute d'abri, il décide de repartir vers le camp en renonçant à son chargement pour voyager léger. Il n'emporte qu'une paire de kamiks de rechange, une peau d'ours et un sac de couchage. Il marche devant les chiens pour leur ouvrir la voie.

Il devient impossible d'avancer : il ne peut plus respirer et le vent le renverse souvent. Il s'arrête à l'abri d'un gros rocher. Il est hors de question de construire un igloo, les congères sont si solides qu'il ne parviendrait pas à découper la neige. Pour éviter de se refroidir trop, il va et vient, puis creuse un trou dans la neige, s'y glisse, et tire le traîneau par-dessus. Bientôt, il s'endort.

Lorsqu'il se réveille, ses pieds sont devenus insensibles. Il essaye de sortir de son trou, mais n'y arrive pas. Quand ses mains commencent à geler, il prend un morceau de peau de phoque, l'enroule serré, crache dessus et quand le crachat est gelé, il s'en sert pour creuser. Sa barbe gèle et colle au traîneau. Lorsqu'il trouve la force de la détacher, une partie de la peau de son menton est arrachée. Il s'allonge pour se reposer : la neige commence à remplir son trou. Il a besoin d'un autre outil pour creuser. Il a vu un jour un Esquimau utiliser une crotte de chien gelée comme couteau à neige. A défaut (ses chiens sont sous la neige, loin de lui), il utilise ses propres excréments, façonnés en forme de lame, et les laisse geler.

Un jour et une nuit se passent avant qu'il n'arrive à s'extraire de sa tombe. Il découvre qu'il ne peut plus marcher : ses pieds sont congelés. Il essaye de harnacher les chiens, mais en vain, et les animaux refusent de tirer le traîneau et s'enfuient. Après avoir rampé pendant trois heures, Freuchen atteint le campement.

Padloq et Apa prennent soin de lui. L'un de ses pieds enfle : c'est la gangrène. On ménage un trou dans l'igloo pour que son pied nauséabond reste à l'extérieur. La peau et la chair commencent à se détacher, découvrant les os, fascinante vision de cauchemar. « Je ne pouvais supporter la moindre couverture et la vue de mon mal me crispait les nerfs. Si la pièce était chaude, l'odeur était intolérable, y faisait-il froid, je gelais. Je passais des heures épouvantables et toutes les nuits j'avais l'impression que la Dame à la faux était sur mes talons. »

Observant sa souffrance, une Esquimaude lui propose de lui sectionner les doigts de pied en les mordant, mais il refuse poliment. Il préfère demander une tenaille et un marteau. Assis, Peter fait lui-même sauter ses orteils gangrénés un par un.

Au début de l'automne, Freuchen se rend à Chesterfield Inlet, à l'ouest de la baie d'Hudson, où un navire est amarré, et il demande au médecin de bord de lui couper le reste du pied, qui le torture. Il passera le reste de la saison en convalescence sur l'île des Danois.

Les autres membres de la Cinquième Expédition Thulé ont terminé leur travail en commun. C'est l'époque des adieux. Rasmussen est revenu de son séjour chez les Esquimaux Caribous, Therkel Mathiassen et Jacob Olsen sont revenus de l'île Southampton après huit mois d'absence. Mathiassen part à présent pour Pond Inlet ; Birket-Smith et Jacob Olsen vont continuer à étudier les Esquimaux Caribous, puis se rendront à Churchill, au sud, pour étudier les Indiens Chippewas.

Fin décembre, Freuchen est assez remis pour reprendre la route et partir pour l'île de Baffin avec trois chasseurs, leurs femmes, et un bébé nouveau-né. Ils doivent s'arrêter et refaire les points de suture de Freuchen qui se sont défaits, à cause des efforts liés à la conduite d'un traîneau. En chemin, ils croisent un couple sans enfant qui a acheté un bébé en échange d'une poêle à frire. Il s'avère que le bébé est malade. D'un autre côté, la poêle avait un défaut, donc le troc se révèle assez juste. La Groenlandaise qui vient d'accoucher allaite l'enfant malade pour l'aider à guérir.

A Pingerqaling, ils rencontrent une cannibale nommée Atakutaluk. Elle est célèbre dans toute la terre de Baffin pour avoir mangé son mari et ses trois enfants. Lorsqu'elle rencontre Freuchen, elle lui raconte ce qui s'est passé bien des années auparavant.

Treize personnes étaient parties pour la terre de Baffin acheter du bois flotté pour fabriquer des traîneaux. A mi-parcours, le temps a changé brusquement. Curieusement, ce n'est pas le froid qui a failli les tuer, mais la chaleur. La nuit, leurs cabanes de neige ont fondu, et les morceaux de peau, de viande et d'os gelés utilisés pour construire les traîneaux ont dégelé et les chiens les ont mangés. Les voyageurs se sont retrouvés sans nourriture et sans moyen de transport. Ils ont d'abord mangé les chiens puis, pour éviter de mourir de faim, Atakutaluk a mangé le corps de son mari et celui de ses enfants.

Quand Peter rencontre Atakutaluk, elle est devenue la femme du chef local. « Elle était bien habillée, gaie et ne tarissait pas de plaisanteries. » Voyant que Peter a l'air mal à l'aise, Atakutaluk le console : « Ecoutez, Pita, ne faites pas triste figure pour ça. J'ai un nouveau mari qui m'a donné trois autres enfants, portant tous les noms des morts qui ne m'ont sauvé la vie que pour pouvoir renaître. »

Dans le détroit Eclipse, au sud de l'île Bylot, une tempête se met à souffler et la banquise sur laquelle les Groenlandais ont bâti un igloo se brise. Ils dérivent pendant trente heures et luttent contre la glace qui s'émiette. Ils essayent de rester ensemble, de ne pas tomber dans l'eau. « Nous courûmes çà et là, cherchant un endroit où nous pussions traverser pour nous réunir. » Bosco crie finalement qu'il a trouvé un endroit solide. « Otant mon manteau, je le retournai et y enveloppai l'enfant, puis criant au père de venir pour l'attraper, je le lui lançai comme un sac. »

ENTRE DEUX HIVERS, 1922

Mais les bords du bloc où se tiennent Arqioq et sa femme ne cessent de se briser, jusqu'au moment où il leur reste à peine de quoi tenir debout. La moitié du contenu du traîneau tombe à l'eau (toute leur nourriture, tous leurs vêtements chauds), mais ils finissent par monter sur un bloc de glace plus gros. A nouveau réunis, Freuchen, les deux couples, Bosco et le bébé dérivent vers le détroit de Lancaster, entre l'île Devon et l'île de Baffin. Pendant deux jours, ils ne peuvent ni cuisiner ni faire sécher leurs vêtements. Le bébé pleure et sa mère est de mauvaise humeur. Arqioq prend Freuchen à part et lui présente ses excuses : sa femme est « de celles qui sont furieuses, quand elles errent au hasard sur un glaçon, si elles ont un bébé ».

Enjambant les trous, sautant d'un bloc à l'autre, ils gagnent finalement la terre au bout de cinq jours ; ils n'ont presque rien mangé et n'ont presque pas dormi. Ils rencontrent bientôt des gens encore plus mal en point. « Ils avaient le visage creux et les yeux profondément enfoncés dans les orbites, pas de vêtements dignes de ce nom, mais étaient couverts de guenilles dégoûtantes. Ils mouraient de faim, et avaient une voix craintive. J'ai vu bien des choses horribles dans ma vie, mais rien de comparable. »

Ce groupe a également été pris dans une tempête, mais la leur a duré un mois entier. Le scénario est connu : ils n'avaient plus de nourriture, ils ont dû manger leurs chiens. Mais les bêtes étaient malades et ont décimé les chasseurs. Treize villageois sont morts. Il en reste douze. Freuchen leur donne aussitôt du phoque cru, mais ils n'arrivent pas à en manger beaucoup. On prépare ensuite un bouillon, qu'ils boivent. L'un des jeunes hommes, Mala, qui a perdu toute sa famille, part avec Freuchen pour Pond Inlet, à la recherche de secours. Ils font route à pied, simplement munis d'un fusil et d'un harpon.

La chasse est mauvaise. Ils mangent des crottes de lapin et du lichen. Quand Freuchen voit un phoque sur la glace, il se couche et fait le phoque pendant trois heures, afin de s'approcher en rampant. Lorsqu'il arrive à abattre l'animal, les deux hommes boivent le sang frais, puis font rôtir la viande sur une pierre plate chauffée dans un feu de tourbe et de graisse. Trois jours après, ils atteignent le village de Toqujin et des secours sont envoyés à leurs amis affamés.

La participation de Peter Freuchen à la Cinquième Expédition

Thulé s'arrête là, comme prévu. Il retourne à Pond Inlet et embarque sur le navire qui doit d'abord le ramener à Thulé où il retrouvera son fils Mequsaq, puis au Danemark. A cause du mauvais temps, il est impossible de faire escale à Thulé ; Peter doit rentrer à Copenhague sans son fils.

En 1927, Peter fut amputé d'une jambe. Il avait passé quinze ans au Groenland et dans l'Arctique canadien. Mequsaq, son fils, est finalement venu vivre avec son père, mais il n'a pu s'adapter au mode de vie européen. Il est reparti pour le Groenland, chez ses parents adoptifs. Peter avait vingt-trois ans lors de son premier voyage avec Rasmussen dans le Grand Nord. A trente-sept ans, sa vie d'Esquimau avait pris fin.

Qaanaaq, 1997

Soleil de minuit. La glace est un clair miroir ; par-dessous, la mer agitée. Comment les distinguer ?
Aucune clarté ne peut aplatir le tourment ; aucun fragment ne peut anéantir la clarté.
C'est ainsi. Ils ne font qu'un.

Muso Soseki

Sur la carte du Groenland, il existe un point où la côte devient difforme : îles crochues, promontoires noueux et surmontés de glace. Les fjords se cachent en arrière, formant des lacs où les narvals s'accouplent, où les glaciers vêlent des montagnes entières qui, l'hiver, se dressent en cordillères gelées et qui, l'été, dérivent lentement jusqu'au détroit de Smith avant d'être entraînées vers la baie de Baffin par le courant du Labrador.

En partant de Californie, il faut parfois cinq, sept ou dix jours pour arriver à Qaanaaq, puis à Siorapaluk, le village le plus septentrional qui soit habité toute l'année. Parce qu'à 76° de latitude nord, c'est-à-dire à 950 kilomètres au nord du cercle polaire et à 950 kilomètres au sud du pôle Nord (ou *Puili*, comme disent les Groenlandais), la seule constante, le seul dieu, le seul dénominateur commun, c'est le climat et les mouvements de la glace ; là-haut, le seul moyen de transport est le traîneau.

Un mardi de mai, je passe la journée à attendre de pouvoir monter à bord de l'avion qui, une fois par semaine, décolle de Kangerlussuaq pour Thulé. Mon amie groenlandaise Aleqa Hammond, dont j'ai fait la connaissance à Uummannaq quatre ans auparavant, devait m'accompagner pour me servir d'interprète. Mais elle n'est pas venue, alors que nous préparons ce voyage depuis un an. Quand je demande à l'aéroport s'ils l'ont vue, ils me disent que non. L'avion dans lequel elle devait être a atterri à huit heures du matin et il est maintenant quatre heures de l'après-midi. Elle n'est ni chez elle ni à son bureau, à Nuuk ; elle a disparu.

Quand l'avion pour Thulé est annoncé, je décide, à tort ou à raison, de partir quand même, alors que je n'ai pas de passe pour transiter par la base aérienne de Thulé, pas de billet d'hélicoptère pour Qaanaaq, et que je suis incapable de communiquer avec les chasseurs avec lesquels je dois voyager pendant un mois. Après tout, le plus gros du chemin est fait.

Nous volons vers le nord, en suivant la côte ouest du Groenland. Une brume laiteuse se déverse sur le réseau découpé des fjords et noie jusqu'au sommet des îles, formant comme un voile devant le soleil permanent. Vers l'intérieur du continent, une masse surgit : non pas *nuna*, la terre, mais la calotte glaciaire dont les marées invisibles brisent les rochers et sculptent des canyons.

Nous survolons l'épine dorsale de l'île Inconnue, ce minuscule point qu'est Illorsuit, où habite Marie Louisa, son port, une demi-lune de glace parcourue par les traîneaux. Nous survolons la haute croupe noire de Svartenhuk, et la tombe de Navarana, la première épouse de Peter Freuchen, à Upernavik. De là, une longue bande de côte nous mène à la baie de Melville.

Là haut, au nord, la terre s'élargit, sortant de la calotte glaciaire qui se recule, vestige de la dernière glaciation, qui s'est terminée il y a 10 000 ans. Cette frange irrégulière, capricieuse, exposée par le dégel, se compose surtout de roche à nu. Entre Tasiusaq, jadis le point le plus septentrional du Groenland colonisé, et le cap York, où les Esquimaux polaires ont vu le premier Européen, la frange brune habitable disparaît complètement sous le museau des glaciers qui se sont fixés à angle droit par rapport à la glace des fjords. Le soleil fait éclater leurs fausses façades, avec leurs colonnades à demi effondrées, comme si elles avaient jadis soutenu un fronton disparu.

Sur mes genoux, j'étale une carte topographique d'Avannaarsua, le Grand Nord, région si isolée que, à part Qaanaaq, il n'y existe que quelques villages habités. Ce n'est pas en kilomètres que se mesure la distance par rapport à la ville la plus proche : on parle d'un mois et demi en traîneau. La presqu'île où se situe Qaanaaq est en forme de losange, flanquée de deux fjords aux jambes arquées, et s'appelle Piulip Nuna, terre de Peary, du nom de l'explorateur américain Robert Peary.

Par le plus grand des hasards, il y à côté de moi dans l'avion les petites-filles inuits de Robert Peary, descendantes de l'un des fils que Peary a eus avec sa compagne groenlandaise Aleqasina, qui a participé avec lui aux sept expéditions malheureuses qui ont précédé sa « conquête » finale du pôle Nord, le 6 avril 1909 (Peary avait aussi une épouse américaine, Josephine, et un enfant). Les deux sœurs ont une cinquantaine d'années, elles sont en train d'admirer les photos de la reine du Danemark, qu'elles appellent « Daisy », dans un magazine de cinéma. Je glisse ma carte par-dessus la tête de Daisy et je leur demande de me montrer où elles habitent. Elles désignent l'île d'Herbert, à une quinzaine de kilomètres de Qaanaaq. L'unique village de l'île compte quatre habitants ; ils devront bientôt partir pour la ville.

La sœur aînée regarde par le hublot, puis indique sur la carte l'endroit que nous survolons. Sa main ridée découpe dans l'air des courbes précises pour évoquer la forme d'un lac qu'elle connaît, et les centaines de glaciers marins échoués dans la baie de Melville, qui ne cessent de desserrer leur ceinture pour vêler des blocs pointus. Les cartes sont pour elle un luxe inutile. Comme les autres membres de sa famille, elle n'en a jamais utilisé. Elle peut dessiner le contour dentelé de la côte dans ses moindres détails, les polynies, les rochers cachés et les îles enveloppées de brume. Les Groenlandais vivent sans cartes depuis 5 000 ans (aujourd'hui encore, le dernier quadrilatère disponible sur la côte ouest est Qaanaaq, et il n'existe que deux cartes de l'ensemble de la côte est). Quatre-vingt-quatorze ans après que Robert Peary a mis fin à ses explorations polaires, le sommet glacé de Piulip Nuna est encore indiqué comme « altitude inconnue » ; au nord-est, la terre Prudhoe, essentiellement composée de glace, est « inexplorée ».

Dans le dictionnaire Inuktun du dialecte septentrional, j'ai cherché comment on dit « glace ». Il y a *kaniq*, *qirihuq*, *qirititat*, *nilak*, *nilaktaqtuq*, *hiku*, *hikuaq*, *hikuaqtuaq*, *ilu*, *hikuiqihuq*, *hikurhuit*, *hikuqihuq*, *hikuliaq*, *manirak*, *hikup hinaa*, *qainnguq*, *manillat*, *kassut*, *iluliaq*, *ilulissirhuq*, *auktuq*, *quihaq*, *hirmiijaut* : givre, eau douce gelée, eau de mer gelée, glace fine, glace à l'intérieur de la tente, pack, glace récente, étendue de glace lisse, lisière de glaces, glace solide attachée au rivage, hummock, rides de pression, morceaux de glace flottante, icebergs, glace fondante...

Tout excitées, les sœurs Peary montrent les fissures dans la glace, les icebergs échoués, les polynies, les fjords aux longues jambes, les lacs au sommet des montagnes où elles ont campé cet été et où elles ont ramassé des œufs. Je ne peux me détourner du spectacle de l'océan gelé, avec ses craquelures qui dessinent comme un enchevêtrement de racines, comme un réseau dendritique, comme les mille replis d'un cerveau. L'île ressemble à une coque retournée, un vaisseau fantôme fait de glace, qu'aucun humain ne pilote.

Au début du mois, les ombres s'étaient emparées du soleil, le déplaçant à travers le ciel comme un pion perdu aux échecs. A présent, le soleil extirpe les ombres qu'il débusque sous les choses, dans une réalité anguleuse, cubiste, une suggestion oblique qui se transforme en chiens, en traîneaux, en hommes, en montagnes et en glace de pression. Au sommet, le pôle Nord, qui n'est pas une terre, mais une boutonnière mouvante, un monde flottant dont la seule permanence réside dans l'éclat désincarné.

L'avion prend un virage serré. Nous survolons l'inlandsis et nous amorçons notre descente. Autour de ce coude montagneux se

QAANAAQ, 1997

trouve North Star Bay, une étendue d'eau en forme de U bordée par une longue plage, avec un sommet plat qui monte la garde sur l'entrée du port. C'est Dundas Village, où Knud Rasmussen a fondé sa station arctique et d'où il a lancé ses expéditions. Il ne reste pratiquement rien de l'endroit où Rasmussen et Freuchen ont vécu. Il a changé de nom plusieurs fois (Qaanaaq, Thulé, Dundas), mais il n'existe plus. Selon un accord secret conclu entre les Etats-Unis et le Danemark durant la guerre froide, cette zone historique est devenue le site d'une base aérienne américaine, construite pour protéger le monde d'une attaque des Russes.

Dès que l'avion atterrit, je suis arrêtée. Dans le petit aéroport, on me demande de présenter mon billet d'hélicoptère pour Qaanaaq. Mon billet est entre les mains de mon interprète qui m'a posé un lapin, et l'employée du consulat du Danemark à Los Angeles m'a dit sèchement que je n'avais pas besoin d'un permis spécial pour transiter par la base aérienne. Elle avait tort et, alors que le ciel est dégagé, l'hélicoptère qui devait m'emmener à Qaanaaq ce soir-là (un trajet de soixante kilomètres à peine) a été annulé.

Pendant mon interrogatoire, quelqu'un siffle un air de musique country. Les sœurs Peary rient du zèle des militaires américains et danois. « Qui êtes-vous ? Pourquoi êtes-vous ici ? Où allez-vous ? Que faites-vous ? Pourquoi êtes-vous au Groenland ? » me demande l'officier de liaison dans un anglais hésitant. Quand je lui réponds que je vais participer à une chasse à Qaanaaq, il ajoute : « Mais vous êtes peut-être une espionne russe. » J'éclate de rire. Ils ne trouvent pas ça drôle. « Ecoutez, ça fait un moment que le rideau de fer est tombé. On ne vous a pas prévenus ? »

Je ne vois pas la personne qui sifflote, mais c'est Guy, le représentant français de Gronlandsfly, à moins que ce ne soit le représentant danois de SAS, deux Européens qui se moquent éperdument de savoir qui je suis. Finalement, je suis libérée et envoyée avec les autres à la Caserne 136, réservée aux Groenlandais qui rentrent chez eux. « Mais nous reviendrons vous chercher demain matin, lance l'officier. Et vous devrez reprendre l'avion pour Kangerlussuaq. »

Une camionnette nous emmène à la caserne. Les rues obscures et sales sont bordées de casernes, il doit bien y en avoir une centaine. Je ne découvre aucun des bruits accueillants d'un village groenlandais, ni cris d'enfants qui jouent ni aboiements des chiens ; on n'entend que le vrombissement constant d'énormes tuyaux qui acheminent la vapeur, l'eau et le mazout.

On m'a assigné une chambre étroite, avec une petite fenêtre. A l'extérieur, après le dernier hangar, s'étend la vallée connue sous le nom de Pituffik, sur une douzaine de kilomètres, vers la calotte glaciaire scintillante. La vallée était autrefois appréciée des chasseurs pour ses renards, et North Star Bay était un superbe bras de mer grouillant de phoques, de baleines et de morses, au bord duquel se nichaient des maisons de tourbe et de pierre. A présent, l'ancienne Qaanaaq est une ville fantôme parfois utilisée par les chasseurs de passage. En 1952, les villageois de Dundas ont été déplacés contre leur gré vers les côtes du détroit d'Inglefield, à soixante kilomètres au nord, pour créer la « nouvelle » Qaanaaq, qui est ma destination, même s'il paraît à présent que je n'y arriverai jamais.

En état d'arrestation ou pas, je pars me promener, non pour espionner mais pour me dégourdir les jambes et pour apercevoir la vallée historique et l'île Saunders, où les Groenlandais campaient à la fin du printemps pour capturer des oiseaux.

La Thule Air Base, occupée par le Douzième Escadron de l'armée de l'air américaine, est une base futuriste, style *Guerre des Etoiles*, qui a coûté 800 millions de dollars, et qui abrite principalement du personnel civil : ingénieurs, informaticiens, et une horde d'employés danois et groenlandais chargés de la maintenance. Quand la base a été construite, dans les années 1950, 25 000 hommes y étaient en garnison. Il n'en reste plus qu'un tiers, et encore.

Après les casernes en fer blanc, une fois franchies les arches de tuyaux grondants, je passe devant un hôtel de quatre étages, des sites de missiles souterrains, la bibliothèque Knud Rasmussen, une salle de sport, un bar, un mess immense, et un foyer militaire. Sur une hauteur surplombant la rivière enlaidie par son passage à travers la base, d'énormes radars surveillent l'extrémité de la planète, au cas où l'on aurait besoin de savoir ce qui s'y passe.

L'alliance militaire entre les Etats-Unis et le Danemark a commencé durant la Deuxième Guerre mondiale, lorsque deux bases aériennes furent établies à Söndre Strömfjord et à Naarssarsuaq pour fournir d'importantes positions de défense contre l'Allemagne. Pendant la guerre de Corée, un grand hôpital de

QAANAAQ, 1997

Naarssarsuaq a accueilli des soldats si grièvement blessés que les Américains les ont séquestrés au Groenland, pour que l'étendue des pertes américaines ne puisse être mesurée. Mais pourquoi avoir plaqué leur base sur l'une des vallées les plus belles, les plus productives et les plus historiques ?

Je me couche tard. A deux heures du matin, le soleil brille d'un éclat aveuglant, et les renards arctiques viennent mendier à nos fenêtres. Les sœurs Peary laissent leur porte grande ouverte. Je leur dis bonne nuit et je m'étends sur mon lit étroit, vêtue de ma combinaison rouge, en attendant que la police militaire m'expulse dans la matinée.

Je suis réveillée par le bruit d'un avion. C'est celui de la First Air, celui qui nous a amenées, qui redécolle. C'est l'unique avion pour la semaine. Les sœurs Peary passent la tête à ma porte, avec un grand sourire : j'ai été épargnée. Maintenant, la police ne peut plus me renvoyer.

Nous allons au mess prendre notre petit déjeuner. Imina, percepteur de Qaanaaq, parle l'anglais et me sert d'interprète. L'une des sœurs porte un T-shirt où sont inscrits les mots « Souvenir des Soleils d'Eté ». Il neige. La cafétéria propose une gamme stupéfiante de produits américains frais : melon, raisin, pommes et bananes, des fruits qu'on ne voit jamais dans le nord du Groenland, et qui sont ici offerts à profusion. On nous serre tout au bout de la salle, bien séparées du personnel militaire. A notre table, craignant que le temps ne s'améliore pas, un jeune couple s'inquiète de devoir passer à Thulé la semaine de vacances qu'ils avaient prévue à Qaanaaq chez les parents de la dame.

De retour à la caserne, une jeune Inuit et son fiancé danois, un grand et bel homme, se caressent tendrement tout en regardant *Retour vers le futur III*. « Je viens du futur et demain je dois repartir dans le futur », dit l'un des personnages. A la cuisine, on entend de la musique pop groenlandaise ; Safak Peary mâche un morceau de peau de phoque, pour en faire des moufles. Nous ne sommes pas en route vers le futur, mais vers un endroit où hommes et femmes vivent de pêche au harpon.

Pour le moment, personne ne m'a expulsée, je me sens libre de vagabonder. Avec Imina, nous allons rendre visite à Jack, un météorologue américain qui travaille aussi comme coordinateur pour le

Peregrine Fund et dont les bureaux baignent dans la musique classique. Quand nous arrivons, c'est une sonate pour piano de Brahms. Précieux et pédant, c'est un vétéran du Viêt-nam qui n'a jamais pu rentrer chez lui : « J'avais besoin d'un refuge. J'ai appris qu'il y avait un poste disponible ici, alors je suis venu. C'est la beauté de la nature qui me retient. Ça fait vingt-sept ans que je vis ici. »

Nous contemplons une photo de petits faucons pèlerins dans leur nid quand l'officier de liaison et son acolyte font irruption dans la pièce. « Nous étions censés vous arrêter ce matin mais nous ne l'avons pas fait », annonce-t-il sévèrement, comme si j'étais responsable de son erreur. Puis il avoue qu'il n'a pas entendu son réveil. « De toute façon, Aleqa Hammond a téléphoné pour dire que vous êtes l'invitée de Nuuk Tourism. C'est vrai ? »

Je réponds affirmativement, et l'officier se dégèle un peu.

« Alors, j'imagine que vous pouvez rester. »

Quand ils sont partis, je demande à Jack comment ils ont su que j'étais ici, et il hausse les épaules.

L'après-midi, Jack emmène un petit groupe en promenade. Une caissette de fraises fraîches circule dans le minibus tandis que nous filons sur la piste longue de trois kilomètres, où le C-150 qui a apporté les fruits est en train de refaire le plein de carburant. « C'est du vice, non ? » jubile Jack.

Nous sommes arrêtés par des congères sur la route vers P Mountain. Les renards et les lièvres arctiques courent partout. Nous sortons admirer les rochers. Une chenille est roulée sur une touffe d'herbe morte. Imina s'exclame : « Vous êtes venu au no man's land et vous avez trouvé un papillon. »

Le temps passe. Le soleil brille toujours sur cette vallée sauvage transformée en enfer. Nulle part ailleurs je n'ai vu si clairement la façon dont l'industrie rend vulgaire un paysage subtil : les tuyaux de la base gargouillent et grognent, le vacarme des énormes générateurs brise le silence bourdonnant de l'Arctique. Sur les pentes de P Mountain, la chenille velue que j'ai vue voyage dans le temps. Son corps, congelé pendant les trois quarts de l'année, ne dégèle que pendant deux ou trois mois : il lui faut parfois vingt ans pour se changer en papillon.

Nous disparaissons dans ce repli de l'espace-temps. Le jour, nous regardons des films à la télé pendant des nuits ensoleillées ; la nuit, nous traînons chez Jack. Un soir, il nous invite à regarder son DVD de l'*Orfeo* de Monteverdi. Les stores bleus sont baissés et nous nous asseyons sur une peau de mouton pour manger une pizza. La traduction du livret dit : « Vers elle j'ai dirigé mes pas, à travers l'air aveugle, mais non pas vers l'enfer, car où réside une telle beauté, là se trouve le paradis... » Les sœurs Peary somnolent doucement.

Le mauvais temps se maintient. A la caserne 136, pour passer le temps, les femmes tricotent, cousent des peaux et jouent aux cartes en écoutant la radio par-dessus la télévision allumée. Le téléphone n'arrête pas de sonner. « *Telephonee !* » crie celle qui décroche.

Un avis de tempête nous arrive par le haut-parleur placé à l'angle de la caserne. « Météo Big Brother », commente Imina, mais le blizzard ne se matérialise pas. Je marche jusqu'à la station météo pour consulter les prévisions. Je suis accueillie par Thyge Anderson, observateur météo danois, qui bondit à travers la pièce avec la grâce d'un Noureïev en sandales. Ouvrant la fenêtre tout grand, il passe la tête dehors et dit : « Le plus dangereux, dans ce métier, c'est de se faire poignarder dans le cou par un glaçon. »

Les instructions à suivre en cas d'avis de tempête sont affichées, avec des indications sur le temps que la chair humaine met à geler et la vitesse du vent qui oblige à rester chez soi. Quand j'ironise sur l'alerte, Jack réplique : « L'an dernier nous avons eu l'un des pires hivers connus. Il y a eu entre cinquante et soixante grosses tempêtes. Thulé est une ville mal placée. Il y a beaucoup de vent. Récemment, il a soufflé à 243 kilomètres/heure. Durant une tempête, un type se tenait à une corde pour aller d'un bâtiment à un autre. Tout à coup, la corde s'est détendue. Il a été emporté par le vent et on ne l'a jamais revu. Un autre a été renversé à plat ventre dans la neige et il est mort asphyxié. »

Jack fouille parmi les textes qu'il a imprimés de son ordinateur. « Nous rassemblons les prévisions à partir des systèmes en surface que nous pouvons observer, et un peu au pif. Bien sûr, on se trompe les trois quarts du temps, mais puisqu'il n'y a personne d'autre à qui s'adresser, les pilotes nous contactent toujours. Et quand les tempêtes sont vraiment mauvaises, tout le monde arrête de travailler. Donc on nous aime bien. »

Thyge a un sourire sarcastique : « On pourrait dire que le rôle du chaman a été repris par les gens de la météo. Nous n'en savons pas plus, nous ne sommes pas plus fiables, peut-être même pires. »

Quand je rentre à la caserne, les sœurs Peary ont eu le temps de fabriquer quatre paires de moufles en peau de phoque, avec poignets en poil de chien, et deux paires de kamiks.

Le lendemain matin, le départ de l'hélicoptère est à nouveau annulé. Je fais ma petite promenade habituelle : je descends jusqu'à la glace côtière, je longe le parc à réservoirs, puis je remonte la colline qui sépare la base du village. Là-haut, les congères m'arrivent à la poitrine et la rivière qui court au milieu de la large vallée est encore gelée. J'arrive ensuite à coincer le mécanicien de l'hélicoptère, un grand Suédois dégingandé qui me dit : « Il fait nuageux dehors, mais les fenêtres sont sales. Peut-être qu'il fait soleil, en réalité. En tout cas, on ne partira pas encore aujourd'hui. » Dans la matinée, les annonces se succèdent : on en saura plus à midi. Mais on connaît déjà le verdict.

Vendredi soir, il tombe une neige épaisse et rapide, les avis de tempêtes sont à nouveau diffusés. Guy, le Français qui est responsable de Greenland Air à Thulé, caresse les flancs de l'hélicoptère comme si c'était un chat. « C'est une brave bête. Forcément, c'est un hélico français. On n'en a perdu que trois. On a d'excellents états de services. » Deux ans auparavant, le toit du hangar a été emporté dans un blizzard et l'hélicoptère s'est rempli de neige. « Ici, le pire est toujours possible, et il arrive toujours. »

Une tempête arctique souffle vers nous. Encore un jour, encore une nuit. Le film du matin, c'est *Black Rain* avec Michael Douglas. Les sœurs Peary coupent le son mais gardent l'image, puis racontent des histoires qu'Imina me traduit : « Le détroit qui sépare le Groenland du Canada n'est pas très grand. Mais la glace est dangereuse. Les hommes avaient l'habitude de le franchir pour aller enlever les femmes de l'autre côté. C'était il y a mille ans. Quand un prêtre dano-norvégien est arrivé au Groenland en 1721, il y avait 16 000 Groenlandais. Il leur a dit de ne plus écouter leurs chamans, qui étaient des charlatans et ne pouvaient soigner personne. Peu après, la petite vérole est arrivée et la population a été réduite à 110 personnes pour tout le Groenland. »

Dimanche. La neige tombe et le soleil brille. Sur l'île Saunders, un champ de glace scintille comme une coupe d'argent. Dans quelques semaines, des millions de guillemots arriveront pour faire leur nid et élever leurs petits. Derrière nous, le radar monumental a l'air d'une grande assiette peinte en noir. Les renards arctiques se promènent entre les casernes, dépenaillés car c'est l'époque de la mue. Des morceaux de fourrure blanche pendent de leur corps svelte comme des dreadlocks.

Les renards ne vous adressent pas ces regards émouvants qu'ont les chiens, et ils émettent un son sec, *kak-kak-kak*, qui ressemble plus au cri d'un oiseau qu'à un aboiement. Ils sont absolument monogames. Si un tiers arrive durant l'accouplement du printemps, l'intrus est chassé par le couple.

En marchant jusqu'à la crête qui surplombe Dundas Village, je croise quatre militaires américains qui font griller des steaks et du maïs au barbecue, en plein blizzard. Sous la croûte de glace qui recouvre le cours d'eau, nous entendons l'eau qui court. Je veux traverser ce qui reste de Dundas Village pour voir où Peter Freuchen et Knud Rasmussen ont vécu et pour contempler cette baie jadis féconde. A présent, le sommet plat de la montagne solitaire qui garde l'entrée de la baie sert de terrain de golf pour les officiers américains, lors des festivités du 4 juillet.

22 heures 30. Le ciel se dégage. C'est la joie à la caserne 136. Un premier hélicoptère doit partir pour Qaanaaq. Le second m'emmènera, avec les sœurs Peary et une autre passagère. Si le temps se maintient, il y aura cinq vols cette nuit. La camionnette vient chercher nos bagages. J'éprouve un moment de panique : je commençais à me sentir bien à Thulé. Et voilà qu'on m'envoie dans l'inconnu.

Nous restons blottis au bord de la piste, comme des moutons. Le ciel s'est assombri et le vent fait baisser la température à − 18°. Nous entendons le vrombissement de l'hélicoptère qui revient. On dirait un jouet, qui descend lentement vers nos pieds. Gitte Mortensen en sort la première. Je l'ai rencontrée durant l'hiver que j'ai passé à Uummannaq ; c'est chez elle que nous avons aperçu le soleil de février lorsqu'il s'est montré pour la première fois de l'année. Elle s'est établie à Qaanaaq pour travailler à la coopérative, mais elle repart après une liaison amoureuse qui a mal tourné.

Pendant qu'elle m'embrasse, mon nez glisse de sa toque de fourrure vers son anorak en peau de phoque. Elle a les larmes aux yeux. « J'avais tellement envie de te voir et de te parler. Nous étions bloquées ici toutes les deux. Dommage que ce n'ait pas été au même endroit. Maintenant, nous nous devons dire sur cette piste tout ce que nous avons à nous dire. J'ai été malade, tellement malade. Pas dans mon corps, mais dans ma tête. Je me suis mal adaptée au nord. Il fait tellement noir. Et il y a eu un homme, un chasseur... Maintenant il faut que je rentre au Danemark pour me remettre. »

Par-dessus son épaule, je vois le mécanicien suédois arriver en courant. La porte de l'hélicoptère côté passager vient de tomber. Il se met à la revisser en vitesse. Nous sommes martelés par le vent. Dans le flou du blizzard, Gitte se détache de moi.

Je suis écrasée entre les sœurs Peary sur la banquette de l'hélicoptère. La cargaison est empilée derrière nous, retenue par un filet de corde. Le pilote, un Danois pâle, monte à bord. C'est un nouveau, et ça se voit. L'Arctique n'a pas encore sculpté ses lignes dures sur son visage, n'a pas encore donné à sa bouche ce mépris insolent pour la mort. Je comprends maintenant pourquoi nous sommes restées si longtemps coincées à Thulé : il avait peur. Un habitué de l'Arctique aurait assuré les vols même par temps plus risqué.

Je suis soulagée de voir le mécanicien suédois se glisser à la place du copilote. Le moteur démarre et la porte tient bon. Quand l'hélico s'élève dans le ciel, je me sens pleinement heureuse de quitter Thulé. Je connais l'Arctique, mais pas le véritable Groenland. Les sœurs Peary sourient. Je m'interroge sur l'usure du métal : combien de temps tiendront les vis de la porte ? Il est un peu plus d'une heure du matin lorsque nous quittons la tempête de neige qui s'apaise pour gagner la zone d'ensoleillement permanent ; la base aérienne, énorme et menaçante, disparaît.

Personne ne parle. Les vibrations de l'hélicoptère nous secouent constamment. Nous voyons où les glaciers ont déversé leur glace dans le détroit de Smith et nous traversons des nappes de brume étendues sur les montagnes. Les sœurs Peary appellent « têtes de morses » les visages que forment les rochers. La glace est une peau, hachurée, éclatée, griffée, parcourue de fissures. Une rivière gelée semble couler à reculons vers une montagne blanche. La calotte glaciaire est un *dzong*, une forteresse, dont l'intérieur n'a jamais été creusé.

Il est impossible de dire si nous volons à l'intérieur d'un mur ou si nous glissons à la surface de la terre. Les dépôts de glace sont dentelés par la lumière argentée et les lacs bleu marine. Je me rappelle ce que Jack a dit de l'emplacement de la base aérienne : c'est le centre géomagnétique de la terre. Je me demande quelles forces agissent sur nous, si elles nous tirent vers le bas ou vers le haut. Plus nous avançons vers le nord, plus j'ai la sensation que mon corps implose.

Sous la pale qui tournoie, je suis du regard la côte sinueuse. C'est une alternance de montagnes et de fjords, de glace et de terre, de terre et de glace, comme un éclairage stroboscopique. C'est ici que naît l'horizon du monde, cette ligne universelle effilochée en un million de fils minuscules. La façon dont ces filaments sont peignés et déployés nous dit où nous vivons, c'est le seul point de référence qui nous permet d'échapper à l'oubli.

Nous arrivons à Qaanaaq à deux heures du matin. Il fait un soleil radieux. En sortant de l'hélicoptère, j'entends les bruits du village, les aboiements, les rythmes lents de la langue groenlandaise, le crissement de la neige sous les pieds. Un Groenlandais au visage aimable vient prendre mes bagages. Dans mon enthousiasme, j'ai oublié que je n'avais nulle part où me loger, mais le problème semble s'être résolu de lui-même. L'homme est Hans Jensen, du Qaanaaq Hotel. « Aleqa a téléphoné pour me dire que vous arriviez. Vous resterez chez nous en attendant de partir avec Jens Danielsen. Je vous ai trouvé un traducteur. Jens et lui viendront vous voir demain à l'hôtel. »

L'« hôtel » se compose de cinq chambres spartiates, d'une salle de bains commune, d'une salle à manger et d'une cuisine dont les fenêtres donnent sur le fjord. Des soleils en papier découpés par les enfants sont accrochés partout. Au-delà du fjord, l'océan gelé, puis l'île d'Ellesmere.

Hans dépose mon sac dans l'une des chambres. « Si vous avez faim, servez-vous. Je suis désolé, mais nous n'étions pas sûrs que vous veniez aujourd'hui, donc il n'y a pas de dîner. Nous mangerons dans la matinée. »

Je me fais une tasse de thé et des toasts, puis je me plante devant la fenêtre. Devant les petites maisons danoises, les traîneaux sont garés tant bien que mal et tous les chiens sont attachés à de longues chaînes, sur la glace. Leurs hurlements noient tous les autres sons. L'air est immobile. Le calme est tombé sur le village. Les chiens sont couchés. Le museau glissé sous la queue, ils ont l'air de rochers.

Tout est gelé sur place, sauf le soleil, qui promène sa feuille d'or ici et là, incendiant la cime des icebergs échoués et marquant d'un filigrane les pointes acérées de la côte groenlandaise. Au-delà s'étend la glace, à moins que ce ne soit simplement une couche, une prairie de lumière.

Le matin, la femme de Hans, Birthe, apporte un petit déjeuner danois composé de pain de seigle, de fromage et de jambon. Bien portante, les yeux fous, elle a un rire communicatif. Quand elle marche, ses longs cheveux noirs flottent sur ses épaules. Nous buvons du café et discutons dans un mélange de groenlandais et d'anglais. Je pratique mon dialecte inuktun et elle corrige ma prononciation. Je suis la seule cliente de cet hôtel minuscule.

Jens Danielsen et Niels Kristiansen arrivent plus tard. Ce sont de grands gaillards (1,90 mètre et 1,85 mètre), au visage brun et aux cheveux noirs. Jens cligne timidement des yeux lorsque nous discutons de notre voyage, sans jamais me regarder en face. Niels traduit lentement, de manière laconique. Jens a l'air nonchalant et insouciant de ceux qui ont fait plus d'une fois le tour du monde, mais qui sont finalement revenus. « C'était juste pour l'aventure. Vous savez, pour s'en aller, voir des choses », me dit-il. A dix-huit ans, il s'est embarqué à Nuuk, et il vient tout récemment de regagner Qaanaaq, sa ville natale, pour y vivre comme chasseur. « Partout où j'allais, les gens me demandaient de quel pays je venais. Ils pensaient que j'étais japonais, mexicain ou tibétain. Quand je disais que j'étais esquimau, ils ne me croyaient jamais. Alors il fallait que je dise quelque chose en groenlandais. Mais ça ne changeait rien. Ils m'appelaient "Sumo" tellement j'étais gros. Je pesais 120 kilos, surtout à cause de la bière. »

Jens a épousé Ilaitsuk, une femme de huit ans son aînée, dont le grand-père a participé à la Cinquième Expédition Thulé. En 1991, Jens et son associé, Ono Fleischer (petit-neveu de Rasmussen), ont suivi les traces du grand explorateur danois. Du Groenland ils ont pris l'avion pour Resolute, dans les Territoires du Nord-Ouest, puis ont traversé en traîneau le Canada arctique, jusqu'à la presqu'île Seward, en Alaska. Leur voyage a duré cent jours, et non trois ans.

QAANAAQ, 1997

Je leur demande s'ils pourraient le refaire, avec moi. Jens me regarde et secoue la tête.

Personne ne dit rien. Je pose tout haut une question sur le climat. Jens regarde fixement dans le vide. Je ne sais pas si sa réserve est une forme de dédain, j'espère que c'est plutôt de la timidité. D'un autre côté, il aurait toutes les raisons de me mépriser. Je ne suis pas dans mon élément, je suis incapable de comprendre toutes les complexités de la glace. Il faudrait pour cela une vie entière et j'ai déjà vécu une bonne partie de la mienne.

En essayant de se lever, Jens dit que nous partirons le lendemain, que nous irons à Siorapaluk, un village situé au nord, puis à Etah, jusqu'à la lisière de glaces, pour chasser le narval et le morse. J'ai des questions mais je n'ose pas les poser : où dormirons-nous, que mangerons-nous, dois-je acheter de la nourriture ? Jens me demande si mes vêtements sont assez chauds. Je vais chercher ce que j'ai dans ma chambre. Il tâte la parka et le pantalon épais de dix centimètres, que j'ai récupérés auprès d'un ami qui avait escaladé l'Himalaya. « Peut-être trop chauds, dit-il en riant. Venez demain, vers onze heures, au traîneau. »

Sumiippa ? Où est leur traîneau ? Il me regarde d'un air exaspéré, puis se retourne et sort.

Il commence à neiger. Puis le soleil fait irruption, accompagné par le chant des bruants. J'ai un peu mal à la poitrine et vaguement envie de vomir. Ce n'est rien de plus vague qu'une trouille bleue. Impossible de dormir. Je reste devant les fenêtres de la salle à manger, à regarder vers l'ouest, vers le Canada. Une épaisse brume sépare le sommet des îles de leur base. Je ne vois que le flanc des montagnes. Puis les nuages fusionnent, emportant avec eux des îles entières. Je cherche des yeux ce qui était l'horizon, ce mur invisible au bout du monde, et j'espère que nous pourrons le franchir en traîneau.

Après minuit, le calme habituel revient. L'avenir est abandonné, le passé est annihilé par la tranquillité. La glace hypnotise le temps. L'horizon passe de l'argenté au bleu. Je sais que ce n'est qu'une illusion : l'esprit humain cherche des limites, mais celle-là ne me limite nullement.

Une chienne errante parcourt le village, parmi ses soupirants. Les mâles, retenus par de grosses chaînes, hurlent de désir. La lune est absente. La force de gravité s'exerce-t-elle encore ici ? Sous la glace, des marées invisibles vont et viennent. Je continue à boire du thé. Le soleil de minuit projette en oblique l'ombre des pattes des chiens, des toitures et des patins de traîneau gracieusement incurvés. Puis les nuages masquent le soleil de sorte que le ciel et la glace ne font plus qu'un. Je m'inquiète pour le voyage qui m'attend, seule avec deux inconnus. Pas moyen de faire machine arrière. Il est convenu que nous partons le lendemain.

Le lendemain, il neige faiblement. Sac au dos, je descends un chemin qui mène, entre les maisons, à la glace côtière où les traîneaux sont garés en tous sens entre les hummocks et où attendent des centaines de chiens crème à taches marron ou noires, le poitrail et les pattes plus blanches. Je ne sais pas où sont ceux de Jens. Les chiens, les gens, les harnais, les enfants, les parkas, les sacs en plastique remplis de nourriture et les traîneaux se déploient de part et d'autre.

Un homme en forme de poire s'approche de moi, vêtu d'une salopette bleu vif. C'est Niels. « Comment pouvez-vous être perdue ? » Un sourire traverse son large visage. Nous partons sur la glace, d'un pas tranquille. Aucun Groenlandais qui se respecte ne voudrait avoir l'air pressé. Peu importe que nous partions à dix heures du matin ou à quatre heures de l'après-midi. Tant que la glace est bonne, il fait toujours assez clair.

« Vous n'avez qu'à me suivre », dit doucement Niels. La cigarette aux lèvres, il m'entraîne loin de tout, vers l'endroit où Jens est en train de harnacher ses chiens. Le traîneau est long (4 mètres), en bois importé du Danemark et couvert d'une bâche bleue tachée de sang. Nous y chargeons nos sacs, nos bottes, nos anoraks, une petite sacoche remplie de nourriture et deux cantines contenant marmites, combustible et réchauds. Quelques coussins sont ajoutés par-dessus, et des peaux de rennes sont attachées sur la cargaison pour former un siège moelleux. Des lanières supplémentaires (en peau de phoque), des cordes en nylon et un sac en toile portant l'étiquette « Made in Mexico » sont accrochés aux deux poignées incurvées, à l'arrière. Le sac contient un nécessaire de couture, un rabot, des moufles de rechange, des munitions et d'autres cordes en nylon.

QAANAAQ, 1997

Les vingt chiens de Jens sont déjà harnachés. Plié en deux, il démêle un écheveau de traits couverts de glaçons. Les chiens sont attelés non par paires comme en Alaska (où il y a des pistes étroites entre les arbres), mais en éventail, s'ouvrant largement à l'avant du traîneau. Ainsi, les chiens sont plus libres de changer de position dans la troupe, selon leurs préférences, de tirer plus ou moins, de se reposer quand nécessaire.

Niels tient les autres chiens pendant que Jens concentre son attention sur quatre jeunes qui couinent de plaisir à la perspective de partir. Il les attache patiemment avec les autres. L'excitation monte, et Niels fait claquer le fouet pour les empêcher de se mettre en route. Ils baissent la tête, reculent et se couchent en tas.

Peu avant d'attacher les traits dans le *pituutaq* (le crochet en ivoire par lequel le trait principal est fixé au traîneau), il se retourne pour voir ce que je fais. Niels murmure : « Vous n'avez qu'à vous asseoir ! » Le traîneau s'ébranle. Je ne sais pas ce qui se passe, mais je m'assieds. Les chiens s'élancent. Jens et Niels courent et, d'un bond, rejoignent lourdement le traîneau. Jens s'assied à l'avant, de côté, et Niels à l'arrière ; je suis prise en sandwich entre les deux.

Sur la côte, nous traversons la glace brisée, penchés sur le côté, assis tous les trois côte à côte, une jambe glissée sous l'autre. Le traîneau rebondit, s'incline et retombe brutalement sur la glace usée. Je suis l'*aluupaq*, le passager, novice sur ce véhicule. Je passe les doigts sous les lanières pour éviter de tomber.

« *Haruuu, haruuu* », roucoule Jens d'une voix rauque. A gauche, ordonne-t-il. « *Attuk, attuk.* » A droite. Il n'y a pas de rênes pour commander les chiens, seulement la voix du conducteur. La glace forme un parcours d'obstacles constant et les chiens passent par-dessus tout ce qui se présente. Des morceaux pointus de glace usée me frôlent les jambes et se brisent. Alors que nous nous dirigeons vers le nord, la glace devient plus lisse et les chiens trottent, euphoriques. C'est l'autoroute du Groenland, une mer gelée, entièrement blanche. Nous faisons route vers Siorapaluk, le village le plus septentrional au monde.

Un traîneau est une estrade mouvante d'où l'on peut admirer le paysage. La glace ressemble à un lieu d'où le principe d'économie a éliminé le superflu, êtres chers, animaux, maisons. Autrefois j'avais tout. Maintenant tout est perdu. La perte même est perdue. Le traîneau n'a pas quitté un point pour se diriger vers un autre ; il glisse, simplement.

Un vent mordant me frappe le visage comme une gifle. « Fais attention », semble-t-il dire. Nous passons devant la cathédrale déconstruite d'un iceberg à demi fondu et les pointes aiguës de deux grandes îles, l'île Kiatak et l'île d'Herbert (Qeqertarsuaq). A ma droite, la côte gelée du Groenland, à ma gauche, une plaine de glace qui mène à l'île d'Ellesmere. Nous sommes les seuls êtres mouvants.

L'été précédent, je regardais les icebergs descendre l'étroit fjord d'Illorsuit. J'étais immobile et ils voyageaient, flottant sans jambes, comme des fantômes, blancs contre le visage humide des rochers. A présent, les icebergs sont bloqués et nous bougeons. Nous allons vers le nord, mais nous ne traversons pas le halo du soleil, qui semble s'agrandir comme pour inclure notre parcours. Telle est la générosité de ce lieu. Plus tard, des nuages de neige s'accumulent ; les patins de notre traîneau fendent des ombres droites, la lumière s'aplatit.

« Il n'y a pas au monde de meilleur moyen de voyager que le traîneau », dit Niels, et il a tout essayé, la moto, le bateau, l'hélicoptère, le vélo, le cheval et l'avion. Nous slalomons entre d'énormes blocs, « une clôture esquimaude ». La semaine dernière, un ours polaire a remonté tout le fjord, en se cachant derrière les « montagnes de glace » et a échappé à ses poursuivants.

Je regarde le ciel à travers mes lunettes noires. Le vaisseau spatial *Soho* a envoyé des images du gaz qui se déverse autour du soleil en fleuves larges de 64 000 kilomètres. Entre ces bandes, les taches solaires apparaissent, intensifiant la chaleur du soleil et ses champs magnétiques, contribuant au réchauffement de la planète. Ici, au sommet du monde, nous sommes bien les prisonniers du soleil, toujours en vue. Devant nous, l'horizon cède à des portes qui s'entrouvrent, et des hublots apparaissent constamment en haut des murs de glace, par lesquels on peut assister jour et nuit au peep-show permanent du soleil.

Un os sur la glace. L'un des jeunes chiens le ramasse au passage. Problème : si les autres chiens le voient, il y aura une bagarre. D'un geste rapide, Jens agite son fouet ; la poignée est un tibia de renne auquel est attachée une lanière en peau de phoque longue de six mètres. Il vise à la perfection, le bout du fouet s'enroule autour de l'os et l'arrache de la gueule du chien sans même toucher l'animal.

« *Ai, ai, ai, ai, ai* », crie Jens, pour les encourager, sa voix de basse montant presque au fausset. Un rayon de soleil qui perce les flocons vient lui brunir le visage. Malgré sa grande taille et son air bougon, je ne vois et n'entends que sa délicatesse : lorsqu'il parle aux chiens, sa voix a la même tendresse qu'avec son petit-fils avant notre départ.

La neige s'épaissit et les chiens ralentissent. Notre chargement pèse près de 500 kilos. Les chiens changent sans cesse de position, mais le meneur roux reste toujours en tête, escorté par deux femelles noir et marron, à la queue duveteuse. Parfois, Jens détache les jeunes qui courent librement. Quand le chemin devient difficile, les plus petits et certaines femelles se serrent les uns contre les autres, à trois par trait. Ils ont déjà parcouru 1 500 kilomètres cette saison, m'apprend Jens. Comme la glace ne fondra pas avant juillet, ils peuvent encore s'attendre à de longs voyages avant l'été.

Avannaarsua. La terre du Nord. L'échelle est énorme, les distances sont difficiles à calculer. Au lieu de ces épaulements rocheux que j'ai vus au Groenland occidental, qui vous emprisonnent dans d'étroites voies navigables, la côte est ici une grande main dont les doigts sont des montagnes émoussées percées de larges fjords. Les glaciers présentent leurs murs de glace au bout de ce sol blanc, le blanc ne cède qu'au blanc. Une terre qui a l'air d'être à quinze kilomètres peut se trouver à soixante-quinze kilomètres. Et l'essentiel de ce territoire n'a jamais senti le poids d'un pied humain ou d'une patte d'animal.

Un long sifflement mélodieux fait s'arrêter les chiens. « *Arittet* », murmure Niels en sautant à bas du traîneau. Les chiens s'assoient, blottis les uns contre les autres, alors qu'il commence à neiger. Je lève les yeux : le bord de la calotte glaciaire devient flou, comme s'il était fait d'une brume dissipée, et le ciel gris colombe tombe à nos pieds. Jens détache et démêle les traits, pour laisser les chiens se reposer. Alors qu'ils se roulent dans la neige pour se rafraîchir, nous enfilons nos moufles en peau de phoque. Autour de nous, tout est blanc : la surface de la mer, le flanc des montagnes, la calotte glaciaire montée en nuages battus. Le seul bruit est celui des chiens. Quand Jens leur demande d'arrêter de haleter, ils obéissent ; il se tourne vers moi et sourit. Tout ce qu'on entend, c'est le sifflement sec de la neige qui souffle depuis la calotte glaciaire.

Après un bref répit, Jens attelle les deux autres jeunes chiens. « Vous n'avez qu'à vous asseoir », me redit Niels. Nous glissons autour de la pointe de Piulip Nuna et nous apercevons la tête du fjord MacCormick. « Il y a là-haut un beau lac où j'aime aller pêcher l'été », m'apprend Niels. Il a des loisirs, à présent, comme en témoigne sa large bedaine. Il a revendu sa moto et sa maison de marin au Danemark et il vit du produit de la vente.

De l'autre côté du détroit gelé, la terre s'incurve comme une aile. L'été, vers mi-juillet, sa verdure se parsème de fleurs alpines : saxifrage hyperborea, salix herbacea, salix articus, mouron alpin, koenigia commune, entre autres. A l'auberge, Hans Jensen m'a décrit les splendeurs de l'été au Groenland septentrional : « L'été dure deux semaines, en juillet. Le soleil est intense et les fleurs s'épanouissent sur toutes les collines. La petite rivière court à travers la ville, elle emporte parfois la passerelle. Les enfants adorent ça. Ils sautent par-dessus le torrent sans jamais y tomber. L'an dernier, le vent a soufflé si fort que tous les icebergs sont partis. Mais cette année, nous avons eu de la chance. Il faisait chaud et le fjord était comme un champ de manœuvres pour la glace qui défilait. »

La piste est lisse mais la couche de neige s'est épaissie, de sorte que nous allons moins vite. Alors que le traîneau avance, Jens s'active pour réparer les harnais des chiens. Il coud ensemble les épaisses lanières de nylon, poussant son aiguille à travers ce matériau dur, et ligature les bords coupés avec la flamme vacillante d'un réchaud à gaz. « Autrefois, les harnais étaient faits en peau de phoque, mais les chiens les mangeaient. Le nylon, c'est mieux. Au moins, ils n'arrivent pas à le mastiquer. » Sur ses genoux, son nécessaire de couture inclut des aiguilles en os et d'autres en métal, du gros fil de nylon, de la peau de phoque et des tendons de narval, ainsi qu'un épais dé à coudre en peau de phoque barbu.

Une trousse de couture est aussi indispensable qu'un harpon durant un long trajet en traîneau. Quand certains membres de l'expédition MacMillan se sont séparés du reste de l'équipe en oubliant d'emporter de quoi coudre, ils sont morts de froid car il leur était impossible de réparer les vêtements déchirés. Un trou dans un anorak, un pantalon ou une botte peut vous être fatal.

QAANAAQ, 1997

Nous continuons. Il n'y a pas d'autres traîneaux en vue. Tandis que Jens coud avec ardeur, Niels fume et rêve, et je me laisse sombrer dans la torpeur. Ce n'est pas le froid qui m'engourdit, c'est simplement une forme de détachement insouciant. Il m'est arrivé un jour d'être amnésique après un accident. Ce temps perdu était un cadre vide, un mur d'oubli. C'était un cercueil, contenant la lumière de jours à jamais dissimulés, et qui refusait de s'ouvrir, tout le contraire de ce que je vois à présent depuis le traîneau.

Je déplie une carte topographique sur mes genoux, et je localise Neqe, puis Etah, Anoratoq, la terre d'Inglefield, l'énorme face du glacier Humboldt, et la terre de Washington, autant d'endroits où Rasmussen, Freuchen, Peary, Cook, Nansen et d'autres ont passé l'hiver ou ont campé, en chemin vers la cime du monde. Quand je demande à Jens jusqu'où il est allé au nord, il me répond en mois, pas en kilomètres : « Deux mois vers le nord, par beau temps, pour chasser l'ours polaire. » Il est allé à mi-chemin de la terre de Peary.

Le paysage est large, frais et inflexible ; il représente la réalité du réel, le vide indestructible que l'homme n'a pas pu souiller. Pourtant, dans le Nord gelé et immobile, le soleil semble paradoxal, sinon redondant : il darde ses rayons sur l'entropie où rien ne pousse. A quoi bon du soleil dans un endroit pareil ?

Je replie la carte et la glisse sous ma cuisse. L'Arctique n'est pas fait pour les pragmatistes. La glace s'étend devant les chiens, leur respiration visible se déroule en volutes. Les glaciers vibrent, se reculent, s'avancent en grinçant, leurs frontons congelés s'écroulent. Mais derrière ces colonnes rasées, de nouveaux piliers se dévoilent, tandis que le museau de glace avance sur ses fragiles échasses. Le traîneau, qui glisse sans heurts sur l'océan gelé, raplatit toutes mes pensées, mon cerveau se vide par l'arrière.

« *Ah ta ta ta ta ta* », chante Jens à ses chiens. Plus vite. Allez plus vite. Nous glissons comme dans un rêve. Jens aime la glace et n'a qu'indifférence pour l'eau libre qui vient avec l'été. « Il est très fort, m'a dit Hans Jensen. Pas seulement son corps... son esprit est encore plus fort. »

Nous accélérons. Avancer, c'est briser la transe, franchir les limites. « Je dégage la voie, je nettoie le chemin », m'a un jour chanté une femme yupik, en Alaska. Je regarde autour de moi : tout n'est qu'horizon, une épingle d'argent déposée au bord de l'univers, jusqu'au moment où même cela disparaît.

On distingue un traîneau au loin. « C'est Ikuo », dit Niels. Au Groenland, partout où je suis allée, on m'a parlé d'Ikuo Oshima. Ce Japonais est arrivé à Siorapaluk en 1972 ; il faisait partie de l'équipe de soutien lorsque Naome Uemura a tenté d'aller jusqu'au pôle Nord en solo, et il est resté.

Son traîneau avance si lentement qu'il est presque arrêté. Au bout de quelques minutes, nous voyons pourquoi : il a huit passagers et six chiens pour les tirer dans la neige épaisse. Lorsque nous les rejoignons, Ikuo saute hors du traîneau et vient nous saluer avec une danse comique de fou furieux. Petit et nerveux, il est tout sourire, tout enthousiasme. Il verse dans nos tasses le thé brûlant que dispense une sorte de thermos à robinet, japonais bien sûr. « Très moderne, *desu ne* ? » L'arrière de son pantalon en ours polaire a perdu tous ses poils après tant de mois passés assis sur un traîneau. Sa fille et son petit ami danois nous font vaguement signe : je reconnais le jeune couple amoureux qui est resté bloqué pendant cinq jours avec moi à la base aérienne de Thulé.

Jens place l'une des cantines debout sur la glace et il allume le réchaud. C'est l'heure du thé. Il me dit que cette cantine a fait le voyage en Alaska avec lui et qu'elle servait de coupe-vent pour la petite cuisinière qu'il y a à l'intérieur. Niels brise des blocs de glace qu'il jette dans une vieille casserole : ce sera l'eau du thé. On fait passer des biscuits danois d'un traîneau à l'autre. Ikuo bavarde en groenlandais avec Jens et Niels, et me parle en japonais et en anglais. Sa bonhomie est presque clownesque ; je me demande ce qu'il cache. Il rentre à Siorapaluk avec sa femme, leurs trois enfants et plusieurs amis de Qaanaaq. « Cette ville me fatigue », dit-il. Le soleil est au nord et le vent est cinglant. C'est la nuit, mais j'ignore quelle heure il est.

Après le thé, Jens propose de prendre sur notre traîneau la grosse épouse d'Ikuo et l'un de ses enfants pour lui faciliter la tâche. Il recommence à neiger. « Trop d'*aput* », dis-je à Jens. Niels me corrige. *Aput* désigne la neige tombée à terre, mais la neige qui tombe se dit *qaniit*. « D'accord, trop de *qaniit*. » Ils rient de bon cœur.

Nos deux traîneaux démarrent ensemble, mais celui d'Ikuo est bientôt à la traîne. Nous lui faisons signe en le dépassant et nous partons pour la large embouchure du fjord Robertson. Derrière, j'entends Ikuo chanter une ballade japonaise à ses chiens fatigués.

Deux escadrons de mergules nains (de petits alques) s'élèvent très haut dans le ciel quand nous entrons dans le fjord de Siorapaluk. Ils viennent chaque année au Groenland faire leur nid et élever leurs petits sur la face sud des talus. Alors que nous approchons du village, la voix d'Ikuo devient inaudible, couverte par une sorte de bourdonnement électrique. La vibration, d'abord un simple bruit de fond, devient de plus en plus sonore. Puis je vois les alques, par milliers, qui survolent le village, phalange après phalange. Ce bruit étrange est celui de leur battement d'ailes. Au bout du fjord, les falaises sont abruptes. Chaque rocher sert de support à un nid d'alques. Le bourdonnement est de plus en plus fort : la montagne grouille d'oiseaux.

Niels désigne quelque chose sur la rive opposée : une rangée de vingt-six maisons et deux enfants sur une balançoire. C'est Siorapaluk, le village le plus septentrional à être habité toute l'année. Nous dressons notre camp sur la glace, à cinq cents mètres du village. Tous les yeux sont braqués sur nous. Certains se mettent à leur fenêtre avec des jumelles pour voir qui nous sommes. Les enfants jouent dehors, dans la neige, les couples se rendent visite d'une maison à l'autre. Durant ces nuits lumineuses, personne ne dort à des heures normales. Finalement, Ikuo arrive. Nous avons quitté Qaanaaq à midi. Il est maintenant dix heures du soir.

Jens détache les chiens. Avec un long couteau, il taille des encoches dans la glace puis y glisse les traits, en séparant les bêtes en trois groupes pour qu'elles ne se battent pas. Les animaux sont calmes et vigilants, ce qui signifie qu'ils ont faim. Nous n'avons pas chassé ce jour-là et il n'y a donc pas eu de nourriture pour eux ni pour nous.

Une tente de toile mince tachée de sang de phoque est dressée par-dessus le traîneau et trois peaux de caribou sont déposées sur les lattes. C'est notre lit ; le sol, c'est la glace. Je me tiens hors de la tente, en plein vent. Le soleil (ce que j'en vois) est plein nord et troublé par la neige. Un renard arctique pousse un cri étouffé.

Nous marchons jusqu'au village pour aller voir le cousin de Niels. En plus des maisons qui escaladent l'escarpement, il y a un minuscule magasin tenu par l'Etat et une école rouge qui fait également office de clinique quand un médecin ou un dentiste est de passage. Nous sommes accueillis avec du café, mais on ne nous donne rien à manger. La maison est grande mais presque vide, il n'y a pas de tapis, juste un poste de télévision. Le jeune fils du cousin a l'air terrorisé, par nous ou par son père, et il ne reste pas longtemps dans la pièce. Walter Matthau et Jack Lemmon sont à l'écran. Le son est coupé, puisque le film est en anglais, et les acteurs de cette comédie ont l'air d'être des voisins, dans le « rigoureux » hiver du Minnesota. L'attention se tourne bientôt vers les potins locaux : les instituteurs norvégiens, un couple avec deux enfants, installés à Siorapaluk depuis trois ans, ont quitté leur emploi et sont partis vers la terre de Washington pour chasser l'ours polaire. Personne n'a de nouvelles, et on n'a pas recruté de nouveaux enseignants.

Après le café, nous nous rendons chez le plus vieux chasseur de la ville. Il a soixante ans, comme sa femme. Je fais remarquer que ce n'est pas là un âge très avancé. « C'est une vie dure », me rappelle Niels. L'homme, voûté et édenté, paraît octogénaire, et sa femme, qui fume comme un sapeur et n'a que la peau sur les os, a l'air presque aussi vieille. On évoque les accidents rencontrés à la chasse, les expériences de mort approchée. Il a jadis ressuscité un chasseur d'un village éloigné qui avait eu une crise cardiaque. « Je lui ai fait du bouche à bouche. Quand il est revenu à lui, il s'est mis à insulter les icebergs. Il croyait que c'était ses ennemis. Il ne m'a jamais remercié de l'avoir ramené à la vie. Il est venu ici un jour, mais personne ne voulait lui parler. Les gens avaient peur de sa voix parce qu'il avait été mort. »

L'hiver 1970 fut difficile à Siorapaluk, me racontent-ils. Le vent emportait les traîneaux et les tonneaux de nourriture. Au souvenir de la tempête, les yeux de la vieille femme s'illuminent : « Ces tonneaux, on ne les a jamais revus. On s'est toujours demandé ce qui leur était arrivé. Peut-être que si on descendait assez loin au sud, on les retrouverait. » Mais son mari la contredit, catégorique : « Non. Une fois qu'ils ont quitté cette région, ils n'existent plus. »

Un jour, ils ont fait un voyage en traîneau vers le sud, vers ce qu'ils appellent avec mépris « le Groenland danois », Ilulissat. En se rappelant leur trajet, la vieille femme se met à agiter la tête : « Mon Dieu, les traîneaux étaient si petits. On croyait que c'était ceux des enfants ! » Elle sert le café. Un ours polaire a traversé le

village il y a une semaine. « J'ai entendu un bruit dehors et j'ai cru que c'était un chien, alors je suis sorti avec ma lampe, et c'était un ours. Il s'est retourné pour me regarder. Je lui ai juste dit de s'en aller... Il est parti en courant vers le fjord. »
Le vieil homme éclate de rire, en frottant ses mains arthritiques. « Mon seul regret, c'est d'être trop vieux pour chasser le morse. Maintenant, un jeune chasseur [il désigne la maison voisine] nous apporte de la viande quand je ne peux pas y aller. »
Nous allons voir ce jeune chasseur dans sa maison jaune. Bien bâti, bel homme, il fait sauter un bébé sur ses genoux. La cuisine minuscule est pleine de voisins venus boire le café, jouer aux cartes, communiquer par radio avec des amis qui campent sur la glace. La fille d'Ikuo et son petit ami sont venus. Le bébé rampe vers moi et s'endort tandis que je le retiens entre mes jambes.
Nous n'avons encore rien mangé, à part quelques biscuits. De retour au campement, Jens allume son fidèle réchaud et fait bouillir de l'eau pour le thé. Quelqu'un pousse un hurlement. C'est Ikuo. Jens et lui disparaissent dans la direction du village et reviennent avec un seau de plastique rouge rempli de viande de phoque pour les chiens. Un mois auparavant, Jens a donné à Ikuo deux chiots et il a reçu cette viande en échange.
Les chiens sont toujours au cœur de la conversation. Il y a dix ans, presque tous les chiens de Siorapaluk et de Qaanaaq sont morts de maladie. Jens n'a pu en sauver que deux des siens. Un employé municipal était chargé de vacciner les chiens contre la rage et le parvovirus mais aussi, quand leur propriétaire n'était pas venu les récupérer au bout d'une semaine, d'abattre les mâles errants qui attaquaient et tuaient. « Il leur sauve la vie et il la leur ravit », ironise Niels.
Les chiens de Jens font la file en attendant leur nourriture. Le « patron » est assis avec trois autres au premier rang ; derrière lui, deux rangées de six ; enfin, les quatre chiots. Ils regardent attentivement Jens qui débite la viande de phoque en petits morceaux qu'il leur jette, un par un, dans la gueule. Sa précision lorsqu'il vise n'a d'égale que leur patience. On ne se bat pas pour la nourriture.
« Je n'ai pas les moyens de perdre une bête à cause d'une bagarre, déclare Jens. Il n'y a pas de raison. Nous avons besoin de tous les chiens que nous avons, donc nous devons faire bien attention à eux,

à ce qu'ils nous disent et à ce qui est bon pour eux. » Il pense constamment à ses bêtes. Ce soir-là, ce sont eux qui mangent, pendant que nous nous serrons la ceinture.

L'étendue de glace, devant le traîneau, nous sert de cuisine, avant de se transformer en lit ; le réchaud dégage sa chaleur en sifflant. Nous suspendons nos kamiks et nos chaussettes en peau de lapin à un fil pour les faire sécher, mais comme il neige encore, le toit de la tente s'enfonce de telle sorte que nous pouvons à peine nous tenir assis. A deux heures du matin, le cousin de Niels vient à notre campement avec son petit garçon timide ; il apporte une bâche en plastique bleu qu'ils jettent par-dessus la tente pour empêcher la neige de pénétrer. Malgré le froid, le cousin venu nous rendre visite ne porte qu'un T-shirt sous son coupe-vent. Debout à l'extérieur de la tente, il raconte à Jens une longue histoire de chasse près de Dundas Village, où Niels et lui ont grandi. Le dialecte du Groenland septentrional supprime les S, ce qui donne aux mots une sonorité plus douce. Cette nuit, le parler lent et velouté de ces hommes étanche en moi une soif innommable. Je suis allongée sur mon sac de couchage comme une île dans le flot de leurs voix, heureuse de ne pas savoir de quoi ils parlent.

Le même jour, mais en 1917, Rasmussen campait au nord de Siorapaluk : « Nous sommes ici dans un océan de lumière qui nous aveugle, au milieu du printemps arctique blanc comme l'hiver, la neige fraîche et pure est à nos pieds, l'horizon des glaciers dorés par le soleil apparaît derrière les montagnes rousses, tout un monde nous sépare de nos parents et de nos amis. »

Je referme le livre et je me recouche. Jens et Niels ronflent déjà. Nous dormons sur un crâne de glace, et seules une peau et quelques lattes de bois nous séparent de son cerveau froid. Le village est calme, la montagne est bruissante d'oiseaux. Plus tard, je suis réveillée par un cri d'animal. Je tapote l'épaule de Niels. *Nanuq ?* Un ours polaire ? Niels ouvre les yeux et écoute un long moment. « Non, *qimmeq*. Un chien », murmure-t-il doucement avant de se rendormir. Une journée de passée.

Beaucoup plus tard, le jacassement des oiseaux revient me percer la tête et m'extirpe du sommeil. Je sors et j'observe les falaises avec des jumelles. Il est difficile de distinguer un alque parmi d'autres, car la montagne n'est qu'une masse frémissante. Puis un oiseau s'envole et j'aperçois sa grosse tête noire et son ventre blanc. Leur vol est maladroit, comme celui d'un avion cargo dans l'air épais comme de la mélasse. Leurs cousins, les grands alques, jadis découverts sur les côtes de Terre-Neuve et à présent disparus, ne volaient pas ; et même ces oiseaux au corps lourd ne montent pas très haut. C'est pour cela qu'ils doivent battre très vite des ailes, c'est pour cela qu'ils font tant de bruit. Mais sous l'eau, leur grâce est inimitable. Les alques sont les pingouins du nord, beaucoup plus petits et moins photogéniques mais, comme les pingouins, ils plongent pour trouver du plancton et leur vol sous-marin est aussi dénué d'effort que celui des oiseaux dans les airs.

Esprit joueur. Cœur joyeux. Ces mots sont brodés sur le pantalon en éponge rouge d'Ikuo Oshima, et on ne saurait trouver meilleure description de son caractère. Nous sommes allés le voir chez lui. Il n'est plus le clown bondissant sur la glace, mais un être vif, alerte, curieux, aimable, audacieux, gai, connu de tous au Groenland tant il est exceptionnel : un étranger qui s'est non seulement adapté mais qui surpasse souvent les chasseurs inuits qui lui ont tout appris.

« Parfois on a envie de quelque chose et on ne sait pas de quoi tant qu'on ne l'a pas trouvé. Alors on se l'approprie. Je suis ici depuis vingt-cinq ans ; j'ai trouvé ma place. »

Sa maison se trouve à l'écart du village. Il sert le café, fait passer des biscuits, puis s'assied en tailleur, pieds nus sur une chaise. Ses yeux dansent. « Un nouveau départ, hein ? Nous essayons tous de faire de nouveaux départs, *desu ne* ? » Je souris, j'acquiesce et, tout en ramassant au sol un bébé qu'il regarde dans les yeux, il me raconte son arrivée à Siorapaluk : « J'étudiais le génie mécanique à l'université de Tokyo. Mais tout avait déjà été inventé, tout était déjà fait. On pouvait seulement travailler sur une petite partie, jamais sur une chose entière. Je détestais ça. Pour moi, c'était terrible. J'ai voulu partir à l'étranger, juste pour voir, alors j'ai travaillé pendant deux ans dans une petite usine pour mettre de l'argent de côté. Je faisais partie d'un club d'alpinisme japonais et quand Naome Uemura est venu ici pour essayer d'atteindre le pôle Nord en solitaire en 1972, il s'est occupé de me trouver un vol pour Thulé et nous sommes venus en traîneau à Siorapaluk. » Il regarde par la fenêtre, puis me fixe droit dans les yeux en se penchant un peu en avant : « Cette vie de chasseur... J'ai su tout de suite que c'était fait pour moi. C'était la vie qu'il me fallait. »

Il verse le thé de son thermos à robinet et me propose encore des biscuits. « Au Japon, la vie est tellement épuisante. Les gens sont trop stressés, même pour préparer un repas. La fatigue est toujours sur leur visage. Toujours dans leur corps, à courir tout le temps. Maintenant, vous voyez, je suis heureux. » Il éclate de rire. « Je préfère ce petit village. »

Sa minuscule maison est remplie d'objets : une carte postale du Japon, une calligraphie accrochée au mur, une petite hache posée à terre. Deux harpons sont accrochés aux poutres du plafond, qu'une vigne vierge couvre d'un bout à l'autre de la pièce. « Cette plante a neuf ans. C'est là-bas, près de la fenêtre, qu'elle se sent le mieux. » Ikuo saute de sa chaise et va toucher une feuille. « Il lui a fallu du temps pour arriver jusque-là. Même maintenant, on oublie quelquefois de l'arroser, mais elle a envie de vivre. »

Il soulève dans ses bras le bébé du voisin et frotte ses grosses joues avec son nez, puis il revient verser du thé et du café et regarnir l'assiette de biscuits. Une peau de renard blanc est suspendue à un fil ; elle bouge, comme vivante, quand des visiteurs franchissent le seuil. Ils enlèvent leurs chaussures (habitude groenlandaise autant que japonaise) et un autre bébé rampe pour venir s'asseoir, tout heureux, entre les jambes d'Ikuo.

La femme d'Ikuo ne dit rien. Elle reste assise, morose, puis va s'installer sur un canapé rose, dans une pièce plongée dans l'obscurité par les couvertures accrochées aux fenêtres, et elle mange des bonbons. Sa lassitude accentue l'activité non-stop d'Ikuo. Comme disent les Danois, elle est « spéciale ». Quand Ikuo a découvert qu'elle était incapable d'accomplir les tâches habituelles d'une épouse de chasseur (préparer et coudre les peaux, dépecer les phoques), il a simplement décidé de faire le travail à sa place, tenant ainsi le rôle de l'homme et celui de la femme, sans se plaindre. Il construit des traîneaux et coud des anoraks, fabrique des harpons et confectionne des moufles pour les enfants, il chasse le renard, prépare des filets et capture des oiseaux, ramasse des œufs de sterne et fait la cuisine.

QAANAAQ, 1997

Il détache des poutres son harpon de chasse au morse. Le manche est incrusté d'ivoire. « C'est la chasse au morse que je préfère. Surtout durant les mois où la glace est toute neuve, octobre et novembre. Un morse peut peser près de cent kilos. Quand il arrive, il fait du bruit, humph, humph, et il casse la glace avec sa tête. Je le harponne. Quelquefois, toute la glace se brise et le harpon s'enfonce dans l'eau, et moi avec ! Mais je m'en sors toujours », ajoute-t-il avec un sourire.

D'un bond, il se dirige vers la fenêtre. La vigne vierge lui caresse la tête. Le vent a repris vigueur. « D'habitude, c'est le meilleur mois, le soleil brille, il fait beau, mais peut-être pas cette année... » Je lui demande si le Japon lui manque, la nourriture japonaise, par exemple. Il fronce le nez et jette la tête en arrière. « Oh... je ne sais pas. Je n'y pense pas. La nourriture dépend de la culture dans laquelle on vit. Si on ne mange que des légumes, alors le thé vert, *o-cha*, va bien avec... mais pas ici. »

Je le suis dans une pièce où il nettoie les peaux de renard dans une vieille machine à laver qui a été adaptée à cette fin. Ses mains sont superbes, comme taillées dans le bois dur. Dans un coin, un pot de chambre surmonté d'un siège en carton découpé. « Des toilettes japonaises », commente-t-il en riant. Il n'est retourné qu'une seule fois au Japon. « Je viens d'une banlieue pauvre de Tokyo. J'ai essayé de retrouver l'appartement où j'avais vécu pendant onze ans. J'ai demandé à beaucoup de gens, mais personne ne savait où c'était. Et puis j'ai trouvé l'endroit, mais le bâtiment avait disparu et le nom de la rue avait changé. Ça m'a fait un choc. Il ne restait rien de ce que j'avais connu. Même pas une trace. J'ai fait demi-tour et je suis revenu ici. »

Il sort pour aller voir les chiens. « Cette femelle, elle va bientôt avoir des petits. » Une caisse posée sur le côté sert de chenil. Nous contemplons le fjord, que la neige rend gris. Ikuo lève les bras et tend les paumes pour attraper un peu de neige. « On dirait le Hokkaido. » Le rire secoue tout son corps. « Mais j'aime. Il n'y a rien ici que je n'aime pas. » Vers la maison, quelque chose bouge. Sa femme nous épie à la fenêtre. Ikuo lui lance un regard, puis penche la tête en arrière. « Pour moi, c'est différent. Eux, ils n'ont pas choisi d'être ici. Moi, si. »

Deux ans auparavant, Ikuo s'est blessé au dos en chassant et il a dû aller se faire opérer au Danemark. Pendant une année entière, les villageois ont chassé pour lui. Il a vendu la moitié de sa troupe de chiens pour payer ses dettes. Il fronce le nez : « Mais je n'aime pas ça. Je n'aime pas demander de l'aide. Maintenant, il est temps de prendre un nouveau départ, *desu ne ?* » En rentrant à la maison, il fredonne un air japonais.

Alors que je me lève pour prendre congé, je lui demande s'il voudrait que je lui envoie quelque chose du Japon ou d'Amérique. Sa voix devient plus grave. « Aaaaah.... ouiiiii. » Mais il agite la tête. « Tout ce qu'il me faut.... je l'ai là, dit-il en désignant le fjord. Non... c'est mieux si je me procure les choses moi-même. Quand on a envie de quelque chose... on est malheureux. Et il me faut de moins en moins de choses. »

La neige est humide et lourde, il n'y a pas de vent. Nous nous faufilons dans nos sacs de couchage et nous dormons par à-coups. Le matin, une mince croûte se forme, qui coupe les pattes des chiens. Les oiseaux sont silencieux parce qu'un faucon pèlerin est dans les parages et qu'un renard en quête d'œufs est descendu de la région située juste en dessous de la calotte glaciaire. Jens s'active pour fabriquer des harnais. Les chiens sont couchés partout, empilés sur nos sacs de couchage, sur la glace à ses pieds. « Si nous sommes enneigés trop longtemps, nous n'aurons plus de place pour dormir », commente Niels.

Nous allons au magasin KNI tenu par le cousin de Niels. Il n'y a pas grand-chose à acheter : de la Tuborg tiède, de la viande en conserve, du thé en sachets. C'est une période calme, au village, entre les saisons, entre les tempêtes de neige. Les chiens dorment et les enfants jouent dehors malgré le temps, attirés par la lumière. Je vais chez Ikuo et je le regarde apprendre à sa fille aînée (et à son fiancé danois) comment réparer un filet d'oiseleur. Ils iront à Neqe capturer des alques dès que le temps sera dégagé. « Mais ce ne sera peut-être pas avant juin », dit Ikuo en souriant.

Ce soir-là, Jens allume deux réchauds : l'un pour le thé et l'autre pour faire bouillir les cous et les dos de poulet qu'il a achetés au magasin (à vingt dollars, le poulet entier est trop cher). Comme nous n'avons pas chassé depuis deux jours, ce poulet sera notre dîner. La vapeur d'eau tournoie comme un derviche et s'échappe par le trou au sommet de la tente, par lequel des flocons de neige nous tombent dessus. Jens et Niels mangent sans grand appétit. Le poulet est une nourriture danoise qu'ils n'apprécient guère. « Demain matin, nous donnerons le bouillon à Ikuo. Et après, nous mangerons du phoque. »

Je passe la tête à l'extérieur. La *qaniit* nous suit. Nous sommes couchés en travers sur nos sacs de couchage, tous les trois, la tête sous la partie bleue de la tente, obscurcie pour masquer le soleil. Tandis que Jens et Niels conversent à voix basse, je songe que la vie communautaire des Inuits d'autrefois était une nécessité, le résultat de famines longues et fréquentes. Ces deux hommes ont choisi la vie de chasseur dans un monde moderne débordant de produits danois et où, en cas de mauvaise chasse, l'hélicoptère apporte le ravitaillement. Ce qui ne rend en rien leur activité dérisoire, mais qui modère simplement les conséquences de l'échec.

Dans toute la communauté, la viande est encore partagée selon l'usage ancien, mais la menace de la famine et les règles en vigueur dans une société de chasseurs sont devenues moins pesantes. Le travail de Jens, en tant que représentant de tous les chasseurs du Nord, est d'empêcher que ces règles disparaissent tout à fait. La chasse doit rester traditionnelle : si les chiens sont remplacés par des motoneiges, comme c'est déjà le cas au Canada, les individus deviendront dépendants de la monnaie de papier et des industries produisant machines et pétrole. « On ne peut pas attraper un jerrycan avec un harpon », ironise Niels. Et s'il n'y a plus de chiens à nourrir, il n'y a plus de raison de chasser tous les jours. Une fois coupé le lien avec le monde animal, tout s'effiloche et la boussole morale commence à se tordre, qui sait dans quelle direction ?

Le rabat de la tente est relevé ; nous avons vue sur les chiens couchés dans la neige, avec Siorapaluk en arrière-plan, ses maisons, ses traîneaux, ses chiens et ses séchoirs. Dans ce dernier village au sommet du monde, les choses ont changé, et pourtant la chasse continue au harpon, en kayak, avec chiens et filets. Je pense à Ikuo. C'est un homme moderne, un visionnaire qui voit à travers les choses, parce que les *qaameneq* sont entrés dans son corps comme cent torches dont la pile ne s'usera pas. Il peut mourir à un endroit et renaître ailleurs, sans encombre, parce qu'il sait comment faire don de soi. Rien ne s'y oppose à part le fait que son corps s'use à force de mauvais traitements ; il lui en faudra bientôt un nouveau. Couchée là, à rêver, je suis tout à coup frappée par une idée saugrenue : je veux me lever, aller voir Ikuo et avoir un enfant de lui.

Des nuages en forme de vagues se brisent sur les montagnes, des nuages froids qui soufflent sur la calotte glaciaire, grise et lissée par le vent. Sur la colline aux oiseaux, les cris vont crescendo, puis cessent, et le sol de glace de notre tente commence à fondre. Il est temps de partir. Face au village, Jens hurle à la neige : « Va-t'en ! »

Nous levons le camp pour remonter la côte vers les sites de campement historiques de Neqe et d'Etah, utilisés par les chasseurs depuis quatre mille ans. Un coude de glace nous pousse sur l'océan gelé et la côte rocheuse est fragmentée par les fjords qui s'y enfoncent comme autant de coins.

Les Inuits n'ont jamais eu de langage écrit. Le fouet qui traîne derrière le traîneau laisse dans la neige des traces qui ressemblent à une calligraphie, dans ce style souple que les Chinois appellent « écriture d'herbe ». Ces inscriptions éphémères racontent de bien vieilles histoires.

Jens utilise son fouet comme une baguette de chef d'orchestre, pour inspirer ses chiens lorsqu'ils commencent à se fatiguer. « *Ai... ai... ai... ai* », chante-t-il. Avant ce voyage, je me disais que je pourrais supporter tout sauf la cruauté envers les chiens, que je quitterais le traîneau pour rentrer à pied à Qaanaaq si nécessaire. Quel soulagement de découvrir la gentillesse de Jens !

Le vent du nord souffle plus froid, la neige devient plus forte. Quand je mets ma parka himalayenne, Jens et Niels rient. « Vous avez assez chaud ? » demande Niels. Je lui réponds que j'ai l'impression d'être dans une maison. La neige s'intensifie, les chiens ont plus de mal à tirer le traîneau contre le vent. Je regarde par-dessus le dos saupoudré de neige d'une vingtaine de chiens. Ils sont noirs, gris, blancs et bruns, certaines femelles sont si petites que je m'étonne qu'elles puissent tirer quoi que ce soit. La vie privée des chiens s'étale au grand jour, leurs histoires d'amour et leurs problèmes de ventre, leurs flatulences, leur vomi, leurs crottes, le sang menstruel des femelles, le petit pipi rapide pour lesquels elles s'accroupissent.

QAANAAQ, 1997

Les chiens travaillent pour Jens mais forment leur propre société. Du traîneau, nous voyons se nouer et se défaire leurs amitiés, leurs querelles, leurs rapports de force et leurs idylles. A cause de la manière dont ils sont harnachés, ils se déplacent librement, s'alignent avec qui leur plaît, et passent sous les traits pour s'échapper, à la manière dont les Esquimaux vivent en groupe à la chasse.

« *Avanna !* » crie Niels. Nous nous heurtons à une masse de glace usée. Le trait d'un des chiens s'accroche à un rebord pointu, et l'animal est renversé sur le dos. Jens attend quelques secondes pour voir s'il peut se rétablir de lui-même, mais les traits s'emmêlent. L'air insouciant, Jens tend le pied, dégage le trait et le chien retombe sur ses pattes.

Un vent froid nous frappe comme un poing. Jens se met à genoux, comme en prière. Tandis que le traîneau avance, il enlève son pantalon marron, sa chemise et son pull. Le traîneau nous a servi de lit, c'est maintenant une cabine de déshabillage. Il ne porte plus que sa combinaison rouge et il rit parce qu'il fait si froid. Niels dit : « Maintenant vous avez vu un strip-tease esquimau ! »

A demi-nu dans les flocons, Jens claque de la langue pour encourager ses chiens. Il a les mains délicates, les pieds très cambrés, le buste puissant, le ventre ample, et il ressemble à un ours. « *Nanu* », dit-il, en tirant de son sac un pantalon en ours polaire qu'il enfile. « Cet ours, je l'ai abattu près de la terre de Washington, il y a un an. » Niels commente : « un bermuda esquimau », parce qu'il ne lui arrive qu'aux genoux et est retenu par des bretelles fixées à une large ceinture en fourrure de phoque. Vient ensuite un pull épais, et par-dessus un anorak doublé de fourrure de renard. Nous continuons à avancer.

Jens chausse ensuite ses kamiks, en commençant par les chaussettes en lièvre arctique, puis les bottes en peau de phoque jaunie par la graisse d'ours pour les maintenir sèches. Par-dessus ses gants de coton vert, il met des moufles en phoque garnies de longs poignets en poils d'ours. « *Kinatit ? Inuk* ou *nanuq ?* » Qui êtes-vous, homme ou ourse ? Il sourit et remonte son capuchon dans lequel disparaît son visage rond et hâlé.

Une fois encore, je déplie ma carte topographique. La terre s'avance comme des doigts entre lesquels des bras de mer gelés

205

reçoivent la glace vêlée par le glacier Morris Jesup. Au bout d'un de ces doigts se trouve Neqe, utilisé comme dépôt de viande par toutes les expéditions qui ont remonté cette côte. Voici ce qu'écrivit en arrivant à Neqe en 1951 l'ethnographe français Jean Malaurie, qui a vécu un an à Siorapaluk :

> Au bord de la banquise, des tentes, des feux de racines, une odeur de genièvre. Sur le sol, des harpons et des déchets de viande. La préhistoire vivante, une résurrection magdalénienne. Se prélassant au soleil, couchés sur la grève, des hommes en peaux de bête jouissent de la montée de la saison chaude. Des enfants à demi nus, mêlés à des chiots et des carcasses de phoques, jouent dans une neige maculée. Dès qu'ils nous aperçoivent, tous sortent des tentes en poussant des clameurs.
> « *Inouxouaruna ?* » Es-tu un « esprit » ou un homme ?
> « *Inouxouanga* », je suis un homme. (Malaurie, p. 483.)

Le traîneau se cogne aux congères et rebondit. La côte dentelée disparaît et reparaît, comme le bord de la calotte glaciaire omniprésente. Une couronne de brume enveloppe notre route comme un boa de plumes, ondoie comme un animal, puis s'évanouit. La neige perce le brouillard, le rythme haletant des chiens qui trottent traverse aussi ce linceul. « *A he, he, he, he* », chantonne Jens, sur une gamme descendante. Nous n'allons nulle part. L'horizon est un lien indéfini fait de flocons tourbillonnants.

Je croise et décroise les jambes sur le côté du traîneau. Rester assis pendant dix ou quinze heures sans dossier est normal pour un chasseur, mais épuisant pour moi.

« Est-ce que vous vous êtes déjà perdus ? »

Jens ne répond pas tout de suite à ma question. Il cligne des yeux. « Quand on était en Alaska, on déterminait notre direction d'après le sens dans lequel la neige tombait. Les vents dominants sont très forts, là-bas. Mais tous les trois jours environ, on consultait notre GPS pour être sûr. Coopermine était le point le plus froid de tout le voyage. » Je veux savoir ce qu'il entend par-là. « Vous savez, vraiment froid, plus froid qu'au Groenland en plein hiver. Le voyage a été très dur. Nous ne voulons pas le refaire. »

QAANAAQ, 1997

Parfois je m'agenouille pour reposer mon dos. De ma hauteur, je peux étudier la signature laissée par les traces des chiens à l'avant du traîneau et la calligraphie du fouet, qui semblent écrire une histoire :

Il était une fois deux jeunes couples qui avaient pris une terre ensemble. Les maris étaient de bons chasseurs, les femmes étaient intelligentes et belles, et ils vivaient ensemble. Un jour, les hommes bavardaient de diverses choses, comme on fait lorsque l'on a bien mangé et que l'on peut penser à autre chose qu'à la nourriture.

« Le monde est grand, dit l'un.

— Oui, mais grand comment ? dit l'autre. Même quand on reste très longtemps sur son traîneau, on voit toujours la glace devant soi.

— Il faut que nous sachions », s'exclamèrent-ils d'une même voix, et il fut décidé que les couples partiraient dans des directions opposées et iraient jusqu'au point où les extrémités du monde se rejoignent.

Ils se préparèrent pour le voyage. Les femmes pleurèrent lors du départ, car elles savaient qu'il s'écoulerait peut-être plusieurs années avant de se revoir.

Et le voyage a commencé. Chaque année, quand la glace se brisait, ils revenaient sur la terre pour y passer l'été. Ils prenaient toujours assez de gibier pour tenir l'hiver suivant. Quand la glace redevenait solide, ils repartaient et passaient l'hiver à voyager, sans répit.

Les années s'écoulèrent. Les enfants des deux couples grandirent et épousèrent des indigènes des lieux qu'ils avaient visités. Eux aussi devinrent vieux et leurs enfants se marièrent, jusqu'à ce que toute une tribu soit sur les routes.

Les deux vieux couples finirent par s'affaiblir. Les hommes ne pouvaient plus mener leurs chiens, les femmes devaient s'asseoir sur le traîneau au lieu de courir à côté. Mais la vieille idée n'était pas oubliée, et ils poursuivaient leur chemin. Après bien des années, ils devinrent aveugles et durent se laisser conduire par les plus jeunes. Mais ils ne pouvaient mourir tant qu'ils n'avaient pas revu leurs vieux amis.

Un jour, chaque groupe aperçut un autre groupe qui avançait très lentement vers lui. Les deux couples allaient finalement se rencontrer. Très lentement, ils marchèrent l'un vers l'autre et chacun reconnut la voix de l'autre.

Leur voyage avait duré si longtemps que les coupes en corne de bœuf musqué avec lesquelles ils puisaient l'eau dans la rivière étaient complètement usées. Il ne restait que les poignées.

Ils se saluèrent et s'assirent.

« Le monde est très grand.

— Oui, et même plus grand que nous ne pensions quand nous nous sommes séparés ! »

Puis tous les quatre sont morts, et l'histoire s'arrête là. Le monde est tellement grand.

Les montagnes de glace et les montagnes de pierre défilent, ou bien est-ce nous qui passons à toute vitesse devant elles ? Lenteur multipliée par neige égale distance ? Le monde entier est une lune qui grandit et diminue avec une marée qui ronge la face cachée de la glace. Après ça, sommes-nous encore censés croire en cette fiction qu'est l'écoulement des minutes, ou est-ce ainsi que nous apprenons à nous vautrer pour l'éternité en un seul point du temps ?

Un soleil radieux brille entre les averses de neige ; l'horizon cède la place à l'horizon comme des branches d'arbres qui se cassent. Le bruit des patins du traîneau qui s'enfoncent dans la neige jusqu'à la glace ressemble à celui de l'eau contre la coque d'un bateau, mêlé au sifflement de la neige qui survole la calotte glaciaire. Neqe est devant nous, derrière un large coude de terre rocheuse ; Etah est plus loin sur la côte, à soixante kilomètres. Est-ce la fin du monde ou son commencement, est-ce quelque chose d'antérieur ou de postérieur à tout cela ?

Nous nous gavons de glace, de jours sans soleil et de nuits gorgées de lumière, perchés sur un sol éphémère. Il n'y a aucun centre, il n'y a que de la marge, de plus en plus de marge, et il n'y a aucune constante, à part ce que Rasmussen appelait « la chaussée des marées » qui avancent et reculent en dessous de nous.

« Vous n'avez qu'à vous asseoir ! » hurle Niels. Tandis que nous repartons, j'examine le calendrier que j'ai dessiné au dos de mon carnet et je me rends compte que je me suis trompée en numérotant les jours. Je ne sais pas si nous sommes passés d'avril à mai ou de mai à juin. Quand je demande à Niels combien de jours il reste en mai, il rit, puis hausse les épaules. Quelle importance ? Ce qui compte, c'est le temps, l'état de la glace, et quand nous trouverons un phoque.

Jens arrête les chiens. Très loin devant, il a repéré une marque noire sur la glace : un phoque qui passe la tête hors de l'eau pour prendre le soleil. Très calmement, Jens tire son fusil de sous une lanière, tandis que Niels assemble rapidement le trépied, avec son voile blanc qui sert à se dissimuler. Tenant le tissu devant lui, Jens avance lentement vers le phoque. Le vent souffle dans le bon sens : le phoque ne sentira pas son odeur, il est à 800 mètres. Le phoque lève la tête et Jens s'immobilise. Quand le phoque se recouche, Jens avance.

A 400 mètres, Jens se met à ramper, le fusil posé sur le trépied, derrière le voile blanc. Les chiens suivent avec attention chacun de ses mouvements, et quand Jens est tout près du phoque, ils cessent complètement de haleter. Mon regard croise celui de Niels : « Vous n'avez qu'à vous asseoir », murmure-t-il. Je ne sais pas pourquoi, mais je m'assieds. Dès que le coup part, le traîneau s'ébranle. Niels saute à bord, je dois le saisir par la parka pour qu'il me rejoigne. Ce n'est pas la peur qui fait courir les chiens, mais le désir de rejoindre Jens. Ils sont entraînés pour cela, et en plus, la chasse présente pour eux un intérêt particulier, car le phoque est leur repas aussi bien que le nôtre.

Le phoque est étendu, mort, près de l'allu (le trou où il vient respirer). Jens calme les chiens lorsqu'ils arrivent derrière lui. Il s'assied un moment sur le traîneau et aiguise son couteau à dépecer.

C'est un phoque annelé, petit, d'environ un mètre de long, aux nageoires munies de griffes pour creuser la glace. Selon la tradition, il faut manifester une certaine hospitalité envers les animaux capturés ou morts : on leur chante des chants, on verse de l'eau dans leur gueule. Dans le cas d'un ours polaire, la tête coupée est tournée vers l'intérieur des terres pour que l'animal puisse rentrer chez lui.

Le calme de Jens gagne ses chiens. Ils se couchent tandis qu'il roule le phoque sur le dos pour l'ouvrir d'une incision allant du cou à la nageoire caudale. Un sang noir s'écoule, et sa chaleur transforme la neige en cristaux roses. La peau, avec ses deux centimètres de graisse, s'enroule sur elle-même comme un vêtement d'hiver. Je regarde de plus près : le cœur bat encore. Les vieux disent que si la viande du phoque est « vivante », qu'elle palpite encore lorsqu'on dépèce l'animal, cela signifie qu'on en prendra bientôt un deuxième.

Par des mouvements rapides de son couteau, Jens sépare la chair du reste de la peau. « La peau ne vaut rien en ce moment, c'est la période de l'année où leur pelage n'est pas chaud, ce n'est pas leur fourrure d'hiver, donc nous la laissons à côté de l'allu pour que les mouettes et les ours polaires la mangent. Plus tard, nous garderons les peaux et nous en ferons tout ce dont nous avons besoin ».

Le phoque est maintenant nu, à part les nageoires griffues et les moustaches qui sont encore intactes. Jens traîne l'animal jusqu'au traîneau et étend son corps rose sous la bâche bleue. Un phoque annelé est si petit sans tout son gras. « Il nous en faudra un autre pour ce soir », dit Niels. Un phoque et demi pour les chiens, un demi-phoque pour nous. Ce sera notre seul repas de la journée et, comme les chiens, j'ai faim. Je regarde l'allu, où le phoque était venu respirer et profiter du soleil. Maintenant, on dirait une canalisation remplie de sang. Nous fixons de nouveau les peaux de caribou et nous repartons. De sous la bâche, la vapeur monte du corps encore chaud du phoque.

Au milieu du large fjord, un vent violent s'abat sur nous et la neige se transforme en blizzard. Nous ne voyons plus le chien roux qui mène la troupe. Jens arrête le traîneau. Niels et lui discutent de quelque chose ; aucune traduction. Le vent s'intensifie, la neige se prend dans la fourrure de renard qui entoure mon capuchon, cousu avant le départ par Ilaitsuk, la femme de Jens. Jens donne aux chiens le signal du départ, mais tout à coup nous changeons de programme.

« Nous allons partir pour le sud. Je suis désolé. Ce serait dangereux d'aller à Etah », m'explique Niels. Un mois auparavant, la vitesse du vent a atteint 245 kilomètres/heure. « Il vous renverse, vous ne pouvez plus vous relever, et la neige vous rentre dans les poumons. Ça pourrait aussi nous arriver, à nous et aux chiens. Nous n'aurions pas le temps de bâtir une maison de neige. Nous serions ensevelis. »

QAANAAQ, 1997

Quand Jean Malaurie est arrivé à Etah dans le blizzard, il a trouvé le voyage éprouvant :

> Nous refaisons une partie du chemin en coupant par la montagne. Nous passons par le travers des torrents gelés, dûment cotés, relativement planimétrés, l'un après l'autre et avec quelle peine. [...] De la rocaille qui perce et partout affleure. Comme un tombereau, la traîne racle sur les pierres. Une descente par un éboulis haut de 150 mètres et incliné à près de 30°. [...] Nous atteignons enfin la banquise. Toute la neige a été soufflée : une patinoire aux reflets bleutés avec des veinules de blanc irisé. Les chiens ne parviennent pas à s'agripper de leurs griffes sur la glace déneigée, et sont bousculés par le vent du nord-est. (Malaurie, p. 362.)

Nous partons vers le sud-est, pour l'île d'Herbert, Qeqertarsuaq. J'aurais aimé continuer vers le nord, jusqu'au glacier Humboldt. Notre expédition n'est pas un test d'endurance mais une partie de chasse, et nous allons partout où la chasse est bonne. Il nous faudra encore sept heures avant d'arriver là-bas. Mais sept heures en traîneau passent vite, même pendant une tempête. Je suis déçue de ne pas voir Etah, mais mes yeux sont pleins de paysages arctiques : la lumière changeante, les tourelles rasées des icebergs échoués, les îles de brume à la dérive, le chant étouffé du trottinement des chiens, la valse de la neige pailletée à travers un univers de glace.

Jens donne aux chiens le signal de s'arrêter. Nous descendons, en silence. A l'ouest, vers l'île d'Ellesmere, un fil de lumière argentée marque l'horizon toujours insaisissable, comme pour nous rappeler que nous sommes des êtres finis dans un univers infini. Parfois, ce fil noircit, comme un cadre plié autour du monde. Plus tard, il devient incolore, tandis que le sol uni s'incurve dans un ciel glacé. C'est alors que je me demande ce que je vois vraiment. Est-ce un mirage arctique ou l'horizon de l'horizon ? Nous voyons alors un point noir sur la glace : un autre phoque.

Jens se glisse sur le ventre jusqu'à la bête, qui se dore sous un soleil intermittent. Jens l'abat, le dépèce et pose le corps nu à côté du premier, sous la bâche sanglante. Nous avons maintenant assez de viande pour les chiens et pour nous. Si nous avions continué vers le nord, nous approcherions d'Etah. Voici la description qu'en fait Jean Malaurie :

C'est ainsi que, suivis d'une escorte, nous arrivons à huit heures du soir devant ce fameux campement. Au fond d'un étroit et long fjord commandé par le glacier Brother John et sa soufflerie, encadré par de puissants éboulis en grès rose dominés par des abrupts de 400 m, entre la mer gelée et un tout petit lac, s'accrochant à une plage rocailleuse : Etah... campement gris et froid, cinq iglous [sic] balayés presque en permanence par les vents. « *Home of the blizzard.* » (Malaurie, p. 321.)

A mi-chemin de l'île, Niels descend du traîneau et va prendre un peu de glace à un iceberg échoué pour faire le thé. Les mains gourdes, nous manipulons le pain et le fromage. Je dois parfois regarder mes doigts pour être sure que je tiens quelque chose. Je ne sens pas le goût de ce que je mange et je n'ai pas faim. Jens tire d'un sac rouge une petite radio blanche, remonte l'antenne et place le poste contre son oreille. Le journal du soir est diffusé en groenlandais, depuis Nuuk.

Niels regarde son ami avec admiration. « Il préside le Conseil des chasseurs, c'est une sorte de syndicat. Il est responsable de la tradition de la chasse, qui doit être préservée », murmure-t-il. Nous battons la semelle pour nous réchauffer les pieds.

Après les informations, nous labourons les congères encroûtées et nous rebondissons par-dessus les hummocks couverts de neige. Le givre scintille et les nuages noirs tombent à travers les couches blanches, nous engouffrant dans une neige qui tourbillonne comme de la dentelle déchiquetée.

Soleil de minuit. Nous voyageons depuis douze heures. Le mille-feuille de glace, de brume, de givre et de neige s'est raplati. Les chiens plissent des yeux tandis que la neige continue à tomber. Raide de fatigue, je somnole, appuyée contre Niels. Sous le rebord de glace, la mer s'agite en tous sens.

Quand mes yeux se rouvrent, je suis en face du glacier d'Herbert. Nous nous arrêtons et nous détachons d'un iceberg un bloc de glace pour le faire fondre. Jens le tient sur ses genoux comme une boule de cristal difforme. Pourrait-il prédire notre avenir ? A travers la glace brisée, nous filons vers le rivage.

Nous passons la nuit dans une cabane en tôle sale, de deux

mètres carrés, venue de la base aérienne de Thulé. Sous l'*illeq*, la plate-forme où l'on dort, traînent un magazine porno danois et deux bandes dessinées. Jens donne aux chiens des côtes et des nageoires de phoque, sans oublier les intestins blancs qui ressemblent à de la corde ; les chiens se les disputent, chacun à un bout, les traits s'emmêlent et les morceaux se déchirent. Nous faisons bouillir le reste de viande pour le consommer. Jens trouve un oignon au fond de son sac, il le coupe en trois et le jette dans la marmite. C'est notre légume du mois. Le seul.

Sur sa minuscule radio, on entend de la musique groenlandaise, une sorte de *country*, avec des traîneaux et de la glace à la place des cow-boys, des chevaux et des couchers de soleil. A cette époque de l'année, il n'y a pas de couchers de soleil, il n'y a que son éclat constant et les tempêtes de neige aveuglantes. Jens décrit la vie d'un chasseur : « Au printemps, nous chassons le morse et les phoques couchés sur la glace. L'été, nous chassons surtout le narval et le phoque barbu entre les floes, en kayak. En automne, nous recommençons à capturer des phoques et quand la nouvelle glace apparaît, c'est le meilleur moment pour la chasse au morse. L'hiver, quand il fait noir, nous attrapons les phoques sous la glace, avec des filets.

« Avant, il y avait des magasins, nous suivions les animaux. Maintenant que mes enfants et mes petits-enfants vivent dans le monde moderne, j'essaye de les emmener un peu avec moi pour qu'ils connaissent la vie. Avant, on chassait avec sa femme. Maintenant, ma femme doit travailler en ville pour payer nos factures. Nous n'aimons pas ça, ni l'un ni l'autre. Plus au sud, au Groenland danois, les chasseurs se transforment peu à peu en pêcheurs. Je pense que ça va bientôt arriver ici aussi, et ce sera mauvais pour les animaux comme pour les gens. Ça veut dire qu'ils dépendent des usines danoises pour acheter leur poisson. C'est comme ça que la vie devient un fardeau et se brise. Vous voyez ? Alors, bientôt, plus personne ne se rappellera comment vivre autrement. »

Sur des assiettes en papier, nous tenons en équilibre un monticule de côtes de phoque. La viande déchiquetée est fumante. Jens distribue l'oignon, à chacun son tiers. Le goût en est exquis, mais je cache mon enthousiasme.

« Tout le monde essaye simplement de survivre, reprend Jens.

Quand les chasseurs traditionnels ont découvert que les pêcheurs gagnaient beaucoup plus d'argent, ils n'ont plus voulu se parler. Les anciens disent qu'avant les hors-bord, il y avait beaucoup plus d'animaux. Mais nous ne pêchons pas ici l'été. Il n'y a pas beaucoup de bateaux mais si vous voyez une baleine (elles viennent ici faire leurs petits), il faut couper le moteur. C'est seulement ici, au nord du Groenland, que nous vivons à l'ancienne, en chassant le narval et le morse au harpon. Si vous regardez au Canada, vous verrez à quelle vitesse les traditions disparaissent. Ils abattent les baleines et les morses au fusil, et utilisent un crochet. Et ils n'ont plus de chiens. Ils vont partout en motoneige. Donc vous voyez, tout est perdu pour eux. »

Il regarde par la fenêtre crasseuse. « Trop d'*aput*. » Puis il s'assied sur l'*illeq* et vérifie les harnais qu'il a fabriqués, pour s'assurer que les coutures tiennent. Après le café et les biscuits, Jens et Niels sortent et ajustent la portée de leur fusil, en prenant un vieux tonneau comme cible. Alors que les coups de feu résonnent derrière moi, je remonte un canyon enneigé, en quête d'intimité ; pas seulement pour aller aux toilettes, mais aussi pour retenir ma respiration et écouter tout ce qui se passe dans ma tête. Mais le vent souffle violemment et la neige m'arrive à la taille. Je m'accroupis, puis je repars aussitôt vers la cabane. Jens et Niels ont l'air soulagé quand je passe la tête à la porte pour dire que je suis rentrée. Dans la société inuit, si l'on sort le soir pour faire une promenade seul dans la neige, c'est qu'on veut se suicider.

Je reste un moment sur le pas de la porte. Le ciel est inondé de lumière, les icebergs forment une ligne argentée à l'horizon, comme des bateaux partant vers la mer. Je comprends pourquoi Niels a voulu entrer dans la marine marchande : les floes ressemblent à des navires qui pointent loin des confins du village, vers des lieux exotiques qu'aucun habitant de Qaanaaq n'a jamais vus. D'autres icebergs sont en ruines (j'ai déjà croisé ces cathédrales déconstruites) : un clocher ici, une galerie là, une nef ailleurs encore. Leur lumière glacée se répand partout.

Les chiens dorment, le nez sous la queue. Tous sauf « le patron », le meneur roux, qui s'affaire pour enterrer un morceau de viande sous la neige, avec son museau. En mettant de la nourriture de côté pour le lendemain, peut-être a-t-il la notion d'un avenir. Comment le savoir ? Je pense au phoque que nous avons mangé, aux signes vitaux que j'ai vus lorsqu'il a été dépecé : la carotide qui pompe, les muscles qui s'agitent, le cœur qui bat lentement. Quand Jens a rabattu la peau et la graisse, je me suis demandé si l'âme avait eu le temps de quitter le corps, et si, en mangeant cette chair délicieuse, nous avons mangé l'esprit errant et malheureux de l'animal.

Un nuage efface toute chaleur et la neige continue à tomber. Le pire de la tempête est encore derrière nous, formant un nœud noir à la tête d'un fjord éloigné. Le vent a changé. Il ne vient plus de la calotte glaciaire. « Nous aurons du soleil demain », prédit Niels. Personne ne peut dormir. Recroquevillée dans mon coin, je me retourne sans cesse. Plus nous passons de temps sur la glace, plus tard nous dînons et moins nous dormons : c'est le rythme circadien du corps qui échappe aux horaires conventionnels, pour passer à des journées de vingt-huit heures.

J'ai trop chaud dans mon sac de couchage. Je regarde Niels. Il lit une bande dessinée. Son grand-père a voyagé avec Rasmussen ; pour partir, il a emmené avec lui la femme d'un autre, qu'il ne lui a jamais rendue. Elle a vécu avec lui jusqu'à la fin de ses jours, devenant ainsi la grand-mère de Niels. Sa famille (qui inclut ses neuf frères et sœurs) a vécu à Dundas Village pendant trois générations, jusqu'à ce que les Américains les obligent à s'installer à Qaanaaq. Quand Niels me voit l'espionner, il éclate de rire. Puis l'énorme bedaine de Jens se met à trembler, et nous rions aux larmes, tous les trois.

Si tant est que nous ayons dormi, la matinée est déjà bien avancée quand notre rire s'arrête et que nos yeux se ferment. Quand je me réveille, Niels est en train de se frotter les pieds, les chevilles et les coudes avec de la pommade. Il pèle de partout. Je lui demande si c'est de l'eczéma, mais il m'explique qu'il était dans les parages lorsque le B-52 s'est écrasé, et que depuis, sa peau se desquame.

En 1968, un B-52 est tombé sur la baie Bylot, au sud-ouest de la base aérienne de Thulé. Il transportait quatre missiles nucléaires. Selon les biologistes qui étudient cette zone, une quantité non précisée de plutonium s'est répandue lors de l'impact. Y a-t-il eu un

suivi médical des victimes ? Niels hausse les épaules. Personne ne l'a contacté à ce sujet.
 Le soleil reparaît. Je vais faire pipi et un oiseau me salue. Les chiens boivent de l'eau fondue dans de petits trous creusés dans la glace. Ils font leur petit tour, se rendent visite, passent la tête sous le trait d'un autre, exigent la soumission, implorent l'amitié, disent bonjour. Nous buvons du Nescafé en écoutant les informations en groenlandais, suivies par un second bulletin en danois, puis par une chanson américaine qui dit : « Oublie tous tes soucis, laisse tes roues tourner. » « Des roues ? » s'étonne Niels, et nous éclatons de rire : nous voyageons encore selon les méthodes de l'âge de pierre.
 Le petit déjeuner de Niels est une autre cause d'hilarité : un sandwich de pain de seigle avec salade de jambon, fromage et crevettes, puis du pain blanc avec fromage et nougat au chocolat. « Qu'est-ce que c'est que ÇA ? demande Jens. C'est du chocolat ! C'est seulement pour les enfants ! »
 Niels a l'air tout penaud. « Je ne sais pas ce qui m'a pris. Je n'en ai jamais acheté. Vous en voulez ? C'est bon. » Nous faisons signe que non, tout en riant. Jens dévore une boîte de jambon, puis une de saucisse.
 La conversation aborde les questions du mariage, de l'amour et du sexe. Il n'y a pas si longtemps, les chasseurs voyageaient avec leur épouse et leurs enfants. Ils restaient partis tantôt un mois ou deux, tantôt une semaine. Ils occupaient quatre ou cinq campements par an, s'abritant dans des maisons de pierre et de tourbe ou, l'été, dans des tentes en peau de phoque. Les femmes aidaient sur le traîneau, retenaient les chiens, dépeçaient les phoques. Au campement ou à la maison, elles s'occupaient des peaux, fabriquaient et recousaient les vêtements : anoraks en renard et en peau de phoque, sous-vêtements en peau d'oiseau, chaussettes en lièvre, pantalons en peau d'ours, kamiks. Toutes les tâches domestiques (tanner les peaux, faire sécher la viande, préparer les repas) leur revenaient, ainsi que la chasse au renard. « Maintenant, c'est fini. Maintenant, on vit pratiquement comme les Danois », commente Jens.
 Mais avant ?
 Autrefois, un homme ne partait jamais à la chasse sans une femme. Si son épouse était enceinte ou en visite dans sa famille, il

en trouvait une autre, tout simplement. Les Inuits sont pleins de tact sur ce sujet. Ils ne posent pas de questions. Il n'existe aucun tabou concernant le désir sexuel ou la nudité ; avoir des relations sexuelles avec un autre que votre conjoint n'est pas perçu comme une trahison, tant qu'on respecte les règles. Les habitants des maisons de tourbe et de pierre n'avaient pas de vêtements de rechange : quand il faisait chaud, ils restaient nus ou demi-nus. Ce n'est pas une forme de promiscuité, mais simplement d'insouciance par rapport au corps.

Quand Peter Freuchen est parti chasser le morse dans le nord, son ami Tatianguaq a insisté pour que son épouse Ivalu l'accompagne. Elle pourrait aider Peter à trouver son chemin et à dresser son campement. Mais Tatianguaq avait une autre raison de vouloir se débarrasser de sa séduisante épouse. Elle avait passé du temps à bord du vaisseau de Robert Peary lorsqu'il était amarré à Thulé et elle s'était habituée à « la façon de courtiser de l'homme blanc ». Elle déclara d'abord qu'elle ne voulait pas partir avec Peter, refusant de quitter son lit ; pourtant, elle avait préparé de nouvelles peaux pour le voyage. Elle finit par s'approcher du traîneau, refusant toujours d'y monter. Peter dut la prendre dans ses bras et la porter. Les chiens s'assemblèrent autour d'eux, curieux. Désespérée par ce Blanc incapable de dresser ses bêtes, elle prit le fouet, le mania d'une main experte et obligea les chiens à se coucher. Puis elle s'assit sur le traîneau et donna le signal du départ. Peter eut tout juste le temps de monter. Ils furent amants pendant le reste du trajet.

Les Groenlandais échangeaient souvent leurs épouses, sinon pour tout un voyage, du moins pour une soirée. Quand la chasse était mauvaise, l'angakok ordonnait un échange dans l'espoir que le nouvel arrangement ferait venir plus d'animaux. On jouait parfois aux « lampes arrosées », à la faible lueur de la graisse de phoque brûlant dans des bols de stéatite. Les villageois s'assemblaient dans une maison, nus. On éteignait les lumières et tout le monde se déplaçait en silence. A un moment donné, chaque homme attrapait la femme la plus proche. Au bout d'un certain temps, on rallumait les lampes et tout le monde riait de bon cœur.

La règle principale était de ne rien cacher, car il n'était pas permis d'agir en cachette de son conjoint. Quand un homme surprenait sa femme à faire de la couture pour un autre homme sans sa permission, il la déshabillait et l'emmenait dehors pour la fouetter. Puis il allait trouver l'homme et se battait avec lui.

D'un autre côté, la polygamie et la polyandrie étaient parfois acceptables, bien que rares. Il y avait pénurie de femmes (quand il y avait un risque de famine au village, on sacrifiait les femmes âgées et les fillettes). Certaines femmes avaient deux maris, rivaux en amour mais les meilleurs amis du monde à la chasse.

Dans les légendes inuits, les amours trans-espèces sont fréquentes. Les femmes épousent des chiens ou des ours, les hommes épousent des renardes ou des lapines. La zoophilie proprement dite est rare, mais parce que la vie inuit est fondée sur la tolérance consensuelle, les pratiques sexuelles avec des animaux, les chiens en particulier, sont autorisées, mais dans des conditions particulières. D'abord, par respect pour la bête, il faut qu'elle soit en chaleur ; ensuite, si l'on veut faire l'amour avec son chien, il faut le faire sur la glace, devant tout le village.

Dehors, Jens examine le ciel, du haut d'un rocher. « Le climat et le chasseur ne sont pas bons amis. Nous sommes à la période de l'année où on commence à faire des réserves de viande pour l'hiver. Si un chasseur attend le beau temps... eh bien, il risque de mourir de faim. »

Dans la hutte, Niels se recouche. Quand Jens rentre, il regarde son ami avec surprise : « Tu es fatigué ?

— Un peu », répond Niels.

Un long silence. Jens reprend : « Comment un interprète peut-il être fatigué ? »

Les jours passent. Nous dormons, chassons, nourrissons les chiens, mangeons, chassons à nouveau. Je commence à peine à comprendre les complexités de la glace et du climat ; j'en sais tout juste assez pour savoir qu'il faudrait une vie entière afin de les comprendre suffisamment pour survivre. D'humeur exceptionnellement bavarde, Jens explique comment l'ampleur du dégel au printemps indique le genre d'été qui suivra : brumeux et froid avec de la glace presque constante, ou venteux et dégagé, avec de l'eau libre. La présence d'*illeraq*, de petits poissons, annonce l'arrivée des oiseaux, les petits alques et les guillemots, qui influe sur la quantité de narvals et de renards ; le retour des morues affecte les phoques. Plus au nord, après la dernière habitation humaine, où la chasse est essentielle, il suffit que la température change de quelques degrés pour entraîner la disparition des troupeaux de rennes et de bœufs musqués : s'il fait trop froid pour l'herbe d'été, c'est la mort pour les animaux et pour les hommes qui les chassent.

Quand nous repartons, je demande à Jens ce qu'un chasseur doit surtout savoir pour vivre sur la glace. Il sourit et répond : « Tout. » C'est-à-dire l'épaisseur et les différents types de glace, les variations de la neige, la présence ou l'absence de brouillard, le sens du vent, la forme des nuages, les lumières zodiacales et les phases de la lune, la température de l'air, du vent et de l'eau, le contour mouvant de la côte, l'emplacement de l'eau libre, la quantité d'oiseaux, les dates de migrations, de la débâcle et de la première glace, les différents itinéraires de tous les animaux terrestres.

On dit que les Inuits ont un paléocortex prononcé, aiguisé par leurs facultés d'observation et leur mémoire du paysage. La forme de chaque île, îlot et fjord est gravée dans leur cerveau, ils peuvent les dessiner dans la terre ou dans la neige, indiquer une voie sûre jusqu'à l'eau libre sur la paume de la main d'un autre chasseur, ou esquisser dans les airs la forme de la côte avec les doigts. « Voici une station météo inuit », dit Jens en désignant sa tête. « Et voilà la carte », ajoute-t-il en tendant la main.

Certains jours, la glace marine gelée devient rugueuse. Nous circulons entre les icebergs, par-dessus les congères, en rebondissant à travers les cuvettes de neige. Je tends l'oreille pour entendre la mauvaise glace qui sonne creux, mais le trot percussif des chiens et leur halètement cadencé forme une musique protectrice. Deux des quatre jeunes chiots commencent à s'habituer à la tâche et restent près de l'équipe, mais les deux autres continuent à vagabonder ; leurs lignes s'accrochent dans la glace rugueuse.

Au campement, j'observe les alliances qui se forment entre chiens. Une femelle se tapit, puis se couche sur le dos, soumise, tandis qu'un mâle veille sur elle pendant des heures, de peur qu'un autre chien veuille prendre sa place. Les jeunes jouent, mais les adultes, habitués aux longues heures de travail et aux journées de faim entre les repas, sont sérieux et calmes ; ils dorment autant

qu'ils peuvent. Ils ont la même attitude que les chasseurs. Nous sommes une bande d'animaux affamés qui parcourent les mers gelées, pris dans nos rêves, en quête de nourriture.
« Quel est votre chien préféré ? »
Jens les regarde un par un avec soin, le jeune chien noir aux pattes blanches, le mâle hirsute, les trois petites femelles, le meneur roux. « Tous », me répond-il doucement.

C'est le jour où nous suivons le pied de glace (la ceinture de glace qui se forme le long de la côte entre le niveau des hautes eaux et celui des basses eaux) jusqu'à l'extrémité sud de l'île. Notre projet est d'aller à Kiatak pour retrouver les autres chasseurs qui y chassent l'alque, puis de partir ensemble chasser le morse et le narval.

Le pied de glace est étroit. Plusieurs fois, le traîneau fait une queue de poisson, manque tomber de la falaise, mais Niels et Jens se servent de leurs pieds comme de gouvernails et maintiennent le cap. Nous glissons le long d'un mur de rochers hérissés de glaçons. L'inventeur du lustre a dû voir ce mur. Deux lièvres arctiques (*ukaleq*) gambadent dans la montagne. « Helloooo », leur hurle Jens. Des mares d'eau libre couvertes de *puttoq*, de frasil, ont l'air de plaies béantes. Nous nous arrêtons. Bien loin sur la glace, après un mur de rides de pression, un phoque prend le soleil. Il serait trop dangereux de prendre le traîneau. Le fusil dans une main et une baguette dans l'autre, Jens s'approche lentement du phoque, en se cachant derrière son écran blanc et en frappant la glace avec sa barre de fer.

Et s'il tombait à travers ?

« Il ne tombera pas. Il connaît la glace mieux que la glace ne se connaît elle-même », me rassure Niels. Les chiens sont inquiets. Ils regardent la silhouette de Jens devenir de plus en plus petite. Jens finit par se coucher, il vise et tire. « *Arretet, arretet* », murmure Niels. Les chiens veulent courir jusqu'à lui, mais c'est trop dangereux. Ils regardent, impuissants, tandis que Jens traîne le phoque sur plus d'un kilomètre à travers la glace.

Jens dépose l'animal dépecé sous la bâche bleue et place son fusil sous les lanières. Il appelle les chiens. Devant nous, le pied de glace se rétrécit comme une taille de guêpe, avant de s'élargir à nouveau. Il ne neige plus, il fait soleil ; nous passons de l'hiver à l'été. Un lagon scintillant d'eau bleue apparaît, plein d'oiseaux marins, de mouettes des glaces et d'eiders. Nous nous immobilisons, bouche bée. Ce lac est un saphir mouvant, les oiseaux naviguent sur son éclat bleu, passant d'une lame irisée à une autre. Que voyons-nous ? Nous respirons profondément ; le fardeau de l'hiver se dissout sans effort. Un rideau est soulevé, la glace est écartée. Nous sommes dans le saint des saints, tout est tout à coup possible, tout brûle.

Un nuage s'abat brusquement sur nous comme un chapeau. « L'été » est terminé. Le lac devient gris et les canards couinent. « *Ai, ai* », fait Jens pour donner aux chiens le signal de redémarrer. Un vent mordant me coupe le visage. Je ferme ma parka et je mets mes moufles. La neige reprend. La brume s'accroche aux falaises blanches et le pied de glace est si étroit qu'il n'est plus rien, à la pointe ouest de l'île. Kiatak est devant nous. Nous n'avons pas le choix : il faut quitter la route surélevée pour traverser l'étendue de mer gelée, coincée entre les deux îles, brisée en un labyrinthe impénétrable de glace de pression.

Ce qui paraissait impossible ne l'est pas : les chiens escaladent une pente de glace presque verticale et disparaissent de l'autre côté. Le long traîneau vacille au sommet et retombe lourdement sur un autre bloc basculé. Jens marche devant les chiens, leur montre où passer, saute par-dessus les gouffres tandis que Niels dirige l'arrière du traîneau, tenant la barre, pour l'empêcher d'être catapulté par-dessus un rebord.

Nous replongeons, la neige fondue gicle en grandes gerbes. Dans ce « Nous », il y a moi qui m'accroche désespérément à tout ce que je trouve, au bord d'une peau de renne, à une lanière. Je suis le chargement ridicule de ce pont volant.

Chaque montée est suivie d'une descente. Ce sont les montagnes russes des Inuits, plus raides que n'importe où dans le monde. Et toute erreur de jugement aurait des conséquences terribles. Durant son voyage de 1917, Rasmussen écrivit : « Dans certains endroits, nous traversions d'étranges visages de glace ancienne, semblables au bord de l'inlandsis. Cette banquise a une surface rugueuse percée de trous profonds, à cause des brûlures du soleil de plus d'un été : on dirait une haute mer sur laquelle les lourds traîneaux s'agitent comme des vaisseaux sur les vagues. »

Un morceau de glace pointue m'ouvre le bout des doigts. Les chiens trébuchent et tombent, rattrapent le mouvement, s'accrochent, tombent dans une crevasse et se remettent debout. Il nous faut cinq heures pour parcourir à peine un kilomètre.

Quand la glace devient plus lisse, Jens et Niels me rejoignent sur le traîneau. Derrière nous se trouve le mur, cette vague gelée à la Hokusaï, Jens me regarde : je souris et je fais un petit geste pour dire que c'est génial. Puis j'entends quelque chose qui se brise... comme un gobelet qu'on écrase. Non, ce ne peut pas être du verre. Le traîneau se met à sombrer. Ce n'est pas du verre, mais la glace que j'ai entendu se briser. Le traîneau s'enfonce immédiatement. Je cherche à m'agripper à quelque chose, je glisse ma main gantée sous la lanière. Je ne sais plus ce qui se passe ensuite. Je vois des chiens disparaître, des chiens tomber à travers des morceaux de glace brisée, de l'eau jaillir... puis des blocs de glace qui remontent... mais où sont les chiens ?

Niels rampe jusqu'à moi. « Vous n'avez qu'à rester là ! » hurle-t-il. Je m'accroupis tandis qu'il part vers l'arrière du traîneau. Il déroule quelque chose, j'ignore quoi, peut-être une peau de phoque. A l'avant, Jens s'est étendu de tout son long, les pieds accrochés sur les côtés, sa grande carcasse allongée par-dessus les lignes, et il tire les chiens hors de l'eau. D'une main, il les remonte sur la glace, par-dessus son épaule. Mais devant nous, la glace continue à se briser, et le traîneau s'avance peu à peu vers un trou béant.

Un chien atterrit près de moi, puis un autre. Ce sont deux des chiots noirs. Ils ont l'air perdus. L'eau gicle. Ils s'ébrouent avant de geler et m'aspergent. A l'arrière, Niels attache une ligne à une barre de fer et la coince dans la glace pour empêcher le traîneau de s'enfoncer. Les chiens se débattent, d'autres sont encore dans l'eau et nous tirent. Le traîneau fait une embardée. Niels le redresse : je vois les marques laissées à travers la neige par ses talons, jusqu'à la glace.

Tous les chiens sont maintenant sortis. Un bruit sinistre se fait entendre alors que le rebord de glace qui maintenait le traîneau s'enfonce de quinze centimètres dans l'eau avant de s'immobiliser. Les chiens sont trempés mais aucun ne s'est noyé. Le traîneau a tenu bon, mais il pointe vers le trou béant. Avec d'infinies précautions, Jens s'avance vers un bloc de glace, puis s'enfonce dans un grand gargouillis d'eau. D'un geste, il soulève l'avant du traîneau et le tourne dans l'autre sens. Il remonte, s'assied et claque des lèvres :

sans se laisser démonter par leur baignade improvisée, les chiens repartent sur la glace solide.

Le passé n'est que fiction, l'avenir est un rêve. J'arrête de vouloir établir en dessous de moi un sol ferme là où il n'y en a pas. Nous pouvons vivre, nous pouvons mourir. Les deux me conviennent. Mais je me sens perdue, comme un œil sorti de son orbite, tombé dans le monde en se demandant ce qu'il va voir. Ce glissement, cette chute constante, est-ce un début ou une fin ?

Mes yeux sont inondés, non par la neige ou les larmes, mais par la réverbération, par l'éclat bleu, par le scintillement, par le gris pigeon irisé de la neige. L'endroit où nous allons à la fin de la vie n'est peut-être pas autre chose : des couches de glace d'une beauté qui stimule la rétine. Voir ou ne pas voir, telle est la seule question qui mérite d'être posée.

La glace gémit sous notre passage et les traces des chiens se remplissent très vite d'eau. Mauvais signe. Le traîneau tressaute. Le bloc de glace auquel il était accroché vient de se détacher. « *Puquoq !* *Puquoq !* » crie Jens avec insistance. Les chiens s'efforcent de nous tirer et y parviennent. Nous avançons vers le milieu de la mer gelée, loin de l'île que nous visions, pour éviter d'autres lieux de noyade, d'autres étendues d'eau libre masquées par la neige. Plus nous avançons, plus précaire paraît le sol : pas d'anneaux, pas de filets pour nous empêcher de tomber. Le ciel et le sol forment une zone grise qui paraît claire mais que l'on sent lourde ; je suis entrée les yeux ouverts dans les ténèbres et j'ai suivi une route sombre. « Nous allons nous noyer ? » Je pose la question à Jens en essayant de paraître détendue. Il se retourne, me sourit et me fait signe que non.

Nous glissons en silence pendant une heure. Je regarde les traces des chiens pour voir si elles sont remplies d'eau. Elles le sont. Personne ne parle du danger. « *Hikuaq* », lâche finalement Niels, en guise d'information. De la glace mince. C'est tout. Détournant les yeux, il pose sa main gantée sur ma jambe afin de me rassurer. Il s'arrête sur la glace, détache notre chargement et retourne le traîneau pour polir les patins, très endommagés par notre parcours accidenté. Niels fait du thé ; je tourne en rond pour me réchauffer. Nous rechargeons et repartons.

Bientôt, de nouvelles difficultés surgissent. Nous rencontrons de plus en plus de zones d'eau libre obscurcies par la neige qui tombe.

Ikuo nous avait prévenus : « C'est une bonne semaine pour rester chez soi. » Trop tard. Nous avançons en zigzags et laissons derrière nous un sillage en S.

Puis les chiens tombent à travers la glace au ralenti, s'enfoncent lentement. Jens hurle quelque chose en groenlandais. Je m'accroupis à nouveau tandis que le sol cède en dessous de nous ; les blocs de glace et le mortier de neige qui les maintenait (les veines blanches) se déchirent. Les chiens sombrent, pataugent, se relèvent. Je me demande si la glace sur laquelle nous avons voyagé dans l'euphorie sera la plaque d'égout sous laquelle nous serons noyés.

Trois heures plus tard, nous approchons d'Asugnaq, sur l'île de Kiatak. Nous arrêtons les chiens sur la glace et nous attendons, comme c'est l'usage lorsque l'on arrive à un campement. Près du rivage sont garés six traîneaux et quatre-vingt-dix chiens. Il y a huit chasseurs (des amis de Jens venus de Siorapaluk et de Qaanaaq) et une femme, l'arrière-petite-fille de Robert Peary. Quatre tentes sont dressées sur le rivage rocheux. Trois des traîneaux transportent des kayaks posés sur le côté, un autre contient un hors-bord. « Nous avons encore besoin de l'ancien pour transporter le moderne », fait remarquer Niels.

Les chasseurs s'avancent sur la glace pour nous accueillir. Ils ont vu de loin les difficultés que nous avons. Ils nous aident à décharger le traîneau, portent nos sacs jusqu'au rivage et montent notre tente tandis que Jens découpe l'un des phoques et nourrit les chiens.

Quatre têtes blondes apparaissent : ce sont les instituteurs norvégiens disparus de Siorapaluk, avec leurs deux fillettes. Ils reviennent d'une chasse à l'ours polaire en terre de Washington qui a failli tourner au désastre. Ils regagneront bientôt la Norvège.

Notre campement se trouve au bout d'une minuscule vallée étroite bordée par des falaises abruptes et un talus couvert de mousse, avec un ruisseau qui s'y écoule. Dès que la conversation s'apaise, j'entends les oiseaux : le même bourdonnement électrique d'insecte produit par un million d'alques voltigeant, dont les nids sont cachés dans les recoins obscurs de l'éboulis. Ces oiseaux fournissaient aux Inuits un supplément de nourriture durant les temps difficiles entre la débâcle et l'eau libre.

Je trébuche sur un os de baleine fiché dans le sol. A côté, un bloc de tourbe a dévalé la pente et gît à mes pieds comme un oreiller brun. Je le ramasse : il est léger comme une plume. Tourbe, pierre, os de baleine : tels sont les matériaux de construction qui servaient autrefois au Groenland. Tous les Esquimaux du Pôle vivaient ainsi, campant où bon leur semblait, avant de partir vers d'autres terrains de chasse. Dans les années 1850, selon le Dr. Elisha Kent Kane, leurs filets à oiseaux étaient « des résilles en peau de phoque au bout d'une défense de narval ». Peter Freuchen signale avoir vu sur l'île de Baffin un traîneau fabriqué avec des os de baleines et des bois de rennes attachés par des tendons. Les patins étaient des peaux de rennes roulées, poussées à travers un trou dans la glace pour les mouiller, puis modelées, avec un fond plat, et posées sur la glace pour y geler. En guise de barre transversale, on utilisait parfois un saumon gelé ou de la viande de morse découpée à la bonne taille. Dans le pire des cas, on pouvait toujours manger le traîneau.

Encore aujourd'hui, les chasseurs fabriquent la plupart des objets qu'ils utilisent : vêtements, traîneaux, harnais, harpons, filets et ces minces kayaks en peau longs de 4,5 m. Seuls le fusil et le hors-bord sont d'une modernité voyante.

Les hommes sont assis dans le calme ; ils polissent les longues poignées des filets à oiseaux, réparent des harpons, parlent de la glace qui est soudain devenue dangereuse. Leurs vêtements sont reprisés et ils portent des casquettes de base-ball sous leurs anoraks à capuchon. Sur le rivage, la glace est brisée ; de grandes dalles soulevées luisent au soleil de minuit. C'est un mur qui sépare le campement humain de celui des chiens. En regardant vers le sud, je vois le dôme de la presqu'île du cap Parry. Entre notre campement et ce point, un gigantesque champ de glace qui se liquéfie lentement.

Olaf et Petra sont avec nous. Ils sont originaires de Tomslo, dans le nord de la Norvège, et ils viennent juste de terminer leur troisième année d'enseignement à Siorapaluk. Olaf est charpentier mais comme l'école avait besoin d'un enseignant en plus, il a été engagé en même temps que Petra. Leurs deux filles ont rapidement maîtrisé le groenlandais et ont pu servir d'interprètes à leurs parents, jusqu'à ce qu'ils apprennent la langue. En avril, les instituteurs ont quitté leur emploi et sont partis pour la terre de Washington, au nord, à la chasse à l'ours polaire.

La chasse a été difficile. Ils ont été rattrapés par le mauvais temps, et l'un d'eux, un vieux chasseur blessé à la jambe, avait faim et avait besoin de soins médicaux. Ils sont restés cinq semaines avec lui, à partager leur nourriture ; ils ont fini par manquer de sucre, d'aliments, de combustible. C'était l'époque où les phoques mettent bas et leur chair avait mauvais goût. Les enfants refusaient de manger la viande. Maintenant l'épreuve est terminée et ils rentrent chez eux.

« Il est temps, dit Olaf. Si nous ne partons pas maintenant, nous ne partirons jamais. »

J'aide l'arrière-petite-fille de Peary à puiser de l'eau à la source. C'est la compagne de l'un des chasseurs et elle est venue pour leur faire la cuisine. Elle a beau avoir du sang américain, elle est entièrement esquimaude et ne parle pas un mot d'anglais.

Quel plaisir de faire du thé en remplissant nos casseroles d'eau courante au lieu de glace fondue ! En aval, un bloc de savon et une petite serviette sont posés sur un rocher où tout le monde va se laver pour le dîner. L'eau bout sur le réchaud près du tronc de bois flotté sur lequel les hommes sont assis et discutent ; à l'intérieur d'une petite tente, la cuisinière fait rissoler de minces tranches de phoque panées dans une poêle enduite de beurre danois importé. Au campement, toute la viande est partagée. Même si les autres ont déjà mangé un peu plus tôt, on ne refuse jamais la nourriture qu'on vous propose. Le dîner est servi à une heure du matin.

Nous voyageons depuis dix heures, nous avons des bleus, nous saignons, nous sommes fatigués, mais personne n'évoque les moments difficiles. Nous buvons du thé et mangeons du phoque, mais il n'y en a pas tout à fait assez. Nous avons encore faim. Niels me donne quelques biscuits tirés de son sac. Quand nous nous couchons, l'eau bouillante restée dans la casserole est devenue un bloc de glace.

Nous nous étendons dans nos sacs de couchage en écoutant les Norvégiens jacasser dans leur tente. Nous sommes seuls depuis des semaines et il est étrange de camper à quelques mètres d'autres êtres humains. La voix de la femme est perçante et sans joie.

« Pourquoi leur façon de parler sonne-t-elle toujours aussi bizarre ? demande Jens. Ça remonte toujours à la fin des phrases. Pourquoi ne parlent-ils pas groenlandais, tout simplement ? »

Nous rions, Niels et moi. Niels commente : « Je crois qu'elle ne s'arrêtera jamais de parler. »

En pleine nuit, les Norvégiens finissent par se taire. Niels ronfle dans mon oreille. Un vent froid agite les parois de la tente. Les taches de sang y forment un drapeau inuit flottant, qui dit : « Depuis cinq mille ans nous suivons les animaux : les phoques, les morses et les baleines, et nous avons survécu. » Dans le langage secret qu'utilisaient jadis les chamans, le mot « ombre » signifiait « homme », et le verbe « mûrir » signifiait « arriver ». Nos ombres ont mûri sur ce rivage désert, au bord de la pente d'éboulis où un million d'alques insomniaques couvent leurs petits.

Le matin, l'ombre des oiseaux clignote sur la tente comme la lumière d'un feu noir. Je me lève pour aller faire pipi. Il a neigé pendant la nuit mais il fait à présent un soleil radieux. Dehors, les chiens vivent leur vie : les uns dorment, les autres grattent la glace pour dénicher des morceaux de viande gelée, et quelques-uns s'emboîtent pour faire l'amour. Malgré la barrière de glace brisée qui nous sépare d'eux, je n'ai jamais vu d'hommes aussi attachés à leurs animaux, avec toutes ces légendes de mariages entre espèces, les chamans capables de se transformer en créatures mi-phoques mi-oiseaux, ou mi-humains mi-chiens, et qui plongeaient sous la glace comme de petits alques pour apaiser Nerrivik, déesse de la mer, couchée toute nue dans son *illeq* au fond de l'eau, avec ses longs cheveux noirs ondoyant sur ses épaules. Elle épiait, à l'affût de toute méchanceté, de toute infraction aux règles ou aux tabous dans le monde des humains ; lorsqu'elle en détectait, elle attirait tous les animaux marins dans sa maison et laissait les hommes mourir de faim. Aujourd'hui, ma question est : où vont les dieux lorsqu'il n'y a plus de chamans pour les apaiser et raconter leur histoire ?

Il fait froid, malgré le soleil, et nous nous réchauffons près du réchaud. Nous sommes venus chasser le morse et le narval au bord des glaces, mais les chasseurs prennent d'un commun accord la décision d'attendre quelques jours, le temps que la tempête soit passée si jamais elle nous frappe. Ensuite, la glace durcira. Entretemps, nous attraperons des oiseaux.

Tenant leurs fragiles filets à long manche, les chasseurs gravissent les pentes quasi verticales comme s'ils montaient un escalier, ils escaladent une cheminée en ruine, sans jamais s'agripper nulle part, sans effort apparent jusqu'au sommet. D'en bas, je vois leurs filets se balancer, comme des balais qui nettoient le ciel, tandis que des escadrons d'oiseaux descendent en spirales vers la falaise, depuis les hauteurs, comme pris dans un tourbillon.

En suivant les chasseurs, je rejoins la symphonie. Des blocs de tourbe brune tombent de mes pieds tandis que je m'élève à chaque pas dans le bourdonnement sonore des alques. Des oiseaux me frôlent la tête. Près du sommet, je me perche sur un rocher : des centaines de petits alques se posent autour de moi. Durant un instant de calme, le chant mélodieux du bruant des neiges me parvient, filtré par le canyon. Tout en bas, un chien enchaîné seul près d'un mur rocheux se met à hurler. Sa voix mélancolique s'enroule, répétée par l'écho ; puis les autres chiens font chorus et le son perce le gazouillis des bruants. Les alques s'envolent, s'élèvent à droite et à gauche. Je pense à la vieille femme qu'a vue Peter Freuchen et qui, par une semblable matinée, balayait son igloo avec une unique plume de mouette.

Un par un, les chasseurs regagnent le campement, le sac plein ; tous sauf Jens. « J'en avais attrapé quelques-uns mais en balançant mon filet, ils se sont tous envolés », dit-il en riant. Les chasseurs prennent place sur le tronc. Leurs mains s'activent, plument des alques, recousent des vêtements déchirés, réparent des filets. Kane a décrit l'agitation des jeunes gens d'un campement : « Comme les gitans les plus grossiers, ils rient et piaillent, ronflent et roulent ! Certains sucent des peaux d'oiseaux, d'autres font bouillir une incroyable quantité d'alques dans d'énormes marmites en stéatite ; deux gosses se battent avec une chouette en criant à tue-tête "*Oopegsoak ! Oopegsoak !*" »

Jens et un chasseur nommé Peter débattent tranquillement de l'état de la glace, de la tempête qui approche, de l'épaisseur de la neige, des chiens et des lieux où trouver morses et narvals. Tout en parlant, Peter attache une lanière en peau de phoque à une pointe d'ivoire. La hampe longue de deux mètres est parfaitement polie.

QAANAAQ, 1997

Quand le phoque est harponné, la hampe se détache et flotte (on la récupère par la suite) et la pointe reste plantée dans l'animal.
 Deux hommes plus jeunes préparent du *kivioq* : ils enterrent des phoques dépecés, farcis d'alques, sous des monticules de rochers. « On les enterre maintenant, avec les entrailles et tout, et on reviendra les manger en juillet. Il faudrait que vous soyez là. Manger du *kivioq*, c'est comme manger des bonbons ! » me confie un chasseur.
 L'un d'eux retourne son traîneau et rabote les patins en plastique, tandis qu'un autre recoud son anorak déchiré avec de longs morceaux de tendons de baleine. Dans la tente, je me frotte le visage à la crème solaire suisse deux fois par jour (uniquement parce que je l'ai promis à ma mère) et je suspends à un fil, pour les faire sécher, les peaux de mouton, les kamiks et les moufles en peau de phoque.
 Les petites Norvégiennes viennent me rendre visite. Elles sont timides et nous restons assises sur la plate-forme, sans rien dire ; nos talons entaillent la glace fondante. Comme j'ai apporté de Californie un sachet de noix et de fruits secs, je leur en propose. Elles me regardent et je fais signe que oui, c'est pour elles. Elles dévorent, non par gourmandise, mais parce qu'elles ont faim. Depuis un an elles n'ont pas mangé de fruits, frais ou secs.
 L'après-midi, quand la glace est durcie, Jens et Peter montent une colline et observent la plaine arctique avec des jumelles, pour trouver une route sûre jusqu'à la lisière des glaces. Leurs gestes découpent l'air comme des couteaux, se terminent par une petite arabesque qui dessine l'exacte géographie du territoire, glace dure, polynies et zones dangereuses de glace molle.
 Quand ils reviennent au camp, nous chargeons les traîneaux de kayaks, de harpons, de fusils, de vêtements de rechange, et nous partons, six de front, droit vers l'est, vers l'eau libre du Canada. « *Puquoq, puquoq* », chante Jens à ses chiens pour les encourager. Les équipes font la course entre elles, les chasseurs crient et poussent des onomatopées. La glace devient plus lisse et nous prenons de la vitesse. Les alques prennent leur essor au-dessus de nous comme de grandes roues de fête foraine, ils tournoient, montent puis regagnent leur montagne. Au nord, les nuages s'évaporent après avoir traversé des vallées glacées, entre les pics de Kiatak, et la brume s'accroche au flanc des falaises ombreuses comme des bannières de soie.

UN PARADIS DE GLACE

Sous le soleil éclatant, nous nous déshabillons peu à peu : encore un strip-tease esquimau : le bonnet, puis les gants, les pantalons en peau d'ours, les anoraks et les parkas. La glace forme une étendue de verre. Tout espoir de solidité paraît illusoire, mais je ne m'en soucie guère. Partout où je regarde, j'aperçois des paysages si majestueux que mes yeux se fatiguent. Niels et Jens scrutent la trace laissée par les chiens ; si l'eau y surgit, nous sommes sur de l'*hikuaq*, sur de la glace mince. Mais ici, la vie ne tient-elle pas toujours à un fil ?

Jusqu'ici, tout va bien. Mais plus loin, près de la lisière, la glace cède lorsqu'un chasseur harponne un narval, et ses chiens tombent à l'eau. Pour les sauver, il est obligé de couper sa ligne. Après le choc, une longue discussion s'ensuit, avec de nouveaux gestes tranchants. Puis nous repartons vers l'île pour la nuit.

Jens fait sécher ses kamiks sur le bout retourné du traîneau. Nous mangeons du phoque préparé de trois manières différentes et nous essayons de communiquer par radio avec Ikuo Oshima à Siorapaluk. Il y a tellement d'interférences que nous n'entendons rien. Puis sa voix nous parvient malgré tout. Il dit que la tempête fait rage et qu'il faut être prudent. Le matin, nous vérifierons à nouveau la lisière des glaces.

Jens et Peter s'approchent de la vallée et, de là-haut, étudient la progression de la tempête. Elle est bloquée quelque part au nord, sur le détroit. Si elle nous rattrape, nous devrons quitter la glace et construire des igloos pour nous protéger de la neige qui dérive. J'espère que la tempête arrivera bientôt, mais Jens n'est pas du même avis. Il dit que les Esquimaux canadiens sont bien meilleurs que les Groenlandais pour construire des igloos, et il a entendu parler d'une maison construite pour les danses qui était assez grande pour abriter soixante personnes.

Les igloos font normalement 3,5 mètres de diamètre et sont construits en empilant des blocs biseautés de plus en plus petits, taillés au couteau à glace. Freuchen a décrit ce processus :

> Le cercle de base consiste en une quinzaine de gros blocs. A mesure que les murs s'élèvent et que les anneaux rétrécissent, il découpe des blocs plus petits et il doit entrer dans le cercle pour les poser, tandis que quelqu'un l'aide en les lui tendant de l'extérieur. Le dernier cercle

ne compte que cinq blocs et il ferme le toit avec un bloc où il creuse un petit trou pour que l'air chaud s'échappe. Un igloo bien construit ne s'écroule jamais, il s'affaisse seulement au milieu, mais la chaleur des habitants et des lampes à graisse finirait par le faire fondre complètement s'il n'y avait pas cette petite échappée d'air au sommet qui est régulée avec une touffe d'herbe sèche.

Quand l'igloo est terminé, l'homme découpe une arche basse en guise d'entrée, puis il construit un long corridor qui sert non seulement à tenir à distance l'impact du froid quand quelqu'un entre ou sort, mais qui sert aussi d'espace de stockage pour le matériel de chasse et autres objets qu'on ne veut pas laisser sur le traîneau.

Pendant ce temps, la femme et les enfants ont bouché avec de la neige les fissures laissées entre les « briques », et ils jettent de la neige par-dessus tout l'édifice. Dès que l'igloo est fini, la femme prend ses peaux, ses ustensiles de cuisine et entre pour préparer les couchettes et rendre l'endroit habitable. La construction prend une heure et l'igloo n'est généralement utilisé qu'une nuit, mais l'on y passe parfois plusieurs jours, le temps qu'une tempête épuise sa fureur. (Freuchen, *The Eskimo Way of Life*, p. 56-57.)

Freuchen notait à regret que l'entrée venteuse était souvent le lieu où l'on forçait les orphelins à dormir. Il avait employé un de ces enfants, Qupagnuk. « Il avait tellement de poux que personne n'aimait l'accueillir pour la nuit, et il dormait généralement dans le tunnel d'une maison abandonnée. Il était heureux, cependant. Il jouait avec les autres enfants, et avait l'air bien nourri. Mais comme il avait toujours faim, quand les chasseurs nourrissaient leurs chiens, il arrivait en courant pour avoir sa part de peau ou de viande de morse. Il bondissait parmi les chiens voraces et bagarreurs, qui le mordaient souvent au visage ou aux mains, et il grappillait une ou deux bouchées. »

Quand Freuchen protesta contre le traitement réservé à cet enfant, les chasseurs lui dirent qu'il avait de la chance parce que cela l'endurcissait pour une vie meilleure. « Regardez et vous verrez que tous les chefs de chasse qui vivent ici étaient des orphelins », lui dit un ancien. Ils pouvaient se passer de nourriture et de sommeil, ils savaient traquer les animaux, piller les cachettes de nourriture des renards et ne jamais se fatiguer durant les longs trajets en traîneau.

« Nous n'avons plus cette force », commente Jens.

UN PARADIS DE GLACE

Cette nuit, j'ai rêvé des minuscules langoustines que j'ai mangées à Paris et du champagne que je sirotais comme un oiseau. Comme un orphelin, je volais la nourriture, dans les assiettes des autres. Le matin, nous partons avec les autres chasseurs vers la lisière des glaces et nous revenons découragés. Nous voyons des narvals, mais nous ne pouvons les approcher parce que la glace ne cesse de se briser. Nous suivons la lisière dans un sens, puis dans l'autre, mais sans trouver d'endroit où elle soit ferme. C'est alors que nous prenons le chemin du retour. Jens prend un itinéraire sinueux dessiné dans sa tête et choisi par le groupe afin d'éviter la mauvaise glace. « *Attuk, attuk* », hurle Jens pour maintenir les chiens sur la droite et les détourner de ce qu'ils savent être la route directe.

Nous entendons des voix derrière nous : ce sont les Norvégiens. Jens paraît exaspéré. « Non, pas eux, encore », marmonne-t-il. Ils ont besoin d'aide pour trouver le chemin. Nous partons droit vers le sud au milieu du détroit avant de tourner vers l'est pour Qaanaaq. Des zones de glace rugueuse alternent avec de longues étendues lisses. Ici et là, de petits trous d'eau libre clignent de l'œil.

Quand les Norvégiens nous ont rattrapés, ils sont venus trop près et les deux groupes de chiens ont commencé à se battre. Jens essaye discrètement de changer de direction. « *Attuuk, attuuuk.* » Olaf, le Norvégien, manie le fouet sans pitié et nous avons du mal à démêler l'écheveau. Alors que nous repartons, le bout du fouet d'Olaf me frappe au visage. Je suis contente de voyager avec un homme doux.

Je supplie Jens. « S'il vous plaît, allez très lentement. Je ne veux pas rentrer. » Il désigne les épais nuages noirs au-dessus de la côte nord. Le vent a tourné une fois de plus et souffle par-dessus la calotte glaciaire. Le baromètre a chuté mais il fait bon. Je rejette la tête en arrière, heureuse et inconsciente, je me dore au soleil.

Nous nous arrêtons pour chasser dès que nous voyons un phoque. En moins de temps qu'il n'en faut pour le dire, l'animal se retrouve sous la bâche bleue. Et revoilà les Norvégiens, que nous pensions avoir semés. En nous attendant, Olaf a du mal à maîtriser ses bêtes. Il frappe un chien sur le museau avec le manche de son fouet. Niels se détourne, dégoûté. Les chiens sont fouettés chaque fois qu'ils bougent. Ce n'est pas leur faute : ils ne comprennent pas ce qu'on attend d'eux. « Il faut leur apprendre avec la voix, pas avec la main », déclare Niels. Je regarde ses yeux pleins de bonté. « Les hommes n'agissent ainsi que lorsqu'ils ont peur », ajoute-t-il. Le phoque suivant revient aux Norvégiens, selon l'étiquette inuit. Jens est visiblement exaspéré. Olaf emmène avec lui une de ses filles. Après une très longue attente, assez longue pour que Jens sorte son aiguille et répare deux harnais, nous entendons un coup de feu, mais le Norvégien revient bredouille. « J'ai laissé la petite tirer et elle a manqué son coup », dit-il sèchement. Niels me chuchote : « Il doit croire que la chasse est un jeu. Il ne comprend pas. »

Des nuages gris montent de l'île comme de la fumée. Dans un canyon où vient de se produire une avalanche, les ombres s'étendent à travers le corridor comme des rideaux blancs. Nous filons vers l'est. Qaanaaq est à deux jours de traîneau. Les Norvégiens sont loin derrière. Je me demande si nous allons nous noyer.

Avant d'être christianisés, les Groenlandais orientaux pensaient qu'un être humain avait plusieurs petites âmes résidant dans ses membres et ses articulations, dans tout le corps, chacune ayant la forme d'une personne et la taille d'un pouce. Les âmes de la gorge et de l'entrejambe étaient plus grandes que les autres : ils savaient que chanter et faire l'amour sont des besoins humains qui exigent beaucoup. Quand la mort venait, les âmes devaient se réunir pour partir et trouver un autre corps où habiter. Selon la tradition, la noyade vous emmenait dans le monde souterrain de la mer, où les morts étaient heureux et où la chasse était meilleure que sur la glace.

La mort allait de soi, comme la vie. Les bébés naissaient durant les parties de chasse. En franchissant un glacier avec Peter Freuchen, la femme d'un chasseur annonça qu'elle était sur le point d'accoucher. C'est bien embarrassant, lui répondit Peter, qui lui demanda si elle pouvait attendre qu'ils soient descendus du glacier. Elle attendit. Une fois sur le rivage, ils construisirent un igloo en hâte ; elle y entra et ressortit une heure après, son bébé dans les bras. Ils reprirent la route le lendemain.

Un peu plus tard, la femme de Freuchen, Navarana, rentra chez elle de bonne heure après une fête, en disant qu'elle avait mal au ventre. Quelques heures plus tard, le travail commençait. Dans son enthousiasme, Freuchen alla chercher Rasmussen (qui avait également eu un enfant avec une « épouse » inuit) ; lorsqu'ils revinrent, Navarana avait accouché d'un fils.

La vie était difficile. La mort ne venait donc pas comme une insulte ou comme une surprise. Puisque le climat et la glace modelaient la société, la vie et la mort allaient et venaient sans encombres. Les Groenlandais pensaient que l'aurore boréale représentait les âmes des enfants mort-nés qui donnaient des coups de pied dans leur cordon ombilical. Quand la vie « devenait plus lourde que la mort », on se suicidait ; quand il n'y avait rien à manger, on noyait les enfants, on les abandonnait ou on les mangeait, mais non sans un vif sentiment de honte. Un vieux chasseur qui ne pouvait plus assurer sa propre subsistance demandait parfois à son fils aîné d'organiser une réception, et au comble des festivités, le fils passait une corde au cou du père et le « hissait jusqu'à la mort » tandis que l'angakok dispersait les mauvais esprits. Les vieilles femmes préféraient être poignardées dans le cœur.

Un vieil angakok déclara à Rasmussen : « Je ne sais rien ; mais la vie me met continuellement face à face avec des puissances plus fortes que moi. »

Nous arrivons dans une zone de glace rugueuse, les lignes s'emmêlent, les chiens sont tirés à hue et à dia. L'un deux glisse et se fait traîner sur le dos. Quand le traîneau manque lui passer dessus, Niels et Jens éloignent le chien des patins, avec les pieds. Ils veulent voir s'il pourra se relever seul, mais il n'y arrive pas. Jens finit par couper une ligne : le chien se dégage et reprend le trot.

Les chiens sont aussi volontaires que les humains. Ce sont leurs conditions de vie qui les rendent ainsi. Jens a élevé cette équipe après une grave épidémie dans les années 1980. « Il ne m'en restait qu'un. Heureusement, c'était une femelle. » Il a reconstitué la meute à partir d'elle. « Je ramène sans cesse de jeunes chiens et je les ajoute à l'équipe. »

Devant nous, une longue étendue sombre. Nous approchons : c'est une fissure dans la glace, trop large pour qu'on la franchisse. Jens descend prudemment du traîneau, avec une barre de fer pour tester la glace. Il agite la tête : « Ici, pas la peine. »

Nous avons un sourire triomphant, Niels et moi. Nous sommes ravis de ce retard. Nous chantonnons : « Emmenez-nous n'importe où, mais ne rentrons pas en ville. »
Nous partons au nord, vers l'île d'Herbert. La fissure se poursuit, tantôt plus large, tantôt un peu plus étroite, toujours un ruban sombre qui divise deux champs de blanc. Je me dis parfois que nous avons trouvé une sorte d'Equateur arctique, une faille sans fin qui encercle tout le pôle Nord. Je veux la suivre, au moins jusqu'à l'Alaska. « Que fait-on si on ne trouve nulle part où traverser ? »
« On découpe des blocs de glace et on les jette dans la fissure, pour former un gué, me répond Niels. Mais ça prend une journée entière. »
L'île paraît proche mais ne l'est pas. Au bout de quatre heures, la faille est toujours sur notre droite. Devant, sur le pied de glace, nous voyons des tentes. Nous voyageons depuis neuf heures et il n'y a rien d'autre à faire que de passer la nuit. Une demi-heure plus tard, les Norvégiens arrivent. J'entends Jens respirer bruyamment. Lorsqu'ils approchent, je détourne la tête. Je ne peux plus regarder en face l'instituteur qui joue du fouet.
Les falaises qui s'élèvent au-dessus de nous sont faites de granit décomposé et d'affleurements boursouflés de pierre noire, surmontés par des rochers que l'érosion a changés en filigrane violet et or. A travers, je vois venir les nuages de la tempête. Le campement porte traditionnellement le nom d'Avataq ou d'Avatarpaussat, parce que les rochers ressemblent à une vessie de phoque, à un flotteur de harpon attaché à la ligne, qui empêche l'animal mort de couler.
Jens nourrit les chiens et nous hissons notre malheureuse tente par-dessus le traîneau. Un vieil homme qui campe sur la glace avec son épouse vient nous saluer. Il présidait autrefois le Conseil des chasseurs, comme le fait aujourd'hui Jens. Il parle d'un endroit où, le matin, si la glace durcit cette nuit, nous pourrons traverser sans danger. Je mets de la glace à fondre pour le thé. Non loin de nous, les Norvégiens ont du mal à fixer leur tente. Au lieu de creuser des encoches, à la manière inuit, ils essayent d'enfoncer des piquets en métal dans la glace. Leurs chiens ont faim ; les deux fillettes jouent joyeusement sur les pentes neigeuses, au-dessus du campement.
Les enfants sont endurcis à la vie arctique ; elles sont agiles et assurées sur la glace comme sur le traîneau. Je me demande

comment elles se réadapteront à la Norvège. Entre deux poignées de noix et de fruits secs, elles me parlent de leurs projets : après l'université, elles reviendront, épouseront un chasseur et vivront heureuses au Groenland jusqu'à la fin de leurs jours.

Plus tard, nous offrons au vieil homme une tasse de café et il parle à Jens d'un curé danois qui aimait tant la chasse qu'il portait son pantalon en peau sous sa soutane. Un dimanche, trop impatient pour dire une messe complète, il récita la prière de début et celle de fin, ôta sa soutane, courut dans la nef et sortit pour sauter sur son traîneau. Il avait une petite amie groenlandaise et un enfant dans un village éloigné.

En partant, le vieillard nous lance un clin d'œil : « Soyez sages. Endormez-vous. » Impossible. Les Norvégiens font trop de bruit. Exaspéré par leur bavardage, Jens leur dit de dormir, mais ils parlent si fort qu'ils ne l'entendent pas. Nous nous mettons à rire si bruyamment qu'ils finissent par se calmer.

Je reste étendue dans mon sac de couchage. Mes yeux me démangent. J'ai beau les fermer, la douleur reste entière. Plus tôt, pendant qu'on nourrissait les chiens, je me suis promenée sur le pied de glace et je me suis rendu compte que je ne voyais plus très clair. La glace était-elle rugueuse ou lisse ? J'avais les paupières enflées, comme si mes yeux avaient été frottés avec du verre pilé. Je me suis accroupie, je me suis passé un peu de neige sur la figure, mais ça ne m'a pas soulagée. Personne n'a fait le moindre commentaire sur mon apparence. De retour au camp, en cherchant dans mon sac, j'ai trouvé la pommade ophtalmique que j'avais tirée de la trousse vétérinaire que j'ai chez moi (je l'ai utilisée pour un cheval qui avait une infection à l'œil. Je savais que le cheval n'avait pas eu la cornée brûlée par les ultra-violets, l'infection venait d'une mouche, mais n'importe). J'ai appliqué la pommade sous mes paupières, réduisant à néant le peu de vision qui me restait. Maintenant, on dirait que j'ai de la morve dans les yeux.

Dans l'Arctique, tout tourne autour de la vue et de la cécité : la neige nous aveugle quand le soleil est trop vif, comme si une trop grande exposition au réel nous épuisait. Nous nous laissons abuser par les mirages polaires ; la terre de Crocker découverte par Robert Peary, par exemple, s'avéra n'être qu'une mer gelée. La glace fait cligner des yeux ; il y a les ombres qu'on prend pour d'autres

QAANAAQ, 1997

ombres, les couches de nuages qui dissimulent la neige, la glace à travers laquelle on voit l'eau. Et durant les mois de nuit, l'œil mental s'écarquille, comme une lentille cérébrale qui permet à l'imagination de fleurir.

La douleur de mes yeux me tient éveillée une partie de la nuit. Je pense à l'épouvantable expédition d'avril 1912, quand Freuchen et Rasmussen ont fait l'ascension du glacier Clements Markham, au nord d'Etah, pour atteindre la terre de Peary par la calotte glaciaire. Parmi diverses horreurs (quasi-famine, maladies, accidents, campement contre un mur de glace au pied d'un glacier), Freuchen nota : « La pire calamité de toutes est pour moi d'avoir été frappé par la cécité des neiges. Nul ne peut comprendre cette torture sans l'avoir éprouvée. On a l'impression d'avoir les paupières en papier de verre. Knud Rasmussen, qui avait beaucoup de pigment noir dans les paupières, n'en souffrait pas, mais moi qui ai la peau claire... Tout ce que je voulais, c'était me glisser dans mon sac de couchage et échapper à cet éclat éternel. »

Le matin. Pas de *qaniit*. Mais les nuages sont bas et froids. Pour le petit déjeuner, nous mangeons des côtelettes, du foie, des intestins de phoque, avec du pain danois. Nous sommes cernés par les tempêtes de neige, comme par un anneau plus large que celui du soleil. Les montagnes se dressent, violettes. Nous abandonnons les Norvégiens. Comme d'habitude, ils ont parlé jusqu'au milieu de la nuit. Chaque fois qu'il y avait un instant de silence, Niels disait : « C'est bon, on dort. » Et leur jacassement reprenait de plus belle.

Nous voyageons maintenant dans l'ombre. La glace est un pan de vide glissé sous notre traîneau. Devant, des îles de glace, des transparences qui se noient dans des champs submergés. La lumière est plate, notre moral est à plat. Nous ne voulons pas rentrer, mais la glace a durci pendant la nuit, malgré le soleil, et nous franchissons la crevasse béante sans difficulté.

Alors que nous nous dirigeons vers Qaanaaq, les nuages noirs se crèvent, un rideau noir s'agenouille, vomissant du lait, des cendres, du vide. La neige nous frappe le visage horizontalement, portée par un vent féroce. Nous enfilons parkas et moufles ; la neige s'accroche à la fourrure de renard. Les chiens sont presque trop fatigués pour tirer, mais Jens, toujours patient, jamais abattu, les encourage. « *Pu-*

quok, puquok... A ta ta ta ta ta. » Le lendemain matin, un mètre de neige est tombé. C'est la mi-juin.

Sur le chemin du retour, Jens et Niels abattent trois phoques et je détourne les yeux de la lumière. J'ai été aveuglée par le soleil, aveuglée par la neige. La profonde tendresse de Jens pour ses chiens m'a portée, alors même que je laissais traîner mes pieds sur le côté du traîneau pour freiner notre progression. La pommade a soulagé la douleur sous mes paupières. A la maison, ma mère est en train de perdre la vue et je me sens plus proche d'elle. En regagnant Qaanaaq, la ville, on dirait que nous faisons route vers une sorte de zone aveugle. Ici, presque tout ce que le chasseur recherche est caché et le chemin est constamment obstrué par la glace. Comme il ne peut voir sa proie, le chasseur développe son ouïe, et ses yeux deviennent assez exercés pour discerner où il aurait pu y avoir un phoque.

Les chiens se débattent dans la neige de plus en plus épaisse. Ou sont-ils simplement démoralisés ? Le retour, pour eux, signifie être enchaînés, laissés dehors. Un jour que Jens était parti chasser près du village de Savissivik, une tempête printanière avait éclaté. « J'avais de la neige jusqu'à la poitrine ; nous n'avions presque plus de combustible. Ce qui prenait d'habitude trois jours prit un mois. Finalement, j'ai mis tous les chiens sur le traîneau, j'ai fabriqué un harnais qui me passait autour de la taille et j'ai tiré moi-même le traîneau et les chiens. »

Je passe les mains sous les lanières. Les lignes s'accrochent, nous rebondissons sur des plaques de glace soudées par le soleil. La glace est le miroir sous lequel la mer tourmentée s'agite, et la neige arrive bien vite.

Le traîneau nous a servi de pont par-dessus les gouffres, à travers les failles dans la glace. Il était le sanctuaire de notre sommeil, notre îlot de sécurité sur la glace mince, notre plate-forme d'observation, pour voir au loin, pour voir en nous, pour ne rien voir. Avant que j'en prenne conscience, nous zigzaguons sur la glace rugueuse, près de la côte, nous longeons un glacier qui, comme dans un grand rire, dégorge son contenu sur le fjord encore gelé.

Le village de Qaanaaq semble rigide sur sa colline solitaire. Nous

QAANAAQ, 1997

avons regagné la blancheur, l'hiver, la cataracte opaque de la civilisation. Est-ce un poison ou l'inévitable inflorescence de l'activité humaine ? Plus nous approchons de la ville, plus Niels fume de cigarettes. Loin devant, nous voyons la femme et le petit-fils de Jens qui nous attendent sur la côte. Jens ne manifeste aucune émotion, mais il file directement vers eux. Ilaitsuk et l'enfant font de grands signes. Au moment où nous allons les rejoindre, une bourrasque de neige les rend invisibles.

La Cinquième Expédition Thulé, 1923

En mars 1923, Rasmussen et ses compagnons groenlandais, Qavigarssuaq (Qav) et Arnarulunguaq (Arn) ont dit au revoir à Peter Freuchen et aux autres sur l'île des Danois et sont partis pour le dernier tronçon de leur périple transarctique. Ils allaient emprunter la route des migrations que les premiers chasseurs inuits avaient prise pour quitter l'Alaska, suivant le gibier vers l'est, en quête de nouveaux lieux d'habitation. Tout comme la route de la soie en Asie, ces « routes de glace » ont été parcourues par les Esquimaux pendant dix millénaires. C'est seulement vers le milieu du XIXe siècle que cet itinéraire prit le nom de passage du Nord-Ouest. C'était évidemment le seul moyen possible de traverser l'Amérique arctique.

Rasmussen et ses deux compagnons ont décidé de marcher sur les pas des Esquimaux. En chemin, Rasmussen découvre les ruines de campements hivernaux datant de plusieurs milliers d'années, ce qui prouve qu'ils sont bien sur la route des migrations. Rasmussen en profite également pour consigner l'histoire et les idées des peuples qui vivaient là, si isolés qu'ils n'avaient jamais vu d'autres êtres humains que les chasseurs nomades et les rares étrangers presque toujours affamés dont les navires s'étaient brisés contre la glace alors qu'ils cherchaient le passage du Nord-Ouest vers l'Asie. Ces marins sont morts de racisme et d'arrogance. Il leur aurait suffi de demander aux chasseurs inuits de leur montrer le chemin et comment manger, s'habiller et vivre en route. Mais ils étaient trop fiers et ils en sont morts.

LA CINQUIÈME EXPÉDITION THULÉ, 1923

Loin de la pesante logistique d'un groupe nombreux, la deuxième partie du voyage de Rasmussen se révèle plus enjouée. « En nombre, nous étions aussi peu que possible. Et je ne devais être accompagné que par deux Esquimaux du district de Thulé : Qavigarssuaq et sa cousine Arnarulunguaq. Notre équipement avait également été réduit à des proportions spartiates, comme l'exige le long voyage. »

Rasmussen et ses amis voyagent avec deux traîneaux de six mètres, comme on les fait dans la baie d'Hudson, tirés chacun par douze chiens, avec une charge de 500 kilos par traîneau : nourriture pour les chiens, thé, café, sucre, farine, tabac, marchandises à échanger, vêtements de rechange, fusils. Ils partent pour sept mois, d'avril à novembre, et vivront parmi les cinq principaux groupes d'Esquimaux Netsilik du centre du Canada, dans la zone délimitée par l'île Somerset au nord, l'île Victoria au sud et la presqu'île Boothia à l'est, en utilisant les détroits gelés pour passer d'un village à l'autre.

Rasmussen décrit la mentalité des Netsilik comme la surface d'un lac, aussi prompt à s'agiter qu'à retrouver le calme. Ils affrontent l'adversité sans se plaindre ; les problèmes graves comme les moins graves. Il admire en particulier leur attitude envers les femmes. Chez les Netsilik, hommes et femmes sont égaux et camarades. Par conséquent, les femmes sont joyeuses et sincères, elles dominent souvent la conversation, elles plaisantent, ce qui n'était guère le cas dans le nord du Groenland.

Cela se passait en 1923, l'année où le poète irlandais Yeats obtenait le prix Nobel de littérature, où Freud publiait *Le Moi et le Ça*, où Miró et Kandinski étaient en pleine activité, où Bartok écrivait ses quatuors à cordes. Rasmussen, lui, voyageait en traîneau parmi des peuples de l'âge de glace, qui passaient la majeure partie de l'année en hiver et dont l'isolement aurait été complet pendant au moins encore un siècle s'il n'y avait pas eu cette quête européenne du passage du Nord-Ouest, qui devait culminer au milieu du XIXe siècle.

John Ross, l'explorateur anglais qui fut en 1818 le premier à rencontrer les peuples polaires du Groenland, passa l'hiver 1829 dans la Lord Mayor's Bay, dans les Territoires du Nord-Ouest. Lorsque son navire fut écrasé par la glace et sombra, la cargaison avait été déchargée et les chasseurs Netsilik reçurent leur part de bois, de fer, de clous, de couteaux et de cercles de tonneaux en acier. Ces cercles leur servirent de scies pour découper les mats du navire, dont le bois (matériau très précieux dans ces contrées) fut utilisé pour construire des traîneaux, des kayaks et des harpons.

Les Netsilik eurent d'autres contacts avec le monde extérieur. Ils se rappelaient les visites de John Rae entre 1847 et 1854, et auparavant, près de l'île du Roi-Guillaume, ils avaient rencontré les survivants affamés de l'expédition de John Franklin. Une description détaillée nous en est parvenue :

> Ils étaient très maigres, avaient les joues creuses et paraissaient malades. Ils étaient vêtus à l'européenne, n'avaient pas de chiens et voyageaient en traîneaux à bras. Ils lui achetèrent de la viande de phoque et de l'huile et, en paiement, lui donnèrent un couteau. [...] A cette époque, on trouvait déjà des rennes dans le pays du Roi-Guillaume. Mais ces étrangers semblaient ne rechercher que les oiseaux. Il y avait en effet des eiders et des perdrix des neiges en abondance. Mon père et ses voisins étaient tout disposés à prêter la main à ces étrangers, mais ils s'entendaient difficilement avec eux. [...] En tendant le bras vers le sud, ils marquaient leur intention de retourner chez eux par voie de terre. On ne les a pas revus et personne ne sait ce qu'ils sont devenus. (Rasmussen, *Du Groenland au Pacifique*, p. 231.)

Le paysage, dans l'isthme Rae, est plein de rivières et de lacs, de collines, de monticules de gneiss. A Committee Bay, les concrétions calcaires en forme de poisson sont attribuées à un géant, Inugpasugssuk, qui a fait gicler l'eau, créant un raz-de-marée d'un geste de la main pour faire remonter les poissons sur le rivage.

Rasmussen installe son campement près d'une rivière qui débouche sur la baie. Ils veulent chasser et les caribous ont commencé leur migration. C'est alors, durant une tempête de neige, qu'ils rencontrent Orpingalik, un chaman qui entraîne les étrangers chez lui. Son village consiste en deux igloos reliés par un passage. Contrairement aux maisons des Esquimaux Caribous, ils sont bien chauffés par des lampes à graisse et garnis d'épaisses peaux de rennes. Rasmussen et ses compagnons se voient offrir du saumon et de gros morceaux de viande de caribou. Lorsqu'ils ont terminé leur repas, les autres hommes ont bâti un grand igloo pour les visiteurs groenlandais.

Orpingalik et Rasmussen s'entendent très bien ; en une semaine, Rasmussen a recueilli une centaine de contes, ils comparent ceux des Netsilik et ceux des Iglulik, des Caribous et des Groenlandais. Orpingalik est connu pour ses chants, qu'il appelle « les compagnons de sa solitude », « mon souffle ». Quand Rasmussen lui demande combien de chansons il a composées, Orpingalik répond : « Je ne tiens pas le compte de ces choses-là. Il y a tant d'occasions dans une vie où l'on ressent de la joie ou de la peine à tel point qu'on a envie de chanter ; je sais seulement que j'ai beaucoup de chansons. »

Durant la chasse au caribou, il chante :

> O renne,
> Pou de terre
> Aux longues jambes,
> Aux grandes oreilles,
> Au poil hérissé sur le cou,
> Ne fuis pas devant moi.
> Je t'apporte du cuir pour les semelles,
> Je t'apporte de la mousse pour les mèches.
> Viens seulement, sans trembler,
> Viens à moi,
> Viens !

Il a composé un « Chant de moi-même », confie-t-il à Rasmussen, durant une crise de désespoir qui le prit après une longue maladie :

> Je veux chanter un chant,
> Je parlerai un peu de moi.

J'ai été malade depuis l'automne,
Je suis faible comme un enfant
Unaja-unaja !
Dans mon tourment
Je souhaite ma femme dans une autre maison,
Dans la maison d'un homme
Qui sera pour elle un soutien
Aussi sûr et aussi ferme
Que la glace en décembre.
Dans mon tourment
Je la souhaite auprès d'un meilleur protecteur
Aujourd'hui où les forces me manquent
Pour me lever de ma couche
Unaja-unaja !
Et toi, connais-tu ton sort ?
Aujourd'hui je gis sans force et ne puis me lever
Et seul mon esprit est encore vigoureux.
(Rasmussen, *Du Groenland au Pacifique*, p. 220.)

Le 5 avril, Rasmussen lève le camp et dit adieu à son nouvel ami Orpingalik, à regret. Il part vers le nord-ouest, pour Pelly Bay, où il rencontre les Arviligjuarmiut, un groupe d'Esquimaux Netsilik de cinquante-quatre personnes réparties sur trois sites : deux sur la glace et un sur la côte ouest de la presqu'île de Simpson. Cette zone est appelée « terre des Grandes Baleines », mais elle est aussi riche en caribous, en bœufs musqués, en phoques et en poissons. Contrairement aux Barren Grounds, la famine y est rare. Ils chassent avec des arcs et des flèches, fabriquent des couteaux à dépecer avec des silex jaunes, des tiges de harpon et des piquets de tente avec les bois des caribous, des têtes de harpon avec des tibias d'ours, et des aiguilles avec des os de mouettes.

Surprendre le caribou est difficile quand la neige crisse sous les pieds. C'est pourquoi, l'hiver, on voit les Arviligjuarmiut poursuivre les troupeaux pieds nus ; comme si ça ne suffisait pas, ils se déshabillent parfois entièrement pour ne faire aucun bruit.

Rasmussen voyage parmi ces différents groupes. Il rencontre un certain Uvdloriasugssuk, un homme bien bâti, à la barbe noire et à la voix lente et profonde, qui vient de « tuer par pitié » son propre frère qui avait l'esprit dérangé et avait tué plusieurs villageois dans sa rage folle. Uvdloriasugssuk a dit à son frère qu'il ne pouvait le laisser continuer ainsi, mais lui a laissé le choix de sa mort. Le frère, sachant qu'il était une menace pour la société, a choisi le revolver et il a été abattu sur-le-champ.

Un autre soir, deux hommes font irruption dans l'igloo de Rasmussen. Ce sont deux frères, Qaqortingneq et Angutisugssuk, venus du pôle magnétique. Ils invitent Rasmussen et ses compagnons à les rejoindre pour rentrer chez eux. Comme d'habitude, Rasmussen accepte. C'est le début du mois de mai ; en chemin, ils passent des soirées idylliques autour d'un feu de camp, dégustant de la viande de caribou à foison, tout en écoutant parler les frères.

Selon eux, l'intérieur de la terre (sacrée l'été, y compris l'herbe, les pierres et la tourbe) renferme d'énormes œufs, appelés *silafat*, ce qui deviendra Sila, même si certains des œufs se transforment en bœufs musqués.

On parle de géants qui peuvent froisser la glace plate et lisser le pack, d'une femme qui a tué un ours noir en le mordant après s'être métamorphosée en ours polaire. Une femme angakok s'est changée en homme, en prenant un morceau de saule en guise de pénis. Elle s'est débarrassée de ses organes génitaux féminins, dont elle a fait un traîneau. Avec une poignée de neige qu'elle avait utilisée pour s'essuyer le derrière, elle a façonné un chien blanc à tête noire. Et elle s'est mise à chasser comme un homme, en tuant des phoques dans les trous où ils viennent respirer.

Rasmussen, Qav et Arn partent à la rencontre des habitants du village de Qaqortingneq, qui ont déménagé depuis qu'il est parti. Ils franchissent Shepherd Bay sous une tempête de neige. En atteignant le pôle magnétique, ils arrivent sur un étroit chemin bordé de crânes de phoque. Qaqortingneq dit à Rasmussen de ne pas les déranger, car ce sont les points de repère qui les guideront jusqu'au nouveau village.

Le crâne de phoque est censé être le siège de l'âme, et parce que l'âme renaît sans cesse, les crânes sont dirigés dans la direction du nouveau terrain de chasse, pour que les âmes puissent s'y rendre. « C'est comme ça que nous tuons constamment le même phoque », explique Qaqortingneq.

Les chiens de traîneau ont senti le village à une heure de distance.

La neige tombe si épaisse que tout disparaît. En suivant la ligne de crânes, ils atteignent le village, un petit groupe d'igloos.

Là, Rasmussen rencontre des gens qui n'ont pas vu d'homme blanc depuis la venue de Roald Amundsen vingt ans auparavant. Angutisugssuk crie : « Nous avons des visiteurs blancs ! » et réveille tout le monde. Sa mère se réveille d'un sommeil profond ; en guise de bienvenue, elle soulève son vêtement de peau et donne le sein à son fils. C'est la réception que réserve traditionnellement une mère à son enfant qu'elle n'a pas vu depuis longtemps.

Les habitants sont sales. A la lueur des lampes à graisse, Rasmussen écrit : « C'est seulement alors que j'ai vraiment vu leurs corps nus. Ce n'était pas simplement de la crasse, c'était de la saleté en couches superposées, et leurs cheveux coupés courts était bourbeux d'huile. Ma première impression fut qu'ils avaient les oreilles, le front et le cou pleins de plaies, mais il s'agissait là aussi de dépôts de crasse. »

Les villageois marchent en file indienne autour des traîneaux. Le cercle d'empreintes perturbera les mauvais esprits et les retiendra prisonniers afin qu'ils n'envahissent pas les igloos, expliquent-ils à Rasmussen. Puis on construit une maison, on décharge les traîneaux et la fête commence.

Comme d'habitude, Rasmussen cherche à rencontrer l'homme le plus âgé du village. C'est le chaman, Niaqunuaq, qui reçoit l'étranger, couché sur sa plate-forme, le visage luisant. En y regardant de plus près, Rasmussen voit que cet éclat inhumain n'est que de la graisse de phoque dont il s'est oint, pour se « laver »...

Les peaux de caribou sont étendues sur les plates-formes de glace par-dessus un matelas de côtes. Les vitres sont faites d'eau douce gelée. Les maisons sont disposées de manière à résister aux vents dominants de nord-ouest, et l'intérieur est chauffé par les lampes à graisse en stéatite qui éclairent les murs de glace d'une lueur faible et vacillante.

Après le festin, Niaqunuaq fait irruption dans l'igloo de Rasmussen et se met à hurler d'une voix de fausset parce que Qaqortingneq a mangé des entrailles de saumon (c'est un tabou) : le malheur va s'abattre sur eux tous. Rasmussen se lève tranquillement, allume le réchaud et prépare une cafetière pendant que le vieillard vocifère. Mais dès que Niaqunuaq sent l'arôme du café, il sort de sa transe, s'assied, boit une tasse et reconnaît que, si Qav lui fait un petit cadeau, il pourra chasser les mauvais esprits.

Les jours suivants, Rasmussen collecte toutes les amulettes dont les villageois acceptent de se passer, puisqu'ils les portent pour se protéger de la maladie, du malheur et de la malchance à la chasse. Il a apporté de quoi troquer avec eux : des aiguilles, des couteaux, des dés à coudre, des clous, des montres et du tabac. Il apporte ainsi la nouveauté pour connaître les mœurs anciennes. Bientôt, les gens défilent chez lui pour faire du troc.

En lui confiant leurs amulettes, les villageois en expliquent l'usage : la tête de cygne sert à concevoir un enfant mâle ; la tête de lagopède permet de courir plus vite, à la chasse au caribou ; la tête de sterne aide à pêcher assez de poisson ; la patte de plongeon permet de bien manier le kayak. Il y a des dents de caribou, d'ours, des morceaux de carrelet séché pour se protéger des tribus inconnues ; une tête et des griffes de corbeau garantissent un partage équitable de la viande durant la chasse (la viande est mise en commun). Une abeille et sa progéniture, dans un morceau de peau attaché à un capuchon, fortifient la tête ; une mouche rend invulnérable ; une puce d'eau donne des tempes solides ; une mince bande de peau de saumon solidifie ce que les femmes cousent.

Les mots et les chants magiques sont également entonnés ou murmurés tôt le matin pour guérir les gens et calmer les tempêtes, dans la langue spéciale des chamans. Ces mots sont transmis de père en fils ou achetés à un chaman :

> Racine terrestre du pays,
> Grande racine terrestre du pays,
> Voici
> Le maître des chants.
> Les piliers du monde,
> Ils pâlissent,
> Ils blanchissent.
> (Rasmussen, *Fifth Thule Expedition*, vol. 8, p. 283.)

Lorsque vient le jour du départ, le chaman proteste. Il prétend que Rasmussen n'a pas assez donné aux villageois. Il doit aussi leur laisser des mèches de ses cheveux. Contre le gré de l'intéressé, un certain Itqilik coupe les mèches du visiteur avec un couteau émoussé. Ils n'ont jamais vu ni entendu parler de ciseaux.

Le lendemain, il est décidé que Qav partira vers l'est, à travers le golfe de la Reine-Maud jusqu'à la presqu'île de Kent, d'où il expédiera leurs collections depuis les bureaux de la Compagnie de la baie d'Hudson. En juin, il retrouvera Rasmussen et Arn sur la terre du Roi-Guillaume avec du ravitaillement. Arn et Rasmussen sont désormais amants, ce qui n'est pas rare dans la société inuit, où l'on n'a pas forcément le même conjoint sur la glace et à la maison. Cette pratique est tolérée. La discrétion est imposée mais il n'est pas question de secret. Dans la société inuit, les enfants ne sont jamais considérés comme « illégitimes ». Rasmussen a laissé au Danemark son épouse et ses enfants « légaux », mais il passe très peu de temps avec eux. Arn est son épouse esquimaude, sa partenaire durant ce voyage de trois ans à travers l'Amérique arctique.

C'est la fin mai quand Rasmussen et Arn atteignent l'embouchure du Grand Fleuve aux Poissons (la Back River) et se dirigent vers Itivnarjuk, village proche du lac Franklin, du nom de l'explorateur John Franklin. Tous les itinéraires que Rasmussen a parcourus dans cette zone sont jonchés de carcasses de bateaux et d'ossements des hommes qui ont fait naufrage dans ces étroits passages alors qu'ils cherchaient la route de l'Asie.

Un jour, il rencontre un homme et son fils qui s'apprêtent à manger du foie cru, près du trou où ils viennent d'abattre un phoque. Les chasseurs sont à genoux autour de la bête morte : une étroite incision a été ménagée pour en extraire le foie. Dès que l'ouverture est refermée pour ne pas laisser le sang se répandre, le foie est consommé. Rasmussen décrit ce repas comme une fête quasi religieuse : « Ils étaient là, tout près du trou, à genoux dans la neige humide, à manger en silence un foie cru de phoque avec de petits carrés de graisse blanche, enflée ; étrange souvenir de chasse qui me rappelait une action de grâce, un hommage au pain quotidien. »

Rasmussen veut rentrer une dernière fois à l'intérieur des terres pour rencontrer les Utkuhikhalingmiut, les moins connus de tous les Esquimaux, une tribu qu'aucun Blanc n'a jamais vue depuis une visite de quelques heures en 1879. En fait, le campement blanc le plus proche est à trois mois de voyage en traîneau.

Rasmussen trouve ces hommes calmes, dignes, beaux et en parfaite santé. Ils portent un morceau de peau blanche de caribou noué autour du front. Ils n'ont jamais vu personne comme lui : un homme blanc qui parle leur dialecte. Dès que le charme de Rasmussen opère sur eux, ils l'aident à décharger et à s'installer pour une journée de conversation.

Les Utkuhikhalingmiut déclarent ne croire en rien ; ils ont peur, des fantômes et des morts, et en particulier de Nuliajuk, celui qui donne et prend tous les animaux qui sont la base de leur subsistance. Les esprits en liberté peuvent être petits comme une abeille ou grands comme une montagne. Quand quelqu'un meurt, la lune l'emmène au pays des morts, dont les maisons ont pour fenêtres les étoiles.

Les hommes vivent après la mort. Les chamans le savent, et les gens ordinaires aussi, parce que les morts leur apparaissent souvent. Il y a trois endroits où les morts peuvent aller. Le premier est Anerlartarfik, « l'endroit où l'on peut toujours revenir ». Très loin dans l'espace, c'est un pays de plaisir où les maisons sont alignées en longues rangées et dont les habitants jouent toujours. Les chasseurs habiles y vont, ainsi que les femmes qui se sont laissé tatouer pour être belles. On dit que c'est une grande plaine où paissent de grands troupeaux de caribous et où poussent les baies.

Le second endroit s'appelle Nuqumiut, « ceux qui sont toujours assis blottis, la tête pendante ». Leur pays se trouve juste sous la surface de la terre. Tous les chasseurs paresseux y vont, ainsi que les femmes qui ne supportent pas la souffrance de se faire tatouer. Ceux qui étaient fainéants et oisifs de leur vivant restent assis là, la tête pendante. Ils ont toujours faim et ne se nourrissent que de papillons.

Finalement, il y a Aglermiut, « un endroit profond dans les entrailles de la terre ». Comme Anerlartarfik, c'est le pays des chasseurs et des chamans célèbres ; la chasse y est toujours bonne et les habitants y sont toujours joyeux. Ils peuvent sortir d'une tente en crachant en l'air et en s'envolant dans le crachat comme par un trou. Ils se changent en mouettes pour voler. La seule différence est que les saisons sont inversées, comme si tout le royaume des morts était divisé en hémisphères.

La glace d'eau douce a commencé à se briser et Rasmussen doit reprendre la route. Il part en pleine nuit, puisque c'est aux heures les plus froides qu'on voyage le plus vite sur la glace de printemps. Arn et lui vont passer l'été sur la terre du Roi-Guillaume. Il décrit leur départ comme particulièrement joyeux :

> Au milieu du chœur d'adieux de nos amis, nous partons sur la grande eau. On pourrait presque dire « à travers », car une boue de neige et d'eau gicle par-dessus les traîneaux, nous sommes aussitôt trempés et nous devons nous agenouiller pour désembourber les véhicules. C'est un départ aussi lamentable qu'on pourrait le souhaiter pour le début d'un voyage, mais nous n'y prêtons guère attention, nous rions en plongeant dans cette glace dans laquelle nous allons patauger toute la journée. Le brouet gargouille autour des patins et nous le traversons en chantant. (Rasmussen, *Across Arctic America*, p. 200.)

Le 13 juin, ils arrivent dans la terre du Roi-Guillaume, où ils doivent retrouver Qav avec le ravitaillement. Le printemps est à son comble (l'été, tel que nous le connaissons, n'arrive pas avant juillet). Rasmussen se réjouit à la perspective de passer tout l'été dans ce bel endroit :

> Le paysage s'élevait en gradins en suivant la côte et, entre les hauteurs, s'étalaient de petits étangs allongés qu'alimentaient de nombreux ruisseaux provenant des neiges en fusion. Il y a quelques rangées de collines, mais dès que l'on s'éloigne de la mer, le pays à ce moment de l'année donne l'impression d'une grande steppe herbeuse. Le printemps s'épanouissait partout et de tous côtés la terre éclatait de vie. Je vois de l'herbe, je vois des oies et des canards. Les marécages fourmillent d'échassiers qui construisent leurs nids. Entre les roches débarrassées de leur neige, le saxifrage a épanoui ses fleurs rouges et, avant les autres fleurs, il salue le soleil et la chaleur. (Rasmussen, *Across Arctic America*, p. 202.)

Au lieu de voyager en traîneau, Rasmussen marche désormais, en emmenant toujours quelques chiens avec lui. « Ils gambadaient tout leur soûl sur les plaines et barbotaient dans les lacs pour se rafraîchir. »

Pendant plusieurs jours, il a l'impression qu'il va découvrir quelque chose qu'il n'a encore jamais vu. Puis il arrive dans un village en ruines, d'antiques maisons esquimaudes en pierre. Ce sont les premières habitations permanentes découvertes dans le centre de l'Arctique. Rasmussen et Arn plantent la tente au milieu de ce que les Esquimaux appellent « les Nombreuses Ruines » (également nommées Malerualik) pour y commencer les fouilles.

L'été s'éveille. Sur les lacs, la glace s'est mise à fondre et les cygnes arrivent pour la nidification. Sur la toundra, des chouettes blanches comme neige attendent les lemmings, et quelques caribous errants trottent vers le nord. Ils rencontrent un chasseur portant une jambe de bois artisanale, taillée dans les lattes d'un vieux traîneau, attachée au genou avec une peau de caribou en guise de coussin pour le moignon. Le pied de la jambe de bois est découpé dans une corne de bœuf musqué, en forme de sabot.

Les phoques et les caribous sont rares, tout comme les munitions. Rasmussen tend dans la rivière un filet qu'il a apporté de Repulse Bay et il attrape deux ou trois saumons par jour, mais cela ne suffit pas à les nourrir, eux et dix-sept chiens. Durant la troisième semaine de juillet, Rasmussen et Arn jugent nécessaire de se replier vers l'intérieur de l'île, où ils espèrent prendre plus de saumon.

Lors de ce qui s'avère être le dernier jour de leur cher campement estival, ils capturent trois phoques ; pour la première fois, ils peuvent rassasier les chiens et en garder assez pour eux. La journée a été calme, sous un doux ciel gris. « Toute cette beauté était pourtant éphémère. Le lendemain, il y eut un violent orage, suivi de pluie torrentielle. » La glace devient si molle que la chasse au phoque est impossible.

Le 25 juillet, ils partent avec d'autres, rencontrés dans les campements voisins. Ils voyagent comme les Netsilik, utilisant les chiens comme bêtes de somme, puisqu'il n'y a plus de neige pour les traîneaux. Au début, les chiens protestent. Certains essayent de faire tomber leur charge, d'autres se jettent à l'eau. Une chienne, surnommée « la secrétaire », prend « un air de responsabilité nerveuse » dès que la charge est placée sur son dos. Elle reste toujours près de Rasmussen. Plus tard, il lui confiera son volumineux journal.

UN PARADIS DE GLACE

La longue procession de chiens et d'humains part à minuit, sous un soleil éclatant, traversant alternativement des chemins boueux et des lacs dont la surface miroitante se liquéfie. « La terre du Roi-Guillaume est très monotone à regarder. Les plaines semblent infinies et comme nous ne restons jamais sur une route droite mais que nous partons à droite ou à gauche pour chercher du gibier, l'impression d'immensité monte de jour en jour. »

Ils sont depuis longtemps à court de tabac, de thé, de café et de sucre, « ces luxes qui donnent du piquant à la vie », surtout quand on ne se nourrit que de viande crue ou bouillie. Mais Rasmussen a connu la faim et il apprécie tout aliment, quel qu'il soit.

Le 1er août, ils installent leur campement près d'un lac immense. Le soir, un cygne solitaire glisse à sa surface. Rasmussen et Arn sont ravis. Cinq jours après, ils arrivent à Amitsoq, célèbre pour sa pêche abondante. Il y a là déjà cinq tentes et de nombreuses familles. Le temps est atroce, il est trop tôt pour le poisson, mais peu importe. C'est l'été et les Netsilik sont d'humeur festive. Même sous une pluie battante, même quand la chasse est mauvaise, les gens « meurent joyeusement de faim, gèlent gaiement dans leurs habits en haillons ».

Pour attraper du poisson, les Netsilik construisent un barrage de pierre sur le petit cours d'eau qui relie les différents lacs. Rasmussen remarque que les truites prises au piège peuvent aisément s'échapper, alors que les saumons qui remontent la rivière ne se retournent jamais et sont des proies faciles. Il y a des règles qui indiquent à quelle heure il faut pêcher ; les poissons doivent se reposer le reste du temps. Et les loisirs des chasseurs sont consacrés aux jeux.

La distraction préférée des enfants est « le jeu des esprits », où ils imitent et parodient les séances de spiritisme des chamans. On profère des formules magiques, celui qui joue le rôle du chaman entre en transe, les ennemis sont dispersés. Quand Rasmussen demande s'il n'y a pas quelque danger à contrefaire des cérémonies sérieuses, les chasseurs rassurent leurs invités : les esprits ont le sens de l'humour.

On évoque les questions spirituelles, la vie après la mort : « Le monde n'est pas seulement ce que nous voyons. Il est énorme, il y a aussi de la place pour les gens lorsqu'ils meurent, quand ils ne marchent plus ici-bas. »

Lorsqu'il s'apprête à partir, Rasmussen écrit :

LA CINQUIÈME EXPÉDITION THULÉ, 1923

Le 12 août, il me fallut, à mon grand regret, quitter cet endroit où un peuple primitif comprend la vie d'une façon si allègre. S'il est vrai que s'adonner sans réflexion aux joies de l'instant présent est une supériorité, c'est vraiment là le pays du bonheur. La pêche restait mauvaise, les caribous étaient toujours dans d'autres parties de l'île, la pluie et le vent étaient sans merci, et souvent nous n'avions pas de quoi manger à notre faim. Mais c'était encore l'été : la chance des chasseurs pouvait encore tourner. Alors pourquoi songer au lendemain ? En outre, une vieille tradition tribale disait que les esprits n'aidaient jamais les anxieux et les désemparés ! (Rasmussen, *Fifth Thule Expedition*, vol. 8, p. 69.)

Les Netsilik pensent que la chance succède à la malchance. C'est déjà la fin de l'été, et durant le retour à Malerualik, Rasmussen et Arn rencontrent des caribous en pleine migration. Ils chassent avec un nommé Qupaq, qui aidait son beau-père de l'autre côté de l'île à fendre un rare et donc précieux morceau de bois flotté pour construire des patins de traîneau, des kayaks et des piquets de tente. Ils ont bientôt plus de viande qu'ils n'en ont eu de tout l'été. Rasmussen et Arn regagnent le site des ruines pour poursuivre leurs fouilles et pour retrouver Qav, parti depuis deux mois et qui se fait attendre. Ils découvrent que les caribous cachés par Qupaq ont été dévorés par les renards, mais il leur reste assez de viande, et Arn prend deux truites.

Rasmussen garde le souvenir d'une nuit romantique. Arn fait frire les truites sur un feu de cassiope, et ils dorment à la belle étoile. Un petit troupeau de caribous descend une colline et s'approche. « Ils restaient dans la plaine devant nous, tournés vers l'intérieur, et ils disparurent bientôt dans un nuage de poussière, aussi soudain qu'ils étaient venus. Nous crûmes avoir vu une apparition, et les chiens, incapables de maîtriser leur déception de n'avoir pas pu chasser, ne se calmèrent pas avant tard dans la nuit. » C'est peut-être cette nuit-là que fut conçu l'enfant d'Arn et de Rasmussen.

Le 25 août, une tempête fait geler le sol et les étangs. Où est Qav ? Un chaman a fait un rêve le concernant : il est en route et il a tué deux ours, mais il a des difficultés. Entre-temps, Rasmussen et Arn se sont mis à construire une maison de pierre et de tourbe, suivant l'usage groenlandais, où il finira de revoir ses notes, en collaboration avec les Netsilik locaux.

De passage, trois vieux amis du printemps précédent restent stupéfaits par la bâtisse : ils n'ont jamais rien vu de tel. Ils leur donnent un coup de main pour découper la tourbe ; avant la tombée de la nuit, Arn et Rasmussen donnent un banquet pour célébrer l'achèvement de la toiture : saumon, caribou et viande séchée.

« L'hospitalité est une loi parmi tous les peuples errants. » Arn étale des peaux sur le sol de terre et ils se serrent les uns contre les autres pour dormir, à la lumière d'une lampe en mousse et graisse de caribou. « La conversation languissait quand Itqilik se mit à trembler de tous ses membres et à jouer les chamans. Il avait vu des étincelles sortir de sa veste, sans doute parce qu'il avait travaillé la terre et la pierre à une époque où c'était interdit. »

Pour éviter un désastre, Rasmussen interrompt rapidement la transe et déclare qu'il est « supérieur à tous les tabous » parce qu'il a simplement suivi la coutume de son propre pays, et qu'il ne faut donc pas craindre la malchance pour la chasse. « Puis on éteignit la lumière et le signal général du sommeil fut donné. »

C'est bientôt septembre. Ils n'ont presque plus d'allumettes, presque plus de munitions. Le 3 du mois, « gelée calme », soleil et ciel clair. Arn contemple la surface de l'eau : « Oh, regarde ! Je croyais que la marée était basse et voilà un rocher que je n'ai pas l'impression de connaître. Regarde, regarde, il bouge ! »

Ils voient venir vers eux un kayak, minuscule à l'horizon. C'est étrange, parce que dans le centre de l'Arctique, les kayaks ne sont utilisés qu'en eau douce, jamais en mer. C'est Qav et son compagnon. Une heure après, ils arrivent. La joie des retrouvailles est modérée par une déception : ils n'apportent guère de munitions et ils n'ont ni tabac, ni thé, ni café, ni sucre, ni farine. « Mais nous sommes bien vivants et cela n'est pas toujours allé de soi, vous pouvez me croire. »

Ils ont été accostés par des bandes de Kitlinermiut hostiles et ont dû attacher les chiens autour de la tente pour être prévenus en cas d'embuscade. Les collections ont été remises à l'agent de la Compagnie de la baie d'Hudson, sur la presqu'île de Kent, mais les étagères du magasin étaient vides. Comme la glace d'eau douce a fondu début juin, ils ont laissé leurs chiens à un campement en chemin et ont voyagé à bord d'un canoë emprunté. Ils ont croisé une migration de caribous d'une telle ampleur qu'il a fallu trois jours pour que les animaux aient disparu. Puis la glace s'est approchée de la berge avec l'arrivée de l'automne, ce qui a rendu leur voyage difficile et lent.

Le trajet recommence en direction de Nome, en Alaska. Les caribous se rassemblent et descendent vers la côte du détroit de Simpson, puis vers Malerualik, où Rasmussen et ses amis ont campé. Inévitablement, les hommes suivent les animaux :

> C'est ainsi que le 11 septembre nous fûmes surpris par une invasion d'Hivilermiut qui avaient traversé Simpson Strait dans des embarcations extrêmement originales. Ces embarcations étaient faites de peaux de rennes cousues ensemble et remplies de couvertures et de vieux habits. Elles pouvaient transporter un lourd chargement. On les employait reliées deux par deux ou attachées de chaque côté d'un caïque. C'est ainsi qu'ils avaient franchi le détroit au nombre de trente environ. Ils allaient être pour nous de redoutables concurrents. (Rasmussen, *Du Groenland au Pacifique*, p. 263.)

Le 15 du mois, ils sont une centaine. Quand arrive un grand troupeau de caribous, c'est la panique. Les coups de feu partent et, à l'issue du carnage, Rasmussen et Qav calculent qu'une cinquantaine d'animaux ont été tués. Mais il leur a fallu en fait cinq à sept tirs pour chaque animal, ce qui inquiète Rasmussen, vu la rareté des munitions. Mais pour des gens qui raisonnent en termes d'arcs et de flèches, le résultat est satisfaisant.

Il neige. Les caribous se cachent, effrayés par le récent massacre. Il devient possible de parcourir de courtes distances en traîneau. Rasmussen et Qav partent chasser et reviennent avec sept belles prises. Une semaine après, le campement est de nouveau en émoi. Tout le monde se tourne vers la tente de Rasmussen. « Regardez ! » Un navire se dirige vers eux, toutes voiles dehors.

Les chasseurs n'ont jamais rien vu de semblable. « Comment peut-il flotter ? Où ont-ils trouvé tout ce bois ? Et il nage sur l'eau comme un grand oiseau, la voile déployée comme de grandes ailes blanches. »

Rasmussen hisse les drapeaux danois et britannique sur une paire de skis, devant sa cabane, et un canot s'approche bientôt. Un Suédois et un Danois apparaissent. Ils vont établir un nouveau poste pour la Compagnie de la baie d'Hudson, sur la terre du Roi-Guillaume. Leur bateau est *El Sueño*, construit à San Francisco, à présent vieux et usé. Les deux marins ont franchi la partie la plus périlleuse du passage du Nord-Ouest sans cartes ni outils de navigation. « Nous ne sommes pas des Vikings pour rien. »

L'automne arrive avec ses vents tourbillonnants et sa neige fondue. Une glace fine se forme sur les lacs, fond, puis regèle. Mais lorsque l'hiver semble s'être installé, la neige et la pluie reviennent et la glace disparaît. Tandis qu'il poursuit ses fouilles avec Arn et Qav, Rasmussen remarque que la nuit qui approche commence à atteindre les nerfs et l'esprit des Esquimaux. On dit que, chaque soir, des esprits maraudeurs traversent le campement ; il faut recourir aux trois chamans locaux pour les combattre.

Une nuit, un chaman vient à la fenêtre de Rasmussen et lui crie que l'angakok Niaqunuaq combat quatre fantômes ; tout le monde a regagné sa tente pour protéger les enfants et les chiens. Plus tard, le chaman Samik arrive : il a rencontré un cinquième fantôme, qui lui a déchiré ses vêtements.

Mi-octobre, l'hiver est là pour de bon et les caribous passent près du campement en immenses troupeaux, entre cent et deux cents bêtes à la fois. La viande redevient abondante. Le 27 octobre, un chasseur nommé Oqortoq envoie un message : il veut donner une fête parce que son fils adoptif vient de faire ses premiers pas.

La tempête de neige fait rage, mais la fête a lieu en plein air, sur un lac gelé. Il y a des concours de force entre hommes et femmes, on joue bruyamment au football avec une boule de graisse de caribou. Hommes et femmes, alignés en deux rangs, se frottent le nez si vigoureusement que certains saignent. Quand la liesse prend fin, Rasmussen note : « Ce fut l'une des fêtes les plus amusantes et les plus originales que j'aie jamais vues ; le temps rigoureux a contribué à lui donner un authentique caractère esquimau. »

Rasmussen a passé sept mois avec les Netsilik. L'un des chamans lui rappelle que, dans leur langue, le mot « entrée » signifie aussi « route ». Dans les deux cas, c'est une ouverture sur une nouvelle appréhension du monde. La glace arrive à présent, les voyages vont pouvoir reprendre. Les adieux sont difficiles. Mais

LA CINQUIÈME EXPÉDITION THULÉ, 1923

l'année 1923 touche à sa fin, et ils ne sont pas encore à mi-chemin. Le 1er novembre, Rasmussen et ses compagnons attachent leurs dix-sept chiens au traîneau et partent traverser le golfe de la Reine-Maud.

Glace nouvelle, 1923-1924

L'automne, les températures basses et la glace nouvelle viennent en aide au voyageur : la glace est lisse, on avance vite, on ne met que deux ou trois heures à parcourir une distance pour laquelle il en fallait une dizaine. Mais la nuit arrive à grands pas. Les jours deviennent de moins en moins clairs, jusqu'à ce que la lumière disparaisse. Il n'est possible de voyager et de chasser qu'au clair de lune, par les journées et les nuits sans nuages.

Le trio venu du Groenland suit le pied de glace vers l'est, le long du golfe de la Reine-Maud. Rasmussen note :

> Il faut être très prudent. Les non-initiés sont souvent incapables de voir la différence entre la glace épaisse et sûre et celle qui n'a que quelques heures. Toute erreur peut être fatale, car il est toujours extrêmement dangereux de tomber à travers la glace mince où il n'y a pas de neige. L'eau gicle par-dessus les bords et les adoucit, ce qui favorise la chute ; on ne peut remonter que s'il y a de la glace suffisamment vieille à proximité. (Rasmussen, *Fifth Thule Expedition*, vol. 9, p. 8.)

Rasmussen, Qav et Arn sont accompagnés par des commerçants de la baie d'Hudson, Peter Norberg et Henry Bjorn, avec un traîneau supplémentaire qui transporte l'essentiel de leurs collections ethnographiques, conduit par deux Netsilik, bons chasseurs, mais pourvus de mauvais chiens. Rasmussen part souvent en avant pour établir le campement sur la terre, puisque la glace est trop dangereuse. Il fait d'énormes feux de bois flotté pour éclairer le chemin :

« Dans ces soirées sombres, les feux de joie ont un rougeoiement attirant : autour de nous, nous ne voyons qu'étendues vides et grises. Si on reste immobile, on entend le gémissement grinçant de la glace sur la mer qui n'est jamais très loin. »

Les Esquimaux Copper ont, parmi les autres Inuits, la réputation d'être violents et hostiles aux étrangers. Rasmussen ne prête aucune attention à ces avertissements et se dirige vers la terre de Melville, au nord. Ils voyagent sur une rivière large de vingt kilomètres et campent sur une île minuscule tellement pleine de renards que toute la neige y est piétinée. L'étendue déserte de l'Arctique oriental cède la place à des îles rocheuses et découpées, à une végétation alpine plus luxuriante. Pendant deux jours de blizzard, ils longent la côte si vite que, le 15 novembre, ils aperçoivent leur premier Kitlinermiut, entre le golfe de la Reine-Maud et le détroit arctique.

« Du haut d'un tertre, j'avais aperçu un homme jeune qui pêchait. A ma vue, il disparut en toute hâte pour revenir bientôt avec un fusil tout neuf, modèle 1920, prêt à faire feu si j'étais venu en ennemi. »

Rasmussen est passé maître dans l'art de dissiper toute ambiguïté : « Le malentendu s'est bientôt dissipé dans le rire. » Ils sont invités chez le chasseur. Le village est influencé par le voisinage du poste de la Compagnie de la baie d'Hudson. Les habitants utilisent des lampes métalliques luisantes au lieu des bols en stéatite remplis de graisse, des plats émaillés au lieu d'écuelles en bois, des casseroles en aluminium et non en pierre, et des couvertures de laine qu'on posait par-dessus les peaux de caribous sur les *illeq*. La femme du chasseur porte une blouse en calicot par-dessus sa veste en peau de caribou. Elle fume des Lucky Strike.

UN PARADIS DE GLACE

Les Kitlinermiut forment un groupe nomade qui vit non loin de la terre Victoria (leur nom inuit est Kitlineq). Il y a toujours eu des contacts entre les différentes tribus du passage du Nord-Ouest, et les Esquimaux Copper sont les plus occidentaux. Tous les échanges partent d'ici vers l'est. Des peuples de l'ouest, on sait simplement qu'ils existent.

Avant d'arriver, Rasmussen apprend de l'explorateur Vilhjalmur Stefansson que vit sur la terre Victoria un groupe d'Inuits appelés Esquimaux blonds. Beaucoup d'entre eux ont les yeux gris et la barbe brun clair. On s'est demandé s'ils étaient apparentés aux Vikings. Rasmussen mène l'enquête, mais il ne trouve aucune trace d'un semblable lien avec l'Europe. Il rencontrera bientôt des types physiques comparables sur les îles voisines, mais il n'est nulle part question d'alliances avec des étrangers.

Rasmussen décide de séjourner chez un groupe qui a eu le moins de contacts avec la culture européenne. Il part à la rencontre des Umingmaktormiut, la tribu des Bœufs Musqués, qui se sont établis pour l'hiver sur l'île de Malerisiorfik, près de la presqu'île de Kent. Loin d'être hostiles, ces hommes font preuve d'une « hospitalité généreuse et innée qui ne s'est pas épuisée, malgré la durée de notre séjour ».

Un an auparavant, en 1922, écrivant de Repulse Bay, Rasmussen avait demandé à ses mécènes danois de lui envoyer un cameraman pour l'accompagner durant la dernière partie du voyage. De Copenhague, Leo Hansen le rejoint en passant par New York, le chemin de fer transcanadien, puis en bateau de Point Barrow et l'île d'Herschel jusqu'à Tree River, dans le golfe du Couronnement, et de là vers le poste de la Compagnie de la baie d'Hudson, sur la presqu'île de Kent.

On se demande quels conflits a pu provoquer l'irruption d'une caméra dans les études ethnographiques de Rasmussen. A tout point de vue, Rasmussen menait une double vie. C'était un Esquimau, lorsqu'il chassait et voyageait avec Arn, son « épouse » inuit ; le reste du temps, financé par des Danois, dont la famille de son épouse danoise, il était entièrement européen dans son approche ethnographique, lui qui collectait les amulettes que les villageois portaient au cou et à la taille et qui retraçait ses voyages dans ses films. Peut-être parce qu'il était né au Groenland et non au Danemark, parce qu'il avait grandi au sein de la société inuit colonisée, il semble ne s'être jamais laissé troubler par le conflit, s'il y en avait un. En fait, les déchirements que causait sa double vie lui donnèrent l'élan nécessaire à partir, à voyager. Il parcourait le pôle Nord en traîneau comme pour fuir le trouble qu'il pouvait ressentir.

En novembre, la lumière faiblit, et Hansen est pressé de se mettre au travail. C'est en plein blizzard que Rasmussen, Hansen, Arn et Qav arrivent au village des Umingmaktormiut. « La tourmente faisait rage et les habitants, attirés par les aboiements des chiens, eurent beaucoup de mal à nous apercevoir au milieu de ces rafales de neige. »

Les villageois vivent dans des igloos massés à l'abri d'une montagne ; une fois installé dans sa propre demeure, Rasmussen les voit tous arriver, parlant ensemble, de sorte qu'il a bien du mal à noter quoi que ce soit. Ils craignent la caméra à manivelle de Leo Hansen. Rasmussen dissipe leurs terreurs en se faisant filmer le premier pour prouver que l'engin n'est pas une arme meurtrière. Bientôt, l'esprit assuré et farouche des villageois l'emporte sur leur peur. Rasmussen dit qu'ils sont les plus poètes de tous les peuples esquimaux, qu'ils ont l'esprit « inflammable » et qu'ils ont « une langue à vous couper le souffle ».

La terre, l'air, la mer, tout est rempli d'humains, d'animaux et d'esprits. Là-haut, dans le *qilak* (le ciel), les étoiles sont les hommes qui sont morts d'une mort violente ou inexplicable, et qui sont alors devenus des esprits brillants. L'aurore boréale (*arharneq*) tend à l'angakok une main secourable. L'aurore est vivante : si le chaman siffle, les couleurs vibrantes se rapprochent ; s'il crache dans leur direction, les couleurs se mélangent.

Un arc-en-ciel fortement incurvé est signe de bonheur pour tous, mais un arc plat est signe de catastrophe : quelqu'un va mourir. *Qilauta* est l'anneau qui entoure le soleil, et que l'on voit souvent dans l'Arctique. On l'appelle « tambour du soleil », comme le tambour utilisé lors des danses chamaniques. Un demi-anneau autour du soleil signifie que quelqu'un est mort. Les lemmings vivent dans le ciel, d'où ils tombent parfois. Un jour où un certain Ilaitsiaq se promenait sur la glace, un lemming céleste lui est tombé sur le cou et il est instantanément devenu un grand chaman. Les étoiles filantes sont les excréments d'une étoile ; les météores sont du feu. Le tonnerre, qui ébranle fréquemment le centre de l'Arctique, est causé par les petits oiseaux qui chantent le chant du tonnerre. Le ciel s'obscurcit soudain et l'éclair s'échappe de leur bec.

Les esprits de l'air sont attirés par le corps brillant du chaman où ils pénètrent par le nombril, avant d'aller se reposer dans la poitrine, près du cœur. Les gens ordinaires sont « comme des maisons aux lampes éteintes ; il fait noir à l'intérieur, ils n'attirent pas l'attention des esprits ». Les chamans reçoivent l'aide des esprits venus de la surface de la terre comme de ses profondeurs, de l'espace comme de la frontière entre ciel et terre.

La plupart des esprits ressemblent à ceux que connaissent tous les Inuits. S'y ajoutent quelques figures originales : le sans-menton, qui tue les gens ; *nighilik*, le crochet, qui fait s'écrouler des murs entiers dans les igloos ; *hilaq*, un monstre en forme d'ours noir ; un cyclope géant très dangereux, et un géant sans yeux du tout. Si une maison est visitée par les esprits, les chiens aboient et les habitants se lèvent, placent des mèches de mousse allumées aux fenêtres et agitent en l'air des couteaux en bois sculpté pour chasser les démons.

Quand Rasmussen est arrivé, on avait depuis longtemps perdu le secret de la transformation des loups en hommes et des hommes en ours polaires.

Chaque fois qu'un tabou est brisé, la femme du fond de la mer (que cette tribu appelle Arnakaphaluk) cache tous les animaux marins sous la plate-forme où elle dort, afin qu'ils ne puissent pas sortir. Sa présence punitive fait échouer la chasse. Mais les Umingmaktormiut lui attribuent aussi un côté bienveillant, ce qui est rare dans les croyances inuits. Quand les nécessiteux restent assis dans le noir faute de graisse pour leurs lampes, elle éteint sa lampe, elle a pitié d'eux et cherche à les aider.

Un chaman invoque la déesse marine en rassemblant les villageois dans une *qagje*, une maison de danse, loin sur la glace. A l'intérieur, un trou dans la glace ressemble au trou où viennent respirer les phoques ; l'angakok le recouvre d'une veste en peau de caribou. Puis il s'agenouille sous la veste et regarde par le trou tandis que les villageois chantent :

> Grande femme là-bas,
> Eprouvera-t-elle, je me demande, le désir de bouger ?

GLACE NOUVELLE, 1923-1924

Grande femme là-bas,
Eprouvera-t-elle, je me demande, le désir de bouger ?

Viens-t'en, toi là-bas,
Ceux qui vivent au-dessus de toi, dit-on,
T'appellent
Pour te voir, sauvage et hargneuse.
Viens-t'en, toi là-bas.
(Rasmussen, *Fifth Thule Expedition*, vol. 9, p. 25.)

Puis la déesse marine Arnakaphaluk entre dans le corps de l'angakok en chevauchant un phoque qui lui ouvre un chemin jusqu'à la surface de la mer et le maintient ouvert comme un tube. Lorsqu'elle entre dans le corps du chaman, celui-ci se tord de douleur. Les villageois lui maintiennent la tête baissée : l'air qu'on respire dans les maisons humaines est jugé trop faible pour un esprit et ne doit pas être inhalé. Si le chaman levait la tête pour reprendre son souffle, Arnakaphaluk furieuse se vengerait en fracassant la *qagje* et en provoquant de graves tempêtes. L'angakok retient sa respiration : la douleur quitte son corps et le bruit du vent s'apaise. Puis il relève la tête de son trou dans la glace, se dégage de la peau et raconte à ses voisins que les lampes ont été rallumées et que la bonne chasse reviendra.

Dans un autre groupe d'Esquimaux Copper, les angakoks sont choisis à la naissance. On brandit le placenta dès qu'il est expulsé et l'enfant est soulevé pour regarder à travers, cérémonie censée lui communiquer le don de seconde vue. Ces enfants sont ensuite appelés *tarakut ihilgit*, ceux qui ont des yeux dans le noir.
Ils aiment composer des chansons. Ils interprètent pour Rasmussen leur « Prière magique quand on se lève » :

Cette maison j'utiliserai,
Ce trou à phoque j'utiliserai.
On revient,
On revient encore.
D'abord j'ai vite enlevé le givre.
J'ai surgi (par le passage, le trou à phoque)

Et c'était si beau !
Et c'était si beau !
(Rasmussen, *Fifth Thule Expedition*, vol. 9, p. 113.)

De leurs chants, ils disent : « quand les pensées d'un homme commencent à se tourner vers un autre ou vers quelque chose qui ne le concerne pas : sans qu'il l'entende, on fait des chansons magiques pour que le calme règne dans son esprit, car un homme est dangereux lorsqu'il est en colère ».

Le conseil est bon puisque, comme l'a noté Rasmussen, ce sont des meurtriers dans l'âme. Sur les quinze familles, chaque homme a été impliqué dans un assassinat, par jalousie, par vengeance, dans le cadre d'un adultère ou d'un infanticide.

Rasmussen a pourtant passé un mois entier à Malerisiorfik avec deux des meurtriers recherchés, et sans le moindre problème. « Nous avons découvert des hommes charmants et très secourables, qui nous étaient très dévoués, et ne nous ont laissé que les meilleurs souvenirs. » Il avait souvent observé leur tempérament volatile et savait « à quelle vitesse une tempête entre deux esprits peut se lever et retomber ».

L'infanticide est alors une pratique courante, comme ailleurs dans l'Arctique. Non par misogynie, mais parce qu'il y a trop de bouches à nourrir, chez un peuple qui souffre de la faim la plupart du temps. C'est une société de chasseurs, pas de chasseurs-cueilleurs. Il n'y a rien à cueillir, à part quelques œufs à ramasser en juin, quelques baies en août. Tout être de faible utilité est éliminé ou abandonné, et cela vaut pour les chiens, les vieillards, les enfants, les bébés de sexe féminin, les handicapés. Les femmes qui n'ont pas à s'occuper d'enfants peuvent prendre le harpon et chasser. Mais c'est rarement le cas, même dans les temps modernes.

Au cours de leur séjour, Arn donne naissance à un garçon dont Rasmussen est le père. Ils voyagent ensemble depuis 1921. On dit qu'aucune maison spéciale n'a été construite pour elle alors que sa grossesse touchait à sa fin. Elle s'est simplement agenouillée sur la plate-forme, en s'appuyant sur un bras et en se penchant contre une autre femme, jusqu'à ce que l'enfant sorte. Elle s'est ensuite noué un morceau de peau de caribou entre les jambes et s'est reposée pendant une journée. Pendant tout ce temps, elle doit garder

GLACE NOUVELLE, 1923-1924

rabattu le capuchon de son anorak. Knud entre. Elle se baisse immédiatement pour allumer le feu sous la marmite. Pour que l'enfant apprenne à marcher vite.

Rasmussen l'aide à nouer le cordon ombilical avec une lanière de caribou tressée. Puis une des femmes le coupe avec son *ulo* (couteau). On applique un bandage en peau de caribou. Quand le bout du nombril tombe, on le coud dans la veste de Rasmussen, comme amulette. L'*ulo* avec lequel il a été coupé est également donné à l'enfant et conservé.

Arn donne au bébé son premier « bain » en l'essuyant avec la peau du front d'un caribou, puis avec le plumage doux d'un plongeon. Auparavant, l'angakok vient chanter une chanson. Puis elle donne à l'enfant un morceau de viande à sucer, pour s'assurer qu'il n'aura jamais faim. Il est temps de choisir un prénom. Rasmussen soulève l'enfant et dit, en parlant pour son fils : « Avec la force de celui dont on m'a donné le nom, avec la force de celui dont on m'a donné le nom, moi qui suis insignifiant, je serai bientôt autorisé à chasser. » Puis le nom de l'enfant est proféré, bien qu'il ne soit pas consigné dans les notes de Rasmussen.

Le 15 février, Arn dépose l'enfant dans son amaut (le capuchon à l'arrière de l'anorak, dans lequel on transporte les bébés), monte sur le traîneau et, avec Rasmussen et Qav, dit au revoir aux Esquimaux du passage du Nord-Ouest. La fête des adieux a duré vingt-quatre heures, on a chanté et dansé ; Rasmussen et les autres partent le cœur gros. Ils ont passé sept mois avec les Netsilik et la tribu des Bœufs Musqués, et les quittent à contrecœur.

Les Groenlandais sont sur le point d'entreprendre le dernier tronçon de leur longue route, au cours de laquelle ils ont refait, en sens inverse, l'antique migration des Inuits vers l'Alaska. Rasmussen ne se doutait guère que les Esquimaux Copper étaient le dernier peuple chasseur encore en liberté. Lorsqu'ils quittent le village sur leurs traîneaux lourdement chargés, leurs amis crient : « *Inovaglutik nunanuaminut uterpaglik.* » Puissent les vivants regagner la terre qui leur est chère.

Qaanaaq, 1997

Après mon expédition avec Jens et Niels, je suis pendant une semaine la seule cliente de l'hôtel de Hans et Birthe. Nous sommes en juin, j'arrive au milieu de la nuit et aucun dîner n'a été préparé. Dans la cuisine, je prends tout ce que je trouve. J'ai envie de légumes, mais il n'y en a pas. Je me contente de soupe, de riz et de toasts. Je ne me suis pas vue dans un miroir depuis que je suis partie et je ne me reconnais pas. Ce n'est pas que j'ai « une mine de calotte glaciaire ou d'affamée », comme Rasmussen au terme de la Seconde Expédition Thulé, mais on dirait que je porte un masque. Mon visage est bronzé par taches, presque noir, mes lèvres ont pelé, et autour de mes yeux, la peau est blanche et enflée.

Dans les douches communes, ma combinaison polaire me colle à la peau : je ne l'ai pas enlevée de tout le voyage. Maintenant nue, ma peau n'est que bosses rouges et l'eau qui me passe sur le corps devient brune.

Après une longue partie de chasse, tout le monde est fatigué. Je reste couchée pendant quelques jours, tout comme Jens et Niels. Je passe des heures à la fenêtre de l'auberge, je regarde le village et le fjord. La vie villageoise est censée refléter le chaos qui règne en nous, mais elle paraît stagnante, comparée à l'excitation de la vie sur la glace. Les nuits blanches sont placides. Les chiens du village dorment, le détroit est gelé.

Durant la journée, j'observe la parade quotidienne des camions qui vont chercher de la glace pour alimenter la ville en eau potable. Près du rivage, on s'affaire dans les bureaux et les entrepôts de la ville : la poste-banque où l'on achète des billets d'avion, la minuscule épicerie avec sa boulangerie danoise, le magasin de vêtements, la centrale électrique et les installations de fonte de la glace, et l'atelier de menuiserie, ouvert à tous, où on fabrique les traîneaux, l'hiver. La ville possède deux ou trois camions disponibles pour quiconque en a besoin. C'est avec l'un d'eux que Jens accueille ses clients à l'héliport. Les clefs sont sur le contact. Si on a besoin du véhicule, on n'a qu'à y monter.

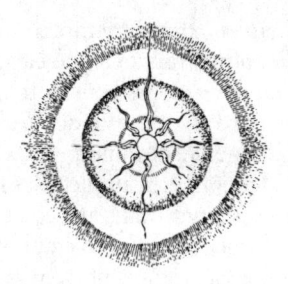

Les maisons de Qaanaaq sont disposées suivant une grille, sur une pente unique. On se croit dans une « ville nouvelle », et de fait, c'en est une, puisqu'elle n'est apparue que dans les années 1950, avec la suppression de Dundas Village. Où est passé le capharnaüm arctique, chiens, enfants, jouets, traîneaux, séchoirs, bateaux et harnais ? Les sociétés de chasseurs ne se soucient guère de rangement. A quoi bon ? L'aspect impeccable est venu avec l'agriculture et n'a aucun intérêt pour des semi-nomades qui chassent au loin, sur la glace.

Les jours suivants, je mange de la soupe et me repose. Je regrette la viande de phoque. *Sinikpoq.* J'en viens à aimer ce mot. Il signifie « Celui (celle) qui dort ». Je dors souvent et longtemps. Des glaçons tombent du toit de l'hôtel. L'été arrive et fait fondre l'hiver, le printemps se balance sur la glace pourrie sous un ciel constamment bleu.

Pour passer le temps, je lis le journal que Peary a tenu de 1891 à 1909. La maison de son petit-fils, peinte en violet criard, est à quelques pas de l'hôtel. Alors qu'il parcourait la même côte que celle d'où je viens d'être chassée par une tempête de neige, Robert Peary écrivait :

UN PARADIS DE GLACE

16 mai 1892. A 15 heures, après être tombés dans plusieurs crevasses, trempés jusqu'à la taille, nous trouvons une eau libre qui rentre dans les terres. Nous longeons la rive sur un pont flottant et branlant et remontons jusqu'à la pointe nord du détroit de Wolstenholm et la baie de Granville [...]. Nous sommes restés une partie du temps bloqués par la tempête, ensevelis sous les congères au pied des falaises. Puis nous avons pataugé à une vitesse d'escargot dans un épais bourbier, parcouru de crevasses cachées et de larges étendues d'eau libre. La désintégration de la glace de mer est allée si vite depuis notre voyage aller que nous avons été à plusieurs reprises obligés de longer la rive, de gravir les falaises, parfois en transportant les traîneaux et l'équipement sur notre dos, en faisant de longs détours à l'intérieur des terres. A un endroit, nous avons été obligés d'escalader une congère presque verticale, comme un rideau, dont la crête s'élevait à 350 mètres au-dessus du niveau de la mer. Nous avons hissé le chargement des traîneaux, grâce à des entailles ménagées en zigzag sur la façade, puis nous avons poussé et tiré les traîneaux et les chiens. (Weems, *Peary, the Explorer and the Man*, p. 145.)

Kaalipaluk, le fils inuit de Peary, né durant l'une de ses dernières expéditions, a maintenant quatre-vingt-onze ans et il agonise à la clinique locale. Je suis allée le voir mais il était endormi. Son visage ressemblait à un objet en ivoire sculpté posé sur l'oreiller. Dans les plis, près de ses yeux et le long de son nez, les ombres étaient noires. J'ai attendu et je suis revenue plusieurs fois, mais sa nièce m'a dit que son esprit n'avait plus besoin de parler.

Qaameneq. Comment la lumière entre-t-elle dans le corps ? C'est ce que je me demande en voyant le traîneau d'Ikuo Oshima descendre le glacier Politiken pour s'engager dans le détroit d'Inglefield. Le soleil luit sur son véhicule : on dirait un éclair de lumière qui se glisse dans la montagne. Deux traîneaux le suivent, transportant une équipe de télévision japonaise qui tourne un documentaire sur la vie d'un chasseur japonais sur le toit du monde.

En fin de soirée, Ikuo et les gens de la télé campent sur la glace devant Qaanaaq et je pars les voir. On parle un mélange de japonais, de groenlandais et d'anglais. On prépare du thé vert, on mange des chips et du pemmican de phoque.

Pendant qu'on le filme, Ikuo lit quelques passages du livre qu'il a publié au Japon. Il y raconte sa vie et les premières pages le montrent déféquant sur la glace : « S'il n'y a pas de blizzard, vous pouvez sortir, mais ne restez pas dehors trop longtemps, ou vous vous gèlerez les doigts et le pénis. Et comme les chiens ont toujours faim, méfiez-vous qu'ils ne vous mordent pas le cul. » Il poursuit en décrivant sa rencontre avec l'alpiniste japonais Naome Uemura, venu à Siurapaluk en vue de son voyage au pôle Nord en solitaire. « En le revoyant, ma première idée fut qu'il ressemblait à un Esquimau. » Ils ont mangé du phoque cru et du *kivioq*, ce qui a rendu Ikuo malade. « J'avais une étrange sensation sur la langue. Naome mangeait des intestins de phoque et il avait le visage couvert de sang. J'ai essayé d'en manger, mais ça remontait. J'ai ravalé mais ça remontait toujours. J'en pleurais presque ; je me battais avec mon estomac. Plus tard, j'ai appris à aimer tout ça. »

Ikuo a rencontré Naome lors d'une conférence parrainée par le Club alpin de l'université de Nihon. « Ce n'était pas un très bon orateur. Je lui ai demandé si je pouvais l'aider pour son voyage au pôle Nord, et il m'a répondu oui. » « Nous étions fin novembre 1972. En février, je maîtrisais le groenlandais et je conduisais mon premier traîneau. » En mars, il avait abattu son premier phoque venu respirer à un trou. « Mais quand j'ai voulu le dépecer, il m'a glissé des mains. Il n'était pas mort, seulement étourdi par le bruit de la balle. Tous les Groenlandais rigolaient. » Il a ensuite appris à chasser. « Je faisais beaucoup d'erreurs. Je tombais à travers la glace, je perdais mes chiens, je manquais ma cible, mais c'est ainsi qu'on apprend. Et quand on a faim, on apprend encore plus vite. »

Coïncidence : deux expéditions polaires démarrent en même temps. D'une part, le voyage en solitaire de Naome, en traîneau à chiens ; d'autre part, l'expédition alpine de l'université de Nihon, pour laquelle Ikuo a été engagé comme interprète.

L'expédition universitaire a connu des débuts désastreux. Un important groupe d'alpinistes japonais et onze Esquimaux sont partis de la base aérienne de Thulé pour atterrir à Alert, à la pointe nord de la terre d'Ellesmere ; 116 chiens sont morts asphyxiés à l'arrière de l'avion. Dix jours après, on leur envoie cent autres chiens non entraînés, ce qui pose quantité de problèmes. Les Japonais et les Esquimaux se querellent sur des questions de nourriture : les Esquimaux consomment tout trop vite, sans se soucier du lendemain. Les Japonais donnent les restes aux chiens, ce qui rend les Inuits furieux. Ceux-ci exigent plus d'argent quand le chemin devient plus difficile. Peu leur importe d'arriver au Pôle ; pour eux, ce n'est jamais qu'un salaire de plus. Certains regagnent la base ; les autres continuent. « Toutes ces disputes, ça me donnait mal au ventre, note Ikuo. Et je savais que Naome voyageait absolument seul avec son traîneau. » Les deux expéditions font la course, sans avoir le moindre contact l'une avec l'autre. C'est l'université qui gagne : ils sont les quatrièmes au monde à atteindre le Pôle. Naome est le premier à réussir le voyage en solitaire, et le cinquième à arriver au Pôle.

En 1974, Ikuo a rencontré une jeune Groenlandaise de Siorapaluk. Anna vivait avec son père, et Ikuo allait souvent dîner chez eux. Durant une expédition avec une équipe de télévision japonaise, Ikuo a entendu à la radio un vieil homme qui arrangeait le mariage d'Anna. « Trois hommes étaient nommés comme prétendants possibles. Je figurais parmi eux. Je me suis demandé : "Qu'est-ce qui se passe ?" Et j'ai demandé aux étoiles dans le ciel. Tout disait oui. J'ai senti que c'était mon destin, alors je l'ai épousée. » En janvier, ils ont eu le premier de leurs cinq enfants, une petite fille.

A Siorapaluk, Ikuo n'a pas eu la vie facile. Quand l'alcoolisme est devenu un problème local, il a emmené toute sa petite famille sur la terre d'Herbert. Mais deux de ses bateaux ont coulé durant une tempête et il n'avait pas d'argent. « J'ai réparé mon vieil équipement afin de pouvoir continuer à chasser et à nourrir ma famille. » Puis il est revenu à Siorapaluk. La chasse au morse est devenue son activité préférée. Il fabriquait des traîneaux et des harnais, des harpons pour chasser le morse, des filets pour attraper les alques au printemps. Il s'attaqua bientôt aussi aux tâches féminines : la préparation des peaux et la couture. Il maîtrisait tout à la perfection.

Certains chapitres de son petit livre incluent des recettes : pour faire du *kivioq*, il faut mettre 700 petits alques dans un intestin de phoque, le coudre, le couvrir de graisse de phoque pour éloigner les mouches, le placer sous un monticule de pierres et le laisser là deux mois. Ikuo se moque du dégoût que ce mets lui inspirait jadis. Aujourd'hui, ses amis groenlandais disent qu'il fait le *kivioq* mieux qu'eux. Il reçoit même des commandes de ce qu'il appelle « les esprits affamés ».

QAANAAQ, 1997

Il aime surtout la chasse d'automne, lorsque les insectes phosphorescents grouillent dans l'eau et quand arrive la glace, que les morses brisent d'un coup de tête. Le soleil se couche le 24 octobre, et à la mi-novembre la glace est solide. « Un jour on regarde par la fenêtre et plus rien ne bouge. On dirait un miroir assez grand pour refléter toute la galaxie. »

L'hiver est très long, me confie Ikuo. Il me demande si je connais le mot inuit pour « hiver ». Je le connais : c'est *ukiuq*. « Ce mot veut aussi dire "un an". » Il sourit.

Puis il raconte les malheurs qui leur arrivent. Greenpeace est venu et a fait tomber le prix des peaux de phoque à presque rien. « Ils n'ont pas compris que nous chassons pour vivre, pas pour vendre les peaux. C'est une nécessité, pour nous. Les Esquimaux ne prennent pas de vitamines, ils ne mangent pas de légumes. Tout nous vient du foie, de la cervelle et de la graisse des phoques, des morses et des baleines. Nous mangeons la viande, nous utilisons la peau, nous en fabriquons des vêtements. Alors, quand il nous reste quelques peaux, nous les vendons, mais la proportion est très faible. En 1983, la vente de peaux de phoque a été interdite en Europe et en Amérique. Tout notre revenu supplémentaire (dont nous avons maintenant besoin pour le téléphone et les autres factures) a disparu et ceux qui chassent à plein temps n'ont pas d'autre moyen pour se faire de l'argent. Nous arrivons à nous nourrir, mais nous ne pouvons pas exister dans le monde moderne. Greenpeace croit tout savoir, mais il y existe sept millions de phoques annelés dans ces eaux, et nous, qui vivons de la chasse, nous ne ferons jamais de mal à cette faune parce que nous serions les premiers à mourir. Quand on se nourrit de ce qu'on chasse, on ne fait pas d'erreurs. Nous décidons entre nous pendant combien de temps nous chassons et combien d'animaux nous prenons. Et nous ne prenons que ce dont nous avons besoin. »

Par la porte de la tente, il regarde la glace qui s'étend jusqu'à la terre d'Ellesmere. « Ici, ça paraît propre, mais saviez-vous que nous avons l'un des pires problèmes de pollution dans le monde ? Oui, c'est comme ça. La pollution des Etats-Unis et du Canada remonte l'océan Glacial Arctique et pénètre dans le corps des ours polaires et des phoques. Nous pouvons mesurer le taux de polychrobiphényle et de DDT dans leur corps et dans le nôtre. Le lait maternel des Esquimaudes est cinq fois plus contaminé que celui des Américaines. Nous récupérons leurs problèmes, ceux qu'ils créent sans les résoudre. Seuls les paisibles Esquimaux trinquent. C'est ça qui me rend malheureux. »

Ikuo tire de ses kamiks ses chaussettes en lièvre, les inspecte, découvre un trou et se met à le réparer avec une aiguille et du fil en boyau de phoque. Quand il a terminé, l'équipe de la télévision lui remplit à nouveau sa tasse d'*ocha*, de thé vert rapporté du Japon. Il tient la tasse à deux mains. La fumée caresse son visage hâlé. A cinquante ans, ses cheveux commencent à grisonner.

« Je suis un chasseur et je mène la vie des Esquimaux. Ce n'était pas la mienne à l'origine, mais ça l'est devenu et maintenant ils ont oublié que je suis Japonais. Le Japon me manque parfois, mais il est très loin de moi. La vie esquimaude est très active, et donc ça ne me laisse pas le temps pour la nostalgie. Chacun devrait vivre là où il a envie d'être. Je n'ai pas choisi le Hokkaido, le Kyushu, l'Amérique ou la France, mais c'est le hasard qui a décidé : Siorapaluk, au Groenland. Mes parents comprennent mon mode de vie et me disent "Vas-y", parce que j'étais très faible quand j'étais jeune et ils croyaient que je ne survivrais pas. Cela leur suffit que je sois encore en vie.

« J'étais un enfant très timide. Maintenant, je suis constamment interviewé par des gens de la télé et par des tas de magazines. En fait, j'aimerais qu'on me laisse un peu seul. La nuit, quand je regarde le ciel, je vois des satellites. J'ai entendu dire que certains sont tellement puissants qu'ils peuvent même lire le numéro d'immatriculation des voitures. Mais je lis encore à la lumière d'une lampe à pétrole et j'écoute la radio. Je vis comme un chasseur, je fais l'un des plus vieux métiers du monde. J'attrape ma nourriture au harpon, comme les chasseurs il y a un millier d'années. Du coup, je me demande. ce que voit un satellite : d'un côté du monde, il voit Tokyo, de l'autre côté, il me voit debout sur la glace, avec mon pantalon en ours polaire, le harpon à la main. Que ressent le satellite ? Il doit être complètement perdu.

« Après avoir vécu tant d'années dans la nature, je comprends que nous ne sommes qu'un point minuscule sur la terre. Nous sommes des êtres très petits. Mais je veux dire que cette petite vie a la même importance que la vie qu'on mène à Tokyo. Il y a une âme dans chaque être sensible : la fourmi, le morse, l'homme d'affaires, le bébé, le fermier, le chasseur, le phoque. Chaque âme compte. C'est ce que ma vie de chasseur m'aide à savoir. »

Je pense au vieux chaman qui a mis Rasmussen en garde contre la vie « par saccades ». Vivre « uniment » est devenu impossible à la fin du XXe siècle. Dans le meilleur des cas, cela revient à assembler presque au hasard toute une série de fragments, aussi précisément que possible. Dans les pays développés, trop de gens accèdent au confort et à la richesse sans avoir fait leur apprentissage dans le monde naturel. Ils ne sont endurcis ni à la luxuriance de la vie ni aux rigueurs des lumières.

Plus tard, je marche jusqu'à la maison de Jens, au milieu du village, pour lui rendre la tasse et le couteau que je lui ai empruntés. Ilaitsuk, sa femme, me propose une bière et un petit verre de Gammel Dansk, que j'accepte. J'ai souffert de la solitude depuis notre retour. C'est moins une question d'isolement que d'immobilité. Des vagues d'agitation s'emparent de moi : j'ai horreur de vivre enfermée. En plein air, j'étais en communion avec la glace, les chiens, le vent, le traîneau, la neige. Avoir plus aurait été superflu, avoir moins aurait été synonyme de misère. Toute ville, même Qaanaaq, est un lieu où l'on consomme sans rien savourer, où l'on s'agite sans avancer, où l'on communique sans se comprendre. A quoi bon ? Plus au sud, on trouve des villes où la vitesse et la violence de la vie moderne vous dévorent.

A l'époque de Rasmussen, il y a moins de quatre-vingts ans, le climat et la migration des animaux gouvernaient la vie dans ses moindres aspects. Pour être un chasseur, il fallait faire preuve de solidité affective, d'agilité physique et d'une intelligence vive. Les esprits faibles et les corps débiles ne duraient pas longtemps dans un endroit où deux ou trois faux pas peuvent entraîner la mort.

Jens doit maintenant cultiver un esprit fort et unifié pour lutter contre le disparate des paysages, des sociétés et des conditions sociales. Après un mois de chasse printanière, il prend l'hélicoptère qui l'emmènera à Nuuk où il doit déposer devant le Parlement. Au nom du Conseil des chasseurs, il travaille dur pour faire interdire les motoneiges et les bateaux de pêche dans le détroit d'Inglefield, où les narvals procréent et élèvent leurs petits, l'été. Jens vit de son harpon, il se nourrit de sa chasse, lui et sa famille. Ilaitsuk et lui savent tanner les peaux, les coudre, cuisiner, ils savent dresser et soigner les chiens ; il voit à travers l'obscurité, le brouillard et la neige ; il sait construire des igloos (mais à contrecœur), déchiffrer l'eau, la glace et le climat, se passer de sommeil et défier la mort en affrontant l'adversité avec calme, le poing serré et le ventre agité par un éclat de rire. « Les tempêtes de neige, la mauvaise glace, la famine, tout ça n'est rien comparé à la lutte qu'il faut mener pour avoir le droit de vivre comme ça. »

Ilaitsuk a des épaules de nageuse, larges et robustes ; ses cheveux sont noués en chignon, coiffure traditionnelle des femmes inuits, même si elle porte du rouge à lèvres et des Ray-Bans. Elle a l'habitude de voir Jens partir pendant des semaines, des mois, car elle descend d'une longue lignée de chasseurs. Son grand-père a traversé une partie du Canada avec Rasmussen. Aujourd'hui, dans sa cuisine, elle me découpe des morceaux de baleine crue. Surprise de me voir m'en régaler, elle m'en offre un plat entier en riant. Cette chair d'un gris rosé a un goût frais, comme la viande de caribou. Le visage solide, intelligent et courageux, elle préférerait partir avec Jens, mais elle a été obligée de prendre un emploi à Qaanaaq pour payer leurs factures. Telle est de nos jours la réalité d'une vie de chasseur.

Les bonnes actions ont parfois leur revers. Les activistes de Greenpeace ont changé la vie des chasseurs. Ils n'ont pas su comprendre les besoins et les intérêts des chasseurs, et ont imposé une législation interdisant la vente de peaux hors du Groenland. Les prix ont chuté. Les peaux de phoque ne rapportent même plus assez pour acheter l'alimentation, sans parler de l'électricité, du mazout et du téléphone. « Le mieux serait que ces gens de Greenpeace partent faire un voyage en traîneau avec Jens. Ils verraient comment nous vivons. Ils verraient que nous ne tuons pas pour nous enrichir. Ils verraient que nous essayons de sauver les mêmes choses qu'eux », me dit Ilaitsuk, et j'acquiesce.

En remerciant Jens pour le voyage, je me lève pour prendre congé. Je dis à Ilaitsuk que, pendant la chasse, nous avons failli nous noyer en arrivant sur de la mauvaise glace, mais que Jens nous a tirés d'affaire et que je lui en suis reconnaissante. Jens passe timidement une grosse main rouge dans ses cheveux courts, puis il me tend un objet lisse et blanc : une dent de morse polie et sculptée.

« Merci d'avoir voyagé avec nous, dit-il en groenlandais. Dès que le temps sera meilleur, je vous emmènerai à nouveau. »

Je regagne ma chambre sous une neige printanière et j'aspire à un ciel clair. Un chien de traîneau me suit, un grand mâle qui a brisé sa chaîne. A la porte de l'hôtel, je m'agenouille pour voir s'il va s'approcher de moi. Il renifle, mais reste en retrait ; puis, respirant l'odeur d'une femelle, il s'éloigne.

Je m'étends sur mon lit. Quand je repartirai avec Jens, j'insisterai pour qu'Ilaitsuk vienne avec nous, pour vivre de manière traditionnelle. Elle m'apprendra à dépecer les phoques et à coudre les peaux, et ils me raconteront des histoires.

Cette nuit-là, je rêve que le traîneau tombe à travers la glace, dans un abîme blanc et non noir. Nous voyageons depuis des années. Nos tasses en corne de bœuf musqué sont si usées qu'elles ne retiennent plus l'eau, et nous avons soif. Nous arrivons à une crevasse trop large pour qu'on la franchisse et nous restons pétrifiés, à la contempler. Pendant notre chute, le soleil m'éblouit et la cornée de mes yeux se brise comme du verre. L'eau qui a rempli les traces laissées par les chiens est stockée derrière mes yeux ; les ronds de glace que nous avons découpés pour passer de l'autre côté ne cessent de sombrer. Je me réveille en criant ; encore une fois, j'ai rêvé de ma mère.

A Qaanaaq, le temps ne s'améliore pas, et Jens ne repart pas. La dépression arctique plane au-dessus de nous et refuse de bouger. Il neige de plus en plus. Je ne parviens pas à juger l'ampleur de ma fatigue. Au bout d'un moment, la lassitude rejoint la solitude et je ne sais plus laquelle a engendré l'autre. J'erre d'un bout à l'autre du village, en traversant des congères qui m'arrivent à la taille. Les Esquimaux voient dans la solitude un signe de malheur. La visite (*pulaar*) est un rituel et une habitude. On se rend visite entre parents, entre chasseurs, on fête les anniversaires, on écoute les vieillards, les voisins parlent jusqu'à ce que se crée un réseau complexe d'obligations réciproques dans chaque village. Même une étrangère comme moi contracte des obligations.

Hans arrange une rencontre avec Torben Diklev, le conservateur du musée local, Avernersuup Katersugaasivia, qui n'est ouvert que sur rendez-vous. Il s'agit de la maison que Rasmussen a construite et habitée à Dundas Village. Le bâtiment a été déplacé en 1984 et il abrite des objets de la civilisation paléo-esquimaude collectés par Rasmussen et ses amis savants.

J'ôte mes bottes et je frappe à la porte. Un grand Danois d'une beauté improbable vient m'ouvrir en souriant. « Je vous connais. J'ai lu tous vos livres. Vous avez l'air trop petite pour être un cowboy », dit-il dans un anglais parfait. Les yeux bleus, les cheveux argentés, il porte une boucle d'oreille, un pantalon de cuir brun et une chemise guatémaltèque bariolée ; je me dis que c'est le genre d'homme qui profite de sa beauté pour ensorceler les femmes. Et pourtant je succombe. J'ai vécu sur la glace avec des hommes qui mettaient leur fierté dans leur réserve ; les effusions de Torben créent un choc. Muette, je traverse le musée (deux petites pièces), les yeux vitreux.

L'utilisation du matériau lithique brut. C'est la spécialité de Torben, à ce qu'on m'a dit. Je balaye du regard des alignements bien rangés de lames en silex et en agate, de toutes les tailles, de pointes de harpon en fer, en os et en ivoire. J'étudie les lames taillées dans la craie des falaises de la terre de Washington et celles qu'on a tirées du météorite de Save Island, dont Robert Peary a emporté un gros bloc sur un bateau pour le vendre au musée d'Histoire naturelle de New York, où on peut encore le voir.

Torben a lancé son propre voyage archéologique pour faire le relevé des villages de Thulé, sur la côte nord de la terre d'Inglefield. C'est la première expédition de cartographie systématique depuis que l'archéologue danois Eric Holtved a parcouru cette zone dans les années 1940. Torben a mis au jour plusieurs importantes structures paléo-esquimaudes ; ses découvertes sont telles que le Musée national de Copenhague a repris l'affaire en main. En tant qu'agent indépendant, et non universitaire, Torben s'est trouvé exclu.

Je parcours la petite pièce. Il y a trop de choses à y voir. Dans mon cerveau se bousculent les images du voyage en traîneau : la glace qui se brise, la percussion du trottinement des chiens, le glissement des patins, la viande fumante arrachée aux côtes de phoque bouillies, l'élégance élancée des kayaks retournés et transportés en traîneau jusqu'au bord de la glace.

Torben désigne une lame datant de la fin de la période Dorset.

« Ces hommes avaient des critères très spécifiques quant à la manière de faire les choses et quant à l'aspect qu'elles devaient présenter. Ils n'étaient pas très adaptables. Si leurs pointes de lance devaient être faites en silex, par exemple, ils n'improvisaient pas quand ils manquaient de silex. Ils s'en passaient. Mais dans une contrée où la vie est difficile, cette inflexibilité pouvait entraîner l'extinction de la race. » Au Xe siècle, un changement climatique provoqua le remplacement des hommes de Dorset par les hommes de Thulé, très adaptables, qui se servaient de tout ce qu'ils trouvaient, qui expérimentaient de nouvelles méthodes.

Mon esprit vagabonde. Je reste plantée au centre de la pièce de Rasmussen et j'essaye d'imaginer sa présence. Torben paraît perplexe. « Vous n'avez pas de questions ? »

Je réponds que je veux vivre dans cette maison, me coucher sur l'*illeq*, dormir de longs *siniks*... Mais non, il y aurait trop de questions à poser et je ne sais par où commencer.

Torben sourit, me prend en pitié et me guide vers une arrière-salle où nous parlons tout en buvant du café. Il comprend mon blocage. Parfois, il s'arrête au milieu d'une phrase et chante un bout de chanson, un tube des années 1960 (Bob Dylan) ou 1970 (Jackson Browne). Il prend son petit déjeuner (une tourte esquimaude) de bon cœur. Nous parlons des angakoks et de la disparition de la vie cérémonielle dans la culture inuit.

« Mais nous avons encore les rêves. » Son regard pétille. « Nos rêves sont aussi réels que notre vie éveillée. Ils comprennent ça, ici. Il est naturel que la vie spirituelle figure au sein de la culture matérielle, de la société des chasseurs. C'est l'autre aspect de la nature, ça représente le rêve que la nature a d'elle-même. »

Il continue à verser du café. Il habite Qaanaaq depuis quinze ans et il parle le groenlandais. En apprenant la langue, il a compris que, dans la pensée groenlandaise, il n'y avait aucun moyen d'évoquer les abstractions ou les idées. « Nous autres Européens parlons de concepts de communauté ou de politiques économiques, de philosophie de l'environnement, mais il est impossible de parler de cette façon ici. Ce n'est ni dans la langue, ni dans la pensée. Il est donc difficile de convaincre les Groenlandais de se charger de grands travaux, de prendre la tête d'une grande organisation, non parce qu'ils ne sont pas intelligents, mais parce qu'ils ne croient pas en la hiérarchie. On n'arrive pas à les faire venir au travail le matin et à leur dire ce qu'ils doivent faire. » Il reste songeur, le sourire aux lèvres. « C'est extraordinaire, n'est-ce pas, qu'il existe encore des gens qui ne se laissent pas manœuvrer. Oui, au Groenland, il est très difficile de prévoir le lendemain. »

Torben affirme avoir un problème avec les femmes, mais il sait s'initier à une culture, il sait conduire un traîneau et faire un ragoût d'alque. Pendant trois étés, avec son épouse groenlandaise, il a campé au bord d'une montagne à oiseaux comme celles que j'ai vues avec Jens et Niels, il a étudié l'art perdu de dépecer les oiseaux. « Nous avons fabriqué des chaussettes et des sous-vêtements en peau d'oiseau, nous avons cuisiné les oiseaux de toutes sortes de façons. Ce savoir est encore présent dans nos mains, dans notre esprit, et quelqu'un apprendra peut-être à refaire tout cela. Je l'espère. »

Il a l'esprit vif, mais sa beauté lui joue des tours. Son épouse inuit l'a quitté pour un autre homme. « Ça fait bizarre de voir sa femme sortir d'une maison avec un autre. » C'est une des difficultés de la vie villageoise : pas moyen d'éviter ce qui vous fait de la peine. Torben travaille désormais pour le gouvernement autonome en tant qu'acheteur et vendeur de sculptures groenlandaises pour la coopérative locale. « Les sculptures sont le moyen de faire vivre un animal dans une dimension magique. L'Esquimau sculpte parce qu'il arrive à penser comme l'animal. Ils vous diraient que l'animal existe parce qu'ils pensent son existence, et les animaux diraient la même chose de l'homme. L'homme existe à travers la vie des animaux. »

C'est le matin. Un chien mort est étendu sur mon chemin. C'est le chien qui m'a suivie la veille. Je vois le bout effiloché du câble de nylon vert qu'il a cassé et le trou dans sa poitrine là où il a été abattu. Je l'enjambe en prononçant une bénédiction muette : « Veuillez ramasser ce chien, lui donner beaucoup à manger et un endroit chaud où dormir, des amis avec lesquels courir partout où il veut aller. » Puis je me dirige vers une rangée de cabanes pour célibataires, sur le rivage, pour y trouver Niels.

Je remarque que tous les drapeaux rouge et blanc, en ville, sont en berne. Un vieil homme est mort, me dit-on, et tout le village est en deuil. Non, ce n'est pas Kaalipaluk, le fils de Peary, mais Naasooq, la dernière personne qui habitait une maison en tourbe, au village de Qerqertoq, et qui refusait mordicus de s'installer dans une maison en bois. « Le bois, je ne le connais pas. Les arbres, je ne les connais pas. Je serais un étranger dans une maison pareille », disait-il.

Son père avait voyagé pendant un an avec Rasmussen durant la Cinquième Expédition Thulé ; comme son père, son grand-père et tous ses prédécesseurs, il avait été chasseur toute sa vie. « Quand un homme vieillit, les jeunes doivent chasser pour lui. Je n'aime pas rester à la maison. Je sors au printemps pour abattre des phoques. »

Naasooq et Niels se sont un jour retrouvés à l'hôpital ensemble. Niels raconte : « Il voyait des ombres s'approcher de lui, il leur criait de s'en aller. Il pensait que je couchais avec toutes les infirmières et il voulait se battre avec moi. Il était fou de jalousie. Et puis, vers la fin, il a demandé à voir ses parents. Il voulait les déterrer de leur tombe pour les voir. Ils étaient enterrés près de la petite maison de tourbe où il est né et où il a vécu toute sa vie. C'est là qu'il sera enterré aujourd'hui. »

Il est minuit quand le soleil émerge de derrière une montagne ; les icebergs échoués cèdent la place aux larmes solaires. J'ai l'impression d'avoir la tête gonflée à l'hélium, prête à éclater. C'est peut-être la « migraine polaire » dont souffrait Rasmussen, tout comme Olejorgen. Sur mes joues, le masque a commencé à pâlir. J'imagine que mes yeux ont rougi non à cause de la neige mais suite à un excès de beauté arctique ; il faut maintenant les soigner avec de la pommade. Je me sens écorchée, mise à nu. Tout le long de la côte, des plages rongées par la glace, des rides de pression où le pack a été poussé contre l'île par le vent. Les polynies sont les plaies ouvertes de la glace de mer, et des aiguilles de lumière tombent du vide radieux du ciel pour devenir les éclats d'argent de l'horizon.

En remontant la colline derrière le village, je contemple l'endroit où cinq glaciers se sont effondrés dans le fjord. On dirait qu'ils essayaient de descendre jusqu'au niveau des phoques, des chiens et des hommes ; ce sont des mécanismes qui tournent éternellement, des verbes sans substantifs à pousser, ils n'arrivent à conquérir aucune *nuna*, aucune terre, rien de ce qui se trouve peut-être sous le sol blanc. Pas étonnant que les Esquimaux du Pôle qui ont vécu ici isolés pendant cinq mille ans aient conçu le monde comme fait de glace.

Je retrouve Torben au musée pour un café et une conversation matinale, car on peut mourir faute de parole comme on meurt faute de nourriture. Le cerveau d'un Esquimau ne ressemble à aucun autre, dit-il. Il se rappelle le contour des côtes, la forme des outils dans le moindre détail. Torben a rencontré un chasseur de 90 ans qui déclarait : « Je n'ai jamais rien oublié de toute ma vie. Je me rappelle tout ce que j'ai appris. C'est parce que nous ne lisons pas, que nous n'écrivons pas. Nous n'avons pas le choix, il faut se souvenir. »

« Lorsqu'ils racontent leur vie, ils donnent une foule de détails, et d'un récit à l'autre, ils doivent utiliser exactement les mêmes mots. Les Inuits ont des règles d'apprentissage parce que les rigueurs de l'environnement imposent une conduite particulière. Ils n'ont pas le choix qui est possible en climat tempéré. Non, ici, il faut apprendre à bien faire dès la première fois, sinon on meurt, et les gènes d'un individu stupide ou maladroit sont condamnés à disparaître. Les Esquimaux acceptent l'idée qu'ils ne peuvent l'emporter face à la nature, qui est plus puissante ; ils doivent travailler avec elle, et non contre elle. C'est pourquoi ils sont si précis dans tout ce qu'ils font. »

En comparaison, Torben se considère comme un être suréduqué, à la dérive. Parfois, il reste perplexe. « Quand un Groenlandais est de cette humeur, il part à la chasse. Mais pour nous, c'est différent. Nous ruminons. » Je parle de mes migraines polaires et je me demande si le pôle magnétique affecte notre métabolisme et l'activité de nos neurones. Il hausse les épaules. « Ici, ça peut être n'importe quoi : un des esprits qui vit dans les glaciers, ou les taches solaires. Qui sait ? ... Aujourd'hui, rien n'est clair dans ma tête », ajoute-t-il en souriant.

Il est tellement attirant que j'ai du mal à m'éloigner de lui. Il prépare ses bagages pour aller rendre visite à un petit-fils qu'il n'a jamais vu, aux îles Féroé. Il ne sait plus où il en est et se demande s'il existe un remède. A quoi je ne peux que répondre : « Continuer à vivre. » Dans une semaine, il aura cinquante ans.

Niels vient me voir et me demande si je me sens seule. Je réponds que oui et il avoue que lui aussi. Nous rendons visite à sa sœur, qui est aide-soignante à la clinique. Elle et son mari ont une grande maison à la limite de la ville, tournée vers l'héliport et, plus loin, le glacier Politiken. Elle me raconte qu'elle ne se sentait pas bien quand elle allait à l'école au Danemark. « Je détestais les arbres. J'avais l'impression d'être constamment dans une maison. »

Plus tard, je festoye à minuit avec Connie Poulsen, la directrice adjointe de l'école, une Danoise expatriée qui a enseigné au Botswana, en Chine, en Australie, au Danemark et dans le sud du Groenland, et qui préfère les Africains à tous les autres. Trapue et myope, l'œil brillant, elle déclare prendre un congé sabbatique tous les cinq ans pour découvrir une nouvelle partie du monde.

Je trouve des légumes dans son congélateur. Elle les a achetés à la base aérienne de Thulé en revenant du Danemark. « Je peux ? » Je tiens dans les mains le petit paquet de haricots verts comme si c'était le saint sacrement. Nous les mangeons avec du riz et de l'omble arctique, puis nous partageons sa dernière pomme en guise de dessert. Je n'ai jamais rien savouré de tel.

Elle ne parle que du côté sombre de la société arctique. Si la vie villageoise est un ensemble de liens étroits qui unissent les habitants en tant que membres d'une même famille, en tant que chasseurs, fiers d'être Groenlandais, le revers de la médaille est un boa constricteur qui vous étouffe. A l'école, Connie voit le résultat de l'alcoolisme, des femmes battues et des enfants maltraités, mais aussi l'intelligence rusée d'êtres sevrés à l'arrière d'un traîneau, qui ont au ventre le souvenir de la faim. Ils sont encore tellement isolés qu'ils ne sont jamais allés plus loin que jusqu'où l'on peut aller en traîneau en une saison ; comme Jens Danielsen, ils s'efforcent de maintenir leur culture de subsistance dans un monde éclaté, gouverné par le marché.

Comment préserver la vie villageoise au XXIe siècle ? Comment maintenir la chasse traditionnelle, avec chiens, traîneaux, kayaks et harpons, dans un monde matérialiste, qui impose ces motoneiges qui ont déjà tout profané au Canada et en Alaska ? Comment évaluer la vitesse, le confort et la consommation d'énergie pétrochimique face à l'énergie des chiens ? Comment, pour un jeune homme ou une jeune femme, trouver la dignité quand l'argent est au cœur de tout, quand une vie de chasseur est une vie de pauvreté ? Comment refuser les allocations versées par le Danemark lorsque le montant mensuel en est supérieur à ce que l'on gagne en une année de chasse ? Comment respirer et satisfaire sa curiosité intellectuelle ou son génie créatif dans une ville où le succès social n'est rien ? Prison ou sanctuaire ? Telles sont les questions que je ne cesse de me poser dans cette ville.

Pendant notre dîner, le blizzard se met à souffler. Après, nous écoutons de la musique. Lorsque je me lève pour partir, la porte est bloquée par la neige. Nous arrivons finalement à l'ouvrir, mais le vent me frappe si violemment que j'ai peine à rester debout. Dans le village, personne ne bouge, mais je sais que je suis épiée. Lentement, avec précaution, je marche dans les congères douces et poudreuses, certaines m'arrivent plus haut que la taille, jusqu'à l'hôtel, en fredonnant la chanson japonaise que j'ai entendu Ikuo chanter.

Le matin, Hans me demande pourquoi je suis sortie me promener dans la tempête. Vous m'avez vue ? Non, mais quelqu'un lui a téléphoné pour savoir si j'étais bien rentrée. Je lui demande ce qu'il pense du problème de la violence et de l'alcoolisme à Qaanaaq. Il paraît peiné, puis dit : « Ce serait mieux si l'alcool n'avait jamais été apporté ici, si les étrangers n'étaient jamais venus. Maintenant, nous devons essayer davantage d'être nous-mêmes. »

C'est mercredi, le jour où les bureaux de l'administration sont fermés au public, et où les employés sont censés pouvoir accomplir le travail en retard. « Mais bien entendu, commente Hans avec humour, tout le monde préfère rentrer chez soi. » C'est vrai. Les traîneaux partent l'un après l'autre à la chasse au phoque.

Je descends la colline avec Hans, jusqu'à la glace côtière. L'été ne sera là que dans un mois. « Il dure deux semaines. Et la rivière coule très haute au milieu de la ville. Oh, c'est si beau ! Il y a des fleurs sur toutes ces collines, jusqu'à la lisière des glaces, et la mer est libre, on voit passer les icebergs. Le paysage change chaque jour et chaque nuit. »

Le plafond se soulève, la neige ne tombe plus, mais le soleil reste caché. Toute la prairie de glace luit, c'est une mer, un océan de glace, aux dimensions illimitées.

Sur un chemin en contrebas de l'hôtel, nous croisons un vieil homme nommé Uutaaq, qui nous invite chez lui. Son père est allé au pôle Nord avec Robert Peary et il veut me raconter l'histoire. Son intérieur est confortable, mais il se plaint d'y avoir froid l'hiver, quand le vent souffle. « Ce n'est pas chaud comme une maison de tourbe. » Sa femme, sèche et ratatinée, ne tient pas en place. Tous deux octogénaires, ils ont passé leur vie au grand air et leurs mains sont nouées par l'arthrite.

Sa femme allume les bougies traditionnelles sur la table basse, avant que les récits ne commencent, comme si leur lueur vacillante convoquait dans la pièce le cours du passé. Entre leurs deux familles, c'est presque toute l'histoire du Groenland septentrional qui est couverte. Les photos accrochées au mur montrent le père de la femme, Mitsok, qui a voyagé avec Rasmussen, et le père d'Uutaaq, qui a accompagné Peary.

Uutaaq est né sur l'île de Kiatak, où nous venons d'aller à la chasse aux oiseaux, mais à cette époque, me dit-il, les familles déménageaient tous les deux ou trois mois pour suivre le gibier. Durant les mois d'été, ils vivaient dans des tentes en peau de phoque et partaient pour Savissivik, au sud, chasser le morse. Il décroche du mur deux harpons munis de longues lignes en peau de phoque et me montre comment abattre un morse. Un premier harpon pour l'assommer, un second pour le tuer. Un ballon (*avataq*) fait d'une vessie de phoque, sert à faire flotter l'animal mort. « Il y avait beaucoup de bêtes alors, parce qu'il n'y avait ni moteurs ni fusils », dit-il en tirant sur sa cigarette.

A mesure que le soleil glisse vers le nord, la pièce se rafraîchit et sa femme lui tend une chemise oxford bleue à enfiler par-dessus son tee-shirt. « Les médecins disent que je devrais arrêter de fumer. C'est dangereux. » Il s'interrompt et regarde par la fenêtre. « Mais passer son temps à voyager dans le nord, avec le climat qui change constamment alors qu'on n'a pas toujours assez de nourriture ou de vêtements, chasser le morse au harpon dans un kayak, ça c'est dangereux... Et vous voyez, je suis encore là ! »

Les yeux d'Uutaaq brillent tandis qu'il entreprend le récit de son enfance. Il glisse sa jambe droite sous la gauche, comme on s'assied sur un traîneau. « Quand j'étais petit, je suis allé au Canada avec mes parents pour rendre visite à de la famille. C'est ça qui est bien dans la vie de chasseur. On peut vivre n'importe où et chasser tout en voyageant. On n'est pas obligé de rester chez soi pour toucher son salaire. » Il tourne le regard vers la terre d'Ellesmere, qui n'est qu'à soixante kilomètres d'ici, mais séparée par l'eau libre, même en hiver. « Il fallait donc remonter toute la côte jusqu'au cap Alexander, puis traverser et redescendre vers le sud, jusqu'au fjord Grise. Si on avait eu de la bonne glace d'ici jusqu'au Canada, on aurait pu faire le trajet en trois jours. Mais en contournant, il faut un mois quand il fait beau. Mieux vaut prévoir un mois et demi, ou deux mois. »

Ils appelaient Robert Peary « Puilissuaq » et le pôle Nord « Poli ». Peary est venu pour la première fois en 1891, et c'est en avril 1909 qu'il est arrivé au Pôle ; il y avait eu huit voyages en tout. C'était un fils à papa qui avait grandi dans le Maine. Enfant, il avait lu les aventures arctiques de Kane et de Hayes. Sa curiosité naturelle, son intelligence et son ambition lui avaient inspiré ce que Jean Malaurie appelle « la folie tranquille » qui l'a finalement poussé vers le Grand Nord. Une fois devenu ingénieur attaché à la marine, il épousa la fille téméraire d'un grand savant. Puis il se débrouilla pour obtenir de la marine congé après congé afin de se lancer dans une série d'expéditions au Groenland.

« Peary avait un ego gros comme l'inlandsis », m'a dit Torben. Uutaaq confirme. « Du temps de Peary, ce n'était pas la même chose. De toute façon, qu'est-ce qui aurait bien pu pousser quelqu'un à vouloir chercher le pôle Nord ? Il n'y a rien là-haut, à part de la glace et encore de la glace. »

Il déplie une carte de l'Arctique pour me persuader : c'est une illusion que d'imaginer le Groenland comme une entité distincte. A la terre de Peary est attaché un chignon de glace (l'océan glacial arctique) qui s'étend jusqu'à la Sibérie.

Dans une lettre à sa mère, pour justifier un premier voyage sur la calotte glaciaire, Peary écrivit : « Rappelez-vous, mère, que j'ai besoin de gloire, et que je ne peux accepter des années de routine banale et une renommée tardive lorsque j'entrevois l'occasion de la conquérir dès à présent, de goûter ce délicieux breuvage tant que j'ai la jeunesse, la force et la capacité d'en jouir pleinement. »

Au commencement, les objectifs de Peary étaient vagues et divers. Il voulait seulement être le premier et le meilleur. Ce qui l'inspirait, c'était moins l'amour du Grand Nord que le fait que cette zone soit encore « à conquérir ». Prétentieux, malchanceux, obstiné, il apprit sur le tas les rigueurs de la glace et du climat, il souffrit de cécité des neiges, se cassa une jambe et perdit huit orteils, gelés.

QAANAAQ, 1997

Pourtant, au retour d'un premier voyage d'exploration sur l'inlandsis, Peary notait dans son journal, avec ravissement :

Il n'est pas de mer estivale plus bleue, plus lisse, plus belle, plus brillante sous tous les tropiques que cette mer de Baffin et cette baie de Disco par un après-midi d'août aussi ensoleillé [...]. Bleu pâle, des montagnes lointaines ceignent la baie, les icebergs parsèment les eaux bleu saphir, le murmure de la mer parvient vaguement à nos oreilles, et tout, mer bleue, glace blanche, falaises brunes et rouges, mousse d'émeraude et pentes herbues, tout est baigné par un soleil radieux. (Weems, *Peary, the Explorer and the Man*, p. 82.)

Josephine Peary, sa femme, l'a accompagné pour les deux premières grandes expéditions, contre l'avis de tous ses amis, de sa famille et des membres de l'équipe. Si elle ne partageait pas son désir de gloire, c'était du moins une femme décidée et aventureuse, et elle accoucha de leur premier enfant dans un igloo bâti sur ce qu'on appelle aujourd'hui le glacier Bowdoin, alors que l'hiver arrivait. Elle nota dans son journal intime qu'après six mois de ténèbres vécus à la lumière des lampes, l'enfant essaya d'attraper le premier rayon de soleil qui passa par la fenêtre de leur maison.

Les Peary se partageaient entre New York et le Groenland occidental. Peary fut dévasté lorsqu'il apprit qu'un Norvégien, Fridtjof Nansen, avait réussi à traverser la calotte glaciaire, ce qui l'obligeait à repenser ses projets.

Et il les repensa. Dans ses lettres d'étudiant, il parlait de « conquérir le pôle Nord » : cette idée folle devint une ambition sérieuse. Avec l'intensité et la vigueur intellectuelle qui le caractérisaient, il en vint à être obsédé par ce but. Sa troisième expédition tourna à la catastrophe. Il ne lui restait plus que deux doigts de pied après avoir cherché refuge au fort Conger, du côté canadien du détroit de Smith, où l'explorateur américain Adolphus Greely et ses hommes affamés avaient finalement été secourus après l'expédition tragique de 1883-1884.

Le général Greely et ses vingt-cinq hommes avaient établi leur base au fort Conger, où ils avaient été déposés par le *Protée* avec trois années de vivres. Le navire devait revenir chercher les hommes deux ans après ; à défaut, ils partiraient pour le sud et consomme-

285

raient les rations que le vaisseau déposerait sur le trajet. Le navire revint comme prévu en 1883, mais il fut écrasé par la glace avant d'atteindre le campement. Greely et ses hommes partirent pour le sud mais ne découvrirent aucune nourriture cachée. En mai 1884, un navire vint les secourir et trouva les sept survivants à l'agonie : ils avaient mangé tous ceux qui étaient morts avant eux.

Quinze ans après, en janvier 1899, sous une nouvelle lune, Peary et ses hommes, affamés et malades, erraient dans les ténèbres sur une côte qu'ils ne connaissaient pas et ils arrivèrent au fort Conger. C'est la nourriture laissée par Greely qui sauva l'équipe de Peary. Ils mâchèrent les biscuits et burent du café très dilué. Puis Peary découvrit qu'il ne sentait plus rien dans la jambe. Ses orteils étaient définitivement gelés ; on l'amputa sur la table de cuisine avant que la chaleur de la pièce ne laisse la gangrène s'installer.

Peary se décrivit ensuite comme un « malheureux estropié », incapable de marcher ou de se tenir debout. Il grava ces mots sur le mur, à côté de son lit : « *Invenium viam aut faciam* », je trouverai une issue ou j'en fabriquerai une. Un mois plus tard, il souffrit le martyre durant le retour en traîneau jusqu'au navire où il serait plus sérieusement soigné. Il faisait – 50° et chaque fois que le traîneau rebondissait sur la glace rugueuse, Peary éprouvait dans les pieds une douleur quasi intolérable. Son guide esquimau était heureux d'être encore en vie : « J'en suis revenu, Dieu merci ! » Mais Peary nota dans son journal : « Dire que j'ai échoué encore une fois, que je n'aurai plus jamais l'occasion de triompher. »

C'était en février. En août, quand la glace céda la place à l'eau libre, Peary embarqua à Etah, avec un médecin et avec son bras droit, Matt Henson, un marin noir qui avait servi avec lui aux Etats-Unis. Une fois rentré au pays, de nouvelles épreuves l'attendaient. Jo, son épouse, découvrit qu'il avait eu un enfant avec Aleqasina, la femme inuit qui l'avait accompagné durant ses expéditions ; Peary perdit sa mère, ainsi que le deuxième enfant qu'il avait eu avec Jo. Plusieurs tentatives visant à repartir vers le Pôle échouèrent.

Huit expéditions et huit ans plus tard, Peary repartit une nouvelle fois pour le pôle Nord. Il fut déposé à Etah en août par le *Roosevelt*, du nom du président Theodore Roosevelt, qui avait aidé l'expédition à partir d'Oyster Bay, sur Long Island. L'équipe passa l'hiver au cap Sheridan. Plusieurs groupes (133 chiens, 22 hommes, 19 traîneaux) partirent pour le Pôle le 28 février 1909. Il faisait − 45°, un vent d'est soufflait avec force.

Comme d'habitude, Peary était accompagné par son guide, le père d'Uutaaq. « Mon père avait plu à Peary dès leur première rencontre. Peary ne se déplaçait jamais dans l'Arctique sans lui. Mon père était très intelligent. Il a vite appris l'anglais. Les deux hommes s'entendaient bien. Ils travaillaient bien ensemble. Peary aimait mon père parce qu'il lui était très utile, et ils ont traversé ensemble beaucoup de moments agréables ou pénibles. Peary disait : "Si je n'ai pas Uutaaq, l'expédition ne réussira pas." »

Le chemin fut aussi difficile que d'habitude, mais cette fois-là, la chance était du côté de Peary. Les failles dans la glace se fermaient, leur permettant de les franchir, et le temps se maintenait. Peary, Matt Henson, Uutaaq et deux autres chasseurs inuits atteignirent le pôle Nord le 6 avril 1909, selon leurs calculs.

Mais la malchance ne l'avait pas lâché. Le retour victorieux de Peary en Amérique fut terni lorsque le Dr Frederick Cook annonça qu'il avait déjà atteint le Pôle. Rasmussen était sur le navire qui ramenait Cook au Danemark. Rasmussen fut d'abord convaincu, mais après avoir étudié les documents de Cook, il découvrit la falsification. Commentaire de Peter Freuchen : « Cook est un gentleman et un menteur, Peary n'est ni l'un ni l'autre. »

Quand je demande à Uutaaq fils ce qu'il pense de la controverse, il répond : « On a dit du mal de Peary. Certains prétendent qu'il a menti lui aussi. Mais d'après ce que disait mon père, je pense qu'il est bel et bien arrivé au pôle Nord. J'ai regardé toutes les cartes et j'ai vérifié tous les calculs. Oui... mon père n'aurait pas dit ça si ce n'avait pas été vrai. »

Uutaaq évoque une autre déception que subit Peary. « Mon père m'a dit que Peary aurait voulu fonder une communauté ici et planter le drapeau américain. Mais quand ils sont revenus du pôle Nord, ils ont trouvé que Rasmussen était déjà arrivé et avait planté le drapeau danois. Rasmussen avait battu Peary. Et franchement, nous étions contents que les Américains ne se soient pas installés ici. »

Sa femme émet un claquement de dents : « Tu n'es pas poli. Notre invitée est américaine. »

Uutaaq fait comme s'il n'avait pas entendu et poursuit . « On avait peur qu'avec les Américains, les Inuits disparaissent. Peary s'est mis à emmener des Groenlandais aux Etats-Unis, et ils ne revenaient jamais. Les Américains ont compris que nous sommes très intelligents et ils auraient voulu nous utiliser. Les Danois étaient mieux : ils nous laissaient vivre et faire ce que nous faisons. » Un long silence. « Bien sûr, j'ai vite appris que je n'étais pas aussi malin sur certaines choses... je n'ai jamais pu apprendre l'anglais comme mon père. »

Sa femme réplique avec un sourire narquois : « Donc, ils ne t'auraient jamais emmené, de toute façon. » Elle se lève pour remonter l'horloge qui s'est arrêtée. Sa montre s'est également arrêtée. « Quand j'étais jeune, nous n'avions pas tout ça, dit-elle en frappant le cadran. Nous n'avions même pas de calendriers. On n'en a pas besoin quand on vit dehors. Nous chassions quand nous avions faim. Peu importait l'heure, le jour ou même l'année. »

Uutaaq pense encore à son père. « La plupart des Inuits qui sont allés au Pôle avec Peary n'ont pas vraiment été payés quand ils sont rentrés. Peary les a simplement remerciés. Il a donné à mon père des outils de charpentier. C'est difficile de savoir ce que les gens pensaient alors, mais sans les gens d'ici, Peary ne serait jamais arrivé à rien. »

Pendant les quelques jours suivants, tout n'est que soleil, éclat, scintillement, et mes yeux se fatiguent vite. Je demande à Jens s'il repart, mais il doit travailler dans le bureau du maire tant que le maire n'est pas là. Je reste sur le rivage et je regarde partir deux chasseurs. Les traces parallèles que laissent leurs traîneaux sont comme les lignes d'une partition, un quatuor à cordes de Weber, par exemple, dont le tempo tantôt lent, tantôt vif, les brusques éclats et les trémolos rappellent cette intimité cérébrale que l'on nomme Sila en groenlandais, la conscience, le climat arctique.

Je reste longtemps à la fenêtre de l'hôtel. « Ça change toujours, c'est toujours beau », lance une voix derrière moi. C'est Torben. Nous faisons du thé, puis nous nous regardons timidement. Il désigne une maison verte, en bas de la colline. « Il faut aller voir Sophie. Elle habite là-bas. Elle est célèbre au Groenland pour ses danses au son du tambour. Les gens la font venir en avion un peu partout pour apprendre aux jeunes les danses et les chants traditionnels. »

QAANAAQ, 1997

Je demande à Niels de me servir d'interprète. Sophie est assise au soleil, appuyée contre le mur de sa maison, sur une chaise de cuisine au dossier raide. Elle a quatre-vingts ans mais a conservé les signes d'une grande beauté : nez aquilin, pommettes hautes, bouche superbe. Ses cheveux gris sont noués en un chignon et ses yeux bleus pétillent de malice.

Elle plisse les yeux pour m'examiner. « Quand le temps se met au beau, les oiseaux arrivent. C'est le moment où nous accueillons leur retour. Il y a tantôt du soleil, tantôt de la neige. C'est toujours comme ça. C'est le printemps, la période où le climat est changeant. S'il vous plaît... » Elle nous fait signe de passer devant les seaux de déchets qui attendent d'être vidés dans le camion à ordures.

A l'intérieur de la maison, elle nous sert du café et des pâtisseries qui arrivent tout droit de la boulangerie. La pièce est claire et meublée sobrement. Des photos de famille au mur. L'une d'elles montre le profil d'une jolie femme debout devant un groupe de chiens de traîneaux. Le vent a poussé une mèche de cheveux devant son visage et elle regarde le soleil, bas à l'horizon. Qui est-ce ? Elle éclate de rire : « Oh, c'est moi quand j'avais trente ans. Il m'était déjà arrivé beaucoup de choses. Mon fils avait disparu sous la glace, je dansais au son du tambour et le curé du village y avait mis fin. »

Elle se penche pour ramasser à terre un petit tambour. Elle le tient comme un éventail, le frappe puis le repose. « Quand j'étais jeune, je voyais les gens fabriquer des tambours à main. Ils étaient sur le rivage. Les tambours étaient faits en os et peau de renne, avec un bois de renne pour baguette. Après, je sentais la musique ici. » Elle se presse le cœur.

« J'ai vu une femme danser, je l'ai entendue chanter. La chanson parlait d'une femme qui tombe amoureuse d'un chasseur, mais l'homme part avec une autre. C'est la première chanson que j'ai apprise et je ne l'ai jamais oubliée. » Lorsqu'elle se lève, ses genoux se balancent et la chanson apprise soixante-douze ans auparavant remplit la pièce. Son visage est illuminé par un soleil voilé de nuages.

Nous buvons encore du café. « A cette époque-là, les danses au tambour étaient interdites par les prêtres. Mais je dansais quand même. Même mon mari et mon fils n'en savaient rien. Il me venait tant de chansons en tête. Je les chantais en silence. »

UN PARADIS DE GLACE

Comme la plupart des personnes âgées à Qaanaaq, Sophie est née à Dundas Village, là où se trouve aujourd'hui la base aérienne de Thulé. Je lui montre une photo du village mais elle ne veut pas la regarder. Ses yeux se remplissent de larmes. La maison dans laquelle elle a grandi n'existe plus. « Ils ont laissé certaines maisons tomber en ruines. » Puis elle reprend courage : « Je me rappelle avoir vu Rasmussen et Freuchen quand j'étais petite. Vous voyez, notre village était le centre du monde. Devoir en partir, c'est plus qu'on ne pouvait comprendre ».
Quand ils sont arrivés à l'actuelle Qaanaaq, il n'y avait pas grand-chose. « On nous a mis dans des tentes en toile mince, là où nous sommes à présent. Dès septembre, il a commencé à faire froid. Nous n'enlevions jamais nos vêtements. Certains vieillards sont morts. Les temps étaient durs. Ici, ce n'était qu'une pente ouverte à tous les vents, pas comme le vieux village avec la longue vallée pleine de renards et de rennes. Nous avons passé quatre mois dans ces tentes. Au Groenland, il n'y a jamais quatre mois d'affilée où il ne fait pas froid. Mais ils s'en moquaient bien. Finalement, un bateau est venu avec du bois et des charpentiers. C'était notre récompense : ils nous ont construit de petites maisons en bois. Nous, nous voulions seulement rentrer chez nous. »
Un coup de feu me fait sursauter. Nous allons voir à la fenêtre. « C'est l'attrapeur de chiens », murmure Niels. Nous savons bien ce qu'il veut dire : on vient d'abattre un chien errant. Sophie dépose devant nous un gâteau danois au café et remplit nos tasses de café fort.
Elle continue : « Quand j'étais jeune, nous vivions tous ensemble dans une seule maison. Maintenant, cette vie-là me manque. Nous découpions la tourbe et ramassions des pierres pour faire de petites maisons où l'on passait un certain temps. Pour avoir chaud, nous fauchions l'herbe et nous la mettions dans nos lits. Pour les fenêtres, on utilisait des intestins de phoque barbu. On les nettoyait, on les grattait, on les trempait dans l'eau, puis on soufflait dedans et on les laissait sécher. Ensuite, on découpait la peau et on la tendait pour faire des vitres. On les cousait à des cadres en os, en laissant en haut un petit trou pour regarder à travers.
« Le mieux, dans la vie, c'est d'être heureux. Le bonheur, c'est de voyager. Les avions, je les appelle les "traîneaux volants". Quand

le mauvais temps vient, je deviens triste, alors je chante et je danse. Ensuite, après avoir dormi, je me réveille à nouveau heureuse. Je pense que l'amour est la chose la plus importante dans la vie. J'ai été mariée à un chasseur, mais avant ça, je suis tombée amoureuse d'un Danois. Il venait pour les villages du gouvernement danois. Nous n'avions pas le droit d'être ensemble. Quand quelqu'un nous regardait, nous nous séparions tout de suite. Comme nous ne parlions pas la même langue, nous utilisions nos mains. Je ne me rappelle plus quand j'ai cessé de le voir. Les Américains ont commencé à arriver à Thulé, on nous a déplacés et je ne l'ai plus revu. »

Sophie rejette la tête en arrière et un chant s'élève, une chanson sur son fils disparu sous la glace, sur son mari mort, et une autre chanson sur l'homme qu'elle a réellement aimé. Sa voix résonne comme un carillon.

« Parfois je vois des gens qui sont morts. J'étais assise ici et j'ai vu un homme tourner autour de la maison. Il avait une barbe et une moustache et portait une veste. Il ne laissait pas de traces. Il est entré à reculons et je l'ai reconnu. Il venait de mourir. Puis il a disparu. Une autre fois, j'ai vu un homme qui vivait encore. Il ne vivait même pas dans cette partie-ci du Groenland. Il a passé à travers une porte fermée et il est resté planté là à me regarder. Je ne sais pas pourquoi ça m'arrive. Je demande aux gens mais personne ne sait. »

Elle jette un coup d'œil à la fenêtre. Une lumière pâle touche son nez aquilin et une boucle de cheveux gris retombe contre sa joue, tout comme sur la photo prise il y a cinquante ans. Elle était belle alors, elle est belle aujourd'hui. Il neige. Ses yeux bleus sont deux étendues d'eau troublée. Elle dit doucement : « Parfois tout est clair lorsqu'il n'y a rien à voir. »

Une semaine après, Birthe prépare un dîner pour moi et pour les deux nouveaux clients : deux Danois d'âge mûr venus dessiner les plans de l'aéroport qui sera construit à Qaanaaq l'année suivante. « Ce n'est pas le toit du monde, c'est le bout du monde », disent-ils plus d'une fois. Pourtant, ils semblent satisfaits, lorsqu'ils tricotent leurs projets sur leur ordinateur portable, en attendant qu'arrive l'hélicoptère. J'espère toujours repartir avec Jens et je me demande si Sophie chante, dort ou voit des fantômes. J'observe les ébats amoureux de deux chiens sous la fenêtre d'Uutaaq, puis je vais chercher Torben.

Le soleil surgit de derrière des nuages de neige et dore la côte nord-ouest du Groenland. Les icebergs sont des sphinx, échoués sur le fjord gelé, dissimulant leurs secrets aux ours polaires qui s'y cachent pour éviter les chasseurs. Au village, seul l'attrapeur de chiens est debout, à patrouiller, en quête d'animaux errants. Je passe devant chez Torben mais les lumières sont éteintes. J'hésite, puis je décide de ne pas entrer.

A la limite du village, je me trouve devant l'ancienne maison de Rasmussen, le musée, et j'essaye d'ouvrir la porte. Je veux dormir là. Faute de pouvoir entrer, je fais demi-tour et je me dirige vers le rivage. Sur le chemin, je croise une femme que j'ai déjà rencontrée, qui parle un peu l'anglais et elle m'invite à un rassemblement de chasseurs. Ils ont ressuscité une maison de tourbe et de pierre tout au bout de la côte. La cabane est minuscule, éclairée par une unique bougie et par une lampe de poche à la lumière pâle, posée sur un appui de fenêtre crasseux recouvert d'une serviette. Le sol est jonché de bouteilles de bière. Dans un coin, une femme tient un tambour en peau de renne tendue sur la côte de quelque autre animal, et elle en joue, parfois avec la main, parfois avec le front ou avec un andouiller.

Il fait chaud à l'intérieur. Je pense aux longues nuits que Rasmussen et Freuchen ont passées dans des maisons semblables, à Thulé. Les chasseurs ne portent plus que leur pantalon en ours polaire et ils secouent leur panse brune à la lumière des bougies quand ils rient. Une radio diffuse de la musique country groenlandaise ; un chasseur chante une chanson traditionnelle : « *Aja... aja... aja.* » La sueur ruisselle sur ses flancs. Après un moment, il enlève son pantalon, puis se couche sur le plancher en rongeant une côte de phoque. La femme qui joue du tambour est torse nu ; ses kamiks blancs luisent. Puis je vois que les broderies compliquées qui en ornent le haut sont déchirées et maculées de crasse.

Je m'assieds près d'elle, tiraillée par des pensées contradictoires. Je suis encore fascinée par la beauté fière de Torben et par l'étincelle interne d'Ikuo ; si j'étais plus jeune, j'aimerais tant avoir un enfant d'Ikuo. Plus tard ce soir-là, je me sens mal à cause de la chaleur suffocante, et j'enlève ma chemise à mon tour. La femme compare son bras et le mien et rit du contraste entre mon visage bruni et ma poitrine blanche. Puis sa voix tremblante s'élève, imposant le calme à l'assemblée.

Je pense à la séance de spiritisme que Rasmussen a eue avec le chaman Unaleq : « Les esprits parlaient tantôt d'une sonore voix de poitrine, tantôt en voix de fausset. Entre les mots, des bruits d'eau qui clapote, de vent qui rugit, de mer déchaînée, de morse qui renifle, d'ours qui grogne. »

Tout le monde se met à gémir, à grogner, à chanter des variations sur l'air *aja*. Certains poussent des aboiements de phoque ou de chien. Je pense aux deux chiens devant l'hôtel qui se roulaient dans la neige, se chevauchant alternativement tandis que j'étais au téléphone. La femme me tend son tambour et me dit de chanter. La sueur ruisselle sur ma poitrine... *aja... aja... aja...*

Au petit matin, je remonte vers l'hôtel. En chemin, je vois Birthe, la femme de Hans, qui tourne en rond, vêtue d'une longue jupe. *Nani Hans ?* Ses cheveux noirs se soulèvent de ses épaules et ses pieds écrasent la neige. Elle fait signe que non, avec un large sourire : « *Sinikpok.* » Il dort. Elle a une cigarette aux lèvres et son regard s'illumine d'un éclair malicieux. « Où allez-vous ce soir ? » me demande-t-elle. Je hausse les épaules. Un nouvel éclair traverse ses yeux. Le soleil transforme ses pommettes en lingots d'or. Elle ouvre les bras et se met à tournoyer. « Qu'est-ce qu'il fait beau ! » s'exclame-t-elle. Je réponds : *Hikiniq*. Le soleil. Elle tourbillonne comme un globe relié au pôle Nord. Elle danse.

Les jours passent, la glace ne fond pas, mais une douve d'eau libre commence à se former en bordure de la ville. Je regarde Jens attacher ses chiens plus loin, là où la glace est encore épaisse. J'attends qu'il donne le signal d'un nouveau départ pour la chasse, mais une neige hors de saison continue de tomber. « D'habitude, le soleil est vif à cette époque, répète constamment Hans Jensen. Je ne l'ai jamais vu comme ça. »

Niels taquine Jens qui doit tenir le bureau du maire tant que le maire n'est pas en ville. Jens a horreur de la paperasserie, mais par nécessité, il est devenu un homme politique afin de préserver ses traditions. Cela demande beaucoup de travail et une certaine acceptation des paradoxes : « Je ne demande ni de l'argent, ni une nouvelle maison, ni à manger. Je veux seulement pouvoir partir sur la glace pour chasser avec ma famille. Tout ce dont nous avons besoin se trouve ici. Nous demandons presque que l'on nous autorise à être pauvres. Le monde devrait être content de nous avoir. Pas d'argent, pas de motoneiges, pas de pétrole. Nous avons du pétrole. » Il désigne la viande de phoque suspendue à un fil pour sécher. Puis, caressant son large ventre avec un sourire : « Et ça, c'est mon compte en banque. »

De nouvelles *pulaar* sont prévues : je m'arrête à la boulangerie, j'achète des brioches, puis je retourne chez Uutaaq et sa femme. Ils sont heureux de me voir et se plaignent qu'aucun jeune ne vienne jamais écouter leurs histoires. La femme d'Uutaaq roule deux cigarettes, en tend une à son mari, puis se met un morceau de sucre sur la langue et l'inonde de café.

Je les interroge sur l'avenir des Groenlandais. Uutaaq répond : « Nous ne pouvons plus vivre comme avant. La civilisation va très vite et tout le monde voit bien ce que sera l'avenir de cette région. La plupart des animaux disparaîtront. Ils iront au nord pour fuir les hommes et le bruit. Quand j'ai commencé à vivre ici, il y avait beaucoup de morses, de phoques, de narvals, et nous ne chassions qu'en kayak. Nous n'avions qu'à sortir des maisons. Mais maintenant, il faut aller beaucoup plus loin. »

Je leur passe les brioches et la femme d'Uutaaq nous reverse du café. « Dans l'avenir, les gens chasseront ici les oiseaux, et plus les mammifères marins. Mais les chiens existeront toujours parce qu'il sera facile d'acheter de la nourriture sèche pour eux. Les hors-bord resteront. Il est trop tard pour les interdire. Mais cela s'ajoute au problème : il y a de moins en moins de chasseurs à plein temps. »

Le vent fait claquer une porte, nous sursautons, et Uutaaq reprend : « Et puis il y a le climat. Il continue à changer par rapport à autrefois. Donc on ne peut plus utiliser seulement le kayak pour chasser. Il y a beaucoup plus de tempêtes aujourd'hui. Il y a beaucoup plus de vent, surtout l'été, et quand la glace arrive, le vent la

QAANAAQ, 1997

brise. On ne peut pas se servir d'un kayak quand l'eau est comme ça. Et donc, les choses continuent sur cette pente. Quant au climat, je ne sais pas pourquoi il change. » Puis il sourit. « C'est peut-être parce que, comme moi, le climat se fait vieux. »

Le delta de Mackenzie, 1924

Pour atteindre la presqu'île Seward, en Alaska, tant qu'il y a encore de la glace et de la neige, Rasmussen, Arnarulunguaq et Qavigarssuaq doivent gagner au plus vite le delta de Mackenzie. De toute façon, cette zone a déjà été étudiée par deux ethnographes, Diamond Jenness et Vilhjalmur Stefansson, durant l'Expédition arctique canadienne de 1913-1918.

La distance à parcourir est de 2 200 kilomètres, mais les chiens de Rasmussen sont bien nourris et reposés. « On a tendance à mettre au second plan la tendresse envers soi-même ; l'homme qui nourrit ses chiens gagne les cœurs », note Rasmussen dans son journal.

Par une froide journée de janvier (– 40°), ils quittent la presqu'île de Kent. Les patins des traîneaux ont été recouverts d'un mélange de tourbe et d'eau, qui gèle et peut ensuite être poli. Arn s'assied derrière Rasmussen et tient son bébé dans son amaut, tandis que Qav part chasser sur son propre traîneau. Ils partent d'abord vers leur ancien campement de Malerisiorfik pour récupérer ce qu'ils y ont caché. Ils dorment à « l'auberge » de Ma Kanjak, énorme igloo où les chiens restent à l'intérieur pour économiser la nourriture (ils ont besoin de manger plus si on les laisse dans le froid). Leo Hansen les rejoint et il continuera avec eux jusqu'en Alaska. Ils sont bloqués par la neige pendant deux jours. Le 18 mars, ils se remettent en route, suivant la glace lisse de la rivière Kungarssuk.

Ils campent sur la presqu'île Atiaq pendant trois jours. Fortes chutes de neige. Ils gardent leurs couteaux à neige à portée de main, au cas où il serait nécessaire de bâtir un igloo.

LE DELTA DE MACKENZIE, 1924

La neige s'accumule, ensevelissant leur nourriture et leurs traîneaux. Les chiens, couchés dehors, deviennent « de petits hummocks », note Rasmussen. Le blanc recouvre tout ; ici et là, on distingue les falaises abruptes de la péninsule. Quelques éclaircies se produisent, puis tout est à nouveau « étouffé sous l'onde blanche ». Sortir revient à perdre instantanément tout repère ; respirer est presque impossible.

Le troisième soir de la tempête, les villageois viennent inviter Rasmussen, Arn, Qav et Leo Hansen dans l'igloo du chaman. Les visiteurs y apprennent la vieille légende du fils du géant qui veut venger la mort de ses parents en volant dans le ciel où il se transforme en mauvais temps. Maintenant, le chaman local veut savoir pourquoi le géant est mécontent et a déclenché cette tempête.

Le vent et la neige sont si intenses qu'il faut marcher par rangs de trois, en se tenant par les bras, afin d'arriver à la salle de danse où se déroulera la séance de spiritisme. « Le vent s'emparait parfois de nous avec une telle force qu'il nous fallait rester parfaitement immobiles, accrochés les uns aux autres pour ne pas être emportés vers le pack qui se dressait autour de nous. De terribles rafales venant du rivage nous cinglaient comme des fouets, et après trois ou quatre coups, nous pouvions avancer jusqu'à la rafale suivante, accompagnée par les cris de la tempête [...]. Je pense qu'il nous fallut bien une heure pour parcourir cinq cents mètres. »

L'angakok a la barbe rousse et les yeux bleus. Ses « assistants » sont un géant aux griffes si longues qu'il peut déchirer un homme d'une simple égratignure, une silhouette façonnée dans la neige molle et une pierre rouge qu'il a trouvée durant une chasse au caribou.

« Baleen » (c'était le nom de l'angakok) se déclare incapable de proférer la vérité, d'invoquer les forces invisibles. La transe commence lentement. Il se met à danser comme un possédé, jetant bras et jambes en l'air, avec des grognements de caribou en rut. Il attrape par le cou l'un des spectateurs et le secoue comme un chien jusqu'à ce qu'il « meure ». Puis le spectateur est ressuscité et de nouveau secoué. « Le ciel est plein d'êtres nus qui se précipitent dans les airs. Des gens nus, des hommes nus, des femmes nues, qui courent et déclenchent des bourrasques et des blizzards, hurle Baleen. N'entendez-vous pas le bruit ? » La tempête fait rage. Quelqu'un fait entrer les chiens pour éviter qu'ils ne soient étouffés dans la neige.

« Ce fut tout à coup comme si autour de nous la nature s'était animée, se rappelait Rasmussen. Nous vîmes la tempête traverser le ciel à vive allure et le grouillement des esprits nus. Nous vîmes la foule des morts enfuis tourbillonner dans le blizzard ; toutes les visions et tous les sons s'articulaient autour des battements d'ailes des grands oiseaux que Kigiuna (le chaman) nous avait dit de tendre l'oreille pour entendre. »

Le lendemain, ils peuvent de nouveau voyager « sous un soleil éblouissant et à travers des congères amassées ». La lumière du soleil récemment levé les attire vers l'ouest. « Avec la lumière revient le désir d'être en route. Nos visages sont très pâles ; on résiste au froid parce que le but est en vue. »

Dans le détroit du Dauphin et de l'Union, ils atteignent la limite ouest du peuple esquimau du haut Arctique canadien. Le soir, les voyageurs s'arrêtent dans un village de vingt igloos que leurs lampes à graisse font rougeoyer au clair de lune, chaque bloc formant « une vitre scintillante ». Ils festoient pour accueillir le soleil. « Ce que ces gens arrivent à tirer de ce pays froid en matière de festivités et de bonheur est remarquable. » A l'arrivée de Rasmussen, une grande salle de danse est rapidement construite en blocs de neige, et à dix heures du matin le bal commence. La « danse des sauts » continue jusqu'à dix heures du soir. Plus tard, une femme chaman mord un esprit malfaisant surgi entre les jambes de Rasmussen, puis se lève,

LE DELTA DE MACKENZIE, 1924

le visage barbouillé de sang, une dentition d'ours lui sortant de la bouche.

Le voyage se poursuit. Mi-février, sur l'Inman River, Qav leur trouve un abri unique dans une grotte si haut dans la falaise qu'ils doivent utiliser un traîneau renversé en guise d'échelle ; ailleurs, ils doivent fabriquer un radeau à base de floe et se propulser sur l'eau libre avec un piquet en bois flotté. Début mars, ils commencent à voir des maisons semblables à celles qu'on trouve à Point Barrow, avec des fenêtres en peau d'intestins dans le toit, même s'ils sont encore très à l'est de l'Alaska.

Le blizzard est si fort qu'ils ne tiennent pas debout, mais les vents chauds commencent à souffler. Le 6 mars, ils découvrent des pousses de saule dans un cours d'eau gelé, signe annonciateur du printemps. D'autres changements apparaissent : l'attitude mercenaire des Esquimaux surprend nos Groenlandais. Sur la rivière Horton, qui se déverse dans le golfe d'Amundsen, Leo Hansen tombe malade. Quand ils essayent de louer un conducteur pour son traîneau, personne n'accepte. « C'est le premier endroit où les gens refusent d'aider un malade, même pour de l'argent. » L'influence des Américains et de leur économie de marché est arrivée jusqu'ici.

Ils passent « la Montagne Fumante » au nord de la Horton River, où une poche de charbon souterrain s'est enflammée cinq ans auparavant et n'a pas cessé de brûler depuis. Sur l'Anderson River, un Américain venu en traîneau de Fairbanks, en Alaska, leur apporte les premières nouvelles du monde que Rasmussen entende depuis plusieurs années : l'explorateur Frederick Cook, dont la conquête du pôle Nord a déjà été dénoncée comme une imposture, a été condamné à quinze ans de prison pour fraude ; l'explorateur Roald Amundsen a entrepris une expédition en ballon dans l'Arctique ; l'ex-président américain Woodrow Wilson est mort.

C'est la mi-mars lorsqu'ils atteignent la terre de Baillie, où la Compagnie de la baie d'Hudson a un comptoir. Les Esquimaux Mackenzie sont aussi différents que possible des hommes parmi lesquels Rasmussen vit depuis trois ans. Il est choqué de découvrir que la chasse n'est pas leur seule source de revenu. « La soif d'or et les valeurs économiques ont tout révolutionné. » Pourtant, leurs noms, que Rasmussen transcrit, reflètent toute la gamme des vanités, défauts et possibilités humaines, ce qui lui rappelle qu'il s'agit encore d'êtres humains, inuits comme lui. Il y a Makuaq, le rejeté ; Qunujuna, le souriant ; Huvuijaq, celui qui ressemble à un couteau ; Ihumataq, celui qui ressemble à une idée ; Qomeq, le cagneux ; Arnajaq, l'efféminé ; et Qigsimik, le timide.

Sur la Mackenzie River, d'autres surprises les attendent. Rasmussen rencontre des Esquimaux qui vivent dans des cabanes en rondins, construites grâce aux énormes quantités de bois flotté qui leur parviennent. Le paysage est passé de la glace à la toundra. Des saules poussent sur les rives et le sol riche est couvert d'une flore alpine durant les mois d'été. Rasmussen n'est plus qu'à 70° de latitude nord ; au terme de son voyage en Alaska, sur la presqu'île Seward, il se retrouvera sous le cercle polaire. Par comparaison avec les fjords glacés du Groenland, l'Alaska paraît tempéré. Les différences ne portent pas que sur la faune et la flore, mais aussi sur la population humaine : les Inuits d'Alaska septentrional et les Esquimaux Yupik des vastes zones du delta, au sud-ouest, côtoient les Indiens (Athabascans et Aléoutes), leurs ennemis invétérés. Rasmussen entend d'innombrables histoires d'Athabascans ayant tué des Esquimaux pour leur dérober leurs épouses.

Tandis que Rasmussen se dirige vers l'ouest, les campements esquimaux se font rares. Les Groenlandais rencontrent plutôt des trappeurs, des directeurs de comptoirs commerciaux, des missionnaires et des personnalités locales ; Américains, Danois et Suédois. Quand ils retrouvent des villages inuits, Rasmussen trouve que la richesse des Esquimaux occidentaux consiste presque entièrement en « biens des hommes blancs » : pas seulement les couvertures de la Compagnie de la baie d'Hudson mais des goélettes, des machines à écrire, des appareils photo, des rasoirs et des lampes à kérosène. « J'ai d'abord eu l'impression d'être un vieux fossile, parmi tous ces hommes d'affaires avisés. » Rasmussen partage depuis des années le mode de vie précaire des Esquimaux, ses mouvements sont dictés par le climat et les saisons, toute son affection allait à Arn et à leur fils, né pendant le voyage. Et voilà qu'il se sent un homme du passé, parmi les Esquimaux du XXe siècle.

Ceux qui proposent leurs « services », renseignements ou coups de main, le font désormais moyennant finances. La civilisation occidentale a déjà fait des ravages : les Esquimaux Mackenzie étaient jadis 2000, mais les maladies introduites par les étrangers ont réduit

LE DELTA DE MACKENZIE, 1924

leur nombre à 400. Rasmussen désespère de jamais retrouver une culture inuit non contaminée.

Pourtant, en baie de Liverpool, à l'est de la Mackenzie River, Rasmussen rencontre un conteur, Apagkaq, venu de Kotzebue. Rasmussen doit lui verser cinquante dollars pour cinq jours de travail comme source d'informations. A sa surprise, Apagkaq s'avère l'un des meilleurs conteurs qu'il ait jamais rencontrés. Peut-être ces hommes riches valent-ils mieux qu'il ne le pense ; peut-être la première impression dissimule-t-elle de grandes richesses culturelles. Rasmussen voit se dissoudre le vernis de la prétendue civilisation à mesure qu'Apagkaq raconte l'histoire de la création :

> Il était accroupi dans les ténèbres.
> Il était tout à fait seul sur la terre, lorsqu'il devint tout à coup conscient et se découvrit. Il ignorait absolument qui il était. Il ne savait pas non plus comment il était arrivé là. Mais il respirait et il y avait de la vie en lui. Il vivait !
> Mais qui était-il ? Un être, quelque chose de vivant. Au-delà de ça, il ne savait pas. Tout autour de lui était obscur, et il ne voyait rien.
> Puis il se mit à tâtonner. Partout ses doigts frôlaient l'argile. La terre était d'argile ; tout autour de lui était argile inerte.
> Il laissa ses doigts glisser sur son corps. Il ignorait tout de son apparence, mais il trouva son visage et sentit qu'il avait un nez, des yeux et une bouche, des bras, des jambes et des membres. C'était un être humain, un homme !
> Il passa la main sur son front, et trouva une petite bosse dure. A quoi servait-elle ?
> Il ne se doutait pas qu'un jour il deviendrait un corbeau et que cette bosse se transformerait en bec.
> Il se mit à réfléchir. Il avait compris qu'il était un être distinct, détaché de tout ce qui l'entourait. Puis il rampa sur l'argile, lentement et prudemment. Il voulait savoir où il était. Mais tout à coup ses mains ne sentirent que l'espace vide, l'abîme, et il n'osa pas avancer... (Rasmussen, *Fifth Thule Expedition*, vol. 10, n° 2, p. 61.)

Alaska, 1924

Le 5 mai 1924, Qav, le cameraman Leo Hansen, Rasmussen, Arn et leur enfant franchissent la barrière de pieux de deux mètres enfoncés dans la neige qui marquent la frontière entre le Canada occidental et l'Alaska oriental. C'est le dernier tronçon de leur voyage transarctique. Rasmussen a parcouru 800 kilomètres le long des côtes désertiques du delta de Mackenzie, glissant sur les lagons gelés que forment les bancs de sable. Devant lui s'étend un paysage plat, sans relief, jusqu'à Point Barrow, la première ville véritable que Rasmussen et ses compagnons voient depuis qu'ils ont quitté le Groenland en 1921.

Point Barrow compte 250 habitants inuits, de rares résidents blancs, quelques magasins et entrepôts, un hôpital, une église et une école. Tout le monde vient accueillir l'équipe de Rasmussen. Après tout, le premier visiteur blanc en Alaska, en 1741, était un Danois, Vitus Bering. Ce n'est ni en danois ni en anglais que Rasmussen s'adresse aux badauds, mais en inupiat, et son dialecte groenlandais correspond presque parfaitement au leur.

Les villageois de Point Barrow sont des chasseurs de baleines. Ils prennent parfois jusqu'à vingt baleines en un seul printemps, ce qui leur donne le luxe du temps, et le temps se traduit par une richesse matérielle et culturelle à laquelle Rasmussen ne s'attendait pas. Les baleines sont considérées comme des êtres humains trop sensibles au charme féminin.

ALASKA, 1924

La veille d'une chasse, le chef invite son harponneur, un jeune homme robuste, à coucher avec sa femme : la baleine aime être tuée par un homme qui sort du lit d'une femme.

On chasse la baleine depuis les umiaks, ces bateaux dont il faut changer le revêtement en peau de phoque chaque année. Les têtes de harpon sont faites de silex ou d'ardoise, mais quand Rasmussen arrive à Point Barrow en 1924, le harpon a été abandonné au profit de « fusils munis de bombes explosives ». Rasmussen note que, lors d'une chasse, la femme du chef reste à la maison, assise sur son *illeq*, une botte ôtée. Cette position attire la baleine chez elle. Une fois la baleine attrapée, la femme remplit un seau d'eau fraîche, puis se dirige vers le rivage où la baleine morte a été laissée, afin de lui donner à boire.

A Point Barrow, comme dans toute communauté esquimaude, l'échange est constant entre humains et animaux. Un jeune angakok s'était fait connaître parce qu'il était un chasseur exécrable : tous les animaux qui l'approchaient se changeaient en buisson, en pierre ou en arbre et devenaient ainsi invulnérables.

Un autre jeune angakok était devenu fou lorsqu'un esprit était entré en lui : il ne reconnaissait plus personne. Un vieux chaman fut envoyé pour lui faire part de son expérience. Le novice fut d'abord envoyé dans un trou où les vers rongèrent toute sa chair. C'était une mort rituelle, après quoi il devint léger, brillant. Puis le novice apprit l'*ilimarpoq*, l'art de voler dans les airs, les mains attachées dans le dos et les chevilles ligotées, une lourde pierre attachée autour de son cou. Finalement, un esprit entra dans sa poitrine ; la poitrine était la maison de l'esprit, et de là sortit un langage spécial.

Un angakok pouvait rendre dangereux n'importe quel esprit ; tous les chamans ne souhaitent pas le bien de l'humanité. Certains sont méchants, ambitieux et avides, ils peuvent frapper les gens de maladie. C'est surtout en automne qu'ils sont dangereux : ils se transforment en boules de feu que l'on voit courir à travers le ciel. Ils peuvent aussi faire le bien s'ils le veulent. Ils voient clair dans les souffrances des hommes et peuvent guérir n'importe qui, mais ils sont exigeants : pour rester dans leurs bonnes grâces, les villageois doivent leur offrir des cadeaux toute l'année.

Parfois, la mort ne peut être évitée malgré l'intervention de l'angakok. Après la mort, dit-on, la vie part dans des ténèbres à travers lesquelles même un chaman ne peut voir.

En juin, Qav, Rasmussen, Arn et leur enfant se mettent à longer la côte ouest de l'Alaska. Leo Hansen reste à Point Barrow pour filmer les fêtes qui vont commencer. Le récit de Rasmussen est tellement sec qu'il paraît heureux de laisser le photographe derrière lui.

A Wainwright (Ulruneq), la neige est si profonde que toutes les maisons sont ensevelies. Les Groenlandais arrivent à Qajaerserfik (Icy Cape) le 8 juin. Le nom esquimau signifie « l'endroit où les kayaks se perdent » parce que ce port construit sur un banc de sable est souvent inondé durant les bourrasques.

Un festin commence deux jours après : la chasse a été mauvaise, mais une baleine a finalement été prise. Les habitants des campements voisins descendent en traîneau les énormes rivières gelées (la Noatak, l'Utorqaq et la Colville) pour profiter de la fête.

Ils se réunissent dans la *qaagsse*, la salle de danse. Tout d'abord, la queue de la baleine est coupée et partagée. Puis tout le monde joue à « secouer dans la couverture » : une peau de morse sert de trampoline pour jeter quelqu'un en l'air. La fête continue toute la nuit et tout le jour suivant, au milieu des chants bruyants et joyeux.

Les Esquimaux vivant à l'intérieur des terres, les Utorqarmiut, viennent souvent par l'Utorqaq River jusqu'à la côte pour acheter de la graisse de baleine à Icy Cape. Ils sont connus pour leur compétence de chasseurs et ils disposent d'une vingtaine de manières différentes pour attraper les caribous et les loups.

Une chasse au loup réussie doit respecter de nombreuses règles. Quand un chasseur revient avec la peau d'un loup (on ne mange pas la viande de cet animal, peut-être parce qu'il ressemble trop à un chien), il doit

> faire le tour de sa maison dans le sens du soleil, en frappant du talon quatre fois contre le mur extérieur ; il doit porter la peau sur ses épaules, il doit uriner dessus, enlever tous ses vêtements, rester nu dans la neige et frotter son corps avec une peau de caribou, allumer un feu de joie et laisser la fumée souffler sur son corps dévêtu ; il doit rester à l'intérieur de sa maison et inviter les autres à écouter ses récits, non pour les dis-

traire, mais pour amuser le loup ; il doit se lever à l'aube et chasser l'âme du loup en se mettant à genoux et en grognant une chanson qui sonne comme un hurlement ; il doit ensuite donner une fête et promettre de ne pas tuer plus de cinq loups par an. (Rasmussen, *Fifth Thule Expedition*, vol. 10, n° 3, p. 130.)

Fin juin, Rasmussen et ses compagnons continuent à descendre la côte. La glace a disparu et il est impossible de se déplacer en traîneau. Il faut se séparer des chiens et de leur progéniture, qui ont fait tout le trajet depuis le Groenland et qui ont emmené les hommes à travers la région polaire. Le cœur gros, Rasmussen les donne tous sauf quatre à un marchand d'Icy Cape. Ils voyagent ensuite en bateau à travers les lagons récemment ouverts entre les îles étroites et sablonneuses. Les quatre chiens restants sont attachés à de longues lignes, courent sur la plage et halent le bateau.

D'un côté des bancs de sable s'étend la toundra, déjà couverte de fleurs d'été ; de l'autre côté, une masse mouvante de glace en décomposition. « Romantisme des lagons, entre l'idylle estivale et la glace hivernale », note Rasmussen dans son journal.

Point Hope se trouve sur la côte, à l'extrémité ouest du Brooks Range. Son nom esquimau, Tikeraq, signifie « la pointe qui s'avance comme un index ». C'est le site d'un ancien village esquimau où vivaient plusieurs milliers d'hommes, « autant qu'il y en a aujourd'hui le long de tout le passage du Nord-Ouest entre le pôle magnétique et la terre d'Herschel ».

Autrefois, ce doigt de terre n'existait pas et les hommes devaient vivre au sommet d'une montagne. Mais Raven a fait quelques pas dans l'eau et a harponné quelque chose de noir. Du sang s'en est échappé. Ce n'était pas une baleine, mais une énorme masse sans queue ni tête. Raven l'a traînée jusqu'au rivage. Le lendemain, la bête était devenue rigide, ayant perdu toute vie ; ce n'était plus une masse de chair, mais de terre. On voit encore le trou percé par le harpon.

Les Esquimaux de Point Hope utilisent des masques pour leurs cérémonies nommées *kinaroq*. Les masques sont confectionnés seulement après que le chaman est allé au pays des esprits et en est revenu avec une nouvelle idée de leur visage. Il se mettra bientôt à sculpter.

Chaque masque est doté de sa propre vie ; il a ses chants, qu'interprète celui qui porte le masque dans la salle de danse. Il y a des loups à tête humaine, munis d'une queue au sommet de la tête. Le masque de loup a un hippocampe dans la bouche ; l'*eitje* (le dangereux) est mi-humain, mi-renard roux, mais peut se transformer en ours polaire. Le *juktoraniaq* est porté en plein air parce qu'il aide à modérer le climat. L'*anisut* à oreilles de renard est porté par une femme chaman habillée en homme.

Les chants interprétés pendant que l'on fabrique et que l'on porte les masques viennent directement de l'*inua* du masque ; lorsqu'on chante le chant du loup, de l'hippocampe ou de l'ours polaire, on exprime ce qui vient directement du cœur de l'animal.

Quand Rasmussen demande à un vieillard combien de chants il connaît, l'homme répond : « Je ne sais pas, je ne les compte pas. Je sais seulement que j'en ai beaucoup, et que tout en moi est chanson. »

Le dernier jour de juillet, Rasmussen, Arn, leur fils et Qav quittent Point Hope et embarquent pour Kotzebue. La mer est mauvaise et les rafales s'abattent sur eux, les forçant à s'abriter en chemin dans des ports naturels et dans des campements d'été pour la chasse au renne. Le vent leur paraît froid, à ces Esquimaux polaires qui enduraient sans peine une température de − 40° sur un traîneau en mouvement. Pour leur peau endurcie par la neige, le climat côtier, humide et venteux, semble plus froid.

Il est difficile de voyager avec un bébé sur une mer déchaînée. Arn vérifie constamment son amaut pour être sûre que l'enfant n'a pas été précipité par-dessus bord. Malgré le mauvais temps, Rasmussen n'est pas insensible à la beauté de la côte, aux pentes verdoyantes parcourues de ruisseaux et de rivières qui courent tous vers la mer. Selon son habitude, dans chaque village, Rasmussen rencontre les vieillards et transcrit leurs histoires. Un récit, appelé Qajartuarungnertoq, prend traditionnellement un mois entier à raconter.

Ils atteignent Nome le dernier jour d'août. C'est une ville grouillante, une vraie ville, et ils y déambulent en état de choc. Quand ils entrent dans un restaurant, on refuse de les servir. Horrifié, Rasmussen note : « Les problèmes raciaux surgissent dès notre première rencontre avec la civilisation ! » et il part vite en quête d'un autre établissement.

ALASKA, 1924

Le premier pas qui doit l'éloigner de sa vie esquimaude a déjà été fait. Ce soir-là, Arn et lui ont une discussion. Ils peuvent rester en Alaska ou au Canada et élever leur fils ; ils peuvent tous retourner au Groenland et s'installer dans un village, Siorapaluk, peut-être, ou Savissivik ; Arn pourrait rester seule en Alaska avec l'enfant. Ils pourraient aussi confier l'enfant à une famille adoptive pour regagner leurs domiciles respectifs, Arn à Dundas Village et Rasmussen à Hundstead, en banlieue de Copenhague.

Pour se protéger des ragots, Rasmussen écrit dans son journal que l'enfant est le fils de Qav. Rien n'est plus loin de la vérité. En premier lieu, Qav est fiancé à une femme de la terre d'Herbert. Avant de partir, il a ramassé un galet de la plage devant chez elle et l'a mis dans sa poche. Il dit que s'il revient et lui offre le caillou, cela voudra dire qu'il veut toujours l'épouser. Durant la pénible traversée qui emmène Qav et Rasmussen vers Little Diomede Island, ils sont fouillés par les autorités russes ; Qav a tellement peur de perdre sa pierre qu'il la garde entre les dents. Ce qui montre à quel point il est résolu à épouser la femme de la terre d'Herbert.

A leur retour, Arn et Rasmussen doivent affronter la gravité de leur situation domestique. C'est bien joli d'avoir eu un enfant en voyage, mais c'est bien moins drôle si Knud en est le père. Il est marié et célèbre. Ils ont déjà quitté leurs chiens bien-aimés à Icy Cape ; lorsqu'il rentre de Little Diomede, Rasmussen décide qu'ils doivent laisser leur enfant au couple inuit qui les a accueillis à Nome. Soixante-dix ans après, l'enfant est un vieux chasseur, qui vit encore dans l'Arctique.

Fin octobre, Rasmussen, Arnarunguaq, Qavigarssuaq et Leo Hansen s'embarquent pour Seattle. C'est là qu'ils se séparent, Rasmussen et Hansen dans un bateau, Arn et Qav dans un autre. C'est la fin de leur périple épique, comparable par son ampleur à celui de Lewis et Clark. En décembre 1924, chacun est rentré chez soi.

Le lien qui nous unit : quitter Qaanaaq, 1998

Mi-juin, je quitte « l'hôtel le plus septentrional au monde », avec une profonde tristesse. Hans m'accompagne jusqu'à l'héliport. Nous cheminons sous un soleil qui s'attarde, et nous rejoignons la lente procession de ceux qui s'en vont. Je pars pour Illorsuit, sur Ubekendt Ejland, où j'ai passé deux étés, pour voir Marie Louisa. Ce sera bientôt le solstice, le plus long jour de l'année, mais comment une journée pourrait-elle être plus longue que celle-ci ? Hans sourit simplement. Je m'accroche à son bras : « Je ne vais pas partir. » Il me suggère de rester, mais j'ai promis à Marie Louisa...

Je passe les nuits requises à la base aérienne de Thulé. Cette fois, il n'y a pas de communauté de Groenlandaises pour me raconter des histoires. Seules Imina et sa mère sont là ; Imina va au Danemark pour une opération du dos et sa mère regagne Sisimiut. Les autres passagers sont danois : un infirmier et un géologue, mais je ne suis pas d'humeur à leur parler. Je rends visite à Thyge et à Steen, les amis danois que j'ai rencontrés durant mon précédent séjour, et je prépare à dîner dans leur caserne.

Le troisième jour, je suis à nouveau arrêtée. Je suis allée avec Steen jusqu'au bord de la calotte glaciaire pour ramasser des pierres. Là-bas, le bourdonnement des avions se dissipe dans le silence absolu. La chenille que j'ai vue en partant est maintenant un papillon. Il est posé sur un rocher face à la glace, il ouvre et ferme ses

LE LIEN QUI NOUS UNIT : QUITTER QAANAAQ, 1998

ailes. Un bruant des neiges chante. Une falaise de glace chargée de crasse s'élève devant nous et la neige s'envole de la calotte glaciaire. La pierre plate que je choisis est incrustée de grenats. Elle est lourde et doit peser près de sept kilos. Je la mets ensuite dans une boîte et je la traîne jusqu'à la poste américaine de la base, mais les guichets sont fermés. Je la laisse un instant sur le comptoir et je ressors pour voir si quelqu'un peut me reconduire à la caserne. Durant ces quelques secondes, un employé repère la boîte non surveillée et appelle la sécurité.

Trois camions Ford bleu marine arrivent et bloquent la circulation ; sept hommes en uniforme (la police militaire) en descendent, mitraillette à la main. Les sirènes retentissent sans discontinuer. Je regarde autour de moi : faut-il que je m'aplatisse au sol ? Il se passe quelque chose derrière moi ? Je me retourne : ils se dirigent vers moi. De l'autre côté de la route, la salle de banquet est évacuée. Mes amis groenlandais s'arrêtent sur le perron pour observer la scène. Les militaires se rapprochent et forment autour de moi un cercle serré. Ce sont des Américains, je me le répète constamment. L'un d'eux, un petit blond à l'accent texan, me demande mes papiers. Je ne les ai pas sur moi et il faut me conduire à la caserne pour que j'aille les chercher. Puis ils me ramènent à la poste, passeport en main, pour ouvrir la boîte.

Je n'arrête pas de leur dire que c'est juste un caillou, mais ils n'ont pas l'air de me croire. Comment suis-je censée ouvrir ce paquet bien emballé, posé sur le comptoir ? « Vous voyez, ce n'est qu'une pierre. Je collectionne les cailloux. » Les haut-parleurs se déclenchent. On appelle Thyge Anderson, car j'ai donné son nom comme adresse de retour à la base. Je voudrais coller mon oreille à la boîte, pour rire, comme s'il y avait un détonateur à l'intérieur, mais je n'ose pas. J'ai toujours les fusils braqués contre moi.

Je dois emprunter un couteau à l'un des militaires. Vous voyez, dis-je en ouvrant le couvercle et en soulevant la pierre à la lumière. Juste un caillou. J'essaye de le tendre au Texan, mais il fait signe que non. Ils contemplent le spécimen, d'un air déçu.

On m'emmène dans une pièce en vue de l'interrogatoire. Ils savent que je suis déjà venue, que je suis entrée dans la base de manière illicite, sans visa de transit, sans billet pour Qaanaaq. Ils savent que j'écris des livres. Encore une fois, ils suggèrent que je suis une espionne. Je leur dis que j'ai du mal à comprendre un roman d'Agatha Christie. Ça ne les fait pas rire. Finalement, l'officier fait sortir les autres hommes. Resté seul avec moi, il avoue que leur réaction a peut-être été excessive, mais il ne s'explique toujours pas pourquoi je suis entrée illégalement à l'aller. J'essaye de lui dire que l'ambassade danoise m'avait explicitement précisé que je n'avais pas besoin d'un permis de transit et, que dans la plupart des pays, c'est à l'ambassade qu'on obtient les visas. Il paraît stupéfait. Il n'a jamais voyagé auparavant. « Alors vous n'êtes pas une espionne russe ? » Cette fois, j'éclate de rire. Thyge a lui aussi été arrêté puis relâché. C'est un ancien hippie de Birkenstock, muni d'un certificat de sécurité. Le Texan me reconduit à la caserne. En route, il me demande un rendez-vous. Je refuse.

Cet après-midi-là, je me promène, même si je sais qu'on m'observe. Les rivières commencent déjà à couler et les congères qui séparent la vallée de Dundas Village se sont mises à fondre. Je me sens toujours cernée, encerclée par des hommes munis de mitraillettes. Soudain, le froid me fait frissonner. De retour à la caserne de Thyge, je m'assieds à terre, seule, penchée par-dessus une tasse de thé. Thyge est reparti travailler mais un de ses amis, un Danois que je connais à peine, ouvre la porte et me dit doucement : « Je suis furieux de la manière dont on vous a traitée aujourd'hui. Ne le prenez pas personnellement, je vous en prie. Ils sont comme ça avec tout le monde. Je suis désolé que ce soit tombé sur vous. »

C'est seulement quand il s'en va que je comprends combien j'ai eu peur ; je fonds en larmes.

LE LIEN QUI NOUS UNIT : QUITTER QAANAAQ, 1998

Pituffik, le nom de la vallée, signifie « un lien qui nous unit à quelque chose ». Comme un harnais de chien, une relation amoureuse, ou une religion. Qu'est-ce qui me retient ici ? A Thulé, j'ai vu avec quelle facilité une vallée peut être souillée ; à Siorapaluk et à Qaanaaq j'ai vu comment une culture peut être sabotée en tranchant le fil de la vie spirituelle d'un peuple.

L'avion est censé arriver le lendemain. Pour la dernière fois, je gagne le rivage en contournant la bibliothèque Knud Rasmussen. En regardant la North Star Bay, je me demande quelle quantité de plutonium s'est répandue dans ces eaux, combien de temps la peau des bras et des chevilles de Niels continuera à peler, et combien de siècles les mammifères marins seront encore contaminés.

Le matin, le vol First Air pour Kangerlussuaq respecte l'heure de décollage prévue : 8 heures. La police militaire est là pour s'assurer que je quitte la base. En haut des marches, je me retourne pour leur faire un grand signe, à la Nixon. Comme pour leur dire : vous ne m'aurez plus sous la main pour vous défouler. L'envol par-dessus la vallée, le départ pour le sud m'enthousiasment et m'attristent à la fois. Voilà que disparaît l'intimité imprévue du traîneau, du village et de la caserne, ainsi que leurs horreurs.

« Partir et se retrouver, ces deux choses font partie d'un tout », a dit Steen la veille. Il s'y connaît. C'est un vétéran des adieux. « Les deux vont ensemble. C'est obligé. Et demain, sans toi ici, ça aura l'air si vide. »

De l'avion, je regarde la terre d'où les glaciers se sont éloignés, cette terre qui respire, enfin soulagée de son fardeau. Un instant, je désire la nuit, les arbres, les étreintes passionnées, tout ce qui fait les affections humaines, et l'instant d'après, je ne veux plus que traîneaux et glace, clarté et intellection. Le paysage septentrional, avec son caractère glacé, remplace la vue panoramique, le temps sans commencement ni fin, la cécité de la naissance et l'éclat de la mort, le solipsisme de l'éclat impitoyable du soleil. Ma poitrine se soulève, l'air semble léger.

Plus au sud, nous rencontrons une autre saison. Pas de la même façon qu'en traîneau. Cette « arrivée » ressemble à la vitesse et à la fracture de la vie moderne : le sol de glace s'est fendu là où une guillotine s'est abattue. Mon lien au nord a été tranché. Là où le détroit de Smith cède la place à la baie de Baffin, des morceaux de glace flottante, *kassut*, prennent une teinte grise en pourrissant. Avant que ne vienne la saison de l'eau libre, la glace doit mourir. La longue queue d'un iceberg rompu déroule sa spirale.

    Olejorgen, Ann et leurs enfants Ludwig et Pipaluk m'accueillent à l'héliport d'Uummannaq quand j'arrive de Kangerlussuaq. Après les larges paysages du nord, la beauté des murailles rocheuses d'Uummannaq m'étonne. Le soleil est chaud, l'eau du fjord scintille. Nous montons en bras de chemise la pente raide qui mène à leur maison. L'air chaud sur la peau nue paraît un luxe. Olejorgen paraît plus basané, plus mince, plus robuste, on voit naître sur sa lèvre une moustache de chasseur. Il a découvert Uummannaq il y a cinq ans. Il vient de revenir d'un mois de voyage en traîneau jusqu'à la côte ouest du Groenland. Comme d'habitude, nous nous sommes manqués : il a quitté Qaanaaq alors que j'y arrivais.

    Tout en marchant vers leur maison jaune, Olejorgen parle en groenlandais à sa fille Pipaluk, Ann utilise le féroéen et le danois, et Pipaluk répond dans un mélange confus des trois langues. Née à Uummannaq, Pipaluk ne pesait qu'1,7 kilo à la naissance. Le médecin de la clinique locale n'avait pas de couveuse et ne savait pas si elle survivrait. A présent je vois qu'elle a les cheveux et la peau sombres d'Olejorgen et le caractère téméraire d'Ann : elle se dégage des bras de son père parce qu'elle a envie de marcher.

    Ludwig, le fils d'Olejorgen, âgé de dix ans, a l'air groenlandais mais quand il est arrivé de Copenhague trois ans auparavant, il ne parlait que le danois. Mignon et intelligent, il maîtrise désormais le danois, le groenlandais, l'anglais et un peu d'espagnol, apprenant sans effort toutes les langues qu'on parle devant lui. Je lui demande où il voudrait habiter quand il sera grand. Il me regarde dans les yeux et répond : « En Californie. »

    Mon sac a été lancé dans la voiture russe d'Ann que conduit Duppe, le Groenlandais qui nous a fait faire le tour de la ville à minuit, des années auparavant, durant la nuit hivernale. Tandis que nous gravissons la colline, Ann insiste pour que je séjourne chez eux alors que j'ai réservé une chambre à l'hôtel. Ils ne sont plus à une personne près, dit-elle. Ils ont déjà dix invités à dormir chez eux.

LE LIEN QUI NOUS UNIT : QUITTER QAANAAQ, 1998

Hans Holm téléphone d'Illorsuit et se lamente sur la mauvaise glace qui nous a séparés. Elle est trop fine pour un traîneau, trop épaisse pour un bateau, et malgré la chaleur, elle persiste opiniâtrement. « Tu es arrivée durant la saison intermédiaire. Je ne sais pas si tu viendras ou non. »

Je parle à Marie Louisa. Enfin, je grommelle des syllabes dans une langue que ni l'une ni l'autre ne connaît bien. Tout ce qui compte, c'est l'enthousiasme que je sens dans sa voix. Je suis résolue à aller les voir. « Je pense qu'un hélicoptère est prévu. Appelle Arne et renseigne-toi », dit Hans.

Arne Fleischer reconnaît aussitôt ma voix. Après tout, je suis la seule Américaine qui revient constamment à Uummannaq, et il a jadis été le petit ami d'Aleqa. Le programme de l'hélicoptère est incertain. Ce sera le dernier de la saison. Une fois là-bas, je devrai revenir en traîneau ou en bateau et, selon le temps et la glace, il faudra peut-être attendre un mois pour regagner Uummannaq. Je réserve pour le lendemain.

Ann insiste pour que nous allions au Foyer pour enfants assister à la répétition des danses que ses petits protégés apprennent. Elle dirige cet établissement tout proche de son domicile. « Je ne suis pas directeur, mais dictateur ! » lance-t-elle en courant d'une pièce à l'autre, pour saluer les enfants et remédier au désordre. « Mais un bon dictateur. »

Le bâtiment est moderne, accueillant et gai. « Quand ils atteignent leurs dix-huit ans, les gosses n'ont pas envie de partir. Et il y a des gosses sans problèmes qui veulent venir, parce qu'ils voient qu'on s'amuse bien. »

Dans son bureau, une pile de fax l'attend. Elle se prépare à emmener dix-sept enfants au Danemark et à Paris la semaine suivante. Infatigable lorsqu'il s'agit de collecter des fonds, elle cherche encore des mécènes, sollicite la reine du Danemark, l'ambassade danoise à Paris, les lignes aériennes et les marques de vêtements.

Ann a eu du mal à décrocher son diplôme de sociologie à l'université de Copenhague. « On me disait que je ne serais jamais une bonne assistante sociale parce que je venais d'une famille heureuse. Mais comment peut-on donner de l'amour si l'on n'en a jamais reçu ? » La poitrine généreuse, le nez chaussé de bésicles, parfois

écrasante, elle tempère ses caprices de dictateur par une générosité qui inspire à sa famille des sentiments mitigés.
« Personne ne fait les choses comme Ann. Elle est la meilleure, elle emmène les gosses pendant ses propres vacances, elle reste debout toute la nuit quand des nouveaux arrivent », me raconte au téléphone Poul Karoup, son beau-frère, rédacteur en chef de l'un des quotidiens groenlandais. Il appelle pour dire qu'il arrivera dans quelques jours. « Elle se fait obéir. Elle n'a pas toujours eu une vie facile, famille heureuse ou pas. Elle a vu son fiancé s'écraser en hélicoptère. Et puis elle a eu un cancer, elle a failli perdre son premier enfant. Et elle a une sœur handicapée. Sa famille est issue de la vieille communauté de pêcheurs des îles Féroé. En eux, tout est générosité. Ils ont toujours cru qu'il était de leur devoir de secourir tous ceux qui en ont besoin. »
Quand je demande à Ann pourquoi elle est ainsi, elle répond simplement : « Ma famille a toujours été comme ça. Nous aimons avoir beaucoup de monde autour de nous. »
Une fillette de sept ans entre en courant dans le bureau et ressort en criant. A Upernavik, ses parents l'ont gardée enfermée dans une boîte pendant cinq ans. Ils ne savaient pas comment s'y prendre avec elle parce qu'elle était autiste et qu'elle courait tout le temps ; parfois elle partait sur la banquise et ils craignaient qu'elle se noie. « Ce n'étaient pas des gens méchants. Ils ne savaient pas où demander de l'aide, tout simplement. Finalement, quelqu'un en ville a vu la gamine et l'a amenée ici. Son père est venu la voir. Mais elle a peur de lui, elle a peur de ce qui va lui arriver. Elle ne veut pas retourner dans la boîte. C'est pour ça qu'elle n'a pas arrêté de courir, aujourd'hui. »
Le son du tambour et des chants parvient jusqu'au bureau. Je demande s'ils ont fait venir Sophie de Qaanaaq. « Non, c'est un jeune homme du lycée qui donne des cours aux enfants. » Ann m'emmène au salon : devant les gosses, les genoux légèrement fléchis, le musicien frappe le tambour qu'il tient très haut tantôt par-dessus l'épaule droite, tantôt par-dessus la gauche. Après la chanson, il suggère à trois adolescentes d'essayer. Comme elles sont timides, au début, Ann les accompagne. Elles exécutent ensemble une danse malhabile. « Vous voyez, il ne faut pas être timide. Personne

ne sera aussi mauvais que moi », dit Ann aux enfants, parmi les éclats de rire.

En attendant leur tour, deux fillettes peignent leur chevelure couverte d'une matière noire. Au début de l'année, elles se sont teint les cheveux en rose et en vert. Elles reviennent maintenant à leur « véritable couleur esquimaude » pour que, durant leur tournée de danses traditionnelles en Europe, elles ressemblent à ce qu'elles étaient.

Le mot préféré d'Olejorgen est « Esquimauesque ». Il est bouffi d'orgueil depuis qu'il est revenu de son voyage en traîneau à Thulé. Déroulant une nouvelle carte du Groenland où l'on voit tous les villages, campements de chasseurs et maisons en ruines, il désigne les noms danois qui ont été retraduits en groenlandais. « C'est important de corriger tout ça parce que nous avons été colonisés il y a si longtemps que nous n'arrivons plus à nous rappeler ce que nous avons oublié. »

Il indique l'itinéraire qu'il a emprunté pour se rendre à Qaanaaq en avril. Il y avait onze personnes et six traîneaux. Plusieurs chasseurs étaient avec lui, dont Kristian Möller, d'Illorsuit, et quelques adolescents du Foyer pour enfants.

« J'étais seul sur mon traîneau. Les cinq autres chasseurs transportaient les gosses et un employé du Foyer. Nous n'avons pas chassé en route, nous avons acheté du flétan aux pêcheries, pour pas cher. Le premier jour, nous sommes allés jusqu'à Illorsuit et nous avons passé la nuit chez Hans Holm. Puis, avec Kristian Möller, nous sommes partis vers le nord, jusqu'à Sondre Upernavik. Il faisait froid et sombre, environ −25°, ça a pris quatre jours. A Proven, il a fallu revenir sur la terre parce que la glace était mauvaise. Ça nous a pris quatorze heures de quitter le glacier, en route vers Aappilattoq, et ça n'a pas été facile. Ensuite, on est partis vers Innaarsuit, où nous sommes restés trois jours. C'est un endroit très animé, mais il y a un truc qui est dommage, c'est que les gens se sont mis à transporter leur poisson en scooter. Ça nous paraît une très mauvaise idée. A Nuttaarmiut, il y avait quatre peaux d'ours qui séchaient là où on a passé la nuit. Les garçons n'avaient jamais chassé l'ours polaire, ni participé à un grand voyage. On espérait que ça leur donnerait un avant-goût de ce qu'ils pourraient devenir. Je crois que ça a marché.

« A Kullorsuaq, on a commencé à manger du narval et du bélouga. Et puis on est arrivés dans la baie de Melville. Il a fallu huit jours pour atteindre Savissivik. Normalement, il n'en faut que quatre, mais la neige était profonde... D'autres chasseurs nous ont rejoints. Nous n'avions pas les longs traîneaux de Thulé. Les nôtres étaient plus courts et on a vite compris que c'était une erreur. Les traîneaux courts ne glissent pas aussi bien dans le Nord. Les nôtres sont faits pour traverser les montagnes ; ceux de Thulé sont faits pour transporter des charges importantes et pour franchir les crevasses et les fissures de la glace.

« Nous sommes passés devant le Pouce du Diable, un gros rocher rond, haut de 250 m. Un chasseur est parti abattre un phoque et il est revenu huit heures après avec un ours polaire. Alors on s'est mis à manger de l'ours : ours au curry, ours au riz, ours bouilli, ours aux pâtes.

« Savissivik et Save Island, où Peary a trouvé sa météorite, sont très isolés. La neige y est toujours épaisse et il y a beaucoup d'ours. Il y a aussi des Esquimaux noirs, les descendants de Matthew Henson, qui accompagnait Peary. Ce sont de très bons chasseurs. Etre Esquimau, ce n'est pas seulement une question de race et de nationalité, mais aussi de mode de vie. Trois jours encore et on arrivait à Dundas, puis on a passé une nuit à Moriussaq, sur la côte, pas loin de la base aérienne de Thulé. Le petit-fils de Matt Henson y tient l'épicerie KNI. Deux jours après, on était à Qaanaaq. Les chiens, les enfants et moi, on était bien fatigués. Mais ça faisait cinquante jours qu'on vivait sur la glace. »

J'entends une voix pousser un « Ouh la la ! » dans la pièce voisine. C'est Ann, qui commence à prendre le rythme de la danse. D'après les photos d'elle en lycéenne qui ornent le mur, il est clair qu'elle a jadis été « un canon », comme dit Ludwig. Maintenant plus mûre, elle sait encore s'amuser. « Ouh la la ! », lance-t-elle à nouveau, en rejoignant les enfants et en frappant du tambour. « On va à Paris ! Allez-y, dansez ! »

Durant la répétition, la fillette autiste fait irruption en hurlant. Son père, homme mince au visage hâlé, attend patiemment sur une des chaises droites de la salle à manger. Chaque fois que son enfant passe, il tend la main et dit « *Kutaa* », Bonjour. Mais elle s'enfuit. C'est le seul contact qu'elle supporte.

Ann jette un coup d'œil circulaire. Les enfants ont l'air heureux et en bonne santé, mais les raisons pour lesquelles ils sont arrivés ici sont à faire dresser les cheveux sur la tête. « Tout a l'air calme dans un village, mais il peut se passer des horreurs derrière cette façade, des choses indescriptibles. Certains parents auraient aussi bien fait de confier leurs gosses aux chiens pour qu'ils les élèvent. Les chiens auraient été plus attentionnés. »

Quand la danse ralentit, Ann prodigue des encouragements. Tout le monde rit ; personne n'a peur d'elle. « J'emmène les gamins en Europe parce que ça leur apprend qu'ils sont des citoyens à part entière. Ça leur montre comment vivre avec des gens différents. Beaucoup d'entre eux ont déjà vu et subi la violence. Maintenant ils apprennent à vivre sans faire de mal à personne. »

De retour à la maison, nous commençons à préparer le dîner. Une adolescente frappe à la porte. « Oui, oui, entre, tu peux rester », répond Ann. Quand la jeune fille va aux toilettes, Ann murmure : « Elle a essayé deux fois de se tuer, d'abord en se tranchant les veines, ensuite en se tirant une balle dans la bouche, mais elle s'en est sortie. Elle est enceinte, et c'est sans doute son père qui l'a mise dans cet état. Elle vivait au Foyer pour enfants, mais la municipalité l'a jetée dehors. Elle aurait pu avorter, il suffit d'aller à la clinique un mercredi matin, mais elle a gardé l'enfant par vengeance. Et maintenant on l'a récupérée comme ça. Elle doit être folle, de s'être mis un revolver dans la bouche sans en mourir.

« Elle est repartie vivre avec ses parents. On ne pouvait rien faire. Ils vivent dans une pièce de 3 mètres sur 4. Six personnes s'entassent là-dedans et tout ce qu'elle leur dit, c'est : "Je suis une bonne fille." Elle dit ça pour faire plaisir à ses parents. Pourquoi ? Parce qu'elle a tellement peur. Je lui dis : "Je ne veux pas que tu sois une bonne fille, je veux que tu sois toi-même, alors on pourra t'aider, alors tu auras une chance d'être heureuse." Maintenant, c'est trop tard. Trop tard pour avorter et peut-être trop tard pour être heureuse. Je leur laisse toujours le choix. Tu veux le bébé, on t'aidera ; tu n'en veux pas, on t'aidera aussi. »

Olejorgen arrive dans la cuisine avec un sac de pommes de terre nouvelles, toutes rouges. « Regardez, elles sortent tout juste du bateau. Les premières de la saison. » Il les jette dans l'eau bouillante. Au dîner, nous plaçons la marmite au milieu de la table et y plantons nos fourchettes. Olejorgen brandit une pomme de terre à demi consommée. « On sent le goût de la terre dans la peau. » Sur l'île d'Uummannaq, il n'y a pas de terre à proprement parler.

Nous avons une faim de loup ; Olejorgen continue à rêver. Il se penche par-dessus une carte de toute la zone polaire : « Je veux voyager, peut-être de Svalbard jusqu'au Groenland oriental, je veux aussi aller sur la terre de Washington et la terre de Peary, tout ça en traîneau. Et j'aimerais bien passer un hiver à Siorapaluk, si Ann me laisse partir. » Il a un sourire de petit garçon.

« Ya, ya. Bien sûr, répond Ann. Mais tu n'auras pas de pommes de terre nouvelles, là-bas. »

Deux garçons font irruption avec Ludwig. Ils veulent passer la nuit, eux aussi. « Oui, d'accord, vous êtes les bienvenus. Montez », leur dit Ann. Au Groenland, les enfants passent souvent de main en main : quand une famille ne peut s'occuper d'un enfant, quelqu'un d'autre s'en charge au village, et l'échange n'étonne personne. Aucun document officiel n'est signé. Il n'y a pas de notaires ici, il n'y en a qu'à Nuuk.

Nous comptons les têtes : il y aura ce soir douze personnes qui dormiront dans les cent mètres carrés de la maison d'Ann. Le lendemain matin, la cuve des toilettes sera pleine.

Peu après le dîner, Olejorgen va se coucher. « Il est très fatigué depuis son voyage, explique Ann, mais ça va. Il n'est pas comme nous. Les Groenlandais consacrent beaucoup de temps au silence et à ne rien faire. Ils sont comme ça. Ils n'ont pas besoin de s'occuper tout le temps comme les Danois. C'est bien, non ? Ils ont peut-être appris ça de leurs chiens, qui dorment pendant des journées, des semaines entières avant de partir à la chasse. C'est comme ça qu'ils survivent. »

Tard dans la soirée, la conversation aborde l'éducation des enfants et l'amélioration de la société. Nous avons été rejoints par Sven, dentiste danois d'âge mûr ; c'est l'un des nombreux docteurs qui font l'aller et retour entre le Groenland et le Danemark. « Le paradoxe du socialisme danois, dit-il, c'est que son idéal est de satisfaire les besoins élémentaires pour que les gens puissent passer à des choses plus importantes. Mais nous avons découvert que donner

LE LIEN QUI NOUS UNIT : QUITTER QAANAAQ, 1998

est un geste complexe. Une partie du mécanisme animal de survie réside dans l'opportunisme. C'est très facile de fabriquer des parasites à partir de gens intelligents et en parfaite santé. Mais s'ils ne sont pas en bonne santé... eh bien, il y a des problèmes. Donc tout dépend de combien on donne, quand et à qui... C'est vraiment très difficile à déterminer. Certains idéaux ne sont peut-être pas faits pour être mis en application. Il faut les garder pour soi, dans son cœur, sans les confier au gouvernement. Nous nous cherchons constamment, nous essayons de résoudre cette énigme : comment être un humain. »

Je me réveille à midi, baignant dans les eaux divisées du mal du pays : un courant m'entraîne vers le Grand Nord, l'autre me ramène chez moi. J'ai aussi hâte de revoir Marie Louisa. Arne Fleischer appelle de l'héliport pour dire qu'il n'y aura pas de vol pour Illorsuit ce jour-là. Tandis que nous rangeons la maison, Ann me fait écouter un CD de musique country. Je tourbillonne sans grand enthousiasme aux accents de George Strait.

Ebbe, un petit prodige d'une vingtaine d'années, au visage angélique, vient me chercher pour une promenade de l'autre côté de l'île. Il habite dans la rue, chez le frère du Premier ministre, Severin. Grand et robuste, il marche d'un pas que j'ai du mal à suivre. Aussitôt passé le Foyer pour enfants, nous entendons un sifflement, puis une petite explosion. On dynamite le rocher afin de faire de la place pour agrandir le bâtiment. Un kilomètre plus loin, nous longeons un lac et nous gravissons des murs de granit, pour franchir un rebord. Les douleurs que j'ai dans la poitrine descendent mon bras gauche jusqu'au coude, et des nuages de moustiques, inconnus à Qaanaaq ou à Siorapaluk, planent au-dessus de nous. Nous montons derrière le village. Toutes les maisons sont bâties du même côté. Le reste de l'île, inhabité, est désigné comme le « cœur de mouton ».

Mon cœur souffrant escalade le cœur rocheux de l'île. De l'autre côté, nous descendons jusqu'à une cabane et nous nous reposons au soleil. De là, je vois jusqu'au bout du fjord, jusqu'à Ubekendt Ejland et Illorsuit. A mi-distance, dans l'embouchure du fjord, la glace commence, opaque et croulante, un mur aplati qui m'empêche d'aller retrouver mes amis.

De l'autre côté de l'île, un hélicoptère fait irruption dans le panorama, et son bruit de mixeur se heurte aux parois rocheuses. Il va jusqu'au bout du fjord puis vire au nord pour remonter le détroit d'Illorsuit. Est-ce possible ? J'agite les bras, impuissante, puis je m'abrite les yeux pour mieux voir. « J'étais censée être dedans », dis-je à Ebbe. Mais c'est trop tard. L'hélicoptère a déjà disparu et il sera bientôt là-bas.

Nous essayons de regagner la ville au cas où il y aurait un second vol, mais l'effort redouble les douleurs de ma poitrine. Je suis obligée de m'arrêter pour souffler. On dirait que je ne fais jamais le bon choix quant à l'endroit où je vais, le moment où j'y vais et la raison pour laquelle j'y vais. En arrivant au sommet d'un mur de pierre, nous voyons revenir l'hélicoptère. Mais quand nous arrivons à l'héliport, il est déjà reparti. J'appelle Arne. Il m'apprend que le second vol n'était pas pour Illorsuit mais pour Ukkusissat. Et c'est le dernier vol de l'année. L'hélicoptère ne repartira pas avant l'été.

Ce soir-là, je rappelle Hans Holm. Il semble blessé. « Marie Louisa croyait que tu venais, alors elle est allée toute seule à pied jusqu'à l'héliport. Elle a cueilli des fleurs tout le long du chemin. Quand l'hélicoptère a atterri, elle t'attendait. Elle a couru jusqu'à la porte, mais tu n'es pas sortie. Les gens disent qu'elle s'est assise par terre et qu'elle a pleuré. »

Je me résigne à tout ce qui arrivera ensuite, bon gré mal gré. Revoir Marie Louisa, c'est tout ce qui compte. Comment lui expliquer mon absence ? A quoi bon ? Nous ne parlons pas la même langue. Un soleil dur donne un éclat de papier aluminium à l'eau noire d'encre du fjord. Mes douleurs de poitrine continuent, sans doute ravivées par le sentiment de culpabilité. J'ai eu un moment d'inattention à l'instant précis où il n'aurait pas fallu, et rien de ce que je pourrai faire ne réparera cette erreur. Il ne suffit pas de remarquer que les jours sont longs en été ; ils me disent aussi : « Tu ne pourras pas t'en sortir. » L'infini se moque constamment de nous en nous donnant l'été et ce soleil vingt-quatre heures sur vingt-quatre, à moins que ce soit l'immortalité qui ait le dernier mot ?

LE LIEN QUI NOUS UNIT : QUITTER QAANAAQ, 1998

Ann travaille non-stop pour préparer le voyage en Europe, elle envoie des fax aux compagnies aériennes, à la reine, à des amis, aux ambassades pour leur demander de l'aide : un repas gratuit, un laissez-passer gratuit, une audience, une visite du Parlement, n'importe quoi pour montrer aux enfants comment vit le reste du monde. Olejorgen fait la grasse matinée, il dort, il lit.

Dans la journée, Olejorgen se lève pour accomplir ses corvées, d'un air de professeur. Vêtu d'une chemise oxford bleue, d'un pantalon kaki et d'un gilet de laine, il nourrit les chiens : flétan séché et restes de la cuisine. Il se rappelle son voyage en traîneau : « Parfois, en route, huit jours passaient comme une seule journée, et près de Savissivik, le brouillard était si épais que je ne pouvais plus faire la différence entre le ciel, la terre et la glace. Je ne voyais rien. Je ne veux pas dire, seulement devant le traîneau. J'étais perdu... Parfois, j'avais l'impression de voler la tête en bas. » Il désigne son cœur. « J'étais perdu sur la glace et aussi en moi-même. »

Il offre à chaque chien de l'eau dans un seau. Ils n'ont aucune ombre où s'abriter et aucune autre source d'eau. « A l'instant, un de mes chiens vient de mourir. A cause de la chaleur, j'imagine », dit-il sans émotion apparente. Je lui demande si le chien a eu à boire ce matin et il hausse les épaules. « Peut-être pas. » Il lui reste encore beaucoup de choses à comprendre avant de devenir un bon chasseur.

Nous marchons jusqu'au port, en quête d'un réparateur pour son hors-bord. « Demain nous irons voir l'endroit des momies, de l'autre côté du fjord », déclare Olejorgen. En face de nous, les grandes murailles de l'île voisine sont noircies par la glace fondue et le fjord brille comme une chevelure propre. Olejorgen ne semble guère troublé par la mort de son chien. Il m'avoue que, durant son voyage à Qaanaaq, il en a perdu quatre.

Un beau jeune homme passe près de nous et Olejorgen le hèle. « Je te présente Jacob, le petit-fils de Rockwell Kent et de Salamina. »

Jacob a la peau claire et les cheveux noirs. Derrière ses élégantes lunettes cerclées de fer, ses yeux pétillent d'intelligence. « Oui, on dit que Kinte est mon grand-père. Bien sûr, on n'est jamais sûr de ces choses-là. Mais moi, j'y crois. Oui, je sens sa présence en moi. » Puis il part en courant vers l'école où il enseigne.

Le hors-bord est réparé. Nous traverserons le fjord le lendemain. Ce soir-là, comme tous les soirs, je parle au téléphone avec Hans Holm et Marie Louisa. Il me conseille de voir le film que son père, Mogen Holm, a tourné dans les années 1920 ; on le trouve au musée. « C'est le premier médecin qui est venu à Qaanaaq. Tout le monde mourait alors de tuberculose, il a diagnostiqué la maladie, a traité tout le monde et a sauvé de nombreuses vies. Donc tu vois, j'ai eu envie de venir au Groenland dès le biberon. »

Le lendemain matin, le ciel est dégagé, l'eau est paisible. Notre croisière « familiale » se transforme en expédition pour tout le Foyer : dix-sept enfants, dix assistants et quelques amis. Quatre bateaux traversent le fjord. De l'autre côté, nous rencontrons Mogens, l'adjoint au maire danois d'Uummannaq, qui a vite perdu de son enthousiasme quant au possible boom pétrolier du Groenland : le boom n'a pas eu lieu.

Mogens et sa femme nous invitent à bord. Son petit yacht offre une cabine et une cuisine intérieures, et peut accueillir quatre personnes. Pendant que les enfants pêchent et bondissent de rocher en rocher, nous sirotons du vin blanc et lézardons au soleil, à l'abri du vent sur cette étendue d'eau libre.

Le coin des momies, sur le versant nord de la presqu'île de Nuusuaq, est appelé Qitsaliq. Les corps parfaitement préservés de deux femmes et de quatre enfants ont été découverts par deux jeunes Groenlandais partis à la chasse. Au début, personne n'y a cru. Ils ont pris des photos et les ont montrées à la police, qui a fini par se déplacer et a constaté que les deux garçons disaient vrai.

Après une minuscule prairie qui abrite encore les vestiges de quatre maisons du début du XIXe siècle (des cabanes saisonnières construites en pierre et en tourbe par les chasseurs), nous escaladons la pente de granit frotté et poli par les glaciers. A quatre pattes, je regarde dans les trous caverneux où les corps ont été découverts. Olejorgen raconte l'histoire : « C'était en automne, la nouvelle glace arrivait. Les femmes ont dû être prises dans leur umiak. Le canot a été retourné par la glace dérivante et les rameuses se sont noyées. Puisque le niveau de la mer a baissé, tout le monde a été conservé dans les rochers par le froid. »

L'après-midi, nous regagnons le bateau et formons une longue file avec d'autres navires jusqu'au bout de l'île d'Uummannaq, pour atteindre un haut monticule herbu, barré d'un côté par un mur rocheux haut de 300 mètres. Olejorgen, Ebbe et les adolescents cueillent des bruyères séchées pour notre « barbecue esquimau ». On dispose de grandes pierres surmontées de cailloux plats pour former le gril sur lequel on fera cuire la viande. On déballe la nourriture apportée des bateaux, les enfants chantent au son du tambour tout en s'activant. Après le repas, trois jeunes filles, les meilleures danseuses, prennent place en hauteur, sur les rochers, pour une représentation. La pulsation lente du tambour retentit et les chants inuits, interprétés depuis des siècles dans toute la zone polaire, se mettent à résonner à travers le canyon.

Mogens nous ramène à la maison, Ann et moi. A un kilomètre du port, le bateau heurte un obstacle. Nous ralentissons. On voit de la glace noire sur le côté. Mogens nous assure fièrement que la coque est doublée. Nous progressons lentement en nous frayant un chemin à travers la glace. Je regarde les environs. Toute l'eau est paralysée. Aucune pulsation. Le fjord est noir, solidifié, c'est un bandeau qui nous rend aveugles. La proue brise des miroirs sombres, qui ne reflètent rien. Les autres bateaux nous suivent en procession majestueuse. A l'entrée du port, un chien mort flotte sous la glace.

A la fin de la semaine, un bateau rouge, le *Disko*, mouille dans le port minuscule. Il a à son bord Poul Karoup, le beau-frère d'Olejorgen, et Lars Emil Johansen, Premier ministre du Groenland. J'embrasse chaleureusement Poul (il est venu me voir deux fois en Californie avec sa famille) puis nous nous écartons pour laisser passer le Premier ministre, que tout le monde appelle Lars Emil. A peine plus grand que moi, il porte un tee-shirt noir, un jean noir, des Nike, et est suivi par un jeune Groenlandais séduisant qui est allé à l'école avec Olejorgen à Nuuk.

La veille, Ann, Olejorgen et moi avons partagé un festin de minuit avec le frère de Lars Emil, Severin, qui appartient à un autre parti politique. Quand nous avons évoqué l'arrivée imminente de Lars Emil, Severin a fait la grimace en disant : « Il ne m'écoute pas. Demain matin, je prendrai l'hélicoptère pour le sud. »

Nous déjeunons avec Poul et Lars Emil à l'hôtel Uummannaq. On nous sert des crevettes, du phoque et des boulettes de viande en sauce (recette danoise). Lars Emil est né à Illorsuit. Quand je lui raconte que j'ai passé un été dans ce village pour voir où Rockwell Kent avait vécu et peint, il affirme avoir un souvenir très net de Kinte, même s'il n'était alors qu'un petit garçon. Il me demande de saluer tous les habitants du village.

Lars Emil mentionne la décharge de déchets toxiques qu'il négocie pour le Groenland ; son frère est parti pour Nuuk afin de protester contre ce projet. Quand j'essaye de dire à Lars Emil que le pays n'a pas besoin de ce genre d'argent, il m'ignore et sourit. « Vous voulez venir sur mon bateau ce soir ? » murmure-t-il. Avec un sourire, je décline l'invitation.

Après le déjeuner, Lars Emil saute dans une camionnette Toyota rouge et file. Il n'a même pas songé à demander la permission d'emprunter ce véhicule : il est le Premier ministre. Il slalome entre les maisons, les chiens, les traîneaux et les enfants, en s'arrêtant de temps en temps pour rendre visite à de vieux amis.

En fin de journée, il s'arrête au Foyer pour enfants. Entassés dans une petite pièce, nous regardons les enfants exécuter les danses qu'ils répètent depuis le début de la semaine. Genoux fléchis, en se déhanchant, ils frappent les petits tambours du plat de la main. Leurs voix douces et lentes nous ensorcellent tous, y compris l'impénétrable Lars Emil.

« Dans tout le Groenland, il n'y a pas d'autre Foyer pour enfants de ce calibre », murmure Poul Karoup tandis que nous admirons les danses. « Ann est la meilleure, elle emmène les gosses durant ses propres vacances. Elle en fait quelquefois un peu trop, mais ce n'est jamais pour elle-même, c'est toujours pour les enfants. »

La sirène du bateau retentit. L'heure du départ a sonné pour les visiteurs. Lars Emil et son assistant sautent dans leur camionnette d'emprunt et filent vers le port. Nous suivons dans notre petite voiture russe, avec le chauffeur d'Ann, Duppe, au volant. Les quais sont déserts. Personne n'est venu dire au revoir au Premier ministre. Est-ce parce que les gens d'Uummannaq n'ont pas voté pour lui ? Ann a une autre explication : « Ils ne croient toujours pas qu'ils puissent se faire entendre, qu'ils aient leur mot à dire dans la manière dont le pays est gouverné. »

LE LIEN QUI NOUS UNIT : QUITTER QAANAAQ, 1998

Poul allume nonchalamment sa pipe et nous embrasse avant de repartir. Il monte à grandes enjambées sur la passerelle et disparaît à l'intérieur du bateau. Lars Emil s'arrête pour me parler une dernière fois. « A Illorsuit, j'avais un surnom particulier. Demandez-leur ce que c'était et ce qu'il voulait dire. Ça vous plaira. » Puis il se penche plus près de moi. « Vous êtes sûre de ne pas vouloir venir ? » Je fais signe que non et je le remercie, en embrassant sa grosse joue.

Le voilà seul sur le pont. La sirène retentit à nouveau et on relève la passerelle. Un camion arrive : ce sont les enfants. Tandis que le bateau s'éloigne du port, ils font de grands gestes et crient des saluts en trois langues.

Lars Emil n'est plus qu'un point minuscule. Comme beaucoup de Groenlandais d'ascendance mêlée, il a la peau brune et les yeux bleus, le regard perçant. Alors que le bateau disparaît peu à peu, il me fait encore signe de venir, comme si je pouvais le rejoindre d'un bond.

« Comme il est seul ! s'exclame Ann. Tous les gens qui viennent à Uummannaq regrettent de partir. »

Nous nous enfournons à nouveau dans la voiture russe et nous demandons à Duppe de nous faire faire une fois encore « le grand tour » d'Uummannaq, comme il y a deux ans, mais sous un soleil aveuglant, cette fois. Nous remontons la colline à toute allure, avec une embardée pour éviter deux adolescentes qui se dirigent bras dessus, bras dessous vers la petite épicerie Rema. Une fois atteint le sommet du village, nous descendons vers l'autre bout de l'île. De nouvelles maisons sont en construction, avec vue sur le fjord et la baie de Baffin. Nous nous arrêtons à la maison bleue qu'Olejorgen a voulu acheter. Elle est toujours à vendre. A l'instant où nous sortons de la voiture, le bateau rouge transportant Poul et le Premier ministre apparaît à l'horizon. Il fend l'eau noire pour gagner la baie de Baffin.

La maison bleue est vide. « Il y a un défaut dans la toiture et le plancher. Maintenant ils la vendent pour trois fois rien », dit Duppe. Olejorgen la contemple avec envie. Ce serait un soulagement après la promiscuité de la vie villageoise, avec un panorama de rêve. Mais Ann ne veut pas en entendre parler. Elle a besoin d'être au milieu des choses.

Elle lui crie de remonter dans la voiture. Il a parfois des airs d'enfant sage : encore innocent mais voûté comme un vieil érudit, avec ses longues mains mieux faites pour tourner des pages que pour dépecer des phoques. Mais il est plus fort qu'auparavant, et même s'il n'est pas encore un chasseur à plein temps, il s'est juré d'apprendre ce qu'il pourrait de sa propre culture.

Le bateau, de plus en plus minuscule, fait retentir sa sirène. Je me demande tout haut si Lars Emil est sur le pont pour profiter de la vue. Ann grogne : « Il doit être en train de parler aux Américains avec son portable pour essayer de signer l'accord sur la décharge de déchets toxiques. »

Le lendemain soir, je dîne en plein air avec une amie : poisson, pommes de terre et chou. Au milieu du repas, la nourriture gèle dans les assiettes. Je surplombe la ville d'Uummannaq. Un chien hurle sous l'éclat du soleil de minuit. Je me demande si la lune, invisible dans la lumière, est pleine et si le chien la voit ou la sent.

Le fjord est à nouveau aplati par la glace noire. La brume se répand comme de la fumée ; le fjord, le village, le port, tout disparaît, effacé de ce vide blanc qu'est le Groenland sur la carte.

Le dernier matin, quand je me réveille, je ne ressens rien. L'émotion vient-elle de la même source que la glace ? Je regarde à la fenêtre. C'est peut-être à partir de la brume que se fait la glace. Je vois des choses : un igloo apparaît, se dissout, puis une chaîne de montagnes de glace. Quand surgit la brume arctique, elle monte de l'eau, rarement de la terre, comme si elle essayait de redevenir glace. L'hélicoptère arrivera bientôt, annoncé par le vrombissement de ses pales. Ma mère m'a dit que la nuit d'un aveugle est une gaze blanche et que ses jours sont comme des lunettes sales. J'étais aveuglée par la neige, aveuglée par le soleil, et me voilà aveuglée par la brume.

Arne vient me chercher pour m'emmener à l'héliport. La brume a quitté la pointe du fjord et a dépassé tous les villages : Saattut, Uummannaq, Qaarsut, Niaqornat. Elle s'est tapie à côté de l'héliport, comme un filet de sécurité pour atterrissage en douceur. Dans l'hélicoptère, un vieux Sikorsky, nous nous élevons laborieusement par-dessus le clignotement obscur des bâtiments d'Uummannaq. Je vois Ann, Olejorgen, Ludwig et Pipaluk me faire de grands signes.

LE LIEN QUI NOUS UNIT : QUITTER QAANAAQ, 1998

Volant vers le sud, nous survolons l'eau et les montagnes. Je plonge le regard dans l'écrin d'une crevasse et j'y aperçois des saphirs bleus. Dans un étroit canyon, une corniche fendue, restée suspendue à un rebord roux, s'effondre tout à coup. Quand la neige tombe, les nuages s'élèvent sans efforts, comme de la fumée. Nous traversons le long lac intérieur de la presqu'île de Nuussuaq. C'est au-dessus de cette eau que le soleil de février avait fait son one-man-show de six minutes. A présent, le soleil est un point brûlant qui, par-dessus nos têtes, perce l'œil errant de la brume. Combien de fois ai-je emprunté cet itinéraire ? J'ai l'impression de sauter par-dessus un cheval. Qui sait ce que je trouverai de l'autre côté ?

Près d'Ilulissat, nous bourdonnons au-dessus de la géométrie gelée de la baie de Baffin, puis nous nous lançons au-delà d'un étang à demi dégelé, en forme de vagin, dont les berges sont constellées de diamants. J'ai au moins retenu cette leçon : la nuit de l'aveugle est blanche ; la brume est une piste que je suis pour rentrer chez moi.

Perdus... nous sommes tous perdus. C'est ce que je pense quand, dans la salle d'attente bondée, à Kangerlussuaq, pleine de Groenlandais méridionaux et d'hommes d'affaires danois, un visage familier émerge : c'est Torben. Il me fait signe en souriant. « Qu'est-ce que tu fais là ? me demande-t-il.

— Je vais à Copenhague.

— Moi aussi. »

Après le décollage, il quitte son siège pour venir s'asseoir à côté de moi. On nous a mis par erreur en « classe polaire » (la première classe groenlandaise) et nous profitons de ce luxe pour commander du vin et des salades supplémentaires. « Je n'ai pas quitté Qaanaaq depuis un an, m'apprend Torben. Mais je ne me sens jamais privé. En fait, c'est l'inverse. Plus je vais au sud, plus je me sens puni. »

L'avion part vers l'est et survole la calotte glaciaire pendant deux heures. A son sommet, la neige prend une teinte gris tourterelle et semble s'enfoncer. Est-ce l'ombilic ? Ou simplement une masse de glace qui fond ? Nous bavardons : comment le monde est devenu ce qu'il est, comment il s'est tordu pour former cette terre étrangère couverte d'experts, de monnaies et d'économie planétaire N'aurait-il pu être un lieu comme les autres, de chasseurs et de cueilleurs ? Et si on passait d'un univers industriel, bureaucratique et thérapeutique à une hiérarchie naturelle fondée sur les compétences des gens pour se procurer de la nourriture et organiser leur vie domestique, sur l'intelligence, les inclinations et les talents naturels ?

Remplacez l'argent par le phoque, remplacez la bureaucratie par la hiérarchie naturelle, avec les meilleurs chasseurs au sommet ; remplacez le contrôle de la pensée et le conformisme du marché par l'excentricité et les identités géographiques et tribales. Qu'obtenez-vous ? Un taux de satisfaction supérieur ou inférieur ? Mais il faut aussi se demander ce qui, en l'être humain, a besoin d'être satisfait.

« Le mot "primitif" signifie "premier", pas "arriéré", rappelle Torben. Les Inuits utilisent à l'époque moderne des outils de l'âge de pierre ; ce sont des hommes intelligents et habiles. Nous autres Européens, nous devenons de plus en plus primitifs, au mauvais sens du terme. Nous ne savons guère comment vivre bien, comme le font les Inuits. Les Inuits ont toujours été intelligents. L'Arctique élimine les idiots. Si un chasseur fait une seule erreur, il est mort.

« D'un autre côté, personne au monde n'est meilleur en matière de vie communautaire. Ils doivent être deux choses à la fois : résistants et rusés individuellement, mais avec l'esprit de groupe. Je crains bien que nous ayons un long chemin à parcourir avant de devenir aussi bons dans l'art de vivre. »

Nous regardons l'océan sous son capuchon blanc et le long bras de l'Islande septentrionale qui s'incurve gracieusement autour d'un lac bleu. La lumière commence à changer. La nuit approche. Le soleil se dissipe, comme un alcool dont l'effet cesse de se faire sentir. Torben pose sa main sur la mienne. En silence, nous admirons les flots de l'Atlantique Nord qui se mêlent les uns aux autres.

Nos épaules se touchent, nos mains se serrent. « Je ne sais pas ce que je ressens, dit Torben. Ou ce que je suis censé ressentir. Tu crois que j'ai un problème ? Demain j'aurai cinquante ans. Je vais aux îles Féroé voir un petit-fils que je n'ai jamais rencontré, et je ne sais pas si je l'aimerai ou s'il m'aimera. »

Perdus. Dans la dernière heure du crépuscule, les montagnes de Norvège, face à l'ouest, se blottissent devant nous au milieu de la mer, et la folle combustion du soleil se termine enfin. Torben paraît

LE LIEN QUI NOUS UNIT : QUITTER QAANAAQ, 1998

étourdi. Que fera-t-il dans les jours à venir, face à l'oubli dévorant de la nuit, ou aux matins fanés de la ville ?

A l'aéroport, nous sommes séparés à la douane. Je le vois ensuite contempler le tapis roulant tandis que sa valise défile en boucle. La civilisation n'est qu'impatience ; Torben a du mal à s'y remettre. « Je n'arrive pas à me rappeler ce que je suis censé faire », dit-il entre deux rires étranglés.

Impossible de passer la nuit ensemble. Il prend un autre avion pour retrouver l'une de ses ex-femmes et ses petits-enfants. Je lui souris. « Tu trouveras. Et bon anniversaire. » Puis je franchis les portes coulissantes pour entrer dans la nuit humide de Copenhague.

Les murs pâles du vaste appartement d'Ann et d'Olerjorgen à Copenhague sont ornés de paysages du Groenland. La mère d'Ann, Maria, me sert le thé. Elle est grande, rousse, parle d'une voix douce, et son regard affligé d'un léger strabisme se perd dans le lointain, comme si elle essayait de retrouver la saveur exacte de sa jeunesse dans l'Arctique. Dans la famille d'Ann, tout le monde a passé du temps au Groenland. Je ravale mes larmes. Les adieux à l'aéroport ont déchiré quelque chose en moi. Je me sens dépossédée. Tout paraît superflu : chambres, radiateurs, parapluies, décoration. D'un autre côté, je suis tellement seule que j'aspire à disparaître.

Maria me contemple d'un air plein de compassion. Elle s'arrête de verser le thé à mi-tasse et me regarde dans les yeux : « C'est trop dur pour vous d'aller au Groenland, parce que vous ne pouvez pas y rester. Quand on a passé du temps avec ces gens, avec les Inuits, on sait qu'on a côtoyé des êtres humains. »

De l'hiver au printemps, 1998

Entre deux saisons de chasse, pendant les mois de nuit, Torben se met à m'écrire. Comme Rasmussen, c'est un homme pris entre deux cultures, qui ne sait pas à laquelle il appartient vraiment. Mais il n'a pas la chance d'être né à une époque où l'on appréciait les explorations polaires. Il a travaillé en Europe et en Afrique, mais Qaanaaq est devenu sa vraie patrie.

Chère Gretel,
Nous sommes le premier janvier et j'ai sorti mon beau stylo Parker Duofold pour t'écrire. Puis je t'enverrai la lettre grâce à mon nouveau fax. On vit dans un drôle de monde. Je suis ici à me geler l'âme, en quête d'inspiration. Je prépare les expositions du musée et je me sens seul. Bien sûr j'arrive à accomplir les tâches mais il me manque la joie de deux esprits qui travaillent ensemble.
Le mois prochain, le soleil revient. Traditionnellement, il faut fêter ça tête nue, les mains tendues, les paumes levées pour sentir les premiers rayons. On disait qu'on ne finissait pas l'année si on refusait de bien accueillir le soleil; on savait que le soleil était une grande source de vie.
Le soleil lui-même est né durant un jeu de lampes; une fois les lampes en stéatite éteintes, dans le noir, les participants se trouvaient des partenaires amoureux au toucher, pas à la vue. Durant l'un de ces jeux, un frère a choisi sa sœur et a couché avec elle. Quand les lampes ont été rallumées, ils ont vu ce qu'ils avaient fait, et la sœur a eu

honte. Elle a pris sa torche et s'est enfuie. Son frère l'a poursuivie, mais sa torche de tourbe à lui ne brûlait pas bien. Quand la sœur est arrivée au bout du monde, elle a sauté dans le ciel. Parce que sa torche brillait vivement, elle est devenue le soleil. Son frère est devenu la lune, une lumière plus faible qui essaye de rattraper sa sœur.

11 janvier
En décembre, un météore est tombé sur la calotte glaciaire, dans le sud du Groenland. Dans le jour noir comme la nuit, il y a eu une lumière aveuglante. Les gens de Nuuk disent qu'ils ont cru que le soleil était revenu brusquement. Puis il a disparu et ils n'ont toujours pas trouvé où il était parti. Le dernier est tombé il y a deux mille ans près du village de Savissivik. C'est celui que Robert Peary a trouvé durant l'une de ses expéditions malheureuses en quête du pôle Nord. Il en a emporté des morceaux sur son bateau pour regagner New York. Ce météore a révolutionné la chasse inuit : il a été utilisé pour fabriquer des pointes de harpon et toutes sortes d'outils parce qu'il ne se cassait pas comme l'agate ou l'os. Je peux te dire, par expérience, qu'il n'y a rien de pire que de harponner un narval et de voir la pointe se casser en deux lorsqu'elle frappe la peau, parce qu'alors on est attaché à un animal fou furieux. Eh oui, ces choses qui tombent du ciel ont rendu service aux Groenlandais.

10 février
La semaine dernière, un chasseur a trouvé à Disko Bay des os de chiens qui datent de la fin de la période Dorset. On ignore comment

les chiens étaient alors utilisés ; ils ne tiraient pas de traîneaux mais ils servaient peut-être de bêtes de somme. Les hommes de la période Dorset étaient très stricts : ils s'imposaient de telles exigences quant à la qualité et l'aspect de ce qu'ils fabriquaient (les normes matérielles et esthétiques) qu'ils ont cessé de prospérer. Les hommes de Thulé étaient très différents, ils ont peut-être tiré les leçons de l'adversité. Ils étaient comme les Californiens, toujours à utiliser de nouveaux matériaux, à tester de nouvelles manières de faire les choses ; leur société n'était pas très aboutie, mais ils savaient parfaitement s'adapter. Ils devenaient sans arrêt quelqu'un de nouveau.

Ce soir, je pensais à la mémoire. Ce n'est pas quelque chose dont on a besoin pour survivre, mais savoir où on est à toute heure, avoir en tête une carte de toute la côte, de toute l'île, c'était absolument indispensable. Mon ex-beau-frère, qui est Inuit, a une extraordinaire mémoire du détail concret, des lieux et des objets. Aujourd'hui, un chasseur de quatre-vingt-dix ans a dit qu'il n'a jamais vraiment rien oublié, parce qu'il n'a jamais appris à lire ou à écrire. De ce point de vue, nous sommes condamnés, toi et moi ; on pourrait dire que l'alphabétisation a causé notre chute.

18 mars
Il y a de la lumière dans le ciel, ce n'est pas encore le soleil, mais cette lumière de seconde main me suffit, à mon âge (j'ai cinquante-deux ans). Tu me demandes des extraits de mon journal. Mes mémoires seraient comme du café instantané : court et noir, avec les inévitables résultats physiologiques. Je suis arrivé au Groenland il y a vingt ans. J'avais depuis longtemps fini mes études d'archéologie. J'en avais assez de lire des livres sur les objets fabriqués par les Esquimaux. Je voulais en voir. Une occasion s'est présentée au musée, alors j'ai pris le boulot. C'était la maison construite par Peter Freuchen et Knud Rasmussen quand ils habitaient Thulé, alors je me suis dit que j'y puiserais l'inspiration.

C'est assez dur de se retrouver à trente ans, en parfait inconnu, dans un village esquimau. Mais bien entendu, j'avais déjà connu cette situation, en Afrique notamment. Je savais que j'aurais intérêt à tenir un journal, mais écrire est trop lent ; moi, je parle. Je préfère délirer

en paroles plutôt que sur le papier. Tout ce qui tourne dans ma tête disparaît dès que j'essaye de le fixer. C'est comme l'amour.
J'ai fini par épouser une Groenlandaise. Elle était très intelligente, elle savait se débrouiller. Avec elle et son frère, je suis souvent parti en expédition vers la côte septentrionale, la terre de Washington, où on a trouvé le site d'anciennes maisons des hommes de Thulé. Mais un jour, ça a mal tourné. J'étais à la fenêtre de la cuisine un matin et je l'ai vue : elle sortait d'une maison avec quelqu'un d'autre. Impossible de décrire ce que ça m'a fait. Je suis un peu un raté, dans ce domaine. J'ai été marié à une institutrice aux îles Féroé, j'ai eu deux enfants avec elle, j'avais eu une première femme au Danemark. Donc tu vois, il vaut mieux en rester là.
Pendant tout ce temps, je suis resté la corde au cou. C'est gentil de me demander ce que tu pourrais m'envoyer des Etats-Unis. Une cassette de Dylan ou de Jackson Browne m'arriverait au printemps.
Tu me parles de Rasmussen. C'était un ensorceleur et un homme troublé. Un étranger partout, puisqu'il avait grandi dans deux mondes. Il était religieux, toujours à la recherche du monde perdu de l'angakok.

Soir
Je t'invite à venir passer quelques semaines avec moi avant ton voyage au glacier Humboldt avec Jens Danielsen. Peux-tu modifier tes projets ? C'est seulement en passant du temps ensemble que nous saurons si nous nous entendons bien. L'occasion qui se présente paraît plutôt bonne. Malheureusement, je n'ai pas le temps de partir pour le Nord avec toi plus tard ce mois-ci, parce que je serai occupé par des touristes exactement durant ces semaines-là. Mais si tu décides de passer quelques semaines avec moi avant de partir pour le Nord, on pourrait faire des excursions dans le voisinage, à condition que mes chiens survivent en nombre suffisant. Hier soir, j'ai encore dû abattre le dernier de mes sept beaux chiots de six mois. Ils ont tous été malades. Nous n'avons pas reçu du Danemark le résultat de l'analyse. Mais l'analyse faite au Groenland n'a pas révélé de trace du virus Parvo auquel on s'attendait. Je pense donc que ça devait être une autre maladie des chiens. Quoi qu'il en soit, les chiens meurent. Mais viens chez moi, d'accord ? et on verra ce qu'on peut faire.

P.S. : Il te faudra obtenir la permission de transiter par la base aérienne de Thulé, donc j'ai écrit au ministère des Affaires étrangères du Danemark pour leur parler de tes projets. Comme on est hors saison, tu ne peux pas venir en tant que touriste, mais en tant qu'ethnographe pour m'aider. Tu dois aussi leur écrire, immédiatement, par fax.

30 mars
J'ai passé la journée à couvert. C'est-à-dire au lit, mal à la gorge, mal aux sinus, mais je me sentais plutôt mieux puisque j'ai pu lire calmement toute la journée : le récit de l'expédition arctique de Shackleton. Base à Etah, expéditions à travers le détroit de Smith, le bassin de Kane jusqu'à la terre d'Ellesmere. Pas de nouvelles du ministère. Je vais les appeler. Mais pendant ce temps-là, tu rates ton vol réservé et il faut en réserver un autre.

Plus tard. Je viens d'appeler Gronlandsfly et la nouvelle réservation coûtera 2000$, ce qui fait 4000$ pour l'aller et retour. C'est plus que je n'ai à ma disposition pour le moment et je suis sûr que c'est pareil pour toi, après tant de voyages qui coûtent si cher. Je comprends ta déception. Ne sois pas triste. Pourtant, j'ai l'intention d'appeler le ministère ce matin pour régler cette histoire de permis. Crois-tu qu'ils aient gardé ton nom depuis la dernière fois où tu as eu des problèmes ? J'espère que non.

31 mars
C'est lamentable : ils t'ont encore refusé la permission de transiter par la base. Ça n'a aucun sens. Tu dis que tu es frustrée. Moi aussi, pour le moment. Parce que tu me manques ; je n'arrive pas à comprendre, là non plus, la géographie, les distances. Eh bien, on dirait qu'on peut rétrécir les continents dans un fax, et c'est tout ce que nous avons pour l'instant, et l'instant présent est tout ce que nous avons.
Je t'aime.

Torben

Quelques jours après, un fax arrive, non pas de Torben mais de Hans Jensen, à l'hôtel. Il confirme les soupçons de Torben : une

DE L'HIVER AU PRINTEMPS, 1998

épidémie fait des ravages parmi les chiens de Qaanaaq et de Siorapaluk. Les chasseurs ont repoussé leur voyage vers le glacier Humboldt en attendant de savoir à quel point la maladie va se propager. C'est un long voyage : cent soixante kilomètres au nord de Siorapaluk, il faut un mois pour y arriver et un mois pour en revenir. Jens Danielsen, Ikuo Oshima et Mikele Kristiansen sont prêts à partir et d'autres les rejoindront sans aucun doute. Le glacier arrive juste au bord de l'océan au bassin de Kane. Sa façade massive est large de cent vingt kilomètres. Puis arrivent deux messages catastrophiques de Torben :

Avril
Ici, tout va mal, c'est ridicule, au cas où tu ne serais pas au courant. L'attrapeur de chiens est un ivrogne. Il était censé vacciner les chiens et remettre le sérum aux chasseurs mais il a oublié. Maintenant, l'épidémie se répand parmi les villages et il n'y a pas moyen de l'arrêter. Jens ne croit pas pouvoir t'emmener. En fait, personne n'ira au glacier Humboldt. Il faut un mois pour arriver là-bas et même si les chiens étaient assez en forme pour aller jusqu'à la côte, ils pourraient tomber malades et ne plus pouvoir revenir, et alors ce serait la mort pour vous tous, à coup sûr.

6 avril
Vingt chiens sont morts hier soir à Qaanaaq et dix-huit à Siorapaluk. Onze des miens à présent. Puis j'ai vu deux autres de mes chiots mourir. Il ne me reste que quatre chiens. Jens a perdu la moitié de son équipe et Mikele aussi. Les chiens mouraient déjà la semaine dernière et ils continuent cette semaine. Bientôt, il n'en restera plus aucun et il sera impossible de chasser. Il y a un siècle, cela aurait entraîné la famine pour nous tous. Mais à présent, nous pouvons nous engraisser de fromage et de biscuits danois que l'hélicoptère vient d'apporter pendant que nos chiens crèvent, que la saison des chasses printanières s'écoule et que nous restons immobilisés.

Le voyage d'Aliberti, 1998

Je fais ce que je fais toujours quand tout va mal dans l'Arctique : j'appelle mes vieux amis Ann et Olejorgen à Uummannaq, pour voir s'ils ont un voyage prévu pour le printemps. Ils sont trop au sud pour que leurs chiens aient pu être contaminés. Ils savent déjà que mon expédition a été annulée. « Alors tu dois venir avec nous ! lance Ann. Prends l'hélicoptère du mercredi. Nous partons dans le district avec quelques-uns des enfants et trois chasseurs d'Ikerasak. Il y aura six traîneaux. Nous en avons un de plus pour toi. »

La glace se recule comme un drap pour dévoiler l'étendue froissée du détroit de Davis, le trajet irrégulier des icebergs à tourelles, et sur la côte méridionale du Groenland, un kayak solitaire qui suit une baleine. Devant la presqu'île de Nuussuaq, un iceberg s'est fendu et ses éclats blancs flottent comme les piquets éparpillés d'une palissade. Ils empalent une masse de floe immobile, transperçant sa douve de glace fondue. La turquoise de ce fossé est d'un bleu si calme et si clair que la côte s'y reflète comme un collier, se déformant pour s'adapter à ce cou de glace, avant de se noyer chaque fois que le vent souffle.
Par-dessus les montagnes, l'hélicoptère frémissant évente l'eau du lac à moitié gelé avant de descendre un canyon brun si étroit qu'il provoque une éruption de gestes intimes : le couple assis devant moi commence à se caresser le visage. Le fjord s'ouvre devant nous et l'île d'Ikerasak apparaît. Les traces de trois traîneaux partent de

LE VOYAGE D'ALIBERTI, 1998

l'unique village. Ce sont les chasseurs avec lesquels je vais voyager. Nous suivons leurs traces jusqu'à Uummannaq.

Personne ne m'accueille à l'héliport, et une fois encore Arne Fleischer propose de m'emmener. Il me dit qu'Aleqa est en ville avec un nouveau petit ami, un médecin danois venu travailler à Uummannaq pendant six mois.

C'est la pagaille chez Ann et Olejorgen : la maison est pleine d'enfants. Il y a à terre des monticules de vêtements d'hiver : moufles, bottes, pantalons en ours polaire, anoraks, bonnets, sacs de couchage, peaux de caribou, sans parler des boîtes de conserves. Ann tient sur la hanche une fillette qui hurle : c'est Pipaluk.

Le temps passe. A deux heures du matin, les enfants finissent par s'endormir, à l'étage, mais nous finissons à peine de dîner. Quand Olejorgen insiste pour que nous partions tôt le lendemain, tout le monde éclate de rire. « Les journées esquimaudes ont plus de vingt-quatre heures », explique-t-il, laconique, avant de se traîner jusqu'à sa chambre.

Malgré cinq années passées sur la glace pour apprendre à chasser, Olejorgen ressemble encore à un universitaire, avec ses longues mains gracieuses et ses épaules légèrement voûtées, à force de se pencher sur les livres. Il est capable de parler des sites paléo-esquimaux de Saqqaq et de Dorset, des expéditions de Rasmussen, des habitants de l'inlandsis de Tunit et du vol sous-marin des angakoks partis voir la déesse de la mer, mais il n'a encore jamais harponné un narval ou un morse, et il n'a abattu que quelques phoques. Néanmoins, il semble avoir minci, sa peau a foncé après les mois passés au soleil, et il arbore une moustache clairsemée de chasseur. À l'extérieur, lorsqu'il harnache les chiens, il marche à pas lents et mesurés, le regard perdu dans le vague. Toujours rêveur ? Ann se contente de sourire.

Nous nous couchons à trois heures. Je me sens chez moi dans cette maison où je suis venue si souvent, et je dors sur le canapé près d'une fenêtre ouverte. Le milieu de la nuit est mon moment préféré à Uummannaq. La ville est calme et seuls les chiens et quelques insomniaques ne dorment pas. En avril, à 71° de latitude nord, la lumière du soir est un rougeoiement pâle. Le soleil s'est à peine couché ; pendant deux heures il a scintillé sous l'horizon occidental, puis il s'est de nouveau levé. Un chasseur solitaire sort pour vérifier ses chiens. C'est la première fois qu'il attache un jeune chien : on laisse courir les chiots librement jusqu'à ce qu'ils aient environ dix mois. Privé de sa liberté, le chien est assis, tête baissée, le dos hérissé comme un chat furieux, les yeux mi-clos. Il passe le reste de la nuit à gémir doucement, démoralisé. J'ai mon couteau sous la main, j'ai envie d'aller le détacher, mais cela ne servirait à rien. Comme lui, nous avons tous été « calmés ».

Je suis réveillée par le bruit des chaînes placées sur les pneus du camion des éboueurs. Nous sommes si nombreux qu'il ne nous a fallu qu'un jour pour que nous remplissions la cuve des toilettes. La porte s'ouvre. Deux jeunes gens entrent, vident la cuve, la remettent en place, puis disparaissent dans la rue étroite. C'est un bon métier, qui paye bien, et comme les journées sont courtes, ils peuvent partir chasser le soir. Je pense aux moines bouddhistes qui demandaient à nettoyer les toilettes dans les villes pour les aider à « s'enraciner », les attacher à ce qui est réel, dans une vie consacrée à l'autre monde. Mais de quel enracinement un chasseur a-t-il besoin ?

La maison s'éveille lentement. Nous nous habillons pour un temps glacial et nous descendons la pente raide avec tout notre équipement, vers la glace, là où les chiens sont attachés : nourriture, sacs de couchage, combustible, réchauds, vêtements chauds, cadeaux pour les amis. Notre itinéraire nous emmènera d'Uummannaq à Ukkusissat, à Illorsuit, puis au nord vers Nuugaatsiaq, avant de revenir vers Illorsuit, pour continuer sur Niaqornat, Qaarsut, et retour à la maison.

En bas de la ville, la glace grouille de chasseurs, de traîneaux, d'enfants, plus six mille chiens qui aboient, crient, hurlent, grattent et jappent. Les enfants jouent entre les traîneaux tandis que les chasseurs harnachent leurs bêtes. On donne du flétan gelé à l'un des groupes de chiens. Ils jappent lorsqu'on leur jette les morceaux dans la gueule, tandis que les autres équipes les regardent en silence, en sachant qu'il n'y aura rien pour eux. Après un long hiver, le printemps rend les chiens fous : les femelles en chaleur circulent librement parmi les mâles enchaînés, provoquant des hurlements de satisfaction ou de frustration sexuelle. Partout où je regarde, les chiens s'accouplent, s'emboîtent l'un dans l'autre, accroupis, assis, ils se mordent, aboient. Un mâle attrape la ligne d'une femelle qu'il désire, la tire puis saute sur elle par l'arrière. Un chien resté à la traîne se dresse sur ses pattes arrière, silhouette solitaire dont les pattes s'agitent sur la glace et dans l'air.

Notre groupe se compose de soixante-six chiens, six enfants et sept adultes. Aliberti est le chasseur avec lequel je vais voyager, en tant qu'unique passagère. Le traîneau lui appartient ainsi qu'à deux autres chasseurs, Jacob et Unatoq (« Monsieur Chaud »). Nous les avons vus arriver la veille du départ d'Ikerasak. Les autres adultes sont Ann, Olejorgen et Louisa, une Inuit du Foyer pour enfants.

A cinquante-huit ans, Aliberti a le visage buriné et paraît plus que son âge. Il a la carrure trapue des chasseurs inuits, avec des mouvements de félin. Un mégot lui pend au coin de la bouche. Quand je dépose mon sac de couchage sur le traîneau, il sourit et le mégot reste collé à sa lèvre inférieure. Il est presque édenté, il ne lui reste que quelques chicots noirs. Il glisse ma parka sous les peaux de caribous et les attache bien serré.

Sept mégots sont tombés sur la glace ; nous avons attendu. Les chiens d'Olejorgen s'étaient emmêlés et se battaient. Une femelle s'est échappée et a disparu parmi les six mille autres chiens enchaînés sur la glace ou en train d'être harnachés ; un hurlement collectif retentit. Les jeunes conducteurs de traîneaux (Ludwig et le fils d'Aliberti) ont aussi des problèmes : leurs traits se sont brisés, deux autres chiens se sont échappés et sont partis avec une autre équipe.

Aliberti regarde tout cela d'un air calme. Un Inuit n'offre son aide qu'en cas de danger, car sinon l'expérience n'enseigne aucune leçon. Il resserre encore une fois les lanières sur notre traîneau, se mouche, serre ses moufles sous les lignes, jusqu'au moment où il n'en peut plus. En agitant la tête, il accroche les lignes au traîneau. Les chiens s'élancent et, nous envolant d'un bond, nous atterrissons côte à côte sur le traîneau. Il regarde derrière nous et rit de toute la confusion qui règne. Il s'écoulera un certain temps avant que les autres ne puissent nous suivre.

Je pense à une histoire racontée à Rasmussen par Inaluk en 1902 : « Il était un orphelin qui, entraîné sur un bloc de glace à la dérive, est parti sur la mer et est arrivé chez un peuple inconnu. Ils l'ont aussitôt pris à leur service et l'ont utilisé pour toutes les tâches inférieures. Mais il avait un frère qui était un grand magicien et qui, voyant que le petit ne revenait pas, s'est mis à le chercher au cours des envols de son âme... »

Aujourd'hui, près d'un siècle plus tard, Aliberti a sa propre histoire. En 1959, trois jours avant Noël (il avait alors dix-neuf ans), Aliberti est parti chercher un phoque. Il vivait sur l'île d'Ikerasak. Un vent chaud, un foehn, soufflait et la glace du fjord a commencé à se briser. Avant de savoir ce qui lui arrivait, Aliberti s'est mis à dériver sur une plaque de glace avec ses chiens. Il n'avait ni nourriture, ni réchaud pour faire fondre de la glace afin d'avoir de l'eau potable, ni vêtements de rechange ; il n'avait que son fusil, car il n'avait pas prévu de rester parti très longtemps.

Le voyage d'Aliberti a duré cinq jours. La nuit, il faisait − 30°. Il est passé devant le village d'Uummannaq, puis a été entraîné vers le nord, il a longé la côte jusque Niaqornat, et au-delà. Il était trempé car il avait essayé de sauter jusqu'à la côte, et ses vêtements étaient gelés. Impossible d'être sec ou d'avoir chaud. En ce mois de décembre, il faisait complètement nuit, il n'y avait aucune lumière dans le ciel. Cette semaine-là, il n'y avait pas même de lune. Il a continué à remonter la côte, poussé par les courants et tiré par les marées. Personne ne l'a vu dériver.

Ses parents attendaient. Le jour de Noël, on l'a cru mort. Il avait peut-être glissé sous la glace, comme tant d'autres avant lui. Sa nécrologie fut lue à la radio. Mais il était vivant et continuait à dériver. « Je me rappelle avoir vu les bougies à la fenêtre des maisons. Le jour de Noël est arrivé, puis est passé. J'entendais des chants. Personne ne pouvait me voir. Je croyais que je ne survivrais pas. »

Les courants l'entraînèrent au nord, dans le détroit d'Illorsuit, vers la côte sud d'Ubekendt Ejland, l'île Inconnue. Il avait déjà parcouru une bonne centaine de kilomètres. « La situation a empiré. Quand il fait aussi froid et qu'on n'a ni nourriture ni eau, *sila* devient plus fort que toi. Mes chiens sont morts un par un et je les ai poussés dans l'eau. Je restais couché sur mon traîneau, à attendre. Le quatrième jour, j'ai remarqué que le floe était devenu plus petit. Puis il s'est fendu en deux et j'ai dû sauter pour rester sur le plus gros morceau. La glace n'avait pas l'air de pouvoir tenir longtemps. Je me demandais ce que pensait ma famille. Ils ne viendraient pas à ma recherche parce qu'il y avait trop de glace pour prendre le bateau, et pas assez pour voyager en traîneau. Mes vêtements étaient humides à l'intérieur et gelés à l'extérieur. On a assez froid, dans ces conditions. Le cinquième jour, j'ai été réveillé par un bruit. Dans ma tête, je dérivais aussi, mais j'ai entendu la glace se heurter à quelque chose. J'ai levé les yeux : je m'étais arrêté à cent mètres du village d'Illorsuit.

« Pendant un instant, j'ai cru qu'un miracle s'était produit. Je voyais les gens dans leurs maisons, avec les bougies allumées. Ils allaient me voir, venir à mon secours, et j'allais finalement survivre. Je regrettais que tous mes chiens soient morts, sauf un. Je me suis autorisé à rêver de nourriture et de boisson. J'ai levé un bras, j'ai crié, j'ai fait des signes. Mais personne n'est venu. Une autre journée s'est écoulée. Je mesurais le temps selon le lever et le coucher de la lune. J'appelais quelquefois, avec ce qui me restait de force, mais le vent soufflait dans le mauvais sens. Mon dernier chien est mort.

« Un villageois est sorti faire pipi et il m'a vu. Il a hurlé et j'ai levé un bras. Puis il est rentré chez lui. Il est resté longtemps sans revenir. J'ai perdu l'espoir. Je pense que je me suis endormi. Un bruit de voix m'a tiré du sommeil. Je ne savais pas si c'étaient des voix humaines. L'homme que j'avais vu sur la plage et un autre chasseur se dirigeaient vers moi en canot, en écartant de larges blocs de glace avec une rame. Quand je les ai vus tout près de moi, je les ai pris pour des géants. Je n'avais plus les idées très claires. Ils m'ont emmené sur le rivage.

« Les chasseurs croyaient que j'étais un fantôme parce que ma mort avait déjà été annoncée à la radio. Je perdais mes cheveux par poignées et mes dents ne tenaient plus. Quand ils m'ont transporté à terre, les gens se sont enfuis.

« Le chasseur m'a emmené chez ses parents. On m'a nourri, on m'a gardé au chaud. Ils sont entrés en contact avec mes parents par radio et leur ont dit que j'étais en vie, mais ma mère ne l'a pas cru. Au bout de quelques jours, le temps s'est amélioré et les chasseurs m'ont ramené à la maison à Ikerasak. Et comme vous voyez, je vis encore. »

Soleil éclatant, ciel dégagé, brise légère, température proche de − 20°. La glace est lisse, on y glisse bien. Avec sa charge légère, notre traîneau file et le halètement des chiens devient le seul bruit audible lorsque nous quittons les bruits de la ville. La fumée de la cigarette d'Aliberti est rabattue par le vent et serpente le long de sa joue. Il se retourne et sourit. Inutile de parler. Etre en vie et sur un traîneau au Groenland suffit, et je suis heureuse.

Loin, au milieu du fjord, les chiens ralentissent et se mettent à trotter. Tout mon corps fonctionne comme un œil pour regarder le monde se dérouler en dessous et au-dessus de nous. Aliberti et les cinq autres font route vers le nord, glissant entre les îles inhabitées d'Abut et de Saleq, avant de tourner au nord-ouest vers le village d'Ukkusissat, sur la pointe de terre qui dépasse de la calotte glaciaire.

Détendu, reposé, en pleine forme, Aliberti est assis de travers à l'avant du traîneau, les jambes raides. Des vols de mouettes et d'eiders traversent le ciel : le printemps approche. Du rivage (la ligne de glace), tout paraît mathématique. Nous glissons à travers ses permutations. Si l'eau est l'infinité informe du temps, alors la glace est le corps du temps, habitée par la lumière et l'ombre, tourmentée par le soleil et le froid.

Une rangée d'icebergs bloqués forme un slalom géant qui mène à la mer. Nous glissons, en contemplant leur beauté démesurée. Les icebergs sont une leçon de géométrie : ils attrapent la lumière et la relâchent selon leur fantaisie, transforment un pan de chrome luisant en forteresse terne, puis de nouveau en un mur grésillant de

LE VOYAGE D'ALIBERTI, 1998

vitalité, dont les arêtes minces et tranchantes découpent l'hiver dans le ciel.

Jacob et Unatoq arrivent derrière nous sur leurs traîneaux respectifs, avec Ann sur l'un et Louisa et un enfant du Foyer sur l'autre. Les autres (Olejorgen, Ludwig et le fils d'Aliberti) finissent par nous rattraper. Ann nous dépasse bruyamment en poussant un cri de joie, puis c'est le tour de Louisa et du petit garçon. Ils crient quelque chose en groenlandais que je ne comprends pas. Les adolescentes voyagent avec les garçons, et ils sont toujours les derniers. Nous sommes un groupe esquimo-dano-américano-féroéen qui ricane et papote tout en partant en traîneau pour le nord. Premier arrêt : Ukkusissat, où nous fêterons l'anniversaire d'une amie.

Entre Uummannaq et la terre ferme, la glace est rugueuse. Nous rebondissons sur de petites vagues dont le chaos a gelé sur place, puis nous nous arrêtons pour attendre les autres, une fois de plus. Olejorgen arrive et siffle pour que ses chiens cessent de courir. Avec son air de star du cinéma, on dirait un pacha esquimau étendu sur sa peau d'ours, vêtu d'un pantalon en ours polaire. Il a les cheveux longs et porte des lunettes noires. J'imagine un remake de *Docteur Jivago*, situé au Groenland plutôt qu'en Russie. Alors qu'il essaye de calmer les chiens, il en écrase un qui pousse un cri de douleur. Nous soulevons le traîneau et Olejorgen ramasse l'animal blessé. Il ne sait pas quoi faire ensuite, alors Aliberti lui dit de transporter le chien à l'avant du traîneau jusqu'à ce que nous arrivions au village. Les autres apparaissent, nous reprenons la route.

Des mouettes nous survolent : il doit y avoir de l'eau libre quelque part. Nous croisons un traîneau tiré lentement en sens inverse par cinq chiens faméliques. Le chasseur a l'air mal en point, étendu de tout son long, le regard fixé sur le ciel, les chiens livrés à eux-mêmes. Quand nous nous arrêtons pour le déjeuner, Jacob dit que, durant son voyage d'un mois jusqu'à Qaanaaq, au printemps dernier, il s'est mis à avoir mal au ventre. Il s'est arrêté à Upernavik et il a été opéré le lendemain. Pendant que les autres continuaient vers le nord, il s'est reposé. Quand ils sont revenus trois semaines après, Jacob était en état de conduire son traîneau pour le retour.

En chemin, il a eu la chance d'abattre un ours polaire : il lui fallait justement un nouveau pantalon pour l'hiver suivant. « Il a non seulement eu un ours polaire, s'exclame Olejorgen, mais l'ours est tombé mort sur le traîneau de Jacob et a failli le tuer ! » Rires.

Jacob réplique : « Cette histoire, on l'appelle : "Comment j'ai failli mourir deux fois pendant une chasse printanière." »

Dans un virage, nous voyons un long bras rocheux s'enfoncer dans le fjord. A son extrémité, Ukkusissat. Quand nous approchons, le vent soulève des détritus à travers les traces de nombreux traîneaux : bouteilles de bière et sacs en plastique. Indignée de voir ainsi maltraité son cher Groenland (où elle n'est pourtant pas née), Ann exige que nous nous arrêtions pour tout ramasser. « Nous ne devons pas être aussi sales », lance-t-elle à la cantonade. Les chasseurs sourient. Ses bavardages les amusent, mais elle s'est attiré leur respect pour tout le travail qu'elle accomplit avec les enfants.

Ukkusissat consiste en quelques maisons échelonnées sur une colline. Derrière le dernier bâtiment, un énorme mur de basalte s'écroule, comme s'il s'agissait du site d'un village plus ancien. Birthe descend la colline pour nous accueillir. Les os fins, la volonté solide, farouche comme un poulain, elle est joyeuse de voir tant de monde. C'est la seule Danoise dans ce village de cent habitants et elle conduit son propre traîneau. « J'y arrive tout juste, dit-elle comme pour s'excuser. Mais c'est un moyen de transport entre ici et mes amis à Uummannaq. » Une fois les chiens détachés et nourris, une fois les sacs déchargés, nous nous asseyons sur les traîneaux vides pour nous chauffer au soleil du soir.

Un vieil homme vient examiner le chien blessé, qui a été déposé sur la neige. La bête a le dos cassé. L'homme dit à Olejorgen : « Quand vous serez parti, je l'abattrai pour vous. »

La fête d'anniversaire commence le soir même chez Birthe. Nous faisons cuire des côtelettes de phoque, des pommes de terre et des oignons, et nous buvons de la Tuborg chaude. En un clin d'œil, un repas est prêt pour douze personnes. A minuit, le soleil est encore bien haut, puis il commence à glisser derrière les montagnes, dans le nord du ciel. Un par un, les autres vont se coucher. Ann et Olejorgen accaparent le lit de Birthe, qui reste avec moi pour bavarder jusque tard dans la nuit.

Il n'y a ni nuit ni obscurité. Je me traîne vers la glace. Aliberti a dressé une tente de toile au-dessus de son traîneau ; le tissu est bleu à un bout pour le protéger de la lumière. A l'intérieur, un réchaud est allumé pour qu'il n'ait pas froid. Je déroule mon sac de couchage à côté du sien et je dors sur le traîneau. A trois heures du matin, des bandes de lumière pourpre et or s'étendent à travers la glace. Les bruits du village s'apaisent, mais les chiens, attachés un peu partout, continuent leurs discussions jusqu'au bout de la nuit.

Quand nous nous réveillons, il n'y a plus de soleil et le chien au dos cassé est encore en vie. Personne ne s'occupe de lui, il est couché dans la neige, couvert de givre. La brume est arrivée et s'est fixée à la glace. Les chiens attendent, blottis au sol. Quand la brume se lève, tout brille d'une étrange lumière jaune.

J'aide Birthe à emmener vers la glace ses chiens, jusque-là attachés derrière la maison. Elle a décidé de nous accompagner jusqu'au prochain village. Un par un ils nous tirent en bas de la colline : c'est tout ce qu'ils savent faire. Nous avons emporté le seau des toilettes et nous en vidons le contenu dans un tuyau qui se déverse dans le fjord. C'est ça, la vie en ville, dit-elle avec un sourire, car à la chasse, on fait ses besoins sur n'importe quel morceau de glace rugueuse.

Aliberti lève le camp, harnache les chiens et charge le traîneau. Le S de son fouet claque : nous sommes en route pour Illorsuit, le village où il a été sauvé après avoir dérivé pendant cinq jours, où Rockwell Kent a vécu avec Salamina, où j'ai passé un été avec Marie Louisa. Une fois encore, nous prenons notre départ avant que les autres soient prêts. Derrière nous, tout se perd dans la brume. Nous avançons dans un linceul blanc, des ténèbres blanches, en traversant constamment la croûte de glace qui a fondu puis regelé.

« *Sumiippa ?* » Où sommes-nous ? Aliberti sourit mais ne me répond pas. Nous sommes vêtus de peaux : pantalon en peau de phoque, anorak en peau de phoque au capuchon bordé de fourrure de renard, kamiks en peau de phoque, moufles en peau de phoque bordées de poils de chien. Le fouet s'allonge par-dessus la tête des chiens, comme une pensée qui se détache. Le soleil brille derrière le brouillard ; nous voyageons maintenant à travers un nuage étincelant. « *Uatsi.* » Attends. Je quitte le traîneau pour aller faire pipi. En baissant les yeux, je m'aperçois que j'ai mes règles.

Dans l'Arctique, l'intimité n'existe pas : Aliberti s'avance, regarde le sang répandu sur la glace et éclate de rire. « C'est la meilleure ! On dirait qu'on a tué un phoque ! Ils croiront que je suis un chasseur extraordinaire, d'avoir trouvé un phoque dans ce brouillard. Et comme ça, ils pourront nous retrouver. »

Jacob, Louisa et le petit garçon arrivent bientôt et nous attendons ensemble les autres. Le thé chaud et les crevettes congelées circulent. Le gamin commence à jouer. Il est petit pour son âge, comme s'il était rachitique, et il vient d'une famille où les violences sexuelles sont épidémiques. Il court autour du cercle des adultes et me heurte si fort que je tombe. Je me relève et je retombe. Et voilà que nous nous mettons à glisser tous les cinq, à jouer à chat perché à 1 100 kilomètres du pôle Nord, au milieu d'un océan gelé, sans aucune terre en vue. Quand Louisa devient chat et que c'est son tour d'attraper le garçon, il disparaît dans l'épais brouillard.

Une heure s'écoule encore. Le mur continu de l'horizon blanc s'effrange. Je m'assieds sur le bord du traîneau comme si c'était le bord du monde, les mains sur les yeux, pour essayer de me situer ; mon corps est immobile mais j'ai les yeux qui roulent partout. Ma tête est un gobelet de glace. La glace est-elle une forme d'indifférence, ou cherche-t-elle à tout obscurcir ? Comme nous devons sembler ridicules aux yeux des mammifères marins qui nagent sous la glace, aux yeux du morse à l'appétit colossal, qui se repaît d'orgies de coquillages, aux yeux du narval dont la mystérieuse défense blanche fouille le sol de l'océan en quête de nourriture.

Aliberti somnole sur le traîneau. Nous ne sommes pas vraiment perdus, nous vivons seulement à la merci du climat qui nous écrase sous son pouce de géant. C'est le bon moment pour dormir, dit Aliberti. Mes yeux s'égarent... Je contemple un monde qui a débordé de ses contours, où tout a sombré dans l'invisibilité.

Les autres finissent par arriver. Les chiens de Birthe se sont détachés dans le village et elle a dû recommencer tout le harnachement. Par un accord tacite, Aliberti prend à nouveau la tête. Il est encore respecté à Ikerasak pour avoir survécu à cinq jours de dérive. « *Miiiiouuuuu, miiiiouuuuu* », lance-t-il, et nous démarrons, sept traîneaux de front, tandis que les chiens se battent, toutes lignes emmêlées, au milieu des rires. Puis nous retrouvons le rythme régulier du halètement des chiens qui trottent.

Nous traversons un vol de mouettes arctiques qui migrent par milliers. L'un des oiseaux reste collé à la glace, car il a la patte gelée. Il se débat pour tâcher de s'échapper à mesure que nous approchons. Les autres mouettes, attirées par la perspective d'un repas facile, s'attaquent à leur congénère et la tuent. Impassible, Aliberti regarde le spectacle au passage, puis se retourne pour voir si j'ai tout vu. Mes yeux se détournent de la scène cannibale et croisent les siens. Son regard me dit : Oui, la vie est dure, ici. Au nord, les icebergs forment des nuages, puis le brouillard revient, plus épais que jamais, et dissimule ma traînée de sang.

La brume se contracte et nous libère. Nos tractations tortueuses avec notre psyché sont plus que jamais évidentes : nous aspirons à la solitude, mais dès que nous l'avons trouvée, nous avons désespérément besoin d'amis. J'observe la forme de la tête d'Aliberti, en me demandant ce que le laser révélerait quant à sa capacité à dessiner de mémoire des cartes impeccables de la côte. Selon Platon, la vision était un courant de feu ou de lumière qui sort de l'œil pour fusionner avec les rayons du soleil. Mais il n'y a pas de soleil ici, et une croûte dure qu'on croirait de verre ralentit les chiens.

Je glisse, aveugle, et je perds mes repères. A quoi ressemble donc la vie, pour ma mère qui est en train de devenir aveugle ? « Le pire, c'est de ne plus pouvoir conduire », m'a-t-elle dit. Le traîneau d'Olejorgen nous dépasse, puis revient à la traîne. Je cligne des yeux : un mur rocheux surgit devant nous, pailleté de cristaux de glace et de neige fraîche. Je hurle : « *Takurngaqtuq !* » « J'ai l'impression de voir [de la glace] pour la première fois ! »

Aliberti se retourne et sourit. « On l'appelle Apaat... ce rocher. »

La route qui mène à Illorsuit est argentée, la neige saupoudre notre chemin, comme poussée par un balai géant. Nous traversons des congères à longue queue qui pointent vers le nord comme des flèches, vers l'extrémité ouverte du fjord, qui donne sur un océan entièrement pavé de glace. Quand la neige a été emportée des icebergs échoués, les murailles dévoilées sont calcinées par le soleil, puis recongelées, tout n'est plus qu'éclat aveuglant, croûte brisée comme de la crème brûlée. Devant le traîneau, la glace enneigée, embrumée ne révèle que les orteils des choses, la pointe des icebergs dont la dérive vers la mer a été retardée par l'hiver.

Une avancée de terre surmontée de croix : c'est le cimetière d'Illorsuit, qui fait également office d'héliport. A un virage, le village apparaît, les mêmes maisons en piteux état, disposées le long d'une baie en demi-lune. La vue et l'odeur d'autres chiens excitent les nôtres. Nos sept traîneaux font la course jusqu'à la lisière du village. Je me renfonce dans mon siège et je m'accroche aux lanières : nous passons à travers le centre irrégulier d'un iceberg décapité et nous atterrissons sur la glace plate. Aliberti mène, mais à la dernière minute, quand nous devons contourner un morceau de glace rugueuse, il est battu par Monsieur Chaud.

Je vois une fillette qui se faufile entre les traîneaux et les chiens couchés sur la neige douce, le museau glissé sous la queue, tandis que d'autres hurlent pour qu'on les nourrisse. Des enfants tirent des jouets faits à la main au bout d'une ficelle. Elle se dirige vers moi, puis s'assied sur un traîneau voisin et attend. Je l'interroge timidement : *Kina una ?* Qui es-tu ? Elle sourit. Je reste perplexe. *Kina Una ?* Puis je la reconnais. C'est Marie Louisa.

Elle a grandi. Ses cheveux noirs lui tombent dans le dos en une longue natte, ses joues se sont arrondies, elle est de dix centimètres plus grande qu'il y a deux ans. Puis quelqu'un m'attrape par-derrière et me fait me retourner : c'est Hans. Nous éclatons de rire et nous nous embrassons. Il a maigri, ses cheveux grisonnent, et il se lance aussitôt dans une litanie de griefs concernant la politique locale : « La semaine dernière ils ont voté une loi pour autoriser les motoneiges dans ce district. Rien ne sera plus jamais pareil. Maintenant, ils disent qu'on a besoin d'un camion au village. On marche depuis des siècles, on utilise des brouettes et, l'hiver, un traîneau pour transporter nos provisions. Maintenant, on va s'inquiéter à l'idée que nos enfants et nos chiens se fassent écraser. »

Je lui demande où se trouve son traîneau tandis qu'il charge mes bagages à l'arrière de l'unique autoneige de la ville.

Il hausse les épaules en bougonnant. « La semaine dernière, ils se sont mis à vendre du Coca-Cola au Groenland. L'hélicoptère en a apporté et tout a été vendu en une demi-heure. » Il m'explique comment monter sur le scooter des neiges.

Je proteste : « C'est contre ma religion. »

Il a un rire triste. « Oui. Je suis exactement du même avis. »

Quand nous partons, je crie à l'adresse d'Aliberti : « *Takuus !* » A bientôt. Les autres se dispersent : Ann et Olejorgen partent chez l'instituteur, les enfants et Louisa vont à la clinique (où on loge les visiteurs excédentaires), les chasseurs vont rendre visite à la famille qui a sauvé la vie d'Aliberti il y a quarante ans.

La maison de Hans n'a pas changé. Les murs sont bleu et jaune pâle, le tapis est rouge, l'horloge est toujours arrêtée sur midi, et les photos de son époque hippie à Christiana sont encore accrochées au mur. La neige passe à travers la lucarne cassée et dépose à terre une parfaite pyramide blanche. Comme il n'y a pas de mot pour « pyramide » en groenlandais, nous désignons cette neige envahissante comme « l'igloo des Egyptiens ». Le salon est toujours vide, à part le bloc de mousse (mon lit) posé à terre. « Je ne l'ai pas bougé depuis que tu es partie il y a deux ans », dit Hans.

Une seule chose a changé : Arnnannguaq n'est pas là. « Je lui ai dit qu'elle ne doit pas venir quand elle boit. » Ce qui était un problème mineur s'est aggravé. Maintenant, elle boit tout le temps. Hendrik et Marie Louisa font irruption et sautent sur le matelas, en s'enfonçant sous les couvertures. Nous nous embrassons, nous faisons mine de nous battre et nous parlons dans notre habituel mélange de groenlandais et d'anglais que nous sommes les seuls à comprendre.

Au milieu de la nuit, je me retrouve devant la petite fenêtre où je me suis si souvent agenouillée lors de mes insomnies. Le paysage du fjord s'est imprimé dans mon esprit de manière indélébile : la montagne rocheuse et les deux glaciers qui se répandent de chaque côté comme un grand escalier, le tout surplombé par la forteresse luisante de la calotte glaciaire. Les chiens hurlent, le générateur diesel ronronne et le temps se dégrade. Le ciel bleu blanchit, sa porcelaine se givre.

Les enfants se réveillent et me rejoignent dans le salon. Nous regardons le soleil tomber à l'ouest et rebondir pour parcourir le ciel septentrional. Malgré le soleil, le salon devient peu à peu glacial. Nous vérifions : le radiateur est coupé et le thermomètre indique − 27°. Les enfants se blottissent sous mon sac de couchage en attendant que Hans ait réparé le radiateur.

Beaucoup plus tard, Marie Louisa se réveille, bouleversée. « *Anaana, Anaana !* » « Maman, maman », s'écrie-t-elle, en se frottant contre mes seins comme un bébé. Mais elle a huit ans. Je la serre dans mes bras. Elle n'a pas toujours été heureuse, ici.

Nous dormons l'une contre l'autre, pendant les deux heures de crépuscule, en plein milieu de la nuit. Dès que le ciel s'éclaircit de nouveau, il se met à neiger. Marie Louisa lève les yeux et demande si la terre est vraiment ronde. Je confirme, mais je me rends compte que je ne fais que répéter une information reçue, et que je n'ai pas moi-même mis la main sur cette rondeur prétendue. Je lui demande comment le monde a été fabriqué, selon elle, et elle répond : « En rassemblant de gros blocs de glace plats. » Elle ne comprend toujours pas comment nous pouvons rester sur une sphère sans en tomber. Je lui parle de la gravité, « une sorte de colle ».

Le matin, Hans joue la chanson « Monsieur Tambourin » pendant que je fais des crêpes pour les enfants. Marie Louisa joue du piano électrique que Hans lui a donné pour Noël et tente d'accompagner la chanson. Ensuite, quand les enfants sortent jouer, Hans me parle de ses problèmes avec Arn : « Elle est ivre la plupart du temps, désormais ; elle n'offre pas son affection aux enfants quand ils en ont besoin, mais seulement quand elle en a envie. Ça ne va pas. Mais qu'est-ce que je peux faire ? Où aller ? J'ai cinquante ans, mon instruction est incomplète et il est trop tard pour que je rentre travailler au Danemark. Je ne pensais pas à tout ça quand j'étais jeune. Maintenant, les enfants ont besoin d'étudier davantage, ce qui veut dire que je devrai aller ailleurs. La loi n'est pas de mon côté parce que nous ne sommes pas mariés, la loi voudra qu'elle ait la garde des enfants. Mais je les nourris, je les habille, je les emmène à l'école tous les jours depuis des années. Comment prouver ça aux assistantes sociales groenlandaises à Uummannaq ? Qui me croira ? »

Quand Aliberti, Olejorgen, Ann, Jacob, Louisa, Unatoq et les enfants préparent les traîneaux et repartent vers le nord, pour le village de Nuugaatsiaq, je reste pour aider Hans. Il tombe trente centimètres de neige en une semaine, puis à nouveau trente centimètres. Arnnannguaq revient à la maison, sobre. Je l'aide à aller chercher de l'eau. Il y a deux ans, nous devions nous alimenter à une source derrière la maison. Maintenant, l'eau vient d'un énorme réservoir rouge sur la colline. « C'est le progrès », dit Hans.

La géométrie arctique commence à s'adoucir. Le ciel et la glace prennent une teinte bleue poudreuse et, à l'autre bout du fjord, les glaciers se recroquevillent en un néant blanc. Tout l'après-midi, le village tourné vers le nord se repose dans l'ombre, mais la nuit, il est baigné d'un soleil éclatant. Kristian Möller, qui m'a ramenée à Illorsuit dans son bateau il y a deux étés, est sur la plage et regarde ses chiens, tandis que je joue au ballon sur la glace avec Marie Louisa. Je la regarde ensuite arpenter la colline située derrière le village sur ses petits skis rouges. J'ai dit à Hans que je l'emmènerai vivre avec moi pour qu'elle aille à l'école s'il n'arrive pas à quitter le village. Elle me fait confiance, je l'aime bien, et je la lui rendrai chaque été. Il est d'accord. La nuit suivante, elle dort nichée contre moi. Son visage brille au soleil de minuit. Un vent terrible rugit.

Nous escaladons la montagne abrupte, derrière le village, en nous ménageant des prises avec les pieds, dans la glace et dans la neige. Près du sommet, nous nous arrêtons pour nous reposer. De là-haut, je vois que la route est propre. Les sillons creusés dans le rocher par le glacier sont vides de neige. De l'autre côté du fjord, deux glaciers flanquent une immense muraille rocheuse, leur surface crevassée est couverte de débris, comme des chapeaux noirs sur la mer. Au-dessus du groin qui s'écroule et des *seracs*, cette masse crénelée, la montagne de glace tourbillonne sous la neige qui tombe.

Nous descendons, en suivant la trace laissée par une pierre, qui nous amène sous la légère évaporation d'une cascade gelée (l'été, nous nous y sommes baignées chaque jour), puis nous parvenons au croissant ombragé où se trouvent les maisons. La plage n'est que gravier garni de glace. Les amarres des bateaux se tendent puis se relâchent, frappant l'eau libre et laissant des marques en forme de flèches pointées vers une nouvelle saison.

Nos talons s'enfoncent dans la neige, puis dans les éboulis. Nous sautons par-dessus l'herbe boueuse qui entoure une source et nous atterrissons sur la plage où des morceaux de glace s'accrochent aux galets. L'été, Marie Louisa aime se déshabiller pour piquer une tête dans l'eau froide de l'Arctique. Cette mer est à présent un plancher blanc sur lequel elle danse, en lançant son ballon rose, puis sur lequel elle patine aussi vite que possible en s'éloignant de moi.

Le fjord est large de dix kilomètres mais paraît plus étroit. La muraille brune que nous avons descendue est un amphithéâtre où résonnera bientôt le bruit des icebergs qui s'effondrent. Sur la glace, la silhouette de Marie Louisa devient de plus en plus petite. J'ai envie de crier : reviens ! mais je me retiens. Je comprends tout à coup combien la solitude est menaçante, et avec quelle facilité la mort peut survenir : il suffit de glisser à travers la glace. Je finis par hurler tout de même ; Marie Louisa se retourne en riant, puis s'en va encore plus loin. Lorsqu'elle n'est plus qu'une fourmi, elle décide enfin de revenir vers moi en skiant.

Le lendemain, c'est le retour d'Olejorgen, d'Ann et du groupe d'Uummannaq, dans une neige si épaisse qu'elle arrive jusqu'à mi-poitrine des chiens. Ils peuvent à peine avancer ; les chasseurs doivent passer devant pour ouvrir la piste. Alors qu'ils s'arrêtent quelques jours pour se reposer, le vent se met à souffler. La neige adhère au rocher brun derrière la longue rangée de maisons. La lumière bouge, le ciel s'ouvre et laisse tomber le givre, scintillement venu du Pays du Jour.

La dernière nuit, les enfants se glissent avec moi dans mon sac de couchage. La fenêtre encadre un iceberg pyramidal. Un crépuscule surnaturel remplit la pièce. Au petit matin, le soleil est encerclé par un anneau : c'est signe de mauvais temps.

Les traîneaux sont prêts. Quand Aliberti démarre en tête, Marie Louisa nous court après en criant « *Anaana* ». Le ciel s'éclaircit, il fait un froid mordant. Nous enfilons nos anoraks en peau de phoque. A l'engourdissement qui s'empare de mes pieds, je sais qu'il doit faire – 20°.

Notre procession de sept traîneaux quitte Illorsuit et des éclats de glace nous volent à la figure. Nous baissons la tête face à Sila, tandis que la fourrure des chiens se charge de neige. « Parfois, le printemps semble plus froid que l'hiver », dit Aliberti, en serrant son capuchon autour de son visage. Nous sommes vêtus de peau de phoque de la tête aux pieds. « On mange l'intérieur et on s'habille avec l'extérieur », commente Olejorgen, qui nous dépasse à la sortie du village. Marie Louisa affronte la tempête de neige pour nous regarder. Je voudrais l'emmener avec moi tout de suite, mais elle est encore à l'école. Hans dit qu'il m'appellera à Uummannaq. Je m'agenouille à l'arrière du traîneau et je lui fais signe jusqu'à ce qu'elle soit invisible.

Là où les morceaux de glace se dressent comme des pierres tombales, la neige s'accumule en longs V inversés et le vent les disperse en une pâte qui glisse sur la glace. Le reste de la glace est net. En dessous de nous, un océan tumultueux se soulève, pousse continuellement contre le couvercle de glace, dont le dessus est lisse comme un miroir et ne reflète que le calme. Le poète Muso Soseki a écrit : « Aucune clarté ne peut aplanir le tourment, aucun fragment ne peut défaire la clarté... »

Aliberti fait claquer son fouet d'un geste circulaire et les chiens courent. Un banc de nuages grisonne à l'horizon et le soleil éclaire l'endroit où le fjord cède la place à la baie de Baffin tout entière. Nous virons vers le sud-ouest, en direction du village de Niaqornat. Le vent d'ouest hurle et souffle depuis l'intérieur des terres et par-dessus la mer gelée. Quand nous passons derrière un iceberg, nous sommes protégés du vent, mais la neige devient soudain plus épaisse là où les congères se sont formées, et les chiens sont presque immobilisés. Entre les floes échoués, la glace a été balayée. Les chiens accélèrent et le traîneau glisse sur ce qui ressemble à un miroir d'un millier de kilomètres de long.

Sur le flanc de l'île Inconnue, à mi-chemin de la descente, le climat se dégrade : un blizzard monte du sol. Nos yeux sont bombardés par les morceaux de glace, comme de minuscules continents. Aliberti me fait signe de me coucher derrière lui sur le traîneau. Il pose la main droite sur ma hanche et je passe le bras gauche sur son épaule. Le traîneau tressaute : nous nous accrochons l'un à l'autre. La glace poussée par le vent fouette les chiens. Leurs pattes saignent, leur museau est incrusté de neige. La brume se dissipe mais nous ne voyons toujours rien. Je regarde mon corps et celui d'Aliberti. Habillés en phoque, nous glissons par-dessus les phoques : des milliers de pinnipèdes, dont seule une mince couche de glace nous sépare. S'ils nous voyaient, nous prendraient-ils pour des phoques ?

La glace vole. Je me rapproche d'Aliberti et chacun rabat son capuchon jusqu'aux yeux. De temps en temps, j'aperçois au loin l'un des autres traîneaux, qui disparaît aussitôt. Quand en dessous de nous la glace est lisse, nous pouvons quasiment somnoler. Puis nous heurtons une zone rugueuse et il faut s'accrocher. La glace nous mord, la neige nous aveugle. Il y a tant de choses dans l'Arctique qui tentent d'obscurcir notre vision : la brume, la neige, la nuit, la glace. Mais chaque élément a sa propre clarté, son éclat opaque.

Une antique théorie de la vision disait : « L'œil est évidemment doté d'un feu intérieur, puisque lorsque l'homme meurt, ce feu s'éteint. »

Couchés l'un contre l'autre, nous rebondissons à chaque cahot. Sous un certain angle, nous sommes de faux phoques, des leurres, pour attirer les phoques qui nagent sous la glace, avec nos gestes d'intimité : j'ai les pieds dans ses mains, il a le dos contre ma poitrine, j'ai une main sur son épaule en peau de phoque : l'amour entre phoques, sans la moindre idée de possession. Tout ce que je sais, c'est que le corps de phoque étendu devant moi me rend le précieux service de bloquer le vent.

Nous voyageons pendant huit heures sans rien dire, dans l'intimité chaste que créent la neige, le sang et la fourrure. Pourtant, je sais que ce que je vois est éphémère : les glaciers, l'amour humain, la glace de mer, les chiens, les hommes, mon corps périssable, celui d'Aliberti. Trop souvent, nous confondons ce qui arrive dans l'instant avec l'idée de permanence. L'intimité ne durera pas.

Le froid me donne mal aux pieds. Même durant un trajet aussi simple que celui-ci, la situation pourrait dégénérer. Jorgen Brönlund, qui a remonté ce détroit avec Rasmussen, notait dans son journal de l'Expédition danoise de 1908 : « Mort de froid à 79° de latitude nord après avoir tenté le voyage autour de l'inlandsis, en novembre je suis venu ici à l'approche de la nouvelle lune et je n'ai pu continuer à cause de mes pieds gelés et de l'obscurité. Hagen est mort le 15 novembre et Mylius environ dix jours après. »

Quelques heures plus tard, nous arrivons à un igloo. Deux de nos traîneaux nous ont devancés. Aliberti arrête les chiens. Nous nous levons et nous nous regardons : nous sommes couverts de neige de la tête aux pieds. Je trébuche lorsque je veux marcher : j'ai les pieds complètement engourdis, mais je ne dis rien puisque je n'ai pas apporté de kamiks de rechange. A l'intérieur, on prépare du thé et du café. Je fais circuler les noisettes, les raisins secs et les figues de Californie. Quand Aliberti me voit tortiller les pieds, il m'enlève calmement mes bottes et mes chaussettes et se met à me masser les orteils.

Il y a des années, un hiver, dans le Wyoming, deux de mes doigts de pied ont gelé ; un voisin qui avait connu soixante-dix hivers m'a aidé à les réchauffer. Et revoilà qu'ils sont tout blancs et me font mal. Aliberti les tient entre ses genoux tout en buvant du café.

LE VOYAGE D'ALIBERTI, 1998

Personne ne parle. Puis il fait signe à l'un des adolescents et dit quelque chose en groenlandais. Un instant après, il m'enfile une autre paire de bottes.

Il est temps de partir. Aliberti fait un geste et je le suis. Nous sommes deux phoques auxquels des jambes ont poussé. Tout en démêlant les lignes, il attache les chiens au traîneau. Nous démarrons sur le rebord d'une corniche et nous retombons lourdement sur la glace, en nous accrochant l'un à l'autre. J'ai de nouveau les pieds chauds tandis que nous glissons bruyamment par-dessus toutes les irrégularités de la mer gelée, en route pour Niaqornat.

Dimanche matin. Anorak douillet, halètement contrapuntique des chiens. Rien ne bouge sauf mes yeux. A toute la beauté laissée en arrière succèdent d'autres paysages plus beaux encore : non pas la liberté verte du cacatoès, mais la libération de la glace qui scintille comme un diamant et du soleil arctique qui, après dix jours de voyage, ne se couche plus, mais s'attarde simplement aux extrémités est et ouest du ciel, pour nous inciter à avancer.

Quand les pattes des chiens saignent parce qu'ils trottent à travers le verre pilé, nous nous arrêtons pour les chausser de petites bottines en peau de phoque. Un vent de nord-ouest se répand dans le fjord comme de l'eau froide. La radio groenlandaise vient de diffuser la chanson de Marilyn Monroe : « Diamonds are a girl's best friend. » *Les diamants sont le meilleur ami d'une fille.* Nous glissons par-dessus des bosses de glace d'où le vent a balayé la neige, sur une route rocheuse pavée de diamants biseautés, puis nous nous arrêtons pour découper un bloc de glace récente afin d'avoir de l'eau potable en la faisant fondre. Son intérieur à facettes est un désert bleu. A sa base, des gouttelettes de sang de chien tachent la neige.

Devant nous, la piste pour traîneaux est mouchetée de pois neigeux. On dirait des yeux. Qui nous regarde ? Sila nous voit-il ? La brume est tachetée de neige. Est-il possible de dessiner des paupières sur le chaos ?

Quand la tempête s'apaise, deux corbeaux volent devant le traîneau, l'un sur l'autre. Aliberti désigne cet oiseau à impériale et a un geste rapide qui signifie « faire l'amour ». Il éclate de rire et dévoile ses dents noires. Un chien s'emmêle dans les lignes détendues. Aliberti saute hors du traîneau en marche, court en avant, plonge au milieu des chiens, casse une ligne, fait un nœud à une autre, quitte la troupe et remonte d'un bond.

Nous longeons le flanc brun d'Ubekendt Ejland. L'île est marron, cuivre et ardoise ; toutes ces argilites empilées verticalement, dont le bas s'ouvre en vagins flûtés, coupés en deux par la glace. Devant nous, la voie est argentée, la neige saupoudre le chemin avant d'être balayée, puis le recouvre à nouveau.

Quand le détroit d'Illorsuit inonde la baie de Baffin, un champ de glace me remplit l'œil, bloqué par l'argent martelé sur l'horizon. Nous tournons pour partir vers le fjord d'Uummannaq. Je somnole jusqu'à ce qu'Aliberti me réveille pour me montrer un eider dans le ciel. Puis nous nous étendons dans le traîneau comme nous en avons pris l'habitude, accrochés l'un à l'autre : nous sommes deux phoques qui se déplacent dans un monde de phoques, dont nous sommes séparés par une mince plaque de glace. Je sens sur ma cuisse le poids de sa main ; ma main repose sur son épaule. Je vois défiler des palissades rocheuses. Nous glissons à travers une mer de glace sans fin.

A Niaqornat, village habité par une centaine de chasseurs, nous séjournons dans une maison vide. Les voisins apportent des casseroles et du papier hygiénique. La propriété privée n'est pas une chose enracinée dans la psyché groenlandaise : tout ce qui leur appartient circule afin d'être utilisé par tous. Puisque la terre n'est à personne, le sentiment territorial ne dépasse pas le quotidien.

Je partage une chambre avec une adolescente qui a cherché asile au Foyer après avoir été violée par son père. Lors de sa tentative de suicide, elle a mal visé et s'est tiré une balle dans la joue. Le dentiste danois de passage et le chirurgien local l'ont recousue à la clinique d'Uummannaq. A présent, elle semble satisfaite de flirter avec le fils d'Aliberti, qui a quatorze ans, et de rédiger son journal intime.

Le village est en forme de U tourné vers l'intérieur des terres, comme si la vie n'y était pas encore assez intime. Cinq ou six cents chiens (dont les nôtres) sont attachés au milieu de la baie gelée. Les maisons sont bâties très près les unes des autres, à trois ou quatre mètres d'écart, et placées irrégulièrement, comme au gré du vent. Les chemins ne sont que boue, neige fondue, intestins de phoque jetés aux ordures, et crottes de chiens. Peaux de phoque et fourrures de renard s'agitent sur les fils à linge et de grands râteliers sont couverts de quartiers de morse saignants, de nageoires de phoque, et de morceaux de viande découpés en minces tranches pour le pemmican. D'autres râteliers ne portent que du flétan. Des caisses d'emballages servent d'abris pour les traîneaux. Les chiens sont couchés. Des combats éclatent, accompagnés par force aboiements et hurlements ; des tas de bois sont recouverts de bâches en plastique qui ondulent au vent ; les canots sont pris dans la glace, paralysés dans toutes les positions ; des bonbonnes de gaz rouges sont renversées sur le côté. Sol blanc et ciel blanc.

Le vent souffle, la température tombe, et nous nous rassemblons dans la cuisine tandis que Louisa attaque le dîner. Ann, portant une chemise de nuit rose sur des bas blancs, joue aux cartes avec les chasseurs, ses seins énormes comme un pare-chocs contre la table. Olerjorgen répare un harnais, Unatoq accroche les kamiks à un fil pour qu'ils sèchent, les enfants courent en tous sens et nous empruntent de l'argent pour aller acheter des friandises au magasin. Par la fenêtre, je vois une femme vêtue trop élégamment pour ce village : grands anneaux d'argent aux oreilles, bracelet en ivoire, anorak noir en peau de phoque. Elle donne à ses chiens des blocs de phoque fraîchement abattu. Puis je la reconnais : c'est la femme que j'ai rencontrée sur le ferry, il y a cinq ans.

La partie de cartes reprend dans la cuisine après le dîner. Louisa, Jacob, Monsieur Chaud et Aliberti font claquer leurs cartes sur la table. Tout le monde rit sauf Jacob, qui ne gagne pas. Les histoires volent à travers la pièce : Aliberti raconte comment son beau-père est mort dans un kayak attaqué par un morse. « Il n'a eu le temps de rien faire. Il a simplement coulé. »

Maassannguaq, le garçon de douze ans, assis sur les genoux de Louisa, se frotte les yeux parce qu'il a pleuré. Ann explique : « Il a vu sa mère tuer son père. Son père le violait depuis des années. Les gens mettent tellement de noir dans le blanc d'une vie d'enfant, et mon travail est d'y remettre autant de blanc que possible. Il y aura toujours beaucoup de gris, mais il faut essayer. »

Nous allons jusqu'au cimetière qui surplombe le fjord. Le fils d'Aliberti fume une cigarette et fait claquer son fouet en l'air. De là-haut, nous voyons toute la région. Ubekendt Ejland forme une masse noire emmitouflée de blanc, d'où partent les traces de nos traîneaux, recouvertes ici et là par la neige. Le soleil du soir allonge nos ombres démesurément. Les bruits du village montent jusqu'au sommet de la falaise : hurlements des chiens, cris des enfants. C'est le seul endroit bruyant sur la carte d'une zone prisonnière du silence.

Vers la fin de la nuit illuminée, les cinq cents chiens entonnent un aboiement collectif : leur concert tantôt me réveille, tantôt me plonge dans un profond sommeil. Levée avant tout le monde, Louisa lave le plancher de la cuisine. Sa longue natte s'est dénouée et ses cheveux de jais se répandent sur son corps massif. Elle chantonne pour elle-même tout en frottant le sol avec des chiffons attachés à ses pieds, patinant sur le lino comme sur de la glace.

Une fois les chiens reposés, nous chargeons les traîneaux et nous repartons chez nous.

Au début, la glace ; à la fin, la glace. Ce qui ressemble à de l'eau libre, c'est la glace nettoyée de toute neige, ou c'est l'ombre d'un nuage qui rend bleue l'eau gelée, ou c'est le reflet d'eau libre du ciel qui obscurcit les nuages. Le soleil brille comme une torche éclairant un chemin à travers la glace de pression, un chemin qui a été dégagé. Sur la calotte glaciaire, les *innerssuit* (les esprits de la plage) et les *inorsuit* (les esprits du glacier) dansent et viennent jouer dans notre cerveau. Le glacier gémit, sa façade à créneaux se fend et accouche de milliers d'icebergs ; le bloc de glace que nous avons apporté dans la tente pour faire du thé explose.

Une vague de brume déferle sur nous et, lorsqu'elle se retire, nous découvrons que nous avons été changés en phoques. L'air scintille de givre. Les Esquimaux Copper soignaient la cataracte en attachant un pou à un cheveu et en le laissant se promener sur l'œil malade. Le soleil tournoyant nous lance ses rayons comme la flèche du temps et nous pousse à travers l'étendue immense parce qu'il n'y a nulle part ailleurs où aller.

La glace, c'est le temps solidifié. Quand nous quittons la corniche, au bord de la baie, pour nous éloigner de Niaqornat, j'essaye de voir dans le passé, de voir les vieux traîneaux en os de baleine et en bois de caribou liés par des lanières en peau de phoque ou de baleine, les peaux roulées qui servent de patins une fois gelées. Les maisons sont en tourbe et en pierre, avec une charpente en os. De longs couloirs étroits servent d'entrée. Les fenêtres en boyaux de phoque et les lampes à graisse de baleine éclairent les corps à demi nus des chasseurs et de leurs enfants. Parfois, un chaman est assis là, à moitié caché derrière une peau de phoque suspendue ; lorsqu'il s'abîme dans la transe, un grand fracas réveille les morts. Le sorcier quitte son corps comme s'il muait et il part rejoindre la déesse de la mer afin d'ôter les poux de sa chevelure, qui se soulève lentement pour se transformer en phoques.

Le traîneau émet un cliquetis bruyant. Nous avançons contre le temps, qui s'est accumulé dans les rides de pression, puis s'est de nouveau étendu comme une langue sans mots. Notre progression paraît sans effort, mais l'illusion est trompeuse. Nous croisons un homme assis au sommet d'un grand iceberg, sans le moindre traîneau en vue. Selon Aliberti, il a sans doute été incapable de remonter sur son traîneau et les chiens sont repartis sans lui. Nous crions pour attirer son attention : il répond qu'un hélicoptère va arriver. « Il ferait mieux de marcher », grommelle Aliberti. Nous poursuivons notre route.

Le fouet claque. Les nuages s'ouvrent au-dessus de la baie. Nous longeons une falaise couleur de cuivre. De l'autre côté, l'escalier de glace formé par une douzaine de glaciers descend la montagne. Nous sommes allongés sur le traîneau et nous traversons ce que Rasmussen aimait appeler la mer de glace.

« Regarde », dit Aliberti en désignant le ciel. Je regarde. Il y a un anneau autour du soleil, un objectif focalisé sur nous. Que voit cet œil ? Des phoques ou des humains ? Que sommes-nous ?

Nous nous arrêtons pour faire fondre des morceaux de glace afin de faire du thé. C'est un peu comme piler un globe oculaire. Je regarde à la lumière un de ces yeux de verre et, à travers, je scrute l'horizon, du détroit de Davis jusqu'à la calotte glaciaire. La glace déforme en fractales tout ce qui est droit et en panneaux cubistes les montagnes inversées. On ne reconnaît plus rien. Nous sommes perdus ! Aliberti éclate de rire et je ravale mes larmes.

En Alaska, pour diagnostiquer une maladie ou savoir si quelqu'un va mourir, les chamans yupik pratiquaient le *tangrruarluni*, « faire semblant de voir ». Ils contemplaient un bol rempli d'eau ou d'huile, ou regardaient dans l'œil d'un animal. Je n'ai ni eau ni huile, ni œil d'animal. Je ne suis que la passagère d'un traîneau qui avance très vite.

La neige tombe tout droit et la température monte. Sentant la chaleur et la ville proche, notre corps se détend. Nous sommes maintenant vautrés comme des lézards, de pseudo-phoques qui jouent l'intimité : mes pieds dans ses mains, son dos contre mes jambes, ma main sur son épaule. Cette étrange camaraderie est lourde de sens : sexuelle mais non charnelle, mutuelle mais sans appropriation.

Quand les autres chasseurs nous rattrapent, nous slalomons entre les icebergs, puis nous nous arrêtons à nouveau pour faire du thé. Mais le vent se lève tout à coup et nous décidons de repartir. Je rate le départ, le traîneau d'Aliberti part sans moi et je lui cours après, chaussée de bottes trop grandes de deux tailles, ce qui amuse beaucoup les chasseurs. Aliberti a pitié, fait demi-tour et me saisit par le bras au passage ; je bondis ; j'y suis. Aliberti me confie ensuite qu'il a décidé de se faire soigner les dents. J'approuve, et je me demande si c'est ce retour à Illorsuit, où sa vie a été sauvée il y a quarante ans, qui a motivé sa décision.

Durant les dernières heures du trajet, je ressens mes craintes habituelles. La nageoire rouge de la montagne d'Uummannaq vacille sous le soleil du soir. Où est passée la brume qui nous avait engloutis ? Ne peut-elle nous reprendre ? Les adieux et les retrouvailles m'inspirent des sentiments d'appréhension comme de soulagement. Je ne sais jamais lequel l'emporte, s'il faut partir ou revenir.

Le traîneau glisse sur la glace lisse, puis une rafale fond sur nous. La neige arrive comme de la mitraille, vient frapper notre visage et le museau des chiens. Quand Aliberti se retourne vers moi, j'agite les orteils pour lui montrer que, malgré tout, j'ai encore les pieds chauds. Il sourit. Puis nous nous allongeons une dernière fois, ma main sur son épaule, sa main sur ma cuisse, accrochés l'un à l'autre envers et contre tous les cahots. Cette intimité du traîneau tient en partie à cette course d'obstacles, en partie aux tendres habitudes qu'inspirent les jours passés ensemble dans un froid mordant, une proximité à laquelle on s'accoutume volontiers, mais à laquelle il faudra renoncer une fois rentré chez soi.

Le mariage de Palo, 1998

C'est le soir. Le retour à Uummannaq, c'est l'arrivée dans la cité des chiens. Les animaux sont tous attachés sur la glace. Je tente de les compter, mais je n'y arrive pas : ils sont deux ou trois mille, peut-être plus. Leur hurlement polyphonique nous accueille, joint à l'affairement des chasseurs et de leurs épouses qui chargent les traîneaux, trient le poisson, dépècent les phoques, harnachent les chiens, réparent les lignes. Chiots, femelles en chaleur et enfants, tous courent autour des chiens harnachés. Nous partons vers l'arrière de l'île, non loin de l'héliport, bien loin des autres qui ont voyagé avec nous. Aliberti détache ses chiens, une cigarette aux lèvres. Je lui rends les bottes qu'il m'a prêtées et je chausse mes propres kamiks. Il n'y a pas d'adieux. Seulement un sourire. Puis je passe mon sac sur l'épaule et je pars seule à travers le fjord, en remontant la pente raide jusqu'à la maison.

Ann est déjà dans la cuisine, et un des employés du Foyer lui raconte les dernières nouvelles. Depuis notre départ, un prêtre russe a été parachuté au pôle Nord et y a planté une croix. Birthe a regagné Ukkusissat à travers d'épaisses congères avec ses chiens indisciplinés. Robert van der Hilst, photographe envoyé par un magazine français, séjourne à l'hôtel, ainsi qu'un groupe rock roumain minable : ils n'ont rien trouvé de mieux qu'une tournée au Groenland.

Je vais à l'épicerie acheter de quoi préparer le dîner. Tout en feuilletant un journal danois d'il y a deux semaines, je découvre avec une grande tristesse que l'illustre poète mexicain Octavio Paz est mort. « *El corazón es un ojo* », avait-il écrit. Le cœur est un œil.

LE MARIAGE DE PALO, 1998

Au bout de la file de clients, je reconnais un visage familier. C'est Lars Emil, l'ex-Premier ministre. Il se rappelle m'avoir vue l'année dernière et me sourit. Il a renoncé à gouverner le pays et s'est lancé dans le business international. Il porte toujours son tee-shirt et son jean noirs ; son regard bleu est toujours aussi perçant. Il commence à me dire bonjour mais son assistant arrive à cet instant précis, lui murmure quelque chose à l'oreille, et les deux hommes disparaissent du magasin.

Aleqa vient nous voir à la maison. Elle est de nouveau à Uummannaq pour quelques mois avec un nouvel ami, un médecin danois qui est de passage. Arne Fleischer (son ex) téléphone pour annoncer qu'un chargement de pommes de terre nouvelles vient d'arriver par hélicoptère. Je cours à l'héliport avec Olejorgen, nous en achetons un sac que nous rapportons pour en faire cuire une marmite pleine. Tout le monde vient avec sa fourchette. Impossible de s'arrêter de manger. Je fais la sieste et je rêve que quatre ours polaires me poursuivent. Je les fuis, sans bottes aux pieds.

A l'extérieur, la neige tombe doucement dans une lumière tamisée. La glace est devenue grise, quelqu'un y roule à bicyclette, sans aller nulle part. L'*usuk* (pénis) rocheux d'Ikerasak se dresse au loin, entouré de neige tourbillonnante. Un corbeau s'envole en emportant dans son bec un sandwich dérobé. Simon revient de la clinique avec des nouvelles plus fraîches : une bagarre s'est déclenchée au bar de l'hôtel et un homme a mordu une femme au visage ; un enfant souffrant d'une forte fièvre a été amené, pris de convulsions ; une jeune fille violée est arrivée à l'hôpital à quatre pattes.

En entendant tout cela, Aleqa ouvre la fenêtre pour respirer : « Ce pays est si beau, mais il se passe tant d'horreurs dans ces villages. » Puis elle repère Lars Emil dans la rue. « Viens prendre le thé », lui crie-t-elle. Il sourit. « Je viendrai, je viendrai, mais là, j'ai une réunion. »

Nous regardons ensuite *Le Mariage de Palo*, le film de fiction tourné en 1936 par Knud Rasmussen au Groenland oriental. C'est la reconstitution d'une vieille histoire groenlandaise : deux hommes amoureux de la même femme. Elle habite une tente en peau de phoque avec ses deux frères, qui campent l'été sur la côte rocheuse. Elle dépèce les phoques qu'ils harponnent depuis leurs kayaks, fait sécher leurs vêtements mouillés au-dessus d'une lampe à graisse, écoute leurs récits de chasse, leur fait la cuisine. Palo et Samo sont ses deux soupirants. Lorsqu'ils se battent, c'est selon la tradition, lors d'une danse au son du tambour. Les villageois décident qui est le plus fort. Palo gagne. Mais Samo harponne un ours polaire sur un iceberg à la dérive et le remorque au village dans son kayak. Le cœur de la jeune fille balance entre les deux hommes. L'automne approche.

La mer devient mauvaise et les deux frères décident de changer de campement pour l'hiver. La jeune fille souffre de perdre les deux hommes à la fois. Par devoir, elle aide à fabriquer la maison d'hiver, découpe la tourbe et transporte les pierres. Palo monte dans son kayak pour la retrouver. En chemin, Samo se glisse derrière lui et lance un couteau, blessant grièvement son rival. Palo saigne beaucoup, il rentre au campement mais manque mourir. On fait venir le chaman qui entre en transe et devient un ours. Il grogne à quatre pattes, puis se penche et suce la plaie du jeune homme. La lampe à graisse vacille. Le chaman a des gestes de bête furieuse. Par la suite, Palo guérit. Au milieu d'une violente tempête d'automne, sur une mer déchaînée, il arrive en kayak au campement de l'héroïne, l'emmène, l'attache de sorte qu'elle lui tourne le dos et ils partent, liés pour la vie.

Le lendemain soir, nous avons de la visite. Je déclare que la maison d'Ann et d'Olerjorgen est le plus septentrional des salons où l'on cause. Il y a Simon et Aleqa, un peintre de Nuuk, Robert Van der Hilst, Sophie, le rédacteur en chef d'un magazine, Aliberti et Manfred Horender, un photographe allemand que j'ai rencontré avec Aleqa en 1993.

J'aide Olejorgen à servir le café et à faire passer les chocolats. Aliberti a les joues gonflées et garde la main sur la bouche. « Il vient de se faire arracher toutes les dents. Le dentiste lui en fabrique de nouvelles. Il ne savait pas que ça faisait mal », m'explique Olejorgen. Je donne deux aspirines à Aliberti. Quand la douleur commence à se calmer, il éclate de rire avec les autres, parmi le mélange de français, de danois, d'allemand, de féroéen, d'anglais et de groenlandais.

Tard dans la nuit, quand tous les invités sont partis sauf Aliberti, je pose la question que je pose à chaque fois que je vais au Groenland : comment 16 000 ans de croyances profondes et de pratiques spirituelles ont-ils pu disparaître ? C'est alors qu'on me parle de Pannipaq.

« On dit qu'il n'y a plus de chamans, mais il y a encore des gens qui peuvent faire des choses, répond Olejorgen. Pannipaq a mon âge, à peu près, la quarantaine. C'est un chasseur, mais il peut aussi faire du mal ou du bien aux gens. Le jour où je l'ai rencontré, il pêchait. Je remontais la côte jusqu'à Thulé. A côté de son trou, il y avait un tas de poissons plus haut que lui. Pour les autres pêcheurs, ça mordait à peine. Il en attrape toujours autant, ou plus qu'il ne lui en faut, sans le moindre effort, et il donne tout. Il peut t'apporter un narval ou il peut te faire te noyer.

« Dans son village, l'une des femmes de notre groupe est allée voir la mère de Pannipaq. On venait de traverser une zone difficile, avec de la mauvaise glace, et elle avait peur. La vieille lui a dit de chercher l'aide d'un corbeau. "Si tu vois un corbeau sur le chemin de la baie de Melville, alors la glace sera bonne et tout ira bien." Nous avons repris la route. Ce soir-là, quand on s'est arrêté pour le dîner, cette jeune femme a découvert qu'à la place du poulet danois qu'elle avait acheté à Uummannaq, il y avait un bruant des neiges. C'était une amulette, cadeau de Pannipaq et de sa mère, et le poulet avait servi à payer l'amulette.

« Le lendemain, la glace était bonne. La tempête s'était calmée et le reste du voyage s'est déroulé sans problème. En arrivant à Qaanaaq quelques semaines après, la jeune femme a téléphoné à la mère de Pannipaq pour lui dire que nous étions sains et saufs. La vieille a répondu qu'elle le savait déjà parce que le corbeau était rentré au village d'un air heureux.

« Au retour, j'ai essayé de retrouver Pannipaq, mais je n'ai pas pu. »

A la fin de l'histoire, je demande si nous pouvons aller voir ce chaman. « Oui, oui », s'enthousiasme Olejorgen. Aliberti hoche la tête en signe d'acquiescement. « Nous irons bientôt », dis-je, même s'il est déjà tard dans l'année. La glace a commencé à fondre. Aliberti se penche près de moi sur le canapé et prend dans ses mains mes pieds chaussés de bas. « Ils sont chauds ? — Oui. — Bon. Alors on ira. » Sur la carte du Groenland, Olerjorgen examine la côte découpée. Il suit l'itinéraire du doigt, d'Uummannaq vers le nord, Upernavik, puis Proven. « Nous irons quand la glace nous le permettra. Et peut-être, la prochaine fois, Pannipaq se montrera. »

Nanuq : l'ours polaire, 1999

Une paupière s'est fermée sur le Groenland depuis décembre ; elle vient de s'ouvrir, dévoilant un puzzle de glaces dont les pièces flottantes (*kassut*) ont été agitées par le soleil et les courants marins avant d'être resoudées par la neige humide. La glace s'est détachée d'un entrelacs de rivières, de fjords et d'océans gelés, puis a fondu, toutes ces eaux n'en ont plus fait qu'une, jusqu'à ce que les fils soient de nouveau séparés et de nouveau transformés en cours d'eau distincts.

La glace est arrivée mi-octobre et maintenant, en avril, elle couvre toute la zone polaire. Comme une peau ancienne, elle est ridée, pincée, gonflée, marquée par les hummocks, ornée de glace jeune ou vieille, se dressant ici et là en affleurements biseautés, tranchés par les voyageurs assoiffés comme nous, en quête d'un bloc à faire fondre pour avoir de l'eau potable.

A 950 kilomètres au nord, l'ombilic tournant du pôle Nord clapote encore, retenu par son collier de continents, chaque terre étant séparée des autres à ses extrémités nord par d'autres mers et détroits gelés, changés en couloirs de glace de pression. A présent, les scientifiques s'apprêtent à faire descendre dans le nombril polaire une ligne longue de 4 kilomètres, non pour prendre du flétan, mais pour connaître les courants, la température de l'eau, la salinité, l'épaisseur de la glace, pour saisir les rythmes de l'échange océan-atmosphère.

Jens, Ilaitsuk, leur petit-fils Meqesuq, âgé de cinq ans, et moi-même, nous parcourons ce puzzle blanc de collisions et de cautérisations, partant vers le nord en quête d'ours polaires. Leur ami et beau-frère, Mikele Kristiansen, s'est joint à nous. Nous voyageons à deux traîneaux, deux petits éclats de bois qui sillonnent sur la glace. L'*iparautaq* (fouet) claque au-dessus des deux équipes de quinze chiens et la glace se déroule en dessous de nous tandis que voguent les montagnes du Groenland.

Depuis ma dernière visite, Jens s'est mis à grisonner aux tempes et il a pris du poids. Il s'afflige aujourd'hui du « compte en banque esquimau » qu'est sa bedaine, et voudrait trouver un régime adéquat. Il désespère face à la lutte requise pour que les chasseurs du Grand Nord ne perdent pas leurs traditions. Il s'inquiète également du changement climatique : les mois de printemps sont plus courts, les étés plus humides, les automnes plus orageux, la glace s'amincit. Mikele, l'ami de Jens, est plus jeune, plus svelte, plus agile ; il est au sommet de sa forme, et son intelligence vive lui permet d'attraper presque tous les animaux qu'il pourchasse. Il s'est joint à nous parce qu'il avait besoin d'un nouveau pantalon en ours pour l'hiver qui vient. Comme nous slalomons entre les morceaux de glace rugueuse qui saillent, sa peau brune et ses pommettes hautes brillent dans la transparence pâle de la lumière printanière.

Meqesuq a rampé jusqu'à l'avant du traîneau de Jens pour s'asseoir sur les genoux de son grand-père. Le vent glacial lui souffle en plein visage mais peu lui importe. Il veut savoir si je suis venue en traîneau de Californie jusqu'au Groenland. Il ignore qu'il existe d'autres manières de voyager, il n'a jamais vu de voiture, de train, de champ, d'arbre ou d'autoroute. Même à la fin du XXe siècle, il fait encore partie des Esquimaux polaires, qui ont en commun une culture de l'âge de glace, apparue il y a des milliers d'années pour s'épanouir dans un isolement relatif.

Nous barattons la neige fraîchement tombée avant de partir de côté sur la glace. Ma main repose sur le fusil de Jens, lui-même posé sur des peaux de caribou, sous un rouleau de câble en nylon bleu. « *Issiktuq* », dit Ilaitsuk. Il commence à faire froid. Même si nous sommes en avril, on se croirait plutôt en février ou en mars. Ilaitsuk et moi, nous avons déjà revêtu nos habits d'hiver : *annuraat ammit*, les peaux ; *nannuk*, le pantalon en ours polaire ; *kapatak*, les anoraks ; les *kamikpak* en peau d'ours polaire bordées de lièvre arctique ; et *aiqqat*, les moufles en peau de phoques bordées de poil de chien aux poignets. Nous partons vers le nord en quête d'animaux dont la peau pourra être transformée en d'autres vêtements encore.

Le hasard veut que nous suivions la trace d'un traîneau qui transportait un cercueil. Deux jours auparavant, un jeune chasseur s'est tiré une balle dans la tête, en plein air, devant vingt écoliers, et l'on ramène son corps chez lui, à Siorapaluk. Suicide ou accident ? Personne ne sait. « Il y a des problèmes partout. Même ici », dit Ilaitsuk, en serrant l'épaule de son minuscule petit-fils.

« *Harru, harru* » (à gauche), crie Jens à ses chiens. Nous contournons une dalle de glace qui ressemble à une pierre tombale. « *Atsuk, atsuk* » (à droite). Nous rectifions notre parcours. Quand son petit-fils imite ses ordres, Jens se retourne et sourit.

Le vent du nord se déchaîne, il couvre de givre le visage barbu de Jens et le museau des chiens. Les chiens sont encore convalescents après l'épidémie qui a tué la moitié des bêtes dans les villages septentrionaux. Les équipes de Jens et de Mikele ont été réduites à trois ou quatre chiens. Des amis du Groenland oriental ont envoyé des renforts ; les plus jeunes sont encore en train d'être dressés.

L'un des chiens de Jens est malade et se retrouve constamment à la traîne. Jens saute du traîneau en marche et ramasse le chien en courant, le jette au milieu du groupe et, d'un bond, remonte sur le traîneau. Le chien est squelettique, son pas est irrégulier ; il est bientôt de nouveau à l'arrière. Il se laisse parfois traîner au bout de sa ligne, sur le côté, parfois il boite, il ne tire jamais. Finalement, Jens s'arrête et prend l'animal avec nous à l'avant du traîneau. Nous repartons, désormais cinq au lieu de quatre à bord.

NANUQ : L'OURS POLAIRE, 1999

Nous nous arrêtons pour faire du thé. On met debout la vieille cantine, on allume le réchaud et on le place à l'intérieur pour protéger la flamme du vent. A coups de barre de fer, on découpe un morceau de glace récente, on bourre les fragments dans la marmite et on les fait fondre pour avoir de l'eau. On plante dans la neige un flétan entier, gelé, et Mikele, Ilaitsuk et Jens se mettent à débiter des morceaux de « suchi congelé ». Les chiens se roulent dans la neige pour se rafraîchir, pendant que nous grelottons debout. Quand l'eau bout, on fait le thé. « C'est avec cette même boîte que tu es allé jusqu'en Alaska ? » Jens hoche la tête.

Plus nous approchons de Siorapaluk, plus il fait froid. Le traîneau transportant le cercueil a laissé des traces profondes, comme si la finalité de la mort pesait sur lui. Jens détache le chien estropié et le remet dans la meute. Il semble avoir moins de mal à marcher. Les apparences ont leur importance : mieux vaut ne pas arriver dans un village avec un chien blessé. Nous prenons un virage, et le fjord Robertson s'ouvre à nous. A la pointe, trois glaciers lèchent la glace de mer de leur langue blanche et la calotte glaciaire s'élève, rose pâle, paisible, derrière les montagnes neigeuses. Difficile de dire où commence l'une et où finit l'autre. Puis, au loin, sur le versant face à l'est, le village de Siorapaluk apparaît.

Comme d'habitude, nous dressons le campement devant le village, sur la glace, en poussant les deux traîneaux l'un contre l'autre pour nous servir d'*illeq*, de plate-forme pour dormir, et nous plaçons la tente par-dessus. Quand je lève les yeux, un point attire mon regard. La procession funèbre a déjà commencé. Les six hommes qui portent le cercueil remontent le chemin neigeux qui serpente au-dessus des maisons. On entend à peine les chants. Le vent emporte des bouffées de musique et les rejette loin de nous, au bout du fjord. Les membres de la famille se rassemblent lorsque le cercueil est déposé sur la neige, béni, puis poussé sous un abri où il restera jusqu'à ce que la terre ait assez fondu pour l'inhumation. Mon regard se tourne vers l'ouest : à l'horizon, un mirage scintille, comprimant les racines des montagnes et les soulevant par-dessus la glace et la lumière reflétée, lambeau de géographie errante, vie humaine qui n'a plus sa place dans le puzzle terrestre.

Dès que le soleil descend derrière les montagnes, la température tombe en chute libre. Il doit faire – 20°. Nous nous serrons tous

sous la tente. Epaule contre épaule, jambe contre jambe, nous sommes des corps qui cherchent la chaleur d'autres corps.
Plus tard. Je suis réveillée par le chant de trois cents chiens. Je regarde par-dessus les corps alignés dans leur sac de couchage, je vois la forte poitrine et le visage de Jens aplatis par le froid et le vent. Il tient son petit-fils contre lui. Tous deux ouvrent les yeux : leur visage lunaire sourit en entendant le chœur canin. Des coups de feu retentissent.
Mikele passe la tête hors de la tente, puis retombe sur l'*illeq* en grognant. « Ils ont tiré mais ils ont manqué leur coup.
— Qu'est-ce qu'ils visaient ?
— *Nanuq, imaqa.* » Peut-être un ours polaire, dit-il, avec un sourire malicieux.

Soleil radieux, brise glaciale. Midi vient de passer, sans doute. Assis en silence, nous regardons la glace fondre pour le thé. « *Issi* », dit à nouveau Ilaitsuk. Nous levons le camp calmement. Le chien estropié est attaché séparément, puisqu'il ne repartira pas avec nous, et on démonte la tente. Le rythme est trompeur : il paraît détendu parce que les chasseurs inuits ne gaspillent pas leur énergie : ils travaillent vite, avec une efficacité maximale. Avant que je ne m'en rende compte, Jens accroche les lignes à l'*urhiq*, le crochet d'ivoire qui relie les chiens au traîneau. J'attrape Meqesuq et je prends mon élan tandis que Jens et Ilaitsuk sautent à bord du traîneau qui avance déjà très vite. Jens se moque de son petit-fils qui n'était pas prêt, l'enfant pleure, sur quoi Jens rit de plus belle. Mikele nous dépasse, sourire aux lèvres. C'est ainsi que les Esquimaux inculquent à leurs enfants le sens de l'humour et la nécessité d'agir avec précision ; plus tard, ces leçons leur sauveront la vie.
Tandis que nous nous éloignons de Siorapaluk en glissant sur la glace océanique, un autre mirage apparaît. Une bande de nuages se soulève et une lumière brille par-dessous. Nous quittons ce leurre qui ressemble à un miroir, qui nous défie : pouvons-nous voir quoi que ce soit ? nous voyons-nous nous-mêmes ? Après huit ans de voyage dans l'Arctique, j'en sais de moins en moins. Il faudrait une vie entière pour apprendre toutes les complexités de la glace. La glace est une chose, et devient autre chose l'instant d'après. Nous

avançons, et le mirage avance avec nous : la glace n'est pas un miroir où l'on se regarde, elle ne permet pas la connaissance de soi. Non, c'est elle qui nous voit, comme des poussières sur la glace, plus petits que les *uttoq*, les phoques qui sortent au printemps pour profiter du soleil quand il y en a.

La neige commence à nous fouetter le visage. « Le climat et le chasseur ne sont pas vraiment amis, dit Jens. Si un chasseur attend qu'il fasse beau, il risque de mourir de faim. Mais quoi qu'il fasse, il risque de mourir de faim. C'est comme ça, ici, ça a toujours été comme ça ».

Quand nous nous arrêtons pour nous reposer, les chiens se roulent dans la neige puis s'endorment. Nous buvons, nous urinons. Je déplie ma carte topographique. Au nord de Siorapaluk, plus aucun détail. Plus une seule habitation humaine, seulement des lieux rarement visités : la terre d'Inglefield, le glacier Humboldt, la terre de Washington, les terres de Nyeboe, Warming, Wulff, Nares, Freuchen et Peary, jusqu'en haut du Groenland, à 83° de latitude nord, jusqu'au côté est de l'île, dont l'essentiel est également inhabité.

La neige s'épaissit et le trottinement des chiens, à 6 kilomètres/heure, se ralentit considérablement. A notre droite, des falaises brunes dressent leurs plis, rayés par le trajet des avalanches, quadrillés par la trace des lièvres arctiques. « *Ukaleq, ukaleq* », s'écrie Ilaitsuk. Jens siffle pour que les chiens s'arrêtent. « Là-bas, là-bas », indique-t-elle avec enthousiasme. Le lapin, ça se mange, la peau sert à la doublure des kamiks. Nous regardons : les animaux blancs sur fond blanc bondissent entre les rochers. Pas de chance. Sur la glace, il n'y a pas de phoques. Qu'allons-nous manger ce soir, tous les cinq, plus trente chiens ?

En contournant un tertre rocheux, nous découvrons une vaste baie, dont nous traversons la large embouchure. En regardant vers l'intérieur des terres, je vois un champ de talc, puis une falaise de glace : c'est le museau d'un énorme glacier fait de turquoise et de lumière, charriant les débris d'un cours d'eau comme des décorations sur une toiture. Je braque mes jumelles dessus : mes yeux se précipitent dans les grottes, se heurtent aux pinacles et aux fractures, suivent les involutions sensuelles de la glace, les plis retournés et les foliations burinées qui racontent l'histoire d'un glacier : ses contorsions, ses fractures, ses mouvements, sa naissance et sa renaissance. Il paraît statique mais ne l'est pas du tout. Ses nageoires de glace sont pliées par les murs des canyons ; l'été, en touchant la mer, son museau se soulève, flotte et accouche d'énormes icebergs. La vie d'un glacier a quelque chose d'humain.

Plus loin, le glacier s'incurve ; son immobilité apparente est en réalité une lente scission. Sa surface est fracturée, quadrillée, comme le plan d'une ville qui reste à construire. Des bandes de couleur révèlent le rythme des ablations et des accumulations : c'est l'alternance de bruit et de silence du temps. Par-dessus, la calotte glaciaire. Des rangées de glaçons longs de six mètres y sont suspendus comme un rideau de perles devant les cavernes dont ils obstruent l'entrée et la sortie, comme pour dire : abandonnez tout de suite, l'espace infini échappe à la connaissance.

Nous changeons de parcours à la dernière minute. Nous avons faim, nous suivons une faille dans la glace. Nous partons sur l'océan gelé en quête de phoques. La neige tombe dru tandis qu'une tempête approche, en se soulevant de derrière les montagnes de la terre d'Ellesmere. Tout le long de la fissure, on voit des trous où les animaux viennent respirer, mais pas d'*uttoq*, pas de phoque venu se chauffer au soleil. Nous nous dirigeons vers l'est, vers la tempête. Celle-ci se referme sur nous et nous voyageons tout l'après-midi et toute la soirée sans pouvoir rien voir.

Un chasseur me parlait un jour du vertige : « Parfois, sur nos traîneaux quand il y avait de la mauvaise neige ou du brouillard, on se sentait perdus. On ne savait plus où était le ciel, où était la glace. C'était comme si on avançait la tête en bas. »

Deux corbeaux surgissent de la blancheur et ricanent par-dessus nos têtes tandis que nous zigzaguons d'une faille dans la glace à une autre. Nous n'avons pas mangé de viande depuis deux jours et notre faim prend la forme d'une souffrance collective. Tout est blanc. On s'arrête pour le thé, on rapproche les deux traîneaux et on leur attache une bâche pour couper le vent. Nous fouillons dans nos sacs, pour y trouver de la nourriture. Je découvre un pot de beurre de cacahuète mais je déchiffre avec horreur l'inscription « allégé » sur l'étiquette. N'importe, j'en étends sur un biscuit, puis je bois du thé, et je partage une barre chocolatée douce-amère avec Ilaitsuk. Mes sentiments aussi sont doux-amers, ce jour-là : je suis heureuse d'être au Groenland parmi mes amis, mais j'ai de plus en plus faim à chaque bouchée.

Il est aisé de voir comment la famine peut s'abattre sur l'Arctique ; la chasse est mauvaise, la faim s'empare des hommes. Avant l'époque des magasins et des hélicoptères, le cannibalisme était monnaie courante dans tout l'Arctique. Quand les vivres venaient à manquer, on mangeait les chiens et on faisait bouillir les peaux de phoque pour en tirer de la soupe. Quand cette ressource était épuisée, consommer de la chair humaine (le cadavre de ceux qui avaient déjà succombé) était la clef de la survie, si répugnante que soit cette pratique.

Nous repartons vers le nord, à travers une vaste étendue d'océan gelé. Le bruit du traîneau à travers la neige est lui-même océanique. Les traces de lapins se croisent devant nous mais nous ne voyons aucun animal. Le nuage de tempête s'effiloche et la lumière nous inonde. Tout n'est plus que cristal fêlé : la neige, la glace, l'air. Meqesuq demande ses lunettes de soleil à sa grand-mère. C'est devenu un rituel : il les met, il les enlève, il les remet, il les renlève, et nous autres adultes sommes les dépositaires du précieux objet. Il les met et se tourne vers nous : une vraie star de Hollywood, et il le sait bien.

Comme il est relaxant de voyager avec une autre femme ! Ilaitsuk et moi, nous tournons le visage vers le soleil. Sa chaleur est une bénédiction, et pendant quelques instants, nous somnolons les yeux fermés. Un hurlement nous réveille. Ilaitsuk se met à genoux. Loin devant, le traîneau de Mikele avance vite, et il est à moitié debout. « *Nanuq ! Nanuq !* » crie-t-il, le doigt pointé. Une ourse polaire et son petit trottent dans la baie.

« *Puquoq, puquoq* », hurle Jens, tandis que ses chiens prennent la nouvelle direction. Mikele a déjà détaché deux de ses chiens qui pourchassent l'ourse. Il en lâche deux autres. La neige est profonde et l'ourson ne peut pas suivre. La mère s'arrête, fait demi-tour et part rechercher son petit, mais les chiens de Mikele l'ont rattrapée et la tiennent acculée.

Notre traîneau est maintenant entre le petit et sa mère. A plusieurs reprises, elle se retourne pour rejoindre l'ourson. Les chiens se rapprochent, sans la blesser, mais la menacent. Elle lance les pattes en avant, grogne et se remet à courir. Ilaitsuk m'apprend qu'on n'abattra pas l'ourse, puisqu'elle a un petit, et que Mikele la libérera bientôt. Puis c'est l'erreur fatale : l'un des chiens repère le petit. Avant que nous puissions arriver, le chien se rue sur l'ourson et attaque sa jugulaire. Nous nous précipitons au secours du petit, mais les distances sont telles et nous avançons si lentement que, lorsque nous arrivons, le chien secoue l'ourson par le cou. Les autres le rejoignent. Mikele et Jens sautent à bas de leur traîneau et repoussent les chiens avec la poignée de leur fouet, mais c'est trop tard. L'ourson est grièvement blessé.

Une fois les chiens dispersés, nous restons avec l'ourson tandis que Mikele rattrape la mère. Le petit est encore en vie, mais très affaibli. Un grand morceau de peau et de chair pend à son cou. Si j'avais une piqûre tranquillisante, nous aurions pu le recoudre, mais nous n'avons rien. Etourdi, il est encore assez combatif pour grogner et griffer. Jens s'approche, lance un nœud autour de la patte de l'ourson pour le retenir près du traîneau mais à l'écart des chiens.

Nous laissons l'ourson se reposer. Il est plus blanc que sa mère ; sa petite truffe et ses yeux sont des trous noirs dans un monde de blanc. Il se remettra peut-être assez pour que nous le renvoyons à sa mère. Loin devant, l'ourse commence à partir, mais les chiens la rattrapent à nouveau. A l'autre bout du fjord, elle fonce vers l'ouest et se réfugie près de la muraille d'un iceberg à demi effondré. Mikele se rapproche alors que ses chiens commencent à fatiguer. L'ourse reste dans son enclos glacé, elle n'en sort que pour charger les chiens qui s'avancent, pas assez pour être blessés, mais ne s'éloignent pas assez pour qu'elle puisse s'échapper. Elle ne cherche plus son petit ; elle essaye de survivre.

Le soleil brille, l'ourse a chaud. Elle ramasse au sol une poignée de neige et la mange pour étancher sa soif croissante. Le bloc de glace contre lequel elle repose est bleu, en forme de V inversé, et ses flancs fondent au soleil printanier. Les chiens forment autour d'elle un demi-cercle, ils bondissent vers elle, ils mettent leur propre courage à l'épreuve, mais ils reculent lorsqu'elle charge.

A cinq cents mètres derrière Mikele, nous veillons sur l'ourson. Si nous approchons trop, il grogne. Il se lève parfois, mais il est faible et pantelant. Ses yeux roulent dans leurs orbites. Il s'effondre, mort.

Jens attache une corde au cour de l'ourson et le traîne comme un jouet derrière le traîneau. Sa peau sera utilisée, et peut-être aussi sa chair.

Mikele se retourne lorsque nous le rejoignons : « Le petit est mort ? »

Jens répond par l'affirmative. Je sais ce qui va ensuite se passer et je supplie Jens d'épargner la mère bien que son petit soit mort. Elle est jeune et belle, elle aura d'autres bébés. « A Mikele de décider », dit Jens. Mikele, dont le pantalon en ours polaire est usé jusqu'à la corde, réfléchit puis charge calmement son fusil.

Je reste assis avec Meqesuq sur le côté du traîneau. Les larmes coulent de nos yeux. Jens nous regarde et glousse : il ne rit pas de notre sensibilité, mais de notre naïveté. Comme s'ils allaient laisser partir un ours pour un motif ridiculement sentimental !

Les chiens continuent à menacer l'ourse. Je descends du traîneau et je m'approche d'elle. Elle pourrait m'attaquer, mais elle n'a d'yeux que pour les chiens qui la harcèlent. Après un long moment, elle se repose contre le mur froid, dont elle lèche la glace. Puis elle se retourne et regarde en direction de la terre d'Ellesmere. Debout sur les pattes arrière, elle pose le coude au sommet de l'iceberg et parcourt des yeux la mer gelée, en y cherchant une issue. Dans un murmure sonore, je lui lance : « Vas-y ! » Ce sont les derniers moments de sa vie que je vois s'écouler. Comment est-ce possible ? Se sait-elle condamnée ? Non, bien sûr. Mais elle en sait assez pour échafauder un plan.

Une fois encore, je plaide pour sa vie, mais je ne rencontre de la part des chasseurs que des regards fixes et interrogateurs. De nouveau, elle regarde par-dessus le bloc de glace, mais se laisse retomber à contrecœur. Elle est fatiguée, et il n'y a pas d'issue.

Les chiens commencent à perdre de leur intérêt. Ils se détournent de l'ourse et lèchent leurs petites plaies. Elle reste seule dans sa chambre glacée, en attente. Ilaitsuk couvre les oreilles de Meqesuq tandis que Mikele redresse lentement son fusil. L'enfant a peur. Il vient de voir l'ourson mourir et il ne veut pas en voir davantage. Debout dans la neige profonde, j'ai le sentiment d'être le témoin d'une exécution.

L'ourse se tient maintenant assez près pour bondir et me saisir d'un coup. J'ignore pourquoi elle ne le fait pas. En même temps, je comprends combien il peut être important pour un chasseur d'abattre un ours polaire. Ce sera une source de nourriture et sa peau servira à confectionner des vêtements d'hiver dont le besoin se fait cruellement sentir. Je regarde mon propre corps : moi aussi, je porte un pantalon et des bottes en ours polaire, et c'est seulement ainsi que je peux avoir chaud.

L'ourse se penche vers l'avant, mi-debout, mi-couchée, épuisée et éperdue, puis elle s'incline et se couche. Se demande-t-elle où est son ourson ? Je veux lui apporter son bébé mort. Mais elle l'ignore, évidemment, et même si elle le savait, cela ne ferait aucune différence. Le monde ne peut rien lui apprendre de l'ambivalence humaine, et elle me regarde aussi durement qu'elle observerait un phoque. Après tout, je suis simplement un des maillons de la chaîne alimentaire.

C'est le même regard que lui adresse à présent Mikele, dont la dureté n'est pas le fruit d'un manque de sentiment, mais de la nécessité de survivre. Prédateur et proie. Dans l'Arctique, on ne sait jamais dans quel camp on se trouve ; on vit grâce à la vigueur de son esprit, comme l'ours et le phoque, le chien et le renard, le corbeau, l'alque et le lièvre.

La fourrure de l'ourse est jaune pâle, le mur de glace est bleu. Le soleil est chaud. Le temps fond. Ce que je sais de la vie et de la mort, du froid et de la faim, tout cela semble n'avoir aucune importance. Trois coups de feu éclatent. Une patte douloureuse se lève et égratigne le mur de glace en retombant. Puis la bête roule sur le dos. Elle est morte.

Un chaman iglulik avait dit à Rasmussen que « le plus grand péril réside dans le fait de tuer et de manger ; tous ceux que nous frappons et détruisons pour nous faire des vêtements, ils ont des âmes comme nous, des âmes qui ne périssent pas avec le corps et doivent donc être apaisées pour qu'elles ne se vengent pas de nous qui les avons privées de leur corps ».

Je m'agenouille devant la jeune ourse. La fourrure est épaisse entre les griffes. J'entends un gargouillis. Il est trop tôt dans l'année pour que ce soit de l'eau courante. Je vois alors que c'est du sang.

Mikele rattache ses chiens avec les autres. L'eau du thé est mise à bouillir. Sous le chaud soleil de l'après-midi, nous remontons nos manches. Ilaitsuk scrute la glace, en quête d'autres ours ; Meqesuq est assis sur la neige à côté de l'ourse et place sa petite main sur sa large patte. Le museau du glacier qui s'est arrêté juste derrière nous est un mur de vivants saphirs.

L'ourse est couchée sur le dos comme une femme prête pour l'amour. Jens pose la pointe de son couteau sur le nombril et tranche la peau d'un mouvement vif, jusqu'au cou. La pointe fine voyage sous le menton et à travers la lèvre noire, comme pour empêcher l'animal de parler.

Elle est bientôt dépouillée. La peau est étendue sur la neige ; une fois le sang essuyé, Ilaitsuk la plie en quatre et la dispose soigneusement dans un sac de toile sur le traîneau. Puis le corps du plantigrade est démantelé, les morceaux sont stockés sous la bâche, de sorte que, une fois les tasses à thé rangées, quand nous repartons vers le nord, vers Neqe, l'ourse est couchée en dessous de nous et nous la chevauchons. Selon les légendes inuits, les ours entendent et comprennent tout ce que les hommes disent, même après la mort. C'est pourquoi nous passerons en silence le reste de la journée.

En 1917, un chaman décrivit l'âme des ours à Rasmussen : « L'ours est un animal dangereux mais nous avons besoin de lui. Nous avons le droit de le chasser, mais en ce cas, nous devons prendre certaines précautions pour que l'âme ne puisse pas revenir se venger. »

Parce que les ours savent tout et entendent tout ce qu'on dit, les moindres faits et gestes suivant une chasse à l'ours obéissent à un code très strict. Quand le chasseur revient, la peau de l'animal est apportée dans la maison et placée dans un *qimerfik* (une boîte à nourriture pour chien). Si c'est un mâle, on pend le museau par-dessus le fouet du chasseur, avec un harpon et une pointe de harpon, un peu de graisse et de viande, et quelques morceaux de peau, en offrande pour l'animal mort. Les fragments de peau seront par la suite utilisés pour rapiécer les bottes du chasseur ; les ours marchent tellement. Si c'est une femelle, on suspend une peau de phoque apprêtée par-dessus, un peu de viande et quelques morceaux de peau à rapiécer. Pendant cinq jours, personne ne touche à la peau de phoque et aux offrandes.

Il est également nécessaire de rassembler les os à mesure que l'on mange la viande et de les mettre en tas sur l'appui de fenêtre. La tête doit être tournée vers l'intérieur. « On fait cela pour que l'âme de l'ours n'ait pas trop de mal à rentrer chez elle. »

A Neqe, nous poussons nos traîneaux à travers les hummocks. Une cabane historique, utilisée pendant un siècle comme base pour les expéditions vers le nord, surmonte une colline, à la pointe d'une longue bande de terre qui s'avance entre deux glaciers d'eau de marée. Ses fenêtres donnent sur le détroit de Smith. Sur la façade, les râteliers à viande sont couverts de nageoires de morse, de chiens morts et de morceaux de phoque déchiquetés. C'est un endroit mi-sanctuaire, mi-charnier ; dans l'Arctique, où la famine n'est jamais loin, les deux se rejoignent.

On détache les chiens, on décharge les traîneaux, on couvre l'*illeq* de peaux de caribou et on met de l'eau à bouillir. Nous nous asseyons dehors, sur les traîneaux, face à l'ouest pour profiter des quelques rayons du soleil. Le printemps est peut-être en train d'arriver. *Imaqa*. Des touffes d'herbe de l'année dernière percent à travers la neige et les phoques commencent à apparaître sur la glace, pour profiter de l'air frais et doux.

Après une chasse, personne ne se vante. Les Groenlandais sont modestes et respectueux. Meilleur est le chasseur, moins il cherche à attirer l'attention. Vivant sur la glace, ils se soumettent chaque jour à l'inconnu et avouent honnêtement qu'ils ne savent rien. Après tout, il s'agit de survie, pas de vanité.

Nous parlons à peine. Plus tard, nous jetons nos dictionnaires en tas et nous régalons d'un festin de mots. J'essaye de mémoriser des expressions utiles comme *nauk tupilaghuunnguaja*, qui signifie « espèce d'imbécile », ou *taqaliktuuq*, « chien noir à tache blanche sur l'œil ». Mais j'en suis généralement incapable, ce qui augmente encore l'hilarité générale.

De toute façon, la maison de Neqe a quelque chose qui nous met en joie. Les murs sont couverts de quotidiens groenlandais. Je reconnais des amis en photo : Olejorgen Hammekin sur son traîneau lors de son voyage d'Uummannaq à Thulé, et Lars Emil, l'ex-

Premier ministre, rendant visite à des villageois à bord du bateau rouge et blanc à bord duquel il m'a invitée jadis.

Il y a plus d'un siècle, le navire *Polaris* a disparu près d'ici, et les survivants se sont retrouvés sur une plaque de glace flottante large de six kilomètres. Ils ont dérivé sur plus de 2000 kilomètres et ont été secourus au large du Labrador, en avril de l'année suivante.

Rasmussen se rappelle avoir « tué le temps » ici, en route pour la terre de Peary durant la Deuxième Expédition Thulé :

> Nous plongions dans la très abondante bibliothèque de l'Expédition Crockerland, nous rendions visite aux familles esquimaudes qui étaient de vieilles amies à nous, et chaque soir se terminait par un bal qui durait jusqu'à deux ou trois heures du matin. Les Américains avaient un phonographe extraordinaire, qui nous amusait beaucoup par son répertoire choisi et varié. Il y en avait pour tous les goûts, de sorte que tantôt nous entendions des airs de tous les opéras du monde, chantés par Caruso, Alma Gluck, Adelina Patti, etc., tantôt nous nous abandonnions à des débauches musicales, pour changer, nous laissant aller à des tangos et à des one-steps. (Rasmussen, *Greenland by the Polar Sea*, p. 43.)

Nous ne dansons pas le tango mais nous restons sur la terrasse de glace, devant la maison, débarrassés de nos anoraks, pour contempler l'immensité de l'océan gelé. Nous saluons le soleil qui se fait rare. Sa chaleur nous pénètre, et nous nous détendons enfin. Ilaitsuk arbore un pull rouge de fête et des lunettes fumées. Je porte des caleçons longs tout neufs. Une bière cachée surgit et nous la partageons tous ensemble.

Le cri étranglé d'un renard nous parvient depuis la baie gelée où l'ourse a été abattue. Voici que monte une nappe de brouillard. Elle couvre les marques laissées par la danse de mort de l'ourse (elle s'est arrêtée, a fait demi-tour, a attaqué, puis reculé), les hiéroglyphes du sang et des traces, et les creux dans la neige où les chiens se sont reposés après la chasse. Je suis heureuse de ne rien voir.

On allume un réchaud. On fait cuire le reste du flétan gelé que nous avions débité pour le hors-d'œuvre, mais on ne mange pas d'ours. Personne ne mentionne l'animal ni son petit, ni la chasse, ni la peau qui permettra de faire des habits d'hiver. Nous mangeons, simplement, puis nous nous couchons.

UN PARADIS DE GLACE

Dans nos sacs de couchage, nous sommes alignés sur l'*illeq*. Il fait encore chaud et personne n'a sommeil. Jens et Ilaitsuk ont pris leur petit-fils entre eux et le grand-père commence une histoire : « Il y a très longtemps, quand les chamans volaient encore sous l'eau, quand les animaux pouvaient parler, il y avait une femme qui s'appelait Anoritoq, qui vivait sur une pointe de terre au nord d'Etah. Le nom Anoritoq signifie "Balayé par le vent". Cette femme n'avait pas de mari et son fils unique avait été tué par un chasseur jaloux parce que le petit garçon était en train de devenir un grand chasseur alors qu'il n'avait pas de père. Après la mort de l'enfant, un chasseur a apporté à la femme un petit d'ours polaire, qu'elle a élevé comme son fils. L'ours avait appris la langue des Esquimaux et jouait avec les autres enfants. En grandissant, il se mit à chasser les phoques et avec beaucoup de succès. Mais elle s'inquiétait pour lui. Elle craignait qu'un chasseur ne le tue, parce que c'était un ours, après tout, et qu'on avait besoin de sa peau pour les habits. Elle essayait de le barbouiller de suie pour le rendre noir, mais un jour qu'un peu de sa fourrure blanche était visible, un chasseur l'abattit. Elle en fut si triste qu'elle cessa de manger et sortit passer tout son temps dehors, à regarder la mer. Puis elle se changea en pierre. Maintenant, lorsqu'on va chasser l'ours dans cette région, on met un morceau de graisse de phoque sur le rocher et on prie pour que la chasse soit bonne. »

Le lendemain matin, tout est lent, sans effort, presque paresseux, mais pas vraiment, parce que la fainéantise est inconnue des Inuits. D'un autre côté, le machisme n'existe pas non plus. Toute parodie de la vraie force serait immédiatement raillée, tout comme ils rient de l'échec et des accidents (lorsqu'on se cogne à une réalité opiniâtre) parce que le Groenland est un pays de surfaces dures. Il ne reste plus rien du mélange de timidité et de mépris dont Jens faisait preuve à mon égard quand nous nous sommes rencontrés. Maintenant, il me traite comme une reine, comme si j'étais un enfant qui grandit mais qui reste incapable de se débrouiller sur la glace. Il m'appelle « patron » parce que j'ai voulu les accompagner durant ce voyage, mais il sait que je suis heureuse d'aller partout où il en aura envie.

Tout à coup, Jens et Mikele se mettent à préparer le départ. C'est toujours comme ça, dans ces voyages. Des heures d'oisiveté passent, puis c'est la frénésie et il vaut mieux alors être prêt, habillé et sur le traîneau lorsqu'ils attachent les chiens, sinon on reste en arrière.
   Nous longeons la côte nord jusqu'à Pitoravik. Le trajet n'est pas long. De là, nous déciderons de notre route vers Etah, soit en remontant et en traversant une partie de l'inlandsis, soit en suivant la côte s'il n'y a ni eau libre ni glace de pression. Le vent se lève alors que Jens et Mikele partent étudier la piste sur le glacier. Lorsqu'ils reviennent, au bout de plusieurs heures, ils agitent la tête. « Les failles sont très profondes, les crevasses sont larges et la neige les dissimule, dit Jens. En dessous, la glace est très abîmée, il y a de l'eau libre. C'est trop dangereux. Nous attendrons jusqu'à demain matin. S'il fait beau, nous essayons de passer par le haut. Sinon, nous irons jusqu'à la lisière des glaces, là-bas, vers le Canada, et nous chasserons le morse et le narval. »
   Le lendemain matin, le temps est froid mais clair. Nous attachons les chiens et nous partons vers le glacier. La veille, tout s'est bien passé, ils ont été nourris, et ils tirent maintenant avec vigueur. Jens marche devant ses chiens. A certains endroits, la neige lui arrive à la taille. Mais un peu plus loin, les congères sur lesquelles le vent souffle sont durcies et les chiens peuvent trouver prise sur la glace et tirer dur. Mikele hurle comme un fou et trépigne sur son traîneau tout en filant en avant. Une crevasse bâille à sa droite et il ralentit les chiens. Au passage, je regarde au fond : le centre de la terre est bleu.
   La pente se raidit et les chiens ont du mal à monter. Ilaitsuk et moi descendons pour pousser. Même si nous avons enlevé notre anorak et nos moufles, la sueur continue à ruisseler sur notre visage et notre dos, ce qui veut dire que nous aurons froid ensuite. Au sommet, nous nous arrêtons pour nous reposer. Je contemple le détroit gelé et je songe au nombre de fois où Rasmussen a fait ce chemin dans les deux sens. Je me demande si l'on voit encore les traces de son traîneau, comme les ornières de l'Oregon Trail, dans le Wyoming. Mais ici, ce n'est pas de la terre, c'est de la glace, et tout ce qui dure, c'est la mémoire.
   De l'autre côté, Jens place un nœud de corde sous les patins afin de ralentir, il change de place avec Ilaitsuk : si le traîneau menace

d'écraser les chiens, il pourra le retenir. Nous faisons une embardée et évitons de justesse de gros rochers, puis nous heurtons des plis de neige dure. Des gouffres béants s'ouvrent et se ferment mais nous parvenons à rester entre eux.

Quitter le glacier est plus difficile. Nous poussons le traîneau au-dessus d'un large espace entre la rive et la glace océanique. Le traîneau est juste assez long pour boucher le gouffre, même si l'arrière droit tombe un peu. Au moment adéquat, les chiens s'élancent en avant et nous glissons jusqu'au sol marin blanc.

Etah. Ce n'est pas un village, c'est un morceau d'histoire. C'est ici que le dernier groupe de migrants de la terre de Baffin a touché le sol groenlandais en 1862, mené par le chaman Qidlaq, qui avait rêvé de cet endroit ; ici aussi a commencé et pris fin l'expédition de Rasmussen au sommet du Groenland.

L'histoire nous fait tous bien dormir, cette nuit-là, à moins que nous soyons simplement fatigués. Le matin, la neige tombe, continue et hypnotisante. Ilaitsuk, Meqesuq et moi, nous restons à la maison tandis que Mikele et Jens partent chasser. Nos réserves de nourriture sont dangereusement basses et, comme d'habitude, le climat se dégrade. Ilaitsuk coud des couvre-chaussures pour chacun de nous. Elle dessine les patrons sur un vieux journal, les recouvre de peau de phoque et de caribou, et les découpe. Sa main est rapide et sûre, pour coudre comme pour découper ; en quelques heures, nous avons de nouvelles chaussures. Puis elle répare trois ou quatre paires de moufles en peau de phoque, tout en risquant son peu d'anglais avec mon peu de groenlandais. Nous arrivons à parler de manière très limitée : de la nourriture, du sexe, des enfants, des maris, et elle me résume l'intrigue de la vieille histoire inuit qu'elle et Jens ont racontée à leur petit-fils.

Jens et Mikele reviennent avec un phoque. Ce n'est pas assez pour nous tous et les trente chiens. Nous savons qui sera nourri en premier : les chiens. Ce qui reste, Ilaitsuk en fait de la soupe, un bouillon clair et salé où flottent quelques morceaux de viande, que nous donnons aux hommes parce qu'ils reviennent du dehors. Puis la tempête nous atteint et nous nous réfugions à l'intérieur pour un autre jour entier.

Quand le ciel se dégage, Jens et Mikele passent la matinée sur une colline derrière la cabane à discuter de la suite du programme.

Il est tombé trente centimètres de neige et la route du nord n'est qu'une étendue blanche, même si nous savons qu'à quelques kilomètres, des dalles de glace de pression se dressent comme des trottoirs placés verticalement.

Il est décidé de continuer vers le nord. Une autre tempête arrive et la neige est profonde. « Il n'y a rien à manger, explique Jens. Nous risquons d'avoir trop faim. Si nous restons coincés de ce côté de la glace sans pouvoir revenir pendant un moment, ce ne sera pas bon pour nous. »

Je ne suis pas heureuse, mais je ne dis rien. Nous contournons à nouveau le sommet du glacier pour longer la montagne escarpée jusqu'à Pitoravik, où nous nous reposons. Un autre phoque est pris et nous passons une autre soirée à boire du bouillon.

Le matin, nous suivons le pied de glace jusqu'à un petit glacier. C'est un festival de cahots, d'embardées, de glissades, de heurts, qui nous pousse à nous accrocher fermement aux rebords flottants en peau de caribou. Meqesuq et moi, nous tombons à bas du traîneau et nous roulons contre une dalle de glace dressée. Jens ne trouve pas ça drôle. Nous nous relevons et remontons comme si de rien n'était. Puis la glace s'aplatit et nous glissons sur une vaste étendue de neige lisse. Nous partons vers l'ouest et le sud, pour l'île de Kiatak, où nous sommes allés attraper des oiseaux il y a deux ans.

La tempête approche par morceaux : des couronnes de nuages noirs ondulent par-dessus les montagnes et les îles, se traînent par-dessus la calotte glaciaire. Jens fait avec le poing le geste d'écraser, pour montrer comment la tempête nous frapperait. Dans le ciel, le soleil perce à travers les nuages crevés. La chaleur soudaine est signe de neige : nous enlevons nos anoraks d'hiver et longeons un floe semblable à une oreille de cristal. « *Ai, ai, ai, ai* », lance Jens aux chiens. Plus vite. Derrière nous, le museau du Neqip Sermia (le glacier Morris Jesup, où nous avons abattu l'ourse) est une fresque qui s'éloigne, pleine de formes interrompues, qui tiennent autant de l'ours que de l'homme. Une neige légère rend flou le sommet du glacier, mais le mur de glace reste translucide, tout en facettes précises, diamants fondus durcis en turquoise.

La beauté est source de joie ; neige ou pas neige, je suis heureuse. Je teste un autre mot nouveau : *qirngaqtuq*, le fait d'appeler le beau temps par des incantations. Je demande à Ilaitsuk si je dois essayer un chant magique et elle hoche la tête. Je me mets à glapir par-dessus le fracas du traîneau et le halètement des chiens, mais le temps se dégrade encore un peu plus. A la fin de l'après-midi, nous avons de nouveau faim. Nous suivons une faille dans la glace, en quête de phoques. Mais il n'y en a pas, et il n'y a pas davantage de morses, de baleines, d'oiseaux ou de lapins. La tempête joue à chat avec nous, assombrit le ciel et nous bombarde de neige, puis se recule et déverse le soleil sur la glace.

La fissure n'a rien à offrir. Les chiens n'ont pas été nourris et ils auront bientôt besoin de nourriture, comme nous tous. Finalement, la tempête reprend et, derrière comme devant nous, tous les icebergs, montagnes et glaciers disparaissent, dans toutes les directions qui échappent au compas.

Pendant des jours, nous voyageons dans le mauvais temps. Nous nous arrêtons une fois pour reposer les chiens ; avec Ilaitsuk et Meqesuq, nous jouons à chat sur la glace pour nous réchauffer. Le petit garçon ne se plaint jamais. Quand ses pieds sont engourdis, il se contente de les montrer du doigt, et Ilaitsuk lui enfile les couvre-chaussures qu'elle a cousues pour lui trois nuits auparavant. Il reste assis à l'avant du traîneau, exposé au vent et heureux. Il répète les ordres de son grand-père et fait claquer un fouet imaginaire ; il est déjà en train de devenir un homme.

La patience et la vigueur d'esprit sont les vertus du chasseur, avec la souplesse et l'humour. Jens tire sur un phoque mais le manque. Un autre animal a perçu notre odeur et replonge dans son trou. Jens revient au traîneau en riant de ses échecs, et en expliquant exactement à Mikele quelle erreur il a commise.

Nous continuons, attirés par la promesse de morses et de narvals. « *Hikup hinaa* », dit Jens. La lisière des glaces. Mon estomac grogne et je songe à la légende de la Grande Famine, quand les hivers se succédaient sans printemps, été, ni automne pour les séparer. Quand tout a été mangé (les chiens et les objets en peau de phoque), les gens se sont mangés entre eux pour survivre. Jens déclare que cet hiver et ce printemps sont les plus froids dont il se souvienne. Par une ironie du sort, certains climatologues estiment que le refroidissement de l'Arctique est un effet annexe du réchauffement de la planète : comme des morceaux de la calotte glaciaire fondent et tombent dans l'océan, la température de l'eau baisse, ce qui refroidit l'air. Si c'est le cas, le réchauffement de la planète va-t-il s'annuler de lui-même ? Jens ne comprend pas ce que je raconte en « groenlanglais ». « *Issi* », se contente-t-il de répondre, en se frictionnant les bras. « Peut-être devrons-nous nous entre-dévorer comme autrefois. »

Nous levons le camp et repartons. A mi-chemin de l'océan gelé, une fusion s'opère entre la neige, la glace et le ciel. Une heure auparavant, un avion nous a survolés, le ventre scintillant très haut au-dessus de nous. Pour rire, nous supposons que c'est un express de Tromsö, en Norvège, à Barrow, en Alaska. Devant nous, un corbeau perché sur un bloc de glace émet un son que je n'ai jamais entendu : pas un cri d'oiseau, d'instrument à vent, mais le cri étranglé d'un mammifère, comme si le volatile imitait un renard arctique. Puis il disparaît.

Pendant longtemps, il n'y a rien. Quelle note désigne l'absence de son ? Il y a des bruits, bien sûr (le cliquetis du traîneau et le halètement des chiens), mais ces bruits surviennent dans un vide. En tendant l'oreille, je perçois un bourdonnement : c'est la machinerie bien huilée de mon propre corps qui résonne dans mes oreilles.

Un pan de glace s'effondre alors que nous passons devant un floe échoué, puis un flocon de neige me tombe sur l'épaule. L'un des deux produit un fracas terrible, j'ignore lequel. Il n'y a pas le moindre souffle de vent. Puis les ombres s'allongent. Qu'est-ce qui les pousse dans un sens ou dans l'autre ? Est-ce le feu de Platon, surgi d'un œil ? Je revois par flashes la sculpture paléo-esquimaude d'un être mi-homme, mi-ours. Les pensées flottent dans le sillage de la meute des chiens. Rien ne pousse dans l'Arctique à part l'imagination. Faute de pharmacopée, les Inuits ingèrent tout le paysage de glace. Ils disent que cela rend soit furieux, soit heureux, soit fou. *Perleroneq* est le mot qui désigne l'hystérie arctique, qui frappait les hommes comme les chiens. « Mais plus maintenant, affirme Ilaitsuk. Maintenant, pendant les mois de nuit, on regarde la télé. »

Si les ours pouvaient entendre et comprendre tout ce que les hommes disaient, c'est parce que rien n'y faisait obstacle, parce qu'il n'y avait pas de bruit parasite. C'est à cela que notre vie ressemble ce jour-là. Le *ha, ha, ha, ha, ha, ha* des chiens est le seul son qu'on entende. Si nous demandons le silence, puis écoutons, tout est possible. Nous, qui sommes des points infimes, juchés sur un éclat de bois pour traverser l'éternité.

Plusieurs heures ou plusieurs journées se sont-elles écoulées ? Nous sommes enveloppés de fourrure, immobilisés par le froid. Nous fouillons la glace pour y trouver à manger. Les ombres portées par les blocs de glace levés ressemblent à des phoques. Nous finissons par en voir un vrai, une virgule noire couchée dans son palais d'albâtre. Jens et Mikele arrêtent leurs chiens. Le monde devient silencieux quand le halètement cesse. Jens installe son fusil sur un petit trépied muni de skis. Un voile blanc masque son visage. La neige arrive au mollet mais le vent souffle du bon côté. Il s'avance en rampant, puis se couche sur le ventre, pour viser. Les trente chiens restent concentrés, l'oreille dressée. Dès qu'ils entendent le craquement étouffé du fusil, ils s'élancent pour rejoindre Jens.

Le phoque est étendu, mort, dans son trou. Jens le dépèce avec des gestes rapides et efficaces, tranche le ventre et en tire le foie. Il en découpe un bout et le mange, puis en détache des morceaux pour Ilaitsuk et pour moi. Le sang du phoque forme une mare dans la neige, qui se dilue en eau rose. Jens coupe une encoche dans la nageoire postérieure en guise de poignée et traîne le phoque dépecé jusqu'au traîneau.

Toute la soirée, nous voyageons à travers la tempête. A l'heure du thé, on ne voit rien, ni côte, ni îles au loin, ni plancher, ni plafond. Nous mangeons des sandwiches, une barre chocolatée et quelques biscuits. Jens déplie les peaux de caribou pour les retourner, parce que la neige est humide et s'accroche dans la fourrure, qu'elle rend plus humide encore. Nous partons, nous prenons ce qui se révèle être la mauvaise direction, et nous avançons dans ce qui ressemble peut-être à une ligne droite, en direction de l'île d'Herbert.

A 22 h 30, la tempête éclate. Du gris se répand partout, les nuages se déchirent, le bas part dans une direction et le haut tend vers Ellesmere. Des taches de brume tombent comme des glaçons, dévoilant d'immenses pans de ciel. Puis le rebord sombre passe, ce pare-chocs noir s'éloigne, et à sa place se déroule une étendue continue de bleu nuit.

Le ciel clair est synonyme de chute des températures. Nous sommes à présent en mai, mais il fait − 30°. Les rayons de soleil traversent les nuages en longues bandes jaunes. Les murailles rouges d'une île lointaine apparaissent.

Pour la première fois, le froid pénètre mes épaisseurs de Polartec et d'ours polaire. Près de l'île, la neige molle se durcit en congères sinueuses tassées par le vent. Les traîneaux s'envolent. Tout en avançant, Jens tire sur un phoque mais le manque. Il atteint le suivant, le découpe en hâte et le place sous le chargement du traîneau. Un corbeau nous montre le chemin. Nous filons par-dessus la glace dure et lisse. Jens appelle l'oiseau. *Cau, cau,* crie-t-il, et le corbeau fait des bonds, se perche sur un morceau de glace triangulaire avant de s'envoler tout à coup à vive allure.

A minuit, nous atteignons la cabane sur l'île d'Herbert, la même que nous avons utilisée en 1997. Elle est toujours aussi crasseuse, les murs métalliques sont tachés de sang de phoque et de morse, la couche de saleté et de graisse qui couvre le sol fait presque dix centimètres, et les mêmes revues porno jonchent la plate-forme où l'on dort. J'ai fait des cauchemars la première fois que j'ai séjourné ici et je redoute la nuit qui vient, mais Ilaitsuk recouvre tout de journaux propres et garnit l'*illeq* de peaux de caribou, ce qui donne à la pièce un air neuf et frais. Puis elle allume le réchaud et met de l'eau à bouillir.

Tandis que je décharge les traîneaux avec elle, Jens et Mikele découpent la viande de phoque. Meqesuq s'entraîne à faire claquer le fouet. Je sais que j'ai froid et que je suis déshydratée parce que, sans raison, je m'énerve de le voir jouer ; mon urine est marron foncé. Les chiens alignés en rang attendent leur nourriture avec une attention avide. Voilà deux jours qu'ils n'ont pas été rassasiés de viande fraîche. Un morceau vole en l'air, puis un autre, et encore un autre. Jens et Mikele visent à la perfection, chaque animal a sa part, et plus ils mangent vite, plus ils en reçoivent. Ils mâchent, avalent, puis attendent impatiemment la suite.

Jens découpe le reste du phoque pour notre dîner ; nous regardons les morceaux de viande tourner dans l'eau brune. Assise sur les peaux de caribou, les jambes droites à la manière esquimaude, Ilaitsuk ramollit les kamiks gelés de Jens sur le bout arrondi du manche en bois du fouet, puis les suspend pour les faire sécher. A mesure que la maison se réchauffe, nous nous déshabillons. Meqesuq porte un minuscule tee-shirt avec l'inscription « J'aime les Eléphants ».

On se couche à 3 h 30 du matin, et on se lève peu avant midi. Il fait beau, le vent souffle, mais le réchaud refuse de s'allumer. Cela prend du temps, mais personne ne se plaint. Toujours patient, Jens s'assied à terre, et remonte le réchaud dont il a déposé toutes les petites pièces sur un journal devant lui. L'enfant veut qu'on lui raconte une histoire. Ilaitsuk se couche à côté de lui sur la plate-forme et, d'une voix douce, poursuit tout bas la saga de l'orphelin. Puis il est temps de partir.

Lorsqu'on chasse au printemps à la lisière des glaces, mieux vaut voyager le soir, quand la glace est ferme et ne risque pas de se briser en dessous de vous. Nous quittons le pied de glace et tournons à gauche, pour faire le tour de l'île. A l'ouest s'étend la polynie, cette étendue éternelle d'eau libre. Elle triomphe de l'hiver pendant quelques instants, tandis que des mouettes tourbillonnent et se perchent sur les morceaux de glace, blanc sur blanc, allant partout où les emmènent leurs petits bateaux. L'eau clapote, le soleil brille, et tout ce qui avait été paralysé par la glace s'agite maintenant. Ilaitsuk sourit et allume une cigarette pour Jens. Nous sommes momentanément apaisés par le spectacle.

Tout est illusion : nous avons marché sur l'eau, volé à travers le temps, dont le cadran blanc n'a pas d'aiguille pour les heures L'eau est à présent liquide, ce n'est plus de la glace, c'est une saison flottante qui nous a fait croire que nous étions arrivés quelque part et que nous avions trouvé l'été, alors qu'il n'en est rien.

Entre cette île et la suivante se dresse souvent une barrière de glace rugueuse, quasi impénétrable. Mais cette année, il n'y a pratiquement rien. La dernière fois, il nous avait fallu sept heures pour la franchir. Aujourd'hui, nous glissons sans encombres. Le monde est un miroir ; nous survolons un échiquier de plaques craquelées, de dalles bleues parsemées de neige molle. Nous passons devant les falaises où les oiseaux viennent faire leur nid, mais il fait encore trop froid, selon Jens. « Ils attendront et viendront quand il fera assez chaud, *imaqa*. » Ils arriveront au plus tard vers le 10 mai, dans quelques jours. Devant, sur la glace, des phoques sont étendus un peu partout, mais le vent souffle dans le mauvais sens. Il arrive derrière nous et envoie notre odeur en avant à mesure que nous approchons : les phoques disparaissent.

Plus tard dans la soirée, nous voyons un signe annonciateur du printemps : deux mouettes s'accouplent en plein ciel, par-dessus le traîneau. Jens a un geste de la main (comme s'il accélérait à moto) pour signifier l'acte sexuel. Plus il le fait, plus nous rions. On appelle ça l'éveil du printemps esquimau. Nous installons notre campement à Nazsilivik, en bordure de la terre de Steensby, dans une anse abritée.

Pendant que l'on retire le harnais des chiens, il est évident que Pappi, la chienne de Jens, est malheureuse. Tous les mâles de l'équipe se jettent sur elle, et chacun tente de la posséder. Elle reste couchée en gémissant jusqu'à ce que Jens écarte les chiens, puis il la place avec le meneur, loin des autres, là où ils pourront prendre leur plaisir en paix. J'apprends à Jens le mot « lune de miel ».

Mikele répare les harnais pendant que Jens affine son fouet (il est trop épais et ne fend pas l'air assez vite), en chantant d'une voix haut perchée la chanson du phoque barbu. La longue lanière du fouet est découpée dans la peau d'un phoque barbu. Il me montre une large cicatrice sur la paume de sa main, là où il s'est pris dans une corde en voulant hisser un phoque barbu sur la glace. Le câble a tranché la chair jusqu'à l'os. Un autre chasseur est venu à son aide, puis lui a recousu la main, le tout sur la glace. « Ça m'a fait mal, un petit peu. Quand je suis rentré chez moi, le docteur a dit que la suture était si belle qu'il ne lui restait rien à faire. »

Nous passons une autre nuit dans une cabane, du côté sud de l'île Kiatak. Elle est grande et bien tenue. Les derniers occupants ont laissé un portrait de famille avec le nom de leur village attaché au mur. Parce que je suis la plus âgée du groupe, Ilaitsuk insiste pour que j'aie la partie la plus moelleuse du lit communautaire, malgré mes protestations.

Après avoir déchargé le traîneau, nous nous détendons. C'est la première fois que nous ne passons pas la moitié de la nuit à voyager, et ce répit est bien venu après tant de fatigue et de froid. La chasse n'a pas été bonne, mais il faudrait une famine totale pour nous abattre le moral. Et ce soir, un repas spécial nous attend.

Jens apporte dans la maison la viande de l'ourse polaire et la découpe avec une hachette. Nous le regardons mettre les morceaux dans la marmite. Nous avions froid quand nous sommes arrivés, mais la pièce se réchauffe très vite. Nos moufles, bonnets, kamiks et chaussettes de lièvre sont suspendus à sécher. La viande d'ours mise à bouillir nous hypnotise.

Jens fait circuler les assiettes. « *Nanuq. Nanuq* », dit-il à voix basse. « Il faut la manger de façon spéciale. On la fait bouillir comme du phoque, mais nous lui rendons hommage, pour que son âme n'ait pas trop de mal à rentrer chez elle. » Au bout de vingt minutes, les blocs de viande sont distribués. Elle fume dans nos assiettes.

« *Qajanaq*. » Je remercie Mikele, Jens et surtout l'ourse.

« *Mamiqtuqtuq* », répond calmement Jens. Bon appétit.

Ilaitsuk découpe la viande en petits morceaux pour Meqesuq, qui les trempe dans le sel. Nous utilisons nos couteaux de poche et nos doigts. La viande est tendre et succulente, comme du bison. Jens sourit à cette remarque et ouvre sa veste pour révéler un sweat-shirt orné d'un bison.

On fait passer le pain. Chacun a droit à une tartine, puis nous buvons le thé avec une poignée de biscuits. Ilaitsuk dépose ensuite un morceau de contre-plaqué dans un seau en plastique et étend la peau de phoque sur le rebord. Avec son *ulu*, un couteau incurvé à poignée en bois, elle racle la graisse en poussant énergiquement vers le bas. Une fois la peau nettoyée, elle utilise un *kiliutaq*, un petit couteau à bout carré, pour extraire de la fourrure l'huile brun-rose. La peau est ensuite suspendue à un fil pour sécher.

Au moment où je me dis qu'il est temps de se coucher, Jens et Mikele rechargent leur fusil et sortent. J'enfile ma parka et je les suis. « Nous allons chasser l'*ukaleq* », dit Jens. Nous gravissons les pentes d'éboulis, Jens dans une direction, Mikele dans une autre. Mikele escalade la montagne comme il monterait sur une échelle, sans effort, le fusil sur l'épaule, les oreillettes de sa casquette rouge rabattues sur les joues. Nous suivons, Ilaitsuk, Meqesuq et moi, en trébuchant sur la pierre, en glissant dans la neige. Nous voyons parfois les longues oreilles souples d'un lièvre filer entre les rochers. Un coup de feu. Nouvelle cavalcade. Mikele est bientôt loin devant, presque invisible, et nous rentrons à la maison.

Allongée dans mon sac de couchage, j'écoute le vent. En un jour, nous avons apprêté une peau de phoque, mangé de l'ours et chassé le lièvre arctique. Quand Jens revient bredouille, il se met à raconter des histoires : la femme qui a adopté un ours, le chasseur qui a épousé un lièvre, l'homme qui est allé derrière un iceberg et qui est ressorti changé en phoque. Tout en écoutant, je touche la fourrure de mon pantalon en ours polaire. Nous vivons avec ces animaux, nous les mangeons, nous portons leur peau. La voix de Jens devient douce, ses mots deviennent un ronron qui nous berce. Il avoue qu'il rêve parfois d'un animal qu'il tuera le lendemain, et qu'ainsi il « mange son âme ». J'ignore si je pourrais jamais m'endormir sans cette voix et ces histoires. Je vais peut-être commencer à faire ce genre de rêves. Plusieurs heures après, Mikele revient, deux lapins à la main. « *Ukaliqtuq.* » Il a pris un lièvre, me dit Ilaitsuk en se tournant vers moi. Même en pleine nuit, elle essaye de m'apprendre des mots nouveaux.

C'est à l'automne que le phoque perce son *agluq*, le trou où il vient respirer, quand la nouvelle glace se forme, parce que les phoques ont besoin de venir chercher de l'air toutes les quinze ou vingt minutes, quel que soit le temps. Les phoques annelés ont des griffes au bout des nageoires qui leur permettent de creuser la glace, lorsqu'elle est encore très mince. Plus tard, quand l'hiver approche, ils continuent à gratter pour garder le trou ouvert. Quand la glace épaissit, l'agluq commence à prendre une forme d'entonnoir, long d'une trentaine de centimètres, surmonté par un dôme rempli d'air, camouflé par la neige.

La tempête qui nous a dépassés revient, à moins que c'en soit une nouvelle. La nuit brillante et fraîche que nous avons passée à escalader les pentes est devenue grise. « Aujourd'hui, nous irons simplement chasser l'*uttoq*, et demain nous trouverons la lisière des glaces », déclare Jens. Mikele et lui harnachent les chiens et nous démarrons, pour nous arrêter subitement. Pappi, la femelle en chaleur, hurle quand les mâles la maltraitent. Ils s'empilent à trois sur son dos. Jens finit par sauter au milieu de la mêlée pour les faire déguerpir. Dès que les chiens sont séparés, nous repartons, mais en vain. Il faut de nouveau aller mettre de l'ordre.

Nous avançons un peu et nous découvrons vite qu'il n'y a pas d'*uttoq*, pas de phoques au soleil. C'est alors que Jens en revient à la chasse hivernale, *aquiluktuq*, où l'on attend le phoque près de son trou. Il descend et nous demande de décrire autour de lui un large cercle : le bruit des traîneaux fera croire aux phoques que le danger est à la périphérie et les poussera vers l'agluq central, où le chasseur est à l'affût avec son harpon.

Ilaitsuk conduit à présent le traîneau, mais à cause de Pappi, elle a du mal à maîtriser les chiens. Nous partons en zigzags, en rebondissant sur la glace rugueuse. Aucun ordre ne retient leur attention : tout ce qui les intéresse, c'est de sauter sur Pappi. Nous heurtons la glace à nouveau et le traîneau manque se renverser. Le cercle est brisé : nous sommes allés beaucoup trop loin de l'agluq où se tient Jens. Totalement hors de contrôle, les chiens nous font contourner un énorme bloc de glace vieille d'un an et prennent le chemin du retour. Qaanaaq est à plusieurs jours de trajet, mais peu leur importe. Ils pourchasseront Pappi tant qu'elle ne sera pas à eux.

Un traîneau fou peut être dangereux quand la glace n'est pas lisse. Des chiens brisent leurs lignes et nous glissons sur la glace rugueuse. Ilaitsuk a beau hurler, ils ne l'écoutent pas. Finalement, le petit Meqesuq rampe jusqu'à l'avant du traîneau et, en imitant les cris de son grand-père, réussit à arrêter les chiens.

Freinés mais désespérément emmêlés, ils repartent bientôt. Un chien a la patte complètement prise dans une ligne et court sur trois pattes. Les chiens détachés courent en tous sens. Nous arrivons enfin à les maîtriser et nous faisons demi-tour vers Jens. Notre projet de duper les phoques n'est plus qu'une plaisanterie. Qui trompe qui ? Les hommes ne gagneront pas, cette fois.

Jens observe le désastre et agite la tête, en colère. « *Uluuq !* » Il ordonne aux chiens de s'approcher, puis réprimande Ilaitsuk pour n'avoir pas su les contrôler.

Furieuse, elle réplique : « On ne peut rien faire avec cette chienne en chaleur. Pourquoi l'as-tu amenée ? »

Jens lance son harpon sur le traîneau, fait claquer le fouet par-dessus les chiens jusqu'à ce qu'ils se soumettent, puis s'attaque à démêler les lignes et à en fabriquer de nouvelles.

Quatre heures se sont écoulées et nous n'avons toujours rien à manger. Les chiens restent indisciplinés. Quand nous repartons, ils s'entassent de nouveau sur Pappi. « *Aquitsit, nuiliqaa-nauk, aulait-sit !* » Les chiens se calment, Jens se tourne vers Ilaitsuk et éclate de rire : il se moque des chiens, de la maladresse de sa femme, de sa propre colère, de notre incapacité à nous procurer de la nourriture. Ilaitsuk rit à son tour. Jens détache ensuite Pappi et les chiens retournent paisiblement vers la cabane.

Chasser le phoque à côté de son agluq demande de la patience... et du calme, avoue par la suite Jens. Il raconte que Rasmussen, lorsqu'il séjournait chez les Netsilik, fit partie d'un groupe de quinze chasseurs qui passèrent douze heures debout à côté des trous pour ne prendre qu'un phoque.

Durant les jours qui suivent, nous ne cherchons plus le phoque mais le *hikup hinaa*, la lisière des glaces, où nous chasserons le morse et le narval. Nous remballons nos affaires et, à la fin de chaque journée (vers le milieu de la nuit), nous campons sur la glace, où que nous soyons. C'est à la lisière des glaces que se trouve tout le gibier, promet Mikele en souriant. De la pointe de Kiatak, nous filons droit vers l'ouest, à travers l'océan gelé, entre le Groenland et la terre d'Ellesmere. Nous nous arrêtons en arrivant à une longue théorie d'énormes icebergs. Mikele et Jens escaladent l'un d'eux et scrutent l'océan avec leurs jumelles. Puis ils redescendent et nous repartons. Les heures passent et la terre d'Ellesmere paraît toujours aussi éloignée.

Pendant tout le voyage, Mikele entraîne ses jeunes chiens, en leur ordonnant d'abord d'aller vite, puis de ralentir, puis de slalomer de gauche à droite. A cause de Pappi, Jens ne peut pas apprendre grand-chose aux siens. Il se contente d'inculquer les ordres à son petit-fils et l'art de manier le fouet sans toucher le dos des animaux. Meqesuq sera-t-il chasseur lui aussi ? Jens me répond : « Je lui apprends ce qu'il a besoin de savoir. Après, la décision lui revient. Il faut qu'il aime ça plus que tout. »

Devant une seconde rangée d'icebergs, Jens et Mikele grimpent au sommet et balaient du regard toute l'étendue de glace, en quête d'eau libre. Nous avons déjà traversé à moitié le détroit de Smith. Rasmussen et Peter Freuchen ont un jour tué un ours polaire en haut d'un iceberg. Le sang chaud de la bête forma une fissure ; l'iceberg explosa, ils faillirent être ensevelis, et l'ours disparut dans une crevasse.

Jens remonte sur le traîneau en agitant la tête, incrédule. « De toute ma vie, je n'ai jamais rien vu de tel en cette saison. Il n'y a pas d'eau libre. C'est de la glace jusqu'au Canada. » Mais il doit y avoir une lisière des glaces quelque part, conclut-il ensuite avec Mikele. Nous tournons vers le sud, et au cap Parry, nous rencontrons deux chasseurs qui arrivent en sens inverse. Comme d'habitude, après un long silence, vient une question très détachée sur l'eau libre. Ils font signe que non : pas d'eau libre par-là non plus. Les chasseurs ne se rappellent pas avoir vécu pareille situation. C'est le 8 mai. Les petits alques migrateurs qui remontent cette côte par millions, fournissant aux familles esquimaudes la nourriture dont elles ont besoin au printemps, sont restés bloqués en deçà du cap York, à plus de 150 kilomètres.

De nouvelles tempêtes arrivent du nord, surgies du détroit de Smith pour déferler sur Anoritoq, Etah, le cap Alexander et Neqe. Nous remontons la capuche de notre anorak. Quelle direction prendre ? Peu importe. Un anneau de fourrure de renard encercle mon visage et, sur mes jambes, la fourrure d'ours polaire arrête les flocons de neige. Sur une abrupte pente rouge, un renard pousse son cri rauque à notre passage. Sommes-nous des animaux ou des hommes ? se demande-t-il sans doute. La neige tombe encore sur la glace qui refuse de s'ouvrir et, au centre du monde, la calotte glaciaire grandit.

Ce soir-là, je m'étends dans mon sac de couchage, serrée entre Mikele et Ilaitsuk. Bientôt, les chasseurs harponneront les narvals dans le fjord MacCormick à bord de leur kayak. « Je me sens prisonnier de l'hiver », dit Mikele d'un air contrarié. Il a une grande famille à nourrir. Nous restons éveillés, pour écouter le vent. La tente est un poumon qui halète et s'essouffle, ses côtés chassent la neige lorsqu'ils se soulèvent.

Le lendemain, de bonne heure, avant que les autres ne s'éveillent, je sors faire pipi. La lumière est une flamme blanche et glaciale. A midi, nous escaladons un iceberg qui a la forme de l'opéra de Sydney pour chercher la lisière des glaces. Jens fait signe que non. En descendant, Mikele hurle : « *Nanuq.* » Très loin de nous, un ours polaire danse dans l'horizon argenté, heureusement trop loin pour que nous le chassions. C'est un mirage qui le fait disparaître, et non une de nos balles. Un ruban de géographie illusoire, fait de lumière blanche et de lumière reflétée, monte du sol de glace et enveloppe l'ours : ses pattes qui dansent se changent en ondes de cette chaleur printanière qui essaye d'arriver jusqu'ici.

Lorsque nous commençons à ressentir la fatigue, nous sommes à mi-chemin de la terre d'Ellesmere. La pointe occidentale de l'île est constellée de failles dans la glace qui ont regelé. Le pied de l'île ressemble à un bac à glaçons renversé : des blocs blancs gisent pêle-mêle au bas des falaises. La neige s'effondre, un bloc à la fois sous le brillant soleil.

Nous campons pour une nuit, puis nous prenons le chemin du retour, en franchissant l'énorme monastère de glace monochrome. L'Arctique fait office de cellule de moine sans qu'il y ait besoin de murs. Le sol de glace et les montagnes de glace invitent à la libération intérieure et dissuadent de toute frivolité.

Nous longeons le côté est de Kiatak. Des murs de roche rouge se dressent en amphithéâtres, des lièvres arctiques font la course sur la tourbe et l'herbe mouchetées de neige. Un corbeau tourbillonne, un renard agite sa queue grise sur une pente raide. Près du bas de la falaise, les glaçons sont suspendus au rocher selon des angles improbables. Nous repassons la zone des plaquettes brisées ; on dirait des miroirs jetés à terre et cassés, leurs bords irréguliers faisant basculer le traîneau. Certains morceaux de glace sont si ravissants que je demande à Jens de s'arrêter pour que je puisse les admirer : une surface finement ciselée recouverte d'une autre couche de glace comme piquée d'étoiles.

Je n'arrive à penser qu'à la nourriture. Je rêve de victuailles, et en pleine nuit, je mange une cuillerée de beurre de cacahuète, pendant que tout le monde dort. A présent, recroquevillée sur le traîneau, je vacille entre les affres de la faim et l'oubli induit par la glace perpétuelle, qui n'exige aucune nourriture. En regardant la calotte glaciaire, je comprends comment les glaciers grossissent et comment les hommes maigrissent : la neige tombe sur la glace, tombe sur elle-même, fond et se transforme en montagnes de glace plus hautes encore. Et en dessous, les gens meurent de faim.

Nous traversons une rangée d'icebergs comme une ville en plaine. Elle sert à la fois de point de ralliement et de barrière entre le bout du fjord et le début de l'océan gelé ; c'est un point de confluence et d'obstruction à la fois. La glace finit par ressembler à une source, la marmite transparente dans laquelle fut concoctée la vie. Les choses n'ont pas commencé avec le chaos et les ténèbres, mais dans la transparence. La glace est le panneau de verre qui nous laisse le choix entre la fenêtre et le miroir, la clairvoyance et le narcissisme.

Pappi n'est pas heureuse, en ce dernier matin. Elle est constamment pourchassée par les mâles, qui se battent en cercle autour d'elle. Elle est au comble de son œstrus ; les autres chiens ne pensent qu'à la posséder. Une fois encore, Jens fait le geste d'accélérer, synonyme d'accouplement, et rit lorsque Pappi se faufile derrière les autres chiens, la queue basse, et refuse de tirer. Les mâles l'imitent et le traîneau s'immobilise. Jens la détache et la raccroche à l'arrière, mais ce stratagème ne marche pas non plus. Elle tombe, se laisse traîner, n'arrive pas à se relever. Il finit par couper sa ligne. Soulagée, elle court devant les autres chiens. Elle est libre, mais ne perd pas la tête : elle est heureuse. Jens l'incite à avancer, et elle s'exécute ; ni trop loin ni trop près, voilà le secret de l'amour heureux. Ilaitsuk me regarde en souriant, son visage robuste rayonne au soleil.

Le pack est dur et glacé, le traîneau dérape quand les chiens filent. Lorsque nous décollons, voltigeant entre les géants de glace, Meqesuq se met à quatre pattes et couine de plaisir. Le froid, la faim, les conditions difficiles sont derrière nous. En arrivant à Qaanaaq, les chiens, toujours optimistes, se mettent à courir très vite.

Du printemps à l'été : Qaanaaq, 1999

Le détroit de Smith reste gelé, ses blancs volets de glace sont fermés jusqu'en mai, et on devine au loin le jabot bleu de la terre d'Ellesmere. J'essaie de repérer le coin de terre par lequel les derniers immigrants sont arrivés à Etah, menés par Qidlaq en 1862, mais un nuage blanc descend sur l'île lointaine et bouche la vue. A Qaanaaq, avec ses magasins à moitié vides où l'on vend de la nourriture danoise importée, la vie citadine continue malgré la mauvaise chasse et le froid intense. Les gens mangent de la viande qui a passé l'hiver congelée (morse et narval) et poursuivent leur bataille contre l'alcoolisme. Il y a un défilé pour fêter la fin d'une semaine d'abstinence, suivie par un concours de décoration de gâteaux, mais Hans Jensen signale tristement que, dès la semaine finie, le magasin se remplit de gens qui achètent de la Tuborg tiède.

Il neige doucement et le soleil brille. En arpentant les chemins, j'aperçois Jens dans sa cour, en train de courber le premier long morceau de bois nécessaire à la fabrication d'un kayak (celui de l'année dernière n'est plus en état). Lorsque je l'ai rencontré pour la première fois, Jens s'était fièrement caressé le ventre, son « compte en banque esquimau », sa barrière contre la faim. A présent, Ilaitsuk et lui veulent faire régime et je promets de leur en envoyer un bon, d'une station thermale californienne. Pendant que Jens assemble les pièces du plus élégant des bateaux, Ilaitsuk coud des kamiks minuscules pour le dernier de leurs petits-enfants, encore à naître. C'est la troisième fois que leur fille a un enfant sans mari. Ils élèvent déjà Meqesuq, et maintenant il va y en avoir un autre.

Je demande s'il y a une chance que les jeunes gens d'ici deviennent chasseurs et s'attachent à ce qui reste de leur mode de vie traditionnel. « Nous leur racontons les histoires, nous les emmenons chasser, nous leur apprenons à diriger les chiens, nous leur donnons un fouet, un harpon et un fusil quand ils sont en âge. C'est tout ce que nous pouvons faire. La décision leur appartient », dit Jens.

Vers minuit, Torben vient m'inviter à manger des crêpes. Elles sont fines, leur goût est délicat. Je le regarde les tartiner de confiture avant de les rouler. Il a eu mal au dos tout l'hiver et le musée était fermé, en restauration, avec toutes les collections dans des caisses. Il n'est plus dans les affaires, mais personne ne sait pourquoi. Il n'est plus question des fax qu'il m'envoyait tous les jours deux hivers auparavant. Il mène sa vie tant bien que mal. Il est désormais en couple avec une jeune Danoise qui s'y connaît en chiens. C'est apparemment une vertu que de rester bien tranquille à Qaanaaq. Mais il paraît soucieux et je ne peux rien faire pour lui.

Je l'interroge sur la survie du mode de vie esquimau au XXIe siècle : « Nous sommes entrés dans une longue phase de transition entre la chasse traditionnelle (à peine mieux que l'âge de pierre) et autre chose. Quoi ? Personne ne le sait. Il y a cent ans à peine, les gens d'ici vivaient comme depuis des millénaires. Ils avaient pourtant eu des contacts avec le monde extérieur, et plus qu'il n'en faut, à commencer par les Vikings, les Anglais, les Hollandais au XIXe siècle. Mais leur mode de vie n'avait pas vraiment changé parce que c'est le seul qui marche, ici, c'est la seule façon de survivre. L'âge de pierre a persisté, avec quelques ajouts modernes. Quand les baleiniers ont apporté du bois, on a cessé de fabriquer les manches de harpons en défense de narval. Robert Peary a donné des fusils aux chasseurs pour qu'ils abattent les ours polaires et les phoques. C'est en 1930 qu'on a confectionné les derniers arcs et les dernières flèches à partir de bois de rennes et de fanons de baleine. »

Torben est allé à Qerqertoq, village situé sur une île de faible altitude, du côté est du détroit d'Inglefield. Un vieil homme lui a montré comment fabriquer des personnages en ficelle, selon un jeu connu des peuples esquimaux depuis des milliers d'années. « Dans tous les villages de la zone polaire, les gens les connaissaient jadis. Rasmussen a retrouvé les mêmes images lorsqu'il était chez les Esquimaux Copper. Maintenant, on les oublie. Apparemment, on préfère regarder Brad Pitt en vidéo. »

Ces figurines sont faites avec des tendons ou avec de minces lanières de phoque. Chaque personnage possède un *innuk* (esprit) qui décrète quand l'objet peut être fabriqué. Dans certains villages, on ne les faisait que durant les mois de nuit, dans d'autres, seulement l'été. Il peut s'agir d'animaux, de parties du corps (bouche, bras, jambe, pénis, vulve ou anus), d'un chasseur près du trou d'un phoque, d'un homme mort depuis longtemps, d'un morceau de glace, d'une flamme. Quand Torben est arrivé, le vieillard a évoqué quarante-sept de ces images : au moment où il partait, il s'en est rappelé quarante autres. Quelques-uns renvoient à des animaux qui n'existent plus. « C'est le travail d'une mémoire collective, d'un atavisme. L'une des figurines représentait un mammouth laineux. Cette espèce s'est éteinte il y a six mille ans. C'est une très longue histoire à retracer. »

Nous prenons le thé, Torben continue : « Mais la culture évolue constamment. Ce qui est fascinant, c'est la manière dont les mêmes idées sont apparues un peu partout dans le monde, avant que n'existent les communications planétaires. A quoi bon ? On est synchro, de toute façon. » Il sourit enfin. Je l'embrasse pour lui souhaiter une bonne nuit.

A la fenêtre, une lumière d'or terne se répand sur le fjord. Le village est tranquille, et l'on n'entend plus le bulldozer qui a passé la journée à retirer des rochers du lit de la rivière qui était en crue l'été précédent. Ici, on perçoit le réchauffement de la planète.

Hans et Birthe sont encore debout et j'entre leur rendre visite.

L'été dernier, me dit-il, il a plu presque tous les jours du mois d'août ; d'habitude, il ne pleut jamais, ce mois-là. Les tempêtes printanières ont été plus terribles et plus neigeuses ; à l'automne, le temps d'ordinaire placide est devenu orageux, et sa turbulence a brisé la glace.

Hans s'enorgueillit d'avoir voyagé et d'être polyglotte, mais il se rappelle son voyage au Danemark quand il était enfant : « La première fois que je me suis approché d'un arbre, je m'attendais à y trouver des serpents et des singes, mais j'ai vu une pomme. J'étais tout excité. Je n'avais encore jamais rien vu de tel. J'ignorais entièrement comment poussent les pommes. Et puis j'ai vu un cheval. J'ai eu tellement peur. Je lui ai touché la tête. Elle était si dure. Je ne croyais pas que ces animaux-là étaient si grands. »

Parce que lui et Birthe sont nés à Dundas Village, la conversation revient toujours sur Rasmussen. Les parents de Hans étaient instituteurs à Dundas, et ils ont habité un moment la maison de Rasmussen, qui sert à présent de musée à Qaanaaq. Le grand-père de Birthe était Qavigarssuaq (Qav), compagnon de Rasmussen lors de la Cinquième Expédition Thulé. « Il avait vingt ans quand Rasmussen l'a choisi. Il n'était pas encore marié, mais il était amoureux d'une fille du village, Pipianne. Comme il savait qu'il serait parti plusieurs années, il a ramassé un petit caillou le jour de son départ et le lui a montré en disant : "Je garderai cette pierre jusqu'au bout du monde et je penserai à toi chaque fois que je la sentirai dans ma poche ou que je la tiendrai à la main. Quand je reviendrai, je te la montrerai, et nous nous marierons." »

Qavigarssuaq a emporté la pierre jusqu'en Sibérie et a fait la moitié du tour du monde. Alors qu'ils allaient de Little Diomede à Nome, il craignait que la police russe ne la trouve et ne la lui prenne, alors il se l'est mise dans la bouche pendant qu'on le fouillait et l'a gardée là pendant tout le temps qu'il a passé en Sibérie. Puis il l'a remise dans sa poche. De retour à Dundas, il a montré la pierre à Pipianne et ils se sont mariés le lendemain. « Cette pierre, nous l'avons encore. Elle est au musée. Il est resté parti trois ans. »

Je vais ensuite voir Torben et je lui demande si je pourrais voir la pierre. Au musée, il ouvre une caisse et me présente l'objet dans ses mains. « Ça, c'est la pierre d'amour absolu. Tiens, prends-la. Ça pourrait marcher pour nous », dit-il en riant. Mais il se trompe.

DU PRINTEMPS À L'ÉTÉ : QAANAAQ, 1999

Comme c'est souvent le cas avec les anthropologues et les archéologues, Torben aide à préserver les traditions. Il transcrit les récits associés à la fabrication des figurines en ficelle, il connaît l'histoire de chaque outil utilisé par les Esquimaux depuis quatre siècles. L'effondrement de son mariage avec une Groenlandaise l'a mis dans une impasse. Mais son esprit reste vif.

« La tradition du partage, voilà ce qu'il reste de la vie cérémonielle ici. Quand on prend une baleine, tous ceux qui ont participé à la chasse partagent la viande. On donne de la viande aux veuves, même les mauvais chasseurs ont leur part, on échange les chiens et les équipements, tout le monde utilise les maisons. Ici, la terre n'appartient à personne. »

Nous marchons jusqu'au rivage où la glace commence à se briser. Un peu d'eau vient battre la plage. Torben me rappelle que la plage est l'endroit où le chaman frottait un *tupilait* contre ses organes génitaux avant de jeter l'objet dans l'eau. La statuette disparaissait et on la prenait pour un phoque. Quand elle refaisait surface, il fallait la harponner. Si elle était incapable de tuer sa cible, elle revenait tuer son créateur. Ou, si l'homme dans le kayak était assez fort, il pouvait retourner le *tupilait* pour qu'il reparte et tue son fabricant.

Je rentre à l'hôtel à 2 heures du matin, la ville est calme, même s'il y a toujours des gens debout, dans l'Arctique, quand le soleil luit. Devant ma chambre, un homme d'une vingtaine d'années et trois adolescents font une sculpture de neige. Je regarde la colonne s'élever entre leurs mains. Finalement, vers l'heure du petit déjeuner, lorsqu'ils s'éloignent de leur création, je vois que ce n'est pas une colonne, mais un énorme pénis, dont la tête parfaitement formée brille dans l'air du matin.

L'été : Qaanaaq, 1999

La défense en tire-bouchon d'un narval ouvre la journée. C'est l'été et la lumière cède la place à une lueur indéfinissable. Je remonte la pente qui surplombe le fjord, pour regarder Jens et Mikele chasser le narval en kayak.

« Le kayak groenlandais est peut-être le plus bel objet d'art conçu par l'homme. C'est moins un bateau ou un canoë qu'une extension de l'homme lui-même pour le rendre amphibie ; le kayak et l'homme ne font qu'un », notait Rockwell Kent dans ses mémoires (*Salamina*, p. 106). De l'autre côté, les montagnes semblent proches mais ne le sont pas : les kayaks sont des éclats de bois flottant sur l'eau. Le corps des hommes paraît coupé en deux, comme s'ils avaient perdu leurs jambes.

J'ai lu un livre sur la découverte des exoplanètes, ces planètes encore cachées mais dont on connaît la signature dans la poussière galactique. Il existe une planète dont la masse est dix fois celle de la terre, en orbite autour de l'étoile Beta Pictoris, à onze milliards de kilomètres. Ces dimensions ne sont imaginables qu'ici, où l'échelle des choses est dégagée de la pollution de l'air, où l'immensité est mise en relief par l'infinie petitesse de l'homme qui chasse pour survivre.

Le kayak d'un Groenlandais, étroit et long, recouvert de toile ou de peau, ne dépasse guère du niveau de l'eau ; le harpon est attaché à l'avant, du côté droit, comme la flèche du temps désignant le lendemain. Jens et Mikele pagaient lentement, chaque pale déplaçant un univers d'eau noire. Le dos d'un narval se bombe, la pointe de sa corne déchire l'eau. Les hommes pagaient plus dur, puis saisissent leur harpon. Mikele obéit à Jens, mais avant de pouvoir viser, le narval disparaît. Le fjord est hérissé de glace flottant sur une mer calme.

Automne, 1999

Octobre. Pas de feuilles mortes, pas de sève dans les troncs, pas d'élan mugissant, pas de grues du Canada s'envolant des mares, pas d'orages dans les trembles. Rien que de la glace et l'or massif du soleil avec son crépuscule doré. Je reviens à Qaanaaq voir le soleil se coucher pour la dernière fois de l'année. Après cinq jours de voyage pour arriver ici, je me sens engourdie par la brume, édulcorée par les rêves. Par une curieuse coïncidence, Torben a pris le même avion que moi à Kangerlussuaq ; nous nous sommes rencontrés en plein ciel.

Par le hublot, nous regardons le temps qu'il fait. Des cheveux gris sont apparus dans l'or de sa chevelure. Je touche le dos de sa main et il frissonne. Sila, dit-il, est la puissance cachée derrière le monde naturel. C'est l'esprit vital qui nous dirige, la conscience de ce que nous sommes. Tandis que nous nous dirigeons vers des cieux plus noirs, il se met à sourire. « Dans les ténèbres, la glace nouvelle brille. »

Toujours fidèle, Hans Jensen m'attend à l'héliport, calme et souriant. Je propose d'aller en ville à pied. Nous cheminons bras dessus, bras dessous, pliés contre un vent piquant ; nous reviendrons chercher mes sacs une autre fois. Des fenêtres de l'hôtel, on voit un crépuscule total. Le matin est crépusculaire, le midi est crépusculaire, la nuit est crépusculaire. Le soleil reste suspendu. Nous vivons dans le vide sanitaire situé en dessous et au-dessus du diktat de la gravité.

Jens et Niels arrivent le lendemain matin. Ils partent pour le nord, chasser le morse près de Neqe. Si je veux les accompagner ? Bien sûr ! Et me revoilà prise par cette transe qu'induit le trot des chiens qui nous tirent, avec leurs lignes qui vibrent par-dessus la glace. En regardant depuis mon traîneau, je déchiffre la côte qui défile. Il fait un froid de canard, à −15°, bien plus rigoureux qu'en mai dernier. Jens, Niels et moi, nous nous serrons l'un contre l'autre pour avoir chaud. Le halètement des chiens me berce et me tient éveillée à la fois.

« *A da, da, da, da* », crie Jens à ses chiens. Le meneur roux est toujours à l'avant. Il a survécu à l'épidémie, mais « Shaggy », qui courait sur le côté, a disparu. Les jeunes chiens, qui étaient encore des chiots en mai, sont maintenant adultes et attachés avec les autres. Les chiens creusent la nouvelle glace avec leurs griffes, marquant notre passage de leur calligraphie. Si je pouvais lire cette écriture, que dirait-elle ? « Nord. Faim. Viande. Heureux d'aller n'importe où. »

Le jour où le soleil se couche, les écoliers (environ 150) montent sur la colline derrière le village pour une petite cérémonie. Ils chantent : « Au revoir, soleil, et s'il te plaît, reviens. » Jens m'explique : « Ils sont un peu tristes, je pense. Mais pour nous, c'est le début de la chasse, le meilleur moment pour harponner les morses. Nous allons parfois sur l'île d'Herbert, parfois à Neqe, et nous restons partis un mois ou deux. La glace est encore mince et les morses la brisent avec leur tête, alors c'est facile de voir où ils sont. »

Les morses mangent des palourdes du fond de la mer, dont ils sentent la présence avec leurs moustaches. Ils n'enfantent que tous les deux ans. Quand les bébés sont fatigués, ils montent sur le dos de leur mère. Leur migration ne les entraîne jamais loin. Leurs seuls ennemis sont les hommes et les ours polaires.

« Nous chassons le morse au harpon. La peau ne sert plus à grand-chose, désormais. Nous mangeons un peu de la viande et le reste fait de la bonne nourriture pour chiens. L'ivoire, on le vend à la coopérative et les gens de la ville l'utilisent pour faire des sculptures qu'ils vendent. C'est un moyen de gagner de l'argent pendant les mois de nuit. »

La glace nouvelle aplatit le fjord. Elle est parfois transparente, comme une fenêtre ouverte sur un autre monde ; à d'autres endroits, c'est un miroir devenu aveugle. La glace nouvelle roule et s'agite sur notre passage ; c'est une mer qui nous suit, une vague dont l'eau aurait changé de molécules pour devenir solide.

Le 24 octobre, la glace est cassante comme du verre, défiant toute idée de solidité. L'espace fait obstacle aux sentiments : une cataracte éphémère, rendant opaque ce que nous avons tant envie de voir. Tandis que progresse le compte à rebours jusqu'au coucher du soleil, nous voyageons dans un crépuscule perpétuel. L'aube et la tombée de la nuit ne font plus qu'un. La nuit n'arrive jamais ; le jour n'arrive jamais. Il n'y a pas de destination, sauf le nord. Les rochers côtiers surgis des marges du Groenland semblent n'être qu'une douve entre les floes éternels : celui qui flotte sur l'océan et celui qui chevauche lourdement la terre, l'inlandsis. Les couleurs du ciel sont vert, pomme, violet, mandarine et blanc. Néanmoins, nous déplorons le trépas imminent du soleil.

J'ai lu un article sur la navette *Soho* : le soleil brûle plus chaud et plus brillant à mesure qu'il s'éteint ; c'est un feu renouvelé à chaque instant. Sous sa surface s'écoulent des rivières de gaz, bandes de feu qui avancent à des vitesses diverses, entre lesquelles se forment les taches solaires. Une nouvelle étoile est apparue dans le champ de vision du télescope Hubble. Bien qu'elle soit semblable à notre soleil, son diamètre est plusieurs fois plus large, assez grand pour remplir toute l'orbite de la terre.

AUTOMNE, 1999

Nous trottons vers le nord. L'air est clair et sec. Un pan de glace récente a été déposé à plat sur la mer, miroir à travers lequel je tente de discerner la nature des choses : que montre réellement l'image d'un miroir, et que trouvons-nous en sondant les profondeurs de la transparence ?

Le halètement et le trottinement des chiens, voilà tout ce que j'entends. Suis-je en train de regarder dans un miroir sombre ou dans un vide lumineux ? On dit que le vide inspire la compassion, mais il faut d'abord patauger dans les eaux de l'incertitude.

Les icebergs sont roses, le ciel est bleu, l'eau libre est rouge. Les ours polaires rôdent sous ces lumières colorées, tendant la patte dans un trou de phoque pour assommer un mammifère curieux. Les renards suivent les ours, qui tuent parfois sans discernement et en laissent beaucoup pour leurs amis roux ; mais le goupil est si méfiant qu'il meurt de peur au moindre vacarme inattendu.

Des bandes de morses poursuivent les bandes de phoques annelés et les phoques sont à leur tour attirés par les délices faciles des scorpions de mer et des bandes de morues. Voyageant en aveugle, les chasseurs glissent par-dessus leur proie, dans l'espoir d'indices qui leur indiqueront où se cachent les animaux.

Mes amis groenlandais disent que la maison d'un lemming est disposée tout comme une maison traditionnelle inuit, avec une plate-forme pour dormir, une entrée basse, et les ordures bien rangées en tas à l'extérieur. Ils admirent le caractère des lemmings. Ils sont obstinés et pleins de ressources, exactement comme un Esquimau. Les lemmings sont des mangeurs de viande et d'insectes. Un été, Peter Freuchen vit des ailes de papillon devant le terrier d'un lemming.

Je repose ma tête contre l'épaule de Niels. Est-ce le décalage horaire ou le mouvement constant du traîneau qui me fait somnoler ? Le vent froid est comme une flamme sur mon visage. Sommes-nous revenus à l'époque où il n'y avait que les ténèbres, quand hommes et animaux étaient mêlés, quand l'eau brûlait ? J'ai rêvé de fourrure de renard : la doublure des anoraks de Niels et de Jens bouffant autour de leur visage, de leurs poignets et de leur taille comme s'ils étaient des humains prisonniers d'un corps d'animal.

Dans la légende de « L'Homme qui prit une renarde pour épouse », le héros cherchait une femme différente de toutes les autres. Lorsqu'ils rencontrent un homme qui s'est marié avec une lapine, un échange d'épouses est décidé. Le mari de la lapine n'aime pas l'odeur de la renarde ; déçue, elle s'enfuit et se met en ménage avec un ver de terre. Quand le mari de la renarde vient la rechercher, le ver le défie. Il s'avère que plusieurs incarnations auparavant, la renarde avait tué le ver en le faisant brûler. Après avoir combattu avec le ver, l'homme ne sera plus jamais le même, alors il part vivre avec les nains qui habitent le rivage. Ils mangent ce qu'ils appellent l'épaule d'un morse, mais c'est seulement l'aile d'un eider, et leur maison est très petite. On ne voit plus aujourd'hui de gens comme ça, mais autrefois on les connaissait. L'homme vit longtemps avec les nains. Puis un jour il rentre chez lui et vit seul.

Quand je me réveille, le haut du ciel s'est empourpré. Le soleil est bas, contre le rebord du monde. Qu'est-ce qui le retient là si longtemps ? Le soleil tranche le fil d'argent de l'horizon, il sépare le ciel et la terre comme une torche qui brûle sans fin. Il fait mal à regarder, mais je ne peux en détacher mes yeux. Un scintillement rose saumon se disperse dans l'air : le soleil est un œil d'or vibrant.

Au-dessus, en dessous et autour, tout n'est que solidité transparente, tout n'est que vide. Pourquoi le traîneau ne tombe-t-il pas à travers ? Je reste bouche bée, avant d'éclater de rire. Non, ce n'est pas possible ! Les yeux rapides de Jens passent des chiens vers moi, puis retournent vers les chiens. Il a vu que je suis heureuse, mais il ne peut s'imaginer pourquoi. Moi non plus. Ce qui rend la chose encore plus drôle.

Nous filons par-dessus l'univers invisible des animaux dans leur demeure aquatique sous la glace. Les narvals sont partis, ils ont déjà migré vers le sud, avec leurs petits, vers une zone poissonneuse où ils fouilleront le sable, au fond de l'océan, avec leur défense pour trouver du flétan. Mais il y a quantité de morses et de phoques. Quand je consulte les notes de Peter Freuchen sur la Cinquième Expédition Thulé, de 1921, au sujet des mammifères marins, il est d'un laconisme extrême. « Les morses sont soumis à certaines lois dont nous ne savons rien. » Et voilà tout.

Devant nous, Siorapaluk, Neqe et Etah. Je suggère à Jens que si les choses tournent mal pour les chasseurs d'ici, ils pourront s'installer au nord et habiter de nouveau ces sites historiques. Il me dit que, quinze ans auparavant, un groupe d'hommes de Qaanaaq a tenté l'expérience, mais a échoué. La vente des peaux ne leur a pas rapporté assez d'argent pour acheter ce dont ils avaient désormais besoin : du café et du sucre, du papier hygiénique et des crayons pour les enfants.

« Dans ce cas, le gouvernement devrait vous donner le statut de trésors nationaux. » Il ne comprend pas ce que je veux dire. Il cligne des yeux, se détourne et parle aux chiens.

Nous voyageons. Si je rejette la tête en arrière, le ciel est bleu marine parcouru de rouge. Le traîneau se soulève et retombe comme si nous passions par-dessus un petit océan de caoutchouc. J'avale le crépuscule, je bois du feu, je lévite sur le puits artésien de l'air. Le soleil est derrière nous, suspendu au-dessus du cap Parry, de Savissivik, de Dundas Village, par-dessus la base aérienne de Thulé, par-dessus la pollution de baie de Bylot. Je demande à Jens pourquoi la course du soleil dans le ciel semble s'arrêter aujourd'hui. Il sourit et hausse les épaules. L'arc vibrant du harpon a peut-être percé le soleil pour le traîner jusqu'à l'horizon où nous attendons qu'arrivent les phoques et les morses. Le disque du soleil et le dos rond du morse se ressemblent. Des mois auparavant, j'ai vu un morse jaillir de la glace, sa tête bulbeuse comme un poing à travers une vitre (le tout uniquement pour respirer) mais le harpon l'a atteint et l'a privé du souffle.

Depuis sept ans je regarde la glace côtière broyer l'hiver pour faire apparaître l'été. L'automne dépose à présent son mille-feuille de nouvelle glace ; la neige qui n'a pas fondu l'an dernier s'amasse et se déforme jusqu'à se transformer en glacier.

« Equilibre et justice, dit Torben. Ce sont des notions européennes. Ici, c'est le climat qui commande. Ici, on ne mesure pas la joie et la tristesse, la mort et la naissance, dans des cuillers à café. Cannibalisme, infanticide, jalousie, vengeance, esprits malfaisants, joie de vivre intense : telle est la coupe à laquelle boivent tous les Groenlandais septentrionaux. »

Le ciel s'obscurcit et nous pouvons voir la lune. Elle est couchée paresseusement sur le dos, la moitié supérieure se découpe nettement. « On y est presque », dit Niels, en fouillant ses poches pour trouver une cigarette. Je pense aux vingt et une lunes qu'on vient de découvrir autour d'Uranus, dont aucune ne mesure plus de vingt kilomètres de diamètre. Dommage que nous n'en ayons pas une poignée. Cela apporterait plus de lumière dans les jours de nuit. Niels tire une bouffée et tousse. Le mouvement, c'est la vie. Quand Jens arrête le traîneau, les chiens se couchent tranquillement. Ils attendent.

Lentement, nous nous retournons pour regarder : le soleil plane au-dessus du glacier Politiken, sa chaleur produit des mirages sur l'horizon en feu. « La glace est un miroir clair, sous lequel il y a la mer qui s'agite. Qui est qui ? » demandait Muso Soseki au XIIIe siècle. Je pense au petit astéroïde récemment découvert qui accomplit une rotation complète en 10 minutes 7 secondes et tourne dix fois plus vite que tout autre élément du système solaire. Vu de cet astre, le soleil grimpe par-dessus l'horizon toutes les dix minutes, en levers continuels. Mais ici, c'est l'inverse qui se produit. Un coucher de soleil, et c'est bon jusqu'à l'année suivante.

Gitte, avec qui j'ai regardé le soleil se lever, des années auparavant, à Uummannaq, n'est pas là pour se prononcer quant à sa disparition. Je pense à ses adieux larmoyants sur la base aérienne de Thulé, sous la pale vrombissante de l'hélicoptère. Au lieu de « *Sono io* », elle pourrait dire à présent : « Je ne suis pas moi. »

Tout le mois, l'ombre de nos chiens se penche bizarrement sur la glace, dans un état de démolition cubiste, avec l'air d'une deuxième équipe qui tire un deuxième traîneau. Tout à coup, ces ombres familières, étendues au maximum, éclatent et disparaissent. Jens arrête le traîneau. Sommes-nous morts ? Jens et Niels restent immobiles. Une vague lueur vernit le ciel. Le temps est asymétrique. Puis les icebergs s'évanouissent, leur rougeoiement n'est plus qu'un souvenir, et la dorure brûlante du soleil est rayée du paysage.

Ensuite, je me rappelle m'être à nouveau endormie, bercée par le trottinement régulier des chiens. Nous étions partis chasser et voilà que nous rentrons à la maison. La glace est un large élastique tendu par-dessus la tourmente de l'océan. Lisse, lisse, déchaîné, lisse. Le brouillard clignote et s'agite, le sol de glace fond et regèle, les glaciers s'approchent, porteurs de rochers garnis de grenats en guise de cadeaux, des rivières de poix coulent autour d'un soleil parti au sud.

« *Huughuaq, huughuaq* », hurle Jens dans le noir. Il me réveille, les chiens filent en avant. Nous ne sommes jamais allés aussi vite. Puis ils s'arrêtent tout à coup. Devant nous, des étendues d'eau libre. Je tends le cou pour voir, en me redressant sur les genoux : les polynies sont des mains noires, paumes tournées vers le ciel, attendant de nous attraper pour nous déposer dans un enfer liquide.

« Ce n'est pas facile de vivre sur un miroir, commente Jens. C'est un moment de l'année particulièrement dangereux. On ne peut pas rêvasser et laisser les chiens tirer le traîneau. Il faut rester éveillé. Il faut être *ilihamahuq*, prudent sur les choses, parce que la glace veut vous piéger. »

Nous nous dégourdissons les jambes à côté du traîneau. Les chiens se roulent sur la glace pour se rafraîchir. Il y a encore de la lumière dans le ciel, mais on se croit la nuit, même s'il est seulement midi. Nous bâillons. Au-dessus de nous, l'air violet paraît brûlé, comme après un incendie.

Bientôt nous serons en novembre, le mois de la nuit ininterrompue. Le sol de glace ne sera (faiblement) éclairé que par la lune. Le mot groenlandais qui désigne cette période de l'année est *Tutsarfiq*, « quelqu'un écoute », comme si la lumière était une présence divine dont on implore la pitié et à qui nous racontons nos histoires.

Knud Rasmussen a rencontré un chaman du Groenland oriental qui avait décidé la mort de certains habitants de son village. Sa cruauté fut punie, puisqu'il fut tué par les survivants. Pour éviter d'être hantés par son esprit, les villageois « lui coupèrent la tête, la mirent dans une vessie à harpon et la jetèrent dans un lac. Les yeux furent enlevés et déposés dans une lampe en stéatite où ils resteraient tout l'hiver, afin d'aveugler l'âme du mort ».

Je me rappelle la sensation de la cécité des neiges, comme si l'on égratignait mes yeux avec du verre. Mais comment se sent-on quand c'est l'âme qui est aveuglée ?

Silanigtalersarput. « Travailler pour obtenir la sagesse. » De la racine *sila*, qui signifie climat et conscience, puissance naturelle. Quand un chaman a acquis tous les pouvoirs dont il a besoin (s'asseoir en haut d'un grand rocher et le faire avancer jusqu'à l'eau, voler sous la mer jusqu'au monde de Nerrivik et la persuader de rendre la chasse meilleure, se glisser sur l'inlandsis pour rattraper une âme perdue), il travaille pour obtenir la sagesse. Cela signifie que, la nuit, quand les lampes à huile de phoque sont éteintes, il voit comme lorsqu'elles étaient allumées ; il voit tous les êtres et toutes les choses qui l'entourent ; il voit à travers les vêtements et la peau, il voit dans les âmes. Les chamans disaient : « La vie d'un homme est fragile ; pour ceux qui savent voir, c'est comme si leur âme était constamment sur le point de glisser hors de leur corps. »

Jambes tendues, Jens se plie à la taille pour démêler les lignes des chiens. Un jour, ils sont partis avant le moment du départ, les lignes se sont enroulées autour de ses jambes et il a dû sautiller comme un possédé pour se dégager juste à temps. Je l'observe : ses mains sont tellement habituées au toucher de ces lignes, il n'a pas besoin de regarder. Torben a dit : « Quand les chasseurs sont sur la glace, ils ne prennent pas le temps de réfléchir. Ils agissent directement. »

La dent de morse que Jens m'a donnée il y a deux printemps est suspendue à mon cou, accrochée à une lanière. En la voyant, il sourit. « *Aaveq*. Le morse. Essayons d'en trouver un. »

Je m'assieds tandis que le traîneau démarre, contournant des zones noires d'eau libre. « Maintenant, aussi loin qu'on puisse imaginer, c'est de la nouvelle glace. Il faut faire très attention. On a du mal à voir où la glace s'arrête et où l'eau commence. Un jour calme, les deux se ressemblent parfaitement. C'est facile de se tromper et de disparaître sous la glace. Beaucoup de chasseurs sont morts ainsi. Et c'est peut-être ce qui va nous arriver à nous aussi. Oui. A cette période de l'année, la glace vient nous apprendre à voir. »

Epilogue, janvier 2001

Au début, la glace. A la fin, la glace. J'ai vu un jour un bébé phoque se frotter lui-même les yeux à la naissance, pour voir le nouveau monde ; il en va de même pour moi chaque fois que je vais au Groenland. Pour un glacier, les douleurs de l'enfantement résonnent comme le tonnerre. Boum.... un continent de plus est né, coupé de sa mère la glace. Lentement, il s'éloigne en flottant, s'élançant sens dessus dessous, tout seul, sur les vagues indigo incrustées de glace.

Durant les crépusculaires mois d'octobre, quand le ciel devient mandarine et gris, je pense à l'hiver comme exclusivement fait d'ombres. En février, la lumière revient. Un clin d'œil, et l'on est aveuglé. Un œil s'ouvre, et les ténèbres s'enfuient comme un fantôme.

L'aiguille de mon compas oscille : tournée vers le sud, elle remonte vers N et je retourne vers mes vieux amis. A Nuuk, capitale du Groenland, Aleqa Hammond la voyageuse travaille à présent pour l'ICC, le Congrès Circumpolaire International, organisme qui cherche à réunir tous les peuples de la zone polaire. A l'autre extrême, dans le Grand Nord, Ikuo Oshima danse sur la nouvelle glace claire et dangereuse, puis file bien loin de toute habitation pour la chasse au morse. De retour à Qaanaaq après un mois passé chez ses enfants et petits-enfants au Danemark, Torben Diklev, conservateur et archéologue, est revenu rajeuni, et rabiboché avec Tine, sa fiancée danoise.

Jens et Ilaitsuk sont chez eux, et veillent sur un autre de leurs petits-enfants. Face au réchauffement de la planète, Jens déclare :

UN PARADIS DE GLACE

« Il n'y aura peut-être bientôt plus de glace du tout ici, et nous devrons trouver un autre mode de vie. On devra peut-être apprendre le ski nautique ! » Il rit. « On laissera la glace nous dire ce qu'elle veut qu'on fasse. Ça a toujours été comme ça. »

Les habitants de Qaanaaq sont maintenant reliés à Internet ; quand je suis ailleurs, nous communiquons par e-mails et nous comparons les différents climats : − 30° à la base de Thulé, 27° là où je vis. « Les ordinateurs, c'est bien joli, commente Jens, mais sur le traîneau, l'homme est libre d'être qui il est. » Et il retourne sur la glace, harnache ses chiens et part en glissant.

Alors même que les chasseurs du Grand Nord perdent leur mode de vie traditionnel (la faute au changement climatique et à l'économie), Jens, Ilaitsuk, Mikele et Ikuo, entre autres, continuent à suivre les pratiques ancestrales de chasse lorsqu'ils ne sautent pas dans un hélicoptère pour aller déposer devant le Parlement ou se montrer devant les caméras de télévision. Sophie, jadis apprentie d'un chaman, commence à oublier les choses. « Son esprit s'est inversé », dit tristement Hans Jensen. Elle a oublié presque toutes ses danses et ses chansons.

On construit un aéroport à Qaanaaq et il ne sera bientôt plus nécessaire de transiter par la base de Thulé. Hans et Birthe Jensen seront plus occupés que jamais, avec les clients de leur minuscule hôtel. Ils envisagent des vacances. L'Europe en hiver leur paraît attirante. A une autre saison, il ferait trop chaud.

Loin au sud, à Illulissat, dans ce que les Groenlandais septentrionaux appellent « Groenland occidental », là où les traîneaux sont petits, où l'on va d'une ville à l'autre non sur la glace mais sur la terre, j'apprends qu'Elisabeth Jul, jadis à la tête du personnel de l'hôpital régional, est partie vivre avec un charpentier au Danemark, où elle exerce la médecine. Son voisin, Ono Fleischer, qui est jadis allé en Alaska en traîneau avec Jens Danielsen en suivant la route de Rasmussen, a fait le tour de la baie d'Hudson, traversant certaines des zones les plus isolées et les plus hostiles de l'Arctique.

A Uummannaq, Ann est encore la reine des abeilles du Foyer pour enfants, répandant partout ses largesses, et Olejorgen fait ses voyages annuels à la baie de Melville et au-delà. Il maigrit, brunit et rêve encore de passer une année à Siorapaluk, à ne faire que chasser.

Sur Ubekendt Ejland, Hans Holm et ses deux enfants, Marie

ÉPILOGUE, JANVIER 2001

Louisa et Hendrik, ont quitté leur maison d'Illorsuit. « Nous sommes partis brusquement en n'emportant que ce que nous pouvions porter », me dit Hans. Il s'est installé au Jutland, près de l'endroit où vivent sa sœur et son beau-frère. Hans fait neuf kilomètres à vélo chaque matin et chaque soir pour aller travailler dans une laiterie et les enfants sont inscrits à l'école. « Ils sont passés d'une classe de trois élèves à une classe de vingt-trois, et ici, tout est en danois et en anglais. A la maison, je leur parle en groenlandais pour qu'ils n'oublient pas qui ils sont.

« Tout est si nouveau pour eux... les odeurs, la langue, mais ils ont beaucoup d'amis et je pense qu'ils finiront par avoir un plus large point de vue pour prendre des décisions plus tard dans leur vie. Quand à Illorsuit, eh bien, la population change. C'est plus facile d'être un raté maintenant, parce qu'ils ont renoncé à certaines traditions au profit d'Internet, des motoneiges et bien sûr de l'alcool. Donc, si vous n'avez pas la formation technique ou si vous avez seulement assez d'argent pour une bière, vous avez une excuse pour échouer. Ce n'était pas possible avant. L'échec, c'était la mort certaine. Maintenant, trop de gens ont oublié les manières d'autrefois, quand on se débrouillait avec un couteau, un fil et en mangeant du phoque. »

Hans continue : « C'est étrange de se retrouver pas loin de l'endroit d'où je suis parti il y a plus de trente ans, quand j'avais une vingtaine d'années et que j'ai fui l'école d'architecture. Avec les enfants, j'ai atterri ici presque sans argent. Je n'ai pas l'habitude de demander quoi que ce soit, mais j'ai été obligé, au début, pour avoir un endroit où vivre. Maintenant que nous sommes installés, nous pouvons vivre de presque rien. Le Groenland nous a appris ça. Oh, mais le pays me manque, me manque... Si j'avais été seul, je serais resté.

« Marie Louisa s'occupe d'un cheval, elle appartient à l'équipe de gymnastique, et fait de la natation. Hendrik joue toujours dans les pièces de théâtre qu'il conçoit lui-même. Le déménagement a été plus difficile pour lui, parce qu'il est plus jeune. Certains jours, on dirait que nous sommes encore en déplacement, encore en train d'arriver, avec une jambe dans chaque camp, une à Illorsuit, une au Danemark. Vous imaginez le nombre de choses complètement nouvelles pour les enfants : la pluie, les arbres, les fleurs, l'herbe, les animaux, les voitures, les gens qui sont si nombreux.

« Mais à présent je suis parfois capable de ressentir de la joie en regardant par les fenêtres. Je pense que j'ai une certaine force qui m'aidera ici. Quand je prends le train, j'écoute les problèmes des autres. Ce sont toujours de petites choses, vous savez, des broutilles. Alors je me rends compte de la chance que nous avons, les enfants et moi. Tout ça ne nous tracasse pas parce que nous avons vécu avec des problèmes bien plus graves : le climat, la glace, la faim, la mort des hommes et des animaux, chaque jour, en plein milieu de tant de beauté.

« Mais ici, les enfants sont protégés des gens et des forces qui les auraient détruits. Même au Danemark, nous pensons et nous parlons en groenlandais, nous pouvons encore vivre avec ce que nous savons de notre pays et en même temps avancer vers quelque chose de nouveau. »

Fin octobre, les ténèbres se déversent comme de la crème sur la bosse de glace du Groenland. Mais rien ne pourrait diminuer la population d'esprits qui vivent encore sur les glaciers, les montagnes et les plages : les esprits sans nez, les géants qui parcourent l'eau libre dans des demi-kayaks, les habitants de l'inlandsis, les esprits nus qui dérobent les phoques des chasseurs, les nains des montagnes et les pierres vivantes.

Les jours sombres arrivent, innombrables, se fondant avec la nuit, et voici que reprend le *pulaar*, les visites entre villageois. Ils racontent de nouvelles histoires sur les animaux et les hommes, sur la mort du mode de vie traditionnel et sur la fonte de la calotte glaciaire, et attendent, dans leur paradis glacé, le retour de la lumière.

Note sur les sources

Il m'aurait été impossible de travailler sur l'Arctique sans les écrits de Knud Rasmussen et les dix volumes de notes de la Cinquième Expédition Thulé, dont cinq volumes sont de la plume de Rasmussen, les autres, consacrés à l'artisanat inuit, à la flore, à la faune et à la géologie du Grand Nord, étant dus à ses collaborateurs. A plusieurs occasions, j'ai emporté ces volumes en traîneau sur la côte ouest du Groenland. Publiés en danois et plus tard traduits en anglais dans la première moitié du XXe siècle, ils offrent un témoignage ethnographique sur tout le Nord polaire et montrent comment vivaient les Inuits avant la modernisation, au Groenland, dans le Canada arctique et dans le nord de l'Alaska.

En outre, les livres de Peter Freuchen, partenaire de Rasmussen à la Station de Thulé, proposent une vision enthousiaste et amusante de leurs années ensemble dans l'Arctique, avec un point de vue légèrement différent.

A Uummannaq, j'ai eu recours à la bibliothèque personnelle d'Ann Andreasen et d'Olejorgen Hammekin, pour des ouvrages publiés au Danemark, introuvables aux Etats-Unis.

Durant mon séjour au village d'Illorsuit, sur Ubekendt Ejland, j'avais apporté avec moi trois livres du peintre américain Rockwell Kent, relatifs à son séjour dans cette région.

Egalement indispensable à mon approche du nord-ouest du Groenland s'est avéré *Les Derniers Rois de Thulé*, l'ouvrage de Jean Malaurie, qui a vécu un an au village de Siorapaluk.

La courte autobiographie d'Ikuo Oshima, disponible uniquement dans sa langue maternelle, m'a été généreusement traduite en une nuit par un journaliste japonais qui se trouvait être à Qaanaaq en même temps que j'y séjournais.

Il existe de nombreux livres excellents sur l'Arctique, récents ou anciens, et je n'en cite que quelques-uns, ceux qui m'ont paru indispensables durant mon étude.

Bibliographie

Brody, Hugh. *Living Arctic : Hunters of the Canadian North.* Seattle, University of Washington Press, 1987.

Christensen, N.O. et Hans Ebbesen. *Thule : In Days of Old.* Charlottenlund, Arktisk Institut, 1985.

Fienup-Riordan, Ann. *Boundaries and Passages : Rule and Ritual in Yup'ik Eskimo Oral Tradition.* Oklahoma City, University of Oklahoma Press, 1994.

Finn, Gidd. *The History of Greenland.* Vol. 1 et 2.

Fortescue, Michael D. *Inuktun : An Introduction to the Language of Qaanaaq, Thule.* Copenhague, Institut fir Eskimologi, 1991.

Freuchen, Peter. *Aventure arctique ; Ma vie dans les glaces du Nord.* Trad. M. Rémon. 1939. Paris, Editions du C.T.H.S., 1997.

—. *Peter Freuchen's Book of the Eskimos.* Ed. Dagmar Freuchen. Cleveland, World Publishing, 1961.

—. *I Sailed with Rasmussen.* New York : Julian Messner, 1958.

Grownnow, Bjarne. *The Paleo-Eskimo Cultures of Greenland.* Copenhague, Danish Polar Center, 1996.

Hambry, Michael et Jurg Alean. *Glaciers.* Cambridge, Cambridge University Press, 1994.

Harper, Kenn. *Minik, l'esquimau déraciné : « Rendez-moi le corps de mon père ! »* Trad. N. Zimmermann. Paris, Plon, 1997.

Kane, Elisha Kent. *Arctic Explorations : The Second and Last United States Grinnell Expeditions in Search of Sir John Franklin.* Hartford, Conn., R.W. Bliss, 1869.

Kent, Rockwell. *Greenland Journal.* New York, Ivan Obolensky, 1962.

—. *N by E.* Middletown, Conn., Wesleyan University Press, 1978.
—. *Salamina.* New York, Harcourt, Brace, 1935.
Lindberg, David C. *Theories of Vision from Al-Kindi to Kepler.* Chicago, University of Chicago Press, 1976.
Malaurie, Jean. *Les Derniers Rois de Thulé : avec les Esquimaux polaires, face à leur destin.* 1954. Paris, Plon, 1975.
Norman, Howard. *Dix contes du Grand Nord.* Trad. C. Danison Paris, Flammarion, 1999.
Oshima, Ikuo. *A Hunter's Memoir from Siorapaluk.* Japon, 1989.
Peary, Robert Edwin. *A l'assaut du pôle Nord : en 1909, sous le patronage du Club arctique Peary.* 1911. Paris, Pygmalion, 1991.
Peary, Josephine Diebitsch. *My Arctic Journal : A Year Among Ice-Fields and Eskimos.* New York, Contemporary Publishing, 1893.
Pielou, E.C. *A Naturalist's Guide to the Arctic.* Chicago, University of Chicago Press, 1994.
Rasmussen, Knud. *Du Groenland au Pacifique, deux ans d'intimité avec des tribus d'Esquimaux inconnus.* Trad. C. Lund et J. Bernard. Paris, CTHS, 1994.
—. *Across Arctic America : Narrative of the Fifth Thule Expedition.* Westport, Conn., Greenwood Press, 1969.
—. *Greenland by the Polar Sea : The Story of the Thule Expeditions from Melville Bay to cape Morris Jesup.* Londres, Heinemann, 1921.
—. *Notes on the Life and Doings of the East Greenlanders.* New York, AMS Press, 1976.
—. *The People of the Polar North : A Record.* New York, AMS Press, 1976.
—. *Report of the Fifth Thule Expedition, 1922-24.* Vol. 1 à 10. New York, AMS Press, 1976.
Vol. 7, n° 1 : *Intellectual Culture of the Iglulik Eskimos.*
Vol. 7, n° 2 et 3 : *Observations of the Intellectual Culture of the Caribou Eskimos.*
Vol. 8 : *The Netsilik Eskimos.*
Vol. 9 : *Intellectual Culture of the Copper Eskimos.*
Vol. 10, n° 2 : *The Mackenzie Eskimos.*
Vol. 10, n° 3 : *The Alaska Eskimos ; as Described in the Posthumous Notes of Knud Rasmussen.*
Ross, John. *Voyage vers le pôle arctique dans la baie de Baffin, fait en 1818, par les vaisseaux de Sa Majesté « l'Isabelle » et « l'Alexandre », commandés par le capitaine Ross et le lieutenant Parry.* Paris, Gide fils, 1819.

BIBLIOGRAPHIE

Soseki, Muso. *Sun at Midnight : 23 Poems*. Trad. W.S. Merwin et S. Shigematsu. New York, Nadja, 1985.

Stefansson, Vilhjalmur. *Greenland*. Garden City, N.Y., Doubleday, Doran, 1942.

Vaughn, Richard. *The History of Northern Greenland*.

Weems, John Edward. *Peary, the Explorer and the Man*. Boston, Houghton Mifflin, 1967.

Young, Steven B. *To the Arctic : An Introduction to the Far Northern World*. New York, John Wiley, 1994.

Remerciements

Mes remerciements les plus sincères aux nombreuses personnes avec qui je me suis liée d'amitié et qui m'ont aidée durant mes séjours au Groenland. Je garderai toujours dans mon cœur le souvenir de leur hospitalité généreuse et de leur amabilité sans borne. Je tiens à citer tout d'abord Ann Andreasen et Olejorgen Hammekin, qui m'ont prise sous leur aile durant mon vol initial de la terre de Baffin au Groenland et qui m'ont invitée à partir pour Uummannaq avec eux ; sans eux, je n'aurais pu écrire ce livre. Aleqa Hammond m'a appris tant de choses sur la pensée inuit, traditionnelle et moderne. L'intrépide docteur Elisabeth Jul m'a montré où trouver les clefs de sa maison et m'a ouvert son cœur plus d'une fois. Hans Holm m'a recueillie alors que je n'avais pas de vêtements chauds et que je n'avais nulle part où dormir ; tout mon amour va à ses superbes enfants, Marie Louisa et Hendrik. Aliberti m'a emmenée sur son traîneau. Hans et Birthe Jensen ont été des hôteliers, des collaborateurs et des traducteurs charmants à Qaanaaq. Jens et Ilaitsuk Danielsen, chasseurs redoutables et âmes délicieuses. Hans Niels Kristiansen, mon interprète. Torben Diklev, dont le panache et l'amitié m'ont soutenue de bien des manières. Ikuo Oshima, qui m'a fait entrevoir son esprit éclairé. *Qajanaq.*

Merci aussi à Poul Karup et Esther Hammekin, à Maritha et Mortzflot Hammckin à Nuuk ; à Ono Fleischer et Silver, à Ilulissat ; à Arne Fleischer, Hans Peter Kristensen, Gitte Mortensen, Ludwig et Pipaluk à Uummannaq ; à Kristian Möller et Nikolai Möller à Illorsuit ; à Birthe à Ukkusissat ; à Imina Heilman, Sophie Kristiansen et Mikele Kristiansen à Qaanaaq ; à Thyge, Steen, Jack et Guy à la base aérienne de Thulé ; à Jens Fog Jensen, John Pind, Erik Christoffersen et la famille

Andreasen au Danemark ; au photographe Robert Van der Hilst et à Chris Anderson.

Grâce à tous ces gens et à bien d'autres dont j'ai partagé le repas, la maison, les traîneaux et les histoires, le Groenland m'apparaît désormais comme mon pays loin de chez moi.

Toute ma gratitude à Dan Frank, fidèle et formidable responsable éditorial, et à Liz Darhansoff, mon agent infatigable, qui me guident et me soutiennent moralement depuis vingt ans. Leur patience fut exemplaire alors que je tardais à livrer ce livre longtemps attendu. J'espère que le jeu en valait la chandelle.

Finalement, merci à ceux qui sont restés à l'arrière, qui ont veillé sur mes animaux et ma maison, me permettant ainsi de longues absences : Bill Hawksworth, Aaron Young et Randy Gilchrist ; à ma sœur, Galen, et à mes chers amis défunts John et Linda Kiewit ; et, pour ses conseils, son amour et son inspiration visuelle, à Tony Bright.

DROITS DE REPRODUCTION

Pour m'avoir autorisée à reproduire des textes déjà publiés, je remercie
— les héritiers de Knud Rasmussen, pour les extraits de *The Fifth Thule Expedition* (*Iglulik Eskimo*, vol. 7, n° 1, *Netsilik Eskimo*, vol. 8, *Copper Eskimo*, vol. 9), avec la permission de W. Bentzen ;
— le groupe Random House, pour les extraits de *Greenland by the Polar Sea* de Knud Rasmussen, publié par Heinemann ;
— l'agence Wylie, pour les extraits de *Sun At Midnight : Poems and Sermons* de Muso Soseki, copyright © 1985 by W.S. Mervin.

Table

Préface	13
Au bout de la nuit : Uummannaq, Groenland, 1995	19
Elisabeth, 1995	68
La station arctique, 1910-1917	72
Début de la Deuxième Expédition Thulé, 1917	81
Le voyage retour, 1917	91
Nord-quart-nord-est : Illorsuit, juillet 1996	101
Début de la Cinquième Expédition Thulé, 1921	152
Entre deux hivers, 1922	163
Qaanaaq, 1997	173
La Cinquième Expédition Thulé, 1923	240
Glace nouvelle, 1923-1924	258
Qaanaaq, 1997	266
Le delta de Mackenzie, 1924	296
Alaska, 1924	302
Le lien qui nous unit : quitter Qaanaaq, 1998	308
De l'hiver au printemps, 1998	330
Le voyage d'Aliberti, 1998	336
Le mariage de Palo, 1998	362
Nanuq : l'ours polaire, 1999	366
Du printemps à l'été : Qaanaaq, 1999	397
L'été : Qaanaaq, 1999	402
Automne, 1999	404

Epilogue, janvier 2001 413
Notes sur les sources 417
Bibliographie 419
Remerciements 423

LATITUDES

Collection dirigée par Francis Geffard

ISABEL FONSECA
*Enterrez-moi debout,
l'odyssée des Tziganes*

DENNIS COVINGTON
*L'Église aux serpents ;
mystère et rédomption
dans le sud des États-Unis*

ELIZABETH GILBERT
Sur la terre des Masaï, photographies

RUBÉN MARTINEZ
*La Frontera ; l'odyssée
d'une famille mexicaine*

Composition Nord Compo
Impression BCI en avril 2004
Editions Albin Michel
22, rue Huyghens, 75014 Paris
www.albin-michel.fr